Corina Bomann

DIE FRAUEN VOM ROSENHAG

SEHNSUCHT NACH FREIHEIT

ROMAN

PENGUIN VERLAG

MIX
Papier | Fördert gute Waldnutzung
FSC® C014496

Penguin Random House Verlagsgruppe FSC® N001967

2. Auflage

Neumarkter Straße 28, 81673 München
produktsicherheit@penguinrandomhouse.de
(Vorstehende Angaben sind zugleich
Pflichtinformationen nach GPSR.)

Redaktion: Carlos Westerkamp
Umschlaggestaltung: bürosüd
Umschlagabbildung: Trevillion Images (Nathalie Seiferth),
www.buerosued.de
Satz: GGP Media GmbH, Pößneck
Druck und Bindung: GGP Media GmbH, Pößneck
Printed in Germany
ISBN 978-3-328-60349-8
www.penguin-verlag.de

Riga, Mai 1910

Die Luft war schwer und stickig. Ein übler, süßlicher Geruch strömte mir entgegen, als ich durch die Tür der kleinen Hütte trat und sie hinter mir zuzog. Sogleich sehnte sich meine Lunge nach der klaren Sommerluft, nach der Stadt, die mit ihrem Leben und ihrem Trubel imstande war, einen alles vergessen zu lassen.

Doch ich konnte nicht anders. Ich musste sie noch einmal sehen.

»Alexej, bist du das?« Ihre Stimme klang schwach und rau. Eine Gänsehaut kroch mir über den Rücken.

Ihre Pflegerin, Schwester Jewgenia, hatte mir geschrieben, dass es ihr sehr schlecht ginge und das Ende bald nahte. Obwohl ihre Kräfte sie verließen, fragte sie jeden Tag nach mir.

Ich zog mir die Mütze vom Kopf und durchquerte die Küche. Das Feuer in dem großen Eisenherd war verloschen, Kühle erfüllte den Raum. Ansonsten schien sich nichts geändert zu haben.

Es war ein Segen, dass sie in ihrer gewohnten Umgebung bleiben konnte. Meine Mutter hatte sich dagegen gewehrt, ins Krankenhaus gebracht zu werden. Sie wollte nicht mit anderen dahinsiechen, nachdem die Gesellschaft sie zu einer Ausgestoßenen gemacht hatte.

»Die Leute wollten mich nicht, als ich gesund war, so sollen sie auch nicht Zeuge meines Verfalls werden«, hatte sie zu Schwester Jewgenia gesagt. Daraufhin hatte sich diese bereit erklärt, zusammen mit dem Dorfarzt mehrmals in der Woche nach ihr zu schauen.

»Ja, ich bin's, Mama«, rief ich, als ich das Schlafzimmer betrat. Der Geruch war hier stärker, und mir drehte sich beinahe der Magen um.

Katerina Petrowna versank beinahe zwischen den Kissen. Von der kräftigen, energischen Frau war kaum noch etwas übrig. Ihr dunkelblondes Haar war ergraut, ihre Haut hing welk von ihrem Körper und hatte einen grauen Unterton. Ihre Wangenknochen traten scharf hervor, ihre Lippen waren rissig. Nur ihre blauen Augen waren noch wie damals. Doch in ihnen glänzte das Fieber.

»Du bist gekommen!« Mühsam zog sie ihre Hand unter der Decke hervor und streckte sie mir entgegen.

Erschüttert von ihrem Anblick zögerte ich. Mein Blick fiel auf die blutigen Tücher neben ihr. Auch an ihren Fingern klebte etwas Blut.

Es war kaum zu glauben, dass sie noch nicht einmal fünfzig war. Vor mir lag eine Greisin, gezeichnet von langen Monaten des Leids. Eine Blume, die vor ihrer Zeit verwelkt war.

Jewgenia hatte mir geschrieben, dass man es zunächst für Tuberkulose gehalten hatte. Doch es war weitaus schlimmer. Krebs hatte der Arzt diagnostiziert, nachdem er ihre Lunge durchleuchtet hatte. Niemand konnte etwas für sie tun.

Ich gab mir einen Ruck. Ich wollte nicht zu denen gehören, die sie mieden. Vorsichtig nahm ich ihre Hand in meine. Wie ein zerbrechlicher Vogel fühlte sie sich an. Die Angst, ihr wehzutun, packte mich, doch ich ließ sie nicht los.

»Ich habe so gehofft, dass du kommst!« Ein Lächeln trat auf ihr Gesicht. Nun wirkte sie jünger, und vor meinem geistigen Auge erschien wieder die wunderschöne Frau, die sie einst war.

»Verzeih mir bitte, dass ich so spät dran bin«, sagte ich, obwohl in ihrer Stimme keinerlei Vorwurf gelegen hatte. »Unser Schiff ist in schwere See geraten.«

Das war die einzig akzeptable Erklärung für mein Ausbleiben. In Wirklichkeit war ich feige gewesen. Ich hatte das Unausweichliche verdrängen wollen.

»Dass ich dich noch einmal sehen darf …«, sagte sie, löste ihre Hand aus meiner und streichelte meine Wange.

»Es ist auch schön, dich zu sehen.« Ich versuchte, die Tränen zurückzuhalten.

»Schau in die Kommode, obere Schublade«, sagte sie plötzlich, und ihre knochige Hand deutete auf das Möbelstück neben der Tür. Als ich klein war, hatte ich dort nie hineinsehen dürfen. Jetzt zog ich die oberste Schublade auf. Schwacher Lavendelduft strömte mir entgegen.

Ich wagte nicht, die Dinge zu berühren, die dort lagen. Taschentücher, eine Puderdose, ein Schal, Strümpfe … Es waren so intime Dinge meiner Mutter, dass ich sogleich rot wurde.

»Unter den Taschentüchern ist ein Umschlag«, sagte sie. »Gib ihn mir bitte.«

Meine Finger kribbelten unangenehm, als ich das Geforderte an mich nahm. Rasch schob ich die Schublade wieder zu und reichte den Umschlag meiner Mutter.

Sie zog etwas hervor, das ich im nächsten Augenblick als eine kleine Bleistiftzeichnung erkannte. Mit einem liebevollen Lächeln strich sie darüber und gab sie mir dann.

Es war das Portrait eines jungen Mannes. Er hatte eine breite Stirn, ein kräftiges Kinn und lockige Haare. Seine Augen waren hell wie das Eis im Polarmeer. Um Lippen und Kinn trug er einen leicht angedeuteten Bart. Im ersten Moment hätte ich es für ein Portrait von mir gehalten.

»Ich habe es gezeichnet«, erklärte sie. »Damals …«

Das überraschte mich. Nie hatte ich gesehen, dass meine Mutter etwas malte oder zeichnete. Stets fragte ich mich, woher mein Talent zum Malen kam. Warum ich etwas nur anschauen musste, um es dann haargenau wiedergeben zu können. Jetzt wusste ich es.

»Bin ich das?«, fragte ich verwundert.

Sie blickte mich verständnislos an. »Nein … erkennst du ihn nicht?«

Ich schüttelte den Kopf, und meine Gedanken begannen zu arbeiten. Meine Mutter hatte ihn nie erwähnt … Könnte es sein …

»Finde ihn!«, platzte es aus ihr heraus, dann griff sie nach meiner Hand. Ihre unvermutete Kraft erstaunte mich. »Du musst ihn finden und ihm sagen, dass ich sterbe. Versprichst du mir das?«

I

Marlene

Die Julisonne brannte auf uns herab, während wir in Richtung Rosenhag liefen. Grashalme peitschten meine Waden, und ich fragte mich, was mich wohl beim Haus erwartete.

Auf meine Frage, wer der Besucher war, hatte Liv geantwortet: »Er wollte mir seinen Namen nicht nennen. Er sagte nur, dass er dich sprechen will.«

Es war also ein Mann. Das zerschlug meine kleine Hoffnung, dass Sigrun vielleicht gekommen sein könnte. Sicher, sie hatte uns sehr viel Ärger eingebrockt mit ihrer Rückkehr zu ihrem brutalen Ehemann, aber dennoch wünschte ich mir immer noch, dass sie einsehen würde, ohne ihn besser dran zu sein. Allein an Torben zu denken ließ mich zornig werden. Doch ich schob es beiseite.

Nicht einmal vier Wochen war es her, dass Livs Ehemann, der Reeder Sten Boregard, meine Freundin Ingrid Lasebrö und mich aus dem Rosenhag geworfen hatte, dem Haus, das wir eigentlich zu einem sicheren Zufluchtsort für Frauen machen wollten.

Dann hatte sich das Blatt plötzlich gewendet.

Ich warf einen Blick auf Oskar, der neben mir ging. Sein dunkles Haar klebte an seiner Stirn, und von seinen Schläfen perlte der Schweiß. Ein warmes Gefühl durchzog mich.

Er war nicht nur Reporter, sondern arbeitete auch als Ermittler für die Seehaftversicherung. Durch seine Nachforschungen und ein in Königsberg aufgetauchtes Schreiben meines verstorbenen Mannes Bjarne hatte dem Reeder das Handwerk gelegt werden können.

Vor Oskar hatte ich geglaubt, nie wieder lieben zu können – doch ihm hatte ich nicht widerstehen können. Er hatte mir nicht nur neuen Mut gegeben und mich wieder fühlen lassen, sondern mir auch geholfen, das alte Wildhüterhaus in Nättraby als Entschädigung zu bekommen. Das Rosenhag würde nun endlich ein Haus der Frauen werden!

Viel Arbeit lag vor uns, doch nach den Wochen der Aufregung hatte ich endlich ein wenig Hoffnung. Möglicherweise hing das mit dem Brief zusammen, den ich in der Tasche trug.

Das, worauf ich schon gar nicht mehr zu hoffen gewagt hatte, war eingetreten: Meine Mutter hatte mir geantwortet! Ich wusste freilich nicht, was in dem Brief stand. Es konnte auch eine Ablehnung sein, die Mitteilung, dass ich mich nie wieder bei ihr melden sollte. Aber bevor ich ihn las, musste ich wissen, wer da mit mir reden wollte.

Endlich tauchte das Rosenhag vor uns auf. Das dichte Gebüsch, das das Haus umgab, ließ mich zunächst nichts erkennen. Dann sah ich, dass vor dem Zaun niemand stand. Ich hielt kurz inne und schaute mich nach meinen Begleitern um.

Besorgnis lag in Oskars goldbraunen Augen. Livs Gesicht war hochrot.

»Wo ist er?«, fragte ich.

»Vielleicht im Haus«, mutmaßte Liv.

Ich stieß die Gartenpforte auf und eilte den Weg entlang. Ich warf einen Blick durch das Fenster in die Küche, wo Ingrid gerade vor einem der Vorratsschränke stand. Hatte sie den Fremden hereingebeten?

Es wirkte nicht so. Und es wäre nicht Ingrids Art gewesen, ihn irgendwohin zu setzen, ohne eine kleine Stärkung anzubieten.

»Vielleicht ist er wieder gegangen«, sagte Liv. »Merkwürdig. Er hatte so bestimmt gewirkt …«

Im nächsten Augenblick trat er hinter der Hausecke hervor. Seine Kleidung war abgewetzt, er sah aus, als hätte er einen sehr langen Weg hinter sich. Um den Hals trug er ein rotes Tuch, sein Haar war dunkel, und seine Augen schimmerten in einem eisigen Blau.

Die Augen! Plötzlich wurde mir die Kehle eng, und ein Schwindel erfasste mich. Ehe ich nach Oskars Arm greifen konnte, sackten die Knie unter mir weg, und ich stürzte in Dunkelheit.

2

Liv

»Um Gottes willen!«, rief ich aus.

Der Mann sprang erschrocken zurück, wirbelte herum und rannte davon.

»He!«, rief Oskar und wollte nach ihm greifen, doch er war schneller und verschwand, ehe Oskar ihn einholen konnte. Ich hockte mich neben Marlene. Sie war sehr blass, ihre Lippen wirkten blutleer. Angst schoss durch meine Glieder.

»Marlene«, rief ich und rüttelte an ihr. »Marlene!«

Doch sie rührte sich nicht.

Oskar kniete sich neben mich und legte prüfend zwei Finger an ihren Hals. »Ihr Herz schlägt«, sagte er und hob sie vorsichtig auf seine Arme. Ich sprang auf und öffnete die Haustür.

Ingrid stieß einen Schrei aus, als wir hereinkamen. »Was ist passiert?«

»Sie ist in Ohnmacht gefallen, als sie den Burschen sah«, antwortete ich und folgte Oskar in die Stube. Dort legte er sie vorsichtig auf dem Sofa ab.

»Bursche?«, fragte Ingrid.

»Er hatte mich draußen angesprochen«, erklärte ich erschüttert. »Wenn ich gewusst hätte …«

Oskar kniete sich neben sie und tätschelte leicht ihre Wangen.

»Marlene? Marlene, hörst du mich?« Doch auch seine Stimme konnte sie nicht aus der Ohnmacht holen.

»Haben Sie Riechsalz?«, wandte er sich an mich, während er besorgt über ihr Haar und ihre Wangen strich.

Ich schüttelte den Kopf und ärgerte mich darüber, dass ich beim Einkaufen all der Dinge, die wir brauchten, nicht auch daran gedacht hatte.

»Hat sie vielleicht einen Sonnenstich?«, fragte Ingrid, die hinter uns durch die Tür getreten war. »Wir sollten einen Arzt holen!«

»Ich fahre sofort los!« Oskar schnellte in die Höhe. »Sie beide passen gut auf sie auf, ja?«

»Natürlich«, gab ich zurück und sah ihm nach, wie er aus der Tür stürmte.

»Marlene?«, sagte ich sanft und rieb ihr die Handgelenke.

»Soll ich vielleicht Knoblauch holen?«

Ich wusste nicht, ob das helfen würde. Doch da ich spürte, dass Ingrid etwas tun wollte, nickte ich. »Falls es ein Hitzschlag ist, wäre vielleicht auch kaltes Wasser nicht schlecht.«

»Bin sofort zurück.« Ingrid verschwand in der Küche, wo ich sie rumoren hörte.

Ich blickte zu Marlene. Ihr Atem schien wieder etwas kräftiger zu werden, doch noch immer regte sie sich nicht.

Ich versuchte mich an meine eigene Ohnmacht zu erinnern. Es war erst wenige Monate her, dass mein Pferd durchgegangen war und meine Kutsche in den Graben gerissen hatte. Marlene hatte mich gefunden und mir geholfen. Das war der Beginn unserer Freundschaft gewesen.

Ingrid kehrte mit Knoblauch und Wasser zurück. Sie hockte sich neben mich und legte Marlene einen kalten Lappen auf die Stirn. Ich zerrieb die Knoblauchzehe zwischen meinen Fingern, doch der Geruch war eher aromatisch als unangenehm. Als ich sie Marlene unter die Nase hielt, verstand ich, welche Angst sie damals gehabt haben musste, als sie mich neben dem umgekippten Surrey gefunden hatte.

Ingrid nahm den Lappen von Marlenes Stirn und tauchte ihn in die kleine Wasserschüssel, die sie neben das Sofa gestellt hatte.

»Wenn ich dran denke, wie dein Mann damals hier hereingestürmt ist mit den Polizisten …« Sie erschauderte. »Nicht mal da ist sie umgefallen.«

»Wir lange kennst du sie denn schon?«, fragte ich. Während meiner kurzen Besuche hier hatte ich keine Gelegenheit gehabt, Ingrid Lasebrö näher kennenzulernen. Ich wusste von ihr nur das Wenige, was Marlene mir erzählt hatte.

»Eine ganze Weile«, sagte sie. »Sie hat mir vor einigen Jahren beigestanden, als mir jemand eine Tracht Prügel angedroht hatte. Ich hatte seinen Müll nach etwas Essbarem durchsucht, kurz nachdem mein Mann gestorben war.«

Die Worte schnürten mir die Kehle zusammen. Mehr denn je wurde mir klar, dass wir so einen Ort wie das Rosenhag brauchten. Einen Ort, an dem Frauen in Sicherheit waren – und versorgt werden konnten, wenn sie selbst dazu nicht in der Lage waren.

Ingrid schaute auf ihre Finger. Sie waren schwielig, und man erkannte noch deutlich die Narben von Rissen.

»Marlene war für mich da, als niemand sonst sich um mich scherte. Sie hat mir immer Sachen aus dem Wald gebracht. Kräuter, Früchte, Nüsse. Dank ihr bin ich am Leben geblieben.« Die Falte zwischen ihren Augenbrauen wurde tiefer. »Marlene ist sonst immer so stark. Aber die vergangenen Monate waren wohl zu viel für sie.«

Da konnte ich ihr nur Recht geben. Es waren für Marlene sehr harte Wochen und Monate gewesen. Sie war geschlagen worden, hatte ihre Anstellung in der Lampenfabrik verloren, und dazu hatte sich noch die Aufregung um das Rosenhag und ihren verstorbenen Mann gesellt.

»Auch starke Menschen haben vermutlich ihre Grenze«, sagte ich und strich über Marlenes Wange. Ein wenig Farbe war immerhin zu ihr zurückgekehrt.

Ich blickte auf meine Taschenuhr. Wie lange mochte Oskar mit dem Pferdefuhrwerk bis in den Ort brauchen? Und wie lange zurück? Gab es hier überhaupt noch einen Arzt? Der alte Dr. Madsen, vor dem ich mich als Kind immer gefürchtet hatte, war möglicherweise schon gestorben …

Plötzlich stöhnte Marlene auf. Sie drehte den Kopf zur Seite, nahm einen tiefen Atemzug und öffnete die Augen.

»Marlene!«, riefen Ingrid und ich im Chor aus.

»Wo bin ich?«, fragte sie und blinzelte benommen, während sie versuchte, sich wieder aufzurichten.

»Langsam«, sagte ich, während ich sie stützte. »Du bist im Rosenhag. Alles ist gut.«

Für eine Weile starrte sie vor sich hin.

»Wo ist Oskar?«, fragte sie dann und sah sich um.

»Auf dem Weg zum Arzt. Wir wussten nicht … Du bist einfach umgekippt …«

Marlene zog die Stirn kraus, und für einen Moment schwankte sie. Erschrocken griff ich nach ihrer Hand.

»Bleib bei uns«, sagte ich schnell und machte mich bereit, sie aufzufangen.

3

Marlene

Ich glaubte nicht an Geister. Was war es also, was ich vorhin gesehen hatte? Und warum hatte dieser Anblick solch eine große Macht über mich?

Ich spürte den festen Druck von Livs Hand.

»Mach dir keine Sorgen«, sagte ich. »Es war nur …« Ich konnte nicht einmal sagen, was es war. Plötzlich erschien mir die Begegnung, als hätte ich sie nur geträumt. »Ist er noch da?«, fragte ich.

Liv schüttelte den Kopf. »Nein. Er ist weggelaufen.«

Ingrid erschien neben mir und reichte mir eine Tasse Wasser. »Hier, trink etwas.«

Ich verspürte keinen Durst, dennoch nahm ich gehorsam einen Schluck.

»Wie geht es dir?«, fragte Liv nun, während sie sich neben mir auf dem Sofa niederließ.

»Ich weiß nicht«, sagte ich. »Seltsam.« Ich spürte, dass sie wissen wollte, was das alles zu bedeuten hatte, aber ich konnte es mir selbst nicht erklären.

»Oskar wird bald mit dem Arzt zurück sein«, sagte Ingrid. »Es wird besser sein, wenn er sich deinen Kopf anschaut. Im Sommer kann man sich so leicht einen Sonnenstich holen.«

Ich war mir sicher, dass ich keinen Sonnenstich hatte. Doch möglicherweise war es wirklich gut, wenn mich jemand untersuchte.

Oskar kehrte eine halbe Stunde später zurück. Der Arzt, den er ins Haus führte, war noch recht jung. Er hatte rotblondes Haar und einen Schnurrbart. Die Tasche, die er in seinen schlanken Händen trug, war nagelneu.

»Ich bin Doktor Jan Hellström, der Nachfolger von Doktor Madsen«, stellte er sich vor. »Herr Andersson sagte, dass Sie aus dem Nichts heraus das Bewusstsein verloren haben.«

»Mir geht es wieder besser«, antwortete ich und blickte über die Schulter des Arztes zu Oskar. Die Sorge in seinen Augen tat mir leid. Ich wollte ihm keinen Schrecken einjagen.

Dr. Hellström hockte sich vor mich, zog mir nacheinander die Augenlider hoch und drückte mit den Daumen sanft auf meine Schläfen. »Tut das weh?«, fragte er.

»Nein«, antwortete ich. Tatsächlich tat mir überhaupt nichts weh. Nur mein Magen kribbelte, und mein Herz wollte sich einfach nicht beruhigen.

»Haben Sie sonst irgendwelche Beschwerden?«, fragte er, worauf ich wieder verneinte.

»Sie hat vor einiger Zeit einen Fausthieb abbekommen«, schaltete sich Ingrid ein, die an der Stubentür erschienen war.

»Wie lange ist das her?«, fragte Dr. Hellström.

»Etwa vier Wochen«, sagte ich.

Der Arzt nahm dies mit einem Nicken zur Kenntnis und schickte alle anderen aus dem Raum.

»Könnte es sein, dass Sie schwanger sind?«, fragte er dann mit leiser Stimme.

Auf einmal wurde mir heiß. Ich hatte mit Oskar geschlafen, ohne mir groß Gedanken zu machen. Konnte es sein? Mit Bjarne hatte ich es so lange versucht …

»Wann hatten Sie Ihre letzte Blutung?«, fragte der Arzt weiter und holte mich auf den Boden der Tatsachen zurück.

»Vor anderthalb Wochen«, antwortete ich.

»Gut, dann können wir das wohl ausschließen«, sagte Dr. Hellström und nahm seine Tasche wieder in die Hand. »Ruhen Sie sich aus und melden Sie sich umgehend bei mir, sollte es einen weiteren Ohnmachtsanfall geben.«

Nachdem der Arzt wieder gegangen war – Liv hatte sich bereit erklärt, ihn mit dem Fuhrwerk zurück zu seiner Praxis zu bringen –, kam Oskar zu mir.

»Wie geht es dir?«, fragte er und schloss die Stubentür leise hinter sich.

»Recht gut«, gab ich zurück und streckte die Hand nach ihm aus. »Der Doktor fragte, ob es möglich wäre, dass ich schwanger sein könnte.«

Oskars Augen weiteten sich. »Und, könntest du …«

Ich lächelte ihn an. »Nein, ich habe meine Blutung bekommen.« Ich blickte ihn an. Was wäre, wenn …?, fragte ich mich, wagte aber nicht, diese Worte laut auszusprechen. Noch immer hafteten die Enttäuschungen und der Schmerz über den Verlust von Bjarnes Kind an mir.

Oskar setzte sich neben mich. Zu gern hätte ich gewusst, was ihm jetzt durch den Kopf ging. Sanft nahm er meine Hand und küsste sie. »Du sollst wissen, dass ich nichts dagegen hätte, wenn wir ein Kind bekämen.«

»Bist du sicher?«, fragte ich. Auch wenn ich ihn liebte, waren wir doch von einer Ehe noch ein gutes Stück entfernt. Und ich wollte ihn zu nichts zwingen.

»Ja, absolut. Wenn es so sein soll, werde ich mich nicht aus meiner Verantwortung stehlen.«

»Aber ich möchte auch nicht, dass du dich verpflichtet fühlst, selbst wenn du mich einmal nicht mehr liebst.«

Ein fragender Ausdruck erschien auf seinem Gesicht. »Wie kommst du darauf? Ich liebe dich! Und daran wird sich nichts ändern.«

»Aber wenn …«

»Marlene«, sagte er und strich mir sanft über die Wange. »Niemand weiß, was sein wird. Ich kann nur sagen, was ich jetzt fühle. Ich liebe dich, und wenn du ein Kind von mir bekommen würdest, würde ich versuchen, ihm ein guter Vater zu sein.«

Ich sah ihm in seine wunderschönen Augen. Ich wusste selbst nicht, woher diese Gedanken plötzlich kamen. Ich beugte mich vor und küsste Oskar. Er zog mich fest in seine Arme und hielt mich für eine Weile.

Ich versuchte mir uns mit einem Kind vorzustellen, schob den Gedanken aber beiseite. Ich wollte nicht auf etwas hoffen, das ich vielleicht nie haben konnte.

»Diese Ohnmacht«, begann ich schließlich. »Das war etwas anderes.«

Oskar blickte mich fragend an. Konnte ich ihm sagen, was ich vermutete?

»Der Mann … Ich weiß nicht, was er von mir wollte«, fuhr ich fort und mein Herz begann wieder zu pochen. »Er war viel zu jung, doch er ist meinem Bjarne wie aus dem Gesicht geschnitten.«

4

Liv

Eine Stunde später kehrte ich zum Rosenhag zurück. Nachdem ich Dr. Hellström bei seiner Praxis in Nättraby abgesetzt hatte, war ich noch zu einem der Fischer gefahren, dessen Haus direkt an der Küste stand.

Schon früher hatten meine Mutter und ich die in Salzlake eingelegten Heringe, die seine Familie anbot, sehr gemocht. Glücklicherweise hatte die junge Frau am hauseigenen Verkaufsstand noch ein paar vorrätig gehabt.

Ich stelle die Bremse des Wagens fest und kletterte herunter. Als ich durch die Gartenpforte trat, erblickte ich Oskar und Marlene in inniger Umarmung. Ein Lächeln huschte über mein Gesicht, dann räusperte ich mich. Sogleich ließen sie voneinander ab und bekamen rote Köpfe.

»Lasst euch nicht stören«, sagte ich lachend.

»Ist dem guten Doktor wieder schlecht geworden?«, fragte Oskar. »Als ich ihn gefahren hatte, hatte ich das Gefühl, dass es ihm gleich hochkommen würde. Dabei waren wir gar nicht so schnell.«

»Er meinte, dass Sie ihn an einen römischen Wagenlenker erinnert haben«, gab ich zurück. »Aber ich glaube, er hat nicht so sehr ein Problem mit der Geschwindigkeit, sondern eher mit dem Vertrauen in andere.« Ich hob das Glas mit den eingelegten Heringen in die Höhe. »Ich habe uns etwas zum Abendessen mitgebracht. Sie bleiben doch sicher?«

Oskar schüttelte bedauernd den Kopf. »Leider nicht. Ich werde gleich wieder nach Karlskrona zurückkehren. Mein Zeitungsverleger hat mich morgen zum Frühstück eingeladen.«

»Oh, das klingt nach einer großen Ehre«, sagte ich.

»Es ist für ihn eher die Möglichkeit, mich über den Stand der Ermittlungen auszuquetschen.«

Ich verstand. Und auch wenn ich der Meinung war, dass Sten seine gerechte Strafe bekommen musste, spürte ich doch wieder eine leichte Beklommenheit.

»Außerdem will ich mich ein wenig in der Stadt umsehen.« Marlene und er warfen sich einen verschwörerischen Blick zu. »Marlene wird Ihnen mehr erzählen. Aber ich sollte mich jetzt besser verabschieden.«

Er reichte mir die Hand, dann ging er mit Marlene zum Tor. Aus dem Augenwinkel heraus sah ich, dass sie sich küssten, und eine merkwürdige Sehnsucht erwachte in meiner Brust. Würde ich mich je richtig verlieben können? Richtig verlieben und nicht auf Geheiß meines Vaters einen Ehemann für mich gewinnen, so wie es bei Sten gewesen war?

Warmer Dunst strömte mir entgegen, als ich das Haus betrat. Ingrid stand am Herd und zog die Haut von den gekochten Kartoffeln. Das scharfe Aroma der Zwiebeln, die in einer Schüssel auf dem Tisch standen, reizte meine Augen, aber mein Magen freute sich schon auf die Köstlichkeit, die vor uns lag.

»Schau mal, was ich hier habe!«, sagte ich und stellte das Glas auf den Tisch.

Ingrid blickte auf, und ihr Gesicht begann zu leuchten. »Das sind ja wahre Schätze!«

»Ich dachte mir, dass wir auf den Schrecken etwas Gutes verdient haben.«

Im nächsten Augenblick trat Marlene durch die Tür. Ihre Wangen wirkten erhitzt, und ihre Augen leuchteten. Oskar schien ihr wirklich gutzutun.

»Brauchst du noch Hilfe, Ingrid?«, fragte sie, während sie an den Küchentisch trat.

»Nein, setz dich nur hin und ruh dich aus. Dank Liv werden wir ein Festessen haben.«

»Das war ein wilder Tag, nicht wahr?«, sagte ich.

»Das war er tatsächlich.« Sie ließ sich auf dem Stuhl nieder. Das Strahlen, das sie soeben noch umgeben hatte, erlosch plötzlich. Sie blickte kurz auf ihre Hände, die mittlerweile keine Spuren von Lampenöl mehr an sich hatten, dann schaute sie mich an. »Ich habe es Oskar schon erzählt. Der junge Mann … er sah Bjarne zum Verwechseln ähnlich. Das war es auch, was mir solch einen Schreck eingejagt hat.«

Meine Gedanken begannen sich zu überschlagen. Eigentlich gab es dafür nur zwei logische Erklärungen. »Woher mag er gekommen sein?«

»Um das zu erfahren, hätte ich mich wohl länger auf den Beinen halten müssen.« Sie verzog das Gesicht. »Oskar meinte, dass er ihn auf dem Weg in den Ort nirgends mehr gesehen hatte.«

»Ja, er scheint gute Beine zu haben«, sagte ich.

»Vielleicht sollte man die Polizei einschalten«, sagte Ingrid, doch Marlene schüttelte den Kopf.

»Er hat mir doch nichts getan.«

»Aber er hat sich aus dem Staub gemacht, als er sah, dass du in Ohnmacht gefallen bist.«

»Das heißt noch nicht, dass er mir irgendetwas antun wollte. Möglicherweise hat er nur Angst bekommen.« Marlene zog die Augenbrauen zusammen. »Diese Ähnlichkeit …«

»Es könnte ein jüngerer Bruder gewesen sein«, sagte ich. »Oder ein Halbbruder.«

»Aber wenn es so jemanden gäbe, hätte Bjarne dir doch wohl von ihm erzählt, oder nicht?«, fragte Ingrid, während sie sich nun ebenfalls am Tisch niederließ.

»Ich habe immer geglaubt, dass er mir alles erzählen würde … Aber wenn ich so darüber nachdenke …«

»Was ist mit deinen Schwiegereltern?«, fuhr ich fort. »Du hast mir erzählt, dass der Kontakt zu ihnen abgerissen ist, aber …«

»Einen Bruder von der Seite hat er ganz bestimmt nicht«, sagte Marlene.

»Das muss nicht heißen, dass es keinen Halbbruder gibt«, erwiderte Ingrid. Aber überzeugend klang das alles nicht.

Blieb nur die eine Erkenntnis, die ich Marlene gegenüber nicht aussprechen wollte.

»Wäre es denn möglich, dass Bjarne irgendwo …« Ingrid stockte. »Ich meine, vor deiner Zeit.«

Marlene wurde plötzlich blass. »Er … er hat nie davon gesprochen.«

»Aber kommt das denn hin?«, fragte ich. »Dein Mann war nicht so alt, dass er einen erwachsenen Sohn haben könnte, nicht wahr? Dieser Bursche hier war ungefähr in unserem Alter.«

»Bjarne wäre jetzt dreiundvierzig«, gab sie zurück, und ein bekümmerter Ausdruck erschien in ihren Augen. Sie hatte mir erzählt, dass sie sich ein Kind mit Bjarne gewünscht hatte. Dass sie einmal schwanger gewesen war, das Kind allerdings nach der Unglücksnachricht von seinem Tod verloren hatte.

Das Herz wurde mir schwer. Ich wusste mittlerweile, wie sehr Marlene ihren Mann geliebt hatte. Hin und wieder hatte ich sie sogar um diese Liebe beneidet. Dass er möglicherweise ein so großes Geheimnis vor ihr gehabt hatte, würde sie bis in die Grundfesten erschüttern.

»Vielleicht ist es wirklich nur ein verschollener Halbbruder«, versuchte ich sie und auch mich zu beruhigen. »Einer, den selbst Bjarne nicht kannte. Und wer weiß, vielleicht wusste nicht mal sein Vater von ihm.«

Marlene runzelte die Stirn. Wirklich überzeugt wirkte sie nicht.

Ich griff nach ihrer Hand. »Möchtest du es denn wirklich wissen?«

»Ja«, antwortete sie entschlossen. »Deshalb habe ich Oskar gebeten, nachzuforschen. Alles ist besser als diese Ungewissheit.«

5

Marlene

Über die Aufregung um unseren unerwarteten Besucher hatte ich den Brief in meiner Rocktasche beinahe vergessen. Während die zarten Heringe auf meiner Zunge zergingen, fiel er mir wieder ein. Es überraschte mich, dass meine Mutter geantwortet hatte. Besonders in der ersten Zeit nach meiner Hochzeit war ihre Antwort nur eisernes Schweigen gewesen.

Was sie wohl schrieb?

Als der Abwasch erledigt war, zog ich mich in den Garten zurück und ließ mich auf der Bank nieder, die wir unter dem Gestrüpp gefunden und gereinigt hatten. Kurz lauschte ich dem Abendgesang einer Amsel, dann zog ich den Umschlag hervor, fuhr mit der Hand über das Papier und öffnete ihn. Mein Herz begann zu klopfen, und meine Finger wurden eiskalt, als ich die vertraute Handschrift sah.

Liebe Marlene,

dein Brief hat mich überrascht, und ich muss ehrlich sagen, dass ich mit mir gerungen habe, ob ich dir antworten soll. Aber deinem Vater geht es im Moment sehr schlecht, und so habe ich mich entschlossen, es zu tun.

Mein Magen zog sich zusammen, und obwohl ich Ablehnung seitens meiner Eltern gewohnt war, überkam mich die altbekannte Enttäuschung. Die Worte meiner Mutter klangen alles andere als herzlich. Und was hatte es mit meinem Vater auf sich?

Es freut mich, dass du es geschafft hast, nach all dem Unglück wieder auf die Beine zu kommen. Ich bezweifle, dass dieses Haus auf Dauer der richtige Ort für dich ist. Ich würde es lieber sehen, wenn du dir einen neuen Mann suchst, einen, der wirklich für dich sorgen kann …

Meine Hände schlossen sich um das Papier und zerknüllten es, ohne, dass ich den Rest gelesen hatte. Zornige Tränen schossen mir in die Augen. Es war also immer noch dasselbe. Ich ersparte mir alles Weitere, erhaschte lediglich einen Blick auf die letzte Zeile am unteren Ende des Blattes.

PS: Wenn du nur etwas von den Sämereien haben möchtest, kannst du sie gern bei mir abholen. Ich wäre die Letzte, die dir in deiner jetzigen Situation Hilfe verweigert.

Dieses Angebot erweckte eher meinen Ärger, als dass es mich erleichterte. Was würde mich erwarten, wenn ich mich zu ihnen begab? Ein paar Sämereien waren das nicht wert.

Ich ließ das Papierknäuel in der Rocktasche verschwinden. Im gleichen Augenblick bog Liv um die Ecke. Natürlich sah sie, was ich tat, und ich konnte meine Gefühle nicht vor ihr verstecken.

»Ist es etwas Schlimmes?«, fragte sie.

»Wie man es nimmt.« Ich seufzte. »Ich hatte gedacht, dass sie einmal darauf verzichten würde, mir zu sagen, wie ich mein Leben zu leben habe. Aber offenbar hat sich in der zurückliegenden Zeit nichts geändert.«

»Mütter können manchmal schwierig sein«, sagte Liv. »Wer weiß das besser als ich?« Sie lächelte schief. »Willst du ihr antworten?«

Ich schüttelte den Kopf. »Möglicherweise war es ein Fehler, ihr überhaupt zu schreiben.«

»Sag das nicht. Du hast dem Rosenhag helfen wollen. Für unser Ziel muss man alles versuchen.«

Damit hatte sie recht. Aber ich würde es nicht noch einmal tun.

»Bleibst du über Nacht?«, fragte ich und legte meinen Arm um ihre Schulter. Ich war froh, dass sie hier war und mich ein wenig von meiner Mutter ablenken würde.

»Ja«, antwortete Liv. »Das Rosenhag ist ja jetzt mein Zuhause, nicht wahr?«

Die Ereignisse des zurückliegenden Tages und Ingrids lautes Schnarchen ließen mich nicht in den Schlaf kommen. Nachdem ich eine Weile an die Decke gestarrt hatte, erhob ich mich vorsichtig und ging zu dem Stuhl, über dem mein Rock hing. Ich zog das Papierknäuel hervor, griff nach meiner Lampe und trug beides in die Küche. Dort machte ich Licht.

Einen Moment lang betrachtete ich versonnen den neuen Glaskolben der Lampe, den Oskar mir geschenkt hatte. Er hatte noch keinerlei Rußspuren, das Licht brannte darin hell und klar.

Dann wandte ich mich dem Brief zu.

Ich hatte es nicht über mich gebracht, ihn zu verbrennen, denn es wurmte mich, nicht das ganze Schreiben gelesen zu haben. Meine Reaktion vorhin war voreilig gewesen. Bjarne hatte immer gemeint, dass man jemanden, der etwas zu sagen hatte, ausreden lassen sollte – auch wenn einem das Gesagte nicht passte.

Bjarne … Mein Herz fühlte sich schwer an. Welche Geheimnisse hattest du vor mir?

Ich schob den Gedanken beiseite und konzentrierte mich auf die Zeilen. Auch beim zweiten Mal wirkten sie nicht besonders freundlich. Widerwille regte sich in mir, doch ich zwang mich, weiterzulesen.

Ich kann mir denken, was dir jetzt durch den Kopf geht. Dass ich dir nichts mehr zu sagen habe. Das mag stimmen. Du bist achtundzwanzig und eine freie, mündige Frau.

Aber eine Mutter kann nur schwerlich davon ablassen, Träume und Wünsche für ihre Tochter zu haben. Es ist mir so unheimlich schwergefallen, dich an diesen Mann zu verlieren.

Doch vielleicht habe ich es auch falsch gesehen. Vielleicht habe ich den Fehler gemacht, dir nicht richtig zuzuhören?

Ich weiß, dass die Brücken zwischen uns, wenn auch nicht ganz zerbrochen, so doch sehr wacklig sind. Dennoch … würde ich mir wünschen, mit dir reden zu können. Von Angesicht zu Angesicht.

Überlege es dir bitte.

Viele Grüße von deiner Mutter

Ein Knarren ließ mich herumwirbeln. Liv stand in der Tür, barfuß, ein Tuch über dem Nachthemd. Müde rieb sie sich die Augen.

»Du bist das also«, sagte sie und trat näher. »Ich dachte schon, dass wir hier einen Einbrecher hätten.«

»Ich habe doch kein Geräusch gemacht«, gab ich zurück.

»Nein, aber ich habe den Lichtschein gesehen.« Sie zuckte mit den Schultern. »Seit der Sache mit Sten schlafe ich nicht mehr so gut.«

»Ein Einbrecher würde wohl kaum Licht machen.« Mit dem Fuß schob ich einen Stuhl unter dem Tisch hervor. »Setz dich, wenn du magst.«

Liv ließ sich nieder. »Du hast dir also doch noch mal den Brief angeschaut?«

»Ja.« Ich strich die welligen Kanten mit dem Finger glatt. »Ich fürchte, ich habe vorschnell geurteilt.«

»Hat sie etwas Versöhnliches geschrieben?«

»Es ist merkwürdig«, sagte ich, während mein Blick erneut über die Zeilen schweifte. »Zunächst kommt sie mit den alten Vorwürfen. Dann jedoch sagt sie, dass sie mich gern wiedersehen würde.« Ich rieb mir übers Gesicht. Das Nachdenken machte meine Lider schwer. »Mein Vater ist offenbar krank.«

»Was hat eigentlich zu eurem Zerwürfnis geführt? Wirklich nur, dass du deinen Bjarne geheiratet hast?«

Ich nickte und schnaubte spöttisch. »Kaum zu glauben, nicht wahr?«

»Er scheint ein guter Mann gewesen zu sein. Warum also die Abneigung?«

»Was weiß ich. Weil sie glaubten, dass er nicht gut genug für mich wäre. Dass er das Weite suchen, mich im Stich lassen würde.« Die letzten Worte ließen meine Kehle trocken werden.

Ich schüttelte den Gedanken ab. Der Brief meiner Mutter verlangte eine sofortige Entscheidung von mir.

»Vielleicht sollte ich den Versuch wagen und zu ihnen fahren«, sagte ich. »So kann mein Vater nicht behaupten, dass ich ihn trotz seiner Krankheit gemieden hätte.«

»Nach allem, was ich gehört habe, bist du ihm nichts schuldig«, sagte Liv.

»Du hast recht. Aber möglicherweise …« Ich stockte und blickte wieder auf das Schreiben. »Ich kann mich nicht gegen die Hoffnung wehren, die dieser Brief in mir auslöst.«

Liv sah mich besorgt an. Ich spürte ihre Zweifel. Aber etwas in mir wollte an einen Wandel glauben.

»Hör auf dein Herz«, sagte sie. »Und wenn es dir sagt, dass du zu ihnen gehen musst, dann tu es.«

6

Alexej

Ich wusste nicht, was ich mir dabei gedacht hatte, zu diesem Haus zu gehen. Nun verfluchte ich mich dafür. Es war unklug gewesen. Ich hätte es anders anstellen müssen. Aber jeder, den ich in Karlskrona gefragt hatte, hatte mich zu dem kleinen Krämerladen von Ove Malmström geschickt.

Der alte Mann hinter der Theke hatte mich zunächst nicht verstanden. Dabei bildete ich mir ein, dass mein Schwedisch ganz passabel war. Ich hatte es von einigen schwedischen Matrosen gelernt, mit denen ich gefahren war. Nachdem ich es mehrfach wiederholt hatte, schien bei ihm der Groschen zu fallen.

»Wenn Sie etwas über Bjarne Walsted wissen wollen, müssen Sie zu seiner Frau gehen.«

Diese Worte hatten mich wie ein Fausthieb getroffen.

Dann hatte ich sie gesehen und sie mich, und plötzlich war sie zusammengebrochen. Ich war normalerweise niemand, der einfach so weglief. Aber in diesem Augenblick wusste ich keinen anderen Ausweg.

Jetzt bedauerte ich meine Flucht. Diese Frau war möglicherweise die Einzige, die mir etwas zu diesem Mann hätte erzählen können.

Schnaufend wälzte ich mich auf meinem Lager herum. Das kleine Zimmer war recht ordentlich, doch das Bettgestell quietschte furchtbar, wenn man sich darauf bewegte. Außerdem fehlte mir das Schwanken, das Klatschen der Wellen und das Raunen des Windes. An Land zu sein fiel mir immer sehr schwer, und ich konnte es kaum erwarten, wieder auf See zu kommen.

Was sollte ich tun, wenn ich ihn nicht fand? Würde ich meiner Mutter ins Gesicht blicken und ihr sagen können, dass es mir unmöglich gewesen war, ihre Nachricht zu überbringen?

Und was tat ich in der Zwischenzeit? Ich war kein reicher Mann, hatte mir lediglich etwas von meiner Heuer zusammengespart für den Fall, dass ich keine neue Arbeit fand.

Schließlich erhob ich mich. Es hatte keinen Zweck, Ruhe zu suchen, wenn mein ganzer Körper zu brennen schien. Ich schlüpfte in meine Kleider und verließ das Zimmer. Ich musste nachdenken, und das konnte ich am besten am Hafen tun, dort, wo der Wind blies und der vertraute Geruch des Meeres mich umgab.

Die letzten Gäste des Gasthofes saßen noch am Tresen. Ich sah sie, als ich durch den Hintereingang schlüpfte und dann am Fenster vorbeiging.

Vor ein paar Monaten hätte ich das sein können. Wenn wir in einem Hafen lagen, hatte ich mich mit meinen Kameraden immer in die jeweiligen Gasthöfe gesetzt und dort getrunken und mich manchmal auch zu einem Mädchen gelegt – egal, ob gegen Bezahlung oder ohne.

Seit ich von der Krankheit meiner Mutter wusste, hatte sich das geändert. Ich fand keinen Gefallen mehr an den Freudenmädchen, und der Alkohol verursachte mir Albträume. Nachdem ich etliche Male im Schlaf gesehen hatte, wie meine Mutter vor meinen Augen in Blut ertrunken war, hatte ich es sein lassen.

Die milde Abendluft tat mir immerhin gut, sie klärte meinen Kopf, und es gelang mir, das Bild der Sterbenden zurückzudrängen.

Die Straßen der Stadt waren verwaist, nur hier und dort hörte man das Bellen eines Hundes. Auch ohne alle Wege dieses Ortes zu kennen, gelangte ich bald in die Nähe des Hafens. Mehrere Dampfschiffe lagen vor Anker, eines von ihnen wurde sogar noch im Lampenschein entladen.

Sofort regte sich in mir der Wille nachzufragen, ob sie noch ein Paar Hände gebrauchen konnten. Dann erinnerte ich mich wieder an meinen Auftrag. Nein, ich konnte nicht einfach davonfahren und sie im Stich lassen. Ich musste diesen Mann finden.

Ich entfernte mich also wieder von dem Schiff und strebte einigen leeren Bänken zu. Dort ließ ich mich nieder und beobachtete von Weitem das Schiff. Sehnsucht nach dem Meer erwachte in meiner Brust. Meine Mutter konnte das nicht verstehen – doch wer von den Leuten an Land war schon dazu in der Lage?

»Was dagegen, wenn ich mich zu Ihnen setze?«, fragte eine Stimme. Offenbar hatte ihr Besitzer ziemlich tief ins Glas geschaut. Ich blickte zur Seite. Menschen hatten es an sich, meine Nähe zu suchen, das kannte ich von anderen Orten – und auch von Schiffen. Keine Ahnung, wie sie darauf kamen, dass man mir vertrauen oder mit mir ein gutes Gespräch führen konnte.

Zunächst war das Gesicht des Mannes kaum in der Dunkelheit auszumachen, doch als er die Bank umrundete, erkannte ich den Krämer, den ich gestern aufgesucht hatte.

Auch er schien sich an mich zu erinnern. »Ah, Sie!« Er schaute mich glasig an. »Haben Sie sie gefunden?«

Ich nickte. »Ja, aber sie … sie ist in Ohnmacht gefallen, bevor ich sie ansprechen konnte.«

Der Alte zog die Augenbrauen zusammen, als hätte er mich nicht richtig verstanden. »Das ist bedauerlich. Armes Mädchen. Sie hat so viel durchgemacht.«

Sie war eine hübsche Frau und wirkte nicht, als hätte das Leben ihr sonderlich viele Steine in den Weg gelegt. Dass sie vor mir zusammengebrochen war, schrieb ich ihrer Schwäche zu. Sie war eben nicht wie meine Mutter.

»Was denn?«, fragte ich spöttisch. »Sie ist die Frau eines Kapitäns und wohnt in einem hübschen Haus.« Ich konnte nicht umhin, Abscheu für sie zu empfinden.

Der Alte sah mich eine Weile prüfend an. »Ja, wissen Sie es denn nicht?«, fragte er mich dann. »Ich dachte, Sie wüssten es.«

»Was soll ich wissen?«

»Dass Bjarne Walsted tot ist.«

7

Oskar

Am nächsten Morgen machte ich mich in aller Frühe auf den Weg zur Privatadresse des Verlegers der *Blekinge Läns Tidning*. Seit dem Artikel über Sten Boregards Machenschaften, der großen Wirbel in der Stadt verursacht und der Zeitung haufenweise neue Leser verschafft hatte, war Ron Lundström bester Laune und hatte mich zu seinem Lieblingsreporter auserkoren.

Das war mir unangenehm, denn natürlich zog ich mir damit den Neid der Kollegen zu. Hendrik Mortensen, der für die Versammlungen des Stadtrates zuständig war, bedachte mich mit finsteren Blicken. Ich wusste, dass er bei den anderen gegen mich stichelte.

Normalerweise hätte ich meine Zelte hier längst abgebrochen. Ich hatte meine Pflicht getan, indem ich Sten Boregard das Handwerk gelegt und ihm den Versicherungsbetrug nachgewiesen hatte. Doch Marlene hielt mich hier, und ich war sehr froh, dass die Versicherung mir noch keinen neuen Auftrag erteilt hatte.

Während ich mir die allgegenwärtige frische Seeluft um die Nase wehen ließ, schweifte mein Blick durch die Gegend.

Die Drottninggatan war eine der größten Straßen in Karlskrona. Sobald die neue Straßenbahnlinie eröffnet wurde, würden sämtliche Bahnen von hier aus durch die Stadt fahren. Die frisch verlegten Gleise glänzten in der Morgensonne, und als gebürtiger Stockholmer erwartete ich, dass jeden Augenblick ein Tramwagen vorbeifahren würde. Doch noch mussten sich die hiesigen Bewohner ein wenig gedulden.

Die Häuser hier waren gediegen und bürgerlich, viele von ihnen waren in strahlenden Farben gestrichen und mit kunstvoller Stuckzier versehen. Rosen und Gladiolen blühten in den Vorgärten.

Schließlich stand ich vor Lundströms Haus, einem Ziegelbau, von dessen Balkonen an der Frontseite man sicher einen guten Blick auf die Straße hatte.

Kaum hatte ich geklingelt, erschien Lundström auch schon an der Tür. »Guten Morgen, Andersson, kommen Sie rein!«

»Vielen Dank für die Einladung, Herr Lundström«, sagte ich und schüttelte ihm die Hand.

»Meine Frau ist schon sehr begierig darauf, Sie kennenzulernen.«

Ich folgte dem Verleger die Treppe hinauf ins erste Stockwerk. Dicke Teppiche dämpften unsere Schritte, und der Geruch von frisch gebrühtem Kaffee strömte mir entgegen.

Elsa Lundström, eine hübsche Frau Ende dreißig, begrüßte mich mit einem herzlichen Lächeln. Sie trug ihr kastanienbraunes Haar zu einem lockeren Knoten geschlungen, und ihr schlanker Körper steckte in einem cremefarbenen Kleid mit einem feinen Blümchenmuster.

»Es freut mich sehr, dem Mann zu begegnen, der diese furchtbare Sache aufgedeckt hat«, sagte sie. »Sie wissen gar nicht, wie oft Ron von Ihnen gesprochen hat!« Sie warf ihrem Gatten einen verliebten Blick zu. Ich unterdrückte ein Schmunzeln, als ich sah, dass er rot wurde. »Kommen Sie mit ins Esszimmer. Ich bin gespannt, was Sie zu berichten haben.«

Frau Lundström führte uns in einen lichtdurchfluteten Raum, an dessen Wänden kleine Gemälde hingen. In einer aus rötlichem Holz gefertigten Anrichte wurde kunstvoll bemaltes Porzellan präsentiert. Mein Blick wanderte allerdings weiter zu einem gläsernen Gewächshaus, das auf dem Fensterbrett stand. Die Bleiglasscheiben zeigten zarte Blumenmuster, und wie es aussah, konnte man sie zum Lüften sogar hochklappen. Darinnen befanden sich Töpfe mit verschieden geformten Sukkulenten. Einige von ihnen hatten rote Blätter, andere weiße Punkte auf sattem Grün. Ich fragte mich, ob so ein Gewächshaus nicht etwas für Marlene wäre.

»Die Leidenschaft meiner Frau«, bemerkte Lundström, als er mein Interesse bemerkte. »Wenn Sie Elsa eine Freude machen wollen, dann bringen Sie ihr keine Rosen mit, sondern einen von diesen lebenden Steinen.«

»Nicht alle sind *Lithops*, mein Lieber!«, protestierte Frau Lundström. »Ich habe auch *Haworthia, Echeveria, Gasteria* und sogar eine echte *Aloe vera*!«

»Meine Frau stammt aus einer Gärtnerfamilie«, fügte Lundström hinzu. »Sie weiß mehr über Pflanzen als irgendjemand sonst in Karlskrona. Ich hatte ihr ans Herz gelegt, ein Studium aufzunehmen, aber sie möchte nicht.«

»Wer sollte sich um deinen Haushalt kümmern, wenn ich in Stockholm bin? Außerdem bin ich zu alt zum Studieren.«

»Sagen Sie das nicht«, gab ich zurück. »Sie sind jung genug!«

»Ach, Sie schmeicheln mir«, erwiderte die Frau lachend, dann verschwand sie in der Küche.

»Gibt es etwas Neues?«, fragte Lundström, während er sich auf seinem Platz zurücklehnte. »Ist schon absehbar, wann der Prozess gegen Boregard beginnt?«

»Bisher steht noch kein Termin fest. Aber vor zwei Tagen ist Staatsanwalt Neström hier gewesen. Die Beweissicherung ist abgeschlossen, und jetzt wird es nur noch eine Frage der Zeit sein.«

»Wollen wir hoffen, dass die Mühlen der Justiz nicht zu langsam mahlen. Boregard mag betrogen haben, aber dennoch ist seine Reederei ein wichtiger Zweig der hiesigen Industrie.«

»Ich bin sicher, dass Frau Boregard die Sache im Griff hat. Sie hat mit Rudolph Ekström einen fähigen Geschäftsführer an ihrer Seite.«

»Der Sekretär?«, fragte Lundström verwundert.

»Er macht einen sehr kompetenten Eindruck.« Mehr wollte ich dazu nicht sagen. Es musste niemand wissen, dass Rudolph Ekström mein Informant gewesen war.

»Wie hält Frau Boregard sich denn so?«, fragte Lundström weiter.

»Gut. Soweit ich gehört habe, ist sie dabei, sich neu zu ordnen.«

Es ging niemand etwas an, dass Liv Boregard sich scheiden lassen wollte.

»Es muss furchtbar für sie sein … Traut sie sich noch unter die Leute? Ihre Freundinnen sind sicher ziemlich konsterniert. Sie ist doch mit Nanna Skantze befreundet, nicht wahr?«

»Ich fürchte, da müssen Sie sie selbst fragen«, wich ich aus. »Die weiblichen Seilschaften in diesem Ort sind weniger von Interesse für mich.«

Lundström nahm diese Information mit einem Nicken hin. Ich fragte mich, ob seine Frau zu den Freundeskreisen der feineren Damen Karlskronas Zugang hatte.

»Und was ist mit dieser Kapitänsfrau?«, fuhr er nach kurzem Überlegen fort.

»Marlene Walsted?« Ich versuchte, meine Miene zu verschließen. Niemand durfte wissen, dass uns mehr verband als das Unglück der *Solveig* und die Ermittlungen gegen Sten Boregard. Allerdings sah ich jetzt eine Möglichkeit, mein Anliegen anzubringen. »Soweit ich weiß, plant sie, mit einigen Freundinnen ein Haus für in Not geratene Frauen zu eröffnen.«

»Ein Haus für Frauen?«, echote Elsa Lundström, als sie ein Tablett mit Kaffeekanne und unserem Frühstück hereintrug. »Das klingt ja aufregend! Was ist das für ein Haus?«

Sie goss Kaffee ein und stellte dann Schälchen mit Marmelade und Butter, Eier sowie einen gut gefüllten Brotkorb vor uns ab.

»Es befindet sich in Nättraby und ist so etwas wie ein Bauernhof. Sie plant, Frauen aufzunehmen, die unverschuldet in Not geraten sind.«

»Das ist ein sehr lobenswertes Unterfangen«, sagte Frau Lundström. »Darüber sollten Sie unbedingt einen Artikel verfassen! Wer sind diese Freundinnen denn?«

Ich rang mit mir. Konnte ich Liv Boregard nennen? Es war eine sehr edle Sache, und möglicherweise würde man es ihr positiv auslegen, wenn die Stadt erfuhr, dass sie beteiligt war.

»Versprechen Sie mir, diese Information diskret zu behandeln?«, fragte ich. »Ich weiß nämlich noch nicht, ob ich sie verwenden darf.«

Lundströms Augen begannen zu leuchten. »Natürlich! Ich werde schweigen wie ein Grab!«

»Ich ebenfalls«, versprach Frau Lundström.

Ich nahm einen großen Schluck Kaffee, dann sagte ich: »Eine der Unterstützerinnen dieses Vorhabens ist Liv Boregard.«

Nach dem Frühstück machten wir uns gemeinsam auf den Weg zum Büro. Lundström erzählte mir, dass die Eröffnung der Straßenbahnlinie wohl im September zu erwarten sei. »Damit kann ich in Windeseile im Büro sein, wenn etwas ist!«

Ich war nicht sicher, ob die Kollegen darüber begeistert sein würden.

»Es wird ohnehin interessant werden in den kommenden Monaten«, fügte er hinzu. »Die Elektrizitätsgesellschaft plant, ihr Netz zu erweitern. Schon bald könnten auch die Außenbereiche von Karlskrona mit elektrischem Licht versorgt werden. Dann könnte die Straßenbahn nach Pantarholmen oder sogar bis Marieberg fahren.«

Ich wusste, dass Lundström ein begeisterter Anhänger der Moderne war. Und auch mir gefiel es, schneller durch die Stadt zu kommen.

»Ich könnte darüber berichten«, schlug ich vor, worauf Lundström mir auf die Schulter klopfte. »Tun Sie das, tun Sie das! Sie sind ohnehin das beste Pferd in meinem Stall.«

Im Flur trennten sich unsere Wege. Lundström erklomm die Treppe zu seinem Büro, ich ging in meines. Auf halbem Weg kam mir Ingmar, unser Botenjunge entgegen. »Ah, Herr Andersson! Ein Telegramm ist vorhin für Sie angekommen.«

»Danke«, sagte ich, dann riss ich den Umschlag auf – und schnappte erschrocken nach Luft.

8

Liv

Keuchend stellte ich den Wassereimer auf dem Boden ab. Die Wärme, die schon jetzt beträchtlich war, ließ mir den Schweiß am Rückgrat entlanglaufen. Doch ich war fest entschlossen, mich mit dem Rußfleck vor dem Kamin anzulegen. Wenn wir hier neu anfingen, brauchten wir keinen alten Schmutz.

Das letzte Mal, dass ich einen Boden mit Sand geschrubbt hatte, lag Jahre zurück. Dieser Teil der Arbeit in den Pfarrhäusern hatte mir während meiner Ehe mit Sten nie gefehlt. Und da sich in Karlskrona Astrid um die Reinigung kümmerte, besaß ich kein einziges Kleidungsstück, das dafür geeignet gewesen wäre. Doch auf meinem schwarzen Rock würde man die Flecke sicher nicht so sehen.

Ich schlug den Rocksaum hoch und steckte ihn in den Bund, damit ich die Beine frei hatte. Dann streute ich Sand aus, griff nach einem Ziegelstein und ging auf die Knie. Mein Rücken beschwerte sich kurz, aber schnell gewöhnte ich mich wieder an diese Tätigkeit. Es war sehr befriedigend zu sehen, wie sich der Ruß von den Bodendielen löste.

»Soll ich dir helfen?«, hörte ich Ingrid nach einer Weile hinter mir fragen.

»Danke, ich komme zurecht«, gab ich zurück und streute erneut Sand und Wasser auf den dunklen Fleck. »Ich will nicht nur die Geldgeberin für das Rosenhag sein, sondern mit anpacken. In den Pfarrhäusern hat es mir auch nicht geschadet.«

»Gut«, sagte Ingrid. »Ich bin im Stall bei den Ziegen.«

Ich hatte die geschwärzte Stelle zur Hälfte geschafft, als es plötzlich an der Tür hämmerte. Zunächst dachte ich, Ingrid würde öffnen, aber offenbar war sie noch immer bei den Ziegen. Ich erhob mich also und ging in die Küche.

War es wieder der Fremde? Marlene war in aller Frühe nach Ronneby aufgebrochen, um ihre Eltern zu besuchen. Aber vielleicht würde er mir diesmal verraten, was er von ihr wollte.

»Ich komme!«, rief ich und spülte mir rasch Sand und Schmutz von den Händen. Anschließend trat ich an die Tür und öffnete. »Guten Mo…« Die Worte blieben mir im Hals stecken, als ich in das Gesicht unseres Besuchers blickte.

9

Marlene

Während der Zugfahrt nach Ronneby hatte ich versucht, mir das Bild des Hauses wieder vor Augen zu rufen, doch festgestellt, dass meine Erinnerung verblichen war wie Stoff, der zu lange in der Sonne gehangen hatte. Nun wunderte ich mich darüber, wie wenig sich seit meinem letzten Besuch geändert hatte.

Die rote Farbe der Hauswände war schon damals etwas abgeblättert gewesen. Efeu wucherte den Giebel hinauf bis zu dem Fenster, hinter dem sich früher meine Kinderstube befunden hatte. Die Rosen im Vorgarten blühten üppig.

Ich hätte längst durch die Gartenpforte treten und den Kieselweg zur Tür beschreiten sollen. Doch die Last der Erinnerung auf meiner Seele hielt mich zurück.

Von Trauer und Gram gezeichnet hatte ich meine Eltern aufgesucht, um ihnen die Nachricht von Bjarnes Tod zu bringen. Mitgefühl hatte ich nicht bekommen. Lediglich die pragmatische Äußerung, dass ich jetzt frei wäre, um mir einen anständigen Mann zu suchen.

»Du bist zwar eine Witwe, aber noch jung genug, um Kinder zu bekommen. Sicher wird dich irgendwer heiraten.« Diese Worte meines Vaters hatten eine Wunde in mein Herz geschlagen, die ich jetzt wieder aufreißen fühlte.

Doch ich konnte nicht hier stehen bleiben. Wahrscheinlich hatte meine Mutter mich längst gesehen.

Ich gab mir einen Ruck, öffnete die Gartenpforte, dann schritt ich den gepflasterten Weg entlang. Vor der Tür zögerte ich erneut, um meine Kleidung ein wenig zu richten. Der Fußmarsch vom Bahnhof hierher hatte mir nicht gutgetan und die Schweißflecke unter meinen Armen noch vergrößert. Ich wusste, dass meine Mutter Unordnung hasste, besonders bei meiner Kleidung.

Schließlich klopfte ich.

Offenbar hatte meine Mutter mich doch nicht bemerkt, denn es dauerte eine Weile, bis sie öffnete.

Sie wirkte älter, als ich sie in Erinnerung hatte. Ihre blonde Haarpracht, die sie zu einem Dutt geschlungen trug, wirkte verblichen, die Zeit hatte einen Teil des Goldes in Silber verwandelt. Auch ihre Augen waren stumpfer geworden, das Blau wirkte verwaschen und matt. Es schien eine Ewigkeit her zu sein, dass sie vor Glück geleuchtet hatten.

»Marlene«, sagte sie.

»Hallo Mutter«, gab ich zurück.

Wir schauten uns eine Weile an. Erinnerte sie sich jetzt ebenfalls daran, wie unsere letzte Begegnung ausgegangen war?

»Ich habe deinen Brief erhalten«, sagte ich, als sie keine Anstalten machte, mich hereinzubitten. »Es war sehr freundlich, dass du geantwortet hast.«

Noch immer zögerte sie, und ich fragte mich, ob das, was sie geschrieben hatte, nur ein Anfall nächtlicher Sehnsucht gewesen war.

Dann überzogen sich ihre Augen mit einem feuchten Schimmer, und das Blau begann ein wenig mehr zu leuchten.

»Komm doch rein«, sagte sie nun. »Vater wird sich freuen, dich wiederzusehen.«

Während ich über die Schwelle trat, überkam mich eine leichte Enttäuschung. Doch was hatte ich erwartet? Eine Umarmung vielleicht? Wenigstens eine kleine Berührung, ein Griff nach meiner

Hand? Clara Dahl war keine Frau, die mit ihren Zärtlichkeiten verschwenderisch umging. Schon früher hatte sie mich nicht sehr häufig in den Arm genommen. Bei meinem Vater war das zumindest zu meinen Kinderzeiten anders gewesen.

Ich kämpfte gegen die Tränen an, die in mir aufstiegen, als ich die Küche betrat. Das hier war der Ort, an dem ich mich gegen meinen Vater gestellt hatte, als dieser mir verbieten wollte, Bjarne zu heiraten. Der Ort, an dem wir uns immer wieder gestritten hatten.

»Möchtest du etwas trinken?«, riss mich die Stimme meiner Mutter aus meinen Gedanken. Ich wandte mich überrascht um. Es war lange her, dass sie mir etwas angeboten hatte. Beim letzten Besuch hatte ich nicht mal ein Glas Wasser bekommen.

Etwas sagte mir, dass es vielleicht ein Fehler wäre, etwas von ihr anzunehmen. Aber mein Herz, das sich immer noch nach der Liebe meiner Mutter sehnte, ließ mich antworten: »Ja, gern.«

Mutter ging zum Küchenschrank, holte eine Tasse hervor, die mit Erdbeeren bemalt war, und goss etwas aus einer Karaffe ein. Der Geruch von Preiselbeeren stieg mir in die Nase. Meine Mutter hatte immer schon ganz wunderbaren *Lingondricka* hergestellt.

Ich nahm einen Schluck und ließ zu, dass der Geschmack meine Sinne umhüllte. Bilder von glücklichen Sommern huschten an mir vorbei. Nachmittags im Wald und an lauen Abenden in unserem Garten …

»Geht es dir gut?«, fragte meine Mutter nun. »Es muss heiß sein in diesem … Haus.«

»Das Rosenhag ist keine Hütte, Mutter«, sagte ich. »Es ist ein richtiges Haus aus Lehm und Holz. Der Wildhüter des Gutes von Nättraby hat dort gewohnt. Möglicherweise kannte Vater ihn.« Ich blickte auf die Tasse, von der ein Rinnsal hinunterlief wie Blut.

Mutter zog die Stirn kraus, wie immer, wenn sie glaubte, ich würde ihr irgendwelche Geschichten erzählen. »Wie konntest du es kaufen?«

»Ich habe es als Entschädigung bekommen für Bjarnes Tod.«

Die Erwähnung meines Mannes ließ sie erstarren.

»Wo ist Vater?«, fragte ich, denn ich wollte nicht weiter darüber reden.

»Im Schlafzimmer«, antwortete sie. »Er hat einen Schlaganfall erlitten.«

10

Liv

Für einen Moment wusste ich nicht, was ich sagen sollte. Ich hatte mir Worte für den Fremden zurechtgelegt, nicht für meinen Onkel, mit dem ich noch nie ein Wort gewechselt hatte. Das letzte Mal hatte ich den neuen Gutsherrn von Wik auf der Beerdigung meines Vaters gesehen. Damals hatten wir nur einen einzigen kurzen Blick getauscht.

Jetzt stand er hier.

»Gute Morgen, Liv«, sagte er. Es erschreckte mich, wie sehr seine Stimme der meines Vaters ähnelte. Und dass er meinen Namen kannte. Sogleich erfasste mich die seltsame Starre, die mich auch gegenüber meinem Vater erfasst hatte.

»Carl …« Ich stockte, denn ich wusste nicht, wie ich ihn wirklich ansprechen sollte. Durch mein Blut gehörte ich zu seiner Familie, aber ich war unehelich geboren.

»Ich hatte nicht erwartet, dich hier anzutreffen«, sagte er mit einem spöttischen Lächeln. Dass ich ihn mit dem Vornamen ansprach, schien ihn nicht zu stören. »Wo Sten doch meinte, dass er dich woanders unterbringen wollte.«

Woanders unterbringen? Hatte er ihm auch von der Nervenklinik erzählt, in die er mich stecken wollte? Carls Worte ermöglichten es mir endlich, die Starre abzuschütteln. Eine Welle des

Zorns jagte durch meinen Körper. »Was willst du?«, fuhr ich ihn an.

»Ist dein Mann da?«, fragte er und schaute über meine Schulter.

Am liebsten hätte ich ihm die Tür vor der Nase zugeknallt.

»Nein«, gab ich zurück und fragte mich, ob er nicht die Zeitung gelesen hatte. Ganz Karlskrona wusste mittlerweile, dass Sten in Untersuchungshaft saß.

Er maß mich einen Augenblick lang, dann fragte er: »Ich habe mich gefragt, ob das Grundstück schon einen Käufer gefunden hat. Möglicherweise habe ich das Angebot deines Mannes zu vorschnell abgelehnt.«

»Das Haus hat mittlerweile eine neue Besitzerin, ja«, sagte ich.

»Und wen? Hat er es etwa wieder dir überlassen? Nachdem du versucht hast, Landstreicherinnen hier unterzubringen?«

Ich verschränkte die Arme vor der Brust. »Diese Frauen waren keine Landstreicherinnen. Einer von ihnen gehört das Haus nun.«

Diese Worte jagten ihm einen sichtlichen Schrecken ein. »Diese Frauen konnten doch unmöglich die Summe aufbringen …«

»Nun, vielleicht hättest du Zeitung lesen sollen. Mittlerweile haben sich die Dinge ein wenig geändert.«

Jetzt blickte er drein, als hätte ich ihm eine Ohrfeige versetzt. Er brauchte einen Moment, dann sagte er: »Ich warne dich! Wenn ihr hier irgendwelche verkommenen Subjekte unterbringt, werde ich euch die Polizei schicken.«

Ich zitterte innerlich, doch ich hielt seinem Blick stand. Ich wusste nicht viel von meinem Onkel, aber eines war klar: Nie hatte er auch nur einen Moment Not gelitten in seinem Leben. Nie hatte er ernsthaften Hindernissen gegenübergestanden. Er hatte eine Frau geheiratet, Kinder gezeugt, dafür gesorgt, dass sie ein Leben führten, das der Gesellschaft gefiel.

Der einzige Makel, der an ihm haftete, war nicht mal wirklich einer: Er war der zweitgeborene Sohn, die Reserve, die weder den

Titel noch das Gut erben würde. Die Zeit hatte ihm allerdings den Gefallen getan, auch das zu korrigieren.

»Wenn du nichts anderes zu sagen hast, muss ich dich bitten zu gehen«, sagte ich, noch immer um Fassung bemüht.

Carl musterte mich noch einen Moment lang, dann wandte er sich um. Doch wenn ich glaubte, dass er einfach so verschwinden würde, hatte ich mich verrechnet.

Mitten in der Bewegung hielt er inne und schaute sich noch einmal nach mir um. »Ich habe nie verstanden, was mein Bruder an deiner Mutter gefunden hat. Er hätte jede andere Frau bekommen können anstelle dieses Bauerntrampels. Und du? Ich habe keine Ahnung, wie du dir einen Mann wie Boregard angeln konntest ...«

Der Boden schien plötzlich unter meinen Füßen zu schwanken. Es war der Wunsch seines Bruders gewesen, dass ich Sten für mich gewann. Doch das wollte ich ihm nicht erklären. Ich wollte ihn einfach nur von der Türschwelle forthaben.

»Jetzt gehst du zu weit!«, brüllte ich ihn an. »Raus, und zwar sofort!«

Noch einmal warf er mir einen halb spöttischen, halb zornigen Blick zu, dann verschwand er und ließ mich keuchend und zitternd zurück.

II

Marlene

»Ein Schlaganfall?« Ich starrte sie erschrocken an. »Das hättest du mir sofort mitteilen sollen!«

»Hätte das etwas geändert?«, gab sie kühl zurück. »Du führst dein Leben und wir unseres, das hast du uns klargemacht.«

»Das bedeutet nicht, dass du mir so etwas Gravierendes vorenthalten darfst!«

Zornig wandte ich mich um. Wir mochten unsere Differenzen haben, aber das hier war etwas anderes. Hätte sie auch geschwiegen, wenn er gestorben wäre? Mit langen Schritten stürmte ich zum Schlafzimmer meiner Eltern. Die Tür stand leicht offen, was bedeutete, dass man eintreten durfte.

In meiner Kindheit hatte es strikte Regeln für diesen Ort gegeben. War die Tür zu, hatte ich draußen zu bleiben. Meine Eltern schliefen dort nicht nur miteinander, sie führten dort auch die Gespräche, die ich nicht hören sollte.

»Vater?«, sagte ich.

Sein Anblick traf mich bis ins Mark. Er lag ausgestreckt im Bett, die rechte Hand ein wenig verkrümmt auf der Decke. Seine rechte Gesichtshälfte hing herunter, und das dazugehörige Auge tränte. Da seine Beine unter der Bettdecke verborgen waren, wusste ich nicht, ob er sie überhaupt noch bewegen konnte. Doch sein Verstand war wach, was ich daran erkannte, dass er die nicht gelähmte linke Augenbraue hob.

»Mar…lene?« Der Schlaganfall hatte seine Sprache ein wenig verwischt. Ich trat zu ihm.

Er hatte nie gutgeheißen, dass ich Bjarnes Frau geworden war, doch er war mein Vater. Der Mann, der mich gelehrt hatte, wie man im Wald überleben konnte.

»Vater«, sagte ich und griff nach der verkrümmten Hand. Sie fühlte sich kalt und leblos an. Mitleid überkam mich. Bedauern. Mein Vater war niemand, der einfach so im Bett herumgelegen hätte. Ich kannte ihn nur ständig arbeitend, ständig umherlaufend. »Mutter schrieb mir, dass du krank wärst«, begann ich. »Wie … wie ist das passiert?«

»War im … Wald«, antwortete er. »Bin gefallen.«

»Die Waldarbeiter haben ihn gefunden«, sagte meine Mutter, die hinter mir ins Zimmer getreten war. »Sie haben ihn ins Krankenhaus gebracht, aber der Arzt meinte, man könnte wenig tun.«

»Warum … bist du hier?«, fragte er, und der Blick in seinen Augen veränderte sich. »Hast du einen neuen …« Er presste die Lippen zusammen, das Wort »Mann« schien nicht hinauszuwollen.

»Nein, ich … ich wollte Saatgut holen. Für das Haus, in dem ich jetzt wohne.«

Vater schaute an mir vorbei zu meiner Mutter. Hatte sie ihm erzählt, dass ich jetzt mit anderen Frauen zusammenlebte?

»Du brauchst einen … Mann«, fuhr er fort. Seine Sprache schien sich zu verbessern. »Einen guten …«

»Bjarne war nicht schlecht!«, schnappte ich und ließ seine Hand los.

»Er hat dich im Stich … gelassen.«

»Das hat er nicht!« Ich blickte zu meiner Mutter. Sag doch etwas!, ging es mir durch den Kopf. Weise ihn zurecht. Bjarne ist schon so lange tot, und noch immer … Ich atmete tief durch. Ich war nicht hier, um mir Vorhaltungen machen zu lassen.

»Du hättest nicht … fort sollen … Alles ist nicht, wie es sollte.«

»Das liegt nicht an mir, Vater!«, fuhr ich ihn an. »Bjarne war ein guter Mann. Dass er gestorben ist, ist nicht seine Schuld.«

»Es ist immer die Schuld des … Kapitäns.« Seine Züge verzerrten sich fast schon grotesk. »Er war zu alt … du hättest etwas Besseres verdient. Er war ein Taugenichts.«

Hilflos rang ich um Beherrschung. Mein Vater war krank, schwer krank sogar. Er war ans Bett gefesselt und bemitleidenswert. Doch mit jedem Wort, das er sprach, schwand mein Bedauern mehr.

»Wann wirst du aufhören, mir Vorwürfe zu machen?«, brach es aus mir hervor. »Wann wirst du einsehen, dass nicht du mein Leben bestimmst, sondern ich selbst!«

»Du wusstest nicht, was du tust!« Jetzt erhob auch er seine Stimme. Plötzlich merkte man ihm den Schlaganfall kaum noch an. »Du warst noch ein Kind.«

»Ich war alt genug!« Ich ballte die Fäuste. Wie hatte ich dieses immer wiederkehrende Gespräch satt! Weder Vater noch Mutter hatten sich länger mit Bjarne unterhalten, hatten sich die Zeit genommen, ihn kennenzulernen.

»Und was machst du jetzt?«, fuhr er fort, und durch den Schleier meiner Wut hörte ich deutlich, wie seine Worte klarer und seine Stimme schärfer wurden. »Haust mit fremden Frauen in einer Hütte!«

Also hatte Mutter es ihm erzählt.

»Das ist keine Hütte, sondern ein Haus.«

»Ein Armenhaus!« Vater versuchte seinen kranken Arm zu heben, doch es gelang ihm nicht.

»Wir sind nicht arm!«, entgegnete ich und fragte mich, warum ich überhaupt noch hier stand. Doch etwas brachte mich dazu, mich rechtfertigen zu wollen. »Wir leben von dem, was uns der Hof gibt. Und von dem, was uns der Wald schenkt.«

Er schnaubte. »Wenn es euch so gut geht, warum hast du dann deine Mutter um Hilfe gebeten?«

Ich wusste nicht, ob es die Worte, der Vorwurf oder sein Tonfall war. Innerhalb weniger Augenblicke konnte ich meine Tränen nicht mehr halten. Es würde nichts nützen. Ich konnte sagen, was ich wollte, er würde nicht anerkennen, dass ich in der Lage war, allein auszukommen. Einmal in meinem Leben war ich von dem abgewichen, was er und meine Mutter von mir wollten. Und jetzt sollte ich auf ewig büßen.

Plötzlich ging ein Ruck durch meinen Körper. Es war ein Fehler gewesen herzukommen. Ein Fehler, meiner Mutter zu schreiben. Es hatte ihm nur neue Munition gegen mich gegeben.

»Ich muss gehen«, sagte ich und schoss, ohne meinem Vater noch einen Blick zuzuwerfen, an meiner Mutter vorbei aus der Schlafstube. In Fahrt, wie ich war, stieß ich die Haustür auf und stürmte den Kieselweg entlang.

»Marlene!«, peitschte die Stimme meiner Mutter hinter mir her. Ich blieb stehen, wandte mich aber nicht nach ihr um. »Willst du die Sämereien nicht mitnehmen?«

Ich presste die Lippen und die Augen zusammen, Tränen liefen mir über die Wangen.

Wie konnte sie diese Frage überhaupt stellen? Sie war doch dabei gewesen! Sie hatte gehört, was mein Vater gesagt hatte! Alle Sämereien in ihrer Sammlung waren es nicht wert, mir anzuhören, dass ich im Elend säße und einen anderen Mann bräuchte.

»Ich habe keine Hilfe nötig«, sagte ich und trat durch die Pforte.

12

Oskar

Der Ruf nach Stockholm war überraschend gekommen. Den Grund hatte man mir nicht mitgeteilt, doch ich vermutete, dass es um Boregard ging. Lundström tolerierte das, aber er hatte mir die Frage auf den Weg mitgegeben, ob ich nicht ausschließlich für ihn arbeiten wollte, wenn alles vorbei war. Ich behielt mir eine Antwort vor, denn das wollte ich mit Marlene besprechen.

Ich erreichte den Bahnhof gerade noch früh genug, um mir einen Fahrschein zu kaufen, dann wurde der Mittagszug bereits aufgerufen. Ich würde Stockholm zwar erst am späten Abend erreichen, brauchte aber wenigstens nicht im Sitz zu schlafen.

Als der Zug vor uns zum Stehen gekommen war, stieg ich ein und begab mich an meinen Platz. Ich hatte mich für die zweite Klasse entschieden, weil ich nicht unnötig Spesen verursachen wollte. Damals, mit Marlene, war die erste Klasse eine Ausnahme gewesen, denn man hatte mich angewiesen, alles für ihren Komfort zu tun. Doch für mich selbst reichte eine einfachere Fahrt.

Inmitten von Männern, die Aktentaschen bei sich trugen oder aussahen, als würden sie mit ihrer Familie zu einer großen Reise aufbrechen, ließ ich mich auf meinen Platz nieder.

Als der Zug anruckte, nahm ich Notizbuch und Bleistift hervor und begann zu schreiben. Nach allem, was ich mit Marlene und auch

Liv erlebt hatte, fiel es mir nicht schwer, einen Einstieg für meinen Artikel über das Rosenhag zu finden. Ich begann mit dem von der Gesellschaft übersehenen Problem der Mittellosigkeit, die Frauen treffen konnte, wenn ihre Gatten starben. Dann leitete ich über zu der Gewalt, die manche Frauen auch ohne wirtschaftliche Not erfuhren – nämlich von ihren eigenen Ehemännern.

Ich war so vertieft in meine Arbeit, dass ich es kaum wahrnahm, als sich zwischendurch Reisende erhoben und an mir vorbeigingen.

»Entschuldigen Sie«, sprach mich plötzlich jemand an. »Sind Sie nicht der Journalist, der über den Reeder geschrieben hat?«

Ich blickte auf und sah in das Gesicht eines Mannes im mittleren Alter. Er trug einen braunen Anzug und einen Fedora auf dem Kopf, den er abnahm, als er sich mir vorstellte. »Sven Hammerstein. Ich bin Anwalt in Karlskrona.«

»Freut mich«, gab ich zurück, ohne seine Vermutung zu bestätigen. Ich hatte keine rechte Lust, mich mit ihm zu unterhalten. Hatte er womöglich etwas mit Sten Boregard zu tun? War er vielleicht sein Verteidiger? Womöglich war es kein Zufall, dass er mich in diesem Zug ansprach.

»Was kann ich für Sie tun?«, fragte ich also.

»Wenn Sie erlauben«, sagte er und sein Blick wanderte auf den leeren Platz neben mir.

»Bitte«, erwiderte ich und rückte ein Stück zur Seite.

Mein Magen begann zu rumoren. Irgendwas stimmte hier nicht. Boregard war es durchaus zuzutrauen, dass er versuchen würde, mich einzuschüchtern. Beim letzten Mal waren es ein Detektiv und seine Handlanger gewesen. Warum jetzt nicht ein Anwalt?

»Ich fand Ihren Artikel sehr interessant«, begann Hammerstein. »Und gleichzeitig hat es mich verwundert, dass Sie Sten Boregard auf die Schliche kommen konnten. Er hat Ihnen doch sicher nicht Tür und Tor geöffnet, nicht wahr?«

Ich spürte, dass er mich aushorchen wollte. »Nun, als Ermittler habe ich so meine Methoden, um an Informationen heranzukommen.«

»Hat die Frau des Kapitäns ihn ans Messer geliefert?«, fuhr Hammerstein fort.

»Dazu kann ich Ihnen nichts sagen, solange das Verfahren läuft. Wenn das Urteil gefällt wurde, werde ich vielleicht darüber berichten.«

»Wenn es denn dazu kommt«, entgegnete der Mann und schaute mir direkt in die Augen. »Möglicherweise könnte Sten Boregard schon bald wieder auf freiem Fuß sein.«

13

Marlene

Müde und mit einem Herzen voller Traurigkeit erreichte ich gegen Abend das Rosenhag. Die Aussicht auf Livs und Ingrids Gesellschaft tröstete mich ein wenig, und der Hunger, der mir nach der Begegnung mit meinem Vater gründlich vergangen war, kehrte mit jedem Schritt, den ich mich dem Rosenhag näherte, langsam zurück.

Als ich das Haus betrat, knurrte mein Magen lautstark.

»Nanu, hast du einen Bären mitgebracht?«, fragte Ingrid lachend.

»Ja, er ist gleich hinter mir«, sagte ich und deutete mit dem Daumen über die Schulter. »Er fragt, was es zu essen gibt.«

»Das Übliche«, erwiderte Ingrid, während sie den Kartoffeltopf vom Herd zog. »Wir sollten uns ein paar Hühner anschaffen, dann könnte ich Spiegelei machen.«

Schon beim Gedanken daran lief mir das Wasser im Mund zusammen. »Braten kannst du die Kartoffeln auch ohne Eier«, sagte ich und hängte meine Tasche an den Haken neben der Tür.

»Wie war es bei deinen Eltern?«, fragte Ingrid. »Haben sie sich anständig benommen?«

»Frag nicht«, winkte ich ab. »Mein Vater hatte einen Schlaganfall. Er sah furchtbar aus ... Trotzdem hat er mich mit Vorwürfen überzogen. Und meine Mutter ...« Ich seufzte schwer. »Sie hat geschwiegen, wie immer. Stell dir vor, nach allem, was er mir an den Kopf geworfen hat, fragte sie, ob ich die Sämereien mitnehmen wolle. Ich habe abgelehnt.«

»Armes Ding, das tut mir so leid.« Ingrid kam zu mir und schloss mich in die Arme. Es tat gut, ihren Zuspruch zu spüren. Wäre nur meine Mutter mehr wie sie …

»Wo ist Liv?«, fragte ich, als sie mich wieder freigab.

»Ich fürchte, sie hatte einen ziemlich wirren Tag«, antwortete Ingrid. »Erst ist ihr Onkel hier erschienen, und dann hat sie ein Telegramm bekommen.«

»Ihr Onkel?«, fragte ich verwundert.

»Sie meinte, er hätte nichts als Beleidigungen im Gepäck gehabt.« Ingrid seufzte. »Sie ist bestimmt im Garten.«

Ich verließ die Küche und umrundete das Haus. Liv saß auf der kleinen Bank im Schatten und hielt das Telegramm in den Händen.

»Liv?«, fragte ich und riss sie damit aus ihren Gedanken.

»Marlene, du bist wieder da!« Ihre Züge hellten sich ein wenig auf, aber ihr Blick wirkte besorgt. »Wie war es bei deinen Eltern?«

»Nicht gut, aber ich komme damit zurecht.« Ich ließ mich neben ihr nieder. »Ingrid meinte, du hättest einen harten Tag gehabt?«

»Das kannst du laut sagen!« Sie schnaubte. »Mein Onkel war hier, weil er … Ich weiß nicht … Er meinte, dass er vorschnell gehandelt habe, als er den Kauf des Hauses ausschlug. Als ich ihm sagte, dass das Haus dir gehört, beschimpfte er euch als Landstreicherinnen.«

»Was für ein …« Die Ungerechtigkeit seiner Worte schnürte mir die Kehle zu.

»Sten hat ihm diesen Floh ins Ohr gesetzt. Ich habe ihn rausgeworfen. Möglicherweise habe ich uns damit einen Feind gemacht.«

»Dann ist es vielleicht gut, dass Oskar vorhat, einen Artikel über uns zu veröffentlichen«, sagte ich. »Jedenfalls hat er mir erzählt, dass er seinen Verleger fragten wollte, ob Interesse besteht.«

Liv sah mich skeptisch an. »Was soll das bringen?«

»Unterstützung vielleicht«, gab ich zurück. »Möglicherweise möchte jemand etwas für unsere Sache spenden.«

»Darauf sollten wir uns nicht verlassen. Besonders nach allem, was in den vergangenen Wochen geschehen ist.«

»Trotzdem erfahren die Frauen in der Stadt wenigstens, dass es die Möglichkeit gibt, bei uns Hilfe zu suchen.«

Ich spürte, dass Liv nicht ganz wohl bei der Sache war. Doch sie sagte nichts mehr dazu und reichte mir das Telegramm.

»Das ist vor einer Stunde gekommen«, sagte sie.

Ich faltete es auseinander. Ein gewisser Sven Hammerstein schrieb: *Reise nach Stockholm – Gespräch mit den Anwälten Ihres Gatten – Zustimmung zur Scheidung unklar – Melde mich bei Rückkehr. H*

»Was hat das zu bedeuten?«, fragte ich, als ich das Papier zurückgab.

»Das, was dort steht.« Liv seufzte. »Wenn Sten sich weigert, der Scheidung zuzustimmen, werde ich vor Gericht ziehen müssen.«

»Aber hättest du das nicht ohnehin tun müssen?«

Liv verstaute das Schreiben in ihrer Tasche. »Nein. Wenn er zustimmen würde, könnten wir innerhalb weniger Wochen unserer Wege gehen. Diskret und ohne Aufsehen. Doch er scheint den Skandal zu wollen. Und er weiß, dass ich dabei den Schaden davontragen werde.«

14

Oskar

Ich blickte Hammerstein in die Augen. Hatte ich recht mit meiner Vermutung, dass er für Boregard arbeitete?

»Wer sind Sie überhaupt, dass Sie mich auf diese Sache ansprechen und mir Fragen stellen?«, fuhr ich ihn an.

»Ich bin der Scheidungsanwalt von Liv Boregard«, gab er nun zu. »Vielleicht können Sie meiner Mandantin helfen.«

»Wie sollte ich …« Die Worte blieben mir im Hals stecken. Livs Anwalt. Ich wusste, dass sie sich einen Rechtsbeistand genommen hatte, doch den Namen hatte sie nicht erwähnt. »Woher wissen Sie das über Boregard eigentlich?«

»Nun, ich habe so meine Verbindungen. Er lässt sich von Berger und Stein vertreten, beide sind sehr gute Anwälte. Sie wollen eine Kaution erwirken.«

Kaution! Das fehlte uns gerade noch. Staatsanwalt Neström hatte mir versichert, dass Boregard eine ganze Weile in Untersuchungshaft bleiben würde. Aber noch war kein Verfahrenstermin festgelegt worden. So war es durchaus möglich, dass seine Verteidiger beim Richter eine vorübergehende Freilassung aushandeln konnten. Auch wenn die Beweise erdrückend waren, galt er als unschuldig, bis das Urteil gefällt worden war.

»Haben Sie möglicherweise beobachtet, dass Boregard seiner

Frau gegenüber gewalttätig geworden ist?«, fuhr Hammerstein fort.

»Nein, wie sollte ich?«

»Und wie schätzen Sie die Schwere seiner Schuld ein? Könnte er viele Jahre ins Zuchthaus kommen?«

Ich verriet kein Geheimnis, indem ich antwortete: »Er hat zwanzig ertrunkene Männer auf dem Gewissen und versucht, die Seehaftpflichtversicherung zu betrügen. Als Anwalt können Sie sich ausrechnen, was für ihn auf dem Spiel steht.«

»In der Tat.« Hammerstein betrachtete mich eine Weile.

»Bitte verstehen Sie, dass ich Ihnen zu dem Verfahren nichts sagen kann«, fuhr ich fort. »Ich bin nur der Ermittler, nichts weiter. Ich werde natürlich meine Zeugenaussage machen, aber ich fürchte, ich kann Ihnen sonst nicht weiter behilflich sein.«

»Sollten Sie dennoch etwas haben, das Frau Boregard von Nutzen sein könnte, melden Sie sich bitte bei mir.« Er reichte mir seine Karte und empfahl sich dann.

Als er an seinen Platz zurückgekehrt war, wurde mir klar, warum er all das gefragt hatte. Das schwedische Scheidungsrecht war kompliziert. Wenn sich Paare nicht im Guten trennten, konnte es sehr langwierig werden. Für eine Scheidungsklage brauchte man einen schwerwiegenden Grund. Gewalt gehörte dazu, aber auch ein schweres Verbrechen mit Rufschädigung für den Gatten konnte der Anlass sein, einseitig eine Scheidung zu fordern.

Wenn jedoch Boregard wieder auf freien Fuß gesetzt wurde, würde die Scheidung ins Stocken geraten. Möglicherweise würde von Liv verlangt werden, sich wieder mit ihrem Mann zu versöhnen.

Was eine Freilassung Boregards für Marlene bedeuten konnte, wollte ich mir gar nicht ausmalen. Sicher würde er sofort damit beginnen, sie in Misskredit zu bringen. Und das wäre noch die beste Variante seiner Rache. Wie Marlene und ich am eigenen Leib erfahren hatten, war es nicht unter seiner Würde, Handlanger anzuheuern, die einem eine Abreibung verpassten. Und wer konnte schon wissen, was ihm noch alles einfiel.

Gegen zehn Uhr abends erreichte der Zug Stockholm. Ich rieb mir über das Gesicht. Mein Körper verlangte nach Schlaf, meine Lider waren bleischwer. Über meinem Verstand hatte sich eine dicke Wolke ausgebreitet. Glücklicherweise war der Termin bei meinen Vorgesetzten erst morgen.

Als der Waggon zum Stehen gekommen war, erhob ich mich, nahm meine Tasche und reihte mich zwischen den Aussteigenden ein. Auf dem Bahnsteig herrschte noch immer reger Betrieb. Ich hielt Ausschau nach Hammerstein, konnte ihn aber nirgends mehr entdecken.

Ich hätte in ein Hotel einkehren können, doch ich wollte meiner Mutter ohnehin einen Besuch abstatten.

Je weiter ich mich vom Bahnhof entfernte, desto mehr leerten sich die Straßen. Die Hitze hing wie eine drückende Glocke über der Stadt, und ein Gewitter lag in der Luft. Als ich das Haus meiner Mutter erreichte, war ich schweißnass.

Da die Haustür offen stand, schlüpfte ich gleich in den Flur und erklomm die Treppe. Hinter einer der Türen ertönte laute Grammophon-Musik. Meine Mutter beschwerte sich hin und wieder über den Mann, aber den Mut, ihn darauf anzusprechen, hatte sie nicht.

Ich schmunzelte, als ich mich daran erinnerte, dass Marlene weniger Hemmungen gehabt und wegen meines Schreibmaschinenklapperns an meine Tür gehämmert hatte.

Oben angekommen zog ich meine Kleider zurecht, dann klopfte ich an die Tür. Schritte ertönten, ein Riegel wurde zurückgeschoben.

Ich setzte ein breites Lächeln auf und machte mich bereit, meine Mutter zu begrüßen. Doch es war nicht ihr Gesicht, in das ich schaute.

»Lisbeth!«, entfuhr es mir erschrocken. »Was machst du denn hier?«

15

Oskar

Ich brauchte einen Moment, um mich von dem Schreck zu erholen. Mit allem hätte ich gerechnet, aber nicht damit, Lisbeth wieder gegenüberzustehen, der Frau, die ich einst geliebt hatte. Die mein Leben war, bevor sie mein Herz wieder und wieder gebrochen hatte.

Wie viele Jahre hatten wir uns nicht mehr gesehen? Drei? Vier? Es kam mir wie eine Ewigkeit vor. Dass sie den Mut hatte, hier wieder aufzutauchen, erschütterte mich ebenso wie die Tatsache, dass meine Mutter sie in ihre Wohnung gelassen hatte.

»Warum bist du hier?«, fragte ich, als ich meine Stimme wiedergefunden hatte. Widerstreitende Gefühle waren in mir erwacht. Die Erinnerungen an die furchtbaren Streitgespräche, die wir ausgetragen hatten. Die wütenden Vorwürfe, die wir uns an den Kopf geschleudert hatten.

»Ich … ich brauche Hilfe«, antwortete sie kleinlaut und spielte dabei mit einer ihrer langen weizenblonden Haarsträhnen. Das war es, was mich damals regelrecht verrückt nach ihr gemacht hatte. Doch nach allem, was hinter uns lag, fand ich diese Geste ausgesprochen berechnend und peinlich.

»Inwiefern?«, fragte ich brüsk.

Mutter tauchte hinter ihr auf. »Nun komm doch erst einmal zur Tür herein! Es muss doch nicht das ganze Haus mithören!« Sie schob sich an mir vorbei, scheuchte uns wie Hühner in den Flur. »Geht in die Stube, da können wir reden.«

Ich spürte, dass Lisbeths Blick auf mir lag, aber ich wollte ihn nicht erwidern. Plötzlich wünschte ich mir, doch in ein Hotel gegangen zu sein. Dafür war es jetzt zu spät.

Wenig später standen wir in der Wohnstube.

»Was ist passiert, dass du dich hier wieder blicken lässt?« Ich stellte die Tasche auf dem Sessel ab und sah abwechselnd zu meiner Mutter und zu Lisbeth.

»Mein Haus … also das Haus, in dem ich wohnte, ist abgebrannt«, antwortete sie. »Ich habe keinen Ort, an den ich gehen könnte.«

»Es gibt Herbergen. Pensionen oder Hotels. Du hättest dir ein Zimmer nehmen können!«

Ein Zittern rann durch meinen Körper, und ich ballte die Fäuste, löste sie dann aber gleich wieder. Ich musste ruhig bleiben, die Sache mit kühlem Kopf betrachten.

Lisbeth senkte den Blick. So hatte ich sie viele Male gesehen, wenn sie heimkam und mir einen Fehltritt beichtete. Ich konnte noch immer nicht glauben, wie viel ich ihr hatte durchgehen lassen. Eines Tages, nach vielen Seitensprüngen ihrerseits, hatte sie mir gesagt, dass sie von mir getrennt sein wollte. Sie nahm ihre Koffer und ging. Erst da hatte ich begriffen, wie sehr ich unter ihren Eskapaden gelitten hatte. Die Monate danach waren schwer, aber es hatte sich für mich angefühlt, als wäre ich aus einem dunklen See aufgetaucht.

»Herbergen sind teuer«, schaltete sich meine Mutter ein und blickte zu Lisbeth. »Außerdem hat ihr Galan sie sitzen gelassen.«

»Ihr Galan?«, platzte es aus mir heraus, und ich schnaufte. Lisbeth hatte immer schon ein Talent gehabt, sich die falschen Kerle auszusuchen. Ich gehörte dazu.

»Es ist ja nur vorübergehend«, sagte Lisbeth.

»Außerdem ist es meine Wohnung«, fügte meine Mutter hinzu. »Es ist meine Entscheidung, ihr fürs Erste eine Unterkunft zu geben.«

Meine Mutter bemerkte es wahrscheinlich nicht, doch ich sah, wie ein triumphierendes Lächeln über Lisbeths Gesicht huschte.

Ich würde nichts tun können.

Wieder kam mir der Gedanke in den Sinn, dass ich gehen könnte. Doch dazu fehlte mir die Kraft.

»Setz dich«, sagte meine Mutter in einem Tonfall, der keinen Widerspruch zuließ. »Ich werde dir eine Kleinigkeit aus der Küche bringen, du musst hungrig sein. Danach schauen wir, wo du schlafen kannst. Ich habe genug Platz für euch beide.«

16

Liv

Obwohl mich der vergangene Tag ausgelaugt hatte, fand ich nicht in den Schlaf. Wieder und wieder geisterte mir der Besuch meines Onkels durch die Gedanken. Was hatte Carl damit gemeint, dass er vorschnell abgelehnt habe? War ihm aufgegangen, dass das Rosenhag doch einen Wert hatte? Es zerriss mich beinahe, nicht zu wissen, was ihn zu uns geführt hatte.

Und als wäre das nicht genug, war das Telegramm meines Anwalts eingetroffen. Ich hatte nicht im Geringsten in Erwägung gezogen, dass Sten die Scheidung ablehnen würde. Hätte er mich nach den vergangenen Wochen nicht genauso verabscheuen müssen wie ich ihn? Das tat er wahrscheinlich, aber er hatte mir Rache angedroht. Wenn ich bei ihm bleiben musste, würde er mich weiterhin quälen oder tatsächlich in eine Nervenklinik einweisen lassen.

Ich wälzte mich herum und blickte auf den Lichtfleck, den der Mond auf den Fußboden zeichnete. Möglicherweise würde ich selbst die Hilfe benötigen, die wir anderen Frauen bieten wollten.

Als der Morgen hereinbrach, erhob ich mich von dem Sofa und versah meine Morgentoilette. Trotz meiner Müdigkeit war ich fest entschlossen, nach Karlskrona zurückzukehren und mit Hammerstein zu sprechen, sobald dieser wieder da war.

Obwohl ich versucht hatte, leise zu sein, erschien Marlene, als ich in die Küche ging.

»Du bist schon auf?«, fragte sie und gähnte.

»Ich konnte nicht gut schlafen«, sagte ich. »Die Sache mit Sten will mir nicht aus dem Sinn …«

»Mit dem Versicherungsbetrug hat er ein schweres Verbrechen begangen«, sagte sie. »Niemand kann von dir verlangen, dass du mit solch einem Mann verheiratet bleibst.«

»Noch ist er nicht verurteilt …« Ich atmete tief durch. Konnte es einen Freispruch für ihn geben? Hätte ich vielleicht lieber weiter die brave Ehefrau spielen sollen?

»Ich werde heute wieder in die Stadt fahren«, sagte ich. »Ich muss mit dem Anwalt sprechen. Er wird mir sagen, was ich tun kann, wenn es zu einer Scheidungsklage kommen muss.«

Marlene nickte. »Wir werden hier die Stellung halten. Und dir beistehen, egal, was kommt.«

Ich umarmte sie. »Wenn mein Onkel noch einmal auftauchen sollte, hör ihn ruhig an.«

»Meinst du wirklich?« Marlene wirkte nicht, als wäre sie erpicht auf ein Treffen mit Carl von Wik.

»Ja«, sagte ich. »Ich würde gern wissen, was ihn dazu veranlasst hat, herzukommen. Vielleicht nennt er dir den wahren Grund.«

17

Oskar

Da ich Lisbeth nicht das Gästezimmer streitig machen wollte, schlief ich im früheren Arbeitszimmer meines Vaters auf einer Chaiselongue. Diese war eigentlich viel zu klein für mich, doch ich war froh, dass ich so viele Wände wie möglich zwischen uns hatte.

Noch bevor meine Mutter und sie erwachten, verließ ich die Wohnung. Das Frühstück holte ich mir bei einem Bäcker.

Viel zu früh erschien ich vor dem Versicherungsgebäude, nutzte die Zeit jedoch, um auf einer nahegelegenen Bank weiter an dem Artikel über das Rosenhag zu schreiben. Das half mir, nicht mehr so sehr an Lisbeth zu denken. Noch immer kam ich nicht darüber hinweg, dass sie sich ausgerechnet an meine Mutter gewandt hatte. Ihre Eltern lebten noch, weit im Norden zwar, aber sie hätte genauso gut dahin gehen können.

»Andersson, was machen Sie denn schon hier?«, fragte plötzlich eine Stimme.

Peer Norrland, von dem ich das Telegramm erhalten hatte, wirkte noch ein wenig müde. Normalerweise kam er immer mit seinem Kollegen Arno Lyborg zur Arbeit, aber jetzt war er nirgends zu sehen.

»Ich bin vor meiner Mutter geflohen«, sagte ich, während ich mein Schreibzeug wieder einpackte. Der wahre Grund ging ihn nichts an.

»Wenn Sie noch etwas anderes zu tun haben, kann ich gern noch ein Weilchen warten.«

»Nein, nein, kommen Sie ruhig mit. Ich dachte nur, dass Sie mehr Zeit für die Anreise bräuchten. Karlskrona ist immerhin kein Katzensprung.«

Ich folgte Norrland die Treppe hinauf zu seinem Büro. Es war derselbe Weg, den ich mit Marlene gegangen war, als sie sich das Schriftstück ihres Mannes ansehen sollte. Kaum zu glauben, dass seitdem nur wenige Wochen vergangen waren.

Norrland riss das Fenster sperrangelweit auf. »Man muss die gute Luft nutzen, solange sie da ist«, kommentierte er. Ich musste schmunzeln, denn sein Kollege, mit dem er das Büro teilte, rauchte wie ein Schlot.

»Ich fürchte, ich kann Ihnen keinen Kaffee anbieten«, sagte Norrland. »Um diese Zeit ist unsere Sekretärin noch nicht hier.«

»Mir wäre es ohnehin lieb, wenn wir gleich zur Sache kommen würden«, gab ich zurück, denn alles in mir brannte darauf zu erfahren, was mit Boregard war. Was es nötig gemacht hatte, mich aus Karlskrona herzubitten.

»Das ist es, was ich so sehr an Ihnen schätze«, erwiderte der Versicherungsbeamte. »Wir haben Sie gerufen, weil es einen neuen Auftrag für Sie gibt.«

18

Liv

Gegen neun Uhr erreichte der Zug Karlskrona. Ich verließ das Bahnhofsgebäude und verzichtete darauf, eine Kutsche zu nehmen. Stattdessen ging ich zu Fuß zur Ronnebygatan.

Nach den Tagen im Rosenhag musste ich mich erst wieder an diese Stadt gewöhnen, bevor ich das Haus betrat, das so lange mein Zuhause gewesen war.

Ich hatte beschlossen, die Köchin Ruth und Astrid, das Dienstmädchen, erst einmal zu behalten, auch wenn sie in meiner Abwesenheit kaum etwas zu tun hatten. Ich wusste nur zu gut, wie schwer es für Frauen war, eine Anstellung in der Stadt zu finden, wo viele Häuser die Zahl ihrer Dienstboten verkleinerten.

Auf dem Weg zur Villa passierte ich schließlich auch das Haus der Skantzes. Wegen der Hitze waren die meisten Fensterläden geschlossen. Geöffnet wurden sie nur in Zeiten, wo der Schatten des Hauses gegenüber auf die Hausfront fiel. Oder am Abend, wenn die Luft sich allmählich abkühlte.

Nanna war mit ihren Kindern sicher noch in ihrem Sommerhaus auf Aspö, und Hugo hatte neben der Leitung der Lampenfabrik noch immer mit den Folgen des Brandes in der Tuchfabrik zu tun, deren Teilhaberin seine Frau war. Dennoch fürchtete ich mich ein wenig davor, ihnen wieder zu begegnen.

Doch jetzt hörte ich, dass die Familie tatsächlich noch nicht zurück war. Alles war still. Waren die Kinder zugegen, hörte man ihre Stimmen, neckend, lachend oder schreiend bis auf die Straße.

Nanna wusste noch nichts von meinem Vorhaben, mich scheiden zu lassen, aber die Berichte über Stens Betrug hatte sie ganz sicher gelesen. Wie mochte Hugo seinen Freund jetzt sehen?

Seit ich die Verantwortung für die Reederei übernehmen musste, hatte ich mit kaum jemandem gesprochen, der nicht zur Firma gehörte. Aber ich konnte mir denken, was die Frauen über mich redeten. Und auch, wie sie sich das Maul zerreißen würden, wenn sie von meinen Scheidungsplänen erfuhren.

Die feine Gesellschaft in der Stadt reagierte sehr empfindlich auf das Zerbrechen einer Ehe in ihren Rängen. Man versuchte, die Paare zusammenzuhalten, auch wenn jeder sehen konnte, dass es beiden nicht guttat. Frauen versuchten die Betreffende zu überzeugen, Männer ihren Gatten. Als ob Worte eine zerbrochene Vase wieder kitten konnten …

Am Haus angekommen, zog ich die Schlüssel hervor und öffnete die Tür. Seit ich hier eingezogen war, hatte ich stets eine gewisse Beklommenheit verspürt. So, als würde ich nicht hergehören. Ich hatte mich wegen meiner ausgebliebenen Schwangerschaft ungenügend gefühlt. Beobachtet von den Portraits von Stens Eltern.

Seltsamerweise fühlte ich das jetzt nicht mehr. Ich wusste, es war nicht meine Schuld, dass unsere Ehe kinderlos geblieben war. Die Blicke von den alten Gemälden konnten mir nichts mehr anhaben.

Astrid stürmte mir entgegen. »Gnädige Frau!« Rasch strich sie sich die Schürze glatt. »Sie sind wieder da!«

»Guten Morgen, Astrid«, sagte ich.

»Wir … wir dachten, dass Sie …«

»Ich habe mich kurzfristig entschieden herzukommen«, antwortete ich, obwohl ich ihr als Hausherrin keine Begründung schuldig war. »Gibt es Neuigkeiten?«

»Herr Harms hat gestern Abend einen Burschen vorbeigeschickt«, sagte Astrid. »Er meinte, er müsste Sie sprechen.«

Was wollte der Friedhofsgärtner denn von mir? Seine Rechnung sollte Sten doch schon längst beglichen haben. »Warum?«, fragte ich also verwundert.

»Es geht um das Grab Ihrer Mutter. Mehr wollte er uns nicht sagen.«

Das Aufsuchen des Friedhofs hatte nicht auf meiner Liste von Erledigungen gestanden, aber ich kam wohl nicht umhin, dem Gärtner einen Besuch abzustatten.

»Ich werde gleich gehen«, verkündete ich also. »Sag doch bitte Ruth, dass sie ein Mittagessen vorbereiten soll. Vielleicht Hühnchen und Gemüse, wenn es möglich ist.«

Sten hasste Hühnchen. Es war in seinen Augen nur etwas für Frauen. Er selbst bevorzugte rotes Fleisch.

»Ja, gnädige Frau.« Sie knickste und zog sich zurück. Ich machte auf dem Absatz kehrt und verließ das Haus. Sobald mein Blick auf eine Droschke fiel, winkte ich sie heran.

Während der Fahrt ließ ich meinen Blick über die Häuser schweifen. Es war befreiend, keine Geheimnisse mehr haben zu müssen. Ich konnte gehen, wohin ich wollte, ohne dass ich vor Sten Rechenschaft ablegen musste.

Am Friedhofstor hielt die Droschke. Ich bezahlte und durchquerte wenig später das eiserne Tor.

Der Norra kyrkogården war einer der jüngeren Gottesacker der Stadt. Schon von Weitem sah man den Turm der weißen Kapelle, die sich in der Mitte des Platzes erhob. Umgeben wurde er von zahlreichen Grabreihen. Kreuze aus Stein oder Eisen erhoben sich, manche Gräber zierten riesige Platten mit zahlreichen Namen darauf. Hier und da ragten Mausoleen mit Säulen oder prachtvollen Statuen auf. Daneben gab es kleinere, bescheidenere Grabstellen, die von Buchsbaumhecken umgeben wurden und teilweise unter Efeuranken verschwanden.

An diesem Vormittag waren hier erstaunlich viele Menschen. Einige von ihnen wirkten wie Spaziergänger, andere hockten neben den Gräbern ihrer Liebsten, zupften Unkraut und wässerten die Blumen.

Obwohl die Sonne immer wieder durch die Wolkendecke brach, erfasste mich Beklommenheit. Was war geschehen, dass der Gärtner die Sache so dringlich gemacht hatte?

Das Haus von Ranulf Harms lag auf der Nordseite des Friedhofes. Er war ein Mann mittleren Alters, der mit seiner Mutter zusammenlebte, die wer weiß wie alt war. Ich kannte die beiden, seit ich den Engel für meine Mutter aufstellen ließ. Schon bei meinem ersten Besuch dort war mir der wunderschöne Blumenstrauß aufgefallen, der auf dem Tisch stand. Als ich eine Bemerkung dazu machte, antwortete mir die alte Frau: »Mein Sohn bringt mir diese Blumen immer von der Arbeit mit. Ich mache dann aus den besten einen Strauß.«

Erst später war mir klar geworden, woher ihr Sohn die Blumen hatte. Er hätte seine Anstellung nicht mehr, wenn er die Blumen aus den Vasen stehlen würde, doch wer kümmerte sich schon um die halb verblühten Gebinde, die er von den Grabhügeln räumte, wenn die Beerdigung vorbei war? Dass es hieß, wer Blumen von Gräbern nahm, würde selbst bald sterben, schien ihn nicht zu kümmern. Er war anscheinend der beste Beweis dafür, dass der Volksmund irrte.

Ohne auf die anderen Besucher zu achten, schlug ich den Weg zur Ruhestätte meiner Mutter ein. Schon als ich in die Grabreihe einbog, sah ich, dass der Marmorengel in Schieflage geraten war. Die Grabstelle war beunruhigend eingesackt, ein langer Riss zog sich durch den Boden. Wenn der Boden noch mehr nachgab, würde die Skulptur umkippen und möglicherweise jemanden verletzen.

Ich seufzte schwer und legte eine Hand auf den Grabhügel. Seit dem Tod meines Vaters war ich nicht mehr hier gewesen, doch das war nur ein paar Wochen her …

Schritte ertönten hinter mir. Mir war klar, dass ich den Gang versperrte, also erhob ich mich und wandte mich um. »Entschuldigen Sie …«

Zunächst sah ich nur ein grobes Hemd, dann erstarrte ich, als ich in das Gesicht des Mannes blickte.

War das möglich?

19

Oskar

»Ein neuer Auftrag?«, fragte ich erschrocken, denn ich war davon überzeugt gewesen, dass er mit mir über Boregard reden wollte.

»Es gibt Unregelmäßigkeiten in Malmö«, fuhr Norrland fort. »Wiederholt ist Ladung für die Kundschaft einer Reederei verschwunden, doch sowohl der Eigner des Schiffes als auch der Kapitän behaupten, nicht zu wissen, wohin. Da wir jetzt mit einer sehr hohen Entschädigungssumme in Anspruch genommen werden sollen, wäre es uns lieb, wenn Sie sich das Ganze genauer anschauen würden. Besonders nach den Lehren, die wir aus dem Fall Boregard ziehen durften.«

Die Worte prasselten auf mich herab wie Eisregen. Malmö. Das war viele Kilometer von Karlskrona entfernt. Zu weit, um einfach mal bei Marlene hereinzuschauen.

»Sie wirken überrascht«, holte mich Norrland aus meinen Gedanken.

»In der Tat«, gab ich zurück. »Ich hatte damit gerechnet, ein wenig mehr Zeit in Karlskrona verbringen zu können.«

Norrland lachte auf. »Das glaube ich gern. Karlskrona ist eine schöne Stadt. Allerdings haben Sie sich mit dem Fall Boregard solch eine gute Reputation erworben, dass wir Sie gleich mit dem nächsten Fall betrauen wollen, zumal es um eine beträchtliche Summe geht.«

Norrland schaute mich abwartend an. Als Ermittler war ich kein fester Angestellter, doch wenn ich den Fall ablehnte, konnte das dazu führen, dass ich über lange Zeit keinen neuen Auftrag erhielt.

»Darf ich fragen, wie es in der Sache Boregard vorangeht?«, schwenkte ich um, denn ich wollte mich nicht vorschnell festlegen.

»Nun, Herr Neström sagt, dass es in zwei Wochen zu einer Anhörung kommen wird. Dabei soll verhandelt werden, ob Boregard bis Prozessbeginn in Haft bleiben muss oder gegen Kaution auf freien Fuß gelangt.«

Die Worte trafen mich wie eine Ohrfeige. Boregard auf freiem Fuß! Das war das Schlimmste, was passieren konnte!

»Wann wird der Prozess gegen ihn eröffnet?«, fragte ich.

»Das wissen wir noch nicht. Momentan ringen die Anwälte mit der Staatsanwaltschaft. Es geht wohl um die Frage, ob Fluchtgefahr besteht.«

Ich unterdrückte ein wütendes Zähneknirschen. Natürlich würde Sten Boregard das Weite suchen, wenn er konnte. Und wenn nicht, wäre es noch schlimmer. Dann würde er nach Karlskrona zurückkehren, und nichts würde ihn davon abhalten, sich an Marlene und seiner Frau zu rächen.

»Wie stehen die Chancen, dass er hinter Gittern bleiben muss?«

»Das kann niemand sagen. Aber ich wäre dafür, dass er da bleibt, wo er ist. Damit wäre allen geholfen.«

Eine Idee kam mir. Vielleicht konnte ich im Falle einer Freilassung meinen neuen Auftrag hinauszögern oder ganz loswerden.

»Gesetzt den Fall, dass Boregard vorübergehend freigelassen wird, bestünde da nicht Gefahr für die Zeugin?«, fragte ich also. »Und seine Ehefrau?«

»Sicher, aber das ist nicht unsere Angelegenheit, sondern die der Staatsanwaltschaft. Herr Neström müsste dafür sorgen, dass die Zeugin in Sicherheit gebracht wird. Und was Boregards Frau angeht …«

»Und wenn ich nun noch eine Weile bleibe und die Sache im Auge behalte?«, platzte ich heraus. Ich musste es wenigstens versuchen.

»Wie ich schon sagte, es ist nicht unsere Angelegenheit. Und erst recht nicht Ihre. Ich kann verstehen, dass Sie angesichts des Falls eine gewisse Sympathie für die Zeugin entwickelt haben, aber wir brauchen Sie in Malmö. Vorausgesetzt, Sie entscheiden sich, uns weiter zur Verfügung zu stehen.«

Ich schaute ihn erschrocken an. Hieß das, dass man mich im Falle einer Weigerung nicht mehr beauftragen würde?

»Eilt es denn mit den Ermittlungen wegen der Fracht?«, fragte ich und versuchte meine Gefühle zu verbergen. »Ich bräuchte noch eine oder zwei Wochen, um eine Privatangelegenheit zu regeln.«

»Eine Woche kann ich Ihnen gewähren, aber länger dürfen wir nicht warten«, erwiderte Norrland. »Sie sollten mir bestenfalls bis Ende der Woche Bescheid geben, ob Sie den Fall übernehmen wollen.«

20

Liv

»Sie sind es!«, platzte es aus mir hervor.

Die Augen des Mannes weiteten sich, als er mich erkannte.

Ein Ruck ging durch seinen Körper, und er wirkte, als wollte er erneut die Flucht ergreifen. Doch ich berührte seinen Arm. »Warten Sie bitte, ich muss mit Ihnen reden!«

Er schien mit sich zu ringen. Dann wandte er sich mir zu.

Ich musste wieder an das denken, was Marlene mir erzählt hatte. Wenn dieser Bursche ihrem Bjarne wie aus dem Gesicht geschnitten war, musste ihr Mann sehr attraktiv gewesen sein.

»Warum wollten Sie mit Marlene sprechen?«, fragte ich.

»Ich hatte eine Frage an sie«, antwortete er. Jetzt hörte ich deutlich den Akzent, der mir bei unserer letzten Begegnung kaum aufgefallen war.

»Verraten Sie sie mir?«

Er wich meinem Blick aus, betrachtete seine Schuhspitzen.

»Bjarne Walsted«, antwortete er schließlich. »Als ich bei Ihnen war, bin ich noch davon ausgegangen, dass er am Leben sei. Aber mittlerweile weiß ich …« Er brach ab und betrachtete mich. Diese Augen! Sie schienen direkt in meine Seele zu schauen. »Können Sie mir sagen, was mit ihm geschehen ist?«

Ich musste mich förmlich vom Anblick seines Gesichts losreißen.

Irgendwie hatte ich das Gefühl, ihn stundenlang ansehen zu können, aber das war unpassend.

»Ich fürchte, ich bin nicht die Richtige, Ihnen diese Geschichte zu erzählen«, gab ich zurück. »Sie sollten es noch einmal bei Marlene versuchen.«

»Aber sie ist in Ohnmacht gefallen«, sagte er. »Sicher passiert das wieder, wenn sie mich sieht.«

»Sie hat sich erschrocken, das ist alles«, sagte ich, doch ich spürte den Widerwillen in ihm, noch einmal zum Rosenhag hinauszufahren. »Ich kann sie gern fragen, ob sie in die Stadt kommen möchte, um Sie zu treffen.«

Der junge Mann überlegte eine Weile. »Ich wohne im Gasthaus Gyllene Kronar. Wie lange ich bleiben werde, weiß ich nicht. Besser, sie kommt bald.«

»Ich werde es ihr ausrichten.« Wieder schlug sein Gesicht mich in seinen Bann. Die schmalen Wangen, die lange, schön geformte Nase, seine sinnlichen Lippen … »Sie haben mir noch nicht Ihren Namen gesagt.«

»Alexej«, antwortete er, und vergeblich suchte ich nach einem Lächeln auf seinem Gesicht. »Alexej Petrow.«

21

Oskar

Ich bereute es, heute Morgen nicht gleich meine Reisetasche mitgenommen zu haben, denn bei meiner Rückkehr in die Wohnung meiner Mutter war nur Lisbeth anwesend. Ich wollte nicht mit ihr reden und sie auch nicht sehen. Die unterschwellige Aggression, die plötzlich in mir aufwallte, gefiel mir ganz und gar nicht.

»Möchtest du eine Tasse Kaffee?«, fragte sie, als ich die Küche betrat.

»Wo ist meine Mutter?«

Meine Worte entlockten ihr ein schiefes Lächeln. »Sie macht eine Besorgung, wollte mich aber nicht dabeihaben.«

Das konnte ich durchaus verstehen.

»Also, möchtest du Kaffee?«, fuhr sie fort.

»Du brauchst nicht die Gastgeberin zu spielen«, gab ich zurück. »Ich muss ohnehin gleich wieder los.«

»Wieder nach Karlskrona?«

Ihre Worte ließen einen Blitz durch meinen Körper zucken. Sie war schon immer neugierig gewesen, doch jetzt war es mir unangenehm. Dass ich in Karlskrona war, musste meine Mutter ihr erzählt haben. Ich fragte mich nur, warum. Die Hoffnung, dass Lisbeth und ich wieder zusammenkommen würden, musste sie doch längst aufgegeben haben.

Ich ließ ihre Frage unbeantwortet und ging ins Arbeitszimmer, um meine Sachen einzusammeln.

Lisbeth ließ sich allerdings nicht so leicht abschütteln. »Ich habe in letzter Zeit oft an dich gedacht«, begann sie. »Das, was wir hatten, war doch eigentlich gar nicht so schlecht.«

Ich schloss die Augen und atmete tief durch. So etwas hätte sie ganz sicher nicht zu mir gesagt, wenn sie nicht gerade ohne eine Unterkunft gewesen wäre.

»Wir können es doch wieder versuchen.«

»Lisbeth, hör bitte auf!« Ich fuhr herum. »Wir waren uns einig, dass wir einander nicht guttun.«

»Aber es ist Zeit vergangen«, beharrte sie. »Ich habe mich geändert. Wir haben uns geändert.«

»Es gibt kein Wir mehr«, entgegnete ich. »Und es freut mich für dich, wenn du dich geändert hast. Aber das bedeutet noch lange nicht, dass wir wieder mit etwas anfangen, was uns beiden beinahe die Füße unter dem Körper weggezogen hätte.«

Ich warf die letzten Sachen in die Tasche, dann strebte ich der Zimmertür zu. Lisbeth stand im Türrahmen und machte keine Anstalten zurückzuweichen.

Auch wenn ich alles andere als freundlich zu ihr war, lächelte sie mich an. Das hatte sie auch damals schon getan, als sie mich zum ersten Mal mit einem dahergelaufenen Kerl betrogen hatte.

Ich war so dumm gewesen, sie wieder zurückzunehmen, und es hatte eine ganze Weile gedauert, bis ich begriffen hatte, dass Lisbeth nicht genug an mir allein hatte, sondern andere Männer brauchte. Sie brauchte deren Begehren, deren Bewunderung und immer wieder den Reiz der Eroberung. Denn das war genau das, was sie tat. Die Männer eroberten nicht sie, es war umgekehrt.

Und jetzt, wo sie vor mir stand und mich wie ein Unschuldslamm anschaute, spürte ich zu meinem großen Ärger, wie etwas an der Mauer, die ich um mich errichtet hatte, zu bröckeln begann.

Nein!, sagte ich mir. Du darfst nicht wieder auf sie hereinfallen. Du darfst keinen einzigen Zentimeter nachgeben. Nicht, nachdem es dir gelungen ist, Marlenes Liebe zu gewinnen.

»Lass mich durch«, sagte ich und versuchte mich zur Ruhe zu zwingen.

»Und wenn ich das nicht tue?«, fragte sie provozierend und leckte sich über die Lippen. Ihre Hand wanderte zu der Knopfleiste ihres Kleides und begann sie langsam zu öffnen.

Doch bevor noch mehr geschehen konnte, schnappte das Schloss der Wohnungstür auf, und meine Mutter kam herein.

Ich unterdrückte ein erleichtertes Aufatmen. Lisbeth wich zurück und schloss ihr Kleid schnell wieder. Ich überlegte, ob ich meiner Mutter von diesem Vorfall erzählen sollte, aber ich wollte mich nicht lächerlich machen. Stattdessen ging ich ihr mit langen Schritten entgegen.

»Du reist schon wieder ab?«, fragte sie, als sie die Tasche über meiner Schulter sah. »Ich dachte, du bleibst noch ein Weilchen.«

»Entschuldige, ich muss los.« Am liebsten hätte ich ihr ans Herz gelegt, dass sie Lisbeth fortschicken solle. Aber meine Mutter hatte klargemacht, dass sie ihren eigenen Kopf hatte, und ich hoffte, dass sie klug genug war zu erkennen, dass Lisbeth keine gute Gesellschaft darstellte.

22

Liv

Astrid war erstaunt, dass ich gleich wieder nach Nättraby aufbrechen wollte. »Wir dachten, Sie würden ein paar Tage bleiben …«

»Ich werde spätestens morgen wieder zurückkehren«, sagte ich.

Ich spürte deutlich, dass sie gern den Grund gewusst hätte. Seit Stens Verhaftung war sie ungemein neugierig. Als Hausherrin brauchte ich aber nichts zu erklären und sagte lediglich, dass Ruth mir das Mittagessen einpacken solle.

Mit dem Proviant in der Tasche machte ich mich auf den Weg zum Bahnhof.

Ein seltsames Kribbeln tobte durch meinen Körper. Wieder und wieder kehrten meine Gedanken zu dem jungen Mann zurück. Sein Anblick hatte sich mir in die Seele gebrannt. Nur zu gern würde ich ihm zu dem Wissen verhelfen, das er suchte.

Schließlich gelang es mir, meine Gedanken von ihm loszureißen. Das Gespräch mit dem Friedhofsgärtner war recht zufriedenstellend verlaufen, auch wenn er eine Kostprobe seines morbiden Humors gegeben hatte.

»Sie wollen doch sicher nicht, dass Ihre Mutter ihr Grab wieder verlässt«, hatte er hinzugefügt, nachdem ich auf seinen Preisvorschlag für das Auffüllen des Grabes und das Richten des Steins erschrocken nach Luft geschnappt hatte.

»Natürlich nicht«, erwiderte ich und gab ihm den Auftrag.

»Liv!«, ertönte nun eine Stimme hinter mir. Ich wollte sie schon ignorieren, doch dann hörte ich schnelle Schritte, und als ich mich umwandte, erblickte ich Frieda Sundalöw. Sie trug ein weißes Sommerkleid und einen kleinen Strohhut auf dem Kopf. An der lila-weiß-grünen Kokarde daran erkannte ich, dass sie zu einem Treffen ihrer Suffragetten-Schwestern unterwegs sein musste. Vor einiger Zeit hatte sie uns bei einer *Fika*, einem Kaffeekränzchen, erklärt, welche Bedeutung die Farben hatten: Lila stand für Würde und Freiheit, Weiß für Reinheit und Grün für die Hoffnung.

Ich musste zugeben, dass ich sie damals, wie die anderen Frauen auch, belächelt hatte. Doch das hatte sich mittlerweile geändert. Aufgrund ihres Kampfes für Frauenrechte hätte Frieda eine gute Verbündete für unser Haus abgegeben – wenn sie nur nicht so sehr mit Nanna verbandelt wäre.

Sie war nicht dafür bekannt, ein Blatt vor den Mund zu nehmen, also wappnete ich mich.

»Schön, dich zu sehen, wir haben uns schon Sorgen gemacht!« Sie packte mich an den Schultern und hauchte mir links und rechts ein Küsschen auf die Wange. Mir wurde klar, dass wir uns seit der Fika bei Nanna, die von Sten und Hugo unterbrochen worden war, nicht mehr begegnet waren.

»Mir geht es gut«, beschwichtigte ich sie und unterdrückte den Drang, auf die Uhr zu sehen. Wenn ich den Zug verpasste, würde ich einige Stunden auf den nächsten warten müssen. Doch ich konnte sie auch nicht einfach so stehen lassen.

»Wirklich?« Frieda bedachte mich mit einem zweifelnden Blick. »Nach allem, was ich gehört habe … In der Zeitung standen ja ganz furchtbare Dinge.«

»Was Sten getan hat, ist seine Sache«, gab ich zurück. »Er muss die Konsequenzen tragen.«

»Aber dich zieht das doch auch in Mitleidenschaft!«, sagte sie mitfühlend. »Immerhin ist er dein Mann!«

Nicht mehr lange, dachte ich, aber ich versuchte, mir nichts anmerken zu lassen.

»Ja, und deshalb muss ich mich auch zusammennehmen und mich auf die Leitung der Firma konzentrieren«, sagte ich. »Schließlich trage ich jetzt eine große Verantwortung.«

Diese Antwort schien Frieda zu beeindrucken. »Vielleicht solltest du mal bei einem unserer Treffen vorbeischauen«, fuhr sie fort. »Viele unserer Schwestern würden dich dafür beneiden, dass du jetzt einer Reederei vorstehst.«

Ich zwang mich zu einem Lächeln. Es stimmte, was Frieda sagte, doch ich wollte nicht einem Kreis von Suffragetten Rede und Antwort stehen. »Ich tue das nur, weil es nicht anders möglich ist. Sobald … einige Dinge geklärt sind, werde ich mich wieder auf meine eigenen Pflichten konzentrieren.«

Frieda zog ein enttäuschtes Gesicht. »Du solltest dein Licht wirklich nicht unter den Scheffel stellen. Es wird Zeit, dass Frauen Verantwortung übernehmen!«

»Ich muss los, Frieda, mein Zug wartet«, sagte ich also. »Es war schön, dich wiederzusehen.«

»Wenn du es dir noch einmal überlegst und doch zu uns stoßen willst, bist du jederzeit willkommen!«, rief Frieda mir nach, aber ich musste mich jetzt wirklich beeilen.

23
Oskar

Ich hatte den Nachtzug aus Stockholm genommen. Meine Versuche, auf meinem Sitzplatz zu schlafen, waren gescheitert. Zum einen, weil ich nach Worten suchte, wie ich Marlene meine Versetzung erklären konnte. Zum anderen, weil mir noch immer die Begegnung mit Lisbeth durch den Verstand geisterte.

Warum war sie zurückgekehrt? Ich hatte ihr doch klargemacht, dass wir nicht mehr zusammengehörten. Warum versuchte sie es erneut? Wegen der Wohnung? Weil sie einen Versorger brauchte? Beides konnte sie auch von einem anderen Mann bekommen.

Da sich Marlene und Lisbeth in meinen Gedanken nicht besonders gut vertrugen, beschloss ich mich wieder meinem Artikel zuzuwenden. In den Worten fand ich Halt und Sicherheit. Ich konnte mich an ihnen entlanghangeln wie an einem Seil, das über einen Abgrund führte.

Ich war nicht sicher, ob das, was ich schrieb, vor dem morgigen Tag Bestand hatte. Es konnte passieren, dass mir ein Text, den ich geschrieben hatte, überhaupt nicht mehr gefiel. Manchmal zog ich sogar mein schreiberisches Können in Zweifel. Aber erst einmal war es gut, dass ich etwas zu tun hatte. Im Zug war es, abgesehen von dem Rattern des Waggons, leise, die meisten Reisenden gönnten sich eine Mütze Schlaf.

Als der Morgen heraufdämmerte, begannen sich die anderen zu regen, und ich packte mein Schreibzeug wieder ein. Der Artikel war fertig. Wenn ich ihn morgen nicht für das Machwerk eines Unfähigen hielt und Marlene nicht erschrocken reagierte, würde ich ihn abtippen und in die Redaktion geben.

Als der Zug in den Bahnhof von Nättraby einfuhr, stand die Sonne schon hoch am Himmel. Eine frische Morgenbrise wehte mir entgegen, als ich den Waggon verließ. Ich wartete, bis das Gedränge auf dem Bahnsteig vorüber war, dann schritt ich an dem kleinen Bahnhofsgebäude vorbei.

Einen Wagen würde ich beim Gasthof mieten können, aber vielleicht war es sinnvoll, mir auch ein Fahrrad zuzulegen, wie Marlene es hatte.

Aber wenn ich ohnehin nur noch kurze Zeit hier war …

Wie sollte ich Marlene begreiflich machen, dass ich sie trotz meiner baldigen Abreise liebte und sie die Frau war, für die ich durchs Feuer gehen würde …

Als ich das Rosenhag erreichte, überkam mich ein seltsames Gefühl von Frieden. Rauch schlängelte sich aus dem Schornstein, und ich malte mir aus, wie Marlene gerade in der Küche stand, zusammen mit Ingrid, wie die beiden das Frühstück vorbereiteten und wie sie sich gleich freuen würde, mich zu sehen.

Ich brachte das Pferd zum Stehen, stellte die Wagenbremse fest und stieg ab. Das Meckern der Ziegen tönte mir aus dem Stall entgegen, eine Wespe summte an mir vorbei, während aus dem Wald der Gesang einer Lerche tönte.

Ich spähte durch das Küchenfenster, konnte aber niemanden entdecken.

»Hallo?«, fragte ich, als ich die Tür aufzog. »Marlene?«

Meine Stimme verhallte ohne ein Echo. Waren sie im Garten?

Als ich mich umwandte, erblickte ich Ingrid, die mit einem kleinen Krug Milch aus dem Stall kam.

»Oh, Herr Andersson«, sagte sie. »Was führt Sie zu dieser frühen Stunde hierher?«

»Ich wollte Marlene sprechen. Ich … ich habe Neuigkeiten.« Mein Mund wurde trocken. Vielleicht hätte ich das nicht sagen sollen, denn nun gab es kein Zurück.

»Marlene ist nicht hier«, sagte Ingrid. »Sie ist heute Morgen mit Liv nach Karlskrona gefahren. Sie wollen mit dem Fremden sprechen.«

Ich stutzte. »Dem Burschen, der hier aufgetaucht ist?«

Ingrid nickte. Das gefiel mir nicht, denn wer wusste schon, was er im Schilde führte?

»Sie wird sicher am Abend wieder hier sein«, fuhr Ingrid fort. »Kommen Sie doch rein und trinken Sie einen Kaffee mit mir.«

»Nein, danke, ich … ich werde nach Karlskrona fahren«, antwortete ich, während ich überlegte, wo ich die beiden finden würde. »Vielleicht treffe ich Marlene dort an.«

24

Marlene

»Ich kann nicht glauben, dass ich das tue«, sagte ich, während Liv mich mit sich in Richtung Gasthof zog. Seit ich mit Oskar dort gesessen hatte, war ich diesem Ort ferngeblieben.

Noch immer überkam mich Unwohlsein, wenn ich nur daran dachte, den Gastraum zu betreten. Mittlerweile mussten auch die anderen Seemannswitwen wissen, dass Sten Boregard und nicht Bjarne der wahre Schuldige am Untergang der *Solveig* war. Aber ich war nicht sicher, ob sich an ihrer Haltung mir gegenüber etwas geändert hatte.

Ich schob die Gedanken an die Frauen beiseite. Jetzt konnte ich sie auf keinen Fall gebrauchen!

Bei ihrer überraschenden Rückkehr gestern Abend hatte Liv mir von dem jungen Mann erzählt, dem sie auf dem Friedhof begegnet war.

»Wie es aussieht, möchte er etwas über deinen Mann erfahren«, hatte sie gesagt. »Er weiß, dass er nicht mehr am Leben ist. Vermutlich hat er nach seinem Grab gesucht.«

Ihre Worte hatten mich wie ein Blitzschlag durchzuckt. Über den Besuch bei meinen Eltern hatte ich ihn beinahe schon vergessen. Dass er nach Bjarnes Grab suchte, erschreckte mich zutiefst. Stimmte mein Verdacht vielleicht? Ein Verdacht, den ich mir nicht eingestehen wollte. Bjarne hätte mir doch davon erzählt. Wir hatten nie Geheimnisse voreinander!

Etwas krampfte sich in mir zusammen. Bjarne hatte mir versichert, mich auch über den Tod hinaus zu lieben. Aber was, wenn es da noch eine andere gegeben hatte … Sicher, dieser Mann war kaum jünger als ich selbst. Es war unsinnig, Eifersucht auf eine Frau zu empfinden, die Bjarne früher einmal gekannt hatte. Die er vor mir geliebt hatte. Die mit ihm ein Kind hatte. Aber ich wurde das unsinnige Gefühl einfach nicht los …

An der Treppe des Gasthauses wäre ich am liebsten wieder umgekehrt. Angst tobte in mir. Doch gleichzeitig war ich auch neugierig.

Liv spürte mein Zögern. »Möchtest du denn nicht Klarheit haben?«, fragte sie.

Das wollte ich, also gab ich mir einen Ruck.

Die Gaststube war um diese Zeit noch leer. Minna, die Tochter des Gastwirts, war gerade damit beschäftigt, die Tische abzuwischen. Der Geruch von Seifenlauge hing in der Luft, zusammen mit abgestandenem Rauch und den Dünsten der Mahlzeiten, die am Abend verzehrt worden waren.

»Guten Morgen«, grüßte Liv, worauf die junge Frau aufsah. »Wir möchten zu Herrn Petrow. Er sagte mir, dass er hier wohnen würde.«

»Da muss ich meinen Vater fragen«, gab sie zurück, wischte sich die Hände an ihrer Schürze ab und huschte davon.

Während ihre Schritte im Hinterzimmer verschwanden, knetete ich nervös meine Hände. Was würde mich erwarten? Welche Geschichte verbarg sich hinter dem Gesicht, das dem meines Bjarne so ähnlich sah? Wollte ich es wirklich wissen?

»Herr Petrow ist auf seinem Zimmer«, meldete Minna nur einen Moment später. »Gehen Sie ruhig hinauf.«

Die Zimmer des Gasthofes weckten in mir eine ganz besondere Erinnerung. Hierher war ich mit Bjarne verschwunden, nachdem wir uns im Jahr 1899 auf einer Regatta wiedergesehen hatten. Ich war damals noch blutjung, und er … er war fast fünfzehn Jahre älter und der Mann meiner Träume. Mit eiskalten Händen war ich ihm die Treppe hinaufgefolgt. Er hätte mich zu nichts gezwungen, das wusste ich. Doch ich spürte, dass er mich wollte. Und ich wollte ihn.

Mein Blick blieb unwillkürlich an der Tür hängen, hinter der es geschah. In diesem Zimmer ließen wir unserer Lust freien Lauf. Für mich war es das erste Mal, und ich wusste, dass ich diese Momente mit großem Ärger bezahlen würde.

Aber der süße Rausch, an den ich mich noch heute erinnerte, war es mir wert. Bjarne hatte mir nicht nur Lust bereitet, wie ich sie mir damals kaum hätte vorstellen können, er hatte mich zu seiner Frau gemacht. Und mich geliebt, selbst dann noch, als das Meer ihm den Tod brachte …

»Marlene?«

Die Erinnerung verschwand. Erst jetzt bemerkte ich, dass wir vor einer der Türen stehen geblieben waren.

»Hier ist es«, sagte Liv.

Meine Arme fühlten sich auf einmal zu kraftlos an, um zu klopfen. »Kannst du …?«, fragte ich, worauf sie nickte.

Es vergingen nur Sekundenbruchteile, bis sich die Tür öffnete.

Wieder erschreckte mich das Aussehen des jungen Burschen, wenngleich nicht so sehr wie beim ersten Mal. Diese Augen … wie oft hatten sie mich angesehen. Doch ich wusste, dass das nicht die Augen des Burschen waren. Die Augen, die ich liebte, waren im Meer versunken.

»Guten Morgen, Herr Petrow«, sagte Liv, während ich mich kaum rühren konnte. Plötzlich schämte ich mich beinahe für meine Gedanken an Bjarnes und mein erstes Beisammensein.

»Guten Morgen«, erwiderte er, ohne den Blick von mir zu lassen. Ich war froh, dass seine Stimme ganz anders klang. »Kommen Sie rein.«

Wir traten ein, ich voran, Liv hinter mir. Sie blieb am Türrahmen stehen.

Ich brauchte eine Weile, um meinen Mut zusammenzunehmen, dann fragte ich: »Weshalb wollten Sie mich sprechen?«

Er schnaubte spöttisch, was mich verwunderte. Immerhin war er zunächst zu mir gekommen. »Ich wollte eigentlich zu Ihrem Mann.«

Die Art, wie er das letzte Wort aussprach, jagte einen Schauer über meinen Rücken. »Was ist mit ihm?«, fragte ich.

»Ich wollte wissen, wer er ist«, gab er zurück und baute sich vor mir auf. »Und ich wollte ihm eine Nachricht bringen.«

»Von wem?« Mein Herz zog sich zusammen. Das alles hier war so seltsam.

»Von meiner Mutter«, antwortete er. »Sie wollte, dass ich ihm mitteile, dass sie ihn immer noch liebt.« Er machte eine Pause, und seine Augen bohrten sich in mein Gesicht. »Sie wollte, dass ich ihm sage, dass ich sein Sohn bin.«

25

Marlene

Die Worte liefen wie Eiswasser über meinen Körper und betäubten ihn. Sämtliche Geräusche wichen zurück. Ich spürte nicht einmal mehr mein Herz in der Brust.

»Sie haben es nicht gewusst, nicht wahr?« Ein überlegenes Lächeln trat auf das Gesicht des jungen Mannes. »Nun, dann scheint er Sie offenbar nicht geliebt zu haben.«

Seine Augen funkelten mich kalt an. So hatte Bjarne mich nie angesehen, nicht einmal, wenn er ärgerlich war.

Meine Kehle schnürte sich zusammen. Ich wollte mich verteidigen, Bjarne verteidigen und unsere Liebe. Aber was, wenn er recht hatte? Offenbar hatte mir Bjarne nicht genug vertraut, um mir sein Geheimnis zu gestehen …

Während mir die Worte in der Kehle stecken blieben, redete der junge Mann weiter. »Meine Mutter hatte jahrelang geschwiegen.«

Ich sah deutlich, wie sich seine Muskeln anspannten, und wich erschrocken zurück.

»Zu mir sagte sie, dass mein Vater gestorben sei. Und dann, an ihrem Sterbebett, habe ich die Wahrheit erfahren. Dass dieser Mistkerl sich nie um sie gekümmert hat! Dass er seinen Sohn einfach im Stich gelassen hat! Dass er sogar in Kauf genommen hat, dass sie von ihren Eltern verstoßen wurde, weil sie ein uneheliches Kind bekam!

Und jetzt sehe ich dich und frage mich, wie er dich überhaupt meiner Mutter vorziehen konnte. So ein blasses, schwaches Mädchen!«

Ich schnappte erschrocken nach Luft. Der Hass, der mir von ihm entgegenschlug, nahm mir den Atem. Und das Schlimmste war, dass sich mein Kopf wie leer gefegt anfühlte. Es war beinahe wie damals, als die anderen Seemannswitwen mich beschimpft hatten.

»Und dann verlangt sie von mir, dass ich ihm sagen soll, dass sie ihn immer geliebt hat und noch immer liebt! Wohin soll ich meine Worte richten? Ans Meer? An ein Grab, das ich nicht kenne?«

Seine Worte überschlugen sich, sein Kopf glühte jetzt hochrot. »Und was hat er getan? Sich mit einer *shlyukha* abgegeben, die dafür gesorgt hat, dass er seine Familie vergisst?«

Ich hatte keine Ahnung, was dieses Wort bedeutete. Die Ungerechtigkeit seiner Worte bohrte sich schmerzhaft in meine Seele.

»Sie ist zu jung, um Ihrer Mutter den Mann weggenommen zu haben«, sprang Liv mir bei. »Sehen Sie das denn nicht?«

»Ich habe nichts von Ihnen gewusst«, setzte ich hinzu. Meine Stimme zitterte, und ich spürte einen unerträglichen Druck hinter meiner Brust. »Wenn ich …«

Petrow lachte wütend auf, und seine Augen funkelten gefährlich. Er wirkte wie ein Wolf vor dem Sprung. »Er hat es bestimmt gewusst!«, peitschte seine Stimme mir entgegen. »Und du lügst, wenn du behauptest, dass du ihn hättest gehen lassen. So seid ihr Frauen doch, schnappt euch, was euch passt.«

Seine Worte verschlugen mir die Sprache. Ich spürte, dass ich hier nicht bleiben konnte. Mit einem Rasenden konnte ich nicht über Bjarne reden. Wer wusste schon, wozu er fähig war.

Während sein letzter Satz weiter durch meine Ohren echote, gewann ich endlich wieder die Kontrolle über meine Gliedmaßen. Ich wirbelte herum und floh aus dem Zimmer.

Keinen Augenblick länger wollte ich mich in seiner Gegenwart befinden – und der Tatsache ins Auge sehen, dass Bjarne mir etwas verheimlicht hatte.

26

Liv

»Marlene!«

Ich stürmte ihr hinterher, doch sie war zu flink. Als ich die Treppe hinabrannte, war sie bereits aus dem Gasthaus heraus. Gewissensbisse überkamen mich: Wenn ich gewusst hätte, dass die Unterhaltung so ausfallen würde …

In der nächsten Straße holte ich Marlene ein. Sie lehnte heftig atmend an einer Hauswand. Schon von Weitem sah ich, dass sie kreidebleich war und zitterte.

»Marlene!«, rief ich besorgt. Im nächsten Augenblick war ich bei ihr. Die Frage, ob alles in Ordnung sei, blieb mir im Hals stecken, als sie mich ansah.

»Ich kriege keine Luft«, keuchte sie und fasste sich an den Hals.

»Dann setz dich hin.« Ich hockte mich neben sie. »Es tut mir leid«, sagte ich und schlang meine Arme um sie. »Ich hätte dich nicht überreden sollen, zu ihm zu gehen.«

Sie sagte nichts darauf, sondern starrte nur auf die Pflastersteine. Ich spürte deutlich, wie sie um Atem und ihre Beherrschung rang.

Während ich ihr vorsichtig den Rücken streichelte, fragte ich mich, wie ich wohl reagiert hätte, wären die Worte des jungen Mannes für mich bestimmt gewesen. So viel Zorn hatte in seiner Stimme gelegen … Ein ähnlicher Zorn, wie ich ihn in meiner Brust gespürt hatte, nachdem ich meine Mutter mit dem Gutsherrn im Bett überrascht und die Wahrheit von ihnen gefordert hatte.

Was konnte ich tun? Sollte ich noch einmal mit diesem Alexej Petrow reden? So sehr ich seine Frustration auch verstand, er tat Marlene Unrecht. Er war nur wenige Jahre jünger als wir. Ob Bjarne nun von seiner Existenz gewusst hatte oder nicht, er hatte diese Frau und ihren Sohn sicher nicht wegen Marlene im Stich gelassen. In seinem Zorn schien Alexej für diese Tatsache völlig blind gewesen zu sein.

Und letztlich hatte er nichts über seinen Vater erfahren, lediglich seine Wut über dessen Abwesenheit an ihr ausgelassen.

Einige Passanten bogen in die Straße ein und warfen uns neugierige Blicke zu. Einer der Männer rief: »So früh am Tag schon betrunken?«, worauf seine Begleiter lachten.

Ich hätte ihm am liebsten entgegengeschleudert, dass ihn dies einen feuchten Kehricht anging.

»Komm mit zu mir nach Hause«, sagte ich leise. »Da kannst du dich hinlegen.«

»Aber deine Dienstboten«, gab Marlene schwach zurück.

»Die müssen meinen Anweisungen folgen.« Ich strich ihr eine Haarsträhne aus dem Gesicht. »Kannst du aufstehen?«

Marlene nickte, und ich half ihr auf. Sie war noch immer sehr wacklig auf den Beinen.

»Das war jetzt schon das zweite Mal, dass mich wegen dieses Kerls die Kräfte verlassen haben«, sagte sie, während ich sie untergehakt die Straße entlangführte.

»Nach allem, was du erfahren hast, ist das verständlich.«

»Warum bin ich eigentlich überrascht?«, fragte sie ein wenig resigniert. »Ich hatte diesen Verdacht schon seit ich ihn das erste Mal sah. Aber zu hören, dass Bjarne mich nicht geliebt hätte …«

Ihre Worte krampften mir das Herz zusammen. Der Tod ihres Mannes hatte sie stark getroffen, doch ich hatte nie das Gefühl gehabt, dass sie an ihm gezweifelt hätte. Sie war sich seiner Liebe sicher gewesen!

»Der Bursche war wütend auf dich«, sagte ich beschwichtigend. »Wie jedes Kind wütend wäre, das nicht die Gelegenheit hatte, seinen Vater kennenzulernen. Glaub mir, mir ist es eine Zeit lang ähnlich ergangen.«

»Aber er ist kein Kind mehr, sondern ein Mann!«, platzte es aus ihr heraus. »Und du hättest deswegen auch niemanden beschimpft, der nichts damit zu tun hatte!« Ein Zittern rann durch ihren Körper. »Ich kann froh sein, dass du bei mir warst«, fuhr sie fort. »Wer weiß, was er mit mir angestellt hätte, wenn ich ihm allein gegenübergestanden hätte.«

Einen Moment lang versank sie in Nachdenklichkeit, dann ballte Marlene plötzlich die Fäuste. »Ich habe es satt, immer für Dinge verantwortlich gemacht zu werden, für die ich nichts kann. Sollen er und seine Mutter sich doch zum Teufel scheren!«

27

Marlene

Es stand dem Dienstmädchen ins Gesicht geschrieben, dass es sich an mich erinnerte. Immerhin lag die Verhaftung ihres Dienstherrn erst kurze Zeit zurück. Als Liv ihr auftrug, ein Gästezimmer bereit zu machen, knickste sie gehorsam und verschwand.

Ich hatte dieses Haus eigentlich nicht noch einmal betreten wollen, doch Liv hatte recht: Ich konnte nicht auf der Straße bleiben. Und auch nicht nach Nättraby zurückkehren, so kurz die Zugfahrt auch sein mochte.

Liv gab der Köchin Bescheid, dass sie Kaffee für uns zubereiten sollte. Dann führte sie mich in den Salon.

Die hübschen Gemälde, die schweren roséfarbenen Vorhänge und die Möbel, die mit passendem Samt bespannt waren, ließen mich für einen Moment vergessen, dass ich im Haus des Mannes war, der mir sicher den Hals umgedreht hätte, wäre er hier.

Liv platzierte mich auf einem weichen Sofa und füllte ein Glas mit einer milchig weißen, leicht sprudelnden Flüssigkeit. »Zitronensoda«, kommentierte sie, während sie sich ebenfalls einschenkte. »Meine Köchin hat einiges auf Vorrat gemacht.«

Ich nippte daran, und sofort explodierte der Zitronengeschmack auf meiner Zunge.

»Zu sauer?«, fragte Liv.

Ich schüttelte den Kopf. »Genau das, was ich jetzt gebraucht habe.«

Ich nahm noch einen großen Schluck und stellte das Glas auf das Tischchen zwischen uns.

Wenig später erschien die Köchin mit dem Kaffee. Sie strahlte mich an, und als sie das Tablett abstellte, sagte sie: »Ich habe gestern Syltkakor gebacken, ich denke, die werden Ihnen schmecken.«

Vor der Abfahrt aus Nättraby hatten wir gefrühstückt, und eigentlich hatte ich keinen Hunger. Aber bei dem Anblick der Marmeladenkekse lief mir doch das Wasser im Mund zusammen.

»Greif ruhig zu«, sagte Liv. »Zucker gibt Kraft!«

Ich nahm einen Keks und biss hinein. Die Himbeermarmelade erinnerte mich an das Himbeerfeld in der Nähe des Rosenhag. Und tatsächlich reagierte mein Körper sofort darauf. Das Zittern verschwand, und ich fühlte mich wieder ein wenig stärker.

Im Nachhinein ärgerte ich mich über meine Schwäche. Ich wusste nicht, was das Wort bedeutete, mit dem der Kerl mich bedacht hatte, aber eigentlich hätte ich ihn dafür ohrfeigen müssen.

Dann kam mir ein anderer Gedanke. Einer, der sich in mich brannte wie eine Kerzenflamme in Papier.

»Möglicherweise hatte er recht«, sagte ich. »Vielleicht hat Bjarne mich nur wegen meiner Jugend haben wollen. Vielleicht hat er mich gar nicht wirklich geliebt.«

»Das glaube ich nicht«, gab Liv zurück. »Ich habe deinen Mann nicht kennengelernt, aber ich kann mir nicht vorstellen ... Nach allem, was ich von dir gehört habe ...«

»Aber das war meine Version der Geschichte, nicht wahr? Wie ich sie gesehen habe. Niemand kann in den Kopf eines anderen Menschen sehen. Bei denen, die wir lieben, sehen wir, was wir sehen wollen.«

Ich spürte, dass mir die Tränen kamen, doch ich schluckte sie hinunter. Möglicherweise ging Bjarnes Verrat noch tiefer, als ich gedacht hatte.

»Und wenn dieser Bursche nicht das einzige Kind war, das er gezeugt hat?«, fuhr ich fort. Alles fühlte sich so wund an, und ich wusste noch immer nicht, wie ich dem begegnen sollte. Wem ich noch glauben sollte. »Vielleicht muss ich mich auf weitere Begegnungen dieser Art einstellen.«

Liv presste die Lippen zusammen. Eine Weile überlegte sie, dann antwortete sie: »Das glaube ich nicht.«

»Warum nicht?«

»Wenn ich mich nicht sehr täusche, ist dieser Alexej in unserem Alter, vielleicht ein wenig jünger. Dein Mann muss sehr jung gewesen sein, als er dessen Mutter traf.« Sie schaute auf ihre Hände, dann fügte sie hinzu: »Es ist nicht schön, dass er dir diesen Teil seines Lebens verschwiegen hat, doch möglicherweise wusste er gar nichts von seinem Sohn.«

Ich entließ den Druck in meiner Brust mit einem tiefen Seufzer, dann spürte ich, wie plötzlich eine bleierne Schwere über mich kam. »Möglicherweise. Aber wenn er es doch wusste und sich einfach nur nicht um ihn gekümmert hat?«

28

Alexej

Noch nie in meinem Leben hatte ich mich so zornig gefühlt, aber gleichzeitig auch so machtlos. Mein Vater war tot. Mein Vater, den ich nie gekannt hatte und der möglicherweise nicht einmal wusste, dass es mich gab.

Warum nur hatte er diese Frau geheiratet und nicht meine Mutter! Meine Mutter, die sich in Sehnsucht nach ihm verzehrte …

Diese andere war etwas älter als ich, also wäre es unverschämt gewesen, sie ein Kind zu nennen. Aber wahrscheinlich war sie das noch, als sie ihn kennenlernte. Welcher Teufel hatte ihn geritten, sie meiner Mutter vorzuziehen!

Während ich in meinem Zimmer auf und ab ging, fragte ich mich, was ich nun tun sollte. Zurückkehren und meiner Mutter erzählen, dass er tot war? Dass er eine andere geheiratet hatte? Das Schlimmste von allem war, dass ich ihren Gruß nicht überbringen konnte …

Ich seufzte tief und blieb vor dem Fenster stehen. Ich hasste diese Stadt! Hasste alles hier!

Deshalb verstand ich nicht, dass ich plötzlich an sie dachte. Die Frau, die die Ehefrau meines Vaters begleitet hatte. Als ich ihr das erste Mal gegenüberstand, war sie mir älter vorgekommen. Doch wenn ich mir jetzt ihr Bild ins Gedächtnis rief, konnte auch sie kaum älter sein als ich selbst.

Ein Klopfen störte mich in meinen Gedanken. Waren die beiden Frauen zurückgekehrt?

Ich riss dir Tür auf, bereit, sie erneut anzuschreien. Doch vor mir stand der Wirt des Hauses.

Im ersten Moment kam mir in den Sinn, dass sie sich bei ihm beschwert haben könnte. Aber dann sah ich, dass er einen Umschlag in der Hand hielt.

»Soeben ist ein Telegramm für Sie angekommen«, sagte er und drückte es mir in die Hand.

29

Liv

Während Marlene schlief, begab ich mich in mein Zimmer. Ich musste aus diesen Sachen raus, wenn ich zu Hammerstein gehen wollte!

Der Raum kam mir seltsam kühl vor. Als mein Blick auf das Bett fiel, erschauderte ich. Ich konnte einfach nicht vergessen, wie er das letzte Mal mit mir geschlafen hatte. Allein schon an seinen Körper zu denken verursachte mir Unwohlsein.

Ich riss mich los und schritt zum Kleiderschrank. Ich wusste freilich nicht, ob mein Anwalt schon wieder nach Karlskrona zurückgekehrt war, aber wenn nicht, konnte ich wenigstens einen Termin vereinbaren.

Binnen weniger Minuten hatte ich mich in ein geschäftsmäßig wirkendes blaues Kostüm gekleidet. Die Brosche meiner Mutter steckte ich mir an den Kragen. Es wäre zu viel, sie Glücksbringer zu nennen, doch sie gab mir das Gefühl, einen Rückhalt zu haben.

Nachdem ich mein Aussehen im Spiegel überprüft hatte, verließ ich den Raum.

»Ich mache eine Erledigung«, sagte ich zu Astrid. »Sorge bitte dafür, dass Frau Walsted alles bekommt, was sie braucht, wenn sie wieder wach ist.«

Das Büro von Sven Hammerstein befand sich im Süden der Stadt, in der Vallgatan, die gegenüber der Bastion und der Militärschule lag. Hier mischten sich Holz- und Steingebäude unterschiedlichen Alters, viele Fassaden waren in lebhaften Farben gestrichen.

Ganz in der Nähe befand sich die Baustelle des neuen Residenzgebäudes, das dem Gouverneur der Provinz Blekinge dienen sollte. Als ich das letzte Mal in dieser Gegend war, hatte man gerade den Grundstein gelegt, mittlerweile waren die Mauern größtenteils hochgezogen. Nur das Dach fehlte noch.

Ich verweilte allerdings nicht lange und betrat ohne Umschweife die Kanzlei.

Wie immer hing in den Gängen starker Kaffeegeruch. Mein Anwalt hatte beim ersten Mal, als ich ihn aufsuchte, bemerkt, dass er ohne Kaffee nicht richtig funktioniere.

Sven Hammerstein war ein Mann, dessen Äußeres nicht gerade auf Humor schließen ließ. Der Vatermörderkragen saß auch bei diesem heißen Wetter korrekt, und er behielt sein Jackett stets an, obwohl man ihm anmerkte, dass er unter dem dicken Stoff kochte.

Doch er hatte mich nicht seltsam angesehen, als ich ihm eröffnete, dass ich mich scheiden lassen wollte. Auch stellte er keine unpassenden Fragen oder versuchte es mir auszureden. Er sagte nur, dass er den Zeitungsartikel über die *Solveig* gelesen und Verständnis habe. Dann hatte er sich an die Arbeit gemacht.

»Entschuldigen Sie, ist Herr Hammerstein aus Stockholm zurück?«, fragte ich das hübsche Fräulein im Vorzimmer, das ich heute zum ersten Mal sah. Sie mochte vielleicht gerade mal zwanzig sein, trug eine adrette Bluse und einen grünen Rock. Ihr Haar war zu einem eleganten Knoten geschlungen. »Mein Name ist Liv Boregard, er hatte mir geschrieben, dass ich ihn so schnell wie möglich aufsuchen soll.«

»Er ist hier«, antwortete die Vorzimmerdame und erhob sich. »Ich werde Sie ankündigen.«

Ich blickte ihr nach, während sie hinter der großen Flügeltür verschwand. Das Fenster des Büros stand offen, und jetzt, da ich allein war, vernahm ich den Lärm von der Baustelle.

Wenig später erschien sie und trat neben die offene Tür. »Herr Hammerstein empfängt Sie gern.«

Ich nickte ihr dankend zu und trat ein.

Hammerstein kam mit ausgestreckter Hand auf mich zu. »Frau Boregard, wie schön, Sie zu sehen!«

Ich erwiderte seinen Händedruck, dann bat er mich, auf einem der Lederstühle vor dem wuchtigen Schreibtisch Platz zu nehmen.

»Schrecklicher Lärm von der Baustelle«, sagte er, während er das Fenster schloss. »Aber ab und zu muss frische Luft in den Raum. Besonders bei diesen Temperaturen.«

Auch heute trug er wieder seinen engen Kragen und sein Jackett. Ich war nicht sicher, ob er eine Ehefrau hatte, die ihn vielleicht zu einer leichteren Garderobe überredet hätte. Zu Stens Bekannten zählten ein paar Anwälte, doch ich hatte Hammerstein ausgewählt, weil er nicht dazugehörte.

»Darf ich Ihnen etwas anbieten?«, fragte er, als er zur Anrichte ging. »Leni sorgt dafür, dass ich immer gut gewässert bin, als wäre ich eine Topfpflanze.«

Auch wenn das Wühlen in meinem Bauch schlimmer geworden war, musste ich angesichts seiner Bemerkung lächeln. »Ein Glas Wasser wäre sehr freundlich«, sagte ich, denn mein Mund war trocken.

»Ich habe Ihr Telegramm erhalten«, begann ich, nachdem ich einen Schluck getrunken hatte.

Hammerstein kratzte sich am Kopf. »Ja, die Sache gestaltet sich etwas … holprig.«

Der vorsichtige Ausdruck weckte meine Unruhe.

»Ich hatte gestern die Gelegenheit«, fuhr er fort, »mit den Anwälten Ihres Gatten zu sprechen. Diese machten mir klar, dass ihr Mandant sich nicht auf eine gütliche Trennung einlassen will. Er sieht keinen Grund für eine Trennung.«

»Keinen Grund?« Ich schnaubte.

Hammerstein lehnte sich etwas vor und faltete die Hände auf der Tischplatte. »Ich weiß, dass Ihre Beziehung schwierig war. Sie haben mir ja geschildert, wie er Sie angepackt und in den Wochen danach seelisch unter Druck gesetzt hat. Aber das wird im Falle einer Scheidungsklage nicht als schwerwiegender Grund gelten.«

Wenn Sten mich so zusammengeschlagen hätte, wie Torben es bei Sigrun getan hatte, wäre es sicher leichter gewesen. Dennoch wollte ich keinen Augenblick länger die Ehefrau dieses Mannes sein.

»Sie wissen, wie unsere Gesellschaft ist«, sagte Hammerstein. »Man möchte die Ehen zusammenhalten. Keine Ahnung, wem das nützt, aber es ist so. Man wird Ihnen eine Schlichtung vorschlagen, man wird Ihnen raten, eine Weile gemeinsam zu verreisen.«

Ich wollte schon anbringen, dass das Unsinn sei, doch er hob die Hand. »Natürlich weiß ich, dass Sie das ablehnen. Ihr Mann jedoch würde sich darauf sicher einlassen.«

»Um mich dann weiter unter Druck zu setzen«, entgegnete ich. »Oder mich sogar in eine Nervenheilanstalt zu stecken, wie er es bereits angedroht hat.«

Hammerstein nickte ruhig. »Wie ich Ihnen schon bei unserem letzten Gespräch sagte, halte ich von derartigen Praktiken einiger Ehemänner überhaupt nichts. Viele Frauen sitzen ohne wirklichen Anlass in solchen Anstalten. Deshalb werde ich Ihnen auch zur Seite stehen.«

Das beruhigte mich, doch was, wenn er mir nicht helfen konnte?

»Sten hat zwanzig Menschen auf dem Gewissen«, sagte ich. »Er hat Versicherungsbetrug begangen. Das wäre doch ein schwerwiegender Grund, nicht wahr?«

Hammerstein nickte. »Das wäre es in der Tat – wenn er dieses Verbrechens überführt und verurteilt werden würde.«

»Aber überführt hat man ihn doch schon!«

Hammerstein schaute kurz auf die Tischplatte, dann bohrte sich sein Blick direkt in mein Gesicht. »Ich habe Erkundigungen eingezogen, wie es mit den Ermittlungen vorangeht. Offenbar verfolgen die Anwälte Ihres Gatten die Strategie, dass ihm der Betrug angelastet wird, nicht aber der Tod der Seeleute. Wenn das gelingt, wird Ihr Mann nicht im Gefängnis landen, sondern mit einer Geldstrafe davonkommen. Einer hohen Geldstrafe zwar, aber das schwedische Ehegesetz von 1734 sieht diese nicht als schwerwiegenden Grund.«

Ich hielt den Atem an. Es erschreckte mich zutiefst, dass Stens Anwälte alles tun würden, um ihn vor einer Haftstrafe zu bewahren.

»Und was können wir nun tun?«, fragte ich und spürte, wie Panik meinen Bauch flattern ließ. »Wenn er wegen des Todes der Seeleute wirklich nicht bestraft wird?«

»Nun, so weit ist es natürlich noch nicht. Der Staatsanwalt ist fest entschlossen, ihn wegen fahrlässiger Tötung verurteilen zu lassen. Dieses sollte Ihrem Mann eine Haftstrafe einbringen und ihn für eine Weile aus Ihrer Nähe fernhalten. Aber niemand weiß, wie der Richter es sieht. Und davon hängt in Ihrem Fall alles ab.«

Die Worte waren wie Glockenschläge in meinem Kopf. Alles hing davon ab, dass er für schuldig am Tod der Seeleute erklärt wurde. Ein beunruhigender Gedanke kam mir: Was, wenn Stens Anwälte es schafften, die Schuld auf Bjarne Walsted abzuwälzen?

»Welchen schwerwiegenden Grund würde es denn noch geben, der bei einer Scheidungsklage zählt?«, fragte ich. Meine Zunge klebte förmlich am Gaumen, aber dagegen würde auch das Wasser in dem Glas vor mir nichts ausrichten können.

»Übermäßige Grausamkeit, egal ob körperlich oder seelisch, und Ehebruch seitens eines der Partner.« Er sah mich fragend an. »Ihr Mann hatte keine Geliebte, nehme ich an.«

»Nicht dass ich wüsste.« Mir ging wieder durch den Sinn, was die Stockholmer Frauenärztin zu mir gesagt hatte bezüglich Stens Unfruchtbarkeit. Das war eigentlich nichts, was man mit seinem Anwalt diskutierte, und so fiel es mir schwer hinzuzufügen: »Eine Ärztin äußerte den Verdacht, dass unsere fehlgeschlagenen Bemühungen,

Kinder zu bekommen, daran liegen könnte, dass er …« Ich stockte und spürte, wie mir das Blut in die Wangen schoss.

»Dass er eine venerische Erkrankung haben könnte?«, zog Hammerstein den richtigen Schluss. »In diesem Fall wären doch auch Sie in Mitleidenschaft gezogen worden, nicht wahr?«

Ich dachte wieder daran, wie Sten mich in meinem eigenen Bett genommen hatte. Wenn er wirklich Syphilis hatte …

Übelkeit erfasste mich. Rasch nahm ich einen Schluck Wasser.

»Nun, der Nachweis einer Untreue seinerseits würde uns in die Hände spielen«, sagte Hammerstein, während er mich aufmerksam musterte. »Sorgen macht mir allerdings momentan noch eine ganz andere Sache.«

»Und die wäre?«, fragte ich erstickt, während ich versuchte, das Rumoren in meinem Bauch in den Griff zu bekommen.

»Dass Ihr Mann vielleicht schon bald durch Kaution auf freien Fuß kommen könnte.«

30

Oskar

Ingrid hatte mir berichtet, dass sich der Fremde, der offenbar Russe war, im Gasthaus Gyllene Kronar eingemietet hatte. Ich wusste nicht, wann Marlene und Liv ihn aufsuchen wollten, aber möglicherweise traf ich ihn an und konnte mit ihm reden.

Seltsamerweise tat es mir gut, wieder in Karlskrona zu sein und meine Gedanken auf etwas anderes richten zu können. Stockholm hatte mir das Gefühl gegeben, nicht atmen zu können – oder war es Lisbeth gewesen? Mir war nicht wohl dabei, dass sie bei meiner Mutter wohnte. Wer wusste schon, was Lisbeth ihr erzählte? Und was meine Mutter ihr offenbarte.

Und noch unwohler wurde mir bei der Erinnerung an ihren Annäherungsversuch. Ich konnte mir schon denken, dass sie jetzt, da ihr Partner das Weite gesucht hatte und ihr Haus in Schutt und Asche lag, einen neuen Halt benötigte. Vielleicht auch einen Versorger. Aber ich wollte das nicht mehr sein. Ich wollte sie nicht mehr in meinem Leben haben, mich nicht mehr von ihrem Gift verseuchen lassen!

Ich schob Lisbeths Bild beiseite und eilte weiter in Richtung Gasthaus. Dabei kam ich auch am Hoglands-Park vorbei und bemerkte auf einer der Bänke eine Gestalt, die mir sehr bekannt vorkam.

»Liv!«, rief ich und winkte. War Marlene auch in der Nähe? Ich blickte mich um, konnte sie jedoch nirgends entdecken.

Liv schien mich nicht zu hören. Unverwandt starrte sie auf die Grünfläche, auf der sich die Tauben tummelten. Erst als ich neben ihr stand, zuckte sie zusammen.

»Oskar!«, sagte sie und sprang auf. Im nächsten Augenblick schwankte sie und drohte zu fallen. Rasch schoss ich vor und bekam sie glücklicherweise zu fassen.

»Liv, ist alles in Ordnung?«, fragte ich, während ich ihr zurück auf die Bank half.

»Die Hitze«, sagte sie und zog ein Taschentuch aus ihrem Ärmel. »Und vielleicht auch mein Gespräch mit Herrn Hammerstein.«

Ich zog die Augenbrauen hoch. »Ihrem Scheidungsanwalt?«

Sie schaute mich überrascht an. »Woher wissen Sie das?«

»Ich bin ihm auf der Fahrt nach Stockholm begegnet. Besser gesagt, er hat mich angesprochen.«

Ich war nicht sicher, ob Liv das alles richtig erfassen konnte. Sie löste den Kragen ihrer Bluse, und ich fragte mich, ob ich sie nicht in den Schatten bringen und ihr etwas Wasser besorgen sollte.

Doch dann schien sie sich wieder zu erholen.

»Hat er mit Ihnen über meinen Mann gesprochen?«, fragte sie.

»Das hat er in der Tat«, gab ich zurück.

»Er sagte, dass man Sten auf Kaution freilassen könnte.« Angst trat in ihren Blick. »Wäre das wirklich möglich? Nach allem, was geschehen ist?«

Der Schreck darüber saß auch mir noch in den Knochen. Geld war für jemanden wie Sten Boregard kein Problem, denn noch besaß er sein gesamtes Vermögen, inklusive der Versicherungssumme. Erst nach dem Urteilsspruch würde er Schadensersatz leisten müssen.

»Leider wäre es möglich«, sagte ich. »Allerdings hat er zwanzig Menschen auf dem Gewissen. Das Verbrechen ist gravierend.«

»Und wenn seine Anwälte erwirken könnten, dass er nur wegen des Betruges verurteilt wird, aber nicht wegen des Unfalls?«

Das war mir allerdings neu. Die Anwälte wollten Boregard also von der Schuld am Tod der Seeleute befreien. Wenn sie die Möglichkeit plausibel erscheinen ließen, dass das Schiff zwar marode war und er damit gegen die Versicherungsauflagen verstoßen hatte, aber die Schuld am Untergang doch beim Kapitän lag, würde es keinen Grund geben, ihn bis zum Prozessbeginn hinter Gittern zu lassen. In dem Fall würde er womöglich nach Karlskrona zurückkehren. Schließlich war er Eigner einer Reederei – so etwas warf man nicht leichtfertig über Bord, indem man das Land verließ.

»Es sieht nicht gut aus, nicht wahr?«, fragte Liv zögerlich.

»Das würde ich jetzt noch nicht sagen«, antwortete ich. »Wir müssen abwarten, wie das Gericht entscheidet.«

»Und was tue ich, wenn es so kommt?« Sie griff nach meinen Händen. »Ich kann nicht mit ihm in einem Haus leben! Und am Ende wird er mich noch in eine Nervenheilanstalt stecken!«

»Dann werden wir dafür sorgen müssen, dass Sie in Sicherheit sind.«

31

Marlene

Das kurze Nickerchen hatte belebend gewirkt, und auch wenn ich mich innerlich noch immer wund fühlte, waren meine Glieder nicht mehr ganz so kraftlos.

Einen Moment noch blieb ich in dem hübschen Zimmer mit blauen Vorhängen und seidener Tapete. Dann erhob ich mich, richtete meine Kleider und trat auf den Flur. Auch dieser war prächtig eingerichtet. An den Wänden hingen Gemälde, einige von ihnen zeigten Frauen und Männer in altmodischer Kleidung. Ich wusste, dass einer von ihnen der Vater von Sten Boregard war. Der Mann, der so viele Schulden angehäuft hatte, dass sein Sohn zum Versicherungsbetrüger wurde.

Auch Boregards Großvater musste unter den Portraitierten sein. Er hatte die *Solveig* angeschafft. Was er wohl dazu sagen würde, dass sein Enkel die Schuld trug, dass dieses einstmals so stolze Schiff ein Raub des Meeres geworden war?

Auf halbem Weg kam mir das Dienstmädchen entgegen. »Oh, Sie sind ja schon wieder wach!«, rief sie aus. »Die gnädige Frau ist noch einmal in die Stadt gegangen. Sie hat mir aufgetragen, für Ihr Wohl zu sorgen.«

»Ich brauche nichts, danke«, sagte ich. »Aber wenn ich mir den Garten anschauen dürfte?«

»Natürlich«, sagte Astrid. »Kommen Sie.«

Sie ging voran durch einen Gang, der augenscheinlich in Richtung Küche führte. Jedenfalls hörte ich die Köchin mit Töpfen hantieren.

Wenig später öffnete Astrid die Hintertür.

Der Garten war prachtvoll. In seiner Mitte thronte ein weißer Pavillon, dessen Säulen und Seitengitter kunstvoll verziert waren. Rosen rankten sich an ihnen bis zum kuppelförmigen Dach hinauf.

Ringsherum standen die Blumenbeete in voller Blüte. Es waren zu viele verschiedene Pflanzen, als dass ich sie alle hätte benennen können. Einige von ihnen hatte ich nie zuvor gesehen. Etwas abseits sprudelte ein Brunnen. Ich war fasziniert von dieser Zurschaustellung von Reichtum, und gleichzeitig machte sie mich ein wenig ärgerlich. Keine der Seemannswitwen konnte von solch einem Garten oder einem vergleichbaren Haus auch nur träumen.

»Hier bist du!«, sagte da eine Stimme, die ich an diesem Ort nicht erwartet hätte.

Ich wandte mich um. »Oskar! Was machst du denn hier?«

Ich lief zu ihm und küsste ihn, während ich mich an seinen erhitzten Körper schmiegte.

»Ich habe Liv unterwegs getroffen«, sagte er. »Es … ging ihr nicht gut.«

»Wo ist sie?«, fragte ich erschrocken.

»Im Haus. Mittlerweile hat sie sich ein wenig erholt. Ich hielt es für besser, sie zu begleiten.« Er strich mir zärtlich über die Wange.

»Hat sie dir von dem Treffen mit diesem Petrow erzählt?«, fragte ich.

»Sie deutete nur an, dass es nicht gut verlaufen sei.«

»Das ist noch eine Untertreibung.« Erneut fühlte sich meine Brust eng an. »Er ist tatsächlich der Sohn meines Mannes.« Wieder hatte ich die Vorwürfe des Burschen und das Schimpfwort im Ohr. »Wie es aussieht, hat er dessen Mutter sitzen lassen.«

»Das ist furchtbar.« Oskar zog mich in seine Arme und hielt mich eine Weile. Ich kämpfte gegen die Tränen an, die erneut in mir aufstiegen.

»Es ist nicht so sehr der Umstand, dass er diesen Sohn gezeugt hat. Obwohl, doch …«, sagte ich und schämte mich dafür. »Ich hätte so gern ein Kind mit ihm gehabt.«

Oskar strich mir übers Haar, küsste mich. »Vielleicht wusste er es selbst nicht.«

»Vielleicht war es ihm auch egal. Er … er muss damals sehr jung gewesen sein.« Ich machte eine Pause, dann fügte ich hinzu: »Beinahe noch schlimmer ist jedoch, dass er mir nicht gesagt hat, dass es diese Frau gegeben hat. Und wenn er nun doch von dem Jungen wusste …«

»Damit solltest du dich nicht quälen«, sagte Oskar. »Dein Mann wird dir keine Rechenschaft mehr ablegen können. Genauso wenig kann er wiedergutmachen, was er seinem Sohn und dieser Frau möglicherweise vorenthalten hat.«

Das stimmte, aber dennoch fühlte es sich an, als hätte mir jemand das Herz rausgerissen. Ich blickte Oskar ins Gesicht. »Darf ich dich um ein Versprechen bitten?«

»Natürlich«, gab er zurück.

»Bitte sage mir, ob es irgendwo ein Kind gibt, das auf dich warten könnte. Oder eine Frau.«

»Es gibt niemanden außer dir«, sagte er und küsste mich auf die Stirn. »Alle anderen Beziehungen, die vor dir waren, sind mittlerweile ohne Bedeutung und nicht der Rede wert.«

Ich blickte ihm in die Augen. Besorgnis stand noch immer darin, aber ich erkannte auch Liebe und Zärtlichkeit, Fürsorge und Zuwendung. In Bjarnes Augen hatte ich dies ebenfalls gesehen, und vielleicht war es die Wahrheit gewesen, was er mir gesagt hatte. Dennoch hatte dieser Petrow das Bild meines Mannes verschoben, so als wäre es aus seinem Rahmen gerutscht.

»Ich sollte nach Liv sehen«, sagte ich und löste mich von Oskar. »Kommst du mit zum Rosenhag, oder bleibst du hier?«

Er schien einen Moment lang zu überlegen, dann nahm er meine Hand. »Ich habe dir etwas zu erzählen. Und möchte dir einen Artikel zeigen. Was hältst du davon, heute bei mir zu übernachten?« Er lächelte mich an und fügte hinzu: »Wir beide wären dann allein und bräuchten uns nicht zurückzuhalten, wenn wir …«

Die Art, wie er das sagte, weckte ein Kribbeln in mir. Die Ereignisse der vergangenen Tage hatten uns davon abgehalten, einander körperlich nahe zu kommen. Die Sehnsucht, von ihm geliebt und gehalten zu werden, kehrte nun mit voller Wucht zurück.

»In Ordnung«, sagte ich mit einem Lächeln. »Wartest du auf mich?«

»Natürlich. Liv hat mir angeboten, Kaffee mit ihr zu trinken. Ich habe heute noch keinen Bissen zu mir genommen, also werde ich dieses Angebot nicht ausschlagen.«

Einen Moment noch hielt ich spielerisch seine Hand, dann löste ich mich endgültig von ihm und ging ins Haus.

Liv kam mir aus dem Esszimmer entgegen. Sie war noch immer blass, wirkte aber nicht wacklig auf den Beinen.

Ich trat zu ihr. »Oskar hat mir erzählt, dass es dir nicht gut ging.«

»Es war nur eine kleine Schwäche wegen der Hitze«, winkte sie ab, doch dann erschien eine Sorgenfalte zwischen ihren Augenbrauen. »Ich war bei Herrn Hammerstein.«

»Und was sagte er?«

Liv schien das Dienstmädchen hinter mir zu bemerken. »Komm, das sollten wir unter vier Augen besprechen.« Sie fasste mich bei der Hand und zog mich die Treppe hinauf.

Es überlief mich kalt, als mir klar wurde, dass wir das Arbeitszimmer ihres Mannes betraten. Ein wuchtiger Schreibtisch stand in der Mitte, darauf stapelten sich Briefe.

Die Gemälde an den Wänden zogen sogleich meinen Blick auf sich. Sie zeigten Schiffe auf hoher See. Meist waren es Segelschiffe, nur eines war ein Dampfschiff.

»Gibt es von der *Solveig* auch ein Bild?«, fragte ich.

Liv zuckte mit den Schultern. »Ich weiß es nicht. Gesehen habe ich es nie, aber das heißt nicht, dass es nicht irgendwo auf dem Speicher steht.«

Sie machte eine Pause, dann sagte sie: »Ich habe mich bis vor wenigen Wochen nicht um die Belange der Reederei gekümmert. Sten hat alles erledigt.« Liv schnaubte. »Er hat mich nicht einmal in diesen Raum gelassen. Es sei nichts für mich, meinte er. Und jetzt stehe ich hier.« Ihr Blick verlor sich einen Moment lang, dann fügte sie hinzu: »Wenn du willst, lasse ich Astrid oben mal nachsehen.«

Ich wusste nicht, ob ich angesichts dessen, was mir durch Petrow zu Ohren gekommen war, mit einer Darstellung des Schiffes konfrontiert werden wollte.

»Lass nur«, sagte ich. »Es war nur so ein Gedanke.« Ich riss meinen Blick von einem Bild los, das einen sturmumtosten Segler zeigte, dann fragte ich: »Was hat der Anwalt denn gesagt?«

»Dass Sten sich weigert, der Scheidung zuzustimmen. Außerdem …« Sie machte eine Pause, und ich sah plötzlich, dass sie den Tränen nahe war. »Wie es aussieht, will sein Anwalt dafür sorgen, dass er nicht für den Tod der Seeleute bestraft wird.«

»Was?« Die Worte ließen den Boden unter meinen Füßen wanken. »Aber das können sie doch nicht machen!«

»Natürlich weiß ich nicht, was der Richter dazu sagen wird. Aber es wäre denkbar, dass er nur wegen des Betruges verurteilt wird. Das ist kein so schwerwiegendes Verbrechen, dass ich von ihm geschieden werden würde.«

Konnte dieser Tag noch schlimmer werden? »Ach Liv, das tut mir so leid«, sagte ich und zog sie in meine Arme. Jetzt begann sie zu weinen.

Ich hielt sie, während mein Verstand raste. Wenn Boregard nicht für den Tod der Seeleute verantwortlich gemacht wurde, dann würde die Schuld wieder auf Bjarne fallen. Dann würden die Witwen und andere Angehörige deswegen keine Klage gegen Boregard erheben können. Und wer wusste schon, was er sich für uns und das Rosenhag einfallen ließ.

Noch übler jedoch war, dass Liv an ihn gebunden bleiben würde. An den Mann, der ihr ärgster Feind war.

Es dauerte eine Weile, bis sie sich wieder beruhigt hatte. Die Schulter meines Kleides war feucht von ihren Tränen.

»Das Schlimmste daran ist, dass er auf Kaution freikommen könnte!«, schluchzte sie. »Wenn er hierher zurückkehrt … Wir werden keine ruhige Minute mehr haben!«

Jetzt bekam sogar ich es mit der Angst zu tun. Oskar hatte mir doch versprochen, dass wir Boregard ein für alle Mal los sein würden!

»Noch ist es nicht so weit«, sagte ich. »Oskar wird uns helfen. Dein Anwalt wird dich beschützen. Und ich bin auch noch da. Das Rosenhag gehört mir, und es ist meine Sache, wem ich dort Unterschlupf gewähre.«

»Aber was soll ich denn tun, wenn er wieder frei ist?«, fragte sie.

»Möglicherweise wird das ja gar nicht geschehen. Du hast doch selbst den Staatsanwalt, Herrn Neström, kennengelernt. Und Rudolph Ekström wird dir ebenfalls zur Seite stehen.«

»Nicht, wenn Sten …«

Ich strich ihr übers Haar und spürte, wie Kampfgeist in mir erwachte. »Ich bin da, egal, was passiert. Gemeinsam werden wir uns gegen deinen Mann zur Wehr setzen.«

32

Oskar

Während ich mit Marlene zur Pension spazierte, verlor ich mich für einen Moment in der Illusion, dass dies einfach nur ein schöner Sommertag wäre. Sie hatte ihren Arm um meine Taille gelegt, mein Arm lag auf ihrer Schulter. Doch ich spürte, dass es in ihr brodelte. Und auch mein Kopf war voller Gedanken.

An der Pension trafen wir auf Siri Malmström, die draußen gerade das Ladenfenster putzte.

»Marlene!«, rief sie aus. »Dich habe ich ja eine Ewigkeit nicht mehr gesehen.«

»So lange ist es auch wieder nicht her«, erwiderte sie. »Wie geht es dir, Siri?«

»Gut, bis auf die üblichen Beschwerden. Aber bei diesem warmen Wetter lässt mich das Rheuma in Ruhe.«

»Und wie geht es Ove?«

»Wie immer. Seine Kneipengänge halten ihn munter.« Sie schaute mich kurz an, dann sagte sie: »Er erzählte mir, dass ein junger Mann hier gewesen sei, der nach deinem Gatten gefragt habe. Hast du ihn gesprochen?«

»Ja, das habe ich«, sagte Marlene. »Was ist mit meinem alten Zimmer?«, versuchte sie die Unterhaltung in eine andere Richtung zu lenken. »Hast du schon einen Nachmieter gefunden?«

»Glücklicherweise, und er zahlt auch sehr gut. Ich hatte schon befürchtet, niemanden zu finden, da ich den Preis ein wenig erhöht habe. Er wird wohl nicht so lange bleiben wie du«, fügte Siri hinzu. »Aber es heißt, die neue Straßenbahnlinie wird weitere Einwohner anziehen. Und nicht jeder kann sich eine eigene Wohnung leisten.«

»Ich fürchte, ich werde Ihnen Marlene entreißen müssen«, schaltete ich mich nun ein, denn ich sah, dass Marlene unruhig wurde. Früher oder später würde Siri auf den jungen Burschen zurückkommen. »Ich möchte, dass sie sich einen Artikel anschaut. Sie haben doch sicher nichts dagegen, dass ich sie mit auf mein Zimmer nehme?«

Offiziell waren Damenbesuche verboten. Doch Marlene galt nicht wirklich als solcher – nicht nach der langen Zeit, die sie hier gewohnt hatte.

»Natürlich nicht«, sagte Siri und erinnerte sich wieder an den Wassereimer zu ihren Füßen. »Wenn du magst, kannst du dir auch gern noch etwas Obst nehmen. Wie damals.«

»Danke, das ist sehr freundlich von dir«, sagte Marlene und wandte sich ab.

»Und danke an dich«, flüsterte sie mir leise zu, als wir durch die schmale Pforte traten, die in den Hinterhof des Hauses führte. »Sie hätte mich sicher nicht eher gehen gelassen, bis ich ihr von diesem Petrow erzählt hätte.«

»Das dachte ich mir.« Ich lächelte ihr zu. »Es war geschickt, dass du sie nach dem Zimmer gefragt hast.«

»Ich kenne sie schon lange. Wenn man sie mit etwas von einem Thema abbringen kann, dann mit ihren Zimmern.« Sie überlegte einen Moment lang. »Du hast also einen neuen Nachbarn?«

»Ja, ein Buchhalter auf der Durchreise. Er ist hier, um Rechnungsbücher zu prüfen.«

»In der Lampenfabrik?«

Ich schüttelte den Kopf. »Nein, im Dampfmaschinenwerk. Es heißt, sie wollen demnächst nach Malmö expandieren.«

Ohne darüber nachzudenken, hatte ich den Ort erwähnt, an den man mich schicken wollte. Ich presste die Lippen zusammen, doch Marlenes wache Sinne bemerkten sofort, dass etwas nicht stimmte.

»Ist alles in Ordnung?«, fragte sie.

»Ja, natürlich«, sagte ich und vertrieb meine Gedanken mit einem Lächeln. »Allerdings fürchte ich, dass er meine Schreibmaschine ebenso wenig mag wie du damals.«

Sie schien sich daran zu erinnern, wie sie wütend vor meiner Tür gestanden hatte, weil ich ihr mit meiner Schreibmaschine den Schlaf geraubt hatte, denn sie lachte auf.

»Hast du diese schlechte Angewohnheit von damals wieder aufgenommen?«, fragte sie neckend.

Nur noch wenige Schritte trennten uns von der Tür. Mein Mund wurde trocken und mein Herzschlag schneller. Wie sehr ich sie in diesem Augenblick wollte!

»Ja, denn wenn ich in der Nacht arbeite, habe ich tagsüber mehr Zeit und kann dich nach Feierabend besuchen.«

Sie legte den Kopf zur Seite. »Vielleicht sollte ich dir ein eigenes Zimmer im Rosenhag einrichten.«

Wieder trafen sich unsere Blicke, und ich sah, dass ihre Zähne kurz ihre Unterlippe streiften.

Mit zitternden Händen zog ich den Zimmerschlüssel hervor.

Kaum war die Tür hinter uns ins Schloss gefallen, stürzten wir aufeinander zu. Wir küssten uns wild und leidenschaftlich, während unsere Hände über unsere Körper glitten, begehrlich und ungeduldig. Marlene öffnete mit erstaunlicher Schnelligkeit meine Weste und zerrte mir das Hemd aus der Hose. Ihre Hand glitt in den Hosenbund, und ich vergaß alles um mich herum. Es gab keinen neuen Auftrag, keine Entscheidung, keinen Artikel, nur noch uns.

Ich knöpfte ihr Kleid auf und strich über ihre Brüste, die sich unter ihrer Camisole erhoben. Ihre Brustwarzen waren hart, und Marlene stöhnte auf, als ich mit den Lippen darüberstrich und dann den Stoff von ihnen herunterzerrte. Ich küsste sie und spürte Marlenes wilden Herzschlag.

Schließlich griff sie meine Hand und führte mich zum Bett. Dort drückte sie mich sanft auf die Matratze, zog mir die Hose ganz herunter und entledigte sich ihres Rockes. In dem Moment, in dem ihr Schoß meine Männlichkeit regelrecht verschlang, hatte ich Mühe, mich zurückzuhalten.

Marlene begann, sich neckisch zu bewegen und ihre Hüften ein wenig kreisen zu lassen. Doch dies war nicht der Augenblick für ein langes Vorspiel. Ihr Hunger war ebenso groß wie der meine. Ich fühlte ihre Nägel auf meiner Haut, zunächst sanft, dann wie die Krallen einer Katze. Meine Hände wanderten zu ihren Brüsten, und als ich sie umschloss, spürte ich ein Zucken in ihrem Schoß. Der Höhepunkt ließ sie laut aufstöhnen.

Nun konnte auch ich meine Lust nicht mehr zurückhalten. Ich wusste nicht, ob der Buchhalter nebenan zugegen war, aber das kümmerte mich herzlich wenig, als ich mich seufzend in sie ergoss.

33

Marlene

Erst spät in der Nacht ließen wir voneinander ab. Ich schlief tief und traumlos, bis Oskar sich aus dem Bett erhob.

Ich schlug die Augen auf, und als ich mich an das Licht gewöhnt hatte, stützte ich mich auf einem Arm ab und beobachtete, wie er an die Waschschüssel trat. Mein Blick glitt über seinen Rücken, hinab zur Rundung seines muskulösen Hinterns.

»Wolltest du mir nicht einen Artikel zeigen?«, fragte ich, worauf er kurz zusammenzuckte.

»Du bist schon wach?«, fragte er und rieb sich mit einem Handtuch über das Gesicht. »Ich dachte, du würdest noch schlafen.«

»Im Rosenhag merke ich auch immer, wenn Ingrid neben mir wach ist«, erklärte ich.

Er lächelte mich breit an. »Ich bin froh, dass wir hergegangen sind.«

»Das Gras hat dir also nicht gefallen?«, fragte ich kokett zurück, denn beim ersten Mal, als wir miteinander schliefen, hatten wir uns auf Gras und Moos im Wald gebettet.

»Mir ist ein fester Untergrund lieber.«

»Also sollten wir es besser nicht auf einem Boot tun.« Ich lachte auf. Solche Unterhaltungen hatte ich mit Bjarne nicht geführt. Es war anders gewesen, und so hoffte ich, dass auch Oskar anders sein würde. Nicht belastet mit einem Geheimnis, das einem die Luft abschnürte.

Oskar schlüpfte in seine Hose, dann ging er zu der Tasche, die er, kaum hier angekommen, achtlos auf den Boden geworfen hatte. Er zog ein Notizbuch hervor und reichte es mir.

»Das wird der Artikel über das Rosenhag«, sagte er, während er sich neben mich auf die Bettkante setzte. »Ich würde gern wissen, was du davon hältst.«

Ich begann zu lesen.

»Nahe Karlskrona, in dem kleinen Ort Nättraby, versuchen sich zwei Frauen an einer revolutionären Idee: einem Haus, das von der Gesellschaft und dem Schicksal benachteiligten Frauen einen sicheren Hafen bieten soll.«

Ich blickte zu Oskar. »Der Vergleich mit einem Hafen ist schön.«

Er lächelte, beugte sich über mich und küsste mich. »Ich habe gehofft, dass es dir gefällt.«

Ich las weiter. *»Von Rosen umgeben liegt das Gebäude auf ehemaligem Gutsland, das durch glückliche Umstände in die Hand seiner Besitzerin gelangt ist.«*

Ich machte eine Pause, dann grinste ich in mich hinein. »Ich nehme an, dass Sten Boregard dir da widersprechen würde.«

»Er hat da kein Mitspracherecht«, gab er lachend zurück. »Ich bin der Verfasser. Es ist meine Sicht der Dinge.«

Und diese war erstaunlich. Mit jedem Wort, das mich weiter durch den Text trug, entstand das Bild unseres Hauses vor meinem geistigen Auge. Er beschrieb das Innenleben, den reizvollen, wenn auch noch immer etwas wilden Garten, und er benannte die Dinge, die zu tun waren, und inwiefern wir Unterstützung benötigten. Außerdem portraitierte er uns, was schmeichelhaft war – aber plötzlich kamen mir Zweifel. Ich dachte wieder an meine alten Feindinnen unter den Seemannswitwen. Sie würden es mir sicher nicht gönnen, ein neues Leben zu beginnen, auch wenn der wahre Schuldige nun entlarvt war.

»Könntest du unsere Namen weglassen? Oder vielleicht nur die Initialen verwenden?«, fragte ich.

»Aber warum denn?«, fragte er. »Die Leute sollen wissen, dass ihr hinter dem Haus der Frauen steht.«

»Sten Boregard könnte freikommen«, sagte ich.

»Aber er weiß ja, dass ihr im Rosenhag seid.«

Ja, das wusste er, und das machte es nicht besser. »Außerdem könnte es noch andere missgünstige Leute auf uns aufmerksam machen. Wenn die Seemannsfrauen nicht von Boregards Schuld überzeugt sind …«

Ich sah ihm an, dass es ihm schwerfiel, doch dann sagte er: »In Ordnung. Ich werde Kürzel verwenden. Eure Sicherheit geht vor.«

»Danke.« Ich lächelte ihn an und fuhr mit der Lektüre fort. Stolz erfasste mich plötzlich. Waren das wirklich wir, die diese Einrichtung auf die Beine stellen wollten? Es klang beinahe, als ob ich die unglaubliche Geschichte anderer Frauen las.

»Es ist sehr gut geschrieben, soweit ich es beurteilen kann«, sagte ich schließlich, als ich ihm das Notizbuch zurückgab. »Hast du es Liv auch schon gezeigt?«

»Ich bin noch nicht dazu gekommen«, antwortete Oskar. »Aber spätestens dann, wenn ich den Artikel abgetippt habe, kann ich dir das Buch überlassen.« Er strich mit den Fingern sanft über die Rundung meiner Schulter. »Bleibst du noch ein Weilchen hier?«

Wenn er wüsste, wie gern ich das tun würde! »Ich kann Ingrid nicht mit der Arbeit allein lassen. Außerdem wird sie sich Sorgen machen.«

Oskar sah mich einen Moment lang an, und es wirkte, als hätte er etwas auf dem Herzen.

»Was ist?«, fragte ich. »Du bist mir deswegen doch nicht böse?«

Er nahm meine Hand und küsste sie. »Wie kommst du denn darauf?«, fragte er. »Es ist nur … Ich war vorgestern in Stockholm. Die Versicherung hat mich zu sich gerufen.«

So, wie er es sagte, hatte er keine gute Nachricht erhalten. Ich setzte mich auf. »Ging es um Boregard?«

Oskar schüttelte den Kopf. »Nein, um einen neuen Auftrag.«

Diese Nachricht musste ich erst einmal verdauen. Wir wussten beide, dass dieser Tag kommen würde, doch ich hatte gehofft, dass dies nicht so bald der Fall sein würde.

»Und wohin wollen sie dich schicken?«

»Nach Malmö. Bei einer Reederei sind Unregelmäßigkeiten aufgetreten. Mehr kann ich dir leider nicht sagen.«

Ich presste die Lippen zusammen und versuchte, meine Enttäuschung nicht allzu sehr zu zeigen. Doch Oskar bemerkte sie trotzdem.

»Ich habe mir Bedenkzeit ausgebeten. Wenn ich in Malmö bin, werde ich dich nicht so oft sehen können, wie ich will, und …«

»Meinetwegen brauchst du nicht abzulehnen«, sagte ich. »Malmö hat doch auch eine Zugverbindung. Wir könnten uns am Wochenende sehen. Oder dann, wenn du Zeit hast oder auf dem Weg nach Stockholm bist.«

»Ich fürchte, das wird nicht genug sein.« Er blickte mir tief in die Augen. »Ron Lundström, der Verleger der Zeitung, möchte, dass ich fest für ihn arbeite. Er ging sogar so weit, mir den Posten des Chefredakteurs anzubieten.«

Hoffnung flammte in mir auf. »Und? Was hast du gesagt?«

»Bisher noch nichts. Ich weiß ehrlich gesagt nicht, wie ich mich entscheiden soll. Ich mag meine Tätigkeit für die Versicherung, ich mag es, Unrecht ans Licht zu bringen. Aber ich liebe dich und will dich nicht nur wenige Male im Monat sehen.«

Das empfand ich auch so. Am liebsten hätte ich ihn für immer bei mir behalten. Aber konnte ich das verlangen? Was würde sein, wenn unsere Beziehung sich irgendwann abkühlte? Würde er mir dann vielleicht Vorwürfe machen, dass ich ihn von seiner Karriere abgehalten hatte? Sicher verdiente er hier bei der Zeitung nicht so gut wie bei der Versicherung.

»Es wäre doch nur vorübergehend, nicht wahr?«, fragte ich. »Vielleicht ist es ja nur ein Monat, den du in Malmö verbringen musst.«

»Möglicherweise wird es länger dauern.«

Ich streichelte seine Wange. »Du vergisst, dass ich die Ehefrau eines Seemanns war. Ich kann auf die Rückkehr meines Geliebten warten. Ich kann Sehnsucht ertragen.«

Ein Funke der Erleichterung zog durch seinen Blick. »Du meinst also, ich soll annehmen?«

»Du sollst vor allem tun, was dein Herz dir befiehlt«, gab ich zurück. »Ich würde mich auch nur dann vom Rosenhag zurückhalten lassen, wenn es um dein Wohl und Leben ginge.«

Er zog mich in seine Arme und küsste mich erneut. »Ich werde überlegen und noch einmal mit Lundström sprechen. Sie lassen mir eine Woche Zeit, diese können wir nutzen.«

34

Liv

Nachdem ich mich in der Nacht hin und her gewälzt hatte, erhob ich mich in dem Bewusstsein, dass ich nicht einfach auf Stens mögliche Rückkehr warten wollte. Ich musste Vorkehrungen treffen, ich musste mit jemandem in der Reederei sprechen, dem ich vertraute.

Außer Marlene und Oskar wusste nur ich um die Rolle von Rudolph Ekström. Er, der der Reederei nun als Geschäftsführer vorstand, würde mir vielleicht helfen können, sollte der schreckliche Fall eintreten.

Der Gang zum Kontor am Borgmästerekajen schien mich jedes Mal zu verwandeln. Die Frau, die einst nur für den Haushalt ihres Mannes zuständig war, wurde zu einer Frau, die innerhalb weniger Wochen gelernt hatte, wie die Reederei funktionierte.

Ich wusste nun, dass Stens Anwesenheit verzichtbar war für den Lauf der Geschäfte. Schiffe fuhren hinaus und kehrten mit Ladung zurück. Herr Ekström sorgte dafür, dass Rechnungen geschrieben und Heuer bezahlt wurden. Sollte es so weit kommen, dass Sten eine hohe Geldstrafe zahlen musste, würde die Reederei gerüstet sein. Vielleicht musste sie eines oder zwei Schiffe verkaufen, vielleicht den Preis ihrer Dienstleistungen erhöhen, aber auch ohne Sten hatte sie die Möglichkeit, weiter zu bestehen.

Als ich den Hafen erreichte, schaute ich hinüber zu den Schiffen, die vor Anker lagen. Nicht alle gehörten zu uns. Es gab zahlreiche andere Handelsfahrer, die Karlskrona ansteuerten.

Auch bei schönem Wetter hing morgens ein gewisser Dunst über den Lagerhäusern, vor denen sich Seile, Fässer und Holzkisten stapelten. Männer riefen sich etwas zu, während die Lastkräne schwere Ladungen aus den Schiffsbäuchen holten.

Ich nahm mir noch einen Moment, um mir im Gehen das Treiben am Hafen anzusehen. Warum war ich nicht öfter hier gewesen? Es war überaus interessant! Ich reckte meinen Kopf gerade hinauf zu einem gewaltigen Lastkran, der eine riesige Holzkiste von einem der Schiffe hob, als ich plötzlich gegen etwas prallte. Oder besser gesagt, gegen jemanden.

»Sie?« Meine Augen brannten, und es fiel mir schwer, meine Beherrschung zurückzuerlangen.

Der junge Mann wich zurück. In seinem Blick stand dieselbe Überraschung, wie ich sie fühlte. Was hatte er am Hafen zu suchen? Der Seesack, den er geschultert hatte, deutete darauf hin, dass er abreisen wollte.

»So sieht man sich wieder«, sagte er mit einem schiefen Lächeln. Ebenso wie mir schien auch ihm die gestrige Begegnung mit Marlene noch lebhaft vor den Augen zu stehen.

Ich war eigentlich kein rachsüchtiger Mensch, aber plötzlich schien etwas in mir zu zerreißen.

»Wissen Sie eigentlich, was Sie gestern getan haben?«, platzte es aus mir heraus. »Sie haben eine wunderbare Frau beschimpft! Sie haben Sie weiß Gott was genannt und ihr vorgeworfen, nicht gut genug gewesen zu sein. Aber wissen Sie was?«

Ich trat vor und tippte ihm mit dem Finger gegen die Brust. »Sie war immer für ihren Mann da, und als sein Schiff gesunken war und ihr klar wurde, dass er nicht wiederkommen würde, wäre sie daran beinahe zerbrochen. Es tut mir leid, dass Ihre Mutter ihr Glück nicht gefunden hat, aber die Letzte, die daran die Schuld trägt, ist Marlene! Das können Sie Ihrer Mutter erzählen.«

Auf einmal wurde er blass und senkte seinen Blick. Als er wieder aufsah, bemerkte ich, dass Tränen in seinen Augen glitzerten. Sogleich überfiel mich das schlechte Gewissen. Waren meine Worte zu hart gewesen? Aber wenn ich daran dachte, wie Marlene vor dem Haus gekauert hatte …

»Meine Mutter ist tot«, sagte er leise. »Gestern habe ich das Telegramm erhalten …«

35

Marlene

Schon auf dem Weg zum Bahnhof vermisste ich Oskar schrecklich. Auch wenn er gesagt hatte, dass er sich die Sache überlegen wollte, wusste ich doch, dass er stolz auf seine Tätigkeit bei der Versicherung war und von dieser nicht so leicht lassen konnte. Und ich wollte ihn nicht von etwas abbringen, das ihn erfüllte. Was waren letztlich ein paar Monate?

Ich war es gewohnt, dass der Mann, den ich liebte, fortgehen musste. Ich vertraute Oskar und wusste, dass er keine andere anschauen würde. Die Zeiten, an denen wir uns sahen, würden wir dann umso intensiver nutzen.

Ich durchquerte gerade den Hoglands-Park, als mir eine Gestalt ins Auge fiel. Konnte es wirklich sein …?

Ich beschleunigte meinen Schritt, während ich meinen Blick durch die Gegend schweifen ließ. Normalerweise war Torben nicht weit von Sigrun entfernt. Einige Wochen zuvor hätte ich mich nicht getraut, zu ihr zu gehen, aber dies hier war ein öffentlicher Ort, an dem ich schnell die Flucht ergreifen konnte, wenn es nötig war.

»Hallo Sigrun«, sprach ich sie an, nachdem ich mich versichert hatte, dass Torben tatsächlich nicht in der Nähe war.

Sie hatte sich nicht verändert. Noch immer trug sie ihre unscheinbaren Kleider, noch immer war ihr Haar im Nacken zu einem Knoten geschlungen. Leider entdeckte ich auch wieder verblichene Spuren von Blutergüssen in ihrem Gesicht und auf ihren Armen.

»Marlene!« Sie wich erschrocken zurück. Scham trat auf ihr Gesicht. Sie wusste genau, was uns ihre Flucht eingebrockt hatte. Doch letztlich hatten wir gegen Boregard gewonnen. Und war sie nicht noch immer eine Frau in Not?

Ich beschloss also, den ersten Schritt zu machen. »Schön, dich wiederzusehen«, sagte ich in versöhnlichem Ton. »Wie geht es dir?«

»Gut«, antwortete sie, doch ihre Augen straften sie Lügen. Aber ich war nicht hier, um ihr Vorhaltungen zu machen. Ich freute mich nur, dass sie noch am Leben war.

»Ist dein Mann in der Nähe?«, fragte ich, worauf sie den Kopf schüttelte.

»Nein, ich ... bin allein.«

»Arbeitest du noch in der Lampenfabrik?«

Sie schaute sich um, als erwarte sie Torben, dann trat sie näher an mich heran. »Ich ... ich wollte sagen ...« Sie stockte, und Tränen traten in ihre Augen. »Es tut mir leid, dass ich einfach so fortgegangen bin ... Ich ...«

»Schon gut«, sagte ich, worauf sie lauthals zu schluchzen begann. Ich zog sie in meine Arme. Wenn ich ihr in ihren schwierigen Umständen nicht verzeihen konnte, was war ich dann anderen für eine Hilfe?

Als sie sich wieder beruhigt hatte, zog ich sie in den Schatten zu einer Bank, die zwischen zwei hohen Büschen stand. Hierher zogen sich gern Pärchen zurück, um miteinander zu turteln, doch so früh am Morgen war sie noch frei.

»Was machst du eigentlich im Park?«, fragte ich. »Solltest du jetzt nicht in der Fabrik sein?«

»Ich ... Torben meinte ...« Sie senkte den Kopf. Hatte ihr Mann es ihr verboten? Aber er arbeitete ebenfalls dort, und da er sie stets unter Kontrolle halten wollte, konnte ich mir das gar nicht vorstellen. »Er meinte, dass ich zum Arzt gehen sollte.«

Ich zog die Augenbrauen hoch. »Das hat er gesagt?«

»Es ging mir in den letzten Tagen nicht gut«, fuhr sie fort. »Ich habe mich immer wieder übergeben und schwitze ganz furchtbar. So sehr, dass das ganze Bett nass war. Torben glaubt, ich habe etwas … Schlimmes, Ansteckendes.«

Nach all den Misshandlungen, die er ihr zugefügt hatte, erstaunte mich seine plötzliche Sorge um ihre Gesundheit. Aber wahrscheinlich befürchtete er, sich selbst etwas einzufangen.

»Und, warst du dort?«, fragte ich.

»Nein, ich … ich habe Angst.«

Ich wusste auch, warum. Die gelbbraunen Flecke an ihrem Wangenknochen würden einen Arzt stutzig machen.

»Du musst den Doktor nachschauen lassen. Sonst kann dir nicht geholfen werden.«

»Und wenn ich nun etwas habe, weshalb ich sterben muss?«, fragte sie.

»Das wird schon nicht passieren«, sagte ich. »Wahrscheinlich ist es etwas Harmloses.« Ich betrachtete sie. Sie war keine sehr junge Frau mehr, doch die vierzig hatte sie noch nicht erreicht.

Ich dachte wieder an den Arzt, der ins Rosenhag gekommen war, als ich das Bewusstsein verloren hatte. Dr. Hellström würde sie sicher untersuchen. Aber dazu müsste sie mitkommen. Und ich wusste nun, dass ich warten musste, bis sie mich darum bat. Sie zu überreden würde nur dazu führen, dass sie erneut die Flucht ergriff.

Sigrun schwieg eine Weile und betrachtete ihre Hände.

»Damals«, sagte sie dann leise, »als ich wegging, dachte ich, dass es besser für euch wäre. Dass ich euch vor der Polizei bewahren würde. Deshalb bin ich zur Fabrik gelaufen.«

»Wir hätten dich beschützt«, gab ich zurück. »Du hättest nicht zu ihm zurückkehren müssen.« Mir fiel wieder ein, was Liv erzählt hatte von den schwerwiegenden Gründen, unter denen eine Ehe auch dann geschieden werden konnte, wenn einer der Ehepartner es ablehnte. Sigrun hätte auf jeden Fall eine Scheidungsklage einreichen können. Aber wenn sie es nicht selbst wollte, konnte niemand etwas tun.

»Sigrun, ich weiß, dass es dir schwerfällt, von deinem Mann zu lassen«, fügte ich hinzu. »Du hast die Entscheidung getroffen, die du in der Situation treffen musstest. Aber …« Ich blickte ihr in die Augen. »Solltest du dich anders entscheiden, kannst du immer wieder zu uns kommen. Wenn du dir ganz sicher bist, werden wir einen Weg finden. So lange hoffe ich, dass du dein Glück findest. Und vor allem wieder gesund wirst.«

36

Liv

Petrows Worte trafen mich wie eine Ohrfeige. Sogleich schämte ich mich für meinen Ausbruch. Er hatte Marlene Unrecht getan, und deshalb war ich nach wie vor wütend auf ihn. Aber er war auch ein Sohn. Er war jemand, dessen Vater nicht zu ihm gestanden hatte. Der jetzt womöglich den einzigen Menschen verloren hatte, an dem ihm etwas gelegen hatte. Verstand ich das nicht allzu gut?

»Das tut mir leid«, sagte ich jetzt sanfter.

»Sie wissen nichts«, sagte er und wischte sich fast unbeholfen die Tränen von den Wangen. Doch sie liefen und liefen.

»Vielleicht weiß ich mehr, als Sie glauben«, gab ich zurück. Ich hatte keine Ahnung, warum er mich so anrührte. Wenn er nicht wütend war, konnte man ihn beinahe … schön nennen. »Auch ich bin von meinem Vater verleugnet worden. Auch ich habe meine Mutter verloren.«

Er musterte mich von Kopf bis Fuß, dann sah er mich an, als würde ich ihm eine Lüge auftischen.

»Es stimmt«, bekräftigte ich. »Das Äußere eines Menschen sagt nichts über dessen Vergangenheit aus.«

Er blickte mich weiterhin nur an.

»Was werden Sie jetzt tun?«, fragte ich, als mir klar wurde, dass er seiner Mutter nichts mehr von Kapitän Walsted berichten konnte.

Möglicherweise war es ein Segen, dass sie in Unwissenheit gestorben war.

So traurig, wie seine Augen blickten, konnte ich nicht einmal mehr Zorn fühlen. Er tat mir einfach nur leid.

»Ich werde mir wieder eine Arbeit suchen«, antwortete er. »Vielleicht brauchen sie mich auf einem der Schiffe.«

»Ich könnte fragen, ob in der Reederei jemand benötigen wird«, sagte ich.

»Hier?«, fragte er.

»Meinem Mann gehört die Reederei Boregard«, erklärte ich. »Ich führe momentan die Geschäfte. Ich könnte einen unserer Kapitäne fragen. Oder im Kontor. Wir brauchen immer Leute, die bereit sind anzupacken.«

Er schien mit sich zu ringen. Ich hatte von Marlene genug über seinen Vater gehört und wusste, dass das Meer ein Teil seiner Seele war. Die einzige Geliebte, mit der Marlene ihn hatte teilen müssen. Zumindest hatte sie es damals geglaubt.

»Ich verstehe, dass Sie Ihrer Mutter die letzte Ehre geben wollen«, sagte ich. »Wahrscheinlich finden Sie in Ihrer Heimat ebenfalls Arbeit. Aber vielleicht …« Ich stockte. Warum wünschte ich mir, dass er wiederkommen würde? Dass er mein Angebot annehmen würde?

»Ich werde es mir überlegen«, sagte er. »Danke für Ihre Freundlichkeit.« Ein scheues Lächeln huschte über sein Gesicht. Ich brauchte einen Moment, um die Verwirrung abzuschütteln, die ich plötzlich verspürte.

»Gut.« Ich räusperte mich. Es war, als hätte ich ihm so viel zu sagen, doch ich konnte kein einziges Wort hervorbringen. »Kommen Sie einfach ins Kontor, wenn es so weit ist. Ich werde dem Geschäftsführer, Herrn Ekström, von Ihnen erzählen. Sie brauchen einfach nur zu sagen, dass Liv Boregard Sie schickt.«

37

Marlene

Während der Fahrt nach Nättraby dachte ich über Sigrun nach. Was, wenn sie wirklich eine schwere Krankheit hatte? Wer sollte sie pflegen? Wie würde Torben reagieren? Sicher würde er sie nicht schonen und erwarten, dass sie ihm weiterhin den Haushalt führte …

In Nättraby angekommen, ließ ich mir am Packwagen mein Fahrrad aushändigen und fuhr zum Rosenhag.

Durch die Begegnung mit Sigrun war ich ein wenig von dem Zusammentreffen mit dem Russen abgelenkt worden, aber hier, im Wald, kehrten seine Worte und deren Inhalt zu mir zurück. Seltsam, denn im Wald hatte ich bislang am besten vergessen können …

Sein Angriff auf mich machte mich noch immer wütend, doch die Enttäuschung über Bjarne überwog. Er hatte einen Sohn! Das allein war eigentlich nicht schlimm, wenn ich es denn gewusst hätte! War Bjarne sich darüber im Klaren gewesen? Ich würde es nie erfahren …

Ingrid war gerade im Garten beschäftigt, ich sah, wie sie die Beete wässerte, in denen der Kohl schon prächtig spross.

»Guten Morgen, Ingrid!«, rief ich. »Entschuldige, dass ich erst jetzt komme.«

»Kein Grund, dich zu entschuldigen«, gab sie zurück und stellte den Wassereimer ab. »Ich dachte mir schon, dass du und der Bursche viel miteinander zu reden habt.«

Ich schnaubte frustriert. »Wenn es denn so gewesen wäre.«

»Ist es nicht gut gelaufen?« Ingrid kam mir entgegen.

»Er hat mich mit einem Wort bedacht, das ich nicht mal verstanden habe. Aber es war bestimmt kein gutes, das kann ich dir sagen. Und das Schlimmste ist, dass er tatsächlich Bjarnes Sohn ist.«

Ich senkte den Kopf. Ich wollte weinen, doch ich konnte nicht. Ich spürte überbordenden Zorn und Trauer, aber beides würde ich nicht so einfach aus meinem Körper vertreiben können, indem ich den Tränen freien Lauf ließ.

»Wenn ich ehrlich bin, habe ich so etwas geahnt«, gab Ingrid nun zu. »Aber nachdem du ohnmächtig geworden warst ...«

»Schon gut«, sagte ich. »Es ist nicht von Belang. Nicht mehr ...«

»Was deinen Mann angeht, so wird er immer von Belang für dich sein«, erwiderte sie und zog mich mit sich in die Küche. »Komm, ich habe noch etwas vom Frühstück aufgehoben. Stärk dich erst einmal, dann sehen wir weiter.«

Ich schaufelte den Haferbrei in mich hinein und ließ die Himbeeren, die Ingrid dazugelegt hat, übrig. Ich würde sie als Letztes essen, damit der süße Geschmack der Früchte noch eine Weile auf meiner Zunge blieb und mich an das erinnerte, was ich mit Oskar nahe des Himbeerfeldes getan hatte.

Seine Küsse und Zärtlichkeiten, unser wilder Rausch hatten dem, was geschehen war, die Schärfe genommen. Ich brauchte nur an Oskar zu denken, und ein warmes Gefühl durchzog mich. Bjarne war tot, vielleicht war es Zeit, ihn loszulassen mitsamt den Geheimnissen, die er möglicherweise gehabt hatte.

Oskar würde meine Zukunft sein, mein Halt in schwierigen Zeiten. Ich liebte ihn, und ich wusste, dass er mich ebenfalls liebte. Egal, wie er sich wegen seines Auftrages entschied und wie fern er mir sein würde, ich trug ihn in meinem Herzen bei mir und würde auf ihn warten.

Als ich aufgegessen hatte, wollte Ingrid alles über meine Begegnung mit Petrow wissen. Ich berichtete, was ich erlebt hatte, und bemerkte, wie sich Ingrids Miene verfinsterte.

»So ein unverschämter Bengel«, knurrte sie. »Die Ohren hättest du ihm langziehen sollen! Du kannst überhaupt nichts dafür, dass dein Mann diese Frau sitzen gelassen hat.«

»Aber das kann er ihm ja nicht mehr sagen.« Ich strich mit dem Finger über den Tisch und verschmierte eine kleine Spur Milch darauf zu einem Kreis. »Das bin ich ja schon gewohnt, nicht wahr? Dass Leute mir die Schuld geben, weil sie Bjarne nicht erreichen können.«

»Das muss aufhören!«, erwiderte Ingrid. »Du darfst dir dergleichen nicht immer wieder bieten lassen!«

»Was sollte ich denn machen? Er wirkte ohnehin schon, als wollte er mir jeden Augenblick an den Hals gehen.« Ich seufzte. »Ich konnte nichts anderes tun als fliehen.«

Wir schwiegen eine Weile, dann sagte Ingrid: »Der Bursche könnte dir auch eine Lüge aufgetischt haben. So wie er spricht niemand, der etwas über eine Person erfahren will. Er suchte sicher nur jemanden, an dem er seine Wut auslassen konnte.«

»Aber dass er Bjarnes Sohn ist, kann man nicht übersehen. Ich frage mich, ob Bjarne vielleicht das Weite gesucht hat, nachdem er erfuhr, dass diese Frau schwanger war.«

»Möglicherweise war es ganz anders. Vielleicht hatte sie die Schwangerschaft erst bemerkt, als er weg war. Außerdem war es lange vor deiner Zeit.«

»Ja, aber wenn …« Ich dachte an das letzte Mal, dass Bjarne und ich miteinander geschlafen hatten.

»Und wirst du dir kein anderes Mädchen in irgendeinem Hafen suchen?«

»Wie sollte ich?«, hatte er geantwortet, sein Gesicht gerötet vor Lust. »Ich werde nur von Männern umgeben sein! Männern, die nach Erdöl stinken und Flüche in vier verschiedenen Sprachen kennen.«

»Und wie sieht es bei Unwetter aus?«

»Selbst wenn wir in einen Hafen einlaufen müssen, wird es keine andere für mich geben!«

»Wenn er mich belogen hat?«, fuhr ich fort und schüttelte das Bild ab. »Wenn es noch andere gibt, die in irgendwelchen Häfen vergeblich auf ihn warten, mit Kindern am Rocksaum?« Ich machte eine Pause, dann fügte ich hinzu: »Er war so oft in Riga. Die Frau hätte ihn leicht finden können. Aber wenn er denn Schluss mit ihr gemacht hat …«

Ingrid schwieg eine Weile. Schließlich erhob sie sich, trat zu mir und schlang die Arme um meine Schultern. »Auch das liegt nicht in deiner Verantwortung. Wenn uns die letzte Stunde schlägt, werden wir für das zur Rechenschaft gezogen, was wir selbst getan haben, nicht für die Taten der anderen. Was dein Mann getan hat oder nicht, ist seine Sache. Auch wenn ich verstehe, dass es dir das Herz zerreißt, lass es los und denke nicht daran. Wahrscheinlich wirst du nie erfahren, was sich wirklich zugetragen hat. Also nimm das hin, was du von ihm weißt. Dass er dir und nur dir seine letzten Worte gewidmet hat.«

38

Oskar

Während ich den Artikel über das Rosenhag mit der Schreibmaschine abtippte, fragte ich mich erneut, ob ich nach Malmö gehen oder ablehnen sollte. Jedes Klingeln, mit dem das Zeilenende angezeigt wurde, ließ mich an Marlene denken, und ich hatte wieder vor mir, wie sie nackt und schön in meinem Bett gelegen hatte. Ich wollte bei ihr bleiben, sie keinen Moment missen. Aber da war auch mein Pflichtgefühl, mein Wunsch, Ungerechtigkeiten aus der Welt zu schaffen.

Sicher, der Auftrag war vermutlich in einem Monat erledigt. Dank der Bahnverbindung würde ich Nättraby rasch erreichen können. Aber was kam dann? Würde mich der nächste Auftrag weit in den Norden führen? In ein Nachbarland sogar? Die Versicherungsgesellschaft hatte auch Kunden aus Norwegen und Dänemark.

Und sicher war auch Herr Lundström nicht gewillt, einen oder zwei Monate auf meine Entscheidung zu warten. Meine jetzige Stelle konnte ziemlich rasch ersetzt werden, und auch einen Chefredakteur würde er finden.

Als ich den Artikel fertiggestellt hatte, brachte ich ihn zu Herrn Lundström, der wie immer das letzte Wort über das hatte, was veröffentlicht wurde oder nicht.

Marlenes, Livs und Ingrids Geschichte war bei Weitem nicht so spektakulär wie die Enthüllung von Sten Boregards Betrug, dennoch hoffte ich, dass sie auf Interesse stoßen würde.

»Ah, Andersson«, sagte Lundström, als ich auf seinen Ruf hin das Büro betrat. Er stand gerade mit ein paar Zetteln in der Hand vor dem Fenster. »Gut, dass Sie kommen!«, sagte er und reichte mir einige geöffnete Umschläge. »Es sind weitere Leserbriefe für Sie eingetroffen.«

»Muss ich mir einen anderen Namen zulegen?«, fragte ich, während ich die Tür hinter mir zuzog. Als ich noch in Stockholm für die *Dagens Nyheter* geschrieben hatte, waren manche Leserbriefe wie Handgranaten gewesen, es war besser, wenn man gar nicht erst in ihre Nähe kam.

»Ich denke nicht«, erwiderte er lachend. »Einige von ihnen beglückwünschen Sie sogar. Darunter ein Reeder, der, wie ich denke, davon profitieren wird, dass sein Konkurrent Boregard großen Schaden genommen hat.«

Ich dachte an Liv. Sie wollte weg von alledem, aber der Schaden würde sie als Boregards Ehefrau ebenfalls treffen. Es war gut, dass ich ihren Namen in dem Rosenhag-Artikel nicht erwähnt hatte.

»Danke, ich schaue sie mir nachher an«, antwortete ich, faltete die Briefe zusammen und schob sie in meine Hosentasche. »Ich habe einen Artikel über dieses Haus der Frauen geschrieben, das in Nättraby entstehen soll.« Ich reichte ihm meine Blätter. »Es eilt nicht sehr, aber …«

Noch während ich sprach, begann Lundström zu lesen. Seine Augen bewegten sich rasch über die Zeilen, fast meinte man, er würde sie nur überfliegen.

»Das ist gut«, sagte er nach ein paar Minuten. »Aber warum nennen Sie nicht die vollen Namen der Damen? Die Leser möchten sie sicher wissen. Besonders, weil Marlene Walsted involviert ist.«

»Nun, die Natur ihrer Arbeit ist ein wenig heikel«, sagte ich, denn natürlich war ich auf diesen Einwand gefasst. »Es ist vornehmlich ein Haus, das Frauen aus schwierigen Verhältnissen eine Heimat bieten soll. Geschlagene, vergewaltigte Frauen. Schwangere Frauen, die auf der Flucht vor ihren Vätern oder Gatten sind.«

»Das erwähnten Sie bereits«, gab Lundström zurück. »Aber wie sollen diese Frauen das Haus finden, wenn Sie nicht verraten wollen, wer es betreibt?« Er blickte mich fragend an.

»Ich kann die Namen nicht nennen, so leid es mir tut«, sagte ich. »Es würde dazu führen, dass ihnen nicht wohlgesinnte Männer auf der Straße auflauern. Außerdem hat Frau Walsted mich darum gebeten, Kürzel zu verwenden.«

Lundström schnaufte. Wenn er etwas liebte, dann die Enthüllung. Einen Moment lang überlegte er, dann veränderte sich sein Blick. »Als ich bei unserem Gespräch sagte, dass dieses Thema interessant ist, meinte ich das hinsichtlich dieser Kapitänsfrau. Ihr Name gibt die richtige Würze und wird das Interesse der Leute wecken. Wohingegen Kürzel niemanden zum Weiterlesen anregen werden.«

Die plötzliche Schärfe seines Tonfalls erschreckte mich ein wenig. Ich rang mit mir. Die Welt würde nicht untergehen, wenn der Artikel nicht erschien. Allerdings würde dann auch keine Frau, die Hilfe brauchte, den Weg dorthin finden, weil sie gar nicht erst wusste, dass es das Rosenhag gab.

»Am besten wäre es sogar, wenn Walsteds Mitstreiterinnen ebenfalls genannt würden«, setzte Lundström hinzu. »Sie haben mir doch erzählt, dass Liv Boregard dabei ist.« Er stieß ein hartes Lachen aus. »Ha! Das wäre doch ein Fressen für die Leute!«

Auf einmal bereute ich es zutiefst, dass ich ihm beim Frühstück davon berichtet hatte.

»Ich werde darüber nachdenken«, sagte ich und nahm die Blätter wieder an mich.

Lundström betrachtete mich eisig und sagte dann: »Wenn Sie eine Zukunft bei meiner Zeitung wollen, schreiben Sie die Namen hinein. Ansonsten sollten Sie besser bei Ihrer Versicherung bleiben.«

39

Marlene

»Ich habe Sigrun getroffen«, eröffnete ich Ingrid am Nachmittag, als ich ihr half, das Ziegengatter auszumisten.

Wir benutzten das alte Stroh, das wir auf dem Heuboden gefunden hatten, aber lange würde es nicht mehr ausreichen. Mir würde nichts anderes übrig bleiben, als die Bauerngehöfte in der Umgebung aufzusuchen und nachzufragen, ob jemand bereit war, uns ein paar Ballen zu liefern.

»Und?«, fragte Ingrid kühl, während sie eine Forke voll Mist in die schon leicht wacklige hölzerne Schubkarre hob. Ich wusste, dass sie Sigrun ihre Flucht noch immer nicht verziehen hatte.

»Sie hat sich entschuldigt«, antwortete ich und schaufelte ebenfalls Mist in die Karre. »Und sie meinte, dass es ihr nicht gut ginge.«

»Kein Wunder«, schnaubte Ingrid. »Dieser Kerl hat ihr zwischenzeitlich wieder eine Tracht Prügel verpasst, nicht wahr?«

»Es sah ganz so aus.« Ich schwieg eine Weile, denn ich spürte, dass Ingrid alles andere als begeistert über ein Wiedersehen wäre. »Ich habe ihr angeboten, zu uns zu kommen, wenn sie will.«

»Wenn es nach mir ginge, bräuchte sie sich gar nicht mehr blicken zu lassen«, murrte Ingrid. »Aber es ist ja nicht mein Haus.«

»Alle, die hier wohnen, sollen gemeinsam entscheiden«, sagte ich. »Wenn du Einwände hast, schicken wir sie weg. Aber …«

Ingrid zog die Augenbrauen hoch. »Aber?«

»Aber bevor du dein Veto einlegst, frage dich, ob du die Ablehnung mit deinem Gewissen vereinbaren könntest. Nicht immer kann man Dank erwarten für das, was man tut.«

»Ich war in meinem Leben nie undankbar«, gab sie zurück.

»Andere Frauen haben ein anderes Gemüt. Und manche, so wie Sigrun, können einfach nicht aus ihrer Haut. Wir müssen damit rechnen, dass wir nicht jede Frau retten können, die zu uns kommt. Vor allem können wir sie nicht vor sich selbst retten.«

Ich bemerkte, wie diese Worte in Ingrid arbeiteten. Ich hoffte, dass sie mich verstand und einsehen würde, dass wir niemanden abweisen durften, auch wenn manche es nicht zu schätzen wussten.

»Wenn wir mehr werden, können wir andere auch zum Ausmisten des Stalls einteilen«, sagte sie plötzlich, und ein breites Lächeln trat auf ihr Gesicht. »Das wäre doch gut, was?«

»Die Neuankömmlinge werden sich freuen«, gab ich lachend zurück. »Besonders, wenn sie aus der Stadt kommen und noch nie eine Ziege von Nahem gesehen haben.«

»Wir kommen auch aus der Stadt. Und Sigrun weiß, was eine Ziege ist.«

»Sei nicht gemein«, sagte ich und versetzte ihr einen kleinen Knuff. »Wir beide sind eben andere Leute.«

»Nun, was das Ausmisten angeht, werden es die Neuen schon lernen.« Sie machte eine kurze Pause und fügte dann hinzu: »Aber du hast recht, möglicherweise werden es uns einige nicht danken. Aber wir sind Menschen, nicht wahr? Und Menschen sollten einander helfen. Egal, ob es eine Belohnung gibt.«

Als wir mit dem Ausmisten fertig waren, streuten wir neues Stroh in die Gatter. Mittlerweile hatten wir den Tieren Namen gegeben. Die alte Ziege nannten wir Rosa, weil ihr weißes Fell so dünn war, dass man darunter die Haut sehen konnte. Die Kitze hießen Mimi und Tara, weil wir glaubten, dass sie besser hörten, wenn die Namen kurz waren. Manchmal erkannte man nicht, wer von ihnen wer war, also hatten wir beschlossen, derjenigen Butterblumen zur Belohnung zu geben, die auf den Ruf reagierte, und sie so an ihren Namen zu gewöhnen. Aber noch blieben sie dicht bei ihrer Mutter und zupften nur hin und wieder zögerlich am Gras.

»Hallo?«, ertönte da eine weibliche Stimme von draußen.

Sie war mir unbekannt, und auch Ingrid zuckte nur mit den Schultern. Hatte es sich schon herumgesprochen, dass wir hier Frauen aufnahmen? Oskar wollte seinen Artikel doch erst heute in der Redaktion abgeben.

Ich wäre unserer ersten Besucherin gern ohne den Geruch von Ziegenmist in Haar und Kleidung entgegengetreten. Aber wer hier lebte, würde sich auch an die Ziegen und deren Mist gewöhnen müssen, zumal wir planten, noch mehr Vieh anzuschaffen.

Dennoch war es mir ein wenig peinlich, als ich den Stall verließ und sie auf dem Weg zum Haus stehen sah. Sie war ein wenig älter als ich, hatte weizenblondes Haar und zarte Haut. Auf den ersten Blick machte sie keinen geschundenen Eindruck. Ihre Kleidung bestand aus einer gestärkten weißen Bluse und einem etwas abgewetzten blauen Leinenrock. Auf dem zusammengebundenen Haar trug sie einen kleinen Strohhut, der wohl schon bessere Tage gesehen hatte, wenn man die Seidenblumen und das Hutband betrachtete.

Sie musste eine Arbeiterin sein, vielleicht aus Karlskrona.

»Guten Tag«, grüßte ich sie und setzte ein Lächeln auf. »Was kann ich für Sie tun?«

Ihr Blick bohrte sich überraschend intensiv in meine Augen. Eine ganze Weile betrachtete sie mein Gesicht, als wollte sie sich jeden Zug einprägen. Dann wanderte ihr Blick über meinen Körper zu meinen Schuhen hinab und wieder hinauf zu meinem Gesicht.

»Sind Sie Marlene Walsted?«, fragte sie.

Überrascht, meinen Namen zu hören, runzelte ich die Stirn. Wer mochte sie geschickt haben? Sigrun vielleicht?

»Ja, die bin ich«, gab ich zurück. »Was kann ich für Sie tun?«

»Ich suche nach Oskar Andersson. Ist er vielleicht hier?«

Mit einer derartigen Frage hatte ich nicht gerechnet. »Nein, er ist in Karlskrona«, erwiderte ich reflexartig. »Darf ich fragen, wer Sie sind?«

»Lisbeth Andersson.« Ein triumphierendes Lächeln schlich sich auf ihr Gesicht. »Ich bin seine Ehefrau.«

40

Oskar

Den ganzen Tag über verfolgte mich das Gespräch mit Lundström. Was war nur in ihn gefahren? Warum hatte er so heftig auf meinen Wunsch, Marlenes und Livs Namen zu verschweigen, reagiert? Es war Marlenes Wunsch gewesen, und eigentlich sollte er wissen, dass man als Journalist seine Quellen schützen musste. Und dann machte er mein Bleiben in der Redaktion davon abhängig …

Mit der Entschuldigung, für einen neuen Artikel recherchieren zu müssen, verließ ich die Redaktion schon etwas früher. Ich wollte meinen Kopf ein wenig auslüften, denn seit dem Gespräch mit Lundström plagte mich ein bohrender Kopfschmerz. Was sollte ich tun? Ihm kündigen?

Oder der Versicherung absagen? Noch heute Morgen hatte ich das in Erwägung gezogen, aber nach diesem Gespräch? Ich würde keine andere Wahl haben, als den Auftrag anzunehmen, wenn Lundström mich vor die Tür setzte.

Sehnsucht überkam mich, als ich an Marlene dachte. Ich wollte sie nicht verlassen, wollte nicht, dass sie auf mich warten musste. Doch bestand ich darauf, ihre Anonymität zu wahren, würde Lundström mich wohl tatsächlich entlassen. Dann würde mir nichts anderes übrig bleiben, als nach Malmö zu gehen.

Um sicherzustellen, dass Lundström meinen Text nicht an sich nahm, hatte ich die maschinengeschriebene Fassung eingesteckt. Ich würde sie im Ofen verbrennen, damit sie niemand in die Finger bekam. Ob ich noch einmal in die Redaktion zurückkehren würde, war fraglich. Wenn mir nur eine andere Möglichkeit einfiele, wie ich meinen Unterhalt bestreiten konnte …

An der Pension angekommen, kaufte ich im Laden noch ein paar Nüsse und eine Tüte Karamell. Ich verabschiedete mich von Ove Malmström, stieg dann die Treppen hinauf.

Irgendetwas fühlte sich plötzlich anders an. Noch bevor ich die Hand auf die Türklinke legte, spürte ich, dass ich nicht allein hier oben war. War mein Nachbar, der stille und beinahe unsichtbare Buchhalter, ausnahmsweise zu Hause?

Ich schloss auf, zog die Tür auf und blickte im nächsten Augenblick in das Gesicht von Lisbeth.

41

Marlene

Ich starrte auf das Blätterdach über mir, durch das hin und wieder ein Sonnenstrahl auf mein Gesicht fiel. Ich hatte keine Ahnung, wie lange ich hier schon saß. Doch nach dieser Offenbarung hatte ich nicht im Rosenhag bleiben können. Wieder und wieder spulte sich die Szene vor meinem geistigen Auge ab.

»Sie sind seine Ehefrau?«, hatte ich verwirrt gefragt. Sie hatte mich spöttisch und fast schon ein wenig triumphierend angeschaut. Wusste sie, wer ich war? Aber woher?

Durch das Wirrwarr meiner Gedanken und Gefühle hatte ich ihre Stimme nur wie aus weiter Ferne vernommen: »Man sagte mir, dass ich ihn hier finden könnte.«

»Er … er ist nicht hier«, hatte ich geantwortet, bemüht, mir keine Blöße zu geben. Aber ich spürte, dass das nicht viel nützte. Wenn sie wusste, dass ich ein Verhältnis mit ihm hatte …

»Was gibt es denn?«, fragte Ingrid hinter mir.

Lisbeth Andersson maß sie, dann wieder mich. Mir schnürte sich die Kehle zusammen. Oskar war noch immer verheiratet!

Ich versuchte, meine Gedanken zu klären, meine Gefühle abzuschütteln. Doch ich spürte, dass es mir misslang.

»Das ist Frau Andersson«, antwortete ich Ingrid, als sie neben mich trat. »Oskars Frau.«

Ich konnte meiner Freundin ansehen, dass auch sie überrascht war. Doch sie fing sich schneller als ich.

»Dann müssen Sie in die Stadt fahren«, antwortete sie. »Hier ist er nicht.«

»Und wo in der Stadt finde ich ihn?«

»In der Pension von Siri und Ove Malmström.« Ingrid nannte ihr die Adresse, während ich mit jeder verstreichenden Minute unfähiger wurde, etwas zu tun oder zu sagen. Oskars Ehefrau … Was suchte sie hier? Was wollte sie von ihm? Woher wusste sie …

Zweifel begannen an mir zu nagen wie Wölfe an einem Knochen. Hatte er ihr vom Rosenhag erzählt? Was, wenn ihr Verhältnis doch nicht so abgekühlt war, wie er mir weismachen wollte?

Offenbar zufrieden mit Ingrids Antwort und nachdem sie mir noch einen langen, beinahe drohenden Blick zugeworfen hatte, wandte sie sich um und verschwand.

Eine ganze Weile hatte ich dagestanden wie eine Salzsäule. Oskar war also doch nicht von seiner Frau getrennt. Hatte ich etwas missverstanden?

»Marlene«, hatte Ingrid begonnen, doch ich hatte den Kopf geschüttelt.

»Entschuldige bitte«, hatte ich gesagt und war losgelaufen.

Ich hätte nicht für möglich gehalten, mich noch einmal ähnlich verzweifelt zu fühlen wie damals beim Untergang der *Solveig*. Ich war an den Ort geflohen, an dem ich den Widerhall unserer Lust noch zu vernehmen meinte. Das Himbeerfeld war ganz in der Nähe, beinahe glaubte ich den süßen Duft der Früchte zu riechen.

Konnte es wahr sein?

Wort für Wort ging ich unsere Gespräche durch. Ich hatte nicht das Gefühl, mich an irgendwas dergleichen erinnern zu können. Oskar hatte von einer Trennung erzählt. Warum also behauptete diese Frau, dass sie immer noch Oskars Ehefrau war? Hatte er mich angelogen? Klarheit würde mir nur ein Gespräch mit ihm bringen, aber ich fühlte mich zu elend, um nach Karlskrona zu fahren. Und was sollte diese Reise auch bringen? Schlimmstenfalls war sie bei ihm.

Irgendwann wurde mir bewusst, dass ich Ingrid mit der Hausarbeit nicht allein lassen durfte. Also kehrte ich ins Rosenhag zurück.

»Du bist wieder da?«, bemerkte Ingrid, als ich die Küche betrat. »Ich dachte, du würdest nach Karlskrona fahren und diesem Kerl die Leviten lesen.«

»Ich hätte wohl kaum ohne Geld fahren können«, antwortete ich niedergeschlagen. »Außerdem habe ich nicht den Mut dazu.« Ich hängte mir die Schürze über, dann stellte ich mich an den Küchentisch und begann die Kräuter zu hacken, die Ingrid auf einem Brett aufgehäuft hatte.

Irgendwann würde ich mit Oskar darüber reden müssen. Aber nicht jetzt. Ich musste meine Gedanken ordnen, mir überlegen, was ich tun konnte.

»Vielleicht ist sie ja nur eine Betrügerin«, sagte Ingrid und klang dabei genauso wie damals, als sie mutmaßte, dass der junge Bursche, der meinem Mann wie aus dem Gesicht geschnitten war, lediglich sein Bruder sein könnte. »Oder sie sieht sich noch als seine Frau, obwohl sie es längst schon nicht mehr ist.« Sie wandte sich um. »Hat er dir überhaupt von ihr erzählt?«

»Ja, das hat er«, antwortete ich. »Er meinte, sie hätten sich schon vor langer Zeit getrennt.«

»Hat er auch hinzugefügt, dass er von ihr geschieden wurde?«, fragte Ingrid.

Ich presste die Lippen zusammen. Das war es ja. Er hatte immer von Trennung, nicht von Scheidung gesprochen. Alles, was ich sonst noch über sie wusste, war, dass diese Frau und er seiner Aussage nach nicht gut füreinander gewesen waren.

Ein Klopfen schreckte uns auf.

Ich schaute zu Ingrid, und sie schien sofort zu erkennen, dass ich nicht in der Lage war, eine weitere Überraschung zu verkraften. Also ging sie zur Tür.

»Ah, wenn man vom Teufel spricht«, kommentierte sie, während Oskar hereinstürmte. Er wirkte atemlos, so als wäre er den ganzen Weg hierher gerannt.

Ich hatte das Gefühl, dass der Boden unter mir schwankte. Mein Magen zog sich schmerzhaft zusammen, dennoch keimte Hoffnung in mir auf. Diese Frau musste ihn gefunden und mit ihm gesprochen haben. Offenbar hatte sie ihm auch gesagt, dass sie hier gewesen war.

»Marlene«, sagte er mit schmerzerfüllter Miene. »Können wir reden? Allein.«

»Dann ist deine Frau also bei dir gewesen?«, fragte ich und blickte zu Ingrid. Diese zog sich zurück.

»Ja, das war sie. Aber sie …«

»Sie ist nicht deine Frau?«, fragte ich. Mein Herz raste. Gleichzeitig wollte ich mich einfach nur hinlegen und schlafen und am Morgen mit der Gewissheit erwachen, dass diese ganzen Neuigkeiten nur ein böser Traum gewesen waren.

»Es ist … kompliziert«, sagte er leise. Das waren nicht die Worte, die ich hören wollte.

»Kompliziert?«, echote ich und spürte, wie eine Flamme in meiner Brust erwachte. Ich war es so leid, dass Dinge vor mir verborgen wurden! »Bist du noch immer mit ihr verheiratet?«, fragte ich ihn geradeheraus.

Oskar senkte den Blick. »Vor dem Gesetz … ja.«

42

Marlene

Ich wollte ihn anschreien, ihm Vorwürfe machen, ihn der Lüge bezichtigen, doch die Worte blieben in meiner Kehle stecken. Nicht einmal weinen konnte ich. Stattdessen begann ich zu zittern. In meinen Ohren rauschte es, und es wäre eine Gnade gewesen, in Ohnmacht zu fallen. Doch ich blieb stehen.

Oskar trat auf mich zu, wollte mich in die Arme nehmen, aber ich stoppte ihn und machte einen Schritt zurück.

»Du hast mir versprochen, dass du nie wieder etwas vor mir verheimlichst.«

»Ich habe dir von Lisbeth erzählt.«

»Du sagtest, dass du dich von ihr getrennt hast.«

»Das stimmt auch. Und ich schwöre dir …«

»Nein!«, fuhr ich ihn an, während ich spürte, wie mein Zorn wuchs und wuchs. »Schwöre mir nichts, was du nicht halten kannst!«

»Marlene, hör mir zu«, sagte er, machte aber keine Anstalten, mich noch einmal zu berühren. »Lisbeth und ich hatten uns seit einigen Jahren nicht mehr gesehen. Sie ist ihrer Wege gegangen und ich meiner.« Er rang mit den Händen. »Als ich nach Stockholm fuhr, war sie plötzlich in der Wohnung meiner Mutter. Ihr Haus war niedergebrannt, und der Mann, mit dem sie zusammen war, hatte sie verlassen.«

»War das, bevor wir uns gesehen haben?«, fragte ich.

»Ja.«

»Und warum hast du es mir nicht gesagt?«

»Weil ich dachte … dass es unwichtig sei.«

»Unwichtig?« Ich stürmte an ihm vorbei zur Tür hinaus. Ich konnte nicht mehr atmen, und das Rauschen in meinen Ohren wurde zu einem Orkan.

»Marlene!«, hörte ich ihn rufen, dann folgte er mir. »Marlene, bitte hör mich an.«

Ich fuhr herum. Meine Augen glühten wie im Fieber. »Warum war sie hier?«

»Sie …« Er seufzte tief. »Meine Mutter muss ihr von dem Haus hier erzählt haben. So, wie ich ihr davon erzählt habe.«

Die Gedanken wirbelten durch meinen Kopf, ohne dass ich imstande war, sie zu ordnen. Hatte er seiner Mutter auch von mir erzählt? Hatte sie es ihrer Schwiegertochter weitererzählt?

»Warum hast du mir nicht gesagt, dass du noch immer verheiratet bist?«, fragte ich. Alles andere interessierte mich eigentlich nicht.

»Ich …« Er stockte. Seine Augen waren voller Kummer und Scham. Er wusste, dass er sein Versprechen mir gegenüber gebrochen hatte. Wieder hatte er etwas vor mir verheimlicht. Etwas, das noch gravierender war als die Tatsache, dass er in dem Fall des Untergangs der *Solveig* ermittelte und unsere Bekanntschaft nicht ganz so zufällig war, wie sie ausgesehen hatte.

Ich spürte einen unbändigen Zorn auf ihn und auch auf mich, dass ich auf ihn reingefallen war.

»Es tut mir leid«, sagte er. »Als du in mein Leben getreten bist, hatte ich sie beinahe vergessen.«

»Man vergisst nicht einfach so die Frau, mit der man verheiratet ist!« Ich stieß ein Lachen aus, das in meiner Brust schmerzte. »So, wie man nie den Mann vergisst, mit dem man verheiratet war.«

Hätte ich mich überhaupt auf ihn eingelassen, wenn ich es gewusst hätte? Ich wusste doch selbst, wie tief das Band zwischen zwei Menschen ging. Ich hatte Bjarne noch immer nicht vergessen.

»Dass sie jetzt wieder aufgetaucht ist, war ein dummer Scherz des Schicksals«, versuchte er es weiter. »Sie hatte ihr eigenes Leben, und ich … ich habe keine Gefühle mehr für sie. Sie ist mir gleichgültig.«

»Aber offenbar du ihr nicht.« Ich blickte ihn prüfend an. »Sie wirkte, als wäre sie stolz darauf, deine Frau zu sein. Als würde sie dir noch etwas bedeuten.«

»Ich weiß nicht, warum sie das tut«, sagte er. »Sie muss geahnt haben …«

Ich spürte, wie eine seltsame Lähmung mich befiel. Ähnlich war es auch schon angesichts dieses Burschen gewesen. Ich wollte toben und schreien, aber was würde es bringen? Es änderte nichts an dem, was geschehen war.

»Hast du deiner Mutter von mir erzählt?«, fragte ich. »Von dem Verhältnis, das wir miteinander haben?«

»Ich habe es angedeutet«, gab er zu. »Ich nannte ihr keinen Namen, meinte nur, dass eine der Frauen in diesem Haus …«

»Und was sagte sie dazu, dass du zu einem Ehebrecher geworden bist?«

»Das bin ich nicht …«

»Doch, das bist du sehr wohl!«, fauchte ich, und es fühlte sich an, als würde sich ein Band lösen, das mich so lange gehalten hatte. »Und du hast es mir verschwiegen.«

Ich ballte die Fäuste. »Wann wirst du aufhören, Geheimnisse vor mir zu haben?«, brach es aus mir hervor. »Wann wirst du mir rückhaltlos die Wahrheit sagen? Bin ich das nicht wert? Oder war es nur gelogen, als du mir sagtest, dass du mich liebst? Nur eine Masche, um mich auf deine Seite zu ziehen, dir bei deinem Auftrag zu helfen?«

Meine Stimme überschlug sich, und mein Mund war auf einmal trocken wie Sand.

»Marlene, ich liebe dich!«, sagte er, doch ich wehrte diese Worte, diese wertlosen Worte, die viel zu schnell ausgesprochen wurden, mit einem Kopfschütteln ab.

»Wenn du mich lieben würdest, hättest du es mir gesagt. Du hättest mich gewarnt, hättest versprochen, die Sache zu bereinigen, bevor wir etwas miteinander anfangen. Aber wahrscheinlich kann man von keinem Mann Ehrlichkeit erwarten!« Auf einmal legte sich das Bild von Bjarne über das von Oskar. Möglicherweise war auch er es, den ich anschrie.

Oskar sah mich erschüttert an. »Ich … ich werde die Sache klären. Ich habe sie ohnehin schon zur Rede gestellt …«

»Wirst du dich von ihr scheiden lassen?«, fragte ich.

Sein Zögern trieb mir die Tränen in die Augen. Noch immer war ich zornig, noch immer loderte die Flamme in mir. Doch ich hatte das Gefühl, dass mein Herz langsam brach, wie Eis unter einem zu schweren Gewicht.

»Zu einer Scheidung gehören immer zwei«, sagte er ein wenig hilflos und schüttelte den Kopf, als spürte er, dass es das Falsche war.

Ich schaute ihn traurig an, dann sagte ich: »Vielleicht solltest du den Auftrag der Versicherung annehmen. Das würde uns beiden Zeit geben nachzudenken, was wir wirklich wollen, findest du nicht?«

43

Oskar

Während ich mich zum Bahnhof von Nättraby schleppte, fühlte ich mich, als hätte mir jemand das Herz herausgerissen. Marlenes Worte hallten wie Donnerschläge in mir nach.

Nachdem ich den Satz »Zu einer Scheidung gehören immer zwei« ausgesprochen hatte, hätte ich mich ohrfeigen können.

Ich wusste genau, dass ich allein der Schuldige war. Aber wie hätte ich denn mit alldem rechnen können? Hätte mir jemand erzählt, dass Lisbeth hier im Rosenhag auftauchen würde, hätte ich ihn für verrückt gehalten.

Natürlich hatte Marlene recht. Ich hatte ihr meine Ehe mit Lisbeth verschwiegen. Oder besser gesagt, dass die Trennung keine Scheidung gewesen war, sondern nur ein Abstand, der durch ein beiderseitiges Abkommen besiegelt worden war. Lisbeth und ich waren uns einig gewesen, uns nicht mehr über den Weg zu laufen. Ich wusste nicht, welcher Teufel sie geritten hatte herzukommen. Als sie mir in meinem Pensionszimmer gegenüberstand, war es, als wäre ein Blitz in meinen Körper gefahren. Augenblicklich loderte Wut auf meine Mutter in mir auf. Warum hatte sie Lisbeth vom Rosenhag erzählt?

Im nächsten Augenblick war sie auf mich zugeschossen und hatte mich umarmt, so sorglos, als wäre sie von einer Reise zurückgekehrt.

Die Berührung ihres Körpers hatte mich ein weiteres Mal elektrisiert, und das nicht auf gute Weise. Ich hatte sie von mir gestoßen.

»Was fällt dir ein, hier aufzukreuzen? Woher weißt du eigentlich, dass ich hier bin?«

Ein Lächeln huschte über ihr Gesicht. »Ich war an diesem Haus im Wald, von dem deine Mutter erzählt hat«, antwortete sie. »Eine der Frauen dort hat mir diese Adresse gegeben.«

Wie ein kalter Schauer waren die Worte auf mich niedergeprasselt. Das Haus im Wald!

Furcht schoss in mir hoch. Meine Mutter hatte gegenüber Lisbeth das Rosenhag erwähnt? Was hatte sie ihr noch erzählt? Dass ich Gefühle für Marlene hatte?

»Ich habe ihnen gesagt, dass ich deine Frau bin«, fügte sie mit blitzenden Augen hinzu. »Ich hoffe, das war dir nicht unrecht …«

Ich wusste, dass ich kühler hätte reagieren müssen. Dass ich mir nichts hätte anmerken lassen sollen. Aber das konnte ich nicht.

»Du hast …« Die Worte blieben mir im Hals stecken. Meine Muskeln spannten sich, und Panik befiel mich.

Wortlos war ich herumgewirbelt und hatte das Zimmer verlassen. Für einen Moment fürchtete ich, dass sie mir nachlaufen würde, aber das tat sie glücklicherweise nicht.

Da ich wusste, dass der Nachmittagszug bald fahren würde, war ich zum Bahnhof gelaufen, hatte mir schnell ein Billett gekauft und dann ungeduldig gewartet.

Nur, um all meine Befürchtungen wahr werden zu sehen. Wie Marlene mich angesehen hatte … Und ihre Worte … Ich hatte gegen unser Abkommen verstoßen, indem ich ihr etwas verheimlicht hatte. Wie sollte ich das je wiedergutmachen?

Am Bahnhof von Nättraby, auf dem Weg zurück nach Karlskrona, ließ ich mich auf eine der Bänke fallen. Ich brauchte nicht darauf zu hoffen, dass Marlene mir einfach so verzieh. Ich hatte unsere Beziehung durch mein Schweigen verdorben. Verdammt, wie sehr wünschte ich mir, dass ich das alles ungeschehen machen könnte! Ich hätte mich schon vor Jahren scheiden lassen sollen! Damals, als ich vor dem Scheidungsrichter auf Untreue hätte plädieren können. Doch die Jahre waren ins Land gegangen, und ich hatte geduldet, was Lisbeth tat.

Der Zug kam, und angetrieben von meinem Ärger stieg ich ein. Die Zeit, die er bis nach Karlskrona brauchte, erschien mir wie eine Ewigkeit. Alles ringsherum störte mich. Wie der Mann einige Bankreihen weiter mit der Zeitung raschelte. Wie zwei Frauen über irgendwas lachten.

Aufgewühlt wartete ich, dass der Zug im Bahnhof zum Stehen kam. Dann beeilte ich mich auszusteigen.

Mit langen Schritten kehrte ich zur Pension zurück. Wenn Lisbeth klug war, hatte sie das Weite gesucht.

Ich nahm den Vordereingang und stürmte an Ove Malmström vorbei, der mich erstaunt ansah. Ich erklomm die Treppe und spürte, wie mein Magen zu schmerzen begann. Viel Hoffnung hatte ich nicht, den Raum leer vorzufinden. Als ich die Tür aufriss, sah ich sie auf dem Bett sitzen.

Der Anblick traf mich doppelt so hart, denn genau an dieser Stelle hatte vor einigen Wochen Marlene gesessen, nachdem sie von Sten Boregard aus dem Rosenhag geworfen worden war. Ihre Hände hatten geblutet, und ich hatte mich darum gekümmert …

Lisbeth musste während meiner Abwesenheit geschlafen haben, denn sie wirkte frischer als zuvor. Das machte mich noch ärgerlicher.

»Du bist noch hier?«, fuhr ich sie an und spürte, wie es in meiner Brust brannte. Nach allem, was vorhin geschehen war, war sie diejenige, der es gut ging! Und Marlene hatte ich das Herz entzweigerissen! »Hast du nicht schon genug Unruhe gestiftet?«

»Was hat deine Freundin denn über mich gesagt?«, erwiderte sie scheinheilig und machte mir damit klar, dass Mutter über sie gesprochen hatte. »Ich hoffe, ich habe sie nicht allzu sehr erschreckt.«

Der Wunsch, sie zu packen, erwachte in mir, doch ich drängte ihn zurück. Ich wollte mit ihr nicht über Marlene sprechen. Dass sie überhaupt die Dreistigkeit besaß, sie zu erwähnen! Aber wie schon damals wusste sie auch in diesem Augenblick genau, wie sie das Messer ansetzen musste, damit sie mir die größten Schmerzen zufügen konnte.

»Es ist schon seltsam, wie ähnlich sie mir sieht.« Wieder kam sie zu mir und schmiegte sich an mich. »Du hast mich nicht vergessen, nicht wahr? Sonst hättest du dir nicht dieses Flittchen genommen.«

Wieder stieß ich sie von mir, diesmal so hart, dass sie gegen die Kante des kleinen Tisches prallte, der vor meinem Fenster stand. Dieses Weib war wie eine Giftschlange!

»Was willst du von mir?«, fragte ich. »Warum hängst du wie eine Klette an mir, wo wir uns doch darüber einig waren, dass es besser ist, wenn wir beide nicht mehr in einem Raum sind.«

»Ich will wieder mit dir zusammen sein!«, gab sie lächelnd zurück.

»Damit du was tun kannst? Wieder mit anderen Männern schlafen? Mich zum Narren zu halten?«

»Ich habe mich geändert«, behauptete sie. »Ich weiß jetzt, wo mein Platz ist.«

»Du hast keine andere Wahl!«, schleuderte ich ihr entgegen.

Sie nahm diese Worte mit einem Lächeln hin, wissend, dass Worte die einzigen Waffen waren, die ich besaß.

Ich wischte mir übers Gesicht, dann stemmte ich die Arme in die Seiten. »Ich will mich von dir scheiden lassen«, sagte ich. »Es wird Zeit, dass wir diesen Schritt gehen.«

Ihr Lächeln erstarrte, und ihre Augen blitzten. Dann sagte sie: »Wenn du mich loswerden willst, musst du mich schon umbringen. Ich bin deine Frau und werde einer Scheidung nicht zustimmen.«

44

Liv

Eine weitere Nachricht von Sven Hammerstein war ausgeblieben, also fuhr ich ohne Klarheit und ohne eine Idee, wie es mit uns weitergehen sollte, wenn Sten wieder auf freien Fuß gelangte, am frühen Morgen zum Rosenhag. Meine Sorgen würde der Aufenthalt dort nicht tilgen können, doch vielleicht konnte ich sie für einige Zeit vergessen.

Bei Hammersteins Vorzimmerdame hatte ich gestern noch eine Notiz hinterlassen, wo ich mich in den folgenden Tagen befand. Dann hatte ich mir ein Fuhrwerk gemietet. Mittlerweile kam ich recht gut mit Pferden zurecht. Manchmal war es mir, als hätte ich die Dienste des Pfarrers, bei dem meine Mutter mich nach dem Affront wegen meines Vaters zurückgelassen hatte, gar nicht erst verlassen.

Natürlich war das nur ein Gefühl, denn ich brauchte bloß an meine Villa und den Kleiderschrank in meinem Zimmer zu denken, um wieder zu wissen, wo mein Platz war. Aber es war ein Platz, den ich verlassen konnte, auch das wusste ich jetzt.

Der Wagen war vollgepackt mit allem, was das Rosenhag brauchte. Ich hatte sogar einige Stoffballen dabei, denn Ingrid und Marlene benötigten Weißzeug und vielleicht auch ein neues Kleid. So war nicht nur weißes Leinen, sondern auch blaues, rotes und braunes Kattun dabei. Ich wusste nicht, ob sie nähen konnten. Wenn nicht, würde ich es ihnen zeigen, denn zu meinen Pflichten im Pastorenhaushalt hatte auch das Flicken und Nähen gehört.

Ich erreichte Nättraby am späten Vormittag. Auf dem Weg zum Rosenhag kam ich auch am Gutshaus vorbei. Die Dienstmädchen waren damit beschäftigt, die Laken auf dem Wäscheplatz aufzuhängen.

In meinem Bauch begann es zu wühlen, als ich die dunkle Gestalt meines Onkels erblickte, der den Weg zum Pferdestall entlangschritt. Ich hoffte sehr, dass er sich bei uns nicht wieder blicken ließ.

Als ich die Dorfgrenze passiert hatte, wurde mir wieder leichter zumute. Ich ließ die Pferde schneller laufen, so schnell, wie es ihnen auf dem unebenen Weg zugemutet werden konnte. Eine frische Brise wehte durch mein Haar, und wenn ich die Augen schloss, sah ich das neue Leben, das ich mir so sehr wünschte, schon vor mir. Umgeben von Waldluft, fernab von den Erwartungen der Gesellschaft, dafür aber von Nutzen für andere. Das war es, was ich wollte.

Als das Rosenhag in Sichtweite kam, fragte ich mich, ob ich Marlene von der neuerlichen Begegnung mit Andrej Petrow erzählen sollte. Ich ging davon aus, dass er die Stadt mittlerweile verlassen hatte. Und wahrscheinlich würde er auch nicht wiederkommen. Arbeit fand er bestimmt auch in Riga. Warum nur schmerzte mich dieser Gedanke so? Konnte es sein, dass ich dabei war, mich in ihn zu verlieben?

Nein, das wäre Unsinn. Möglicherweise sah ich ihn nie wieder. Es war nur eine Spinnerei von mir, nicht mehr.

Ich brachte das Fuhrwerk vor dem Zaun zum Stehen und sog den schweren Rosenduft in meine Lunge. Früher hatte ich diesen Geruch verabscheut, weil ich ihn mit meiner Mutter und meinem Vater verbunden hatte. Aber das war nun vorbei. Dieser Ort war ein Ort der Frauen geworden. Die alten Geister konnten endlich weichen.

Ich stieß die Pforte auf, dann hob ich einen der Körbe vom Wagen. Aus dem Haus roch es nach gebratenen Zwiebeln. Sicher würde sich Ingrid über die Aufstockung der Vorräte freuen.

Ich trat zur Tür herein, begrüßte Ingrid fröhlich, doch die weiteren Worte stockten, als ich ihr Gesicht sah.

»Ingrid, was ist los?«, fragte ich erschrocken. »Wo ist Marlene?«

»Sie liegt noch im Bett«, sagte Ingrid bekümmert. »Sie sagt, sie kann nicht aufstehen.«

»Ist sie krank?«, fragte ich erschrocken.

»Wie man es nimmt. Es ist etwas mit Oskar vorgefallen. Aber das kann sie dir besser selbst berichten.«

Ich legte meine Tasche ab und bat Ingrid, die Körbe mit den verderblichen Waren vom Wagen zu holen. Dann huschte ich in die Schlafstube.

Die Fensterläden waren halb geschlossen, als würde das Licht Marlene Schmerzen bereiten. Damals, als ich Scharlach hatte, war es ebenso gewesen. Der Arzt hatte davor gewarnt, sie zu öffnen, weil ich sonst taub oder blind werden könnte. So hatte ich meine Zeit im Dunkeln verbracht, gequält von Schmerzen, Fieber und Langeweile.

»Marlene?«, fragte ich vorsichtig.

Auf meinen Ruf hin zuckte ihr Körper zusammen. Offenbar hatte sie geschlafen. Sie wälzte sich herum. Da es hier kaum Licht gab, konnte ich ihren Gesichtsausdruck nicht ausmachen. Ich trat zu ihr.

»Was ist passiert?«, fragte ich. »Ingrid meinte, dass irgendwas vorgefallen sei.«

Marlene schaute mich eine Weile schweigend an, dann setzte sie sich so langsam auf, als würde diese Bewegung all ihre Kraft kosten.

»Fortan können mir Männer gestohlen bleiben«, sagte sie so traurig, dass es mir ins Herz stach. »Ich werde nie wieder auf einen von ihnen hereinfallen.«

45

Marlene

Nie war ich froher gewesen, Liv zu sehen. Mein Herz und meine Seele schmerzen, und meine Glieder fühlten sich schwer wie Blei an.

In der vergangenen Nacht hatte ich mit Herzrasen im Bett gelegen und mich vergeblich bemüht, zur Ruhe zu finden. Wieder und wieder hatte ich erst die Begegnung mit dieser Frau vor mir, dann die mit Oskar. Als der Schlaf mich endlich übermannte, träumte ich wirre Dinge. Ich wurde Zeuge, wie Oskar mit dieser Frau Zärtlichkeiten austauschte, wie beide über mich lachten. Beim Erwachen waren meine Augen von Tränen verklebt.

Das Morgenlicht, das durch die Ritzen der Fensterläden fiel, machte es mir unmöglich, wieder einzuschlafen. Gleichzeitig war ich unfähig, mich zu bewegen. Es war, als wäre ich in einen Kokon eingewebt, der jede Bewegung verhinderte.

Momente, nachdem ich Liv gesagt hatte, was ich von den Männern im Allgemeinen hielt, setzte sie sich neben mich. Ich berichtete ihr, was geschehen war, vom Auftauchen der Frau bis zu Oskars Weggang.

»Und er hat nicht versucht, dir Sicherheit zu geben?«, fragte sie. »Nicht versucht, die Sache zu entkräften?«

»Er meinte nur, dass zu einer Scheidung zwei gehören würden.«

Liv schnaufte. »Was für ein dummer Satz! Da hätte ich von einem Reporter mehr Gewandtheit erwartet.«

»Und ich hätte erwartet ...« Ich stockte. Alles, was ich mir in diesem Augenblick gewünscht hatte, war Offenheit. »Ich hätte erwartet, dass er es mir früher gesagt hätte. Wenn ich gewusst hätte ...«

»Wäre es dir dann leichter gefallen, damit umzugehen?«, fragte Liv. »Hättest du es akzeptiert?«

Ich schwieg darauf. Wie sollte ich es akzeptieren, dass es eine Ehefrau gab? Eine Frau, die Oskar genug geliebt hatte, um sie zu heiraten.

Wir beide kannten uns erst kurze Zeit und waren noch nicht einmal sicher, wie es weitergehen sollte. Vielleicht hatte ich mir nur etwas vorgemacht. Vielleicht war es wirklich nur ein Augenblick gewesen, der Flügelschlag eines Schmetterlings, der nun vergangen war.

»Möchtest du einen Kaffee mit uns trinken?«, fragte Liv und strich mir sanft ein paar Haarsträhnen aus dem Gesicht. »Wir können gemeinsam eine Lösung suchen.«

Welche Lösung sollte es denn geben? Es war, wie es war. Oskar war noch immer verheiratet, und womöglich hatte er eingesehen, dass es doch besser war, bei seiner Frau zu bleiben.

Dennoch erhob ich mich. Ich hatte einen Mann verloren, von dem ich geglaubt hatte, dass er mich genug liebte, um mir seine Geheimnisse anzuvertrauen. Sein Tod hatte mich gelähmt, doch er hatte mich nicht zerstört.

Und ich wusste, dass auch Oskars Geheimnis mein Leben nicht zerstören würde. Ich musste mich nur daran gewöhnen, dass er möglicherweise nicht mehr zu meinem Leben gehörte.

46

Alexej

Nach Riga heimzukehren, fiel mir so schwer wie nie zuvor. Wenn ich früher ein Schiff verließ, verwendete ich kaum einen Gedanken an meine Mutter. Sie war an ihrem Platz, erwachsen, und warum sollte ich mich um sie kümmern?

Ich hatte meine eigenen Sorgen, meine eigenen Wünsche. Die Gasthäuser lockten, die Frauen – und die Bilder, die ich malen wollte. In meinem Seesack befanden sich nicht viele persönliche Dinge außer meiner Kleidung. Aber die kleine Staffelei, die ich einem armen Kunststudenten abgekauft hatte, nahm ich immer mit. Farben zu bekommen war oftmals schwierig, dasselbe galt auch für Leinwände. Manchmal erhielt ich die Erlaubnis, ausrangiertes Segeltuch zu verwenden. Ich schnitt es in kleine Quadrate und nagelte es auf selbstgezimmerte Holzrahmen.

Die Gemälde zu verkaufen wäre für mich unmöglich gewesen, aber hier und da ließ sich ein Wirt oder ein Krämer damit bezahlen, wenn ich ihm erzählte, dass das Bild, das ich ihm anbot, vom Festland stammte, von einem aufstrebenden Künstler, mit dem ich eine Zeit lang zusammengewohnt hatte und der bald zu großem Ruhm kommen würde.

Nun hatte ich schon seit einigen Monaten kein Bild mehr gemalt. Ich hatte auch kein altes Segeltuch mehr bei mir, sondern nur noch einen Zeichenblock und etwas Kohle. Seit ich von der Krankheit meiner Mutter wusste, hatte ich nichts Ordentliches mehr zu Papier gebracht.

Riga erinnerte mich in seiner Geschäftigkeit an Karlskrona. Besonders am Hafen war immer sehr viel los. Unzählige Dampfschiffe und Segler lagen am Kai, Fabrikschlote bliesen schwarzen Qualm in die Luft, auf den Straßen drängten sich ungeordnet die Fuhrwerke. Schon von Weitem konnte man den wuchtigen Turm der Rigaer Domkirche sehen.

Obwohl ich nicht viel Geld besaß, hatte ich mir einen Platz auf einem Dampfschiff gebucht. In der dritten Klasse war es aufgrund der vielen Passagiere eng geworden, aber wir hatten nur zwei Tage gebraucht. Wie schon bei der Hinfahrt hatte ich es als seltsam empfunden, nicht zur Mannschaft zu gehören. Langeweile hatte mich geplagt und der Wunsch, mit anpacken zu können. Doch das ging nicht. Seeleute sahen es nicht gern, wenn sich ein Passagier in ihre Arbeit einmischte. Tat man es dennoch, bekam man manchmal schnell eine Faust ins Gesicht.

Mit dem Seesack auf dem Rücken ging ich durch die bekannten Straßen, doch diesmal lockten mich die Wirtshäuser nicht. Noch immer saß mir im Nacken, was ich erfahren hatte. Mein Vater war tot, der Wunsch meiner Mutter unerfüllt geblieben. Sie würde nie erfahren, dass ich ihn nicht angetroffen hatte. Möglicherweise war sie mit dem Wunschtraum gestorben, dass er mich mit offenen Armen empfangen hatte.

Aber vielleicht würden sie sich im Himmel wiedersehen. Wenn er in den Himmel gekommen war. Für das, was er ihr angetan hatte, würde ihm eher die Hölle zustehen.

Ein bitterer Geschmack stieg in meinen Mund. Ich sah wieder Walsteds Frau vor mir. Ich hatte geglaubt, dass mein Hass auf sie ewig halten würde, doch dann war mir klar geworden, dass auch sie betrogen worden war. So erschrocken, wie sie dreingeschaut hatte, musste sie nichts von meiner Mutter gewusst haben. Nachdem ich ihr all meinen Frust entgegengeschleudert hatte, war nichts mehr geblieben. Diese unbefriedigende Leere würde ich weiter in mir tragen müssen.

Aber dann fiel mir wieder diese andere Frau ein.

Sie hatte mir das Angebot gemacht, in ihrer Reederei zu arbeiten. So, wie sie wirkte, hätte ich nicht angenommen, dass sie etwas mit der Schifffahrt zu tun hatte. Sie war zu zart, zu … schön. Einer Frau wie dieser würde ich niemals nahekommen wollen, weil sie einfach zu gut für mich war. Aber warum machte ich mir überhaupt Gedanken darüber?

Nachdem ich einige Wagenlenker angesprochen hatte, wohin sie denn fuhren, fand ich einen, der bereit war, mich in den kleinen Vorort mitzunehmen, den meine Mutter nie wirklich verlassen hatte.

Er war ein wortkarger Mann, dem es als Erklärung genügte, dass ich meine Mutter besuchen wolle. Er kannte ihren Namen nicht, was gut war. So würde er nichts herumerzählen können.

An der Ortsgrenze machte er Halt und ließ mich absteigen. Ich entlohnte ihn mit den wenigen Münzen, die noch in meiner Tasche steckten, dann stapfte ich voran zu der kleinen Kirche. Schwester Jewgenia wohnte nicht weit davon entfernt. Sie ging unserem Pastor zur Hand und half dem Dorfarzt, wenn er auf seiner Runde wieder in die Gegend kam, um sich die Kranken anzuschauen.

Jewgenia war keine Nonne, doch nie sah man sie ohne ihre Haube. Sie hatte nie geheiratet und würde dies wahrscheinlich auch nie tun. Sie wirkte in ihrer Tracht älter, als sie war. Ich hatte die Leute mal sagen hören, dass sie Mitte vierzig sein musste.

Vor ihrer Tür brachte ich meine Kleider in Ordnung und zupfte die Holzspäne ab, die der Sitz neben dem Kutscher an meiner Kleidung hinterlassen hatte. Dann klopfte ich.

Sie öffnete nur wenige Augenblicke später.

Als sie mich sah, trat leichter Schrecken in ihren Blick. Doch rasch entspannte sie sich wieder.

»Alexej«, sagte sie. »Du hast meine Nachricht also erhalten.«

Ich nickte. »Ich bin so schnell gekommen, wie es ging. Wo hat man sie aufgebahrt?«

»Sie ist bereits beerdigt worden«, antwortete sie.

»Was?«, fragte ich verwundert. »Aber … ich habe das Telegramm doch erst vor drei Tagen erhalten.«

»Sie wollte es so«, antwortete sie. »Mehr kann ich nicht sagen.«

Ich taumelte zurück. Ich verstand diese Eile nicht. Meine Mutter hatte so lange schon vor sich hingesiecht und trotzdem niemanden angesteckt. Jedenfalls nicht, dass ich wüsste.

»Ich kann dir das Grab zeigen, wenn du willst«, sagte sie.

Ich nickte stumm und verbiss meinen Ärger zwischen den Zähnen. Wäre ich doch bloß nicht gefahren, um nach meinem Vater zu suchen! Der Wunsch meiner Mutter war unsinnig gewesen, und dieser Mann … Er war es einfach nicht wert, dass sie weiter an ihn dachte. Genau das hätte ich ihr sagen müssen, als sie mir dieses Bild zeigte …

Jewgenia verschwand im Haus und kehrte wenig später mit einem dünnen Tuch über den Schultern zurück. Dann bedeutete sie mir, ihr zu folgen.

Der Dorffriedhof befand sich mitten im Ort, rings um die kleine Kirche, in der sonntags immer die Gottesdienste stattfanden. Hier wirkten die Kreuze und Inschriften vertrauter als in Karlskrona. Viele der Leute, die hier ruhten, hatte ich gekannt.

Meine Mutter hatte als ledige Frau mit einem Sohn keinen besonders guten Stand im Ort gehabt. So erwartete ich nichts anderes als ein Grab an der Mauer, dort, wo auch die Selbstmörder hinkamen. Aber Jewgenia führte mich weiter, hinter das Gebäude.

»Das Grab war gerade frei geworden«, erklärte sie und deutete auf den Platz dicht bei der Kirche. »Es ist eingestürzt, und der Grabstein war so alt, dass der Pastor angeordnet hat, ihn beiseite zu stellen. Außerdem lebt von dieser Familie niemand mehr.«

Ich konnte nicht mal sagen, wer hier geruht hatte. Doch der Anblick fiel wie ein Lichtstrahl in mein Herz. Von hier aus hatte man nicht nur einen guten Blick auf das wunderschöne Bleiglasfenster, man hörte auch den Klang der Orgel und die Worte des Pastors. Das hätte meiner Mutter sehr gefallen.

»Mit ihrem letzten Atemzug sprach sie von dir«, eröffnete mir Jewgenia plötzlich. »Sie sagte, dass du deinen Vater treffen wirst. Dass er sich um dich kümmern wird.«

Also hatte sie tatsächlich auch an ihn gedacht und nicht nur an mich. Und mehr noch, sie glaubte wirklich, dass er etwas für mich übriggehabt hätte! Das machte mich wütend.

Aber die Wut erlosch recht schnell in dem Meer der Trauer, das mein Herz füllte. Bjarne Walsted hatte hier am Grab meiner Mutter nichts zu suchen.

Jewgenia hatte allerdings andere Pläne. »Hast du ihn gefunden?«, fragte sie.

Ich schüttelte den Kopf. »Nein. Er ist tot.« Und es gibt nicht einmal einen Grabstein, weil er auf dem Meer geblieben war. Das sprach ich allerdings nicht aus.

Schwester Jewgenia bekreuzigte sich. »Dann werde ich dafür beten, dass die beiden sich im Himmel wiedersehen.«

Ich stieß ein freudloses Lachen aus, das die gute Frau verwirrt dreinschauen ließ.

»Oh, nichts für ungut«, sagte ich. »Ich stelle mir nur vor, wie sie ihm die Ohren langziehen wird. Aber möglicherweise ist er gar nicht in den Himmel gekommen.«

Eine Weile standen wir schweigend neben dem Grab. Ich hätte beten sollen, aber ich fand nicht die passenden Worte. Jewgenia betete dafür tatsächlich. Ihre Lippen bewegten sich stumm, während der Rosenkranz durch ihre Finger glitt.

»Deine Mutter hat dir das hier hinterlassen«, sagte die Schwester, als sie fertig war, und reichte mir ein kleines Bündel. Sie musste es zusammen mit ihrem Tuch geholt haben.

Ich erwartete nicht viel darin. Geld hatte sie kaum besessen, und von ihren persönlichen Dingen wollte ich nichts. Es würde mir nur das Herz beschweren.

Ich zögerte also, doch Jewgenia wiederholte ihre Geste mit Nachdruck. »Nimm es. Du willst doch nicht, dass sie vom Himmel herabschaut und sich grämt.«

Ich steckte es in meine Tasche. Jewgenia verabschiedete sich, dann ging sie ihres Wegs. Ich blieb noch eine Weile am Friedhofstor stehen und schaute in den Himmel. War Mutter wirklich dort? Was sollte ich tun?

Ich spürte das Gewicht des Päckchens in meiner Tasche, und nun überkam mich doch die Neugierde.

Ich ging zum Dorfplatz, auf dem ich als Junge viel gespielt hatte, und ließ mich auf der alten Bank unter der Linde nieder, die eigentlich den älteren Männern des Ortes zugedacht war. Jetzt stand sie allerdings leer, niemand würde etwas daran finden, dass ich hier saß.

Ich löste das grobe Bastband von dem Bündel und wickelte den Stoff davon ab. Ich fand darin tatsächlich etwas Geld, Mutters Bibel, ihre Zeichenfedern und ein Taschentuch, das sie mit meinen Initialen bestickt hatte, als es ihr noch gut ging. Und ein weiteres Portrait meines Vaters. Ob sie es in ihrer letzten Stunde betrachtet hatte?

Diesem Mann ins Gesicht zu sehen weckte meinen Zorn erneut, und ich war schon geneigt, es wegzuwerfen, als ich auf der Rückseite einen Schriftzug bemerkte, der beim letzten Mal noch nicht da war.

Mach etwas aus deinem Leben, stand dort mit krakeliger Handschrift. *Falle nicht auf das Meer herein wie dein Vater. Suche dir eine Frau, die dich so sehr liebt, dass du die Wellen für sie aufgeben willst.*

47
Oskar

Während der Fahrt nach Stockholm saß Lisbeth neben mir, doch ich tat so, als wäre sie gar nicht da. Ich konnte sie nicht davon abbringen, mir wie ein Hündchen zu folgen, sich im Zug neben mich zu setzen. Um sie loszuwerden, würde ich sie tatsächlich schlagen müssen. Aber sie wusste genau, dass ich kein Mann war, der seine Hand gegen eine Frau erhob.

Ärger und Verzweiflung brannten in mir. Wie verletzt und enttäuscht Marlene mich angesehen hatte …

Nach diesem Gespräch hatte ich nicht den Mut aufgebracht, noch einmal zum Rosenhag zu gehen. Den würde ich vielleicht erst finden, wenn ich Lisbeth losgeworden war. Doch ich würde Marlene schreiben. Mehr konnte ich vorerst nicht tun.

Jetzt war es aber erst einmal an der Zeit, mit meiner Mutter ein Hühnchen zu rupfen. Ich musste nur eine Gelegenheit finden, sie allein zu sprechen.

Am Haus meiner Mutter angekommen, richtete ich zum ersten Mal das Wort an Lisbeth: »Kannst du mir einen Gefallen tun und einen Moment hier unten warten?«

»Warum?«, fragte sie.

»Weil ich etwas mit meiner Mutter zu bereden habe.«

»Etwas, das deine Frau nichts angeht?«, fragte sie schnippisch.

Ich atmete tief durch. »So ist es. Wenn wir fertig sind, hole ich dich hoch, verstanden?«

Sie nickte, doch ich wusste nur zu gut, was von ihren Zusagen zu halten war. Da der Hausmeister das Gebäude tagsüber unverschlossen ließ, weil in dieser Gegend kaum zwielichtige Leute unterwegs waren, konnte sie hereinkommen, wie es ihr beliebte.

Aber das kümmerte mich jetzt nicht. Ich zog die Haustür hinter mir ins Schloss, dann erklomm ich die Treppe. Da ich einen Schlüssel für die Wohnung besaß, klopfte oder klingelte ich nicht, sondern ließ mich selbst hinein.

»Mutter?« Meine Stimme hallte scharf durch den Flur. Sie sollte wissen, dass ich ärgerlich war.

Ich erhielt keine Antwort. Ich zog die Tür hinter mir zu, dann ging ich weiter. War sie womöglich unterwegs?

»Mutter?«, versuchte ich es noch einmal.

Da ertönte ein leises Stöhnen aus dem Wohnzimmer. Wie vom Blitz getroffen stürmte ich los.

Liana lag auf dem Sofa, schwer atmend und mit hochrotem Kopf.

»Mutter, was ist geschehen?«, fragte ich erschrocken.

»Oskar, da bist du ja«, sagte sie schwach. »Ich habe mich schon gefragt, wann du von der Schule kommst.«

Von der Schule? Während Angst durch meinen Körper peitschte, tastete ich nach ihrer Stirn. Sie hatte Fieber! Im nächsten Augenblick wurde sie von einem Hustenanfall durchgeschüttelt.

Wie hatte sie so schnell krank werden können? Hatte Lisbeth, als sie losgefahren war, nicht gesehen, dass es ihr schlecht ging? Und wenn ja, warum hatte sie mir nichts gesagt?

»Ich werde einen Arzt rufen«, sagte ich und rannte aus der Wohnung.

48

Marlene

Mit Schwung holte ich aus und versenkte das Beil in dem Holzklotz. Die Luft war in den vergangenen Tagen etwas frischer geworden, es wirkte, als würde die große Hitze endlich abziehen. Dennoch klebte der Schweiß mir das Hemd am Körper fest.

Mehrere Tage waren vergangen, seit Oskars Ehefrau bei uns aufgetaucht war. Ich hatte dank Ingrid und Liv wieder zu meiner Kraft zurückgefunden, das heißt, ich war in der Lage aufzustehen und mich an den täglichen Arbeiten zu beteiligen. Doch mein Zorn hielt immer noch an.

Wie hatte er es über sich bringen können, mich so zu betrügen? Mir wäre nie im Traum eingefallen, etwas derart Wichtiges zu verschweigen!

Wenn ich von seiner Frau gewusst hätte, hätte ich ihn gar nicht so nahe an mich herangelassen. Oskar und ich wären vielleicht Freunde geworden. Oder wir wären als zwei Menschen auseinandergegangen, die erfolgreich ein Unrecht bekämpft hatten.

Mein Herz wäre immerhin nicht ein zweites Mal gebrochen worden.

Um mich wenigstens körperlich ein wenig abzureagieren, hatte ich es mir angewöhnt, am Morgen Holz zu hacken. Einiges an Bruchholz hatte auf dem Gelände gelegen, das zerkleinert werden musste, außerdem hatte Liv einem Holzhändler einige große Scheite abgekauft.

Vor zwei Tagen war sie abgereist. Ich wusste, dass die Sache mit ihrem Mann sie sehr belastete und sie auf Nachricht ihres Anwalts wartete. Doch sie hatte versucht, sich nichts anmerken zu lassen.

Mit einem weiteren kraftvollen Schwung zerteilte ich das letzte Scheit, dann begann ich, die Stücke in einen Korb zu stapeln. Wenn der Winter kam, würden wir mehr Holz brauchen, aber bis dahin hatten wir noch etwas Zeit.

Ich trug den Korb ins Haus. Ingrid stand vor dem Küchentisch und füllte unsere Schalen mit dem morgendlichen Haferbrei.

»Wir sollten vielleicht schon für den Herbst vorsorgen«, sagte sie, während ich die Holzscheite wütend neben dem Ofen aufschichtete. »Es kann ja sein, dass schon bald die ersten Frauen hier eintreffen.«

Ich fragte mich, wie sie jetzt darauf kam. Wahrscheinlich versuchte sie, mich von meinem Groll abzulenken.

»Schlafplätze sollten bereit sein«, fuhr sie fort, »und die Räume wohnlich wirken. Aus den Stoffen, die Liv mitgebracht hat, kann ich Bettbezüge und Vorhänge nähen. Ach, was wünschte ich mir, die alte Nähmaschine meiner früheren Schwiegermutter zu haben! Ulfs Schwester hat sie bekommen, als seine Mutter gestorben war.«

Der Gedanke an Vorhänge und Bettbezüge besänftigte mich ein wenig. Es war gut, etwas zu tun zu haben. Etwas erschaffen zu können. Holz zu hacken war eher eine zerstörerische Tätigkeit.

»Ich fürchte, ich kann nicht mehr als Nähte flicken und Socken stopfen«, sagte ich.

»Etwas anderes konnte ich zu Beginn meiner Ehe auch nicht«, gab Ingrid zurück. »Dann fiel mir auf, dass das Nähen eines Vorhangs oder eines Kissens nicht viel anders war. Man schließt eine Naht, das ist alles.«

»Aber zum Nähen gehört doch viel mehr«, erwiderte ich. »Man muss messen, die Teile richtig zuschneiden.«

Auf der Suche nach einer Arbeit vor einigen Wochen war mir kurzzeitig auch die Kleiderfabrik in den Sinn gekommen. Doch da ich wusste, dass sie anteilig den Skantzes gehörte, hatte ich davon abgesehen, mich dort vorzustellen. Hätte ich es getan und wäre ich trotz meiner Entlassung aus der Lampenfabrik angenommen worden, hätte ich es vielleicht lernen können …

»Ich kann es dir beibringen!«, sagte Ingrid. »Du wirst sehen, so schwer ist es nicht.«

Ich blickte auf ihre Hände. Früher hatte sie in einer großen Wäscherei gearbeitet, jedenfalls immer dann, wenn es ihr Rheuma zuließ. Mittlerweile wirkten ihre Hände schlanker, nicht mehr so knotig, doch ich bemerkte hin und wieder, wie sie sie rieb und massierte.

Ingrid registrierte meinen Blick. »Keine Sorge um meine Finger!«, sagte sie fröhlich und hielt beide Hände in die Höhe. »So gut wie jetzt ging es ihnen schon lange nicht mehr. Ich habe das Gefühl, dass mich die Anwesenheit in diesem Haus um mindestens zehn Jahre verjüngt hat.«

Als wir die Küche aufgeräumt hatten, begaben wir uns in die Wohnstube. Erst gestern hatten wir die Dielen wieder gescheuert, und es reichte, einmal drüberzufegen, damit wir die Stoffballen entrollen konnten. Es tat gut, den Stoff zu berühren. Er war sehr weich, beinahe zu schade, um daraus nur Vorhänge oder Bettbezüge zu nähen.

Wir begannen, die Stoffbahnen zurechtzuschneiden, und es freute mich zu sehen, dass Ingrid dabei keinerlei Probleme zu haben schien. Gerade, als ich eine der Bahnen beiseitegetragen hatte, vernahm ich von draußen ein Geräusch.

»Hallo, ist jemand zu Hause?«, fragte eine Männerstimme.

Sie war mir mittlerweile bekannt. Ich erhob mich und ging zur Tür. Der Postbote grüßte mich, dann zog er aus seiner Tasche einen Umschlag.

»Sind Sie Marlene Walsted?«, fragte er, und als ich bejahte, reichte er mir den Brief. »Einschreiben. Der Absender hat dafür bezahlt, dass ich es persönlich zustelle.«

Ich blickte auf den Umschlag. Der Vermerk *Rekommenderad försändelse* stand dort und darunter Name und Adresse.

Ich schnappte nach Luft.

Oskar hatte mir geschrieben.

49

Liv

Seit zwei Tagen war ich nun wieder in Karlskrona, und ich spürte deutlich, wie die Wände näher rückten. Konnte ich im Rosenhag noch gut verdrängen, dass ich noch lange keine freie Frau war, wurde es mir mit jeder Stunde, die ich in der Villa verbrachte, bewusster.

An diesem Morgen musste ich glücklicherweise aufs Postamt. Ich hätte natürlich Astrid schicken können, aber ich war froh, dem Arbeitszimmer und den Blicken meiner Bediensteten zu entkommen. Keine von ihnen sagte ein Wort über meinen Mann, es war, als fürchteten sie, dass der Schlag sie treffen würde, wenn sie seinen Namen in den Mund nahmen.

Sehnsüchtig wartete ich auf Neuigkeiten von Herrn Hammerstein. Die richtigen Neuigkeiten natürlich. Solange er schwieg, passierte nichts Schlimmes, aber dann gab es auch keinen Fortschritt.

Als ich ausgehfertig war, griff ich nach meiner Tasche und rief Astrid, die gerade im Esszimmer war, zu, dass ich bald wieder zurück sein würde. Dann trat ich aus der Tür.

Weit kam ich allerdings nicht. Kaum war ich auf dem Trottoir, traf ich auf Nanna Skantze.

»Guten Morgen, Nanna«, grüßte ich sie reflexartig.

Ihre Miene hellte sich nicht auf. Sie wirkte blasser als sonst, und ich meinte unter ihrem Kleid ein kleines Bäuchlein zu sehen. Wenn ich mich recht erinnerte, sollte ihr Kind noch in diesem Jahr zur Welt kommen.

»Liv«, gab sie kühl zurück. »Wie geht es dir?«

»Bestens. Und dir?« Hitze stieg unter meiner Bluse auf. Seit dem Abend, als Marlene mich von Aspö weggeholt und mir erzählt hatte, dass Sten verhaftet worden sei, waren einige Wochen vergangen. Ich hatte gehofft, ihr nicht zu bald über den Weg zu laufen, aber das Schicksal kannte keine Gnade.

Nanna presste den Mund zusammen, wie immer, wenn sie etwas nicht sagen wollte. Aber wer fragte, musste sich darauf einstellen, dass er ebenfalls gefragt wurde.

»Gut«, erwiderte sie schmallippig, und da sie spürbar keine Lust hatte, mit mir zu reden, wäre es eigentlich angebracht gewesen, sich zu verabschieden. Aber einfach so wegkommen lassen wollte sie mich wohl auch nicht.

»Nun, offenbar hast du die Idee von deinem Frauenhaus wohl doch nicht aufgegeben«, sagte sie plötzlich. »Ich bin nicht sicher, was Sten dazu sagen würde.«

»Sten …« Ich stockte. Woher wusste sie das überhaupt?

»Aber wahrscheinlich wird dir das egal sein. So, wie dir auch sonst deine Ehe egal zu sein scheint, nicht wahr?«

Ich atmete tief durch und wusste nicht, wie ich reagieren sollte. Nanna wirkte auf mich, als hätte sie den Verstand verloren.

»Dass du diesen Reporter darüber schreiben lässt, ist wirklich … unwürdig«, setzte sie hinzu, als ich nichts auf ihren Vorwurf erwiderte.

Reporter? Ich wusste, dass er einen Artikel schreiben wollte, aber … Plötzlich schoss mir eine Hitzewelle durch den Körper. Hatte Oskar den Verstand verloren? Mein Herz begann zu rasen, und ich fühlte einen Schwindel. Was in mir vorging, war jetzt wohl nicht mehr zu übersehen.

»Hier«, sagte Nanna nun und hielt mir die Zeitung hin, die sie unter dem Arm getragen hatte. »Falls du es noch nicht gelesen hast. Ich brauche dir wohl nicht zu sagen, dass es mir unmöglich ist, dich weiterhin in meinem Haus willkommen zu heißen.«

50

Oskar

Der Hausmeister verfügte glücklicherweise über ein Telefon, mit dem ich unseren Hausarzt anrufen konnte. Während ich bei Herrn Lindgren klingelte, bemerkte ich, dass Lisbeth tatsächlich noch vor der Tür stand. Ich kam allerdings nicht dazu, mich darüber zu wundern, denn der Hausmeister erschien nur wenige Augenblicke später.

»Herr Andersson!«, begrüßte er mich. »Schön, Sie wiederzusehen! Was macht Ihre Frau Mutter? Ich habe sie jetzt schon seit ein paar Tagen nicht gesehen.«

Herr Lindgren war schon lange der Wart dieses Hauses. Schon als ich noch studierte, hatte er sich bereits um die Belange des Gebäudes gekümmert. Er war wie ein guter Geist, der sich nie aufdrängte, aber über alles Bescheid wusste.

Von ihm zu hören, dass er meine Mutter nicht gesehen hätte, jagte mir einen weiteren Schrecken durch die Glieder.

»Darf ich Ihr Telefon benutzen?«, fragte ich. Für Höflichkeiten würden wir Zeit haben, wenn meine Mutter versorgt war. »Meiner Mutter geht es schlecht, sie braucht einen Arzt.«

»Natürlich«, sagte er und ließ mich ein. Der Geruch von starkem Kaffee umwehte mich, als ich den Flur betrat, wo das Telefon an der Wand montiert war. Ich wählte die Nummer des Hausarztes, hörte wenig später die Stimme seiner Sprechstundenhilfe und bat sie, Dr. Landsteiner Bescheid zu sagen.

»Ich werde den Arzt gleich zu Ihnen hochschicken«, versprach mir der Hausmeister, der in seiner Parterrewohnung einen guten Überblick hatte, wer hier ein und aus ging.

Ich bedankte mich und lief wieder nach oben. Mutter befand sich noch immer in ihrem verwirrten Zustand. Um ihr Fieber wenigstens ein bisschen zu lindern, befeuchtete ich ein Handtuch und legte es ihr auf die Stirn.

Dabei fragte ich mich, ob ich Lisbeth nach oben rufen sollte. Sie könnte mir zur Hand gehen. Aber alles in mir sträubte sich dagegen, sie um ihre Hilfe zu bitten.

Glücklicherweise ließ sich der Arzt nicht viel Zeit. Eine Viertelstunde später hörte ich ihn die Treppe hinaufpoltern.

Dr. Landsteiner war ungefähr im Alter meiner Mutter. Sein Haar war mit der Zeit von Schwarz zu Stahlgrau verblichen, die Falten um seinen Mund tiefer geworden. Doch seine Augen waren immer noch die eines jungen Mannes.

»Wo ist die Patientin?«, fragte er, nachdem wir uns kurz begrüßt hatten. Er war kein Mann großer Worte, er kam meist gleich zur Sache.

Ich führte ihn ins Wohnzimmer. Seltsamerweise erkannte meine Mutter ihn sofort, fragte allerdings nicht, was er von ihr wollte, sondern ob er meinen Vater besuchte.

Als dieser schwer krank war, hatte Dr. Landsteiner regelmäßig nach ihm gesehen. Jetzt schien es, als sei meine Mutter in ihrer Wahrnehmung um Jahre zurückgefallen.

Aus Gründen des Anstands ließ ich ihn mit meiner Mutter allein und wartete vor der Tür. Ich hörte die beiden reden, konzentrierte mich allerdings nicht auf die Worte. Stattdessen haderte ich mit dem Schicksal – und mit dem Auftauchen von Lisbeth. Wer wusste, was sie hereingeschleppt hatte. Meine Mutter war nie krank gewesen!

Nach einer Weile kam er wieder heraus. Sein Blick war ernst.

»Wie lange ist sie schon in diesem Zustand?«, fragte er.

»Als ich vor einigen Tagen hier war, ging es ihr blendend.«

»Sie hat hohes Fieber und Atembeschwerden. Ich vermute, dass sie sich die Grippe zugezogen hat. Ich gebe Ihnen entsprechende Medikamente, und Sie sollten dafür sorgen, dass sie Wadenwickel bekommt.«

Wadenwickel. Damit hatte ich mich noch nie befassen müssen.

»Holen Sie sich am besten Hilfe«, riet er mir. »Es wäre gut, auch in der Nacht ein Auge auf sie zu haben.«

Verzweiflung machte sich in mir breit. Hatte Lisbeth wirklich nichts bemerkt? Mutter konnte unmöglich so schnell so krank geworden sein.

Der Arzt gab mir Schmerz- und Fiebermittel und schrieb mir einen Balsam auf, mit dem die Brust meiner Mutter eingerieben werden musste. Dann legte er mir noch einmal ans Herz, dass das Fieber unbedingt gesenkt werden musste.

»Wenn sich in drei Tagen keine Besserung einstellt, scheuen Sie sich nicht, einen Krankenwagen zu holen und sie ins Hospital bringen zu lassen. Steigt das Fieber trotz der Medikamente weiter, geht es um Leben und Tod!«

51
Marlene

Den ganzen Tag über fand ich nicht die Kraft und auch nicht die Zeit, Oskars Brief zu öffnen. Während ich Ingrid dabei half, Stoffbahnen zuzuschneiden und mir von ihr zeigen ließ, wie man sie umsäumte, verging der Tag recht schnell, und ich konnte verdrängen, dass er in meiner Truhe in der Schlafkammer lag.

Bei der nachmittäglichen Fika konnten wir bereits die mit Gardinen versehenen Fenster der Küche bewundern.

»Pass auf«, sagte Ingrid. »Nicht mehr lange, und du beginnst dir deine eigenen Kleider zu nähen.«

Ich musste zugeben, dass mir diese Aussicht gefiel. Überhaupt war es schön, den Stoff durch meine Hände gleiten zu lassen. Wieder an etwas zu arbeiten und nach einer Weile auf etwas Fertiges blicken zu können. Es fühlte sich an wie zu der Zeit, als ich noch in der Lampenfabrik war. Auch wenn das Öl an meinen Fingern mittlerweile der Gartenerde gewichen war, vermisste ich die Arbeit dort, mein geregeltes, unaufgeregtes Leben. Ein Leben ohne Liebe zwar, aber auch ohne die Enttäuschung durch einen Mann.

»Willst du dir den Brief denn wirklich nicht ansehen?«, fragte Ingrid nach einer Weile. Ich hatte ihr davon erzählt, aber auch gesagt, dass ich ihn weggelegt und mir nicht angesehen hatte. »Vielleicht kann er ja alles erklären.«

»Was soll er denn erklären?«, fragte ich. »Ich meine, etwas anderes, als dass er mit dieser Frau noch verheiratet ist.«

»Das bedeutet aber nicht, dass er dich nicht liebt.«

»Wenn er mich lieben würde, hätte er mir gesagt, dass er eigentlich noch gebunden ist.«

»Hätte das denn etwas geändert? Hättest du dich dann nicht in ihn verliebt?«

»Ich hätte versucht, es nicht zu tun«, gab ich trotzig zurück.

Ingrid lächelte wissend und schüttelte den Kopf. »Tu, was du willst, Mädchen. Aber ich würde mir den Brief anschauen. Wenn du ihm nichts bedeuten würdest, hätte er sich nicht die Mühe gemacht, dir zu schreiben.«

Ich atmete tief durch. Tief in meinem Innern wusste ich, dass ich ihm die Chance auf eine Erklärung geben musste. Aber was war, wenn mir damit endgültig das Herz entzweibrach …?

Nachdem ich eine Weile in die Kaffeetasse gestarrt hatte, gab ich mir einen Ruck. Ich ging ins Schlafzimmer, holte den Brief aus der Truhe und überlegte, ob ich ihn gleich hier öffnen sollte. Dann entschied ich mich, ins Freie zu gehen.

Ich setzte mich auf die Bank, öffnete den Umschlag und atmete tief durch. Beim Anblick von Oskars Handschrift zog sich mein Magen schmerzhaft zusammen. Auf einmal hatte ich wieder seine Hände vor mir, jene Hände, die so zärtlich über meinen Körper gestreichelt hatten …

Ich schüttelte die Erinnerung ab, dann begann ich zu lesen.

Geliebte Marlene,

es vergeht kein Tag, an dem ich nicht an dich denken muss. Ich fürchte, meine Worte reichen nicht aus, um dir zu sagen, wie leid es mir tut, dass du es auf diese Weise erfahren hast. Dass ich dich so furchtbar verletzt habe. Ich war ein Hornochse, es dir nicht zu erzählen, dass Lisbeth und ich noch nicht geschieden sind. Aber es ist so viel passiert, und wenn ich ehrlich bin, hatte ich sie in den Augenblicken, die wir miteinander teilten, gar nicht mehr im Sinn. Sie war wie ein Schatten, den man vergisst, wenn die Sonne scheint.

Als ich neulich nach Stockholm fuhr, habe ich sie in der Wohnung meiner Mutter angetroffen. Ich wusste nicht, dass sie sie aufgenommen hatte. Offenbar ist es unsere Familientradition, etwas zu verschweigen.

Ich verstehe, dass du wütend bist. Du bist es zu Recht. Wahrscheinlich habe ich mir eingebildet, dass sich das Problem von allein lösen würde, wenn ich nach Karlskrona zurückkehre. Ich konnte nicht ahnen, dass dieses Problem mir folgen würde.

Ich bin gerade auf dem Weg nach Stockholm. Die Bedenkzeit ist fast um, ich muss meinem Vorgesetzten Bescheid geben. Ich werde mit meiner Mutter reden und versuchen, die Scheidung in Gang zu setzen. Es wird schwierig werden, denn Lisbeth wird nicht zustimmen, das hat sie mir deutlich klargemacht. Aber ich werde nichts unversucht lassen.

Ich weiß, dass ich dich in dieser Situation um nichts bitten darf, aber bitte, gib mir, gib uns noch eine Chance. Wenn wir uns das nächste Mal sehen, so hoffe ich, werde ich die Dinge wieder ins Lot gebracht haben.

In Liebe
Oskar

PS: Solltest du auf diesen Brief antworten wollen, worüber ich sehr glücklich wäre, schicke deine Nachricht bitte nach Stockholm, Östermalm, Sturegatan 17, das ist die Wohnung meiner Mutter, in der ich mich in den kommenden Tagen aufhalten werde.

Die Worte waren wie ein Seidenschleier, der über meine Haut strich. Mein Ärger über sein Schweigen und die bloße Tatsache, dass er nicht geschieden war, zog sich ein wenig zurück. Doch in Ordnung war damit noch lange nichts.

Ich faltete den Brief wieder zusammen und ließ ihn im Umschlag verschwinden. Ich wusste nicht, ob ich in den nächsten Tagen, in denen er sich bei seiner Mutter befand, schon imstande sein würde, darauf zu antworten.

Plötzlich vernahm ich Schritte, die den Gartenweg hinaufpolterten. Ich trat um die Hausecke und sah Liv, die ein zusammengerolltes Exemplar der *Blekinge Läns Tidning* in der Hand hielt. Ihre Augen glühten vor Zorn.

»Was ist passiert?«, fragte ich erschrocken.

»Wie es aussieht«, begann sie, und ich spürte, wie sehr sie um Beherrschung rang, »hat Oskar in dem Artikel über das Rosenhag nicht nur unsere vollen Namen verwendet. Er hat auch verraten, dass ich mich scheiden lassen will.«

52

Alexej

Das Wogen eines Schiffes hatte schon immer eine beruhigende Wirkung auf mich. Meine Mutter hatte mir erzählt, dass ich als kleines Kind schon durch kaum etwas anderes zu beruhigen war als durch das Schaukeln meiner Wiege.

Als ich das erste Mal auf einem Schiff schlief, war es wie ein Wunder gewesen. Die Kajüte des Kahns, auf dem ich als »Moses« anheuerte, war dunkel, sehr schmal, und es lagen ein Dutzend andere Männer mit in dem Raum. Als Schiffsjunge hatte man kein Anrecht auf einen guten Platz, man erhielt das, was die anderen übrig ließen. Ich schlief direkt neben der Bordwand und bekam die Schläge der Wellen in voller Härte mit. Und bei den Geräuschen des Schiffs blieb es nicht. Viele meiner Kameraden schnarchten, einige sprachen im Schlaf. Aber ich schlief durch, als wäre ich endlich angekommen.

So war es geblieben, selbst im Sturm.

Die Fahrt auf dem kleinen Frachter verlief geradezu eintönig. Das Wetter war ruhig, die See zahm. Man hörte die Mannschaft reden und manchmal auch singen – etwas, das bei schlechtem Wetter nicht möglich war.

Ich fühlte mich wie zu Hause, wusste aber gleichzeitig, dass ich hier ein Fremder war.

Also begann ich wieder mit dem Zeichnen. Ich versuchte, ein paar Details des Schiffs festzuhalten, doch mehr wollte mir nicht gelingen. Beim Versuch, meine Mutter abzubilden, brach ich in Tränen aus.

Ein anderes Motiv kam mir in den Sinn: Liv Boregard. Ich versuchte sie so darzustellen, wie ich sie zuletzt gesehen hatte, am Hafen, als sie mir das Angebot machte, für ihre Reederei zu arbeiten. Als ich fertig war, musste ich beim Betrachten zugeben, dass ich ihrer Schönheit nicht im Geringsten gerecht geworden war. Also ließ ich das Blatt wieder hinter den Pappdeckeln des Blocks verschwinden.

Auch in der vorherigen Nacht hatte ich gut geschlafen. Jetzt stand ich an Deck und schaute über das Meer, an dessen Küste mein Ziel bereits zu erkennen war. Das Päckchen meiner Mutter steckte in meinem Seesack, der sich noch in der Kajüte befand.

»Na mein Junge?«, sprach mich ein Mann auf Schwedisch an. »Geht es zurück zur Liebsten?«

Ich wandte mich um. Der Fremde trug einen dunkelblauen Strickpullover über einem groben Hemd und eine Schiffermütze. Der Kapitän war es nicht, aber ich vermutete, dass es der Bootsmann dieses Schiffes war. Er schien mir anzusehen, dass auch ich ein Seemann war. Er bot mir eine Zigarette an, doch ich lehnte ab.

»Dort, wo ich hingehe, habe ich kein Mädchen«, antwortete ich. »Ich will mit meinem Leben neu anfangen, mir eine Arbeit suchen.«

Noch während ich sprach, hatte ich diese Frau wieder vor mir. Sie war so schön, schöner, als ein Mann wie ich es sich wünschen konnte. Doch sie hatte von einem Ehemann gesprochen, und obwohl ich diesen nicht kannte, beneidete ich ihn um sein Glück.

»Wir können auf diesem Schiff noch ein paar kräftige Hände gebrauchen«, sagte der Bootsmann, nachdem er sich seine Zigarette angezündet und das Streichholz über die Reling geschnippt hatte. »Ein paar Jungs haben in Riga das Weite gesucht. Für die nächste Fahrt würde der Kapitän dich sicher anheuern.«

»Danke für das Angebot«, erwiderte ich. »Aber mich führt mein Weg woandershin.«

»Wenn nicht zu deinem Mädchen, wohin dann?«, fragte er, und ich spürte ein wohliges Gefühl, als ich ihm antwortete: »Vielleicht in meine Zukunft.«

53

Marlene

Am Abend in Stockholm umherzulaufen erschien mir wie ein großes, gefährliches Abenteuer. Ich hatte keine Furcht vor dem Wald, doch die Straßenschluchten der Hauptstadt waren fremd für mich, und ich fühlte mich heillos überfordert.

Aber es ging nicht anders. Auch wenn ich Oskar danach vielleicht niemals wiedersah, musste ich ihn wegen des Artikels zur Rede stellen. Wie konnte er es wagen, Livs Scheidung zu erwähnen? Und unsere vollen Namen zu nennen, obwohl er mir damals noch versprochen hatte, es nicht zu tun?

Es wäre mir fast egal gewesen, dass die Leute von mir erfuhren. Ich war in Karlskrona ohnehin eine Ausgestoßene. Aber dass er Liv bloßstellte, war unverzeihlich.

Dank Liv hatte ich mir den Rücken nicht auf den harten Bänken der dritten Klasse krummsitzen müssen. Sie hatte mir etwas Geld für ein Billett der zweiten Klasse gegeben, Rückfahrt inklusive. Außerdem noch eine kleine Summe, um in der Stadt übernachten zu können.

Es schmerzte meinen Geldbeutel, eine Droschke nehmen zu müssen, doch ich sah ein, dass ich ohne Hilfe in dieser Stadt verloren war.

Der Kutscher brachte mich zur Sturegatan, an die ein weitläufiger

Park grenzte, der zu dieser Stunde nicht sehr bevölkert war. Ich bezahlte den Mann und machte mich auf die Suche nach der Nummer 17.

Das Haus, in dem Oskars Mutter lebte, wirkte sehr nobel und erinnerte mich an die Häuser in der Drottninggatan bei uns. Wenn ich an den gepflegten, hübsch verzierten Vorgärten vorbeigegangen war, hatte mich immer ein wenig der Neid gepackt. Damals hatte ich selbst noch in einem Haus gelebt, aber weder dieses noch der Garten waren auch nur annähernd so prachtvoll gewesen.

Das Herz klopfte mir bis zum Hals. Ich hatte Oskars Mutter bisher nicht kennengelernt und wusste nicht, wie sie reagieren würde, wenn ich einfach vor ihr stand. Doch ich gab mir einen Ruck und schritt zur Haustür. Ich hatte Glück, dass sie nur angelehnt war. Ich schlüpfte hinein, traf im nächsten Augenblick aber auf einen Mann mit einem Schlüsselbund.

»Nanu, junges Fräulein«, begrüßte er mich. »Sie habe ich hier noch nie gesehen, wohin wollen Sie denn?«

»Zu Frau Andersson«, gab ich an.

»Da haben Sie aber Glück«, sagte er. »Ich wollte gerade zuschließen. Wie lange wollen Sie denn bleiben?«

Das hing davon ab, ob ich Oskar sprechen konnte.

»Vielleicht zehn Minuten«, sagte ich also, und der Mann nickte.

»Na gut, so lange kann ich die Tür auch noch offen lassen.«

Ich bedankte mich und setzte mich in Bewegung. Mit jeder Stufe, die ich hinter mich brachte, wurden meine Knie weicher. An der Tür angekommen, klopfte mir das Herz bis zum Hals. Noch konnte ich kehrtmachen …

Aber dann spürte ich die Zeitung in meiner Tasche. Nein, ich konnte nicht weglaufen! Ich musste wissen, warum Oskar den Artikel so eingereicht hatte. Ich atmete noch einmal tief durch und betätigte den Türklopfer.

Eine ganze Weile geschah nichts. Doch dann vernahm ich Schritte.

Ich hörte sofort, dass es nicht die von Oskar waren, und wappnete mich gegen den Anblick von Oskars Mutter.

Die Tür öffnete sich und zeigte mir, dass meine Furcht vor Frau Andersson unbegründet war, denn es war nicht ihr Gesicht, in das ich Sekunden später blickte. Es war das Gesicht von Oskars Ehefrau.

54

Liv

Mir war unwohl gewesen, Marlene allein fahren zu lassen. Am liebsten hätte ich sie nach Stockholm begleitet – schließlich war ich doch diejenige, deren Geheimnis ausgeplaudert worden war. Aber sie hatte abgelehnt. »Ich will allein mit ihm reden«, hatte sie gesagt und dabei so entschlossen gewirkt, dass ich sie gewähren ließ.

Auch ich hatte wieder aufbrechen müssen. Eigentlich wäre ich gern im Rosenhag geblieben, doch heute Abend hatte ich wieder eine Besprechung mit Herrn Ekström. Er wusste natürlich von der geplanten Trennung, aber die anderen Angestellten … Wie würden sie reagieren?

Meine Haut prickelte unangenehm, als ich den Bahnhof verließ. Die gesamte Stadt wusste nun, dass ich mich scheiden lassen wollte. Warum hatte Andersson das getan? Hatte er sich darüber geärgert, dass Marlene ihm auf die Schliche gekommen war?

Ich entschloss mich, ohne Umwege gleich zum Kontor zu gehen.

Auf dem Weg zum Borgmästerekajen wurde ich das Gefühl nicht los, angestarrt zu werden. Schließlich spürte ich sogar Panik in mir aufsteigen. Was, wenn mich jemand ansprach? Mich fragte, warum ich Sten verlassen wollte? Niemandem stand es zu, etwas darüber zu erfahren, doch die Menschen waren manchmal dreist …

Erst die Meeresbrise brachte mich wieder zur Besinnung. Die frische Luft kühlte meine Haut unter der Bluse, und ihre Berührung ließ die Hitze von meinen Wangen weichen.

Ich schaute über den dunkelblauen Spiegel des Hafenbeckens und beobachtete ein paar Möwen, die über dem Wasser ihre Kreise zogen und schließlich auf ein paar leeren Fischkisten landeten. Dann wandte ich mich der Richtung zu, in der das Kontor lag.

»Frau Boregard?«, fragte da eine Stimme, die ich beinahe schon vergessen hatte. Ich wirbelte herum und blickte in das Gesicht von Alexej Petrow.

»Sie sind zurückgekehrt!« Freude loderte in mir auf. In den vergangenen Tagen hatte ich immer wieder an ihn gedacht, auch wenn ich mir sagte, dass das sinnlos wäre. Ich hatte damit gerechnet, dass er nach Riga zurückgekehrt war und dort bleiben würde. Immerhin hatte er dort seine Wurzeln.

Ein trauriger Ausdruck erschien auf seinem Gesicht. »In Riga hat mich nichts mehr gehalten.«

Es wäre dumm gewesen zu fragen, wie die Beerdigung gewesen wäre. Stattdessen sagte ich: »Haben Sie Ihrer Mutter die letzte Ehre erweisen können?«

»Nein«, antwortete er. »Sie war bereits begraben worden.«

»Oh!«, entfuhr es mir, und ich schämte mich dafür, dass ich nicht wusste, wie ich dem begegnen sollte.

Er senkte den Kopf, betrachtete einen Moment lang seine Schuhe, dann blickte er mir direkt in die Augen. »Sie hat mir dennoch einen letzten Rat übermittelt.«

»Und der wäre?«, fragte ich interessiert.

»Ein neues Leben anzufangen. Anders zu werden als mein Vater.« Er schnaubte spöttisch. »Wahrscheinlich glaubte sie wirklich an eine fröhliche Wiedervereinigung.«

»Vielleicht ahnte sie aber auch, dass es kein glückliches Wiedersehen sein würde«, sagte ich, worauf sich etwas in seinem Gesicht veränderte. Er wirkte, als hätte ich ihn tief in seinem Innern getroffen.

»Ja, vielleicht«, stimmte er mir zu. »Sie hat ja auch nichts davon gesagt, dass ich ein neues Leben mit ihm beginnen sollte. Ich sollte ihm nur ihre Liebe bringen.«

Einen Moment lang schwiegen wir. Dann fragte ich: »Und jetzt? Wo wollen Sie Ihr neues Leben beginnen?«

»Ich dachte, hier«, sagte er. »Wenn Ihr Angebot immer noch gilt?«

Mein Herz machte einen Sprung. Also würde er bleiben! Ich konnte gar nicht sagen, wie sehr mich das freute. Marlene würde ihm sicher nicht noch einmal über den Weg laufen wollen, aber wer sagte, dass sie das tat? Ihr Lebensmittelpunkt lag nun in Nättraby. Karlskrona war groß.

»Zufälligerweise bin ich gerade auf dem Weg zu Herrn Ekström, dem Geschäftsführer der Reederei.«

»Oh«, machte er und trat einen Schritt zurück.

»Ich würde Sie gern mitnehmen und ihm vorstellen. Wenn Sie mögen.«

Seine eisblauen Augen begannen zu leuchten. »Ich … ich bin normalerweise kein Mann, der auf Gefallen angewiesen ist, aber … Sie sind so freundlich, und das Angebot … Ich würde sehr gern mit diesem Herrn sprechen.«

Alexej schloss sich mir an. Die ganze Zeit über blieb er hinter mir, wie ein Leibwächter. Darüber war ich irgendwie froh. Mit ihm konnte ich die Angst vor einer Begegnung mit meinem Angestellten ein wenig vergessen.

Schon an der Tür des Kontors kamen uns einige Männer in Seemannstracht entgegen. Ich kannte mittlerweile eine Handvoll Kapitäne, doch diese waren mir unbekannt. Da auch sie mich nicht zu kennen schienen, gingen sie grußlos an uns vorbei.

Im Foyer des Kontors herrschte die übliche Geschäftigkeit. Über dem Empfangstresen hing die sogenannte Hausflagge, die in den Farben Blau, Gelb und Rot gehalten war. Blau und Gelb standen für

Schweden, Rot war die Stammfarbe der Boregards. Ihre Mitte zierten Kreuz, Herz und Anker, die durch Seile miteinander verschlungen waren. Seemannsglaube nannte man dieses Ornament, es symbolisierte Glaube, Liebe und Hoffnung. Darunter befand sich der Buchstabe B für Boregard. Diese Fahne wurde auch auf den Schiffen gehisst.

Auf dem Tresen, der aus Eichenholz gefertigt war, stand eine große Messingglocke. Diese gehörte zu dem ersten Schiff, mit dem die Reederei ihren Betrieb begonnen hatte. Der Name *Kristina* war dort eingraviert worden, zusammen mit der Jahreszahl 1684.

Mein Schwiegervater hatte oft über den ersten Schifffahrts-Boregard gesprochen, der die legendäre Königin Kristina noch persönlich gekannt hatte, bevor sie im Jahr 1654 abdankte. Ursprünglich war er in der Kriegsmarine zu Hause gewesen, hatte lange Jahre als Kapitän gearbeitet, bis er durch eine glückliche Heirat reich wurde und das Geld klug investiert hatte.

Sten selbst hatte für seine Vorfahren nicht viel übriggehabt. Sie möglicherweise auch nicht für ihn, wenn sie erfahren hätten, was er getan hatte.

»Guten Abend, Frau Boregard«, begrüßte mich Gerda, die heute am Empfangstresen Dienst hatte. Sie war eine der wenigen Frauen, die in der Reederei arbeiteten. Der alte Aberglaube, dass Frauen an Bord eines Schiffes Unglück brächten, war angesichts der Passagierschifffahrt längst überholt, dennoch fuhren auf unseren Schiffen keine Frauen mit, und im Kontor arbeiteten neben Gerda lediglich zwei weitere Frauen in der Buchhaltung. Alle anderen Posten waren mit Männern besetzt.

»Guten Abend, Gerda!«, erwiderte ich, und da sich die Ehefrau des Reeders nicht fragen lassen musste, was sie hier zu suchen hatte, schritt ich sogleich an ihr vorbei zur großen Freitreppe.

Während sich in den unteren Etagen die Buchhaltung, der Telegrafenraum und die Schreibstube befanden, lagen die Büros des Geschäftsführers und seines Stellvertreters sowie das Empfangszimmer und der große Konferenzraum in der ersten Etage. Diese war mit dicken roten Teppichen ausgelegt, die jeglichen Schritt dämpften.

Auch hier sah man überall Erinnerungsstücke aus den zurückliegenden Jahren des Hauses. Gemälde von Schiffen zierten neben Portraits der ehemaligen Eigner und verdienten Kapitänen die mit rotbraunem Holz vertäfelten Wände. Hier und da standen, in kleinen, eigens dafür angefertigten Vitrinen, Sextanten aus verschiedenen Jahrhunderten, ein altes Fernrohr und ein Barometer. Für einige andere Dinge hatte ich nicht einmal einen Namen.

Ich blickte zu Alexej, der all diese Eindrücke förmlich in sich aufzusaugen schien. »Sie waren noch nie in dem Kontor einer Reederei, nicht wahr?«, fragte ich, worauf er den Kopf schüttelte.

»Ich kenne nur die Heuerbüros von Riga. Sie wissen schon, die Orte, an denen die Seeleute darauf warten …«

»Ich weiß, was ein Heuerbüro ist«, gab ich lächelnd zurück. Herr Ekström hatte es mir gleich am ersten Tag hier erklärt. Dort fragten die Seeleute nach, ob sie auf Schiffen gebraucht wurden. Zu schlechten Zeiten mussten sie manchmal tage- oder wochenlang warten. Doch derzeit fehlte es eher an Matrosen, weil sehr viele neue Schiffe in Dienst gestellt wurden.

»In die Reedereien gehen nur die Kapitäne und Offiziere«, setzte Alexej hinzu. »Ich habe mich immer schon gefragt, wie es dort aussieht.«

Da die Flügeltüren des Konferenzraumes offen standen, fielen unsere Blicke auf die große Weltkarte, auf der die Positionen unserer Schiffe angezeigt wurden. Diese wurden gemäß den Übertragungen, die per Telegramm von unseren Agenturen eingingen, täglich aktualisiert.

Außerdem befanden sich weitere Schiffsglocken ausgemusterter Segler dort. Auch die Glocke der *Solveig* hätte dort ihren Platz gefunden – wenn mein Mann so vernünftig gewesen wäre, sie beizeiten außer Dienst zu stellen. Und er nicht versucht hätte, aus ihrem Verfall Profit zu schlagen.

Doch nun lag diese Glocke auf dem Meeresgrund und würde nie wieder erklingen. Und es gab meines Wissens kein Gemälde, das von der Existenz dieses Schiffes berichtete.

»Verzeihen Sie, aber muss ich irgendetwas beachten, wenn ich Ihren Geschäftsführer kennenlerne?«, flüsterte Alexej mir zu, als wir uns Ekströms Büro näherten.

»Beantworten Sie ehrlich seine Fragen«, antwortete ich. »Wenn Herr Ekström etwas nicht leiden kann, dann sind es Übertreibungen oder Lügen.«

Ein Lächeln huschte über das Gesicht meines Begleiters. »Da geht es ihm ebenso wie mir.«

Ich klopfte an Ekströms Tür und vernahm wenig später seine Stimme.

»Guten Tag, Herr Ekström, wie geht es Ihnen?«

Kaum hatte ich diese Worte ausgesprochen, beobachtete ich, wie der Mann hinter dem Schreibtisch blass wurde. Ich fragte mich, warum – bis mir einfiel, dass Alexej Petrow das Ebenbild seines Vaters Bjarne Walsted war.

55

Marlene

Lisbeth Andersson wirkte im ersten Moment überrascht, doch dann schien ihr wieder einzufallen, woher sie mich kannte.

»Frau Walsted, was für eine Überraschung«, sagte sie süßlich, und ein Lächeln, das mich frösteln ließ, zog über ihr Gesicht. »Ich hätte jeden an der Tür erwartet, aber nicht Sie.«

Ich konnte nicht antworten. Eine innere Stimme schrie mir zu, mich umzudrehen und wegzulaufen. Fort von der Schmach, fort von diesem Gesicht, das voller Spott und Häme war.

Dann fasste ich mich wieder. Als wäre sie eine Waffe, zog ich die zusammengerollte Zeitung aus meiner Tasche. »Ich muss Oskar sprechen.«

»Meinen Mann?«, fragte Lisbeth Andersson scheinheilig. »Was wollen Sie von ihm?«

»Ich habe etwas mit ihm zu klären.«

Sie schaute mich weiterhin kalt lächelnd an, dann wandte sie sich um. »Liebling, kommst du mal?«

Diese Worte schnitten wie ein Messer durch mein Herz. Im nächsten Augenblick erschien er.

»Lisbeth, was ist …« Als er mich sah, stockte er. »Lass uns bitte allein«, sagte er zu seiner Frau, die sich allerdings kein Stück rührte. Er schob sich an ihr vorbei und schaute sie an. »Geh bitte rein!«

Sie ließ ihren Blick noch eine Weile auf mich gerichtet, dann wandte sie sich widerwillig ab. Meine Augen folgten ihr, und so sah ich, dass sie sich noch einmal nach mir umdrehte. Das Lächeln lag immer noch auf ihren Lippen.

Oskar drückte die Tür ins Schloss und entrückte sie so meinem Blick.

»Wie ich sehe, seid ihr wieder vereint«, sagte ich, während die Wut in mir brodelte. *Liebling* hatte sie ihn genannt. Und er hörte darauf! Mein Herz pochte so laut, dass ich seine Antwort beinahe nicht verstand.

»Sie ist mir von Karlskrona gefolgt.«

»So wie ein Hund?« Meine Kehle wurde eng. Nicht weinen!, sagte ich mir, doch ich spürte, wie meine Augen feucht wurden. Bevor er antworten konnte, klatschte ich ihm die Zeitung gegen die Brust. »Ich bin ohnehin nur gekommen, um dir das zu zeigen und dich zu fragen, was du dir dabei gedacht hast.«

Oskar schüttelte unverständig den Kopf.

»Schau hinein!«, fuhr ich ihn an.

Er schlug die Zeitung auf, und seine Augen fanden zielsicher den Text, unter dem sein Name stand.

Ich wartete nicht, dass er ihn beendete. »Hattest du nicht versprochen, dass du unsere Namen nicht nennen würdest?«, fauchte ich ihn an. »Und damit nicht genug. Warum hast du verraten, dass Liv sich in Scheidung befindet? Weißt du, was das für sie bedeutet?«

Sein Blick schnellte nach oben und bohrte sich in mein Gesicht. »Das habe ich nicht …«

»Lies weiter!« Meine Stimme überschlug sich und hallte laut durch den Treppenaufgang. Ich ballte die Fäuste und begann zu zittern.

Oskar überflog den Artikel, dann murmelte er: »Dieser verdammte …« Einen Augenblick später sah er mich wieder an. »Bitte glaub mir, das ist nicht der Artikel, wie ich ihn verfasst hatte! Keine Ahnung, woher Lundström …«

Es machte mich wütend, dass er versuchte, mich zu belügen.

»Aber du hast mir diesen Artikel doch gezeigt. Ich erinnere mich noch sehr gut daran!«

»Ich habe die getippte Fassung mitgenommen. Ich kann mir nicht erklären, wie …« Er stockte und überlegte einen Moment lang. Ich sah, wie ihm das Blut aus dem Gesicht wich. Hatte er eine Erkenntnis?

»Ich habe Lundström gebeten, die Namen nicht zu nennen«, fuhr er schließlich fort. »Und was die Scheidung angeht …«

Hinter uns öffnete sich eine Tür. Der Mann, der seinen Kopf herausstreckte, brummte: »Können Sie das nicht in Ihrer Wohnung ausmachen? Es gibt Leute, die ihre Ruhe wollen!«

»Entschuldigen Sie bitte, Herr Gronert«, sagte Oskar, worauf sich der Mann murrend zurückzog. Ich war sicher, dass er hinter der Tür stehen blieb, um ja kein Wort zu verpassen.

»Marlene, bitte glaub mir, ich habe nichts damit zu tun«, sagte Oskar. »Und ich weiß auch nicht, woher Lundström von der Scheidung erfahren hat. Möglicherweise hat seine Frau etwas aufgeschnappt …«

Das alles klang so unglaubwürdig, dass ich vor Wut am liebsten laut geschrien hätte.

Doch ich brachte keinen Ton heraus. Zitternd stand ich vor ihm, sehnte mich nach seiner Berührung, aber gleichzeitig wusste ich, dass ich meinen Gefühlen für ihn nicht mehr nachgeben durfte. Er war ein verheirateter Mann und unsere Liebelei nur ein Strohfeuer.

»Marlene, bitte«, sagte er. »Du musst mir glauben, dass das nicht meine Schuld ist. Ich werde Lundström aufsuchen und ihn zur Rede stellen.«

»Und was soll das bringen?«, gab ich zurück. »Die Katze ist aus dem Sack! Wenn es nur mein Name gewesen wäre, wäre es nicht so schlimm gewesen. Ich bin Vorurteile und Abneigung gewöhnt. Aber was ist mit Liv? Auch wenn alle Welt eines Tages wissen wird, dass sie sich von Sten hat scheiden lassen, so ist es jetzt noch gefährlich für sie. Ihr Mann ist noch nicht verurteilt und die Scheidung noch gar nicht spruchreif. Sie kann nicht einfach wie ich im Rosenhag bleiben und sich vor der Welt verstecken. Da sind das Kontor und die Reederei und die Pflichten, die sie zu erfüllen hat …«

Ein bitterer Geschmack breitete sich in meinem Mund aus. Auf einmal fühlte ich mich so unendlich alt und müde. Ich wollte nur noch raus aus diesem Haus, fort von allem.

»Ich werde einen Weg finden, das wieder in Ordnung zu bringen«, sagte er sichtlich bewegt. Aber konnte ich dem trauen? Konnte ich mich auf sein Wort verlassen, wo er mir doch so wichtige Dinge verschwiegen hatte?

Jetzt liefen mir die Augen über, und die Tränen perlten über mein Gesicht. Ich hatte genug von dieser Situation und von seinem Anblick. Und mir wurde klar, dass ich nichts mehr tun konnte.

»Mach, was du willst«, sagte ich leise. »Ich bin nicht deine Ehefrau.« Damit wandte ich mich um und lief die Treppe hinunter.

56

Alexej

Ich hatte keine Ahnung, was der Geschäftsführer dachte, als wir sein Büro betraten. Seine Augen weiteten sich erschrocken und blieben an mir hängen, als hätte er einen Geist vor sich.

Das war mir unangenehm, und so senkte ich rasch den Blick.

Liv Boregard ließ ihm Zeit, sich zu sammeln, dann sagte sie: »Das ist Alexej Petrow, ich habe ihn vor einigen Wochen kennengelernt.«

Ich bemerkte, dass sie mich abwartend ansah, so als suchte sie meine Erlaubnis. Schließlich fügte sie hinzu: »Er ist der Sohn von Kapitän Walsted. Ich wollte Sie fragen, ob Sie irgendwo im Kontor Verwendung für ihn haben.«

Die Worte schienen seine Verwirrung noch zu vergrößern. Kannte er meinen Vater? War Kapitän Walsted für diese Reederei gefahren? Doch dann nickte er und sagte: »Setzen Sie sich und erzählen Sie mir doch ein bisschen von sich, junger Mann.«

Ich ließ mich auf einem der Stühle nieder. Frau Boregard setzte sich neben mich.

»Aufgewachsen bin ich in Riga, wo meine Mutter als Dienstmädchen gearbeitet hat«, begann ich. »Sie wollte, dass ich studieren gehe, aber dazu reichte das Geld nicht. Also habe ich mich am Hafen als Schiffsjunge verdingt.«

»Wann war das?«, fragte Ekström, während er sich Notizen machte.

Ich überlegte. Wenn man auf See war, verschmolzen die Monate, und man wunderte sich, wenn wieder ein Jahr herum war und in einem Hafen Neujahr gefeiert wurde. »Als ich sechzehn war. 1902.«

Auch das schrieb sich der Mann auf. Ich bemerkte, dass Liv Boregard mich beobachtete. Sie wirkte, als würde sie nachrechnen.

»Und dann sind Sie dem Meer treu geblieben.«

Wie er das sagte! So als wäre er selbst zur See gefahren. War er vielleicht auch ein Kapitän gewesen?

»Ja, bis jetzt.«

»Was hat Sie dazu bewogen, es sich anders zu überlegen?«, fuhr Ekström fort.

»Meine Mutter. Ihr letzter Wunsch war es, dass ich ein neues Leben beginne. Ein Leben abseits der Seefahrerei.« Während ich sprach, spürte ich einen Stich in meinem Herzen.

Ekström setzte seine Befragung fort. »Welche Arbeiten haben Sie zuletzt auf den Schiffen ausgeführt? Sicher sind Sie nicht Schiffsjunge geblieben.«

»Ich habe dem Zimmermann und dem Segelmacher geholfen, als ich auf Segelschiffen unterwegs war. Auf Dampfschiffen habe ich mich um Taue gekümmert und war manchmal bei den Maschinisten.«

»Das klingt ja sehr vielseitig.« Ekström wechselte einen Blick mit Liv. Dann schaute er mich an. »Nun, wir werden sehen, wo wir Sie einsetzen können. Hier im Haus habe ich wenig Verwendung für Sie, aber die Werft könnte Sie gebrauchen. Wenn Sie denn wirklich willens sind, an Land zu bleiben.«

Meine Augen wanderten zu Liv, und ich erinnerte mich wieder an das, was der Steuermann auf der Hinfahrt nach Karlskrona gesagt hatte. Und was auch meine Mutter von mir forderte. Eine Frau könnte möglicherweise dafür sorgen, dass ich der See für immer entsagte. Eine Frau wie Liv vielleicht …

Aber ich wusste, dass ich sie mir aus dem Kopf schlagen musste. Sie gehörte einem anderen. Jenem Mann, in dessen Firma ich gerade arbeiten wollte. Es würde Unglück bringen, wenn ich weiterhin an sie dachte. Doch genauso gut wusste ich, dass ich sie nicht einfach aus meinem Gedächtnis streichen konnte. Wenn ich die Augen schloss, sah ich sie, ihre Stimme würde mich in meinen einsamen Nächten begleiten. Das war gewiss nicht das, was sich meine Mutter für mich gewünscht hätte.

»Ich bin willens«, sagte ich und blickte Herrn Ekström entschlossen in die Augen. »Geben Sie mir Arbeit, egal welche. Ich werde sie ausführen, so gut es mir möglich ist.«

57

Marlene

Mit den Tränen kämpfend trat ich ins Freie. Mein Herz raste nicht mehr, dafür schmerzte meine Brust, als wäre mir das Herz herausgerissen worden.

Doch ich zwang mich weiterzugehen. Der Zusammenbruch würde kommen, das spürte ich, aber nicht hier, wo Lisbeth Andersson aus dem Fenster schauen konnte. Sie hatte bereits gewonnen, aber diesen zusätzlichen Triumph gönnte ich ihr nicht.

Ich straffte meinen Körper, hob meinen Kopf und zwang meine Beine voranzuschreiten, einen Fuß vor den anderen zu setzen. Ich durchquerte den Park, und erst, als ich mir sicher war, dass sie mich nicht mehr sehen konnte, ließ ich die Schwäche zu. Ich schaffte es gerade noch zu einer Bank, dann krümmte ich mich zusammen und ließ meinem Schmerz freien Lauf.

Während die Tränen über meine Wangen liefen und meine Kehle eng wurde, hatte ich streiflichtartig wieder die Bilder von Oskar und mir vor Augen. Wie ich vor seiner Tür stand, um mich über seine Schreibmaschine zu beschweren. Wie wir im Gasthaus gesessen und über Bjarne gesprochen hatten. Wie wir am Hafen spazieren gegangen waren und uns langsam über unsere Gefühle füreinander klar wurden.

Ich hatte geglaubt, dass er der Mann wäre, der mich von der Trauer über Bjarne befreien konnte. Aber offenbar hatte ich mich geirrt. Vielleicht gab es so einen Mann ja gar nicht für mich. Und selbst mein Bild von Bjarne war durch das Auftauchen seines Sohnes befleckt worden.

Zitternd und schluchzend saß ich auf der Bank, während sich die Nacht rings um mich zusammenzog. Ich musste zum Bahnhof aufbrechen, wenn ich den letzten Zug noch erreichen wollte. Doch woher sollte ich die Kraft nehmen, mich zu erheben?

Schließlich gelang es mir doch, mich aufzuraffen. Mein Gesicht und meine Augen brannten, meine Brust fühlte sich wund an. Trotzig wischte ich mir über die Wangen. Es würde nichts ändern, wenn ich hier sitzen blieb und mir weiter die Augen ausheulte. Schon als seine Frau plötzlich vor unserer Tür stand, hatte ich gewusst, dass es mit Oskar nicht so wie früher weitergehen würde.

Ich liebte ihn noch immer, wahrscheinlich würde das noch eine Weile so bleiben, doch irgendwann würde es aufhören wehzutun. Das hatte ich durch Bjarnes Tod erfahren. Die Welt hatte sich weitergedreht. Ich würde weiterleben und mich bemühen, meine Pflichten zu erledigen.

Während ich versuchte, mich an den Weg zurück zum Bahnhof zu erinnern, nahm ich meine Umgebung kaum wahr.

Plötzlich prallte etwas von der Seite her gegen mich und riss mich beinahe von den Füßen. Ich fing mich glücklicherweise rasch wieder und blickte im nächsten Augenblick in das Gesicht einer jungen Frau.

Sie war blond und sehr jung, trug ein blaues Kostüm und einen kleinen Hut auf dem Kopf. Einen Augenblick lang trafen sich unsere Blicke, und ich erkannte, dass sie nicht nur hübsch war, sondern auch sehr gehetzt wirkte. Wahrscheinlich hatte sie auf ihre Schritte ebenso wenig geachtet wie ich.

»Helfen Sie mir«, sagte sie atemlos, während sie sich ängstlich umschaute. »Bitte! Mein Vater ist hinter mir her und darf mich nicht finden.«

Ihre Worte rissen mich aus meinem Groll. »Warum darf er Sie nicht finden?«, fragte ich verwundert, während ich spürte, wie sich ihre Hände in meinen Arm krallten.

»Ich … ich bin schwanger. Und von zu Hause weggelaufen. Kennen Sie vielleicht einen Ort, an den ich gehen kann?«

Ich rang mit mir. Dieses Mädchen hier wirkte alles andere als normal. Ihr Blick war wirr, ihr Körper angespannt. Möglicherweise hatte sie den Verstand verloren.

Aber da waren auch ihre Worte. *Ich bin schwanger.*

Wahrscheinlich war ihr Vater fuchsteufelswild.

»Können Sie Stockholm denn verlassen?«, fragte ich.

»Natürlich.« Wieder ein Blick über die Schulter. Wie dicht mochte ihr Verfolger hinter ihr sein? Würde er jeden Augenblick um die Hausecke biegen?

Das Geld in meiner Tasche fiel mir ein. Es würde für zwei Fahrkarten reichen. Ich war von der Konfrontation mit Oskar furchtbar erschöpft, doch ich wusste auch, dass ich ihr helfen musste.

»Vielleicht sollten Sie dann mit mir kommen«, sagte ich.

»Haben Sie eine Wohnung in der Stadt?«

»Nein, in der Nähe von Karlskrona«, gab ich zurück. »Ich wollte gerade zum Bahnhof.«

»Das geht nicht«, sagte sie und ließ mich wieder los. »Am Bahnhof …« Sie schüttelte den Kopf. »Nein, das geht nicht.«

»Fürchten Sie, dass er dort auftauchen wird?«, fragte ich. Allmählich kam mir die Sache komisch vor. Vielleicht war es besser, das Weite zu suchen, bevor sie mich noch ausraubte. Sie war zwar nicht größer als ich, aber wer sagte mir, dass in einem der Hauseingänge nicht ein Mann lauerte, der zu ihr gehörte?

»Hören Sie«, sagte ich, denn ganz ohne Hilfe wollte ich sie nicht gehen lassen. »Ich könnte Ihnen das Geld für eine Fahrkarte geben. Wenn Sie es sich anders überlegen, können Sie nach Nättraby kommen. Erkundigen Sie sich dort nach dem alten Wildhüterhaus.«

Vielleicht war sie eine Betrügerin, aber es konnte genauso gut sein, dass sie tatsächlich in Not war. Ich zog meine Geldbörse hervor und suchte den Betrag heraus, den sie für eine Fahrt brauchte. Ich selbst würde dann eben in der dritten Klasse fahren.

»Und nach wem soll ich dort fragen?«

»Nach Marlene Walsted«, antwortete ich und drückte ihr die Münzen in die Hand. »Wir betreiben dort ein Haus, in dem Frauen in Not eine Zuflucht finden können. Wenn Sie es bis dorthin schaffen, werden Sie sicher sein.«

Sie blickte mich einen Moment lang erstaunt an, schließlich sagte sie: »Danke.«

Ein Lächeln schlich sich auf ihr Gesicht, dann lief sie los und verschwand in einem Hinterhof. Es konnte sein, dass sie es wirklich nur auf Geld abgesehen hatte. Aber wusste man denn schon, welche Wege das Leben nahm?

58

Liv

Das Gespräch mit Ekström und Alexej Petrow war so merkwürdig gewesen, dass ich auch beim Erwachen heute Morgen noch daran denken musste. Ich fragte mich, ob ich Alexej Unrecht getan hatte, indem ich seinen Vater erwähnte. Aber wie hätte ich Ekström die Ähnlichkeit erklären sollen?

Alexej hatte sich gut gehalten. Er antwortete auf alle Fragen mit offener Miene und ehrlichem Blick. Dass er trotz seiner vierundzwanzig Lebensjahre schon auf acht verschiedenen Schiffen gefahren war und sich vom Schiffsjungen zu einem Seemann mit vielen Talenten hochgearbeitet hatte, erschien im ersten Moment unglaublich, doch die Zeugnisse, die er vorlegte, zerstreuten Ekströms Bedenken – und auch meine. Dennoch war es, als würde ein Geist im Raum schweben: der Geist von Kapitän Walsted, der in Ekström mehr Erinnerungen weckte als in Alexej und mir.

Die ganze Zeit über betrachtete ich Alexej, und wieder beneidete ich Marlene um ihren wunderschönen Mann Bjarne. Und ich spürte den tiefen Verlust, den sie erlitten hatte.

Am Ende des Gesprächs bat Ekström Alexej, am heutigen Morgen in sein Büro zu kommen. Sie wollten sich dann die kleine Werft anschauen, die zu unserer Reederei gehörte.

Unwillkürlich fiel mir wieder ein, was Marlene damals erzählt hatte. Dass eine der Rechnungen der Werft gefälscht worden war, um vor der Versicherung vorzugeben, die *Solveig* wäre überholt worden. Sten war die Schuld daran gegeben worden, doch es konnte sein, dass er den Leiter der Werft ebenfalls belasten würde, wenn es zu einem Prozess kam.

Aber das brauchte Alexej nicht zu kümmern.

Die beiden Männer reichten sich die Hände zum Abschied, dann streckte Alexej auch mir die Hand entgegen. »Vielen Dank, Frau Boregard, das werde ich Ihnen nie vergessen.«

Ich setzte ein Lächeln auf, und ein wenig enttäuschte mich die Endgültigkeit seiner Worte. Es klang, als würden wir uns nie wiedersehen, sobald er hinter den Türen der Werft verschwunden war.

»Du meine Güte!«, seufzte Ekström, als Alexejs Schritte sich von seiner Tür entfernt hatten. »Für einen Moment dachte ich, Bjarne Walsted wäre von den Toten zurückgekehrt.« Er überlegte kurz. »Weiß Marlene, dass er hier ist?«

Ich nickte. »Er hat sich als Erstes an sie gewandt und wollte etwas über seinen Vater wissen.«

»Dieser Schwerenöter!«, sagte Ekström und schüttelte dann lachend den Kopf. »Es war ja bekannt, dass er ein Frauenheld war. Zumindest so lange, bis er Marlene traf. Wusste sie von diesem jungen Mann?«

»Nein«, antwortete ich. »Und Sie können sich ihre Überraschung vorstellen.«

»Es muss ein ziemlicher Schrecken für sie gewesen sein. Er ist seinem Vater wie aus dem Gesicht geschnitten.«

Eigentlich stand mir nicht der Sinn danach, mit Ekström über Marlene zu sprechen. Ich wusste, dass die beiden sich durch ihren Mann recht gut kannten, aber das hieß noch nicht, dass er wissen musste, wie sehr es sie mitgenommen hatte, mit Bjarnes Sohn konfrontiert zu werden.

»Könnten Sie eine Anstellung für ihn finden?«, fragte ich. »Wenn nicht in der Werft, dann woanders?«

»Wenn er wirklich so geschickt ist, wie in seinen Zeugnissen behauptet wird, können wir ihn sicher gebrauchen. Sein Schwedisch ist sehr gut, wie ich gesehen habe, ist er die meiste Zeit auf schwedischen Schiffen gefahren. Wenn es ihm auf dem Dock nicht behagt, kann ich ihn sicher auch auf einem unserer Schiffe unterbringen.«

Ich wusste nicht, was seine Mutter Alexej konkret geraten hatte, wie sein neues Leben aussehen sollte. Aber ich wollte nicht, dass er zur See fuhr. Ich wollte ihn in meiner Nähe haben. Seine Augen faszinierten mich, seine Gegenwart verwirrte mich, doch ich sagte mir, dass es lediglich dafür war, falls mir ein Einfall kam, wie ich ihn und Marlene versöhnen konnte.

»Versuchen Sie, ihn an Land zu halten«, sagte ich deshalb. »Ich möchte nicht, dass er das Schicksal seines Vaters teilt.«

Nachdem ich gefrühstückt hatte, machte ich mich auf den Weg zur Kanzlei von Herrn Hammerstein. Ich wartete ungeduldig auf Neuigkeiten, und obwohl ich wusste, dass der Anwalt mir sofort Bescheid geben würde, wenn sich etwas Entscheidendes ergab, fühlte ich mich, als würde ich auf glühenden Kohlen sitzen. Ich konnte nicht einmal genau sagen, was dieses Gefühl auslöste. Eigentlich war ich kein ungeduldiger Mensch. Doch nicht zu wissen, was Stens Anwälte taten und ob sie mit ihrer Strategie durchkommen würden, verstärkte meine Unruhe immer mehr.

Auch diesmal empfing mich der Lärm der Baustelle. Die mittlerweile drückende Wärme schien den Männern, die auf dem Gerüst schufteten, nichts auszumachen.

Schließlich öffnete ich die Haustür und trat in die Kanzlei ein. Im Foyer tönten mir Stimmen entgegen. Offenbar waren heute noch andere Klienten zugegen. Ich zögerte. Wenn es nun jemand war, der mich kannte? Soweit ich wusste, betreute Hammerstein nicht nur Scheidungen, sondern auch andere familienrechtliche Fälle wie Adoptionen. Sollte ich noch eine Runde drehen? Noch eine Weile die Baustelle betrachten?

Im nächsten Augenblick öffnete sich hinter mir die Eingangstür. Zu meiner Überraschung trat Sven Hammerstein herein. Scheinbar hatte er in der Stadt zu tun gehabt oder war auf Reisen gewesen. Als er mich sah, wirkte er beinahe erschrocken.

»Frau Boregard!«, sagte er. »Das ist ja ein Zufall. Ich hätte Ihnen heute einen Brief geschrieben.«

»Einen Brief?«, echote ich und spürte, wie mir die Brust eng wurde.

»Ja, es … gibt Neuigkeiten. Aber vielleicht sollten wir das im Büro besprechen.«

59

Alexej

Ich hatte kein Problem damit, mich auf Schiffen vorzustellen und nach einer Anstellung zu fragen. Doch an diesem Morgen fühlte ich mich beklommen. Ich war mittlerweile sicher, dass dieser Ekström meinen Vater kannte. Aber wie konnte ich ihm eine Frage zu dem Kapitän stellen? Sollte ich es überhaupt tun?

Meine Mutter war tot, sie hatte Walsted entweder im Himmel getroffen oder wusste nun, dass er in der Hölle war. Mich band kein Versprechen mehr, und warum sollte ich mich für einen Mann interessieren, den ich nie kennengelernt hatte?

Dennoch spürte ich ein unruhiges Wühlen, wenn ich an ihn dachte. Seine Frau war in Ohnmacht gefallen, als sie mich sah, und dem Mann, von dem jetzt meine Anstellung abhing, schien es ähnlich ergangen zu sein. Nur, dass er auf den Beinen geblieben war.

Ich schaute in den halb blinden Spiegel, der sich in meinem Zimmer befand, und überprüfte meine Kleider. Ich hatte Glück gehabt und von dem Wirt dasselbe Zimmer bekommen, in dem ich auch schon das letzte Mal gewohnt hatte.

Es fühlte sich seltsam für mich an, zum ersten Mal in meinem Leben eine Unterkunft zu haben, von der ich wusste, dass ich Tag für Tag dorthin zurückkehren würde. Sonst hatte ich die Zimmer in Pensionen und Gasthäusern schnell wieder hinter mir gelassen, um sie gegen den schwankenden Grund eines Schiffes einzutauschen. Würde mir dieses Leben gefallen? War es das, was sich meine Mutter für mich wünschte?

Ich schob die Gedanken beiseite und wandte mich um. Ich wollte Ekström nicht warten lassen.

Die Straßen von Karlskrona waren geschäftig, und an diesem Morgen strahlte die Sonne bereits jetzt unbarmherzig auf die Dächer. Den Weg zum Hafen fand ich mittlerweile mit geschlossenen Augen, deshalb achtete ich mehr auf die Leute, die meinen Weg kreuzten. Die meisten waren Männer in Arbeiterkluft, einige Frauen waren aber ebenfalls darunter. Unwillkürlich verglich ich sie mit anderen Frauen, die ich kannte. Doch keine war so schön wie Liv Boregard.

Allein wenn ich an sie dachte, erwachte Sehnsucht in meinem Herzen. Mit einer Frau wie ihr wäre ich der glücklichste Mann der Welt. Doch sie hatte schon einen Mann, und ich stand im Begriff, für ihn zu arbeiten.

»Mein Gott!«, raunte es plötzlich und brachte mich dazu, mich umzuwenden. Zwei Frauen starrten mich an, eine von ihnen schlug ein Kreuz. Was war los?

Ich wandte meinen Blick ab, dann hörte ich eine der beiden hinter mir raunen: »Ist dieser Mörder etwa von den Toten zurückgekehrt?«

Diese Worte waren wie ein Schwall Eiswasser. Hatte sie mich einen Mörder genannt?! Meine Muskeln spannten sich, und ich wirbelte herum. Doch da waren die Frauen bereits verschwunden.

Die Worte der Fremden beschäftigten mich den restlichen Weg. Was hatte sie mit *Mörder* gemeint? Ich wusste, dass ich meinem Vater ähnlich sah, aber … Hatte er jemanden getötet? Sogar ermordet?

Mein Magen zog sich zusammen. Vielleicht war es doch keine gute Idee, hier zu sein. Vielleicht sollte ich Ekström sagen, dass ich doch auf eines der Schiffe wollte. Dort würde ich in einer Welt sein, die ich kannte. Und Liv … So sehr sie durch meinen Verstand geisterte, war sie doch verboten für mich. Ich durfte mich ihr nicht nähern. Aber dennoch stand ihr Bild klar vor meinem inneren Auge, und ich spürte ein Verlangen, das mich in dieser Stärke noch nie überkommen hatte …

Ich rief mich zur Ordnung und staunte gleichzeitig über mich selbst. Wie konnte Liv nur die Macht haben, mich so ein Ärgernis beinahe vergessen zu lassen? Die Frage, was mein Vater getan hatte, um Mörder genannt zu werden, hätte alles andere auslöschen müssen, aber ich musste nur an sie denken, und schon trat es in den Hintergrund …

Aber dann drängte sich diese Frage doch wieder nach vorn. Wenn mein Vater wirklich ein Mörder gewesen war, war es vielleicht gut, dass er tot war. Gut, dass meine Mutter das nicht mehr erfahren hatte.

Wenige Minuten vor zehn Uhr betrat ich das Kontor und meldete mich am Empfang. Ich musste ein paar Minuten im Foyer warten, schließlich kam der Geschäftsführer die Treppe herunter. Er trug einen ähnlichen Anzug wie gestern, offenbar hatten auch diese Menschen ihre Uniformen. Er begrüßte mich knapp und bedeutete mir, ihm zu folgen. Wir verließen das Kontor und schlugen den Weg zur Werft ein, die sich in der Nachbarschaft befand. Eine Weile trottete ich schweigend hinter Ekström hinterher, dann wurde der Druck in meiner Brust zu groß.

»Darf ich Sie etwas fragen, Herr Ekström?«, sagte ich, als wir uns ein Stück vom Kontor entfernt hatten.

»Natürlich, fragen Sie.«

»Ich hatte vorhin eine seltsame Begegnung. Eine Frau hielt an, bekreuzigte sich und starrte mich an, als wäre ich der Leibhaftige. Dann hörte ich, wie sie ihrer Begleiterin zuraunte: *Ist dieser Mörder etwa von den Toten zurückgekehrt?*«

Ekström versteifte sich. Er blieb stehen und schaute mich an. »Es tut mir leid, dass Sie das hören mussten«, sagte er.

Ich spürte, wie sich etwas in meinem Bauch zusammenkrampfte. Was hatte mein Vater getan?

»Es ist ein wenig schwierig«, fuhr Ekström fort. »Sie wissen sicher, dass Sie Ihrem Vater sehr ähnlich sehen.«

»Ja, mittlerweile schon.«

»Ihr Vater ist nicht einfach so gestorben. Sein Schiff ist gesunken. Mit ihm neunzehn Männer, darunter auch mein Sohn.«

Seine Antwort erschreckte mich noch mehr als die Worte dieser Unbekannten.

»Hatte er Schuld an dem Unglück?«, fragte ich. Meine Stimme klang wie die eines alten Mannes. Es war mir schon schwergefallen zu akzeptieren, dass er meine Mutter und mich im Stich gelassen hatte. Aber wenn er Menschen auf dem Gewissen hatte …

»Ich bin sicher, dass man Ihnen diese Frage ganz unterschiedlich beantworten wird. Fakt ist jedenfalls, dass das Schiff, das er geführt hat, marode war und eigentlich außer Dienst gestellt gehört hätte. Der Besitzer dieser Reederei hat das verhindert, und infolgedessen sank das Schiff, die *Solveig*, unter Walsteds Kommando.«

Ekström trat einen Schritt näher an mich heran. »Viele Menschen in dieser Stadt hegen einen Groll gegen Ihren Vater. Aber Sie sollen wissen, dass Bjarne Walsted ein ehrenhafter Mann und ein guter Kapitän war. Seine Frau Marlene hat in den vergangenen Monaten viel dafür getan, seine Ehre wiederherzustellen. Dazu gehörte es auch, den wahren Schuldigen zu überführen.«

Ich brauchte eine Weile, um all diese Worte zu verarbeiten. Diese schwache Frau sollte die Ehre meines Vaters verteidigt haben?

»Und wer war er?« Ich zitterte innerlich, beinahe genauso wie damals, als mir Schwester Jewgenia offenbart hatte, woran meine Mutter erkrankt war. »Ich meine, der Mann, dem die Reederei zu dieser Zeit gehörte?«

Ekström musterte mich, dann antwortete er: »Sten Boregard.«

60

Marlene

Während der Rückfahrt nach Nättraby dachte ich noch eine ganze Weile an meine Begegnung mit der jungen Frau auf dem Weg zum Bahnhof. Was sie jetzt wohl tat? Hätte ich sie überreden sollen, mit mir zu kommen?

Das Sinnieren darüber hielt mich immerhin davon ab, an Oskar zu denken. Den Rest erledigte die Erschöpfung. Mitten in der Nacht sank ich gegen das Zugfenster. Das monotone Rattern der Waggonräder trat in den Hintergrund, als mir die Augen zufielen.

Ich verschlief den Großteil der Fahrt und erwachte erst, als die Morgensonne auf mein Gesicht fiel. Jemand saß neben mir.

Im ersten Moment dachte ich, dass es die junge Frau wäre, doch dann erblickte ich eine ältere Dame in einem grauen Kostüm. Sie kramte in ihrer Handtasche. Ein Gruß lag auf meinen Lippen, doch als ich ihren grimmigen Blick bemerkte, schwieg ich.

Glücklicherweise fuhr der Zug eine halbe Stunde später in den Bahnhof von Karlskrona ein, wo sich meine Sitznachbarin erhob und dem Ausgang zustrebte.

Für einen Moment war ich versucht, ihr zu folgen. Sehnsucht erfüllte mich, als ich die Häuser der Stadt sah. Wie lange war ich schon nicht mehr am Hafen gewesen?

Dann kam mir wieder Bjarnes Sohn in den Sinn. War er noch hier? Wenn ja, wollte ich ihm auf keinen Fall über den Weg laufen.

Bald darauf endete meine Fahrt in Nättraby. Ich fühlte mich trotz der Stunden des Schlafes bleischwer und hätte mich am liebsten einfach an den Waldrand gelegt.

Doch Ingrid wartete auf mich. Sie wollte sicher wissen, was passiert war. Da fiel mir etwas ein. Ich hätte in Karlskrona aussteigen und Liv davon erzählen sollen, dass ich Oskars Ehefrau in seiner Wohnung angetroffen hatte! Ich wusste, dass sie nach Karlskrona zurückgekehrt war. Wie mochte es ihr ergehen, jetzt, wo die gesamte Stadt von ihrer Scheidung wusste?

Ich schleppte mich zum Rosenhag und hoffte sehr, dass sich in der Zwischenzeit nicht noch ein Unglück ereignet hatte. Ich hatte genug von der ganzen Aufregung und wollte mittlerweile nichts anderes mehr tun, als zu nähen und meine Ruhe zu haben.

Ingrid war natürlich schon auf den Beinen, als ich durch die Gartenpforte trat. Sie winkte und kam auf mich zu. »Du Arme!«, rief sie. »Du siehst ja fürchterlich aus!«

»Das ist die Begrüßung, auf die ich mich gefreut habe«, sagte ich, ließ mich dann aber in ihre Arme sinken. Es war, als fiele ich in die Umarmung einer Mutter.

»Es war schrecklich, nicht wahr?«, fragte sie.

»Das kannst du laut sagen«, gab ich zurück.

»Komm erst mal ins Haus und stärke dich ein wenig. Dann können wir reden.«

Sie zog mich mit sich, platzierte mich auf einen Stuhl und goss mir einen Kaffee ein. Er war schon etwas kühl, doch ich spürte, wie er meine Lebensgeister weckte. Nach und nach verschwanden die Schwere aus meinen Gliedern und die Wolke aus meinem Kopf.

Ingrid fragte nicht nach, aber ich hatte das Bedürfnis, ihr davon zu erzählen. Also breitete ich alles vor ihr aus. Wie ich Lisbeth gegenübergestanden hatte. Wie sie Oskar *Liebling* genannt und er auf ihren Ruf hin erschienen war …

Als ich geendet hatte, wirkte sie sehr traurig.

»Es ist so schade«, sagte sie. »Ich hätte dir von ganzem Herzen gewünscht, mit ihm dein Glück zu finden.«

»Zum Teufel mit den beiden!«, brummte ich. »Um glücklich zu sein, braucht man nicht unbedingt einen Mann, nicht wahr?«

Am späten Vormittag fuhr ich mit dem Fahrrad zu dem Bauernhof, auf dessen Weide ich eine große Gänseherde gesehen hatte. Die Tiere waren nicht erfreut, als sie mich bemerkten. Zischend und schnatternd kamen sie auf mich zu, einige von ihnen versuchten nach mir zu schnappen. Als auch noch der Hofhund auftauchte und sich bellend durch die weißen Federleiber drückte, war ich kurz davor, unverrichteter Dinge wieder zu gehen.

Doch dann erschien eine pausbackige, etwas rundliche Frau, die den Hund und die Gänse in die Schranken wies.

»Entschuldigen Sie«, rief sie lachend. »Die Gänse haben bessere Ohren als unser Hund. Faul, wie er ist, meldet er Besucher erst, wenn er die Herde rennen sieht.«

»Man könnte meinen, dass Sie bei diesen Gänsen gar keinen Hund brauchen«, sagte ich ein wenig unsicher und schaute den Gänsen nach, die mit ausgebreiteten Schwingen über den Hof rannten.

»Das haben Sie gut erkannt, junge Frau!« Sie wischte sich die Hand an ihrer Schürze ab und reichte sie mir. »Ich bin Magda Damme, und Sie?«

»Marlene«, sagte ich.

»Ha!«, rief sie aus. »Mit diesem Namen könnten Sie gut und gerne meine Schwester sein. Zu dumm nur, dass nach mir keine Kinder mehr gefolgt sind.«

Ich wusste nicht, was ich dazu sagen sollte. Irgendwie schien sie einen merkwürdigen Humor zu haben. Aber ich wollte nicht, dass sie mich erheiterte, ich wollte die Federn dieser Gänse. Also fragte ich: »Wären Sie vielleicht bereit, mir einige Ihrer Federn zu verkaufen, sobald die Zeit gekommen ist?«

Die Frau neigte den Kopf und betrachtete mich. Hatte ich etwas Falsches gesagt? Wollte sie ihre Gänse eher als Hofhunde abrichten, statt sie zu schlachten?

»Wofür wollen Sie die Federn denn?«, fragte sie.

»Wir haben ein Haus auf dem Gutsland erworben«, sagte ich. »Das alte Wildhüterhaus. Wir wollen uns dort einrichten.« Ich ging davon aus, dass sie das Gebäude kannte.

Und das tat sie.

»Ah, dann sind Sie eine der beiden, die dieses Frauenhaus eröffnen wollen!« Der Ton, in dem sie diese Worte vorbrachte, ließ meine Hoffnungen auf weiche Daunen sinken. Sie musterte mich von oben bis unten. »Ja, der Name und die Beschreibung passen.«

»Sie haben davon in der Zeitung gelesen?«

»Natürlich! Mein Nachbar Bertil bringt sie mir manchmal.«

Das bedeutete, dass noch mehr Bauern von uns wussten. Selbst wenn sie keine Zeitung lasen, würde es sich herumsprechen. Auf einmal wünschte ich mir, dass ich Oskar davon abgehalten hätte.

»Sie haben wirklich Mut, so etwas aufzuziehen«, sagte sie. »Sicher ist es nicht einfach, Frauen zu helfen, wenn wütende Männer hinter ihnen her sind.«

»Das können Sie laut sagen«, erwiderte ich und meinte den Widerhall von Torbens Fausthieb in meinem Gesicht zu spüren.

Die Frau kniff die Augen zusammen, und ich bereitete mich darauf vor, die Flucht vor ihrem Hund oder ihren Gänsen antreten zu müssen, doch dann sagte sie: »Na, kommen Sie mal mit rein.«

61

Oskar

»Es freut mich, dass Sie sich entschlossen haben, unser Angebot anzunehmen.«

Die Stimme von Herrn Norrland perlte über mich hinweg wie Regentropfen, die über eine Fensterscheibe liefen. Meine Gedanken waren bei Marlene. Es waren doch erst wenige Tage vergangen, seit ich sie in meinen Armen gehalten hatte in dem Wissen, dass ich mit ihr den Rest meines Lebens verbringen wollte.

Nun lag ein Scherbenhaufen vor mir. Und nicht nur das. Auch fühlte sich eine Frau von mir verraten, deren Vertrauen ich so mühsam erworben hatte.

Gleich nachdem Marlene gegangen war, hatte ich meine Tasche durchsucht. Den getippten Artikel hatte ich damals noch am selben Abend verbrannt, aber mein Notizbuch, in dem ich den Text entworfen hatte, war fort. Ich musste es in meinem Schreibtisch in der Redaktion vergessen haben!

In der Nacht hatte ich darüber nachgedacht, was ich hätte anders machen können, doch mir war nichts eingefallen. Wie hätte ich Marlene denn überzeugen sollen, dass ich tatsächlich nichts über Livs Scheidung geschrieben hatte? Die Sache mit dem Notizbuch konnte ich ihr erklären, aber was war mit dem Rest? Woher hatte Lundström diese Information überhaupt?

Für einen Moment war ich versucht gewesen, nach Karlskrona zurückzukehren und Lundström zur Rede zu stellen. Doch dann wurde mir klar, dass es nichts bringen würde. Lundström hatte den Artikel veröffentlicht. Nichts konnte das, was verraten worden war, aus den Köpfen der Leser streichen.

»Herr Andersson?«

Norrlands Stimme riss mich aus meinen Gedanken. Ich merkte, dass ich nicht zugehört hatte, deshalb sagte ich: »Entschuldigen Sie bitte, ich war in Gedanken. Meine Mutter … ist ziemlich krank …«

Das war der zweite Umstand, der an mir zerrte. Die Fiebermittel schlugen zwar an, aber auch an diesem Morgen war sie immer wieder in seltsame Erinnerungen versunken. Lisbeth hatte sich angeboten, auf sie acht zu geben, und diesmal konnte ich nicht nein sagen. Ich hasste es, mich von ihr abhängig zu machen, ihr etwas zu schulden. Aber wer sonst sollte Mutter Gesellschaft leisten, wenn ich unterwegs war? Zumal Lisbeth keine andere Bleibe hatte.

»Das tut mir sehr leid«, hörte ich Norrland sagen. Sein Blick wurde kritisch. »Sind Sie denn überhaupt in der Lage, den Auftrag anzunehmen?«

»Ja«, beantwortete ich Norrlands Frage, der mir daraufhin einen Aktenordner reichte.

Mein Vorgesetzter wirkte skeptisch, sagte dann aber: »Die Ermittlungen sollten Sie nicht lange in Anspruch nehmen. Sie sind nicht so komplex wie in der Karlskrona-Angelegenheit.« Er machte eine Pause, sah mich prüfend an. »Ich kann Ihnen noch eine Woche Aufschub gewähren, damit Sie sich um Ihre Mutter kümmern können.«

Ich wusste, dass es herzlos wirken würde, wenn ich behauptete, sie allein lassen zu können. Genau genommen konnte ich das auch nicht. Sie war immer noch meine Mutter, und ich liebte sie. Auch wenn sie mit dafür verantwortlich war, dass ich Marlene verlor. Sie Lisbeth zu überlassen war ein Risikospiel, denn es konnte ihr jederzeit in den Sinn kommen, wieder zu verschwinden. Und wer kümmerte sich dann um sie?

»Das ist sehr freundlich«, sagte ich. »Ich bin sicher, dass sie bis kommende Woche wieder auf den Beinen ist.«

»Mit den älteren Leuten ist es manchmal so eine Sache. Geben Sie mir ruhig Bescheid, sollte sich ihr Zustand verschlechtern. Dann kann ich den Fall auch jemand anderem übertragen.«

»Ich hoffe, das wird nicht nötig sein«, entgegnete ich, und um das Thema zu wechseln, fügte ich hinzu: »Hat sich im Fall Boregard schon etwas bewegt?«

Seit man mir den neuen Auftrag angeboten hatte, erhielt ich keine Informationen mehr über den Reeder.

Norrland seufzte, und seine Miene verfinsterte sich. »Ende dieser Woche soll eine Verhandlung darüber stattfinden, ob Boregard gegen Kaution freigelassen wird. Zumindest so lange, bis der Prozess beginnt.«

Ich hatte plötzlich wieder Livs Anwalt vor mir. Und ich wusste nur zu genau, welchen Ärger es geben konnte, wenn Boregard nach Karlskrona zurückkehrte. Sorge um Liv und Marlene überkam mich. Ach, wenn ich doch bloß diesen Artikel nie geschrieben hätte!

»Und meinen Sie, dass dem stattgegeben wird?«, fragte ich beklommen.

»Nun, ich bin kein Richter, doch Boregard hat hervorragende Anwälte.« Norrland stieß ein halb frustriertes, halb spöttisches Lachen aus. »Kein Wunder, bei dem Geld, das wir ihm für den abgewrackten Schoner bezahlt haben.« Er schaute mich an, und seine Miene wurde plötzlich ernst. »Seien Sie froh, dass Sie nicht mehr in Karlskrona sein werden. Die Chancen stehen bedauerlicherweise sehr gut, dass er auf freien Fuß kommt.«

62

Marlene

Magda führte mich in die Küche ihres Bauernhauses. Geschirr stand noch in der Abwaschschüssel, auf einer Bank türmte sich Wäsche, die darauf wartete, gebügelt zu werden. Auch der Boden war schon eine Weile nicht mehr gekehrt worden, wie die Staubspuren in den Ecken bewiesen.

»Kümmern Sie sich nicht darum«, sagte sie, während sie die Tür hinter mir schloss. »Ich habe viel um die Ohren, und alles, was man von außen nicht sieht, hat Zeit.«

Ich ließ meinen Blick schweifen. Vergeblich suchte ich nach Fotografien oder anderen Hinweisen, dass außer ihr noch jemand hier lebte. Dafür entdeckte ich den Zeitungsstapel neben dem Ofen. Offenbar benutzte sie das Papier, um das Feuer anzuzünden.

Magda setzte Tee auf und gesellte sich zu mir an den Küchentisch.

»Dann sind Sie also die Seemannsfrau, die dieser Reeder betrogen hat?«, fragte sie, und ihre Augen leuchteten wissbegierig.

»Er ist für den Tod meines Mannes verantwortlich«, korrigierte ich, »und für den Tod seiner Besatzung.«

»Schlimme Sache. Da bin ich nur froh, dass ich nie geheiratet habe.«

Ich zog überrascht die Augenbrauen hoch. »Sie …«

»Hat sich nie ergeben«, sagte sie, ehe ich meine Frage formulieren konnte. »Es gab eine Zeit, in der ich darüber traurig war. Ich wäre gern von diesem Ort hier weggekommen. Aber dann sind meine Eltern gestorben, und was sollte ich schon machen? Also bin ich geblieben und versehe die Wirtschaft, so gut ich es allein eben kann.«

Ich verstand, dass sie, allein wie sie war, wirklich nicht die ganze Arbeit schaffen konnte. Und sich zuerst um das kümmerte, was die Leute sahen.

»Ich verkaufe Ihnen gern Federn«, sagte sie. »Aber haben Sie denn überhaupt Geld dafür?«

»Wir haben eine wohlhabende Unterstützerin.«

»Ja, diese Reedersfrau, das habe ich auch gelesen. Hatte wohl ein schlechtes Gewissen wegen ihres Mannes, was?«

Ich beschloss, nicht darauf einzugehen und sagte: »Wir wollen Ziegen halten und vielleicht ein paar Hühner. Überschüssige Milch und Eier könnten wir verkaufen. Und was wir sonst noch produzieren können.«

Die Frau musterte mich wieder eine Weile, dann sagte sie: »Sie sollten sich darüber im Klaren sein, dass es kein Zuckerschlecken wird. So eine Bauernwirtschaft kostet Kraft und Nerven!«

»Dessen sind wir uns bewusst«, gab ich zurück. »Und wir sind bereit, die Mühe auf uns zu nehmen.«

Mein entschlossener Tonfall schien sie zu beeindrucken, denn sie sagte: »Das freut mich. Die Daunen können Sie gern haben, und auch Gänse, wenn Sie welche möchten. Frauen sollten zusammenhalten, nicht wahr? Niemand kann wissen, wie das Schicksal spielt.«

Sie reichte mir ihre grobe, mit Schwielen übersäte Hand. Ich ergriff sie und drückte sie mit einem breiten Lächeln.

Bei meiner Rückkehr hatte ich nicht nur die Zusage über drei Säcke Daunen in der Tasche, sondern auch einen Daunensack auf dem Gepäckträger meines Fahrrads. Magda war so begeistert von unserer Idee gewesen, dass sie ihren Vorrat geplündert hatte.

Mit dieser Last zu fahren war gar nicht so einfach, denn auch wenn der Sack nicht sehr viel wog, war er doch groß und unförmig. Ich hatte ihn nicht nur am Gepäckträger festgebunden, sondern auch an meinem Rücken.

Aber ich war froh, ihn zu haben. Und Ingrid würde die Aussicht auf eine fette Gans im Herbst sicher auch sehr gefallen.

Magda mochte etwas sonderlich sein, aber ich hatte beschlossen, sie zu mögen. Als wir uns voneinander verabschiedeten, hatte ich ihr zugesichert, sich jederzeit bei uns melden zu können, wenn sie etwas benötigte. Ich hatte geglaubt, dass sie abwinken würde. Immerhin hatte sie eine gut gehende Bauernstelle. Doch zu meiner Überraschung entgegnete sie, dass sie das Angebot annehmen würde, wenn es denn jemals so weit kam, dass sie in Not geriet.

Als ich mich dem Rosenhag näherte, wünschte ich mir nur noch, den Daunensack hinter meinem Rücken endlich loszuwerden. Die Daunen wärmten zusätzlich zur prallen Mittagssonne, und die Kleider klebten an mir fest.

Vor dem Tor brachte ich das Fahrrad zum Stehen und lud die Säcke ab. Kaum hatte ich das Tor aufgestoßen, trat eine Gestalt aus dem Gebüsch nebenan. Ich zuckte zusammen und stieß einen kleinen Schrei aus.

Die junge Frau, die mir in Stockholm über den Weg gelaufen war und mich um Hilfe gebeten hatte, schaute mich aus großen Augen an und fragte: »Gilt Ihr Angebot noch?«

63

Liv

Der Nachmittag lag drückend auf der Stadt, und ich hatte das Gefühl, dass die Hitze nie wieder vergehen würde. Glücklicherweise befand ich mich endlich auf dem Weg zum Rosenhag. Hammersteins Worte hatten mich für einen Moment sprachlos gemacht. So nahe konnte der Tag von Stens Freilassung schon sein? Ich wollte es nicht glauben, konnte es nicht fassen.

Wenn Sten auf freien Fuß gesetzt wurde, würde es für mich eng in der Villa werden. Ich war noch immer seine Frau, und er würde es mir sicher nicht mehr erlauben, Geld für das Rosenhag aufzuwenden. Oder gar dorthin zu fahren.

Ich hatte mich schon lange nicht mehr in der Kirche blicken lassen, doch nun betete ich im Stillen, dass der Richter ihn dort lassen würde, wo er war.

Unruhe wühlte in meinem Magen, als ich den Bahnhof betrat. Noch immer hatte ich das Gefühl, dass die Leute mich anstarrten. Aber was war das schon gegen das, was mich bei Stens Rückkehr erwartete?

Ich war froh, noch nicht in der Villa bleiben zu müssen. Die Hitze drang mittlerweile durch sämtliche Ritzen, sodass nicht einmal Abdunkeln mehr etwas ausrichtete. Ich schlief sehr schlecht dort und hatte immer mehr das Gefühl, nicht richtig atmen zu können.

Im Zug setzte ich mich auf eine der hintersten Bänke der dritten Klasse. Ich hatte auf die erste und zweite Klasse verzichtet, weil ich fürchtete, dort Bekannte zu treffen. In der dritten Klasse saßen gewiss nur Menschen, die mich nicht kannten und denen es vermutlich egal war, ob sich eine reiche Frau scheiden lassen wollte.

Dennoch trafen mich verwunderte Blicke. Ich hatte mich so einfach wie möglich angezogen, aber auch damit fiel ich noch auf wie ein bunter Hund. Ich versuchte, unbeteiligt zu tun, und richtete den Blick aus dem Fenster. Lange würde die Fahrt ja nicht dauern.

»Ist hier noch was frei?«, fragte plötzlich eine Stimme.

Ein Mann stand dort, in Kleidern, die zeigten, dass er früher einmal ein Zimmermann gewesen sein musste. Doch so, wie sie jetzt aussahen, schien diese Zeit schon lange zurückzuliegen.

»Bist du zu fein, um mit einem einfachen Mann zu reden?«, knurrte er, als meine Antwort ausblieb.

»Nein, ich …«, begann ich und bereute es nun, hier zu sitzen. In der ersten Klasse war ich noch nie von einem Mann angesprochen worden, und meist fragte auch niemand nach dem Platz neben mir.

»Setzen Sie sich ruhig«, sagte ich und versuchte, mir meine Unsicherheit und meinen Widerwillen nicht anmerken zu lassen.

Der Fremde ließ sich neben mir auf den Sitz fallen.

»Wo ist denn dein Mann?«, fragte er mich unverfroren, während er mich aus glasigen Augen anstarrte. Eine Alkoholfahne strömte mir entgegen.

»In Nättraby«, log ich, denn die Wahrheit ging ihn nichts an.

Seine Augen wurden schmal. »Hab ich nicht vor einiger Zeit dein Bild in der Zeitung gesehen?«, fragte er dann.

Ein Schauer lief über meinen Rücken.

»Sie verwechseln mich bestimmt«, gab ich zurück und wollte meinen Blick wieder aus dem Fenster richten, als ich plötzlich seine Hand auf meinem Oberschenkel spürte.

Ich verkrampfte mich sofort.

»Nun, wenn dem so ist …«, sagte er mit einem anzüglichen Grinsen.

»Ich glaube, ich setze mich lieber woandershin«, sagte ich und erhob mich. Die Hand des Mannes wurde ich jetzt los, aber er machte keine Anstalten, beiseite zu rücken. »Wenn Sie die Freundlichkeit hätten, mich durchzulassen?«

»Aber warum denn?«, fragte er mit einem spöttischen Lächeln. »Wir beide unterhalten uns doch gut.« Er legte den Kopf schräg und leckte sich die Lippen. Übelkeit bohrte sich in meinen Magen.

»Lassen Sie mich durch!«, forderte ich, lauter, als ich es eigentlich beabsichtigt hatte. Einige Köpfe drehten sich nun zu uns herum.

»Und wenn ich nicht will?«, fragte der Kerl. »Du solltest mir einen Kuss geben, dann überlege ich es mir vielleicht.«

Mein Herz klopfte mir bis zum Hals. Meinte er das wirklich?

»Gibt es ein Problem?«, fragte da ein Mann hinter uns. Er war ebenfalls Arbeiter, doch er wirkte wesentlich jünger und ordentlicher.

Mein Nachbar stierte ihn an, doch er schien zu dem Schluss zu kommen, dass es sich nicht lohnte, sich mit ihm anzulegen. Er erhob sich und ließ mich mit einem spöttischen Gruß vorbei.

»Danke«, sagte ich zu dem Unbekannten und verließ dann den Waggon in Richtung Tür.

Dort stand ich, und während mich der unverschämte Trunkenbold weiter beobachtete, versuchte ich das Gefühl seiner Hand auf meinem Bein abzuschütteln. Ich flehte im Stillen, dass wir endlich Nättraby erreichen würden, doch es dauerte noch eine ganze Weile. Immerhin machte der Trinker keine Anstalten, mir erneut nahezukommen.

Nach quälend langen Minuten hielt der Zug im Bahnhof von Nättraby. Sobald die Tür geöffnet wurde, stürmte ich hinaus und lief beinahe den Schaffner über den Haufen.

»Immer langsam, Fräulein!«, rief er mir nach, doch ich wollte einfach nur weg von diesem Zug, weg von diesem Mann.

Ein beunruhigender Gedanke überkam mich plötzlich. Was, wenn er mir folgte? Wenn er sich an meine Fersen heftete und versuchte …

»Liv?«, fragte eine Stimme hinter mir, kaum dass ich den Bahnhof verlassen hatte. Ich wirbelte herum, und der Anblick, der sich mir bot, ließ mich zusammenzucken.

64

Marlene

Während die Unbekannte sprach, fielen mir die dunklen Schatten unter ihren Augen auf. Sie wirkte müde, war blass, und aus dem lockeren Sitz der Kleidung schloss ich, dass sie in der letzten Zeit einiges an Gewicht verloren hatte. Ich erinnerte mich daran, dass sie behauptet hatte, schwanger zu sein. Davon sah man noch nichts. Immerhin war es ihr gelungen, ihrem Vater zu entfliehen.

»Natürlich sind Sie hier willkommen«, sagte ich. »Wie lautet denn Ihr Name?«

»Cäcilia«, antwortete sie.

»Und Ihr Nachname?«

Sie zögerte. »Es wäre mir lieber, ihn für mich zu behalten. Wenn mein Vater …« Sie stockte, dann fuhr sie fort: »Wenn jemand herkommt und nach mir fragt, wird es zu Ihrem Besten sein, wenn Sie ihm nicht meinen Nachnamen sagen können.«

Diese Antwort erregte in mir ein wenig Unwohlsein. Dann erinnerte ich mich, wie es mit Sigrun war. Dass wir fürchteten, die Polizei würde auftauchen und nach ihr fragen. Cäcilia hatte recht, vielleicht war es besser, wenn wir nicht allzu viel von ihr wussten.

»Kommen Sie mit ins Haus, da können wir reden.«

Ich ging voran durch die Gartenpforte. Als ich auf Cäcilia wartete, bemerkte ich, dass sie sich ein wenig ängstlich umschaute.

»Keine Sorge, wir haben keinen Hund«, sagte ich, worauf sie erleichtert aufatmete.

»Ich bin wieder zurück!«, kündigte ich mich bei Ingrid an, die irgendwo im Haus werkelte.

Wenig später schaute sie aus der Stubentür.

»Hast du die Fe…« Sie stockte, als sie die junge Frau hinter mir erblickte.

»Das ist Cäcilia«, stellte ich sie vor. »Wir sind uns in Stockholm begegnet, und nun ist sie hier.«

Ingrid bedachte mich mit einem verwirrten Blick. Mir fiel ein, dass ich ihr gar nichts davon erzählt hatte.

Ich stellte die Säcke mit den Federn in der Stube ab, dann bugsierte ich unseren Gast in die Küche. »Setzen Sie sich bitte. Möchten Sie etwas zu trinken?«

Ich bemerkte, dass ihre Augen groß wurden wie die eines staunenden Kindes. Möglicherweise erschreckte es sie, wie einfach wir lebten.

»Ja, gern«, sagte sie und ließ sich auf einem der Stühle nieder.

»Haben Sie keine Tasche bei sich?«, fragte ich.

Cäcilia schüttelte den Kopf. »Es musste alles sehr schnell gehen. Ich hatte nicht mal Zeit, meine Papiere an mich zu nehmen.«

Ich füllte einen Keramikbecher mit Wasser und reichte ihn ihr. Sie trank gierig und wischte sich alles andere als damenhaft über den Mund.

»Was ist denn passiert?«, fragte Ingrid, die sich zu uns gesellte.

»Mein Vater hat herausgefunden, dass ich schwanger bin«, erklärte sie betrübt.

»Und dann hat er Sie rausgeworfen?«, fragte ich nun.

Sie schüttelte den Kopf. »Nein, er … er wollte mich in ein Heim für gefallene Mädchen stecken.«

»Was?«, platzte es aus Ingrid heraus. Sie schnaubte wütend. »Fällt den Männern wirklich nichts Besseres ein, als ihre Töchter wegzusperren, wenn ihnen ein Malheur passiert?«

War eine Schwangerschaft ein Malheur? Die Menschheit brauchte Kinder, und es war doch keine Schande, eines zu bekommen. Sicher würde sich doch eine andere Lösung finden lassen als ein Erziehungsheim.

»Wie alt sind Sie?«, fragte ich weiter.

»Einundzwanzig«, sagte sie. »Leider bin ich noch nicht alt genug, um meine Mündigkeit zu beantragen.«

»Und was ist mit dem Kindsvater?«, fragte ich.

Wäre ich nach unserem ersten lustvollen Zusammentreffen schwanger geworden, hätte Bjarne die Verantwortung übernommen und mich trotzdem geheiratet. Oder etwa nicht? Ich dachte wieder an die unbekannte Mutter dieses Petrow …

»Nein, es …«, setzte sie an und wich meinem Blick aus. »Ich will ihm nicht zur Last fallen.«

Wieder schnaubte Ingrid und verschränkte die Arme vor der Brust. Doch sie enthielt sich eines Kommentars.

Natürlich war es dumm, mit einem Mann zu schlafen, der nicht die Absicht geäußert hatte, einen zu heiraten. Aber hatten wir das nicht alle schon getan? Und taten es erneut, wenn uns die Leidenschaft packte?

Ich betrachtete sie einen Moment lang. Sie war ziemlich hübsch und schien auch recht klug zu sein. Würde das Leben in diesem Haus, unter Frauen, die auf sich gestellt waren, etwas für ein Mädchen sein, das wahrscheinlich aus gutem Hause stammte?

»Und Sie denken nicht, dass Ihr Vater seine Meinung ändern und sich wieder beruhigen könnte?«

Jetzt schnaubte das Mädchen. »Himmel, nein! Vater glaubt tatsächlich, dass sich die Welt nur um ihn dreht. Wenn etwas nicht so ist, wie er will, wirft er es weg oder versucht es mit aller Gewalt hinzubiegen.«

»Und Ihre Mutter?«, fragte Ingrid. Wahrscheinlich glaubte sie, dass eine Mutter das Wegsperren eines Kindes nicht tolerieren würde. Aber da kannte sie meine Mutter nicht.

»Sie ist gestorben, als ich noch klein war.« Sie senkte den Kopf, und ich meinte, Tränen in ihren Augen glitzern zu sehen. Meine Brust wurde eng. Seit Bjarne in mein Leben getreten war, hatte ich geglaubt, schlechte Eltern zu haben. Aber das hier übertraf den Ärger mit ihnen bei Weitem.

»Wir leben hier ein sehr einfaches Leben«, sagte ich, und mir wurde klar, dass ich mir noch keine Gedanken darüber gemacht hatte, wie die Regeln unseres Zusammenlebens eigentlich aussehen sollten. Sigrun kannte ich, und ich wusste, dass sie Fähigkeiten im Haushalt hatte und bereit war mitzuarbeiten. Von dieser Fremden wusste ich nicht viel mehr, als dass sie schwanger war und ihr Vater sie in ein Heim stecken wollte. Und dass sie uns ihren Nachnamen nicht nennen wollte.

»Jede von uns leistet ihren Beitrag, nach ihren Möglichkeiten«, fügte ich hinzu. »Es steht ihr frei, zu kommen und zu gehen, aber wer in diesem Haus lebt, sagt den anderen, wohin er geht, und bringt weder sich noch die anderen in Gefahr. Wir helfen einander, stehen füreinander ein, und wir streben an, uns so weit wie möglich selbst zu versorgen.«

»Das heißt, dass Sie mich aufnehmen werden?«, fragte Cäcilia hoffnungsvoll.

Ich blickte zu Ingrid. Wir hatten uns vorgenommen, jeder Frau eine Zuflucht zu bieten, egal welcher Herkunft sie war. Und es war klar, dass Cäcilia Hilfe benötigte.

Ingrid schien das genauso zu sehen, denn sie nickte mir zu.

»Wenn Sie bereit sind, nach den Regeln dieses Hauses zu leben, solange Sie hier bleiben möchten …«

Ein Leuchten trat in ihre Augen, als sie nickte. »Ja, dazu bin ich gern bereit!«

Da wir mit der Aufteilung der Zimmer noch nicht weitergekommen waren und auch nicht damit gerechnet hatten, so früh eine neue Bewohnerin begrüßen zu dürfen, führte ich Cäcilia kurzerhand in die Stube, wo noch immer die Stoffbahnen herumlagen.

»Es sieht hier momentan ein wenig unordentlich aus, denn wir sind noch dabei, alles etwas wohnlicher zu machen.«

Ich war froh, dass ich die Daunen von der Bäuerin bekommen hatte. Dank der Inletts, die wir genäht hatten, würden wir Cäcilia ein weiches Kissen anbieten können.

»Das macht mir nichts aus«, entgegnete Cäcilia, während sie sich umschaute. »Was nützt einem ein aufgeräumtes Zimmer, wenn man davon bedroht ist, die Freiheit zu verlieren?«

Ich spürte, dass Ingrid mich ansah. Als ich ihren Blick erwiderte, lächelte sie leicht. Offenbar fand sie Cäcilia sympathisch.

»Ich kann Ihnen gern beim Nähen helfen«, bot die junge Frau im nächsten Atemzug an. »Ich habe es bei unserem Hausmädchen gelernt.«

»Fein«, sagte ich. »Wir haben Handtücher und Decken, Waschschüsseln und Seife. Aber Sie werden Unterwäsche benötigen und ein Kleid zum Wechseln.« Ich betrachtete sie. Sie war wesentlich schmaler gebaut als ich, doch wenn ihre Schwangerschaft voranschritt, würde sie wahrscheinlich sowohl in meine als auch Ingrids Kleider passen. »Auch ein zweites Paar Schuhe wäre gut, nicht wahr?«

Sie nickte ein wenig eingeschüchtert.

»Ich kann Ihnen einiges leihen, aber wir müssen natürlich sehen, dass Sie zu Ihren eigenen Sachen kommen, mit denen Sie in ein neues Leben starten.« Ich deutete auf das Sofa. »Hier werden Sie vorerst schlafen. Später werden wir versuchen, ihnen ein eigenes Zimmer zur Verfügung zu stellen. Wenn sich noch mehr Frauen hier einfinden, werden Sie die Unterkunft teilen müssen.«

Ich blickte sie an, und mir fiel plötzlich auf, dass Schweißperlen auf ihrer Stirn standen. Sie schwankte ein wenig, und ich sah, wie ihre Augen suchend durch den Raum zu irren schienen.

»Mir ist … auf einmal so …«

Sie stockte, schwankte, dann sank sie mit einem Seufzer zu Boden.

65

Liv

Mein Herz begann zu rasen, als ich in das Gesicht meines Onkels blickte. Was wollte der denn jetzt von mir? Noch immer saßen mir die Angst und die Empörung über den unverschämten Kerl in den Gliedern, und es fiel mir schwer, mich zu beruhigen.

»Carl«, sagte ich reserviert und klammerte mich an meiner Tasche fest, als könnte sie mir Halt geben.

Trotz der Hitze trug mein Onkel einen schwarzen Anzug und einen Fedora auf dem Kopf. Er wirkte, als käme er gerade von einer geschäftlichen Besprechung.

»Warst du auch im Zug?«, fragte er. »Ich habe dich gar nicht gesehen.«

Ich biss mir auf die Lippe. Ich konnte ihm unmöglich sagen, dass ich in der dritten Klasse gereist war.

»Ja«, gab ich zurück und spürte, wie die Fassung wieder zu mir zurückkehrte. »Was verschafft mir die Ehre?«

Mein Onkel musterte mich: Meine Kleidung, die mir vorhin noch übertrieben elegant vorgekommen war, erschien mir unter seinem Blick ungenügend.

»Du bist sicher auf dem Weg ins Wildhüterhaus«, sagte er nach einer Weile.

»Ja.« Ich blickte ihn abwartend an. Wollte er mir wieder einen Vortrag halten? Vor all den Leuten, die sich hier noch vor dem Bahnhof befanden?

»Dann hast du vielleicht schon die Neuigkeiten gehört?«

»Welche Neuigkeiten?«, platzte es aus mir heraus.

»Dass die Elektrizitätsgesellschaft von Karlskrona plant, eine neue Trasse zu errichten.«

Ich schüttelte verwirrt den Kopf. Was meinte er? Und warum war das in seinen Augen ein Grund, mich anzusprechen?

»Ich weiß nicht, worauf du hinauswillst«, sagte ich ehrlich.

»Die Gesellschaft möchte Land von mir erwerben: Land, auf das es Masten für eine neue Stromtrasse errichten kann. Durch diese soll Nättraby endlich Elektrizität erhalten, den Anschluss an die Moderne.«

»Das ist doch schön für dich, oder nicht?«, sagte ich, und noch immer war mir nicht klar, was das mit mir zu tun hatte.

Carl von Wik stieß ein freudloses Lachen aus, und seine Augen bohrten sich unangenehm in die meinen. »Das wäre es, wenn es euch nicht gäbe, deine Freundin und dich.«

»Was haben wir damit zu schaffen?«, fragte ich und spürte, wie frisch aufflammender Ärger mein Erlebnis im Zug verdrängte.

»Nun, ihr gehört das Haus, nicht wahr? Leider liegt es inmitten des Landes, das ich zu verkaufen bereit bin.«

Mein Verstand weigerte sich noch immer, den Sinn dieses seltsamen Gespräches zu begreifen. »Das ist nichts, was wir hier vor dem Bahnhof besprechen sollten, denke ich«, gab ich zurück.

»Vielleicht hast du recht, aber da du jetzt vor mir stehst, kann ich es dir auch so sagen: Ich will das Haus von euch zurück.«

Ich schüttelte den Kopf. War ihm die Hitze zu Kopf gestiegen?

»Wie ich dir schon sagte, das Haus gehört nicht mir, sondern Marlene«, brach es aus mir heraus. »Und wir werden es dir nicht zurückgeben. Nicht mal, wenn du uns einen hohen Preis bezahlst. Das Rosenhag ist unser Zuhause!«

Die Augen meines Onkels verengten sich. Er wusste, dass er mir das Haus nicht abschwatzen konnte. Marlene hingegen war eine Unbekannte für ihn.

»Das werden wir ja sehen«, entgegnete er. »Allerdings besteht die Möglichkeit, euch enteignen zu lassen, wenn ihr dem Gemeinwohl im Weg steht. Daran solltet ihr denken, bevor ihr einen Verkauf kategorisch ausschließt.«

66

Marlene

Obwohl ich so kräftig in die Pedale trat, wie ich konnte, hatte ich nicht das Gefühl, rasch voranzukommen. Der Untergrund war holperig, und nicht nur einmal rutschte ein Reifen in dem Sand weg.

Wir sollten uns ein eigenes Fuhrwerk zulegen, dachte ich, nachdem mich eine weitere Unebenheit beinahe aus dem Sattel geworfen hatte.

Natürlich war mir klar, dass dies teuer war, aber bei Notfällen war es wirklich besser, wenn wir die Patientin gleich zu Dr. Hellström bringen konnten.

Wo der Arzt zu finden, war, wusste ich nicht, aber ich war sicher, dass mir im Ort irgendwer sagen konnte, wo er seine Praxis hatte.

Ich hatte den Wald schon beinahe verlassen, als ich eine helle Gestalt auf mich zukommen sah. Nur einen Moment später erkannte ich, dass es sich um Liv handelte.

»Liv!«, rief ich und hob kurz die Hand.

Liv erwiderte meine Geste. »Was ist denn los?«

»Wir haben einen Neuzugang«, antwortete ich. »Eine junge Frau. Leider geht es ihr nicht gut, und wir brauchen den Arzt.«

»Das ist ja furchtbar«, sagte sie. »Kann ich irgendetwas tun?«

»Weißt du, wo ich Doktor Hellström finden kann?«

Liv nickte und beschrieb mir den Weg.

»Ich komme so schnell wie möglich zurück!«, sagte ich und fuhr weiter.

»Pass auf dich auf!«, rief Liv mir hinterher. Erst als ich mich ein ganzes Stück von ihr entfernt hatte, fiel mir auf, dass sie aufgelöst gewirkt hatte. Vielleicht lag das nur an der Wärme, aber möglicherweise …

Ich hätte sie fragen sollen, warum sie hier war, doch umzukehren würde jetzt zu viel Zeit kosten. Liv würde es mir sicher später berichten.

Die Praxis des Arztes befand sich in einem idyllisch gelegenen Haus unweit des Gutes. Ich dachte wieder daran, dass der Gutsherr bei uns aufgetaucht war. Ich konnte mir schon vorstellen, dass dem Herrn von Wik unsere Anwesenheit nicht passte. Doch dann sollte er sich vielleicht bei seinem Bruder beschweren, der nicht den Anstand gehabt hatte, die Mutter seiner Tochter zu heiraten.

Plötzlich fragte ich mich, was aus Liv geworden wäre, hätte der Gutsherr sie als seine legitime Tochter anerkannt. Hätte sie Sten Boregard überhaupt geheiratet? Oder wäre sie stattdessen mit einem reichen Grundbesitzer verkuppelt worden? Oder die Frau eines Landarztes geworden?

Ganz sicher wäre ich dann nicht im Rosenhag …

Nein, es war nicht gut, an Dinge zu denken, die niemals geschehen waren. Geschehen würden.

Ich lehnte mein Fahrrad an den Gartenzaun des Arzthauses und trat durch die Pforte. Wenig später hörte ich ein lautes Bellen, doch der Hund zeigte sich glücklicherweise nicht.

Dafür lockte er seinen Herrn ans Fenster. Hatte er gerade Mittagsruhe gehalten? Kurz sah ich das Gesicht des Doktors, dann öffnete sich auch schon die Tür.

»Frau Walsted«, sagte er überrascht. »Brauchen Sie meine Hilfe?«

»Ja, aber nicht für mich selbst«, gab ich zurück. »Eine junge Frau ist zu uns gekommen. Sie sagt, sie sei schwanger. Leider ist sie ohnmächtig geworden.«

Dr. Hellström nickte. »Ich bin sofort da, lassen Sie mich nur meine Tasche holen.«

Während er im Haus verschwand, fragte ich mich, wie er zum Rosenhag gelangen sollte. Hatte er ein eigenes Fuhrwerk?

Wenig später erschien er mit seiner Tasche. Er stellte sie bei mir ab und verschwand in der Scheune. Während ich noch überlegte, ob er anspannen würde, schob er ein Fahrrad ins Freie. Es wirkte ein wenig altmodisch, so als habe es schon der vorherige Arzt genutzt.

Als er meinen Blick sah, erklärte er: »Es fährt besser, als es aussieht. Ich habe es von meinem Großvater bekommen.«

Nachdem er seine Tasche auf dem Gepäckträger festgemacht hatte, schwang Dr. Hellström sich in den Sattel. »Wollen wir?«

67

Liv

Konnte der Tag noch schlimmer werden? Das kurze Zusammentreffen mit Marlene hatte mich dazu gebracht, die Beine in die Hand zu nehmen. Ich war keine gute Läuferin, daran änderten auch die bequemeren Stiefeletten, die ich trug, nichts. Ich wusste nicht, wer die Unbekannte war, aber möglicherweise benötigte Ingrid meine Hilfe.

Als ich am Rosenhag ankam, brannte meine Lunge, und der Schweiß rann mir über den Hals und den Rücken. Das Treffen mit Carl und der furchtbare Kerl im Zug traten in den Hintergrund, als ich zur Tür hereinstürmte.

Ich fand Ingrid in der Stube, inmitten von zugeschnittenen Stoffstreifen. Sie hockte neben dem Sofa, auf dem eine blasse, zarte, weizenblonde Frau lag.

»Hej, Ingrid«, grüßte ich. »Kann ich irgendwas tun?«

Sie schüttelte den Kopf. »Marlene ist auf dem Weg zum Arzt.« Sie blickte auf die junge Frau. »Armes Ding. Der Vater will sie in eine Besserungsanstalt stecken, weil sie schwanger ist.«

Diese Worte trafen mich wie ein Stich. Auch Sten wollte mich vor nicht allzu langer Zeit in eine Nervenklinik einweisen lassen.

Ich betrachtete sie. Sie war ein ungemein schönes Mädchen, das sicher keine Schwierigkeiten gehabt hätte, eine gute Partie zu machen. An ihrer Kleidung sah man, dass sie aus gutem Hause kam. Woher mochte sie stammen? Wer war ihr Vater, dass er sie für einen Fehltritt aus Liebe so hart bestrafen wollte?

Plötzlich ging ein Zucken durch ihren Körper, und sie schlug die Augen auf. Zunächst bewegte sich ihr Blick ziellos umher, dann schaute sie mich direkt an.

»Wo bin ich?«, fragte sie schwach.

»Im Rosenhag«, sagte ich. »Ich bin Liv, eine Freundin von Marlene.«

Sie schien einen Moment zu brauchen, um diese Information zu verarbeiten, dann nickte sie.

»Verzeihen Sie, dass ich …« Sie versuchte, sich aufzustützen, doch ich hielt sie davon ab.

»Bleiben Sie liegen. Hier sind Sie in Sicherheit.«

Sie schien über meine Worte kurz nachzudenken, dann sagte sie: »Mein Name ist Cäcilia. Ich … war einige Tage unterwegs und habe nicht wirklich etwas zu essen bekommen.«

»Möchten Sie denn etwas essen?«, fragte ich.

Sie nickte, worauf ich mich erhob und ihr aus der Küche ein Stück Brot holte, das ich mit Butter und Marmelade bestrich, außerdem einen Becher Milch.

Ich trug beides zu Cäcilia und zog einen Stuhl neben das Sofa. Wahrscheinlich lag es tatsächlich am Hunger, dass sie zusammengebrochen war.

Cäcilia begann das Brot gierig in sich hineinzuschlingen. Mit der Milch spülte sie nach, doch ich sah, dass es ihren Appetit nur vorübergehend stillte.

Als sie fertig war, errötete sie. »Tut mir leid«, begann sie. »Ich weiß, dass ich nicht so schlingen sollte …«

»Ich bin nicht Ihre Mutter«, sagte ich. »Sie brauchen sich hier für nichts zu rechtfertigen.«

Die Röte wich nun von ihrem Gesicht, doch die Verlegenheit in ihrem Blick blieb. »Es ist eigentlich nicht meine Art, so ungehobelt zu sein. Aber mein Kind …«

»Schon gut«, gab ich zurück. »Es ist alles in Ordnung.« Ich schaute mich um. »Haben Sie kein Gepäck bei sich?«

Sie schüttelte den Kopf. »Es musste schnell gehen. Ich konnte nicht einmal nach meiner Handtasche greifen. Ich wollte nur fort aus dieser Wohnung …«

»Hat Ihr Vater Sie geschlagen? Oder bedroht?«

»Nur damit, mich in eine Besserungsanstalt zu stecken. Ich kenne ihn gut genug, um zu wissen, dass er sein Vorhaben sofort in die Tat umgesetzt hätte, also habe ich zugesehen, dass ich aus der Wohnung kam.«

»Und er ist Ihnen nicht gefolgt?«

Ich konnte mir vorstellen, was Sten getan hätte, wenn ich versucht hätte, mitten in einem Streit wegzulaufen.

»Vielleicht. Ich weiß es nicht.« Sie senkte den Kopf und begann an ihrem Ärmel zu zupfen. Mir fiel auf, dass das Kleid, obwohl sie unterwegs war, noch recht gut aussah. Bis auf einige Staubspuren am Saum und auf dem Rock wirkte es sehr ordentlich. Aber wenn sie wirklich einige Tage unterwegs gewesen war, wie sie behauptete, musste es doch stärker verschmutzt sein …

Ich drängte diese Gedanken beiseite. Wir wollten hier Frauen ohne Ansehen ihrer Person aufnehmen. Keine von ihnen sollte sich erklären müssen, wenn sie in Not geraten war – es sei denn, sie wollte es.

Eine halbe Stunde später vernahm ich draußen Stimmen. Kurz darauf erschien Marlene mit Dr. Hellström. Beide hatten gerötete Gesichter, und ich fragte mich, ob Marlene den Arzt auf dem Gepäckträger mitgenommen hatte.

Als er mich erblickte, erstarrte er kurz, dann wurde sein Kopf noch röter. »Frau Boregard.«

»Guten Tag, Herr Doktor«, sagte ich. »Die Patientin ist hier.«

Warum wirkte er beinahe verlegen, als er mich sah? Ich wandte mich um und ging zu Marlene, die gerade ihr Fahrrad in Richtung Schuppen schob.

»Es gibt Neuigkeiten«, sagte ich.

Marlene blickte zum Haus.

»Der Doktor ist bei Cäcilia. Ich habe mich ein wenig mit ihr unterhalten. Armes Ding. Aber ich denke, sie wird gut mit ihm auskommen. Es geht ihr auch schon viel besser.«

Marlene stellte ihr Fahrrad ab, dann traten wir hinter den Stall. »Was ist los?«, fragte sie.

»Ich war heute Morgen bei meinem Anwalt. In ein paar Tagen findet Stens Anhörung statt. Wegen der Kaution.«

Marlenes Züge verfinsterten sich. »Wie können sie überhaupt auf die Idee kommen, ihn nach allem, was er getan hat, anzuhören?«

»Das ist das Gesetz«, erwiderte ich. »Jeder Gefangene, der keinen Mord begangen hat, hat das Recht dazu. Und wenn er reich genug ist …«

Ich seufzte schwer und strich mir über die Schläfen. Es pochte leicht darin, und ich spürte jetzt, wie sich eine bleierne Schwere in meinen Gliedern bemerkbar machte.

»Wäre es denn möglich, dass die Richter dieses Gesuch ablehnen?«

»Ja, das wäre es«, sagte ich. »Die Entscheidung hängt allein vom Richter ab.«

Ich bemerkte, dass Marlene etwas durch den Sinn ging. Doch dann schien sie es mit einer Kopfbewegung abzuschütteln.

»Wenn Sten freikommt, bleibst du bei uns«, sagte sie entschlossen.

»Und wenn er darauf besteht, dass ich wieder mit ihm zusammenlebe?«

»Er kann dich nicht zwingen«, erwiderte sie. »Du bist nicht sein Eigentum. Und wenn er die Dummheit besitzt, hier aufzutauchen, werde ich ihm zeigen, wo die Tür ist!«

68

Marlene

Als Cäcilia auf dem Sofa eingeschlafen war, setzte ich mich mit Liv und Ingrid in die Küche. Was für ein Tag! Beinahe erschien er mir wie zwei!

Ich klammerte meine Hände um die Teetasse, die Ingrid vor mir abgestellt hatte. Der Abend brachte zwar keine Abkühlung, aber der Tee tat mir dennoch gut. »Wie geht es mit deinem Ziegenkäse voran?«, fragte ich Ingrid, denn ich hatte mitbekommen, dass sie mit Milch und Essig herumhantiert hatte. Und in diesem Augenblick hatte ich noch keine Lust, an Oskar zu denken. Alles war so verworren und kompliziert geworden, seit wir das Rosenhag bezogen hatten.

»Ich versuche, die Milch erst mal ein wenig eindicken zu lassen«, antwortete sie. »Wenn das gelingt, brauchen wir nur noch ein bisschen Geduld.« Sie nahm einen Schluck aus ihrer Tasse. »Aber so ist es mit allem, nicht wahr?«

Ich nickte und bemerkte, dass Liv mich fragend ansah. Jetzt war ich wohl doch an der Reihe mit einem Bericht. Also erzählte ich vom Zusammentreffen mit Oskar und seiner Frau und schloss mit den Worten: »Werden wir je wieder eine ruhige Zeit haben?«

»Möglicherweise ist das der Preis, den wir zahlen müssen, um ein unabhängiges Leben zu führen«, sagte Ingrid nachdenklich. »Aber irgendwann hört ja auch der stärkste Regen auf, oder? Und du bist nicht allein. Wir haben uns.«

»Ja, das haben wir. Und dafür bin ich auch sehr dankbar.«

Eine Weile saßen wir einfach nur da und ließen die Gedanken an uns vorüberziehen, dann sagte Liv plötzlich: »Ich habe heute meinen Onkel am Bahnhof getroffen.«

Ich zog alarmiert die Augenbrauen hoch. Auf Livs Stirn erschien eine Sorgenfalte.

»Und was wollte er von dir?«, fragte Ingrid.

»Er sagte, dass er das Haus zurückhaben will.«

»Unser Haus?«, platzte ich erschrocken heraus. »Ich gebe es ihm nicht zurück. Wir haben es rechtmäßig erhalten!«

»Warum will er es überhaupt?«, fragte Ingrid erschrocken.

»Er sagte etwas von Stromversorgung und von der Elektrizitätsgesellschaft von Karlskrona. Der übrigens auch Hugo Skantze angehört.« Sie strich mit dem Finger über den Rand der Tasse. »Als ich ihm sagte, dass wir nicht verkaufen würden, meinte er, dass wir enteignet werden könnten, wenn wir dem Gemeinwohl im Wege stünden.«

»Das ist doch Unsinn!«, gab Ingrid zurück, doch ich spürte, wie sich etwas in meiner Brust zusammenzog. Ich wusste genau, wozu mächtige Männer in der Lage waren. Und dass sie wie Jagdhunde waren – einmal in ihre Beute verbissen, ließen sie sie nur schwerlich wieder los.

Oskar kam mir in den Sinn. Er hätte schnell in Erfahrung bringen können, ob wirklich eine Stromtrasse gebaut werden sollte. Doch abgesehen davon, dass er mir nicht helfen konnte, wenn er in Stockholm oder Malmö war, würde ich ihn auch nicht darum bitten.

»Bevor wir uns in Panik versetzen lassen, sollten wir herausfinden, ob es stimmt, was dein Onkel behauptet«, sagte ich schließlich. »Möglicherweise stellt er es anders dar, als es letztlich ist.« Ich blickte Liv an. »Wenn Hugo Skantze der Gesellschaft angehört, könnte er dir vielleicht Auskunft geben.«

Liv stieß die Luft mit einem Laut der Empörung aus. »Als ob er mich noch ins Haus lassen würde, jetzt, da publik geworden ist, dass ich mich scheiden lassen will! Nanna war sehr deutlich.«

Erneut verfluchte ich Oskar für den Artikel.

»Was ist mit Rudolph Ekström?«, fragte ich. »Eure Reederei fährt doch noch immer Petroleum für die Lampenfabrik, nicht wahr?«

»Natürlich.«

»Und wenn Rudolph nun bei Skantze vorspricht? Sich mit ihm zum Essen trifft, wie es Geschäftsleute tun?«

Liv überlegte eine Weile. Nach der Konfrontation mit seiner Frau schien es ihr unangenehm, überhaupt an Hugo Skantze zu denken. Wenn ich ehrlich war, ging es mir genauso. Mein Rauswurf aus der Lampenfabrik lag schon ein Weilchen zurück, dennoch grollte ich ihnen noch immer dafür. Doch ohne die Hilfe eines Dritten würden wir nicht an die Informationen gelangen, die wir brauchten.

»Das wäre vielleicht eine Möglichkeit.« Liv seufzte schwer. »Aber ich weiß nicht, ob es keinen Verdacht erregen würde, wenn Ekström sich bei ihm melden würde. Wir haben keine Unregelmäßigkeiten bei den Lieferungen …«

Ich legte ihr die Hand auf den Arm. »Egal, wohin diese Stromleitungen gebaut werden, ich glaube nicht, dass man uns das Haus einfach so wegnehmen kann. Die Schenkung war rechtskräftig. Ich bin die Besitzerin. Wenn die Elektrizitätsgesellschaft irgendwas will, muss sie sich selbst bei mir melden. Dein Onkel hat mit diesem Grundstück überhaupt nichts mehr zu tun.«

Liv nickte, aber ich spürte, dass ich ihre Bedenken nicht zerstreuen konnte.

»Ich werde mich bei Herrn Hammerstein erkundigen«, sagte sie schließlich. »Er ist zwar Experte für Familiensachen, aber vielleicht weiß er etwas. Und wenn nicht, werde ich Herrn Ekström um Hilfe bitten.«

69

Oskar

Die folgenden Tage brachte ich damit zu, am Krankenbett meiner Mutter zu sitzen. Lisbeth half mir, was mir alles andere als angenehm war, doch bekam ich so ein wenig Schlaf.

Nach und nach gelang es meiner Mutter, sich aus dem Reich des Fiebers zu befreien. An diesem Morgen maß ich zum ersten Mal weniger als 38 Grad, was mich sehr hoffnungsvoll stimmte. Auch die Grippesymptome nahmen ab. Schließlich fragte sie sogar nach etwas zu essen. Ich holte ihr ein wenig Haferschleim aus der Küche und etwas Tee.

»Ich habe keine Ahnung, was über mich gekommen ist«, sagte sie – die ersten klaren Worte, die sie seit meiner Rückkehr nach Stockholm gesprochen hatte. »Meine Glieder haben plötzlich geschmerzt, mir war schlecht, und ich konnte nicht mehr richtig atmen. Ich dachte, ich hätte mich nur ein wenig verkühlt.«

»Das hast du wohl auch«, erwiderte ich. »Ich bin froh, dass es dir jetzt wieder besser geht.«

Sie lächelte mich an. »Und ich bin froh, dass du mich gefunden hast. Ich weiß nicht, was sonst aus mir geworden wäre.«

Ja, darüber war ich auch erleichtert. Gleichzeitig fühlte ich mich nicht besonders wohl dabei, sie zu verlassen. Norrland würde schon jemanden finden, der einsprang und nach Malmö ging.

»Lisbeth war bei mir in Karlskrona«, sagte ich. »Hast du davon gewusst?«

»Ja«, antwortete sie. »Sie wollte dich besuchen.«

Meine Mutter schien zu spüren, dass mir das nicht gefallen hatte, denn sie fügte hinzu: »Ich hoffe, sie hat dir keinen Ärger bereitet.«

Ich wusste nicht, was ich antworten sollte ohne zu lügen. »Sie hat für Verwirrung gesorgt. Aber das ist ihre Art, nicht wahr?«

Meine Mutter blickte mich forschend an. »Was ist mit dieser Frau, von der du mir erzählt hast? Die auf diesem, wie hieß es noch … Rosenhag lebt?«

Konnte ich ihr sagen, dass Lisbeth schuld daran war, dass ich sie verloren hatte?

»Sie hat es nicht gut aufgefasst, als Lisbeth erschienen ist, und ich denke, sie will mit mir nichts mehr zu tun haben.«

Mutter überlegte eine Weile, dann sagte sie: »Ich finde, Lisbeth hat sich geändert. Sie ist so fürsorglich geworden. Vielleicht versuchst du es doch wieder mit ihr.«

Das stand für mich außer Frage. Doch da die Gefahr bestand, dass Lisbeth uns hörte, sagte ich nur: »Du solltest dich ein wenig ausruhen. Wir können über solche Dinge sprechen, wenn es dir wieder besser geht.«

Ich strich ihr eine Haarlocke aus dem Gesicht und zuckte erschrocken zusammen. Meine Mutter hatte stets einen vollen Haarschopf besessen, doch nun blieben die Haare an meinen Fingern hängen und lösten sich mühelos und ohne, dass sie Schmerz empfand, von ihrem Kopf.

70

Liv

Die zwei Tage, die ich im Rosenhag verbrachte, ließen mich trotz der Begegnung mit meinem Onkel beinahe vergessen, dass schwere Wochen auf mich zukommen würden. Ich erlaubte mir, mich wieder wie eine junge Frau zu fühlen, die frei von Verpflichtungen war.

Natürlich stimmte das nicht, und auch im Rosenhag gab es vieles, was wir erledigen mussten. Aber das Haus war eine andere Welt als Karlskrona. Die Zeit schien dort anders zu vergehen. Innerhalb weniger Tage hatten wir den Zaun gegen die Rehe verstärkt, den Brunnen von dem restlichen Gestrüpp befreit, den Dachboden aufgeräumt, und Ingrid hatte begonnen, Käse zu machen.

Ich half Marlene und Ingrid, die Vorhänge anzubringen, wodurch die Räume wesentlich freundlicher wirkten. Auch Cäcilia war nach ausgiebiger Ruhe und drei Mahlzeiten am Tag wieder auf den Beinen.

Sie redete nicht viel, was ich darauf schob, dass sie uns noch nicht ganz vertraute. Aber sie packte mit an, wo sie konnte. Zu gern hätte ich etwas mehr über ihre Familie erfahren, doch ich wollte nicht in sie dringen. Auch ich wollte zu gewissen Zeiten meines Lebens nicht über meine familiären Umstände ausgefragt werden.

Schließlich musste ich nach Karlskrona zurückkehren. Mein Magen zog sich zusammen, wenn ich nur daran dachte.

Marlene begleitete mich zum Bahnhof, und während sie ihr Fahrrad neben mir herschob, fragte ich sie: »Und du bist sicher, dass es mit Oskar vorbei ist?«

Während der vergangenen Tage hatte ich sie beobachtet. Beinahe stoisch führte sie ihre täglichen Arbeiten aus, doch wenn sie sich unbeobachtet wähnte, schaute sie manchmal ins Leere, und ich spürte, dass sie in jenen Momenten bei Oskar Andersson war.

»Wie sollte es das nicht sein, nach allem, was er getan hat?«, fragte sie, aber es klang irgendwie ausweichend.

Sie hatte mir erzählt, dass er behauptet hatte, nicht für die Namensnennung im Artikel verantwortlich zu sein. Doch konnten wir ihm glauben? Obwohl ich diejenige war, die es am härtesten getroffen hatte, war ich geneigt, es zu tun. Ich hatte keinen Streit mit Andersson, er hatte keinen Grund, mir etwas Böses zu wollen. Aber Marlene war anderer Meinung.

»Lass uns nicht von ihm reden«, sagte sie schließlich und blickte mich an. »Ich will ihn hinter mir lassen und mich auf das Rosenhag konzentrieren. Wir haben immerhin jemanden, der unsere Hilfe benötigt.«

Bei meiner Ankunft in Karlskrona hatte sich der Himmel orangerot gefärbt. Ich genoss einen Moment lang die milde Abendluft, als ich aus dem Bahnhofsgebäude trat.

Doch mit dem Geruch der Fabriken, der sich durch die anderen Gerüche nach Staub, Schienen, dem Dampf der Lokomotiven und den Blumen auf dem Vorplatz drängte, kehrten auch wieder meine Sorgen zurück. Ich musste herausfinden, was die Elektrizitätsgesellschaft plante. Ob wir ihren Plänen wirklich im Weg waren. Ob wir enteignet werden konnten.

Ich strebte gerade einer Droschke zu, als ich eine Stimme hinter mir vernahm. »Frau Boregard.«

Ich wirbelte herum. Ein breites Lächeln huschte über sein Gesicht, und ein warmes Gefühl breitete sich in meiner Brust aus, als ich Alexej erkannte. Was suchte er hier am Bahnhof? Hatte er es sich mit der Arbeit etwa anders überlegt und wollte die Stadt verlassen?

»Alexej«, entfuhr es mir. »Was machen Sie denn hier?«

Jetzt lächelten wir einander an, und keiner von uns schien recht zu wissen, was er sagen sollte. Ich betrachtete ihn. Er wirkte, als wäre er auf dem Sprung. Das erstaunte mich, denn eigentlich hatte Rudolph Ekström ihn doch in der Werft vorstellen wollen.

Ich räusperte mich und fragte: »Haben Sie von Herrn Ekström eine Stelle bekommen?«

»Ja. Und ich bin ihm auch sehr dankbar dafür.« Er schien mir von den Augen abzulesen, dass ich wissen wollte, auf welchen Posten Ekström ihn gesetzt hatte, denn er fügte hinzu: »Ich arbeite in der Werft, beim Zimmermann. Er brauchte einen Gehilfen.«

»Ich gratuliere«, sagte ich. »Gefällt es Ihnen dort?«

»Ja, sehr. Ich bin Ihnen sehr dankbar, dass Sie mir diese Stelle verschafft haben.«

»Oh, ich habe gar nichts gemacht!«, gab ich zurück. »Das haben Sie Ihren guten Referenzen zu verdanken.«

»Dennoch …« Er öffnete seine Tasche und holte etwas heraus. »Das würde ich Ihnen gern schenken.« Er reichte mir etwas Schmales, das in Zeitungspapier eingeschlagen war.

»Das wäre doch nicht nötig gewesen«, erwiderte ich reflexartig, öffnete dann aber die papierne Hülle. Im nächsten Augenblick schnappte ich nach Luft.

Es war eine Zeichnung. Sie zeigte eine Ansicht von Karlskrona, wie man es von See aus sah.

»Haben Sie das auf der Überfahrt gezeichnet?«, fragte ich.

Er schüttelte den Kopf. »Nein, das wäre bei Seegang nicht möglich gewesen. Ich habe es mir eingeprägt und später festgehalten.«

»Das ist … wunderschön«, brachte ich hervor. »Haben Sie vielen Dank!« Noch nie zuvor hatte mir jemand ein Bild geschenkt. Zudem noch eines, das auch die Aufmerksamkeit eines Kunsthändlers erwecken würde. Ich schlug es vorsichtig wieder in das Papier ein und verstaute es sicher in meiner Tasche.

»Hätten Sie Lust, mich ein wenig zu begleiten?«, fragte ich dann. »Oder müssen Sie zur Arbeit?«

Alexej schüttelte den Kopf. »Nein, für heute habe ich frei.« Er zögerte und fügte hinzu: »Wäre es Ihrem Mann denn recht?«

Dass er Sten erwähnte, war wie ein eisiger Windzug an einem warmen Sommertag.

»Mein Mann … ist nicht in Karlskrona.« Und was machte es schon, wenn sich die Leute ein wenig mehr das Maul zerrissen? »Haben Sie schon den Marinehafen gesehen?«

71

Liv

Dieser Teil der Stadt erschien mir sicher, denn ich wusste, dass Nanna und ihre Freundinnen anderes zu tun hatten, als an einem normalen Abend unter der Woche am Marinehafen zu flanieren.

Vor uns lag die Högvakten, die Hauptwache, ein weißes Gebäude mit Bogengängen, vor der zwei altertümliche Kanonen an die Zeit erinnerten, in der von diesem Hafen aus das Land gegen Feinde von jenseits der Ostsee verteidigt wurde. Das Meer schimmerte golden im Abendlicht, ein Lastkahn schob sich träge an der Festungsanlage vorbei.

Etwas weiter befand sich die Admiralitätskirche, deren Läuten bis weit in die Stadt drang. Es war die Kirche der Marine, aber auch andere Seeleute gingen dort zum Gottesdienst, wie Marlene mir erzählt hatte.

Marlene und Alexej … Es war seltsam neben ihm zu gehen und mich gleichzeitig an die Szene zu erinnern, die er meiner Freundin gemacht hatte. Irgendwie vertrugen sich die beiden in meinen Gedanken nicht gut, also versuchte ich, nicht ans Rosenhag, nicht an Marlene zu denken und mich nur auf ihn zu konzentrieren.

Erst jetzt fiel mir auf, dass sich sein Gang von dem anderer Männer unterschied. Er war federnder, ungleichmäßiger, und gleichzeitig wirkte sein Körper angespannt, so als fürchtete er, dass sich der

Untergrund überraschend ändern würde. Kam das davon, dass er so lange auf See gewesen war?

»Wie ist es eigentlich auf einem Schiff?«, fragte ich.

Alexej sah mich überrascht an. Anscheinend hatte ich ihn aus einem Gedanken gerissen. »Wie soll es dort sein?«, fragte er zurück.

»Ich weiß nicht. Aber es ist sicher anders, wenn man auf den Wellen ist. Das Meer ist bestimmt unberechenbar.«

»Das ist es wirklich. Man weiß nie, was es bringt.« Er schmunzelte in sich hinein, als käme ihm eine lustige Begebenheit in den Sinn. »Einmal bin ich bei ruhiger See in meiner Hängematte eingeschlafen. Selbst unser Steuermann und der Kapitän meinten, dass es die Nacht über ruhig bleiben würde. Erwacht bin ich vier Stunden später, als ich aus der Hängematte herausgeschleudert wurde. Da befanden wir uns schon mitten in einem ausgewachsenen Sturm.«

»Das ist es, was ich meine!«, rief ich begeistert aus. »Solche Abenteuer hat man nicht an Land.«

»Nicht in einem Land, in dem es keine Erdbeben gibt«, sagte Alexej.

»Waren Sie denn schon in solch einem Land?«

»Nein, aber ich habe davon gehört. Man kann als junger Matrose nicht gleich auf große Fahrt gehen. Die Kapitäne wollen dafür erfahrene Männer. Also lernt man auf kleineren Schiffen. Frachtern wie diesem zum Beispiel.« Er deutete auf das Lastschiff, das langsam in Richtung Anlegestellen tuckerte. »Später darf man dann auf die großen Ozeane.«

»Die noch unberechenbarer sind als die Ostsee.«

Er schaute mich eine Weile an, dann fragte er: »Haben Sie je Lust gehabt, aufs Meer zu fahren?«

»Als Frau?«, erwiderte ich. »Ich dachte, das bringt Unglück.«

»Manche Männer glauben das«, sagte er. »Aber was ist mit Ihnen? Wollen Sie es?«

Ich überlegte einen Moment und antwortete: »Ich würde gerne fremde Länder sehen. Die erreicht man nur mit einem Schiff, nicht wahr? Allerdings bin ich mir nicht sicher, ob ich das Schaukeln aushalten würde. Möglicherweise werde ich seekrank.«

»Man gewöhnt sich daran«, erwiderte er. »Ich habe ein Schiff immer wie eine Wiege empfunden. Nirgendwo schlafe ich besser als dort. Und dass sich die Planken neigen, kann man irgendwann ausgleichen. Einem unserer Köche ist es sogar gelungen, bei Sturm eine Suppe zu kochen. Das können wirklich nicht viele. Die fallen eher unter den Tisch, wenn ein Brecher das Schiff herumwirft.«

Jetzt schmunzelte ich, denn er hatte mir damit ohne es zu wissen die Erklärung für seine Art zu gehen gegeben.

Wir spazierten noch ein Stück weiter, bis wir schließlich an einer Holzstatue ankamen, die sich unweit der Admiralitätskirche befand. Sie zeigte einen bärtigen Mann mit rotem Gehrock und schwarzem Hut, der die Menschen aus blauen Augen ansah und ihnen die rechte Hand wie ein Bettler entgegenstreckte. In der linken trug er eine Tafel mit einer Aufschrift, die die Menschen zur Mildtätigkeit anhalten sollte.

»Was ist das denn für ein Geselle?«, fragte Alexej belustigt.

»Der Rosenbom«, antwortete ich. Mein Schwiegervater hatte mir die Geschichte erzählt, als wir an einem Sonntag einen Spaziergang hier heraus gemacht hatten. Ich verdrängte den Gedanken an den alten Boregard, denn er passte nun wirklich nicht zu den Gefühlen, die mich an Alexejs Seite durchfluteten. Sicherheit durchströmte mich, aber auch das Verlangen, von ihm in den Arm genommen und gehalten zu werden.

»Es heißt, dass er ein armer Steuermann war, der krank wurde und seine Familie nicht mehr durchbringen konnte. Er verlegte sich aufs Betteln und tat dies auch am Silvesterabend 1717. Da an diesem Abend an die Armen Wein ausgeschenkt wurde, war er recht schnell betrunken. Als er sich vor einem Kapitän, der ihm eine Spende gegeben hatte, tief verbeugte, fiel ihm sein Hut vor die Füße. Der Kapitän nahm ihn auf und bemerkte: *Will man Dank vom Rosenbom, muss man dessen Hut schon selbst hochheben.* Rosenbom fand diese Bemerkung lustig und sagte sie zu jedem, der ihm über den Weg lief. Dabei geriet er an einen Zimmermann, der normalerweise Galionsfiguren für Schiffe schnitzte. Der fand das Sprüchlein nicht komisch und versetzte dem armen Rosenbom einen Hieb, sodass er aus der Tür der Schänke in den Schnee flog. Als der Zimmermann, von schlechtem Gewissen geplagt, nach ihm sehen wollte, flüchtete sich Rosenbom hinter die Admiralitätskirche. Dort fand man ihn am nächsten Morgen, im Stehen erfroren und mit ausgestreckter Hand.«

»Das ist eine sehr traurige Geschichte«, sagte Alexej sichtlich bekümmert. »Wer jagt einem armen Mann solche Angst ein?«

»Aus Schuldgefühlen fertigte der Zimmermann ein Abbild vom Rosenbom als Armenbüchse. Will man etwas spenden, hebt man zuvor den Hut vom Rosenbom.« Ich zog eine Münze hervor, hob den hölzernen Hut an, der an Scharnieren befestigt war, und legte sie in die Büchse.

Dann wandte ich mich lächelnd Alexej zu. »Es ist eine alte Geschichte, die viele Variationen hat. Aber das ist die, die man mir erzählt hat, als ich hierherkam.«

Schweigen folgte meinen Worten. Offenbar hatte die Erzählung Alexej tief ergriffen, denn ein trauriger Zug erschien auf seinem Gesicht. Eine ganze Weile schwiegen wir.

Gerade, als ich etwas zu ihm sagen wollte, fragte er plötzlich: »Stimmt es, dass Ihr Mann die Schuld daran trägt, dass das Schiff meines Vaters gesunken ist?«

Diese Worte trafen mich wie ein Peitschenhieb. Hatten ihm das die Leute von der Werft erzählt? Oder Herr Ekström?

»Ja«, sagte ich, denn es brachte nichts, es zu leugnen. »Er missachtete ein Gutachten über das Schiff und täuschte vor, dass es überholt worden sei. Deshalb sitzt er in Untersuchungshaft.«

Beklommenheit erfasste mich und schnürte mir die Brust zusammen. Was Alexej jetzt wohl über mich dachte? Meine Wangen begannen vor Scham zu glühen. Warum hatte er nicht schon früher etwas gesagt? Oder hatte ich es nur übersehen? Ich trat einen Schritt zurück und räusperte mich. Es war vermutlich ein Fehler gewesen hierherzukommen.

»Hat Herr Ekström davon gewusst?«

Wieder eine Frage, die mich erschütterte. Auf einmal wollte ich nur weg von hier. Was hatte ich mir überhaupt dabei gedacht, als ich ihm das Angebot machte, für die Reederei zu arbeiten? Warum hatte ich nicht daran gedacht, dass er davon erfahren würde? Und zwar so, wie er es eigentlich nicht hätte erfahren sollen.

»Nein. Er hat dem Ermittler geholfen, der den Fall mit Marlenes Hilfe aufgedeckt hat.«

»Und was ist mit Ihnen?« Seine Stimme klang rau.

Mein Herz begann zu rasen. Hier war außer uns kein Mensch. Wenn er mich aus Zorn angriff, würde niemand hier sein, der mir zu Hilfe kam.

»Ich … ich wusste nichts«, sagte ich und hoffte, dass er es mir glauben würde. »Mein Mann hat mich aus allen Geschäften rausgehalten. Ich war lediglich seine Ehefrau, mehr nicht …«

»Sie sind noch seine Ehefrau.«

Ich senkte den Kopf. »Ja«, konnte ich nur antworten. »Aber glauben Sie mir, ich wäre niemals einverstanden gewesen, wenn ich es gewusst hätte.«

Als ich aufblickte, sah ich, dass sich sein Blick verändert hatte. Glaubte er mir nicht? Dachte er wirklich, dass ich Stens Komplizin war? Ich spürte Zorn in ihm aufwallen.

Ich hatte einen Fehler gemacht, das wurde mir jetzt klar. Ich hätte nie mit ihm herkommen sollen. Was würde er tun, wenn es mir nicht gelang, von hier zu verschwinden?

72

Oskar

Die Woche war wie im Flug vergangen, und der Tag meiner Abreise nach Malmö näherte sich. Mutter ging es mittlerweile wesentlich besser. Sie stand wieder auf eigenen Beinen, ihre Wangen hatten die alte Farbe zurückerlangt, und sie konnte sich wieder im Haus betätigen. Nicht mehr lange, und sie würde ganz die Alte sein.

Sie hatte recht, Lisbeth war sehr fürsorglich und kümmerte sich rührend um sie. Auch mir gegenüber gab sie sich mittlerweile zurückhaltender, so als hätte sie eingesehen, dass es nichts brachte, sich mir aufzudrängen.

An diesem Morgen, als ich dabei war, meine Taschen zu packen, fragte ich sie: »Was hältst du davon, mich nach Malmö zu begleiten?«

Lisbeth, die gerade das Geschirr vom Küchentisch abräumte, hielt inne. »Meinst du das wirklich?«, fragte sie.

Während sich unsere Blicke trafen, hatte ich fast den Eindruck, die Frau vor mir zu sehen, in die ich mich vor all den Jahren verliebt hatte.

»Warum denn nicht?«, sagte ich. »Meiner Mutter geht es wieder besser, sie wird schon bald keine Hilfe mehr brauchen.«

Ich musterte sie genau. Mir war klar, dass dieser Vorschlag überraschend kam. »Du meintest doch, dass wir es vielleicht wieder miteinander versuchen könnten«, setzte ich hinzu. »Wenn es dir denn überhaupt ernst war.«

Etwas in Lisbeths Augen veränderte sich. Die kalte Anspannung der vergangenen Tage schien sich ein wenig zu lösen, und ein Lächeln trat auf ihr Gesicht.

»Es ist mir ernst«, sagte sie. »Seit ich wieder hier bin … Ich könnte mir gut vorstellen, hier mit dir zu leben.« Ihr Blick schweifte durch die Küche.

»Mit meiner Mutter?«, lachte ich. »Glaubst du nicht, dass wir uns etwas anderes suchen sollten?«

Ich konnte nicht glauben, dass ich das eben gesagt hatte. Lange Zeit hatte ich nicht mal daran denken wollen, wieder in die Nähe dieser Frau zu kommen. Ich hatte sie aus meinem Leben gestrichen, die Erinnerung an sie in einen entfernten Winkel meines Verstandes verbannt. Und jetzt gab ich etwas von mir, das so klang, als könnte ich mir wieder ein Leben mit ihr vorstellen.

»Die Wohnung deiner Mutter wäre perfekt«, sagte sie. »Ich wollte schon immer in solch einem vornehmen Haus wohnen. Und du kannst dir die Miete doch bestimmt leisten, nicht wahr? Deine Mutter hat mir erzählt, dass du für eine Versicherung arbeitest.«

»Natürlich«, erwiderte ich. »Aber es gefällt mir nicht besonders, tagaus, tagein unter Beobachtung zu stehen.«

Für einen Moment schien es, als wollte sie etwas sagen. Doch dann nickte sie.

»Lass uns erst einmal schauen, wie es uns in Malmö ergeht«, sagte ich. »Danach können wir immer noch entscheiden, was wir hier in Stockholm anstellen.«

»In Ordnung«, sagte sie mit leuchtenden Augen.

»Gut, dann pack deine Sachen«, wies ich sie an. »Ich muss nur noch eine Angelegenheit erledigen, dann machen wir uns auf den Weg.«

Ich beugte mich vor und küsste sie. Beinahe hätte ich erwartet, dass sie zurückweichen würde, doch das tat sie nicht. Stattdessen schlang sie ihre Arme um mich, und ich spürte, wie ihr Körper nachgab.

73

Liv

Ich wollte weglaufen. Ich wollte so viel Raum wie möglich zwischen mich und diesen jungen Mann bringen, dessen Vater von meinem Mann in den Tod geschickt worden war.

Aber ich war wie gelähmt. Ich betrachtete, wie sich seine Muskeln anspannten, wie sich sein Gesicht veränderte. Seine Augenfarbe schien sich zu verdunkeln, als würde die Nacht in das eisige Blau hereinbrechen. Seine Züge wirkten auf einmal hart.

Angst überfiel mich.

Was hätte ich ihm schon entgegenzusetzen? Und war seine Wut nicht berechtigt? Mein Mann hatte seinen Vater getötet. Und ich … ich bot ihm mit diesem Wissen eine Arbeit an!

Ich versuchte mich gegen einen Schlag zu wappnen. Doch Alexej blieb, wo er war.

In dem jetzt dunkleren Blau begann es verräterisch zu glänzen. Seine Augen füllten sich mehr und mehr, bis er die Tränen mit einer unwirschen Bewegung wegwischte und die Nase hochzog. Er wollte sich sichtlich keine Blöße vor mir geben.

»Sie wussten also nichts davon?«, wiederholte er und betrachtete mich dann so intensiv, dass ich vor Scham am liebsten in ein Erdloch verschwunden wäre. Dabei stimmte es, was ich sagte.

»Ich schwöre es Ihnen«, gab ich zurück, während mein Herz beinahe schon verzweifelt gegen meine Rippen hämmerte. »Die Geschäfte meines Mannes … Sie wissen nicht, wie er ist. Ich sollte mich um das Haus kümmern und Kinder gebären, für mehr war ich in seinen Augen nicht gut. Ich habe natürlich gehört, dass die *Solveig* gesunken war. Doch der Name dieses Schiffes war eben nur das – ein Name. Ich wusste, dass Seeleute umgekommen waren, aber dies ging mich nichts an. Jedenfalls damals. Und dann lernte ich Marlene kennen, Ihre …« Ich stockte. Was ritt mich denn eigentlich, sie ihm gegenüber Stiefmutter nennen zu wollen? Rasch schluckte ich dieses Wort wieder runter.

»Marlene hat unter dem Tod ihres Mannes sehr gelitten«, fuhr ich fort, denn ich spürte, dass ihm meine Worte noch nicht reichten. »Dennoch hat sie sich um mich gekümmert, als ich einen Unfall hatte und verletzt war. Weil sie der Meinung war, dass nicht ich den Schiffbruch verursacht hätte. Wir sind Freundinnen geworden. Und durch sie habe ich erfahren, was der Verlust von Bjarne Walsted und seiner Mannschaft bedeutete.«

Ich wartete auf Alexejs Reaktion, doch die blieb aus. Er schaute mich erneut an, als würde sein Kopf sich weigern, meine Worte in die richtige Reihenfolge zu bringen.

Ich warf einen Blick zur Seite und wurde mir wieder meines Fehlers bewusst. Um diese Zeit war niemand hier, nicht einmal Matrosen der Marine. Wenn er in Rage geriet, so wie damals, als er auf Marlene losgegangen war und sie beschimpfte, hätte ich keine Hilfe zu erwarten.

Plötzlich machte er einen Schritt auf mich zu und packte meinen Arm. Er zog mich an sich – und wenig später spürte ich seine warmen Lippen auf meinen.

Zunächst wollte ich ihn erschrocken abwehren, doch das Gefühl seiner Lippen und der Zunge, die sich sanft Einlass in meinen Mund verschaffte, ließ meine Gegenwehr sofort erlahmen.

Der Kuss war wie ein Streichholz, dessen Flamme an trockenes Holz gehalten wurde. Es steckte mich in Brand, und ich wusste, dass mich das Feuer verzehren würde, wenn ich nicht losließ. Wenn ich mich nicht aus seiner Umarmung wand. Wie hatte ich nur glauben können, dass Alexej mir etwas antun wollte! Es war kein Zorn, den ich in seinen Augen gesehen hatte, sondern Verlangen. Wie hatte ich das verwechseln können? Ich kam mir auf einmal wie ein unreifes Mädchen vor.

Doch vielleicht war ich genau das. Ich hatte nie einen Schwarm gehabt, hatte mir nie aus freien Stücken gewünscht, von einem Mann geküsst zu werden. Sten hatte ich auf Anweisung meines Vaters kennengelernt. Und letztlich war es Sten gewesen, der mich geküsst und mich auserkoren hatte. So, wie es der alte Gutsherr von Wik gewollt hatte.

Das hier war etwas vollkommen anderes. Ein Chaos wie dieses, das jetzt in mir tobte, war mir unbekannt, und ich wusste nicht, wie ich damit umgehen sollte.

Es war schon sehr seltsam, welche Gesprächsthemen dazu führen konnten, dass man alle Schranken fallen ließ …

Schließlich gab er mich wieder frei.

»Ich musste das tun«, sagte er.

Dann wandte er sich um und ging.

74

Marlene

Die Nacht senkte sich bereits über das Haus, doch Cäcilia saß immer noch über ihrer Näharbeit. Auch wenn ihre Finger mittlerweile sichtlich zerstochen waren, schien es ihr gutzutun, mit den Händen zu arbeiten.

Der Arzt hatte ihr für ein paar Tage Schonung verordnet, doch schließlich hatte sie es nicht mehr ausgehalten und nach einer Beschäftigung gefragt. Da sie dabei sitzen konnte, hatten wir es ihr überlassen, einige Vorhänge zu säumen.

Sie erwies sich als sehr talentiert im Umgang mit Nähnadel und Stoffen, und auch wenn sie sich, wie wir alle, hin und wieder verletzte, waren ihre Stiche doch fein und akkurat.

»Wollest du nicht Feierabend machen?«, fragte ich.

»Nur diesen Vorhang noch«, antwortete sie, ohne aufzublicken. »Wenn der fertig ist, dann werde ich zu Bett gehen.«

Ich setzte mich zu ihr. »Du brauchst dich nicht zu überanstrengen. Hier zu leben bedeutet auch, Freiräume zu haben.«

Sie hielt inne und blickte mich an. Ein milder Ausdruck trat in ihre Augen, und ich spürte, dass so etwas noch nie jemand zu ihr gesagt hatte. »Wie schön wäre eine Welt, in der Frauen genau das bekommen würden: Selbstbestimmung. Freiräume.«

Ich bemerkte den traurigen Klang ihrer Stimme. Noch vor einigen

Monaten hätte ich mich gefragt, was die Tochter eines gut situierten Vaters schon für Härten auszustehen hatte. Durch Liv wusste ich es. Reichtum war manchmal nur eine Fassade, hinter der sich schlimme Dinge ereigneten.

»Eines Tages wird es vielleicht so sein«, gab ich zurück. »Bis dahin müssen wir alles versuchen, um Orte für Frauen zu schaffen, die keine Freiräume haben.«

Cäcilia betrachtete mich eine Weile, dann fragte sie: »Wie bist du eigentlich dazu gekommen, dein Haus für andere Frauen zu öffnen? In deinem Alter sind die meisten verheiratet und haben Kinder.«

»Ich war verheiratet«, erklärte ich. »Mein Mann war Kapitän. Er ist auf See gestorben, und Kinder waren uns leider nicht vergönnt.« Mehr wollte ich ihr erst einmal nicht erzählen. Später, wenn wir uns besser kannten, würde sie vielleicht meine ganze Geschichte erfahren.

»Das tut mir leid«, sagte sie. »Ich freue mich auf mein Kind. Auch wenn das Leben, das ich einst führte, damit vorbei ist.«

»Wolltest du dieses Leben denn?«

»Ich bin mir nicht sicher«, gab sie zurück. »Es hat schon etwas für sich, eine schöne Wohnung zu haben und sich keine Sorgen um Geld machen zu müssen. Mein Vater hätte sicher einen passenden Ehemann für mich gefunden. Aber genau das ist das Problem.«

»Du willst dir den Mann selbst aussuchen.«

»Ich habe ihn mir ausgesucht. Und na ja …« Sie strich sich über den noch flachen Bauch, als könnte sie das wachsende Leben darin spüren. »Was geschehen ist, ist geschehen, nicht wahr?«

Ich fragte mich, ob ihr überhaupt klar war, was sie erwartete. Frauen, die ihre Männer verloren, waren schutzlos, und niemand wollte ihnen helfen. Frauen, die Kinder allein aufziehen mussten, uneheliche Kinder, bekamen nie wieder einen Fuß auf den Boden und landeten schlimmstenfalls in der Gosse. Da machte auch die Herkunft keinen Unterschied.

»Was willst du tun, wenn das Kind da ist?«, fragte ich.

»Vielleicht in ein anderes Land gehen«, sagte sie. »Eines, in dem ich vielleicht sagen könnte, dass ich die Witwe eines Seemanns bin.«

Sie musste den entsetzten Ausdruck auf meinem Gesicht gesehen haben, denn sofort entschuldigte sie sich. »Tut mir leid, ich wollte nicht …«

»Schon gut«, gab ich zurück. »Das verletzt mich nicht. Mein Mann hätte es für eine gute Idee gehalten.«

Als ich die Worte ausgesprochen hatte, überlief es mich kalt. Hätte Bjarne von Alexejs Mutter verlangt, in ein anderes Land zu gehen? Sicher nicht. Doch noch immer nagte es an mir, dass er sich offenbar nicht um diese Frau und ihren Sohn gekümmert hatte.

»Nun, wenn alles vorbei ist und mein Vater mich in Ruhe lässt, kann ich vielleicht irgendetwas Praktisches lernen. Arbeiten. Mich bei einem Bauern verdingen. Ich bin sicher, dass mir etwas einfällt.«

Eine Weile schwiegen wir. Ich wusste, dass ich ihr nur Hilfe anbieten konnte. Ihren Lebensweg bestimmen musste sie selbst. Früher oder später würde Cäcilia dieses Haus wieder verlassen, egal, wofür sie sich entschied.

»Ich werde dann mal weitermachen«, verkündete sie schließlich.

Ich wollte sie schon fragen, ob sie das wirklich wollte, da wurde mir klar, dass Freiräume auch beinhalteten, jemanden aus freiem Willen arbeiten zu lassen, solange ihm der Sinn danach stand.

75

Liv

Während ich an die Decke meines Schlafzimmers starrte, spielte sich vor mir wieder und wieder die Szene mit Alexej ab. Ich hörte seine Worte und meine, spürte dann seine Hände an meinem Körper und seinen Kuss. Diesen scheinbar endlosen, wunderbaren Kuss!

Warum war er danach so plötzlich gegangen? Und warum hatte ich nicht die Kraft gefunden, ihm nachzulaufen? Ihn festzuhalten?

Ich hatte einfach dagestanden und ihm nachgesehen, während mein Herz stolperte und mein Bauch auf einmal voller Schmetterlinge war.

Ich erkannte nun, dass meine anfängliche Sehnsucht nach Sten keine wirkliche Liebe gewesen war. Ich hatte nur seine Aufmerksamkeit haben wollen, die ich für Liebe gehalten hatte.

Spätestens, als er ein Kind von mir gefordert und mich im Schlafzimmer so rücksichtslos gezwungen hatte, wusste ich, dass er mich nicht liebte. Er hatte mich besitzen wollen, weil er glaubte, dass ich ihm Kinder schenken konnte. Weil seine Freunde ihn um mich beneideten. Und wenn er freikam, würde er mich weiterhin besitzen wollen, um mich zu strafen. Um zu schauen, wie weit er gehen konnte, bis ich brach. Nichts anderes hatte seine Weigerung, sich scheiden zu lassen, zu bedeuten.

Plötzlich warf ich die Bettdecke von mir. Um nichts in der Welt konnte ich in diesem Bett bleiben, in dem er auf mir gelegen hatte.

Ich sprang auf und begann, unruhig auf und ab zu gehen. Was sollte ich tun? Ich konnte in einen anderen Raum ziehen. Ich konnte im Salon auf dem Sofa schlafen. Aber all das wollte ich nicht. Ich sehnte mich nach einem anderen Ort, einem, der von Sten unberührt war.

Ich blieb stehen und schaute aus dem Fenster. Die Dunkelheit war noch nicht vollkommen, am Horizont schien immer noch ein wenig Sonnenlicht.

Die Gedanken wirbelten in mir, weigerten sich, von mir eingefangen zu werden. Dann, bevor mein Verstand eine Entscheidung treffen konnte, traf mein Körper sie.

76

Alexej

Nach meiner Rückkehr in den Gasthof schälte ich mich aus meiner Jacke und warf meine Schuhe von mir. Mein Kopf fühlte sich leicht an, beinahe so, als hätte ich zu viel getrunken. Doch ich hatte keinen einzigen Tropfen angerührt. Es war einfach nur die Freude darüber, dass ich den Mut gefunden hatte, zu tun, was ich schon lange hatte tun wollen.

Noch immer meinte ich die Lippen dieser Frau auf meinen zu spüren. Es war so ganz anders als sonst. Wenn ich in einem Hafen ins Freudenhaus ging, bezahlte ich für die Dienste der Mädchen. Nie küssten wir uns, weder zu Beginn noch am Ende. Sie waren dazu da, mein Bedürfnis zu stillen und nicht mehr.

Doch dieser Kuss hier war besser gewesen als alles, was ich bislang auf meinen Landgängen erlebt hatte. Es war die Erfüllung eines tiefen Wunsches gewesen, nicht nur das Befriedigen eines körperlichen Bedürfnisses. Für einen Moment hatte es sich angefühlt, als wären unsere Seelen eins geworden, als hätte ich ein Teil meines Selbsts gefunden, das ich, ohne es bisher zu wissen, vermisst hatte.

Liv so innig zu spüren hatte mich derart aufgewühlt, dass es mir unmöglich gewesen war, in meine Unterkunft zurückzukehren. Stundenlang war ich verwirrt am Hafen herumgelaufen und hatte mich sogar ein kleines Bisschen darüber geärgert, dass ich nicht bei ihr geblieben war. Dass ich sie nicht an die Hand genommen und sie mit mir gezogen hatte. Mir war klar geworden, dass ich keine Ahnung davon hatte, wie man mit einer Frau mehr als eine Nacht verbrachte.

Doch hätte sie mit mir gehen wollen? Was konnte ich ihr denn überhaupt bieten?

Ich schaute mich um. Es wurde Zeit, dass ich mir eine andere Unterkunft suchte. Ich war mir nicht sicher, ob sie zu mir kommen würde. Ob mehr aus diesem Kuss werden würde. Doch wenn, wollte ich ihr ein ordentliches Zimmer bieten. Vielleicht auch ein ordentlicheres Bett.

Aber dazu brauchte ich Geld, und bezahlt wurde ich erst am Ende der Woche.

Die ersten Tage auf der Werft waren sehr ungewohnt gewesen, doch ich spürte, dass es mir lag, mit den Händen zu arbeiten. Auch auf den Schiffen hatte ich keine Anstrengung gescheut. Die Tatsache, dass ich für den Mann tätig war, der meinen Vater auf dem Gewissen hatte, trat in den Hintergrund. Wenn er wirklich, wie Liv es gesagt hatte, ins Gefängnis kommen würde, würde er seine Strafe erhalten. Und wenn dem so war, würde sie die Möglichkeit haben, frei zu werden.

Aber was dachte ich da! Es waren Tagträume, die man hatte, wenn man allein in seiner Kammer saß!

Ich zog mir das Hemd vom Körper und stellte mich an die Waschschüssel. Ein paar feine Sägespäne rieselten zu Boden. Ich fuhr mir mit den Händen durchs Haar und betrachtete die Späne wie ein Wunder. Meiner Mutter hätte es sicher gefallen, mich in einer Werkstatt arbeiten zu sehen. Doch ich war mir nicht sicher. Die Sehnsucht nach dem Meer zerrte an mir, trotz allem. Vielleicht konnte Liv mich davon kurieren.

Ich war gerade mit dem Waschen fertig, als es an meine Tür klopfte. Verwirrt schaute ich auf. War es eine Nachricht? Doch von wem?

Ich warf mir rasch mein Hemd über, stolperte halb auf dem Weg zur Tür. Als ich sie aufzog, traf mich der Schlag.

»Darf ich reinkommen?«, fragte Liv Boregard mit einem Lächeln, das meine Sinne benebelte. Für einen Moment war ich nicht in der Lage, irgendwas zu tun oder zu sagen. Ich schaute sie an wie ein Wunder. Wie eine Seejungfrau, die plötzlich Beine statt ihres Fischschwanzes bekommen hatte.

»Ja«, hörte ich mich sagen, doch nur leise, denn meine Stimme wurde vom Hämmern meines Herzens übertönt.

Als Liv eintrat, war es, als würde das Zimmer trotz des trüben Wetters in Sonnenlicht gehüllt. Ich konnte nicht anders, als sie anzustarren.

»Was … führt Sie zu mir?«, fragte ich verwundert. Natürlich hatte sie gewusst, wo sie mich finden konnte. Aber dieses Gasthaus war kein Ort für eine Frau wie sie.

Sie betrachtete mich eine Weile, und ich spürte, wie es in meinen Lenden zog. Wie ich hart wurde. Es war mir peinlich, dass sie es sehen konnte.

Aber in ihren Augen erkannte ich keine Scham, sondern Lust. Sie knöpfte sich das Kleid an der Vorderseite auf und zog es ein wenig auseinander, sodass ich einen Blick auf ihre Brüste werfen konnte. Ein Zittern rann durch meinen Körper. Wie sehr ich sie wollte! Doch ich konnte mich immer noch nicht rühren.

Sie jedoch trat zu meinem Bett. Dort beugte sie sich hinunter, und ich beobachtete, wie sie ihre Unterhose auszog. Dann ließ sie sich auf das Bett sinken und schob ihren Rock hoch.

»Nimm mich«, hauchte sie heiser. »Nimm mich jetzt.«

77

Liv

Es fühlte sich gut an, Alexej zwischen meinen Schenkeln zu spüren. Ihn in mir zu spüren. Ich krallte meine Hände in seinen Rücken, umschlang ihn fest mit meinen Beinen und ließ ihn zustoßen, wieder und wieder. Ich wollte kraftvoll genommen werden, und als würde er meinen Wunsch kennen, tat er es.

Wir hatten uns nicht einmal die Zeit gelassen, aus unseren Kleidern zu schlüpfen. Der Hunger war zu groß gewesen, und es gefiel mir zu wissen, dass das Kleid, das ich mir bis zur Hüfte hochzogen hatte, von Sten gekauft worden war. Es gefiel mir auch, ihn mit vollem Wissen zu betrügen. Er wollte sich nicht scheiden lassen, aber was wäre, wenn er hiervon erfuhr? Wenn er es sehen könnte …

Ich wollte Alexej in diesem Augenblick mit Haut und Haaren verschlingen, wollte, dass es nie aufhörte, obwohl ich spürte, dass sich der Höhepunkt unaufhörlich näherte.

War es das, was Marlene empfunden hatte, wenn sie mit Bjarne schlief?

Auch in guten Zeiten hatte es sich mit Sten nie so angefühlt. Doch der Gedanke an Sten verflog, als ich in Alexejs Gesicht blickte. Es war hochrot, in seinen Augen funkelte Gier, aber auch etwas, das ich nie zuvor bei einem Mann gesehen hatte: Zuneigung. Ich bot ihm meine

Lippen dar, und er küsste sie, wild und leidenschaftlich, während seine Hüften weitermachten.

Wenig später überrollte mich die Lust wie eine Welle, und ich konnte nicht anders, als mich dem süßen Gefühl in meinem Inneren hinzugeben. Ich hörte Alexej stöhnen, und als er sich mit einem fast verzweifelten Laut gegen mich drängte, wusste ich, dass er sich in mich ergoss. Erschöpft sank er auf mich, und wieder trafen sich unsere Lippen. So verharrten wir eine Weile, und nie hatte ich etwas Süßeres gefühlt als seinen Körper auf mir.

Als er von mir herunterglitt und sich neben mich aufs Bett rollte, zog er mich sanft mit sich an seine Brust.

»Dein Mann mag ein Mistkerl sein, aber er hat verdammtes Glück«, sagte er, noch immer keuchend, während seine Finger über meine Brustwarzen glitten und damit spielten.

»Du glaubst doch nicht, dass ich ihn das hier wieder machen lasse«, gab ich zurück.

Er sagte nichts darauf und sah mich nur an. Ich hätte zu gern seine Gedanken gekannt, aber war das wichtig? Zählte es nicht eher, dass ich endlich, nach so langen Jahren, wusste, wie sich Liebe wirklich anfühlte?

78

Oskar

Froh darüber, das Hotel, das wir in Malmö bewohnten, verlassen zu können, machte ich mich auf den Weg zu dem Treffen mit meinem Mittelsmann der Reederei. Die Nähe zu Lisbeth tat mir alles andere als gut. Es zerrte an meinen Nerven, wenn sie versuchte, mich zu verführen.

Als Ehemann wäre es eigentlich normal, mit ihr zu schlafen. Doch immer dann, wenn eine Stimme mir sagte, dass ich auf ihre Avancen eingehen sollte, sah ich Marlenes Gesicht vor mir. Ich sah ihr Lächeln, ihre schönen Augen, erinnerte mich an ihre Wärme – und war unfähig, Lisbeth auch nur zu berühren.

Wenn sie sich darüber wunderte, schob ich es auf die Arbeit, die sich auf meine Lust auswirkte, und meist schaffte ich es, sie damit auf ihre Seite des Bettes zu verweisen.

Die frische Seeluft klärte immerhin meine Gedanken ein wenig, und ich versuchte mich auf meinen Auftrag zu konzentrieren. Dem Schiffseigner und dem Kapitän wurde vorgeworfen, Ladung veruntreut zu haben. Diese war angeblich an Bord genommen worden, aber nie angekommen. Es wurde darauf geschoben, dass es Unregelmäßigkeiten beim Laden gegeben hatte. Der Verlust war von der Versicherung bislang anstandslos bezahlt worden. Aber mittlerweile fiel es auf.

Wir waren im Hollandia verabredet, mitten im Herzen der Stadt. Die Konditorei befand sich in einem mit weißem Stuck verzierten Backsteingebäude aus dem vorigen Jahrhundert. Durch große, einladende Fenster konnte man einen Blick auf die Auslage werfen, in der sich wunderschön gestaltete Torten und Törtchen befanden. Ich dachte sofort an Marlene und dass ihr dieser Anblick sicher gefallen hätte.

Als ich eintrat, empfing mich ein warmer Duft nach Kaffee, Zucker und Honig. Trotz der Köstlichkeiten, die das Café bot, war es zu dieser Zeit nicht besonders stark besucht. Die großen Kristalllüster, die wie reife Trauben von der Decke hingen, verströmten ein einladendes, gemütliches Licht.

Ein junger Kellner erschien und platzierte mich auf einem roten Samtsofa vor einem der hohen Fenster. Ich bestellte einen Kaffee und ein Glas Wasser, dann schaute ich mich um. Zu Recht war dieses Café als eines der schönsten Lokale im Ort bekannt. Mein Mittelsmann schien einen guten Geschmack zu haben.

Ich warf einen Blick aus dem Fenster. Männer, die als meine Kontaktperson infrage kamen, gab es einige, doch die meisten würdigten das Café keines Blickes. Außer der Tatsache, dass sein Name Jansen war, wusste ich nichts von ihm. Ich kannte kein Gesicht, es gab kein Erkennungszeichen. Ich konnte nur hoffen, dass er überhaupt erschien. Wie auch Rudolph Ekström brachte er sich in Gefahr, indem er mir half. Sein Motiv kannte ich nicht. Ich vermutete aber, dass es persönliche Gründe waren. Kein toter Sohn wie in Karlskrona, sondern eher eine persönliche Abneigung gegen den Kapitän. Die Gründe konnten mir jedoch gleichgültig sein, Hauptsache, ich konnte den Fall so schnell wie möglich zu einem Ende bringen.

Der Kellner erschien und servierte mir den Kaffee und das Wasser. Wieder blieb mein Blick an der Kuchenvitrine hängen. Ich hatte ausgiebig gefrühstückt, doch die kleinen Törtchen interessierten mich. Die Himbeeren, mit denen sie verziert waren, ließen mich an das Rosenhag denken, an Marlene …

Die Türglocke ertönte, und als ich mich umsah, erblickte ich einen jungen Mann. Er trug einfache Straßenkleidung, in der Hand hielt er einen Umschlag. Er ging zu dem Kellner und sprach kurz mit ihm. Ich maß dem keine Bedeutung bei.

Dann steuerte der Bursche direkt auf meinen Tisch zu.

»Verzeihen Sie, sind Sie Herr Andersson?«, fragte er mich. Angesichts dessen, dass außer mir nur eine ältere Dame an einem der Tische saß, konnte ich es wohl nicht leugnen.

»Ja, der bin ich«, antwortete ich.

Der Junge atmete erleichtert auf, dann streckte er die Hand vor. »Das hier ist eben für Sie im Telegrafenamt angekommen. Ich sollte es ausdrücklich an Sie persönlich zustellen, und im Hotel sagte mir Ihre Frau, dass Sie hier wären …«

Ich blickte auf den Umschlag, und etwas krampfte sich in mir zusammen. Es konnte die Versicherung sein, die wissen wollte, wie es in dem Fall voranging. Doch es gab noch eine andere Möglichkeit.

»Danke«, sagte ich und reichte dem jungen Mann eine Münze. Ich wartete, bis er aus dem Café verschwunden war, dann öffnete ich das Kuvert. Ich sah, dass das Telegramm aus Stockholm war, und während ich den Atem anhielt, las ich:

--- *Ihre Mutter liegt im Karolinska Sjukhuset* --- *Zustand ernst* --- *Kommen Sie, wenn möglich* ---

79

Marlene

Ich brannte darauf, Neuigkeiten von Liv zu erhalten, doch auch einige Tage nach ihrer Abreise ließ sie nicht von sich hören. Die Furcht, dass der Gutsherr bei uns auftauchen würde, saß mir im Nacken, und ich ertappte mich dabei, wie ich wieder und wieder zum Tor schaute.

Um mich von diesem Zwang zu befreien, nahm ich Cäcilia zum Himbeerpflücken mit und spürte, dass es ihr gefiel, sich im Freien aufzuhalten. Auf dem Weg blickte sie hinauf in die Baumkronen, von denen Vogelgesang durch den Wald tönte.

»Warst du schon mal in der Nacht im Wald?«, fragte sie nach einer Weile. »Ich stelle es mir ziemlich aufregend vor.«

Ich blickte sie erstaunt an. »Du hast noch nie eine Nachtwanderung gemacht? Oder warst am Abend zu Midsommar draußen?«

»Natürlich war ich draußen«, gab sie zurück. »Im Garten meines Vaters. Wir haben zu Midsommar immer ein großes Fest gegeben.«

Ich dachte wieder an die Feiern zurück, an denen ich mit Bjarne teilgenommen hatte.

»Ich bin mit meinem Mann immer hinausgegangen, auf die Wiesen. Das heißt, wenn er denn zu der Zeit zu Hause war.« Ein Lächeln huschte über mein Gesicht, als die Erinnerung süß meine Brust durchflutete. »Wir sind so lange dort geblieben, bis die ersten Sterne herauskamen. Was zu Midsommar ja sehr lange dauert. Da er ein Seemann war, wusste er genau, welche Namen sie trugen. Er hat sie mir alle genannt, doch ich habe die meisten wieder vergessen. Einige jedoch kenne ich noch immer.«

Ich machte eine Pause und kostete die Bilder noch einen Moment lang aus. Dann rief ich mich zur Ordnung, denn es brachte nichts, sich in Vergangenem zu verlieren.

»Aber darüber hinaus war ich manchmal auch nachts im Wald«, fuhr ich fort. »Ich habe sogar dort übernachtet. Man wundert sich, wie viel Leben in der Dunkelheit ist. Überall raschelt es, und wenn man Glück hat, hört man Eulenrufe in der Nacht.«

»Ist das nicht unheimlich?«, fragte Cäcilia.

»Nur, wenn man nicht weiß, was es ist. Mein Vater hat mir schon früh beigebracht, dass es da draußen kaum etwas gibt, das man fürchten muss. Bären haben wir hier nicht mehr, und Wölfe sind scheu, wenn sie nicht gerade die Tollwut haben.«

»Hast du das Haus von deinen Eltern geerbt?«, fragte Cäcilia.

Ich schüttelte den Kopf. »Nein, nein, das ist eine ganz andere Geschichte. Mein Vater ist noch am Leben. Wir … reden nur nicht wirklich miteinander.«

Eine Falte erschien zwischen Cäcilias feinen Augenbrauen. Während ich sie ansah, fiel mir auf, wie kindlich sie noch wirkte. Ich war sieben Jahre älter als sie und kam mir vor wie einer der knorrigen Bäume, die uns umstanden.

»Musstest du auch vor ihm flüchten?«

»Nicht, bevor ich geheiratet hatte.« Ich lachte auf. »Wie es aussieht, haben wir doch einiges gemeinsam. Auch mein Vater hatte nichts übrig für die Wahl meines Mannes. Er wollte lieber, dass ich einen Beamten im Forstamt eheliche. Ein Seemann war ihm zu windig.«

»Und du hast seit seinem Tod keinen Mann mehr getroffen?«

»Doch, das habe ich. Aber ich scheine mir immer die Falschen auszusuchen.« Ich spürte, dass der Klang meiner Stimme bitter wurde. Ich wollte jetzt nicht an Oskar denken. »Wir sollten uns beeilen. Die

Sonne steigt höher, und das Himbeerfeld ist nicht mehr weit entfernt.«

Ich spürte, dass Cäcilia gern mehr erfahren hätte, aber ich tat so, als bemerkte ich es nicht.

Die Himbeerpflanzen waren voller Früchte, die reif und saftig unter den gezackten dunkelgrünen Blättern hervorlugten.

»Sei vorsichtig mit den Dornen«, riet ich meiner Begleiterin. »Mit Lederhandschuhen wären wir hier besser bedient, doch so etwas besitze ich leider nicht.«

Vorsichtig schoben wir uns durch die Ranken. Es dauerte nicht lange, bis sich die ersten in unseren Röcken verfingen, unsere Arme und Waden streiften. Doch das konnte uns nicht abhalten.

Vorsichtig, aber bestimmt, rangen wir dem Gestrüpp die kostbaren Beeren ab. Dabei versuchte ich, nicht zu dem Baum zu schauen, unter dem Oskar und ich uns geliebt hatten.

Ich hätte erwartet, dass sich Cäcilia wegen der Dornen beschweren würde, aber es war wie mit den Nadelstichen: Sie schien eine Menge zu vertragen und klagte nicht.

Innerhalb einer Stunde waren die vier Körbe, die wir bei uns trugen, gefüllt mit reifen Himbeeren. Und es hingen noch viel mehr an den Büschen.

»Ich denke, das sollten wir wiederholen«, sagte ich, als wir das Gestrüpp hinter uns ließen. »Es sei denn, du hast genug von den Dornen.«

Cäcilia schüttelte den Kopf. Ihre Wangen hatten Farbe angenommen, und ihre Augen strahlten. »Was machen schon ein paar Kratzer! Mein Vater hat immer versucht, mich von allem fernzuhalten. Nicht einmal in die Sonne durfte ich, weil er der Meinung war, dass dies meinen Chancen, eine gute Partie zu machen, abträglich war.« Sie schaute auf ihre Hände, die schmutzig, zerkratzt und mit rotem Saft bedeckt waren. »Ich glaube, ich würde am liebsten nichts anderes mehr machen als Himbeeren zu pflücken.«

Es war gerade erst Mittag, als wir zum Rosenhag zurückkehrten. Die Griffe der Körbe schnitten uns in die Hände, doch wir waren glücklich wie Kinder, die von einer Sommerfrische heimkehrten. Unsere Gesichter waren von Himbeersaft verschmiert, denn unterwegs hatten wir von unserer Beute gekostet.

»Wir könnten heute Marmelade einkochen«, schlug ich vor, als ich meine Körbe in die Küche zu Ingrid schleppte. »Es ist noch genug an den Sträuchern, um ein paar Gläser auf Vorrat zu produzieren.«

»Wie gut, dass der frühere Hausherr uns so viele Gläser hinterlassen hat«, sagte Ingrid lachend und deutete auf einige Weckgläser, die sie gerade ausgewaschen hatte. »Ich habe sie auf dem Dachboden gefunden. Sogar noch mit Gummiringen, die nicht einmal morsch waren!«

Auch Cäcilia trug nun ihre Körbe herein, und gemeinsam machten wir uns daran, die Früchte zu waschen.

»Was haltet ihr eigentlich davon, etwas auf dem Markt zu verkaufen?«, fragte sie, während wir die Früchte auf einem Tuch ausbreiteten.

»Daran haben wir auch schon gedacht«, gab ich zu. »Allerdings sind wir noch nicht dazu gekommen, etwas herzustellen, was zu verkaufen wäre.« Ich blickte auf die Ausbeute unserer Himbeeren. Es war mehr, als wir in einer Woche essen konnten, aber wir brauchten auch Vorräte.

Cäcilia schien meinen Gedanken zu erahnen, denn sie fuhr fort: »Nicht nur Marmelade. Wie wäre es, wenn wir etwas herstellten? Deckchen vielleicht. Kissenhüllen und Tischdecken.«

»Dergleichen gibt es in Kurzwarenläden zur Genüge«, winkte Ingrid ab. »Außerdem habe ich, was Stickereien angeht, zwei linke Hände. In meiner Welt wurde auf Feines keinen Wert gelegt.«

»Ich könnte sie besticken!« Cäcilias Augen leuchteten vor Eifer. »Oder wir bedrucken den Stoff auf eine Weise, wie es die Läden nicht anbieten. Ich habe in einer Zeitschrift davon gelesen, dass man zum Drucken Kartoffeln, Blätter oder Holz verwenden kann. Ich glaube nicht, dass in Geschäften dergleichen verkauft wird. Nicht einmal in den Kaufhäusern in Stockholm!«

»Wie sind denn die Kaufhäuser in Stockholm?«, fragte Ingrid neugierig. »Ich war noch nie in einem.«

Das ging mir genauso. Von Kaufhäusern hatte ich bisher nur gelesen.

»Stell euch vor, ihr seid in einem Schloss, das drei Etagen hat«, begann Cäcilia. »Im Atrium ragt die Decke mehrere Meter empor zu einem Dach aus Glas, durch das das Tageslicht hereinfällt. Über lange Treppen kommt ihr in drei Etagen, in denen verschiedene Geschäfte untergebracht sind. Es gibt Kleider, Pelze, Schmuck, Möbel, Toilettenerzeugnisse, Parfüm. Alles, was ihr euch erträumen könnt.«

Ich versuchte mir das vorzustellen, aber es gelang mir nicht. Allein schon ein Schloss und all diese Waren, die sich teilweise sehr wenig nützlich anhörten, passten in meinen Augen nicht zusammen.

Ingrids Gesicht jedoch leuchtete. Offenbar hatte sie eine ganz genaue und märchenhafte Vorstellung davon.

»Das würde ich nur zu gern sehen!«, sagte sie. »Vielleicht können wir ja mal nach Stockholm fahren.«

Ein Klopfen an der Tür unterbrach uns. Fragend blickte ich zu Ingrid, die mit den Schultern zuckte. War das wieder Livs Onkel?

Ich wischte meine Hände ab, und während ich mir zurechtlegte, was ich ihm zu seinem Vorschlag sagen wollte, uns das Haus abzukaufen, ging ich zur Tür.

Ich öffnete – und erstarrte. Es war nicht der Gutsherr, sondern Sigrun, die mit dünner Stimme fragte: »Darf ich reinkommen?«

80

Oskar

Das Warten brachte mich fast um. Ich saß im Flur vor dem Sprechzimmer des Stationsarztes, auf dessen Rückkehr ich wartete. Hier roch es nach Bohnerwachs und Karbol, an den weiß tapezierten, teilweise mit Holz verkleideten Wänden fand sich kaum etwas, das den Blick angezogen hätte.

Als ich mich unten bei der Schwester am Empfang gemeldet hatte, meinte diese, dass ich erst einmal mit Dr. Kronberg reden sollte, bevor ich meine Mutter aufsuchte.

Das beunruhigte mich zutiefst, doch es entsprach dem, was ich dem Telegramm entnommen hatte.

Ich weiß nicht, wie es mir gelungen war, gegenüber Lisbeth eine sorglose Miene zu wahren, wo mein Innenleben vor Sorge und Angst brannte.

Da sie wusste, dass ich mich mit meinem Mittelsmann treffen wollte, schöpfte sie auch keinen Verdacht, als ich ihr eröffnete, eine Reise machen zu müssen. Sie bestand nicht darauf mitzukommen, fragte auch nicht weiter, als ich ihr erklärte, dass die Sache mit meiner Arbeit zu tun hatte und geheim bleiben musste. Ich küsste sie und lächelte sie an, wissend, dass der größte Schrecken vor mir lag, den ein Sohn erleben konnte.

Als ich das Hotel verließ, dachte ich an meinen Kontaktmann. Der war aufgetaucht, kurz nachdem ich das Telegramm erhalten hatte. Beinahe hätte ich die Konditorei verlassen, ohne mit ihm zu reden. Doch es war gut, dass ich gewartet hatte. Die Unterlagen, die er mir gebracht hatte, lagen auf dem Schreibtisch im Hotel. Ich war sicher, dass Lisbeth hineinschauen würde. Aber was konnte sie schon mit Tabellen und Logbüchern anfangen?

»Herr Andersson?« Die Stimme versetzte mir einen derartigen Schrecken, dass ich sogleich von meinem Platz aufsprang.

»Ja?«

Der Mann in dem Kittel war noch recht jung, jünger jedenfalls als ich selbst. Ich hätte eher mit einem älteren Arzt gerechnet. Er stellte sich mir vor und bat mich dann, ihm in sein Sprechzimmer zu folgen.

Die Fragen hatten sich in mir während der Zugfahrt und den Momenten des Wartens derart angestaut, dass ich sie am liebsten alle gleichzeitig auf ihn abgefeuert hätte. Doch die einzige, die ich aussprechen konnte, war: »Wie geht es meiner Mutter?«

Dr. Kronberg schaute mich einen Moment lang an, als ringe er mit sich, wie schonend er mir die Wahrheit beibringen konnte.

»Nicht besonders gut«, antwortete er schließlich. »Aber sie schwebt immerhin nicht mehr in akuter Lebensgefahr.«

»Lebensgefahr!«, platzte es aus mir heraus. Etwas drückte gegen meinen Kehlkopf, und ich spürte, wie meine Hände zu zittern begannen.

»Ja, sie war in einem sehr ernsten Zustand«, entgegnete der Arzt ruhig. »Glücklicherweise konnten wir rasch herausfinden, was die Ursache war. Sie hat eine Menge Haare verloren, und auch die anderen Symptome passten.«

Ich hatte wieder die Haarsträhne vor Augen, die an meinen Fingern geklebt hatte. Meine Mutter hatte nie Haare verloren. Ihr Schopf war schon immer ihr ganzer Stolz gewesen. Nicht einmal das Alter hatte daran etwas geändert.

»Haarausfall ist ein typisches Anzeichen einer Thalliumvergiftung«, fuhr Dr. Kronberg fort. »Offenbar hat sie schon seit einer Weile Rattengift oder eine andere Substanz zu sich genommen.«

Ich fühlte keine Überraschung, nur eine maßlose Enttäuschung darüber, dass mein Verdacht sich bestätigt hatte.

Die Haarsträhne, die Mutter verloren hatte, war der Grund gewesen, weshalb ich Lisbeth mitnehmen wollte. Ich hatte schon einmal einen Fall gehabt, bei dem der Geschädigte Haare verloren hatte. Es war ein Kapitän gewesen, der bei seiner Mannschaft so verhasst gewesen war, dass sie begonnen hatten, ihn langsam mit Rattengift zu vergiften. Der Koch hatte es ins Essen gemischt, nachdem es ihm von den Besatzungsmitgliedern gebracht worden war. Als Kapitän aß der Mann nicht mit seinen Leuten, und so war es einfach gewesen.

Die Versicherung hatte mich damals als Ermittler eingesetzt, nachdem der Kapitän Schadensersatz gefordert hatte. Er war wirklich ein unangenehmer Zeitgenosse gewesen, doch es war auch nicht Recht gewesen, dass man ihn töten wollte. Für die Besatzungsmitglieder hatte es mit langen Zuchthausstrafen geendet. Der Kapitän, dessen Haarpracht ohnehin schon spärlich war, hatte danach eine Glatze und war nie wieder der Alte.

Ich wusste nicht, wie sie es angestellt hatte, doch ich hatte Lisbeth in Verdacht gehabt, ihr etwas ins Essen zu mischen. Allerdings hätte ich nicht erwartet, dass sich die Symptome verschlimmern würden, nachdem wir abgereist waren.

»Da es sich um eine Vergiftung handelt, haben wir die Polizei benachrichtigt«, fügte Dr. Kronberg hinzu. »Ich fürchte, als ihr Sohn werden Sie den Beamten Rede und Antwort stehen müssen.«

Ein heißer Schauer durchzog meinen Körper. War das also Lisbeths Rache? »Ich würde meine Mutter nie und nimmer vergiften!«, platzte es aus mir heraus.

»Das habe ich auch nicht behauptet«, gab der Arzt zurück und lehnte sich ein Stück auf der Tischplatte vor. »Aber irgendwer hat es getan, und Sie sollten unbedingt mit der Polizei reden, damit gar nicht erst ein falscher Verdacht aufkommt.«

81

Marlene

Ingrid war von Sigruns Auftauchen genauso überrascht wie ich. Diesmal hatte sie keine blauen Flecke im Gesicht und auch keine Platzwunden. Ihre Haut wirkte ungewöhnlich intakt.

Trotzdem sah sie furchtbar schlecht aus. Seit meinem letzten Gespräch mit ihr musste sie weitere Pfunde verloren haben. Ihr Gesicht wirkte wächsern gelb und die Schatten unter ihren Augen dunkelblau.

Ich bugsierte sie zu einem Küchenstuhl. »Setz dich doch und erzähle uns, was passiert ist.«

»Nichts ist passiert«, sagte Sigrun, nachdem sie meiner Aufforderung nachgekommen war. »Torben hat mich aus dem Haus geworfen.«

Ich konnte es nicht glauben. »Er hat dich …« Das war eine ganz neue Grausamkeit von ihm. Früher hatte er sie immer so dicht wie möglich bei sich behalten wollen. Und jetzt …

»Hat er dir einen Grund genannt?«, fragte ich.

Cäcilia schaute Sigrun mitleidig an, Ingrids Miene hingegen wirkte verschlossen. Offenbar erinnerte sie sich wieder an den Ärger, der folgte, nachdem Sigrun uns verlassen hatte und zu ihrem Ehemann zurückgekehrt war.

»Als wir uns in Nättraby getroffen haben, habe ich dir doch von dem Arzt erzählt, zu dem Torben mich geschickt hat«, sagte diese nun.

Ich nickte. Ich selbst hatte ihr geraten, auch wirklich hinzugehen.

»Er meinte, dass irgendwas mit meiner Verdauung nicht stimmt. Ich nehme ab, obwohl ich esse, ich habe Bauchschmerzen und Blutarmut. Der Arzt glaubt, es sei Krebs.«

Ich schnappte nach Luft. Dass solch eine gravierende Diagnose dabei herauskommen würde, hätte ich nicht erwartet.

»Er wollte mich wieder ins Krankenhaus schicken, aber …« Sie senkte den Kopf und begann zu weinen.

Ich ging zu ihr und schlang meine Arme um sie. Nach allem, was Sigrun erlitten hatte, erschien es mir furchtbar unfair, dass sie jetzt auch noch mit einer schweren Krankheit geschlagen wurde.

Ich hielt sie eine ganze Weile, und es dauerte, bis sie sich wieder beruhigt hatte. So richtig verstand ich noch nicht, warum Torben sie vor die Tür gesetzt hatte, nachdem er sie zuvor wie seinen Besitz behandelt hatte. Wenn sie krank war, brauchte sie Hilfe und vor allem eine Unterkunft!

»Hast du Torben davon erzählt?«, fragte ich und spürte, wie ein ungutes Gefühl in mir hochkroch.

Sigrun sah mich aus ihren glanzlosen, beinahe fiebrig wirkenden Augen an, und wieder begann ihr Kinn verräterisch zu zittern. »Ja, das habe ich. Er sagte, dass ich ihm zu nichts mehr nutze sei, und hat mich rausgeworfen.«

82

Liv

Es kostete mich einige Überwindung, zum Scheidungsanwalt zu gehen. Nachdem ich mich seit drei Tagen jeden Abend mit Alexej getroffen und wir unserer Lust freien Lauf gelassen hatten, wollte ich diese weiche Wolke der Zweisamkeit nicht verlassen. Ich wollte nichts von Sten hören, nichts von dem Bau der Stromleitungen. Am liebsten hätte ich mich mit Alexej auf ein Schiff begeben und wäre davongesegelt.

Dann war mir wieder bewusst geworden, dass ich eine Verantwortung hatte. Für den Rosenhag und seine Bewohnerinnen. Marlene musste wissen, was es mit der Trasse auf sich hatte.

Mit den Skantzes zu reden kam mehr denn je nicht infrage. Und Rudolph Ekström glaubte, dass es vergebens sei, sich mit Hugo Skantze zu treffen.

»Wir können von Glück reden«, hatte er gesagt, »dass unsere Verträge nach wie vor Bestand haben. Sollte er sich entscheiden, das Öl von einer anderen Reederei transportieren zu lassen, werden wir in Schwierigkeiten kommen.«

So hatten sich die Verhältnisse also verändert. Damals war ich es, die wegen der Lampenfabrik mit Sten anbandeln sollte. Und jetzt mussten wir befürchten, dass die Lampenfabrik uns nicht mehr wollte, weil Sten hinter Gittern saß.

»Gibt es denn vielleicht eine andere Möglichkeit«, fragte ich, »an Informationen über diese Stromleitung zu kommen?«

»Ich werde mich umhören«, versprach Ekström. »Ich sitze zwar nicht im Stadtrat, aber eine oder zwei Quellen könnten mir vielleicht Informationen liefern.«

Das würde allerdings dauern, und so beschloss ich, Hammerstein aufzusuchen. Ohnehin war ich ihm noch einen Besuch schuldig. Die Anhörung von Stens Anwälten musste bereits stattgefunden haben, und ob eine Entscheidung über seine vorläufige Freilassung gefällt worden war, wusste ich nicht. Ich hatte mir gesagt, dass Hammerstein mich schon benachrichtigen würde, wenn etwas geschah. Nun bot es den passenden Vorwand.

Der Mittwochmorgen war verhältnismäßig mild und erfrischend nach der Hitze der vergangenen Tage. In Alexejs Zimmer war mir die Wärme egal gewesen. Es gab nur uns zwei und die Dinge, die wir uns erzählten. So erfuhr ich auch, dass er davon träumte, eines Tages Kapitän zu werden.

Das besorgte mich ein wenig, denn ich dachte wieder an Marlene und ihren Mann. Der alte Spruch, nach dem der Apfel nicht weit vom Stamm fiel, kam mir in den Sinn. Aber noch wollte ich mich damit nicht beschäftigen.

In Hammersteins Kanzlei wurde ich von dem jungen Fräulein begrüßt. Sie war wie immer freundlich und zuvorkommend, und es dauerte auch nicht lange, bis ich in das Büro des Anwalts gebeten wurde.

»Ich fürchte, ich habe leider noch keine Neuigkeiten bezüglich Ihres Mannes«, begann er. »Ich weiß nur, dass in Kürze noch eine zweite Anhörung stattfinden soll.«

»Dann hat der Richter den Antrag also nicht bewilligt?«, fragte ich hoffnungsvoll.

»Bislang nicht. Aber das heißt noch nicht, dass wir erleichtert sein dürfen.« Hammerstein seufzte, und ich konnte ihm seine Frustration ansehen.

»Sten wird sicher verurteilt werden, sobald der Prozess beginnt. Die Richter werden ihn nicht ungeschoren davonkommen lassen. Nicht nach allem, was er getan hat.«

»Aber in der Zwischenzeit könnte er zurückkehren. Er könnte verlangen, dass Sie wieder mit ihm leben. Möglicherweise würde man Ihnen einen Mediator schicken, einen Pastor vielleicht, der Ihnen ins Gewissen reden soll.«

»Mein Entschluss steht fest«, gab ich zurück. Jetzt, da ich Alexej hatte, konnte mich niemand dazu bringen, bei ihm zu bleiben. »Ich werde mich von ihm scheiden lassen, so oder so!«

Hammerstein sah mich an, als bezweifelte er, dass das möglich sei. Doch ehe er weiter über Sten und die Scheidung reden konnte, fragte ich: »Haben Sie vielleicht etwas davon gehört, dass die Stromleitungen aus Karlskrona nach Nättraby erweitert werden sollen?«

»Stromleitungen?«, fragte er verwundert.

»Mein Onkel sprach mich darauf an. Ich bin nicht sicher, ob das der Wahrheit entspricht.«

Hammerstein brauchte einen Moment, um sich wieder zu fassen. »Nun, das sind Dinge, die nicht gerade in meiner Anwaltskammer diskutiert werden«, sagte er. »Sie werden sich wohl an die Elektrizitätsgesellschaft wenden müssen.« Er machte eine Pause, dann fragte er: »Hat das etwas mit Ihrem Mann zu tun?«

Ich schüttelte den Kopf. »Nein, nicht direkt. Wir waren bis vor Kurzem Eigentümer eines Grundstücks in Nättraby. Mein Mann hat das Haus einer Freundin überschrieben. Mein Onkel berichtete nun, dass er ein Angebot für Gutsland bekommen hätte – von der hiesigen Elektrizitätsgesellschaft.«

Hammerstein starrte mich nun an, als hätte ich den Verstand verloren. Doch ich redete weiter. »Er wollte auch meiner Freundin das Land abkaufen, um es an die Gesellschaft zu geben. Dabei bemerkte er dann etwas, von dem ich nicht weiß, ob es sich wirklich so verhält.«

»Und was wäre das?« Ich spürte, dass der Anwalt allmählich die Geduld mit mir verlor.

»Er sagte, dass man einen Landbesitzer enteignen könne, wenn es um das Wohl der Gesamtheit ginge.«

»Nun, ich bin kein Experte, was Grundstücksrecht angeht, aber so verhält es sich tatsächlich. Allerdings nur, wenn es zwingende Gründe gibt. Man könnte beispielsweise den Besitzer eines Gebäudes enteignen, wenn dieses als Lazarett gebraucht würde.«

Ein beunruhigendes Gefühl überkam mich. »Gehört eine Trasse mit Strommasten auch dazu?«

Hammerstein lehnte sich zurück. »Wenn sie dazu dient, den Fortschritt der Stadt zu befördern, dann, fürchte ich, könnte das tatsächlich der Fall sein.«

83

Marlene

Cäcilia hatte angeboten, Sigrun das Sofa zu überlassen, also füllten wir ein Bettlaken mit Stroh und formten für sie daraus eine provisorische Matratze. Da wir noch einige Daunen übrig hatten, bekam auch Sigrun ein neues Kopfkissen.

Cäcilia und Sigrun mussten im Wohnzimmer schlafen, doch ich hatte die Hoffnung, dass sie sich gut vertragen würden.

»Wird es gehen mit dem Strohsack?«, fragte ich Cäcilia, als sie begann, sich in ihrer Ecke des Zimmers einzurichten. »Immerhin bekommst du ein Kind.«

Eine weitere Lösung wäre gewesen, Cäcilia an meiner Stelle im Schlafzimmer schlafen zu lassen. Doch ich war Ingrids Schnarchen mittlerweile gewöhnt und überhörte es meist.

»Aber noch nicht jetzt«, lachte sie und winkte ab. »Es wird gehen. Dass ich umgekippt bin, lag nur daran, dass ich nichts gegessen und getrunken hatte. Jetzt fühle ich mich wieder wohl.«

Den Rest des Nachmittags nutzten wir dazu, die Himbeeren zu säubern.

Ingrid verschwand währenddessen mit Sigrun nach draußen. Sie blieben eine halbe Stunde im Garten, und ich wusste, dass sie miteinander redeten. Ich konnte mir denken, dass Sigruns unverhoffte Abreise neulich eines der Themen war.

Bei ihrer Rückkehr wirkte Ingrid erschüttert, aber nicht mehr so angespannt. Sie stellte sich an den Kochtopf und begann die Früchte nach und nach hineinzugeben.

Da die Masse eine ganze Weile kochen musste, weil wir keine Zitrone zur Hand hatten, blieb uns Zeit, die Gläser vorzubereiten. Innerhalb weniger Augenblicke füllte sich die Küche und wahrscheinlich auch der Rest des Hauses mit dem Duft von Himbeeren und Zucker, die zu einer Einheit verschmolzen. Das Wasser lief mir im Mund zusammen, und ich konnte das fertige Werk beinahe schmecken. Das hier war ein Duft, der berauschte und einen für einen Moment alle Sorgen vergessen ließ. Dabei fiel mir wieder ein, was Cäcilia gesagt hatte: Dass wir einige der Gläser auf dem Markt anbieten konnten. Bestimmt waren andere Menschen ebenso verrückt nach diesem süßen Duft und Geschmack wie ich.

Mit dem Geld würden wir Vorräte erwerben können und Dinge, die uns allen das Leben erleichtern konnten. Möglicherweise würde uns ein Bauer im Herbst genug Kartoffeln verkaufen, dass sie für den Winter reichten.

»Vielleicht sollte ich im Gasthaus fragen, ob sie uns einige Marmeladen abnehmen«, sagte ich, während ich die sauberen Gummiringe auf die Ränder der Gläser legte. »Möglicherweise überlässt uns der Wirt ein paar weitere leere Gläser.«

»Gute Idee«, sagte Ingrid. »Und den Rest bringen wir auf den Fischmarkt in Karlskrona.«

Bei dem Gedanken war mir nicht ganz so wohl. Der Fischmarkt wurde von den Seefahrerfrauen besucht, und ich war mir nicht sicher, wie sie jetzt zu mir standen. Die meisten hegten wahrscheinlich noch immer einen Groll gegen Bjarne – und damit gegen mich.

Ingrid schien mir das anzumerken, denn sie fügte hinzu: »Cäcilia und ich könnten uns an den Marktstand stellen. So bist du aus der Schusslinie, falls die Frauen wieder auftauchen.«

Ich spürte, dass Cäcilia mich fragend ansah.

»Marlene hat es nicht so mit den Seemannsfrauen«, sagte Ingrid, die den Blick bemerkte.

»Und sie nicht mit mir«, fügte ich hinzu. »Aber ja, warum die Gläser nicht auf dem Fischmarkt verkaufen?«

Zum Abendessen sollte es das Brot geben, das vom letzten Backen übrig geblieben war. Noch während ich es aufschnitt, bemerkte ich, dass Sigrun es mit einem leichten Abscheu anblickte. »Ist etwas nicht in Ordnung?«, fragte ich besorgt.

Sigrun wurde sofort hochrot im Gesicht. »Ich weiß nicht. Ich … ich will nicht undankbar sein, aber irgendwie geht es mir schlechter, wenn ich Haferbrei oder Brot esse. Der Arzt meinte, dass Krebs eine Abneigung gegen gewisse Speisen auslösen könnte.« Sie sah mich bittend und auch ein wenig peinlich berührt an. »Habt ihr vielleicht etwas anderes?«

Die Erwähnung ihrer Krankheit traf mich wie ein Schlag in den Magen. Ich überlegte. Wir aßen sehr viel Brot, Haferkleie und Haferflocken, daneben hatten wir aber auch Kartoffeln und einiges an Obst und Gemüse da, das wir aus unserem Garten geerntet hatten.

»Eine meiner Tanten vertrug auch kein Getreide«, meldete sich Cäcilia zu Wort, die gerade den Tisch deckte. »Sie hat nur Gemüse, Eier, Kartoffeln und Bohnen gegessen. Damit ging es ihr sogar sehr gut. Sie hat sogar wieder etwas zugenommen.« Sie blickte an. »Willst du das vielleicht mal ausprobieren?«

»Ja«, sagte Sigrun mit einem leichten Hoffnungsschimmer im Gesicht.

Ich hatte keine großen Erfahrungen mit so schwer kranken Menschen, doch ich bezweifelte, dass ihr das bei ihrem Leiden helfen würde. Aber wir brauchten ihr ihre letzten Tage, Wochen oder Monate nicht damit zu belasten, dass sie sich vor dem Essen ekelte oder sogar Schmerzen bekam.

Ich holte ihr also etwas Obst, Gemüse und Nüsse und bereitete uns allen einen Salat aus Wildkräutern zu, die ich aus dem Garten pflückte. Zu meiner großen Überraschung aß Sigrun mit einigem Appetit, und offenbar vertrug sie die Mahlzeit auch recht gut.

Danach saßen wir bei Kräutertee im Garten und schauten der Sonne zu, wie sie sich langsam hinter den Wald verabschiedete. Ingrid stimmte plötzlich ein altes Lied an, und ich staunte darüber, was für eine klare, helle Singstimme sie hatte. Zuvor hatte ich sie nie singen hören. Sigrun lauschte andächtig, während Cäcilia einen verklärten Blick bekam. Erinnerte sie sich an ihre Mutter? An andere Zeiten? Es war merkwürdig, aber auch ich fühlte in diesem Augenblick doch so etwas wie Frieden.

»Ich wusste gar nicht, dass du singen kannst«, sagte ich zu Ingrid, nachdem wir das Licht im Schlafzimmer gelöscht hatten und unter den Bettdecken verschwunden waren.

»Ich weiß nicht, es ist einfach über mich gekommen«, gab sie zurück. »Dieser Ort hier … er verändert mich. In Karlskrona hatte ich so viele Sorgen, dass ich gar nicht ans Singen gedacht habe. Aber hier … Ich fühle mich anders. Besser.«

Das sah man ihr auch an. Und ich spürte, dass sie mit Sigrun etwas mehr im Reinen war.

»Habt ihr geredet?«, fragte ich. »Ich meine, Sigrun und du?«

»Ja, das haben wir«, antwortete sie. »Und ich schäme mich jetzt beinahe, dass ich wütend auf sie war. Die ganze Sache mit ihrem Mann … Ich verstehe zwar immer noch nicht, wie sie zu ihm zurückkehren konnte, aber jetzt ist wohl nicht die Zeit für Vorwürfe, nicht wahr?«

»Nein, das ist es nicht«, stimmte ich ihr zu. »Dass sie auch mit allem so geschlagen sein muss …«

»Es war herzlos, was der Mistkerl gemacht hat, aber möglicherweise ist es das Beste so. Auf diese Weise ist sie ihn los und kann ihre letzten Tage hier verbringen.«

Wenn ich ehrlich war, sah ich das genauso. Aber es machte mich ärgerlich, dass er sie einfach so weggeworfen hatte, weil sie ihm nicht mehr *nützlich* war.

»Hat sie dir erzählt, ob sie noch in der Lampenfabrik gearbeitet hat?«, fragte ich. »Ich habe mich nicht getraut, das zu fragen …«

»Sie meinte, ihr Mann hätte dort für sie gekündigt. Sie war da, wurde aber weggeschickt.«

Ich schnaubte. »Offenbar hängt Skantze immer noch an Torben. Dass er ihr einfach so die Lebensgrundlage entziehen kann …«

»Die Skantzes wissen sicher nicht, dass er sie rausgeworfen hat. Reiche Leute verschließen gern die Augen vor dem Elend der anderen.«

Ich konnte nicht sagen, dass ich meiner Arbeit dort noch weiter nachtrauerte. Hier waren wir frei, und niemand konnte uns vor die Tür setzen. Wir sorgten für uns selbst, auch wenn wir schauen mussten, wie wir das bei fünf Personen, wenn Liv hier war, anstellten.

Doch für Sigrun tat es mir leid. Hätte sie die Stelle behalten, wäre ihr auch ein Stück Selbstständigkeit geblieben. Sie hätte sich ein Zimmer nehmen können …

Aber dann hätte sie trotzdem jeden Tag ihren Mann sehen müssen. Ingrid hatte recht, es war besser so, dass Sigrun hier bei uns war. Auch wenn mir vor dem Tag graute, an dem sie von der Krankheit überwältigt wurde.

84

Liv

»Du wirkst besorgt«, sagte Alexej, während seine Hand sanft über die Rundung meiner Taille streichelte. In der vergangenen Stunde hatten wir uns geliebt, als wäre es das erste Mal. In diesen Augenblicken hatte ich mich so frei, schön und lebendig wie noch nie gefühlt.

Aber mit der Ruhe kamen auch die Gedanken zurück.

»Ich glaube, ich habe mich heute bei Herrn Hammerstein zur Närrin gemacht«, begann ich, während ich näher an ihn heranrückte. Dabei dachte ich sehnsüchtig daran, wie schön es doch wäre, wenn ich mit ihm einfach verschwinden könnte.

»Warum das?«, fragte er.

»Ich habe ihn wegen der Stromtrasse befragt. Möglicherweise mehr, als es mir zugestanden hätte. Immerhin ist er mein Scheidungsanwalt und kein Grundstücksverwalter.«

»Und was hat er gesagt?«

»Er wusste nichts davon. Aber er gehört auch nicht zu jenen, die mit den zuständigen Herren zu tun haben. Er meinte allerdings, dass es tatsächlich möglich wäre, einen Grundstückseigentümer zu enteignen, wenn dieser seinen Besitz nicht aufgeben wollte.«

»Dir können sie doch nicht das Haus wegnehmen wollen!«

»Mir nicht, aber Marlene.« Ich beobachtete, dass seine Miene ernst wurde. Wir hatten schon lange nicht mehr von ihr gesprochen, und ich hatte das Gefühl, dass es ihm unangenehm war, ihren Namen zu hören. »Ihr gehört die Waldhütte, bei der du warst. Mein Onkel, der Gutsherr, erklärte mir, dass er Land verkaufen wolle, damit die Stromtrasse gebaut werden kann. Und dass Marlenes Haus im Weg stehen würde.«

»Das betrifft doch aber nicht dich, nicht wahr?«

»Schon, aber ich bin ihre Freundin. Und das Haus hat … früher meinem Vater gehört.«

Alexej presste die Lippen zusammen. Ich spürte die Frage hinter seinem Schweigen. Aber ich konnte sie ihm nicht beantworten. Noch nicht. Wir mochten körperliche Zweisamkeit teilen, und ich spürte Liebe, wann immer ich ihn ansah. Doch das war eine Geschichte, die mir peinlich war. Außer Marlene wusste niemand davon. Nicht einmal Sten kannte sie in allen Einzelheiten. Er wusste lediglich, dass ich eine uneheliche Tochter des alten Claudius von Wik war.

»Wirst du mir irgendwann davon erzählen?«, fragte er, als ahnte er, dass ich ihm etwas verschwieg.

»Irgendwann sicher«, sagte ich. »Aber nicht jetzt.«

Er nahm das mit einem Nicken hin und fragte dann: »Kann ich etwas tun?«

Ich zog überrascht die Augenbrauen hoch. Alexej um Hilfe zu bitten war mir bisher nicht in den Sinn gekommen. Die Werft war auch eigentlich kein Ort, an dem über die Elektrifizierung gesprochen wurde.

»Ich wüsste gern, ob etwas dran ist an der Geschichte, oder ob mein Onkel sich das nur ausdenkt, um an das Haus zu kommen. Strommasten können doch überall gebaut werden, nicht nur gerade dort, wo das Rosenhag steht.«

Er zog mich in seine Arme und glitt wieder auf mich. Wenig später spürte ich, wie er in mich eindrang.

»Ich werde mein Bestes geben«, sagte er lächelnd.

85

Marlene

Am nächsten Morgen fanden wir uns alle wieder in der Küche ein. Sigrun wirkte ein wenig ausgeruhter, Cäcilia jedoch sah aus, als hätte sie kein Auge zugetan. Ich wusste, dass es Zeit brauchte, um sich an einen anderen Menschen in seinem Schlafzimmer zu gewöhnen. Auch mit Bjarne hatte ich die ersten Nächte nicht richtig schlafen können, was nicht nur daran gelegen hatte, dass wir die Hände nicht voneinander lassen konnten.

Ich hatte mit Ingrid besprochen, dass sie Himbeeren, Milch und eine warme Kartoffel mit etwas Öl zum Frühstück bekam. Wir anderen aßen Haferbrei mit den verbliebenen Himbeeren.

Ingrid hätte noch mehr davon zu Marmelade verkochen können, doch uns waren die Gläser ausgegangen. Ich schaute rüber zum Fenster, unter dem sie standen und seit dem Abend auskühlten.

»Was haltet ihr davon, wenn wir heute noch einmal sammeln gehen?«, sagte ich. »Diesmal wir alle. Außer du, Sigrun, wenn du dich nicht so wohl fühlst …«

»Ich kann gern helfen«, gab sie zurück. »Wenn ich allein bin, muss ich nur wieder daran denken …«

Die Stimme versagte ihr, und ich wusste, dass es besser wäre, ein anderes Thema anzuschneiden.

»Also gut, dann kommst du mit«, sagte ich. »Aber sag es uns, wenn es dir schlecht geht, ja? Dann setzen wir dich in den Schatten, und du genießt die Waldluft.«

Sigrun nickte, und ein kleines Lächeln spielte um ihren Mund.

Eine Stunde später brachen wir auf. Wir versuchten, Rücksicht auf Sigrun zu nehmen, indem wir langsam gingen. Sie musste sich schwach fühlen, doch sie beschwerte sich nicht. Am Himbeerfeld angekommen, war sie allerdings nicht in der Lage, gleich mit dem Pflücken zu beginnen. Also ließen wir sie sich ausruhen und machten uns an die Arbeit.

»Man sollte einige der Pflanzen mitnehmen«, sagte Ingrid, während wir unsere Körbe füllten. »Es wäre doch möglich, sie auszugraben, nicht wahr?«

»Man kann sie aus Ablegern züchten.« Ich deutete auf eine kleine Ranke, die aus der Erde spross. »Allerdings sollten wir aufpassen, dass sie nicht unser gesamtes Grundstück überwuchern.«

»Die Rosen könnten ruhig ein wenig nützliche Konkurrenz bekommen«, gab sie zurück. »Sie sind zwar schön, aber was kann man daraus machen?«

»Rosenwasser«, sagte Cäcilia. »In Stockholm benutzen es viele Frauen für ihre Schönheitspflege.«

»Stell dir mal vor, wir böten das auf dem Fischmarkt an«, sagte ich.

»Meinst du das im Ernst?«, fragte Ingrid skeptisch.

»Natürlich! Einige der Damen haben bestimmt Interesse daran. Ich kann es schon vor mir sehen: Rosenwasser aus dem Rosenhag!«

»Nur müssten wir dann herausbekommen, wie man so was herstellt.«

»Es gibt Bücher darüber«, sagte Cäcilia. »Ich bin sicher, dass man in einer Bibliothek fündig wird.«

Ein Lächeln huschte über mein Gesicht, während ich meine Mitstreiterinnen anschaute. Konnte es wahr sein, dass wir mal nicht irgendwelche Probleme wälzten? Dass wir in die Zukunft schauen und andere Pläne machen konnten?

Nach einer Weile beteiligte Sigrun sich ebenfalls am Sammeln der Himbeeren. Ihre Kraft schien durch das Ruhen im Schatten ein wenig zurückgekehrt zu sein. Sie pflückte nicht so viel wie wir, doch sie bemühte sich. Sie so zu sehen, rührte mich beinahe zu Tränen.

Auch in der Fabrik war sie fleißig gewesen, trotz der Schmerzen, die ihr Mann ihr zugefügt hatte. Wahrscheinlich hätte sie auch trotz der Krankheit, die an ihr zehrte, einfach weitergemacht, ihren Mann umsorgt. Und wie dankte er es ihr? Wie dankte er ihr die Jahre, die sie ihm ein angenehmes Leben bereitet hatte? Mit einem Rauswurf, jetzt, da sie schwach wurde und selbst versorgt werden musste.

Dieser Gedanke verfolgte mich so sehr, dass ich die Last der vollen Himbeerkörbe auf dem Rückweg kaum spürte.

»Wir werden dafür sorgen, dass es dir gut geht«, sagte ich zu Sigrun. Ingrid und Cäcilia waren ein Stück vor uns. »Wir haben nicht viel, aber wir werden dich nicht im Stich lassen.«

Ein trauriges Lächeln huschte über Sigruns Gesicht. »Ich habe immer gedacht, dass ich alt werden würde. Ich kann es nicht fassen, dass ich bald schon sterben soll.«

»Der Arzt hat dir nicht gesagt, wie lange du noch hast, richtig? Du kannst Wochen haben, aber vielleicht auch Monate und Jahre.« Mir kam etwas in den Sinn. »Vielleicht solltest du eine zweite Meinung einholen. Wir haben hier im Ort einen jungen Arzt, der sich dich noch einmal anschauen könnte.«

»Aber was soll er denn tun?«, fragte Sigrun hoffnungslos.

»Nun, möglicherweise findet er einen Weg, dein Leiden zu lindern. Dir Zeit zu verschaffen.«

»Wenn er jung ist, hat er sicher noch keine Erfahrung.«

»Er erscheint mir klug und wissbegierig«, erwiderte ich. »Möglicherweise weiß er etwas, das die alten Ärzte noch nicht kennen. Der Fortschritt geht immer voran. Ich bin davon überzeugt, dass Leiden, die Menschen früher getötet haben, schon bald heilbar sein werden. Einige sind es ja sogar jetzt schon, wenn man etwa daran denkt, dass die Diphterie behandelt werden kann.«

Diphterie war bei einer der Seemannsfrauen und ihrer Tochter aufgetreten. Anstelle des üblichen Kehlkopfschnittes hatte der Arzt ihnen eine Spritze mit einem sogenannten Antitoxin verabreicht. Beide wurden wieder gesund.

Sigrun überlegte einen Moment lang, dann antwortete sie: »Was kann es schon schaden. Aber wird der Doktor nicht viel Geld verlangen?«

»Darüber mach dir keine Gedanken.« Natürlich würde er Geld verlangen, aber ich war sicher, dass wir einen Weg finden würden. »Wir wollen demnächst Rosenwasser verkaufen, nicht wahr?«

Als wir das Haus erreichten, freute ich mich auf frisches, kühles Wasser, denn unsere Trinkflaschen waren leer.

Ich sah, dass Cäcilia die Pforte öffnete, um uns einzulassen. Dann sah ich noch etwas anderes.

Oskar erhob sich von der kleinen Bank, die wir neben den Hauseingang getragen hatten. Seine Augen wirkten stumpf, seine Haut grau. Er machte den Eindruck, als hätte er tagelang nicht geschlafen.

Ich hatte ihn nie mehr wiedersehen wollen, doch jetzt flammte Sorge in mir auf.

»Was ist?«, fragte ich, während mein Herz gegen meine Rippen zu pochen begann.

»Ich brauche deine Hilfe«, sagte er mit müder, aber eindringlicher Stimme. »Und es ist eilig.«

86

Marlene

Ich wollte Oskar in die Küche bitten, doch er schüttelte den Kopf und schaute zu den anderen Frauen, die auf dem Gehweg stehen geblieben waren. »Ich muss dich allein sprechen.«

»Geht schon mal hinein«, wandte ich mich an Ingrid, Cäcilia und Sigrun, dann führte ich Oskar zu den Gemüsebeeten, die weit genug vom Haus entfernt waren, dass die anderen uns nicht hören konnten.

»Also?«, fragte ich und verschränkte die Arme vor der Brust.

»Ich weiß, dass du mir noch immer wegen des Artikels böse bist. Ich kann es mir nur so erklären, dass Lundström das Notizbuch gefunden hat, in dem ich die Rohfassung notiert hatte. Die getippte Version hatte ich gleich verbrannt.« Er seufzte schwer. »Wenn du mir schon nichts anderes glauben kannst, dann bitte wenigstens das. Ich hätte euch niemals schaden wollen!«

Ich erinnerte mich an das Notizbuch, und so, wie er mich ansah, war es möglicherweise wahr. Aber das erklärte noch lange nicht, wie der Verleger von Livs Scheidung erfahren hatte. Und dass auf einmal Oskars Ehefrau wieder in seinem Leben aufgetaucht war.

»Ich weiß, dass ich nach allem, was ich dir verheimlicht habe, kein Recht habe, dich um etwas zu bitten, doch …« Er stockte, und sein Blick wurde flehentlich. »Ich weiß nicht, an wen ich mich sonst wenden soll.«

Ich hatte mir vorgenommen, ihn nie wieder an mich heranzulassen, aber konnte ich ihm Hilfe verweigern? Wo er doch dafür gesorgt hatte, dass Bjarne von seiner Schuld befreit wurde? Wo wir beide so viel füreinander gewesen waren?

»Worum geht es denn?«, fragte ich ein wenig sanfter.

»Wäre es dir möglich, morgen nach Stockholm zu fahren?«

»Stockholm?«, echote ich. »Was soll ich da?«

Oskar atmete zitternd durch. »Ich fürchte, dass Lisbeth dabei ist, meine Mutter zu vergiften.«

Ich schüttelte den Kopf. »Deine Frau will deine Mutter vergiften?«, fragte ich entgeistert. »Hast du einen Beweis dafür?«

Oskar ließ sich auf einem Baumstumpf nieder und stützte sich auf die Ellenbogen. »Damals, als ich nach Stockholm fuhr, um mit meinem Vorgesetzten zu sprechen, fand ich meine Mutter krank in ihrer Wohnung. Lisbeth hatte bei ihr gewohnt, dann überraschte sie mich hier in Karlskrona, und ich kehrte mit ihr nach Stockholm zurück, weil ich sie einfach nicht loswerden konnte.«

Er wischte sich übers Gesicht und schaute mich wieder an. Eine große Müdigkeit ging von ihm aus, und obwohl er eigentlich für mich erledigt sein sollte, erwachte der Wunsch in mir, ihn in meine Arme zu nehmen.

»Der Doktor meinte, meine Mutter hätte sich eine Grippe zugezogen. Als du zu mir kamst, lag sie noch im Bett, und das Fieber hatte gerade nachgelassen.«

»Davon wusste ich nichts«, sagte ich erschüttert. Hätte ich anders reagiert, wenn ich es gewusst hätte?

»Ich hätte es dir sagen müssen. Wie so vieles andere.« Wieder atmete er schwer durch. »In den folgenden Tagen besserte sich ihr Zustand. Eigentlich hätten wir uns alle anstecken müssen, aber das geschah nicht. Nach einer Weile ging es meiner Mutter wieder gut. Bis mir etwas aufgefallen ist.«

»Und das wäre?«, fragte ich, während ich die Arme um meine Schultern schlang.

Obwohl es draußen warm war, hatte ich plötzlich das Gefühl, dass ein kalter Wind über meinen Nacken zog.

»Sie verlor ihre Haare.« Er rang mit seiner Beherrschung. »Meine Mutter, die immer so stolz auf ihren Haarschopf war, konnte sich ganze Strähnen aus dem Haar ziehen! Sie schob es auf die Grippe und die Medikamente, die sie bekommen hatte. Doch ich hatte sofort ein übles Gefühl. Ich wusste nicht wirklich warum, aber ich wollte Lisbeth nicht mehr in ihrer Nähe lassen. Also habe ich sie nach Malmö mitgenommen.«

Er atmete zitternd durch. »Gestern kam ein Telegramm unseres Hausarztes. Meine Mutter hatte einen Rückfall erlitten und war ins Krankenhaus eingeliefert worden. Die Ärzte dort haben festgestellt, dass sie an einer Thalliumvergiftung leidet.«

Ich konnte mir kaum vorstellen, dass jemand dazu in der Lage war, einen anderen Menschen zu vergiften. Sofort begann mein Magen zu brennen.

»Ich habe mich unverzüglich zu ihr auf den Weg gemacht«, fuhr Oskar fort. »Sie … sie wirkte so schwach. Der Arzt meinte, dass sie nicht mehr in Lebensgefahr sei, aber dennoch … Sie haben es der Polizei gemeldet.«

»Und was meint diese?«

»Ich bin lange befragt worden. Wie es aussieht, haben sie auch mich unter Verdacht.«

Ich schlug erschrocken die Hand vor den Mund. Wenn ich eines wusste, dann, dass Oskar kein Mörder war und seiner Mutter niemals etwas antun würde.

»Ich habe ihnen gesagt, was ich wusste, und dass ich gegen meine Frau Verdacht geschöpft hatte. Dass ich sie von meiner Mutter weghalten wollte, damit sie nicht …« Seine Stimme brach, und er brauchte eine Weile, bis er wieder weiterreden konnte. »Ich kann nur hoffen, dass sie mir glauben.«

Beklommenheit erfasste mich. Sie legte sich wie ein Ring um meine Brust und ließ allen Groll, den ich gegen ihn gehegt hatte, unwichtig erscheinen. »Woher sollte deine Frau dieses Gift haben?«, fragte ich.

»Es ist in Rattengift enthalten«, antwortete er. »Ich habe keine Ahnung, wie sie es in unsere Lebensmittel gebracht hat, oder in welche Lebensmittel. O Gott!«, rief er aus und verbarg sein Gesicht für einen Moment in seinen Händen. »Wer weiß, wie lange das schon ging!«

»Was kann ich tun?«, fragte ich besorgt. »Soll ich deine Mutter hierher holen in den Rosenhag?«

Oskar schüttelte den Kopf. »Nein, ich … ich möchte dich bitten, der Polizei die Wohnung zu öffnen. Ich habe mit den Beamten gesprochen, doch ich muss wieder nach Malmö. Lisbeth weiß nicht, dass ich wegen meiner Mutter fort bin, sonst käme sie vielleicht auf die Idee, mir nachzureisen. Wenn sie wirklich …«, Tränen traten jetzt in seine Augen, »… etwas mit dem Gift zu tun hat, könnte sie versuchen, es beiseite zu schaffen.«

Seine Worte hingen in der Luft. Nur wenige Male in meinem Leben hatte ich mir Sorgen um Menschen gemacht, die ich gar nicht kannte. Bei Sturmwarnungen etwa, selbst wenn das Schiff meines Mannes sicher im Hafen lag. Auch heute noch bangte ich um Seeleute, wenn ein Sturm heraufzog, denn ich wusste, wie viel Leid er bringen konnte. Und jetzt sorgte ich mich um Oskars Mutter, auch wenn ich außer dem Sauerteig, den sie uns hatte zukommen lassen und den wir nach wie vor nutzten, nichts mit ihr zu tun hatte.

»Also gut, ich fahre«, sagte ich.

Oskar blickte mich an. »Wirklich?«

Ich nickte, dann sagte ich: »Deine Mutter ist eine Frau in Not, nicht wahr?«

87

Marlene

Tags darauf saß ich im Zug nach Stockholm, während Oskar gestern wieder nach Malmö gefahren war. Wohl war mir bei der ganzen Sache nicht. Wenn Lisbeth erfuhr, dass ich in der Wohnung war, würde sie behaupten, ich hätte ihr das Gift untergeschoben?

Oskar hatte mir versichert, nicht einmal seiner Mutter von meiner Reise zu erzählen. Dennoch war ich beunruhigt. Was, wenn seine Frau die Schuld auf ihn schob? Sie schien ein ziemlich durchtriebenes Frauenzimmer zu sein. Und was war der Grund? Hatte Oskars Mutter dafür gesorgt, dass sie sich trennten? Er hatte nie dergleichen gesagt. Aber er hatte ja nicht einmal erwähnt, dass er noch verheiratet war.

Die Reise zog sich, und nach einer Weile sehnte ich mich ins Rosenhag zurück. Der gestrige Tag war bis zu Oskars Auftauchen beinahe unbeschwert gewesen. Ingrid, Cäcilia und Sigrun standen jetzt sicher in der Küche und putzten die Himbeeren. Ich hatte heute Morgen eine Handvoll gegessen, doch zum Mitnehmen taugten sie nicht, also begnügte ich mich mit Brot.

Erst am späten Nachmittag erreichte der Zug Stockholm. Diesmal war mir die Stadt schon vertrauter. Auch an den Weg zum Haus seiner Mutter erinnerte ich mich gut.

Oskar hatte mir angeboten, dort zu übernachten, aber das wollte ich nicht. Stattdessen hatte ich ihn darum gebeten, mir eine günstige

Unterkunft zu nennen. Er hatte darauf bestanden, die Unterkunft zu bezahlen, und mir die Adresse gegeben.

Wie ich feststellen konnte, befand sich die kleine Pension nur wenige Schritte von der Wohnung seiner Mutter entfernt. Die Hauswirtin, der er telegrafiert hatte, empfing mich herzlich. Frau Billström war eine ältere Frau, die ich auf etwa sechzig Jahre schätzte. Sie trug sehr elegante Kleidung, ihr von silbernen Strähnen durchzogenes Haar war zu einem Dutt zusammengesteckt. So wie sie stellte ich mir Oskars Mutter vor.

Frau Billström wies mir ein kleines, aber sehr hübsch eingerichtetes Zimmer zu. Alles hier war weiß, von den Möbeln bis zur rüschenbesetzten Bettdecke. Die Vorhänge waren mit zarten rosa Schleifen verziert, kleine Rosen, die offenbar mit einer Farbwalze aufgetragen worden waren, zierten die Wände.

Ich dachte an mein Zimmer bei Ove und Siri in Karlskrona zurück. Es war bei Weitem nicht so luxuriös gewesen.

Da mein Magen vernehmlich knurrte, bat die Zimmerwirtin mich in die Küche. Dort entdeckte ich auf einem kleinen Bord das Bild eines Hochzeitspaars.

»Mein Mann ist vor fünf Jahren gestorben«, erklärte sie, als sie meinen Blick bemerkte. »Er war ein guter Mann, ein Beamter. Er ist siebzig Jahre alt geworden, was eigentlich ein langes Leben ist. Und doch war es nicht genug. Ich hätte noch eine ganze Ewigkeit an seiner Seite sein können.«

Sie lächelte mich an, und ich fühlte einen Stich in meiner Brust. Auch ich hätte noch ein ganzes Leben mit Bjarne verbringen können. Dasselbe hatte ich von Oskar gedacht. Mittlerweile gab es niemanden mehr, mit dem ich eine Ewigkeit verbringen konnte.

Das Essen war reichhaltig und herzhaft: Fischsuppe als Vorspeise, Kalbsbraten mit Gemüse als Hauptgang und zum Abschluss ein kleines Stück Käsekuchen. Ich war solche Gerichte nicht gewöhnt und spürte bald, dass ich satt war, doch die Speisen waren so gut, dass ich kaum aufhören konnte. Frau Billström erklärte, dass sie für Gäste immer gut und reichhaltig kochte, denn die meisten waren Handlungsreisende, die im Laufe des Tages kaum etwas zu essen bekamen.

Als ich mich zu Bett begab, fühlte ich mich wie in einer weichen Wolke.

Viel Schlaf erhielt ich allerdings nicht. Oskars Worte wirbelten durch meinen Verstand. Seine Verzweiflung, die Angst, die in seinen Augen gelodert hatte. Zu gern hätte ich ihn in meine Arme gezogen. Aber er war immer noch der Ehemann einer anderen – auch wenn er diesen schrecklichen Verdacht gegen sie hegte. Ich konnte froh sein, wenn er ihretwegen nicht noch größere Schwierigkeiten bekam.

Am Morgen erhob ich mich erst gegen acht Uhr, was ungewöhnlich für mich war. Die Hauswirtin hatte ein Frühstück bereitgestellt, von dem ich aber nur einen Streuseltaler mit Johannisbeeren aß, weil die Aufregung in meinem Magen wühlte. Wie würde die Wohnungsdurchsuchung ablaufen? Würden die Polizisten vielleicht auch mich befragen? Da ich Oskars Mutter nie gesehen hatte, konnten sie mir auch keine Untat unterstellen – aber was, wenn sie mich über Oskar aushorchten?

Immerhin brauchte ich diesmal nicht den Hausmeister zu bemühen, ich hatte ja das Schlüsselbund, das Oskar mir gegeben hatte. Vor der Haustür wartete ich auf die Beamten. Oskar hatte vereinbart, dass sie gegen zehn Uhr erscheinen würden.

Unsicher blickte ich an meiner Kleidung hinab. Mein Witwenkleid war sauber, aber es wirkte schon etwas schäbig. Viel zu schäbig für eine Umgebung wie diese.

Die Glocke einer benachbarten Kirche schlug zehn. Ich reckte den Hals. Die Polizisten waren noch nirgends zu sehen, aber möglicherweise erkannte ich sie gar nicht als solche. Womöglich trugen sie keine Uniformen.

Nach einer Weile überquerte eine kleine Männergruppe die Straße. Zwei von ihnen waren uniformiert, der dritte nicht. Sie kamen direkt auf mich zu. Mein Herz wummerte mir bis zum Hals.

»Sind Sie Frau Walsted?«, fragte der Mann im dunklen Anzug, der sich mir als Kommissar Öreland vorgestellt hatte.

»Ja«, antwortete ich, und es war mir ein wenig unangenehm, dass er meinen Namen aufschrieb.

»In welcher Beziehung stehen Sie zu Frau Andersson?«

»Ich bin nur eine Bekannte ihres Sohnes. Ich wohne in Nättraby. Er hat mich gebeten, Ihnen aufzuschließen. Ich selbst war bisher nicht in der Wohnung.«

Kommissar Öreland betrachtete mich prüfend, dann nickte er und gab seinen Männern die Anweisung, mir nach oben zu folgen.

Mit zitternden Händen schloss ich die Wohnungstür auf, vor der ich mit Oskar geredet hatte. Am liebsten wäre ich vor der Tür geblieben, doch der Kommissar bestand darauf, dass ich eintrat.

Beklommen stand ich im Flur, während die Männer begannen, die Räume abzusuchen. Öreland wies sie an, sämtliche Lebensmittel einzupacken, auch Seife und Kleider. Ich war nicht sicher, ob die Art, wie sie sich verhielten, Oskars Mutter gefallen hätte. Aber hier ging es um ihr Leben und die Tatsache, dass herausgefunden werden musste, wie sie so schwer krank werden konnte.

Schließlich stapelten sich mehrere Kisten im Flur. Einer der Polizisten wurde angewiesen, die Kutsche zu holen, die sie ein Stück weit entfernt vom Haus abgestellt hatten. Ich dachte schon, dass ich jetzt gehen könnte, doch der Kommissar trat noch einmal zu mir.

»Sie sagten, dass Sie eine Bekannte von Frau Anderssons Sohn sind«, begann er. »Welchen Eindruck haben Sie von ihm und seiner Frau?«

Das war die Frage, vor der ich mich gefürchtet hatte. Welchen Eindruck hatte ich? Was würden sie dazu sagen, dass ich Oskars Frau nicht mochte, ihn aber geliebt hatte? Und mit einem Stück meines Herzens immer noch liebte.

»Seine Frau habe ich nur einmal kurz gesehen«, antwortete ich. »Ich kann nicht sagen, wie sie ist. Herrn Andersson kenne ich von Ermittlungen bezüglich des Schiffsunglücks meines Mannes.«

Ich spürte, wie er die Ohren spitzte. »Wurde er beschuldigt?«

»Nein, natürlich nicht!«, entfuhr es mir. Allein schon, dass er an so etwas dachte … »Er stellte sich mir als Ermittler der Seehaftpflichtversicherung vor. An einem gewissen Punkt hat er mich um Mithilfe gebeten. Von daher kann ich sagen, dass er ein ehrenwerter Mann ist.«

Öreland machte sich Notizen und fragte dann: »Hat er in Gesprächen seine Mutter erwähnt? Da Sie hier sind, muss zwischen Ihnen ein gewisses Vertrauensverhältnis bestehen.«

Es wäre unklug gewesen zuzugeben, dass wir ein Paar gewesen waren, bis seine Ehefrau auftauchte. Also sagte ich: »Es war ihm gelungen, den wahren Schuldigen an dem Schiffsunglück zu überführen und meinen verstorbenen Ehemann zu entlasten. Deshalb habe ich mich bereit erklärt, ihm zu helfen.«

»Und von Streitigkeiten zwischen ihm und seiner Mutter hatte er nicht berichtet?«

Ich schüttelte den Kopf. »Nein. Ich hatte das Gefühl, dass die beiden ein gutes Verhältnis zueinander haben. Sie hat ihm einmal Sauerteig für mich mitgegeben.«

Ich sah, wie der Kommissar die Stirn kurz runzelte, aber auch das wanderte auf seinen Notizblock. »Und wie hat er über seine Frau gesprochen?«

Gar nicht, wäre mir beinahe herausgerutscht. Doch ich hielt die Worte zurück. »Er beschrieb sein Verhältnis zu seiner Frau als schwierig. Mehr kann ich dazu nicht sagen.«

Öreland schaute mich auf diese Worte hin lange an. Spürte er, dass zwischen Oskar und mir mehr war als nur Dankbarkeit und der Wille, einen Gefallen zu erwidern?

»Gut, das wäre dann alles«, sagte er schließlich und reichte mir eine Visitenkarte. »Sollte Ihnen noch etwas einfallen, das uns in diesem Fall nützlich sein könnte, melden Sie sich bitte.«

»Das werde ich«, gab ich zurück, und obwohl ich erleichtert hätte sein können, war ich es nicht.

88

Oskar

Die Zeit dehnte sich gefühlt unendlich, während ich aus dem Fenster meines Hotelzimmers blickte. Noch immer saß mir die Zugfahrt in den Gliedern, die von zwei schlaflosen Nächten gefolgt worden war. Der Stapel Unterlagen, den ich von dem Mittelsmann bekommen hatte, lag vor mir, doch ich hatte ihn schon seit vielen Minuten nicht mehr angerührt. Auch meine Schreibmaschine, die man mir nachgeschickt hatte, schwieg.

Norrland hatte recht gehabt, der Fall war wesentlich einfacher gelagert als in Karlskrona, und ich brauchte auch kein Versteckspiel zu spielen. Die Unterlagen wurden mir von einem Mittelsmann gebracht, und ich konnte sie in meinem Hotelzimmer durchsehen.

Schon bald war mir klar geworden, dass es keinen derartigen Skandal wie bei Boregard geben würde. Es war ein ganz einfacher Fall von Betrug, nicht mal besonders intelligent gemacht. Am Ende der Woche würde ich meinen Bericht abgeben, und dann konnten die Behörden tun, was sie tun mussten.

Während ich den Möwen zusah, die über die Hausdächer in Richtung Meer flogen, dachte ich an Marlene. Ich bedauerte, dass wir nicht vereinbart hatten, uns zu schreiben. Zu gern wollte ich wissen, wie es ihr ging. Wollte mir ihre Stimme vorstellen, während ich las.

Würden wir je wieder das sein können, was wir vor diesem ganzen Schlamassel waren?

Meine Gedanken wanderten zu meiner Mutter. Was hatten die Polizisten gefunden? Gab es überhaupt einen Anhaltspunkt für Lisbeths Schuld? Möglicherweise hatte sie noch vor der Abreise die vergifteten Lebensmittel weggeworfen und meine Mutter einfach nur das Pech gehabt, irgendwelche Reste gegessen zu haben. Aber konnte sie das wirklich ins Krankenhaus gebracht haben?

Und was war mit mir? Hatte mich Lisbeth vielleicht auch vergiftet? Ich wusste nicht, woher ich in den vergangenen Tagen die Kraft genommen hatte, so zu tun, als wäre nichts geschehen.

Gerade war Lisbeth in der Stadt. Es schien ihr hier zu gefallen. Sie mochte die Läden und die Tatsache, dass sich Malmö an der See befand.

Noch einige Male hatte sie erwähnt, wie gern sie mit mir in der Wohnung meiner Mutter leben würde. Ich hatte größte Mühe gehabt, mir nichts anmerken zu lassen. Sie zur Rede zu stellen wäre zwecklos gewesen, denn sie hätte sicher alles geleugnet. Und tatsächlich hatte ich keinen Beweis, nur einen Verdacht.

Ein kleiner Teil von mir hegte immer noch die Hoffnung, dass alles nur ein Irrtum war. Dass meine Mutter lediglich etwas Verunreinigtes gekauft hatte. Sorgten nicht auch Händler dafür, dass das Ungeziefer mit Rattengift in Schach gehalten wurde?

Lisbeth hatte mich betrogen, sie hatte uns beiden das Leben zur Hölle gemacht, und ich war zu schwach gewesen, um mich von ihr zu lösen. Aber wäre sie wirklich imstande, einen Menschen zu töten, der sie in seiner Wohnung aufgenommen hatte?

Seufzend richtete ich den Blick wieder auf die Blätter vor mir.

Da ertönten Schritte vor der Tür. Ich war sicher, dass es Lisbeth war, also machte ich mir nicht die Mühe, mich umzudrehen. Es würde mich ohnehin wieder Überwindung kosten, für den Rest des Tages Theater zu spielen. Da konnte ich auch genauso gut vorgeben, in die Arbeit vertieft zu sein.

Es klopfte. Was sollte das? Lisbeth hatte doch einen Schlüssel!

Als ich öffnete, blickte ich in das überraschte Gesicht eines livrierten Hotelmitarbeiters. »Herr Andersson!«, sagte er. »Ich dachte, Ihre Frau sei hier.«

»Sie ist ausgegangen.« Ich schaute ihn verwundert an. »Was gibt es denn?«

»Da sind zwei Herren im Foyer, die sie sprechen wollten.« Der Mann blickte verlegen auf die Karte, die er in der Hand hielt. »Aber wenn Sie hier sind, können Sie ja mit ihnen reden …«

89

Marlene

Erschöpft kehrte ich nach Nättraby zurück. Die Gedanken an die Hausdurchsuchung hatten mich bis in den Nachtzug verfolgt. Einmal war ich sogar weggedämmert und wieder aufgewacht, weil ich glaubte, der Kommissar würde mir eine weitere Frage über Oskar stellen wollen.

Mir war nicht wohl, dass Lisbeth bei ihm war. Was, wenn sie versuchte, ihn ebenfalls zu vergiften? Wenn das Gift vielleicht schon in seinem Körper war?

Am liebsten hätte ich ihm ein Telegramm zukommen lassen, doch er hatte gemeint, dass es besser wäre, wenn ich ihm nicht schreiben würde. Möglicherweise würde Lisbeth die Nachricht annehmen. Dann könnte offenbar werden, dass wir noch immer Kontakt hatten, und das wollte er aufgrund der Umstände nicht riskieren.

Nach einem Frühstück und einem kurzen Gespräch mit Ingrid legte ich mich ins Bett. Ich brauchte dringend Schlaf, und ich wollte für einen Moment nicht an das gestrige Erlebnis denken.

Erst am frühen Nachmittag erwachte ich wieder und ging in die Küche. Dabei erhaschte ich einen Blick auf Sigrun, die auf dem Sofa ein Nickerchen machte. Sie wirkte wesentlich ausgeruhter, und auf ihren Wangen lag ein rosiger Schimmer. Was Ruhe und Waldluft alles auszurichten vermochten!

Cäcilia und Ingrid fand ich in der Scheune. Die beiden besprachen, in welcher Ecke man eventuell einen Hühnerstall unterbringen konnte.

»Ah, da bist du ja wieder!«, begrüßten sie mich. »Wir haben uns gerade gefragt, von welchem Bauern wir Hühner bekommen könnten.«

»Von Magda Damme«, antwortete ich. »Sie hat eine Menge Federvieh, nicht nur Gänse. Möglicherweise verkauft sie uns zwei oder drei Hennen.«

»Braucht man für Eier nicht auch einen Hahn?«, fragte Cäcilia.

»Nicht unbedingt«, antwortete Ingrid. »Wenn man Küken haben möchte, natürlich, aber nicht, wenn es nur Eier zum Essen sein sollen.«

Ein Geräusch von der Gartenpforte ließ mich herumwirbeln.

»Was ist?«, fragte Ingrid.

Ich runzelte die Stirn. »Da stehen Polizisten«, sagte ich dann.

Ingrid fragte: »Am Sonntag? Was wollen die denn hier?«

»Vielleicht kommen sie wegen der Sache mit Oskar.«

Bevor die Beamten gegangen waren, hatte ich dem Kommissar meine Adresse hinterlassen müssen für den Fall, dass sie noch Fragen hatten. Ich hatte allerdings eher damit gerechnet, dass sie mir einen Brief oder ein Telegramm schicken würden.

Ich löste mich aus der Tür und ging den Männern entgegen. Mit jedem Schritt raste mein Herz heftiger. Was, wenn Lisbeth die Schuld auf mich geschoben hatte? Wenn die Polizisten mich verdächtigten? Oder wenn gar Oskar etwas geschehen war?

»Guten Tag, meine Herren!«, rief ich und musterte die Männer, die an der Gartenpforte Aufstellung genommen hatten. Es waren zwei Uniformierte, begleitet von einem Mann in einem dunklen Anzug, der auf seinem Kopf eine Melone trug. »Was kann ich für Sie tun?«

»Guten Tag«, sagte der Anzugträger. »Ich bin Kommissar Wasjö von der Stockholmer Polizei. Sind Sie die Besitzerin dieses Hauses?« Er ließ seinen Blick über den Hof schweifen.

»Ja«, gab ich zurück. »Marlene Walsted.«

Mein Name hätte ihm bekannt sein müssen, wenn es um Oskars Mutter gegangen wäre. Doch er machte sich nur eine Notiz und holte anschließend eine Zeitung aus der Tasche. »Dann sind Sie die Person, die hier eine Zuflucht für Frauen betreibt?«

Seine Frage verwunderte mich. Ging es nicht um die Vergiftung? Für einen Sekundenbruchteil überkam mich Erleichterung, doch dann schlug die Angst erneut zu. Ich musste an die Enteignung denken, die Livs Onkel uns angedroht hatte. Waren die Männer deswegen hier? Aber warum kamen sie aus Stockholm?

»Ja, die bin ich«, antwortete ich und versuchte meine Stimme so fest wie möglich klingen zu lassen.

»Wir sind auf der Suche nach einer Lucia Bergström. Kann es sein, dass Sie sie hier aufgenommen haben?«

Ich schüttelte den Kopf. Von Oskar wusste ich, dass die Polizei nicht einfach so ein Haus durchsuchen durfte. Dazu brauchten sie einen Beschluss der Staatsanwaltschaft.

»Nein, eine Frau mit diesem Namen wohnt hier nicht«, sagte ich.

Der Kommissar betrachtete mich eine Weile, dann griff er in seine Jackentasche. »Aber vielleicht ist sie Ihnen irgendwo im Ort begegnet.«

Er zeigte mir eine Fotografie. Zunächst konnte ich die Person darauf kaum erkennen, denn das Bild war schon etwas abgerieben.

Doch dann traf es mich wie ein Fausthieb.

90

Oskar

Mein Herz hämmerte gegen meine Brust, während ich dem Concierge nach unten folgte. Die Frage, wer diese beiden Männer waren, die Lisbeth sprechen wollten, war mir in der Kehle stecken geblieben.

Lisbeth war nirgendwo gemeldet, niemand wusste, dass sie sich in Stockholm aufgehalten oder mich nach Malmö begleitet hatte. Die einzige Person, die ihren Aufenthaltsort hätte nennen können, war meine Mutter. Doch diese schwankte sicher noch immer zwischen Schlaf und Wachen, zwischen Fieber und Klarheit. Außerdem wusste sie nichts davon, dass ihre Wohnung durchsucht worden war.

Es war auch illusorisch zu glauben, dass die Polizei die Untersuchung der Dinge, die sie aus der Wohnung meiner Mutter geholt hatten, bereits abgeschlossen hatte. Von daher wagte ich nicht einmal daran zu denken, dass diese Männer vielleicht aus Stockholm kamen, um Lisbeth zu verhaften.

Nachdem wir die Treppe hinter uns gelassen hatten, führte der Concierge mich nicht, wie ich es vermutet hatte, zur Rezeption, sondern in ein kleines Hinterzimmer.

Die beiden schwarz gekleideten Männer erhoben sich, als wir eintraten. Ihre Gesichter waren mir unbekannt.

»Das ist Herr Andersson, der Ehemann«, stellte der Concierge mich vor.

»Was kann ich für Sie tun, meine Herren?«, fragte ich.

»Ich bin Gunnar Falk, das ist mein Kollege Olaf Danielsson«, sagte der ältere der beiden. »Wir kommen von der Polizei in Uppsala.«

Uppsala? Was hatte man dort mit Lisbeth zu tun?

»Ihre Frau ist nicht zufällig zu sprechen?«

»Sie macht eine Besorgung«, erwiderte ich. »Ist etwas geschehen?« Lisbeth hatte keine Verwandten in Uppsala, aber vielleicht stammte der Mann, bei dem sie gelebt hatte, von dort.

Falk betrachtete mich eine Weile, dann fragte er: »Wie lange ist Ihre Frau denn wieder bei Ihnen?«

»Seit einigen Wochen«, antwortete ich. »Sie hat meine Mutter aufgesucht, nachdem ihr Haus niedergebrannt ist.« Ich legte den Kopf schräg. »Gibt es denn irgendein Problem?«

Die beiden Männer sahen sich an. »Dann haben Sie also in der Zeit davor nicht mit Ihrer Frau zusammengelebt?«

»Nein«, gab ich zurück. »Wir hatten uns getrennt, und sie fand einen anderen Partner. Nach dem Brand kehrte sie zurück.«

»Wir haben hier eine Anzeige von einem Edgar Hult«, fuhr Danielsson fort. »Er gab an, mit Lisbeth Andersson liiert gewesen zu sein.«

Der Boden unter meinen Füßen begann zu schwanken. Nie hatte ich die Namen ihrer Verhältnisse erfahren, aber nun …

»Darüber weiß ich nichts«, erwiderte ich. »Ich habe diesen Herrn nie kennengelernt.«

Ein Moment lang herrschte Schweigen, während sich Danielsson Notizen machte.

»Woher wissen Sie eigentlich, dass meine Frau hier zu finden ist?«, fragte ich schließlich.

»Wir haben uns, als wir Ihre Frau nicht ausfindig machen konnten, an die Zentrale in der Hauptstadt gewandt. Dort erfuhren wir, dass in einer weiteren Angelegenheit gegen sie ermittelt wird. Von dieser wissen Sie sicher, nicht wahr?«

»Ja«, antwortete ich, während sich die Einzelteile nun langsam vor mir zusammensetzten. »Darf ich fragen, was diese neue Anzeige besagt?«

Wieder sahen sich die Männer an, dann antwortete Falk: »Wir sind hier, um Ihre Frau wegen Mordversuchs und Brandstiftung in Gewahrsam zu nehmen.«

91
Marlene

Das Mädchen auf dem Bild war Cäcilia! Daran hatte ich keinen Zweifel. Die Augen, die Nase, das Kinn – alles passte!

Ich versuchte mir meinen Schrecken nicht ansehen zu lassen, doch in meinem Verstand wirbelten die Fragen: Warum hatte sie uns einen anderen Namen genannt? Sie hatte uns den Nachnamen nicht sagen wollen, und dann gleich noch ihren Vornamen geändert? Stimmte vielleicht auch ihre ganze Geschichte nicht? Schwanger war sie, das hatte Dr. Hellström bestätigt, ja, aber …

»Ich kann mich nicht entsinnen, sie gesehen zu haben«, antwortete ich und hoffte, dass mir der Kommissar meine Lüge abkaufen würde.

Ich brachte mich damit in Schwierigkeiten, doch andererseits wusste ich nicht, aus welchem Grund diese Männer hier waren. Wenn sie Cäcilia nun in die Anstalt bringen wollten …

»Das ist bedauerlich«, gab Wasjö zurück.

Ich blickte dem Polizisten fest in die Augen. »Was hat sie denn angestellt?«

»Sie wird beschuldigt, an Unruhen gegen die Krone teilgenommen und eine Person verletzt zu haben. Wir haben einen gültigen Haftbefehl bei uns.«

Diese Worte trafen mich bis ins Mark. War Cäcilia oder Lucia, wie sie wirklich hieß, eine Verbrecherin?

Ich rang mit mir. Wenn ich sie dem Kommissar auslieferte, hielt ich mich ans Gesetz. Aber was, wenn die Vorwürfe falsch waren? Wenn das Foto ein Zufall war, die Abbildung einer Doppelgängerin?

»Haben Sie vielleicht einen Abzug des Fotos für mich?«, fragte ich. »Für den Fall, dass sie hier auftaucht. Ich werde mir kaum das Gesicht merken können.«

Wasjö blickte zu seinen Begleitern. »Wir haben von Frau Bergströms Vater mehrere Aufnahmen erhalten. Ich überlasse sie Ihnen allerdings nur gegen Unterschrift.«

Einer seiner Begleiter kramte einen Block aus seiner Tasche und notierte etwas. Wenige Augenblicke später hielt er mir eine Quittung unter die Nase.

Ich unterschrieb, dann händigte Wasjö mir das Bild aus. Dazu reichte er mir eine Visitenkarte. »Informieren Sie uns bitte unverzüglich, wenn Sie sie sehen oder wenn sie sich an Sie wendet. Es ist von höchster Wichtigkeit.«

»Das werde ich«, versprach ich, worauf er sich an den Hut tippte und seine Begleiter aufforderte, ihm zu folgen.

Ein eisiger Schauer überlief mich, während ich ihnen nachsah, als sie zu ihrer Kutsche gingen. Hatten sie uns vielleicht schon beobachtet? Wussten sie, dass die Gesuchte hier war?

Erst als sie meinen Blicken entschwunden waren, löste ich mich vom Zaun und kehrte in den Stall zurück. Meine Gliedmaßen fühlten sich weich wie Butter an.

»Was wollten sie?«, fragte Ingrid.

»Das sollten wir unseren Gast fragen.« Ich richtete meinen Blick auf Cäcilia, die schlagartig bleich wurde. Kleine Schweißperlen erschienen auf ihrer Stirn, während sie ihre Hände in den Rock ihres Kleides krallte.

»Hast du uns irgendwas zu sagen?« Ich hielt das Foto in die Höhe. »Zum Beispiel, warum du uns einen falschen Namen genannt hast?«

92

Alexej

Das Nachmittagslicht fiel auf die gegenüberliegenden Dächer. Eigentlich hätten wir längst auf den Beinen sein sollen, doch die vergangene Nacht war lang gewesen, lang und so süß, wie ich es mir früher kaum in meinen Träumen ausmalen konnte.

Ich saß neben dem Fenster und konnte meinen Blick nicht von Liv lassen. Sie lag auf der Seite, die Augen geschlossen, den Mund leicht geöffnet. Ihr Körper bildete eine perfekte Wellenlinie zwischen Schultern und Füßen, ihre Taille war schmal und ihre Brüste fest.

Ich hatte einmal gehört, dass sich Künstler in Riga Modelle kommen ließen, die die ganze Zeit so daliegen mussten, damit sie sie zeichnen konnten. Ich war davon überzeugt, dass einige dieser Männer mit diesen Frauen schliefen.

In diesem Augenblick wurde mir bewusst, welches Glück ich hatte. Liv war einfach perfekt, mehr, als ich mir hätte wünschen können. Ich konnte mir vorstellen, was meine Mutter zu ihr sagen würde. Eine verheiratete Frau! Du darfst dich mit so einer nicht einlassen, wer weiß, wie die Rache des gehörnten Ehemanns aussehen würde. Aber das war mir egal. Ich spürte, dass sie mich liebte, und ich liebte sie von ganzem Herzen.

Für sie wäre ich bereit, das Meer aufzugeben, nie wieder hinauszufahren. Für sie wäre ich bereit, sofort auf ein Schiff zu gehen und sie mitzunehmen, nach Amerika vielleicht, jedenfalls weit genug weg von ihrem Ehemann.

Das Gespenst seiner Rückkehr hing über uns, und ich betete jeden Tag, dass er hinter Gittern bleiben möge, dort, wo er hingehörte, nachdem er so vielen Seeleuten das Leben gekostet hatte.

Wenn er wirklich zurückkehrte, konnte ich nur hoffen, dass sie bereit war, mit mir zu gehen. Und wenn nicht, würde ich bleiben, so lange sie es wünschte.

Zu ihrer Bitte hatte ich leider noch nicht viel herausfinden können. Die Werftarbeiter wussten nichts über die Pläne der Elektrizitätsgesellschaft, und die Zeit, dorthin zu gehen, hatte ich nicht. Welche Antwort hätten sie mir, einem einfachen Mann, wohl auch gegeben? Dennoch wollte ich weiterhin die Ohren spitzen.

Nachdem ich noch eine Weile in Livs Anblick versunken war, erhob ich mich leise und trat zu dem Seesack, der neben der Kommode stand. Aus Gewohnheit hatte ich nicht viel dafür übrig, meine persönliche Habe in Schränken zu verstauen. Manchmal verschlief ich in den Armen einer Hure, manchmal hatte ich mich dermaßen betrunken, dass ich beim Erwachen zunächst gar nicht wusste, wo ich war. Wenn mir dann mein Schiff einfiel, musste es schnell gehen. Deshalb behielt ich das Wichtigste immer in meinem Seesack.

Dort fand ich jetzt auch das Bündel, das mich stets begleitete. Kohle, ein Bleistift, den man mit dem Messer schärfen konnte, und mein Skizzenbuch.

Seit meiner Ankunft hier hatte ich es nicht mehr getan. Doch nun spürte ich den alten Drang. Ich setzte mich in eine Ecke des Zimmers, von der aus ich Liv gut betrachten konnte und begann zu zeichnen.

93

Marlene

»Ich habe kein Verbrechen begangen«, beteuerte Cäcilia, während sie zwischen Ingrid und mir hin und her schaute. »Mein Vater steckt dahinter.«

»Dann bist du nicht Lucia Bergström?«, fragte ich. »Nicht die Frau, die hier auf dem Bild zu sehen ist?«

Sie senkte den Kopf. »Es tut mir leid, aber ich dachte, dass mein Name nicht wichtig wäre …«

»Das wäre er auch nicht«, gab ich zurück. »Wenn man dich nicht eines Verbrechens beschuldigen würde.«

»Ich habe nichts getan«, sagte sie. »Ich war nur auf dieser Demonstration. Wir haben das Wahlrecht für Frauen gefordert. Und dann …«

Ich zog die Augenbrauen hoch. »Ich höre!«

»Die Polizei ging dazwischen und wollte uns verhaften. Ich habe mich gewehrt. Aber ich habe niemandem etwas getan.«

»Die Polizisten sagten, du hättest jemanden verletzt.«

»Als der Mann mich angefasst hat, habe ich ihm einen Stoß versetzt, und er ist zu Boden gefallen. Dann bin ich abgehauen. Das ist alles.«

Ich schaute sie an, doch sie wich meinem Blick aus.

»Demnach stimmt die Geschichte mit deinem Vater, der dich in eine Besserungsanstalt stecken will, also nicht?« Enttäuschung wallte durch meinen Körper. Offenbar stand unser Projekt wirklich unter keinem guten Stern, wenn es Frauen anlockte, denen man nicht trauen konnte.

»Mein Vater hat mir wegen der Schwangerschaft die Hölle heißgemacht. Er hat mir tatsächlich gedroht, mich in eine Besserungsanstalt zu stecken. Das mit dem Polizisten war danach. Aber vielleicht hat er seine Kontakte genutzt, damit sie mich verfolgen und zurückbringen.« Sie senkte den Kopf. Als sie mich wieder ansah, schimmerten ihre Augen feucht. »Ich will doch nur, dass die Welt ein besserer Ort für uns Frauen wird. Dass wir unseren Besitz selbst verwalten und wählen dürfen. Ist das denn wirklich ein Verbrechen?«

Eigentlich war es keines, solange man die Gesetze nicht brach. Ich hatte von Suffragetten gehört, die gewalttätig wurden und in Gewahrsam landeten. Das konnte nicht der Weg sein, um die Rechte von Frauen zu erstreiten!

Ich blickte zu Ingrid. Auch auf ihrem Gesicht las ich Enttäuschung. Mehr noch als ich hatte sie Cäcilia, die eigentlich Lucia hieß, unter ihre Fittiche genommen. Die beiden hatten beinahe wie Mutter und Tochter gewirkt.

»Werdet ihr mich der Polizei ausliefern?«, fragte sie ängstlich.

Ich wusste nicht, was ich darauf sagen sollte. Indem ich ihre Anwesenheit geleugnet hatte, hatte ich mich selbst strafbar gemacht. Wenn die Polizei das herausfand, würden sie mich als Mittäterin festnehmen.

Angst bohrte sich in meinen Magen. Was sollten wir nun tun?

»Du wirst im Haus bleiben, für den Fall, dass man uns beobachtet«, sagte ich schließlich. »Möglicherweise bilde ich es mir nur ein, aber der Kommissar hat ein wenig seltsam reagiert, als ich behauptete, dass du nicht hier wärst.« Ich schaute sie an. »Hast du irgendjemandem mitgeteilt, wohin du gehst? Einer Freundin vielleicht oder einer deiner Genossinnen?«

Sie schüttelte den Kopf. »Keiner Menschenseele, das schwöre ich!«

Ich blickte zu Ingrid, die ihre Lippen fest zusammengepresst hatte, als wollte sie die Worte, die ihr auf dem Herzen lagen, einschließen.

»Ich werde mich mit Liv beraten. Möglicherweise werden wir dir keine Unterkunft mehr bieten können.«

Tränen stiegen in die Augen der jungen Frau, aber auch Trotz. »Wozu ist denn ein Haus für Frauen gut, wenn darin nicht jene, die wegen ihres Kampfes für Frauenrechte verfolgt werden, Zuflucht finden können?«

Der Widerspruch ließ den Zorn in mir hochschnellen. Am liebsten hätte ich sie gepackt und geschüttelt, doch ich hielt meine Hände im Zaum.

»In diesem Haus lügen wir einander nicht an!«, fuhr ich sie an. »Du hättest uns den wahren Grund sagen müssen, warum du aus Stockholm weg bist. Ein Haus, in dem Frauen Zuflucht finden, kann nur funktionieren, wenn wir ehrlich sind! Wenn wir wissen, worauf wir uns einlassen, wenn wir jemanden aufnehmen.« Ich atmete tief durch. »Ich habe schon einmal für meine Hilfe bezahlen müssen, und trotz des Faustschlags, den ich kassiert habe, habe ich weitergemacht. Aber wegen einer Täuschung ins Gefängnis zu wandern ist etwas ganz anderes!«

Einen Moment noch starrte ich sie wütend an, dann wandte ich mich um und stapfte aus dem Stall. Vielleicht würde es meine Wut abkühlen, wenn ich mit dem Fahrrad nach Karlskrona fuhr.

94

Liv

»Was tust du da?«, fragte ich, während ich meinen Kopf auf meinen Arm stützte. Alexej saß in der Ecke des Zimmers, beinahe verschmolz er mit dem Schatten. Doch ich konnte sehen, dass er seinen Zeichenblock auf den Knien hielt.

»Ich zeichne dich«, antwortete er, ohne den Blick zu heben.

»Mich?«, fragte ich erstaunt. »Wie ich hier liege?«

»Ja«, gab er zurück. Jetzt schaute er doch auf, und ein Lächeln breitete sich auf seinem Gesicht aus. »Damit ich eine Erinnerung habe, wenn du nicht mehr bei mir bist.«

Ich erhob mich. »Warum sollte ich dich verlassen?«, fragte ich spielerisch. Ich wusste mittlerweile, dass mein Herz nur für ihn schlug. Und ich hoffte, dass es ihm genauso erging.

»Du bist noch immer eine verheiratete Frau. Es kann Jahre dauern, bis du frei bist. Möglicherweise verlierst du das Interesse an mir.«

»Das werde ich nie«, erwiderte ich und spürte die Wärme, die meine Worte in meiner Brust auslösten. Egal, was passierte, egal, welche Steine mir Sten in den Weg legte. Ich würde Alexej niemals aufgeben. Und wenn es mich endgültig meinen Ruf in dieser Stadt kostete.

»Leg dich bitte wieder hin«, sagte er sanft. »Ich bin noch nicht ganz fertig.«

Ich kam seiner Aufforderung nach. Am liebsten hätte ich dieses Zimmer nie mehr verlassen. Da es Sonntag war, gab es nichts, was mich forttreiben konnte. Ich hatte keine Verpflichtungen, und ich wollte im Moment auch an nichts anderes denken als an ihn.

»Was sagt eigentlich deine Freundin Marlene zu uns?«, fragte er, während er den Blick wieder auf das Papier richtete.

»Was soll sie sagen?«, erwiderte ich. »Sie weiß es nicht.«

»Und willst du es ihr sagen? Ich habe das Gefühl, dass ihr beide sehr vertraut miteinander seid.«

»Das sind wir«, gab ich zu, gleichzeitig wusste ich aber auch, dass es schwierig werden würde, Marlene von ihm zu erzählen. Sie verstand gewiss, wozu Leidenschaft einen Menschen bringen konnte. Doch das hier war der Sohn ihres Mannes … »Ich werde es ihr sagen. Bald. Wenn sich eine Gelegenheit bietet.«

»Sicher hat sie Angst vor mir«, sagte er, nachdem er mit dem Kohlenstift ein paar Linien gezogen hatte.

»Ich weiß nicht. Marlene ist eigentlich sehr mutig. Sie hat Schlimmeres durchgemacht, als von einem Mann angeschrien zu werden. Was sie wirklich getroffen hat, war die Tatsache, dass Bjarne ihr niemals von der anderen Frau in seinem Leben erzählt hat.«

»Möglicherweise hat er sie sofort wieder vergessen.«

Ich hörte die Wut, die noch immer in seiner Stimme lag.

»Du solltest mit ihr sprechen«, sagte ich. »Ohne sie anzuschreien oder ihr Schuldgefühle zu machen. Die gesamte Stadt hat den Groll gegen ihren Mann auf sie gerichtet. Das hat sie nicht verdient. Sie ist ein guter Mensch.«

Er schwieg lange auf meine Worte. Ich wünschte mir, dass er sich mit Marlene vertragen würde, dass sie einen Weg zueinander finden würden. Aber ich konnte ihn nicht zwingen.

»Ich habe übrigens versucht herauszufinden, was es mit der Stromtrasse auf sich hat«, sagte er dann.

»Und?«, fragte ich.

»Es ist schwierig. Aber schließlich habe ich einen getroffen, dessen

Bruder beim Elektrizitätswerk arbeitet. Er hat mir versprochen nachzufragen.«

Das war nicht viel, aber immerhin ein Hoffnungsschimmer. Möglicherweise hatte mir mein Onkel doch einen Bären aufgebunden …

Schließlich erhob ich mich. Alexej murrte, denn sein Bild war noch nicht fertig. Ich ging zu ihm, schlang die Arme um ihn. »Ich muss zum Rosenhag zurück und meine Tasche packen. Ich war jetzt schon über eine Woche nicht mehr da. Marlene glaubt vielleicht, dass mir etwas zugestoßen ist.«

»Ist es ja auch«, gab Alexej mit einem frechen Grinsen zurück.

»Aber nichts Unangenehmes.«

Wir küssten uns lange und leidenschaftlich, und ich spürte, dass mein Körper wieder nach ihm verlangte. Doch diesmal war mein Verstand stärker.

»Ich werde dich begleiten«, sagte Alexej.

Für einen Moment kam mir in den Sinn, was Nanna dazu sagen würde, wenn ich mit einem jungen Mann an der Hand in der Ronnebygatan auftauchen würde. Doch konnte mich das stören? Seit mein Scheidungsansinnen bekannt geworden war, war ich bei den Damen der Gesellschaft ohnehin zur Unperson geworden. Was würde es da schaden, wenn ich den Mann neben mir hatte, den ich liebte?

Doch die Stimme meiner Vernunft drängte darauf, ihn nicht unnötig in Schwierigkeiten zu bringen, also antwortete ich: »Du kannst mich gern ein Stück begleiten. Aber versprich mir, dass du gehst, wenn ich dich darum bitte.«

95

Marlene

»Bedaure, die gnädige Frau ist nicht im Haus«, sagte das Dienstmädchen. »Gibt es etwas, das ich ihr ausrichten kann?«

Ich blickte sie überrascht an. Liv war nicht im Haus? Es war mittlerweile mehr als eine Woche vergangen, seit sie sich das letzte Mal bei uns hatte blicken lassen. Ich vermutete, dass sie auf das Ergebnis der Erkundigungen ihres Anwaltes warten wollte. Und was wusste ich schon, welchen Problemen sie sonst noch gegenüberstand.

»Hat sie gesagt, wohin sie gegangen ist?« Vielleicht war sie ja gerade auf dem Weg zum Rosenhag.

»Nein«, antwortete Astrid. »Sie sagte nur, dass sie am Abend zurück sein würde.«

Ich war nicht sicher, ob sie ihrem Personal mitteilen würde, dass sie nach Nättraby fuhr. Nun, dann würde Ingrid ihr berichten, was geschehen war.

Ich rang mit mir. Sollte ich gleich zurückkehren oder bis zum Abend warten, bis Liv wieder zu Hause war? Ich entschied mich für Letzteres, denn ich hatte keine Lust, mich gleich wieder auf mein Fahrrad zu schwingen. Ich bedankte mich also beim Dienstmädchen und spazierte wenig später in Richtung Borgmästerekajen.

Wie sehr wünschte ich mir, jemanden zu haben, den ich um Rat fragen konnte!

Seit er nach Malmö zurückgekehrt war, hatte ich von Oskar nichts mehr gehört. Hatte die Durchsuchung der Wohnung seiner Mutter etwas ergeben? Ich wusste nicht, wo ich ihn erreichen konnte, und würde warten müssen, bis er sich bei mir meldete.

Hätte ich ihn doch nur um seine Adresse gebeten! Ich hatte geglaubt, dass ich ihn hinter mir lassen könnte, aber nun wusste ich, dass dies nicht der Fall war. Selbst wenn sich der Verdacht gegen seine Frau nicht erhärtete, selbst wenn er für immer mit ihr zusammenbleiben musste, so würde er doch ein Teil von mir bleiben. Eine süße Erinnerung daran, dass ich auch nach meinem großen Verlust wieder Liebe empfinden konnte.

Während ich die Gasse entlangschritt, strömte mir der Geruch des Meeres entgegen. Manchmal fragte ich mich, was aus mir geworden wäre, wäre ich als Mann geboren worden. Vielleicht auch ein Seemann? Oder ein Wildhüter wie mein Vater?

Letzteres war wahrscheinlicher, aber wer konnte es schon wissen. Vielleicht hätte ich mich in das Meer verliebt?

Eine Bewegung in meinem Augenwinkel erregte meine Aufmerksamkeit. Ich drehte den Kopf, und der Anblick ließ mich erstarren.

Es war Liv, in enger Umarmung mit dem Sohn meines Mannes.

96

Marlene

Für einen Moment wusste ich nicht, wie ich reagieren sollte. Normalerweise hätte ich nach ihr gerufen und ihr zugewunken, aber ich hielt es für besser, mich erst einmal hinter einer Hausecke zu verstecken.

Mein Herz begann zu rasen. Liv und dieser Alexej Petrow … Wann war das denn zustande gekommen? Was hatte das zu bedeuten?

Als ich wieder um die Ecke spähte, hatten sie sich voneinander getrennt. Ich trat hervor und sprach sie an: »Liv!«

Erschrocken blickte sie auf. Alexej hatte sich schon ein Stück entfernt, schaute sich aber ebenfalls um und blieb dann stehen.

»Marlene!« Ihre Wangen flammten auf einmal glühend rot. »Was machst du denn hier?«

Ich blickte zwischen ihr und dem jungen Mann hin und her. Auch dessen Ohren bekamen ordentlich Farbe.

»Wir müssen reden«, sagte ich.

Liv sah sich nach Alexej um. Dieser betrachtete uns noch einen Moment lang, dann schob er die Hände in die Taschen und wandte sich ab.

»In Ordnung«, sagte sie, sichtlich nervös.

Eine Weile schritten wir schweigsam nebeneinanderher. Ein paar sonntägliche Spaziergänger begegneten uns. Sie nahmen keine Notiz von uns, trotzdem war es nicht der richtige Ort, um über all das, was mir auf der Seele brannte, zu sprechen.

Ich blickte zu Liv und fragte mich, was ihr gerade durch den Kopf ging. Ich konnte nicht fassen, dass sie sich mit Alexej eingelassen hatte …

Sicher, er war sehr attraktiv, genauso wie Bjarne damals. Und er war nicht sehr viel jünger als wir beide. So, wie ich mich damals nicht gegen Bjarnes Charme hatte wehren können, so schien es auch bei ihr zu sein. Dennoch fühlte es sich sehr merkwürdig an.

Als wir die Villa erreichten, bat Liv das Dienstmädchen, uns Kaffee zu bringen. Zu meiner großen Überraschung gingen wir hinauf in das Arbeitszimmer ihres Mannes.

»Wann wolltest du mir davon erzählen?«, fragte ich, nachdem sie die Tür hinter uns geschlossen hatte.

»Wovon?«, fragte sie, doch dann senkte sie den Blick. Sie wusste, dass sie mir nichts vormachen konnte. »Es ist … einfach geschehen. Neulich bin ich ihm am Hafen begegnet und habe ihm eine Stelle in der Reederei angeboten.«

»In der Reederei? Als Seemann?« Ich fragte mich, wie es die Leute dort aufgefasst hatten, Bjarnes Doppelgänger zu sehen.

»Er arbeitet auf der Werft, als Zimmermann. Ich hatte Herrn Ekström gebeten, ihn an Land zu halten.« Liv blickte auf ihre Hände. »Seine Mutter war gestorben. Ich dachte, er würde nicht zurückkommen, doch er ist es. Und dann …« Sie stockte. »Und dann war ich wieder im Rosenhag, und bei meiner Rückkehr habe ich ihn getroffen. Wir sind zum Rosenbom gegangen.«

»Aber das führt doch normalerweise nicht dazu, dass man sich auf offener Straße küsst.«

»Wir haben uns unterhalten. Ich habe ihm die Geschichte von dem Bettler erzählt, und irgendwie sind wir dann auf seinen Vater gekommen. Er hat mich gefragt, ob ich gewusst hätte, dass Sten für dessen Tod verantwortlich war. Und dann … Ich weiß auch nicht.

Plötzlich hat er mich geküsst. Und ich hatte nichts dagegen. Im Gegenteil, ich wollte mehr.«

Offenbar schlug der Sohn gewaltig nach seinem Vater.

»Nun, es ist deine Sache«, sagte ich. »Ich kann dir nur raten, vorsichtig zu sein.«

»Vorsichtig?«, brauste Liv auf. »Wo ich dank deines Freundes ohnehin schon eine Ausgestoßene bin?«

Sie hatte recht damit, dennoch trafen mich diese Worte wie ein Stich zwischen die Rippen. Ich presste meine kalte Hand an die Stirn. »Es bringt nichts, darüber zu streiten. Wir haben weitaus größere Probleme als dieses.«

»Alexej ist kein …«

»Cäcilia wird von der Polizei gesucht«, fiel ich ihr ins Wort, denn ich wollte wirklich nicht mehr über Bjarnes Sohn reden.

Livs Augen weiteten sich. »Was?«

»Wir hatten heute Besuch von einem Kommissar aus Stockholm. Er sagte mir, dass er nach einer Lucia Bergström suchen würde. Dieses Foto hier hat er mir gegeben.« Ich zeigte es ihr.

Liv entließ einen langgezogenen Seufzer. »Auch das noch …«

»Eigentlich müssten wir sie sofort wegschicken«, sagte ich. »Oder besser noch melden.«

»Was hat sie denn angestellt?«, fragte Liv.

»Offenbar ist sie eine Suffragette. Eine, die bei einer Kundgebung einen Polizisten verletzt hat. Sie sagte, dass es nicht absichtlich geschehen wäre. Aber es muss wohl gravierend genug gewesen sein, dass man nach ihr sucht.«

Liv überlegte. »Sollten wir ihr nicht gerade deshalb weiterhin Asyl gewähren? Möglicherweise ist das alles auch nur ein Trick ihres Vaters.«

Ich schnaubte und spürte, wie sich mein Magen vor Groll und Sorge zusammenzog. »Sie meinte, dass die Sache mit dem Polizisten nach der Drohung ihres Vaters passiert sei, aber mittlerweile scheue ich mich davor, Dinge zu glauben, die mir aufgetischt werden.«

97

Liv

Die Katze war aus dem Sack, doch erleichtert fühlte ich mich nicht. Ich hatte befürchtet, dass sich Marlene nicht freuen würde, wenn sie von mir und Alexej erfuhr. Sie hatte zugegeben, dass es meine Sache war, allerdings wirkte sie sehr schweigsam, als wir mit dem Zug nach Nättraby fuhren.

Das schlechte Gewissen biss mich. Hätte ich ihr von meinen Gefühlen für Alexej erzählen können? Doch wie? Ich war seit der Ankunft in Karlskrona wie in einem Rausch gewesen. Und dergleichen war nichts, weshalb man ein Telegramm schickte.

»Ich sollte mir wohl ein Fahrrad zulegen«, begann ich schließlich, als das Schweigen zwischen uns zu drückend wurde. »Dann könnte ich vom Bahnhof zum Rosenhag fahren.«

Marlene blickte mich an. »Kannst du denn überhaupt fahren?«

»Nein, aber vielleicht kannst du es mir beibringen?«

Während ich sie so ansah, bemerkte ich, wie müde und abgespannt sie war. Das lag sicher nicht nur an Cäcilia.

»Hör mal«, fuhr ich fort. »Ich hätte es dir erzählt. Spätestens bei meiner Rückkehr.«

Marlene schüttelte den Kopf. »Es geht mich nichts an, in wen du dich verliebst.«

»Doch, das tut es«, gab ich zurück. »Wir sind Freundinnen, oder etwa nicht? Ich möchte, dass du dich für mich freust, wenn es angebracht ist. Und auch deine Warnungen nehme ich mir zu Herzen.« Ich machte eine Pause, dann fügte ich hinzu: »Alexej hat sich dir gegenüber grässlich benommen, das habe ich nicht vergessen. Aber es gibt eine andere Seite an ihm. Eine, die er wohl kaum jemandem zeigt. Er zeichnet. Er hat Humor und einen Sinn für Kunst. Ich glaube, er ist ein guter Mann.«

Marlene schwieg wieder, doch ich bemerkte, wie es in ihr arbeitete. »Er erinnert mich so sehr an Bjarne.« Marlene atmete tief durch. »Vielleicht sollte ich noch einmal mit ihm reden. Wenn er sich beruhigt hat. Wenn er mich nicht eine … was auch immer nennt.«

»Das wird er nicht noch einmal tun«, sagte ich. »Jetzt, da er mehr über die Sache mit seinem Vater weiß, wird er dir zuhören.«

Bei unserer Ankunft in Nättraby war der Bahnhofsvorplatz ungewöhnlich belebt. Es war, als hätten sich große Teile des Dorfes zu einer abendlichen Sommerfrische verabredet.

»Vielleicht solltest du dich auf den Gepäckträger meines Fahrrads setzen«, schlug Marlene fort. »Wenn wir fahren, sind wir schneller dort.«

»Aber schaffst du es denn mit meinem Gewicht?«

Marlene schob die Unterlippe vor. »Wir versuchen es einfach.«

Es wurde eine recht wacklige Angelegenheit. Mehrmals hatte ich das Gefühl, dass wir umkippen würden, und klammerte mich hastig an Marlene fest. Doch sie schaffte es, das Rad wieder ins Gleichgewicht zu bringen. Nach einer Weile fand sie den richtigen Rhythmus, und wir ruckelten über den Waldweg.

»Sigrun ist wieder da«, sagte Marlene, als wir die Hälfte der Strecke hinter uns gebracht hatten.

»Hat Torben sie wieder geschlagen?«

»Nein, rausgeworfen. Sie ist schwer krank und glaubt, nicht mehr viel Zeit zu haben. Er meint, dass sie nutzlos für ihn sei. Ich habe sie erst einmal mit Cäcilia …« Sie stockte. »Mit Lucia im Wohnzimmer untergebracht. Vorerst.«

Damit versetzte sie mir den zweiten Schrecken an diesem Tag. Jetzt wurde mir klar, woher ihr abgespanntes Aussehen kam.

»Hast du noch mehr Neuigkeiten?«, fragte ich.

Marlene zögerte eine Weile, dann antwortete sie: »Ich war in Stockholm. Wie es aussieht, hat Oskars Ehefrau versucht, seine Mutter zu vergiften.«

98

Oskar

Der Gefängnistrakt der Polizeiwache von Malmö bestand aus einem weiß gestrichenen Raum, in dem es ein wenig wie in einem Hühnerstall roch. Er war durch ein Gitter abgetrennt, auf einer Seite standen Tisch und Stuhl, an dem der Wachhabende saß. Als Lisbeth mich vor der Zelle auftauchen sah, stürmte sie auf mich zu und krallte ihre Hände um die Gitterstäbe. »Oskar!«, rief sie mit einem freudigen Lächeln. »Gut, dass du da bist! Du kannst den Männern sagen, dass alles nur ein unglücklicher Zufall ist.«

Sie schien an meiner Miene abzulesen, dass ich das nicht wollte.

»Oskar?«, sagte sie beinahe weinerlich.

Endlich gelang es mir zu sprechen. »Ich hätte nie gedacht, dass du so etwas tun würdest.«

»Ich verstehe nicht …«, murmelte sie.

Ich wunderte mich beinahe, wie sie an ihren Lügen festhalten konnte, selbst nachdem die beiden Beamten sie in Gewahrsam genommen hatten. »Wie konntest du dein eigenes Haus anzünden?«

»Das … das war ich nicht«, gab sie zurück. »Er war es!«

»Und wer hat deiner Meinung nach das Rattengift ins Essen meiner Mutter getan?«

Lisbeths Mund klappte auf.

»Hast du wirklich geglaubt, ich würde nichts mitbekommen?«,

fuhr ich fort. »Was denkst du denn, warum ich dich nach Malmö mitgenommen habe?«

Möglicherweise verdarb ich den Ermittlern in Stockholm das Überraschungsmoment, aber in diesem Augenblick wollte ich Lisbeth einfach nur wehtun. Sie erschrecken, sie in Furcht versetzen.

»Vielleicht wirst du diesem Mann die Schuld in die Schuhe schieben können. Aber ich habe alle möglichen Hebel in Bewegung gesetzt, damit das, was du meiner Mutter angetan hast, gesühnt wird.«

Lisbeth sagte nichts darauf. Doch ich war noch nicht mit ihr fertig.

»Meine Mutter hat dich aufgenommen, dich versorgt. Sie wusste, dass du mich betrogen hast, und doch hätte sie es gern gesehen, wenn wir wieder zusammen wären.« Ich schüttelte den Kopf. »Was hast du dir nur dabei gedacht, sie zu vergiften?«

Sie presste die Lippen zusammen. Es erstaunte mich, dass sie nicht weiter Widerspruch leistete.

»Wir hätten es so schön haben können«, brachte sie schließlich hervor. »Diese Wohnung war ganz wunderbar.« Sie machte eine Pause. »Deine Mutter ist alt, sie hat nicht mehr viel Zeit.«

Jetzt klang sie beinahe, als hätte sie den Verstand verloren.

Ich atmete zitternd durch. Gestand sie damit ihre Schuld ein? Ich schüttelte fassungslos den Kopf.

»Sprich nicht von meiner Mutter!«, fuhr ich sie an. »Du bist nicht diejenige, die ihre Zeit bemisst! Ich hätte mich gleich von dir scheiden lassen sollen.«

Ihre Augen wurden schmal, und sie schien einen Moment über meine Worte nachzudenken.

»Darum geht es dir also«, fauchte sie plötzlich. »Du willst mich loswerden wegen ihr! Dieses Flittchen hat dir den Kopf verdreht!«

Das gerade von ihr zu hören, war grotesk. Sie war diejenige gewesen, die sich immer wieder Freiheiten herausgenommen hatte. Sogar die, mit einem anderen Mann zu leben. Ich hatte all dies toleriert, war froh gewesen, sie nicht mehr vor Augen zu haben.

»Ich bin fertig mit dir, Lisbeth«, sagte ich, und seltsamerweise fühlte ich mich dabei merkwürdig taub. Und gleichzeitig befreit. »Das Gesetz wird sich um dich kümmern.«

99

Marlene

Als wir eintraten, herrschte Totenstille im Haus. Ingrid machte sich in der Küche zu schaffen und sah ziemlich verbissen aus. Lucia – mir fiel es schwer, ihren Anblick mit ihrem wahren Namen zusammenzubringen – versuchte zu helfen, aber die Spannung zwischen den beiden war greifbar.

Als sie Liv und mich erblickte, senkte sie den Kopf.

»Du heißt also Lucia«, sagte Liv.

Die Angesprochene nickte.

»Lass uns reden.« Wir wandten uns um, und Lucia folgte uns in die Schlafkammer.

»Bitte liefert mich nicht der Polizei aus!«, begann Lucia, sobald wir die Tür hinter uns zugezogen hatten. »Ich werde alles tun, um euch nicht in Gefahr zu bringen. Aber … ich kann nicht zurück nach Stockholm. Wenn sie mich ins Gefängnis stecken, was soll dann aus meinem Kind werden?« Schützend legte sie die Hände auf ihren Bauch.

Ich spürte, dass das etwas in Liv auslöste. »Aber du weißt sicher«, sagte ich, »dass du früher oder später nicht darum herumkommen wirst, die Sache aufzuklären. Einen Polizisten anzugreifen kann schwerwiegende Folgen haben.«

»Was gibt es da aufzuklären?«, fragte sie aufgebracht, und ich bemerkte, wie sie vor Panik zu zittern begann. »Sie werden ein Exempel statuieren, so wie bei anderen Frauen vor mir. Eine unserer Schwestern ist für drei Jahre in den Knast gekommen, weil sie auf einem Schild das Wahlrecht gefordert hat. Es ist Willkür, was die Männer da veranstalten!«

Liv schwieg zu den Worten, ihre Miene war ernst. »Und wenn du nun einen Anwalt hättest? Einen guten Anwalt, der sich deiner annimmt und deine Sache vertritt?«

»Wer sollte dazu bereit sein? Und was könnte er schon ausrichten?«

»Er könnte das Verfahren zu deinen Gunsten verlaufen lassen«, antwortete ich. »Du kannst nicht immer auf der Flucht sein.«

»Das bin ich doch gar nicht. Ich bin hier!«

»Und wir alle könnten dadurch in Gefahr geraten.« Jetzt war es um Livs Ruhe geschehen. Auch mich wühlte es auf. Wie konnte sie nur davon ausgehen, dass wir dieses Risiko in Kauf nehmen wollten?

»Du solltest über Livs Vorschlag nachdenken«, sagte ich nun wieder. »Ein Anwalt könnte dir helfen. Aber wenn die Polizei mitbekommt, dass wir dich hier verstecken …«

Lucias Miene verfinsterte sich nun. »Mein einziges Verbrechen besteht darin, dass ich eine bessere Welt für uns alle möchte. Was für ein Haus der Frauen ist das, wenn ihr alle nicht bereit seid zu kämpfen?!«

»Wir sind bereit zu kämpfen!«, platzte es aus mir heraus. »Aber wir müssen uns darauf verlassen können, dass die Frauen, die zu uns kommen, die Wahrheit sagen! Wenn das nicht der Fall ist, geben wir bald schon Mörderinnen und Betrügerinnen Unterkunft. Und du kannst mir glauben, dass auch Frauen zu so etwas fähig sind.«

Lucias Augen glühten förmlich, während sie mich anstarrte. Ihr Körper spannte sich an, und unter anderen Umständen wäre sie sicher herumgewirbelt und verschwunden, doch Liv versperrte ihr den Weg.

»Zwei Tage«, sagte Liv. »Du hast bis übermorgen Abend Bedenkzeit.« Sie blickte zu mir. Ich nickte ihr zu, denn ich ahnte, worauf sie hinauswollte. »Wenn du dir helfen lassen willst, werde ich meine Bekannte Frieda Sundalöw aufsuchen und sie fragen, ob sie einen Anwalt beschaffen kann. Dieser wird dich unterstützen.«

»Wir werden nicht diejenigen sein, die dich an die Polizei ausliefern«, fügte ich hinzu. »Doch solltest du dich dagegen entscheiden, die Sache ins Reine zu bringen, wirst du leider gehen müssen.«

Etwas später zogen wir uns in die Küche zurück. Lucia war wütend nach draußen gestapft, hatte aber kein weiteres Wort gesagt.

»Und, schickt ihr sie weg?«, fragte Ingrid.

»Sie hat zwei Tage, um sich zu überlegen, was sie machen will«, sagte ich. »Sie kann sich nicht einfach hier verstecken. Nicht in diesem Fall.«

»Ich bin nicht gerade erpicht darauf, mit Frieda zu reden«, setzte Liv hinzu. »Aber ich würde es tun. Bei ihren Verbindungen zu anderen Suffragetten weiß sie sicher jemanden, der das Mädchen vertreten würde.«

Ingrid seufzte. »Sie hat so nett gewirkt. Ich dachte …«

»Es heißt nicht, dass sie nicht nett ist«, erwiderte ich.

In Ingrids Gesicht regte sich etwas, das über normale Enttäuschung hinausging.

»Du hast sie gern, nicht wahr?«, sagte ich.

»Im Moment?«, fragte Ingrid zurück. »Ich würde sie gern in der Luft zerreißen dafür, dass sie uns nicht gewarnt hat.«

»Sie hatte Angst«, sagte Liv und blickte zu mir. »Wenn man Angst hat, vertraut man sich manchmal niemandem an.«

Hatte Liv Angst gehabt, mir von ihren aufkeimenden Gefühlen für Alexej zu erzählen?

Ingrid nickte, dann sagte sie: »Aber sonst, ja … Ich hätte immer gern eine Tochter gehabt, aber das war mir nicht vergönnt. Und unser kleiner Sohn …« Ihr kamen die Tränen.

Ich schaute sie überrascht an. Ingrid hatte einen Sohn gehabt? Davon hatte sie noch nie gesprochen!

»Nun ja, es ist, wie es ist«, sagte sie und wischte sich übers Gesicht. »Da ist übrigens ein Telegramm für dich angekommen. Der Postbote hat es vor einer Stunde gebracht.«

Ich nahm den Umschlag zur Hand. Er war von meiner Mutter. Sogleich begann mein Herz zu klopfen. Hatte sich Vaters Zustand verschlechtert?

Ich riss den Umschlag auf und wappnete mich, doch gegen das, was ich dann las, gab es kein Rüstzeug, keine Vorbereitung.

»Marlene, was ist mit dir?«, hörte ich Liv wie durch einen Nebel fragen, während die Worte vor meinen Augen zu brennen schienen. Alles rückte plötzlich von mir ab, und ich vergaß sogar, dass wir dabei waren, uns wegen Lucia strafbar zu machen. Wieder und wieder überflogen meine Augen die eine knappe Zeile, die so viel Gewicht hatte. Ich konnte nicht glauben, was dort stand.

Schließlich spürte ich Livs Hand auf meiner Schulter.

»Marlene?«, fragte sie sanft.

Ich blickte sie traurig an. »Mein Vater ist gestorben.«

100

Liv

Der Schmerz in Marlenes Augen brachte mich dazu, sie in meine Arme zu ziehen. »Das tut mir so leid.«

Ich wusste, wie es um ihren Vater gestanden hatte – und dass er ihre Differenzen nicht einmal auf dem Krankenbett hatte beilegen wollen. Jetzt war er fort – ohne dass die beiden sich noch einmal wiedergesehen hatten. Ich wusste nur zu gut, wie sich das anfühlte.

Marlene lehnte sich gegen mich, doch sie weinte nicht. War sie so geschockt?

Ich hielt sie eine Weile, dann trat Ingrid hinzu. Auch sie zog Marlene, die noch immer wie erstarrt wirkte, in die Arme.

»Es geht schon«, sagte sie leise. »Es war ja abzusehen. Es stand das letzte Mal schon schlecht um ihn.«

Ich blickte zu Ingrid. Auch sie wusste, was zwischen Marlene und ihren Eltern vorgefallen war.

»Hat deine Mutter dir mitgeteilt, wann die Beerdigung stattfindet?«, fragte ich.

»Am Dienstag«, antwortete Marlene.

»Ich begleite dich!«, sagte ich.

»Das muss du nicht«, gab Marlene zurück, während sie sich auf den Stuhl sinken ließ. »Meine Mutter …« Sie verstummte, und ich sah, wie ihr Kinn zuckte. Sie rieb sich kurz übers Gesicht, dann kamen ihr doch die Tränen.

Wir versuchten unser Bestes, sie zu trösten, aber wie sollte man den Schmerz lindern, der durch den Verlust eines Elternteils hervorgerufen wurde? Auch wenn dieses zuletzt nicht gerade freundlich gewesen war?

Sogar mich hatte es getroffen, als ich vom Tod meines Vaters gehört hatte. Und nach allem, was ich wusste, hatte es bei Marlene ja eine Zeit gegeben, in der sie sich sehr gut mit ihm verstanden hatte.

Irgendwann beruhigte Marlene sich wieder, und ich wiederholte meinen Vorschlag. »Vielleicht kannst du Unterstützung brauchen – oder nur jemanden, mit dem du reden kannst.«

Marlene wirkte, als wollte sie widersprechen und die Last wie so oft allein auf ihren Schultern tragen. Doch dann streckte sie die Hand nach mir aus. »Danke. Ich fürchte, das werde ich brauchen.«

101

Marlene

Während der Zug nach Ronneby schnaufend und polternd die Landschaft durchquerte, entdeckte ich hier und da die ersten Anzeichen des Herbstes: im Sonnenlicht schillernde Spinnweben im Gebüsch, die ersten gelben und brauen Blätter in den Baumkronen. Mein Vater hatte den Herbst geliebt. Möglicherweise weil er damals, als ich ein Kind war, spürte, dass auch er selbst dem Herbst seines Lebens entgegenging.

Zu allen anderen Erinnerungen an ihn gesellte sich auch jene, in der ich Kastanien und Eicheln vom Boden aufklaubte und diese dann mit meinem Vater in den Wald brachte, zu Futterstellen, an denen sich Rehe und Wildschweine sammelten.

Mein Vater hatte es nie versäumt, die erste Kastanie, die ihm auf seinen Wegen begegnet war, aufzuheben …

»Woran denkst du?«, fragte mich Liv plötzlich.

»An Kastanien«, gestand ich mit einem kleinen Lächeln.

Liv runzelte verwundert die Stirn.

»Mein Vater hatte diesen Brauch«, erklärte ich, und mir fiel ein, dass der letzte Mensch, dem ich davon erzählt hatte, Bjarne gewesen war. »Wenn es Herbst wurde und die Kastanien von den Bäumen fielen, brachte er immer die erste nach Hause, die er fand. Er öffnete die stachelige Hülle und schenkte sie meiner Mutter.«

»Damit sie sie röstet?«

Ich lachte auf. »Nein. Sie hat sie in die Tasche gesteckt und bei sich getragen.«

»Und warum das?«

»Das habe ich meinen Vater mal gefragt. Damals muss ich dreizehn oder vierzehn gewesen sein.«

»Und was hat er geantwortet?«

»Dass er diese Kastanie dem Menschen schenkt, mit dem er das kommende Jahr verbringen möchte. Es muss ein alter Brauch gewesen sein, den sogar sein Vater und sein Großvater beherzigt haben. Meine Mutter hat immer gelächelt, wenn sie diese Kastanie von ihm bekam. Auch wenn ich glaube, dass es diese gar nicht gebraucht hätte.«

Liv dachte eine Weile über meine Worte nach. »Hat deine Mutter die Kastanien aufbewahrt?«

»Bestimmt. Aber an einem Ort, von dem nur sie wusste. Ich habe nie nachgesehen. Das war etwas, was nur ihnen beiden gehörte.«

Schwermut überfiel mich plötzlich, und ich merkte wieder einmal, wie sehr ich meine Eltern trotz allem liebte.

»Hat Bjarne dir mal eine Kastanie mitgebracht?«, fragte Liv schließlich.

»Nein«, sagte ich. »Dafür aber andere Dinge.«

»Gammelrochen zum Beispiel?« Liv kicherte.

»Das hast du dir also gemerkt!« Ich lachte nun auch, doch gleichzeitig spürte ich, wie mein Herz noch schwerer wurde. All diese Verluste in meinem Leben … Würde es je aufhören? Ich sehnte mich so sehr nach Ruhe, nach Glück …

In Ronneby stiegen wir in einem kleinen Gasthof ab. Ein wenig fühlte ich mich ans Frühjahr erinnert, als wir zur Beerdigung von Livs Vater gefahren waren. Es war erschreckend, wie sich unsere Schicksale in diesem Punkt ähnelten.

»Wenn du magst, kannst du dich ein wenig in den Kuranlagen

umsehen, während ich bei meiner Mutter bin«, sagte ich, als wir uns in dem Zimmer einrichteten, das zwei separate Betten hatte. Daran, im Haus meiner Eltern zu übernachten, wollte ich nicht mal denken. »Es gibt hier einen sehr schönen Rhododendrongarten mit Pavillons.«

»Das klingt sehr gut«, gab Liv zurück. »Ich war noch nie in Ronneby, dabei ist es ja gar nicht weit entfernt.«

»Ich bin sicher, dass du in den nächsten Jahren mehr von der Welt sehen wirst.«

»Wenn Sten nicht auf freien Fuß gesetzt wird …« Sie hielt kurz inne. »Die zweite Anhörung ist bald. Danach wird entschieden. Wenn er wiederkommt …«

Auf einmal kam mir ein Verdacht. »Hast du deshalb Alexejs Nähe gesucht?«

»Damit er mich beschützt?«, fragte Liv zurück. »Nein. Etwas hat mich zu ihm hingezogen. Es war das erste Mal in meinem Leben, dass ich das Gefühl hatte, selbst wählen zu können. Bisher war das nicht der Fall.«

Selbst wählen. Das hatte ich damals bei Bjarne auch gewollt.

»Nun, wenn ihr beide heiraten würdet, wärst du meine Schwiegertochter.« Der Gedanke war so lustig, dass ich für einen Moment meine Trauer und meine Furcht vor dem kommenden Tag vergaß.

»Ja, tatsächlich«, erwiderte Liv ebenfalls lachend. »Aber wir wollen es ruhig angehen. Wer kann schon wissen, wohin der Wind einen treibt.«

Am Nachmittag fuhr ich mit dem Fahrrad, das ich aus Nättraby mitgenommen hatte, hinaus zum Grundstück meiner Eltern. Vater war mittlerweile sicher in der kleinen Kapelle aufgebahrt worden. Möglicherweise war meine Mutter nicht mal zu Hause. Aber der Anstand gebot es, es trotzdem zu versuchen.

Das Haus wirkte wie bei meinem letzten Besuch. Lediglich ein paar Sonnenblumen waren verblüht, und einige Rosen hatten ihre

Blätter verloren. Dennoch meinte ich eine drückende Schwere auf mir zu spüren. Ich schritt den Weg, auf dem ich vor einigen Wochen geflohen war, hinauf und klopfte an die Tür.

Wieder spürte ich das unruhige Wühlen in meinem Bauch, das mich so oft heimgesucht hatte, wenn ich hier stand und versuchte, den Kontakt zu meinen Eltern zu halten.

Beinahe wünschte ich mir, dass sie nicht zu Hause wäre. Dass ich morgen ganz einfach auf dem Friedhof auftauchen, am Rand bleiben und dann ungesehen wieder verschwinden könnte.

Doch so einfach machte es mir das Leben auch heute nicht. Schritte ertönten, und wenig später wurde die Tür geöffnet.

Meine Mutter wirkte in ihrer Trauerkleidung sehr blass und wesentlich dünner, als ich sie in Erinnerung hatte. Tränen und Schlaflosigkeit hatten dunkle Schatten unter ihre Augen gezeichnet.

»Hej«, sagte ich leise.

»Marlene«, gab sie zurück.

Ich hätte sie vielleicht in die Arme nehmen sollen, aber ich konnte nicht.

»Ich bin sofort losgefahren, als ich das Telegramm gelesen habe«, sagte ich ein wenig unbeholfen. Ich wusste einfach nicht, wie ich auf sie zugehen sollte nach allem, was passiert war.

»Komm rein«, sagte sie und trat beiseite.

Ich trat ein und spürte sofort, dass etwas fehlte. Auch als mein Vater krank war, hatte man seine Anwesenheit gespürt. Doch jetzt schlug mir nur kühle Leere entgegen. Daran änderte auch meine Mutter nichts.

»Es ist schön, dass du gekommen bist«, sagte sie mit einem leicht vorwurfsvollen Unterton. »Ich hätte es beinahe nicht erwartet.«

Das war die Art Unterhaltung, vor der ich immer Angst gehabt hatte. Nie konnte sie sich einfach über meine Anwesenheit freuen. Wenn sie sich denn überhaupt freute. Ich hatte den Eindruck, dass ich sie enttäuschte – egal was ich tat.

»Ich wollte Vater die letzte Ehre geben. Das bin ich ihm schuldig.«

»So?«, entfuhr es ihr. »Wärst du es ihm nicht schuldig gewesen, bei deinem letzten Besuch nicht davonzulaufen?«

Ich presste die Lippen zusammen. Natürlich. Was hatte ich denn erwartet?

»Was hätte das geändert?«, fragte ich. »Vater hat mir klargemacht, wie sehr er mein Leben missbilligt. Hätte es etwas gebracht, wenn ich noch mehr über mich hätte ergehen lassen?«

Darauf schien sie keine Antwort zu haben. Sie war dabei gewesen, als er sich in Rage geredet hatte. Wahrscheinlich würde sie meine Entscheidung nie verstehen.

Wieder fragte ich mich, warum ich den Kontakt zu ihnen nicht einfach abgebrochen hatte. Doch nun stand ich hier, nur einen Tag von seiner Beerdigung entfernt. Er hatte seinen Groll gegen mich mit ins Grab genommen. Und mir wollte nicht einfallen, wie ich das hätte ändern können.

»Weißt du eigentlich, warum dein Vater solch eine Abneigung gegen diesen Mann hatte?«, fragte meine Mutter plötzlich. »Warum wir nicht wollten, dass wir dich an ihn verlieren?«

Für einen Moment war ich zu erschrocken, um etwas darauf zu antworten. Eigentlich hätte ich mich erkundigen wollen, wie seine letzten Stunden gewesen waren. Nichts anderes zählte in diesem Augenblick für mich. Aber meine Mutter schien bei meinem Anblick nur dieses eine Thema zu kennen.

»Er hat es mir ja nie gesagt«, gab ich schließlich zurück. Wut schoss in mir hoch. Wenn sie einen Kampf wollte, sollte sie ihn bekommen! »Stattdessen habt ihr mir Vorhaltungen gemacht und erklärt, dass er nicht gut genug sei.« Ich blickte meine Mutter abwartend an. »Na mach schon, sag mir, was ich von meinem Ehemann angeblich noch nicht weiß!«

»Walsted war ein bekannter Frauenheld!«, platzte es aus meiner Mutter heraus. »Mich wundert wirklich, dass du davon nichts gehört hast. Aber wahrscheinlich wolltest du das nicht sehen!«

Ihre Worte waren wie eine schallende Ohrfeige. Das Auftauchen seines Sohnes hatte meine Sicht auf Bjarne verändert, doch ich wollte meiner Mutter nicht recht geben.

»Bjarne mochte vielleicht Frauengeschichten gehabt haben«, entgegnete ich. »Aber ich weiß, dass er mich nie betrogen hat.«

»Kannst du da sicher sein?«, fragte sie. »Vielleicht hatte er irgendwo sogar Kinder mit einer dieser …«

Etwas in meinem Gesicht schien sie dazu zu bringen innezuhalten. Eine seltsame Ruhe überkam mich plötzlich.

»Bjarne hat einen Sohn. Aus der Zeit vor mir.« Ich atmete tief durch. Das hier waren die Diskussionen, die mein Verhältnis zu meinen Eltern vergiftet hatten. Meist war ich davongelaufen, weil ich nicht wusste, wie ich dagegenhalten sollte. Zu sehen, wie meiner Mutter jetzt der Mund aufklappte, verschaffte mir einen kleinen Funken Befriedigung.

»Wie es aussieht, hat diese Frau nie den Mut gefunden, ihm das zu sagen. Möglicherweise, weil sie frei sein wollte. Oder Angst hatte.« Ich machte eine kleine Pause, ordnete kurz meine Gedanken, dann fuhr ich fort: »Möglicherweise hat er andere Frauen geliebt. Möglicherweise hat er auch Kinder mit ihnen. Doch es gibt eines, dessen ich mir mittlerweile ganz sicher bin: dass er, solange wir zusammen waren, mich nie betrogen hat. Denn ich unterscheide mich von allen anderen Frauen.«

Meine Mutter blickte drein, als wollte sie meine Worte in Zweifel ziehen. Aber das ließ ich nicht zu und kam ihr zuvor.

»Ich war diejenige, zu der er gestanden hat. Die er geheiratet hat. Auch wenn ihr dagegen wart. Ich habe seine letzten Worte an mich schwarz auf weiß gesehen. Keiner verlangt, dass du ihn mögen sollst. Aber du wirst mir mit deinen Worten nicht nehmen, woran ich stets geglaubt habe: an Bjarnes Liebe!«

Meine Augen glühten. Es tat gut, ihr die Meinung zu sagen. Und es gab da noch etwas, das ich hinzufügen musste. »Hast du denn jemals an Vaters Liebe gezweifelt? Hättest du zugelassen, dass man ihn dir schlechtredet, obwohl du ihn nie anders als freundlich erlebt hast?« Ich holte tief Luft. »Kannst du sagen, ob sein Herz vor dir einer anderen gehört hat? Menschen haben eine Vergangenheit, aber hat sie wirklich etwas mit unserer Beziehung zu dieser Person zu tun?«

Tränen traten in die Augen meiner Mutter. Ich dachte wieder an die Kastanien, an die Verbundenheit, die die beiden besessen hatten.

»Ich vermisse ihn so sehr!«, schluchzte sie auf, und ich spürte, dass sie mir keine Vorhaltungen mehr machen wollte.

»Und ich vermisse Bjarne«, gab ich mit einem dicken Kloß im Hals zurück. »Ich vermisse ihn jeden Tag. Und ich weiß genau, wie sehr dein Herz schmerzt und in der nächsten Zeit noch schmerzen wird. Genau so ist es mir ergangen. Aber im Gegensatz zu mir hast du etwas, das ich nicht hatte.«

Mutter blickte auf, und ich versuchte sie durch meine eigenen Tränen anzulächeln, als ich antwortete: »Einen Menschen, der für dich da sein wird, solltest du es nicht mehr aushalten.«

102

Alexej

Sägespäne knirschten zwischen meinen Zähnen, doch ich wollte, dass der Schiffsbaumeister zufrieden war. Wir waren dabei, den Boden eines neuen Schiffs zu beenden, das demnächst nach Finnland geliefert werden sollte. Ich hatte die Planken, auf denen die Matrosen tagein, tagaus herumliefen, noch nie so frisch und sauber erlebt. Selbst wenn man sie schrubbte, ging ein Teil des Schmutzes nie wirklich heraus. Er setzte sich im Holz fest und bewirkte, dass es mit den Jahren immer dunkler wurde, sodass man kaum noch feststellen konnte, von welcher Sorte es war.

Mir gefiel die Arbeit in der Werft immer besser. Natürlich hatte ich immer noch die Sehnsucht nach dem Meer im Herzen. Und wer wusste es schon: Vielleicht würde ich eines Tages auch wieder hinausfahren.

Doch vorerst würde ich bleiben, und das lag an Liv.

Mein Bett hatte sich heute Morgen kalt und einsam angefühlt. Wie gern hätte ich sie bei mir behalten! Aber ich verstand auch, dass sie gehen musste. Wenn sie bei mir war, konnte ich kaum glauben, dass ihr all das gehörte. Die Werft, die Reederei …

Sie war eine schöne, sanfte Frau, die viel zu zart erschien, um so eine schwere Last zu tragen! Es machte mich unheimlich stolz, dass sie all das schaffte – und dass sie sich für mich entschieden hatte!

Wenn sie nur ihren Mann schon los wäre! Es war mir klar, dass sie dann alles verlor – den Reichtum, ihr Haus, ihre Dienstmädchen, die schönen Kleider. Aber sie hatte mir gesagt, das würde ihr nichts ausmachen. Sie hatte mir so einiges von ihrem Mann erzählt, und ich wusste, dass er es nicht wert war, an ihrer Seite zu gehen. Und sie träumte davon, frei zu sein. Diese Freiheit wollte ich ihr bieten, und ich würde dafür arbeiten, dass sie wieder ein Haus bekam und schöne Kleider.

»Junge, träum nicht«, hörte ich den Meister hinter mir. Er hieß Hanussen und war ein gestandener älterer Herr. »Du willst doch deine zehn Finger behalten, oder nicht? Kein Mädchen nimmt gern einen, dem die Fingerkuppen fehlen.«

Ich schaute auf die Ziehklinge in meinen Händen. Mit dieser wurden die letzten Unebenheiten im Holz entfernt, bevor die abschließende Politur vorgenommen wurde. Die Klinge war sehr scharf, der Meister hatte uns gewarnt, dass wir uns nicht daran verletzen sollten.

»Ich träume nicht, Meister«, sagte ich. »Ich hatte nur einen Gedanken.«

Hanussen nickte. »Du machst dich gut, Alexej«, sagte er dann. »Möglicherweise kannst du eines Tages Geselle werden.«

»Das würde ich gern«, gab ich zurück.

Der Meister betrachtete mich prüfend. »Wirklich? Ich habe manchmal den Eindruck, dass du auch gern auf See wärst.«

»Im Moment bin ich gern hier«, entgegnete ich, was auch der Wahrheit entsprach. »Auf See war ich lange genug.«

Ich wusste, dass Hanussen so etwas gern hörte. Doch so recht schien er mir das nicht abzunehmen.

»Die See ist eine mächtige Geliebte«, sagte er. »Das weiß ich selbst, denn als ich jung war, bin auch ich ihr erlegen. Aber irgendwann fand ich eine Liebe, die größer war als das Meer.« Er lachte auf. »Selbst wenn sie mich manchmal anfaucht, würde ich sie nicht mehr eintauschen wollen.«

Auch bei Liv hatte ich das Gefühl, dass sie eine bessere Geliebte als das Meer war, das kalt und rau, stürmisch und unbeständig sein konnte. Doch so hatte ich das Wasser noch nie gesehen.

Hanussen wurde wieder ernst. »Sollte es dich je wieder hinausziehen, weißt du wenigstens, woraus ein Schiff gemacht ist. Ich bin der Meinung, dass jeder Kapitän das wissen sollte.«

»Aber ich bin kein Kapitän«, sagte ich.

»Noch nicht«, erwiderte der Meister. »Ich kenne keinen Seemann, der das nicht werden will – vorausgesetzt, er verkauft seine Seele dem Meer.«

Eine Glocke ertönte. Normalerweise wurde diese geläutet, wenn es Zeit für die Pause war. Doch dafür war es zu früh. Auch Hanussen schien davon überrascht zu sein.

»Irgendwas ist los«, sagte er zu sich selbst, dann wandte er sich mir zu. »Komm, schauen wir nach.«

Zusammen mit den anderen Arbeitern gingen wir zu dem Ort in der Halle, der für Versammlungen genutzt wurde. Dort erblickte ich einen Mann im dunklen Anzug, den ich im nächsten Augenblick als den Geschäftsführer der Werft erkannte.

Wir schauten uns verwundert an. Normalerweise bedeutete es nichts Gutes, wenn jemand aus den Büros auftauchte. Ich hatte die anderen Männer davon raunen hören, dass diese Leute nur hier erschienen, um Arbeiter zu entlassen.

Durch den Prozess gegen Livs Mann war es möglich, dass die Werft Aufträge verlor. Nicht nur die Reederei Boregard ließ hier Schiffe bauen, es gab auch andere Auftraggeber.

Ahnte der Meister etwas davon? Hatte er deshalb davon gesprochen, dass ich vielleicht doch wieder auf See gehen würde? Für einen Moment fürchtete ich, dass ich trotz Livs und Herrn Ekströms wohlwollenden Einsatzes auf die Straße gesetzt werden würde.

Dann erklang die Stimme des Anzugträgers: »Meine Herren, ich habe Ihnen allen eine wichtige Mitteilung zu machen.«

103

Marlene

Trotz unseres aufwühlenden Gesprächs hätte mich meine Mutter im Haus übernachten lassen, doch ich wollte nicht dort sein, wo ich das Gefühl hatte, dass mein Vater jeden Augenblick durch die Tür treten würde. Ich wollte mich auch nicht mehr wie das junge Mädchen fühlen, das wusste, dass seine Eltern den Mann, den es liebte, ablehnten.

Stattdessen kehrte ich zu Liv zurück. Es war bereits spät, und im Gastraum waren nur noch wenige Gäste.

»Es ist hübsch hier«, sagte Liv, als ich unser Zimmer betrat. Sie saß am Frisiertisch und löste gerade den Knoten, zu dem sie ihr Haar geschlungen hatte. »Und die Kuranlage ist wirklich sehenswert.« Sie warf mir über den Spiegel einen fragenden Blick zu. »Wie geht es deiner Mutter?«

»Schlecht«, antwortete ich ehrlich. »Sie vermisst ihn.«

»Das ist verständlich.« Sie wandte sich um. »Und wie geht es dir? Hast du ihn noch einmal sehen können?«

Ich schüttelte den Kopf. »Das werde ich wohl morgen, bevor sie den Sarg schließen.« Erschöpft ließ ich mich auf einen der Stühle fallen. Meine Lider fühlten sich bleischwer an, und ich sehnte mich danach, unter der weichen Bettdecke zu verschwinden.

Liv sagte nichts, doch ich spürte, dass sie wissen wollte, wie es gelaufen war.

»Es war anfangs ein wenig schwierig mit ihr«, sagte ich. »Natürlich kamen wieder die alten Vorwürfe. Sie scheinen zu einer Gewohnheit geworden zu sein.«

»Du Arme«, gab sie zurück. »Das tut mir leid.«

»Aber dann ist etwas passiert. Ich habe mich zur Wehr gesetzt. Nicht wie sonst, indem ich abgestritten hätte, was sie mir vorgeworfen hat. Ich habe zugegeben, dass Bjarne nicht so perfekt war, wie ich ihn immer sehen wollte. Ich habe ihr von seinem Sohn erzählt. Sie war natürlich erschrocken, doch dann konnte ich ihr klarmachen, dass Bjarnes Vergangenheit unerheblich für mich ist.«

Ich dachte zurück an den Moment, als sie weinend auf einen der Küchenstühle gesunken war. Seltsamerweise war unser Gespräch danach besser verlaufen. Sie hatte mir erzählt, wie die letzten Momente meines Vaters waren. Dass sich sein Sterben schon eine Weile angekündigt hatte, er aber nicht wollte, dass ich zu ihm kam. Dass er den Eindruck gemacht habe, als würde er diesen Entschluss bereuen, aber nicht mehr die Kraft habe, ihn rückgängig zu machen.

»Ich habe ihr gesagt, dass ich für sie da bin, wenn sie mich braucht«, sagte ich.

»Das ist sehr nobel von dir.«

Ich schüttelte den Kopf. »Nein, nicht nobel. Ich habe immer versucht, trotz allem für sie da zu sein. Auch die Ehe mit Bjarne hat nichts daran geändert, dass ich noch immer ihre Tochter war, die sich um sie kümmern würde. Aber sobald ich mich blicken ließ, haben sie mich weggetrieben. Ich hoffe, dass sich das jetzt ändern und meine Mutter versuchen wird, ihren alten Groll gegen mich beiseitezulassen.«

Am nächsten Morgen machte ich mich bereit für die Trauerfeier. Dabei dachte ich wieder daran, wie ich, als Liv in meiner Situation war, durch die Wälder gestreift war und das Himbeerfeld nahe dem Rosenhag gefunden hatte.

Auch jetzt wäre ich lieber im Wald gewesen und hätte nach Beeren gesucht.

»Wie geht es dir?«, fragte Liv, die vorhatte, ein weiteres Mal in den Kurpark zu gehen. Sie hatte im japanischen Garten einen hübschen Pavillon entdeckt, in dem Tee und Erfrischungsgetränke ausgeschenkt wurden. Außerdem gab es im Rhododendrongarten einen wunderhübschen Brunnen, an dessen Rand man sitzen und lesen oder einfach nur die Spaziergänger beobachten konnte.

»Nicht viel besser als gestern«, antwortete ich. »Eher schlechter. Aber das ist nicht verwunderlich, nicht wahr?«

Ich betrachtete mich im Spiegel. Das Kleid hatte ich, nachdem Bjarne verunglückt war, täglich getragen. Schwarz war keine Farbe, die mir besonders gut stand, doch ich hatte mich daran gewöhnt. Erst als Oskar in mein Leben getreten war, hatte ich das wieder geändert.

Jetzt jedoch kam ich mir wieder vor wie an dem Tag, als ich mein Haus nach der Unglücksnachricht zum ersten Mal verlassen hatte.

»Nein, es ist nicht verwunderlich.« Liv trat hinter mich und legte mir sanft die Hände auf die Schultern. »Möglicherweise ist es nicht dasselbe, aber ich vermisse meinen Vater, auch wenn er mir nie ein Vater war. Bei dir ist es anders, du hattest ihn in der Kindheit. Aber dann nicht mehr. Es ist so kompliziert mit jenen, die dafür gesorgt haben, dass wir auf der Welt sind.«

»Ich wünschte, wir hätten unseren Frieden machen können. So wird es nie ein Verzeihen zwischen uns geben, und das tut mir so leid. Mein Vater war früher alles für mich, ich war nicht nur seine Tochter, sondern auch seine Verbündete.« Ein Stein schien plötzlich auf meiner Brust zu liegen. »Ich wünschte, ich hätte ihm all das sagen können. Doch bei unserem letzten Zusammentreffen ging es wieder nur um Bjarne und meine Entscheidungen, die ihm nicht passten.«

»Nun, vielleicht war er der Meinung, dass dein Mann ihm seine Vertraute weggenommen hat. Seine Tochter, für die er das Beste wollte. Ich weiß nicht, wie es ist, wenn ein Vater nur das Beste für einen will, aber möglicherweise hatte er Angst, dich zu verlieren.«

»Aber warum war er dann … so?«, fragte ich. »Warum hat er nicht einfach gesagt, was er fühlt? Dass er fürchtet, mich zu verlieren? Er hat dadurch, dass er mich weggestoßen hat, alles nur noch schlimmer gemacht!«

»Weil Männer das aus irgendeinem Grund nicht können. Es wird ihnen nicht beigebracht.« Sie stockte. »Sollte ich jemals einen Sohn bekommen, werde ich versuchen, ihm das zu vermitteln.«

Vor der Heliga Kors Kyrka, einem weißen Bau mit wuchtigem Glockenturm, hatten sich schon zahlreiche Trauernde eingefunden. Ich war überrascht, wie viele es waren. Einige von ihnen erkannte ich sogar noch vage aus den Zeiten, als mein Vater noch zu verschiedenen Festen eingeladen worden war. Sogar Herr Sonderlund, sein ehemaliger Vorgesetzter, war gekommen, obwohl sich die Hoffnungen, dass ich seinen Sohn heiraten würde, zerschlagen hatten. Ich nickte ihm grüßend zu, dann betrat ich die Kirche.

Ich fand meine Mutter in der vordersten Bank, die für die Familie reserviert war.

Vor dem Pult stand der Sarg meines Vaters. Er war noch offen, damit die Leute Abschied nehmen konnten. Ihn dort liegen zu sehen ließ mich erstarren.

Der Bestatter hatte sein Möglichstes getan, um ihn für seine letzte Reise vorzubereiten. Das war ihm so gut gelungen, dass ich für einen Moment glaubte, er würde nur schlafen. Nicht einmal die Krankheit, die eine Seite seines Körpers gelähmt hatte, war ihm mehr anzumerken.

Ein Schluchzen stieg in meiner Brust auf, und ich presste ein Taschentuch an meine Lippen, als ich mich steif nach vorn bewegte.

Als meine Mutter meine Schritte hörte, wandte sie sich um. Ihre Augen sahen verweint und rot aus, ihr Gesicht wirkte noch müder und verschlissener als gestern. Kurz trafen sich unsere Blicke, doch sie machte keine Anstalten, sich zu erheben und zu mir zu treten. Dafür war ich ihr dankbar. Dieser Moment mit meinem Vater würde ganz mir gehören, wie all die Momente damals im Wald, als ich an seiner Hand das Leben unter dem Blätterdach kennenlernte.

Ich trat vor seinen Sarg und spürte all die Worte, die ich ihm gern gesagt hätte, in meiner Brust. Ich hätte ihm früher vergeben sollen. Ich hätte ihn anhören sollen, anstatt mich gegen ihn aufzulehnen.

Ich hätte da sein sollen.

Doch ich war es nicht. Und nun blieb mir nur, Abschied zu nehmen und das letzte Bild in mir einzuschließen.

Jetzt, da ich direkt vor ihm stand, bemerkte ich neben seinem Kopf eine Kastanie. Sie war verschrumpelt und welk. Wahrscheinlich war es die letzte, die er meiner Mutter geschenkt hatte. Irgendwann einmal hatte er im Scherz bemerkt, dass er gern mit dem Samen eines Baumes begraben werden wollte. War diese Kastanie neben ihm nur eine Liebesgeste seitens meiner Mutter oder auch die Erfüllung seines Wunsches? Kastanien hatte er geliebt …

Ich berührte seine Hand und spürte die Kälte, die seinen ganzen Körper erfasst hatte. Nicht einmal meine eigene Wärme konnte jetzt daran noch etwas ändern.

Auf einmal wurde mir klar, welches Glück ich hier hatte. Von Bjarne hatte ich mich nicht verabschieden können. Es gab keine letzte Berührung, kein letztes Bild. Alles, was ich hatte, war die Erinnerung an unsere Zeit und der Anblick, wie er auf sein Schiff ging.

Doch das hier war ein Abschied und ein Abschluss. Vater würde sich nicht mehr über meine Verfehlungen ärgern müssen. Und ich konnte auswählen, an was ich mich erinnern wollte.

»Frau Walsted?«, fragte eine Stimme hinter mir.

Ich wandte mich um und sah den Pastor. Es war ein anderer als früher, wenn wir sonntags in die Kirche gefahren waren. Er bedachte mich mit einem freundlichen Gesichtsausdruck, nicht wirklich ein Lächeln, aber dennoch versucht, tröstend zu wirken. Er sprach mir sein Beileid aus, dann fügte er hinzu: »Wenn es Ihnen recht ist, würden wir jetzt gern mit dem Gottesdienst beginnen.«

Ich bemerkte, dass an der Seite der Kirche die Sargträger darauf warteten, den Sarg verschließen zu dürfen. Jetzt wusste ich, warum die Trauergäste noch draußen standen. Meine Mutter hatte diesen Moment wirklich nur für mich aufgehoben.

Ich warf ihr einen dankbaren Blick zu, dann nickte ich und setzte mich neben sie. Die Sargträger legten den Deckel des Sarges auf und begannen ihn zu verschließen. Ich streckte schweigend meine Hand nach der meiner Mutter aus, und sie ergriff sie.

104

Oskar

Das Krankenhaus war am frühen Morgen sehr belebt. Egal, wo ich hinschaute, überall sah ich Schwestern und Patienten. Dazwischen marschierte ein Trupp weiß gekleideter Ärzte, offenbar ein Chefarzt, der junge Mediziner mit auf seine Visite nahm.

Ich hockte auf einer Bank und wusste nicht so recht, wohin mit mir. Meine Hände waren eiskalt, und in meinem Innern wühlte die Unruhe. Ich hatte mich bei der Schwester am Empfang gemeldet, aber diese hatte so viel zu tun, dass sie sicher noch nicht dazu gekommen war, mich Dr. Kronberg anzukündigen.

Einen Termin hatte ich nicht, und möglicherweise musste ich bis zum Mittag warten. Aber das machte mir nichts aus. Überall war es besser als in Malmö.

Nach einer Weile lehnte ich mich zurück und schloss die Augen. Ich fühlte einen unangenehmen Druck auf den Schläfen.

Lisbeths Verhaftung hatte die Mühlen des Gesetzes beschleunigt. Die Fingerabdrücke, die man von ihr genommen hatte, wurden mit jenen an den sichergestellten Beweismitteln aus der Wohnung meiner Mutter verglichen. Sie fanden sich sogar an den Cremetiegeln, die sie ebenfalls mit dem Gift versetzt hatte. Damit war meine Unschuld bewiesen, wenn bei der Polizei überhaupt ein Zweifel bestanden hatte …

»Herr Andersson?«

Ich öffnete die Augen und blickte in das Gesicht eines jungen Mannes. Er hielt ein Klemmbrett unter dem Arm. Er war nicht der Arzt, mit dem ich vor ein paar Tagen gesprochen hatte.

»Ich bin Doktor Martins«, stellte er sich vor. »Mein Kollege ist heute in einem Seminar, deshalb kümmere ich mich um seine Patienten.«

Der Arzt schüttelte mir die Hand, dann führte er mich durch einen langen Gang in sein Behandlungszimmer.

»Wie geht es meiner Mutter?«, fragte ich, noch bevor wir die Tür erreicht hatten.

»Den Umständen entsprechend. Aber lassen Sie uns doch drinnen reden.«

Wir betraten den Raum, den ich schon kannte, und ich fühlte mich nicht weniger nervös als beim ersten Mal. Dr. Martins bot mir einen Platz an, und ich setzte mich.

»Als Assistent von Doktor Kronberg bin ich mit dem Fall Ihrer Mutter vertraut«, sagte er. »Wir alle waren erleichtert, dass sie erste Anzeichen von Besserung zeigt.«

»Wird sie denn wieder ganz gesund werden?«

Dr. Martins ließ sich einen Moment Zeit, dann sagte er: »Wahrscheinlich nicht. Wir können von Glück reden, dass sie uns rechtzeitig überstellt wurde. Es besteht keine akute Lebensgefahr, aber das Haar, das sie verloren hat, wird sich möglicherweise nicht so schnell wieder ersetzen lassen. Auch wird es vermutlich zu neurologischen Erscheinungen wie Taubheit in den Fingern kommen.«

Tränen stiegen mir in die Augen, und ich fühlte einen unbändigen Hass auf Lisbeth. Was sie mir früher angetan hatte, war nichts gegen das hier. Welcher Teufel hatte sie bloß geritten?

Das würde das Gericht herausfinden müssen. Ich konnte nur hoffen, dass sie mich nicht belastete und behauptete, ich hätte sie dazu angestiftet. Doch das schob ich beiseite. Es ging hier nicht um mich, sondern um meine Mutter.

»Wird sie … denn allein zurechtkommen können?«

»Möglicherweise. Es hängt davon ab, wie schwer sich das Gift im Nachhinein auswirken wird.« Er machte eine Pause und fügte dann hinzu: »Aber es ist nicht ausgeschlossen, dass einige Nervenschäden für immer zurückbleiben.«

105

Marlene

Es würde mir guttun, wieder zu Hause zu sein. Allein schon der Gedanke an das Rosenhag erweckte ein behagliches Gefühl in meiner Brust. Ich freute mich darauf, im Garten zu arbeiten, Früchte zu sammeln, Marmelade einzukochen und zu nähen.

Die Trauer um meinen Vater saß tief in mir, doch es war anders als bei Bjarne. Einen Abschluss finden zu können war sehr kostbar, und auch wenn ich in den nächsten Tagen immer wieder an ihn denken würde, fiel es mir ein wenig leichter, meine Gefühle zu ertragen.

Mit meiner Mutter hatte ich vereinbart, dass wir uns ein bis zwei Mal im Monat schreiben und ich sie hin und wieder besuchen würde. Seit unserem Gespräch schien eine Wandlung in ihr vorgegangen zu sein, doch ich wollte mich nicht zu früh freuen. Der Geist meines Vaters war noch immer bei ihr, und möglicherweise würde sie später, wenn sie allein war, wieder mich dafür verantwortlich machen, wenn irgendwas nicht so war, wie sie es sich vorstellte.

»Gleich morgen werde ich das Fahrradgeschäft in Karlskrona aufsuchen«, schnaufte Liv neben mir, als wir den Waldweg entlanggingen. »Dann brauchen wir den Weg hier nicht mehr zu Fuß zu laufen.«

»Erst einmal solltest du versuchen, auf meinem Rad zu fahren«, erwiderte ich. »Ich bezweifle, dass der Händler dir das Fahren auf die Schnelle beibringen kann.«

»Na gut«, sagte sie. »Dann zeig du mir, wie es geht! Ich will auf keinen Fall wieder auf deinem Gepäckträger sitzen müssen, wenn es eilig ist.«

»Wenn wir angekommen sind.« Ich betrachtete Liv, und es gefiel mir, sie so entschlossen zu sehen. Ein Fahrrad würde ihr mehr Freiheiten geben und sicher auch ihrem Körper guttun. Ich hatte keine Ahnung, wie meine Qualitäten als Lehrerin waren, doch ich wollte es versuchen.

»Wie hast du eigentlich fahren gelernt?«, fragte sie, und ich spürte, dass sie bemüht war, mich ein wenig abzulenken.

»Mein Vater hat es mir beigebracht«, sagte ich und sah ihr an, dass sie wahrscheinlich eine andere Erklärung erwartet hatte.

»Nicht dein Mann?«

Ich schüttelte den Kopf. »Als Bjarne mir das Fahrrad schenkte, konnte ich bereits fahren. Er wusste das, und er wusste auch, dass ich mir ein eigenes Gefährt wünschte. Und so hat er mir eines geschenkt. Mein Vater wollte, dass ich die Gegend erkunden und schnell Hilfe holen konnte, wenn es nötig war.«

»Kann deine Mutter es auch?«

Ich schüttelte den Kopf. »Nein. Es bedurfte einer Menge Überredung seitens meines Vaters, dass sie es mir erlaubte. Sie war immer der Ansicht, dass das nicht gut für Frauen wäre. In der Nachbarschaft hatte eine Frau eine Fehlgeburt erlitten, was alle auf das Fahrrad schoben. Ich glaube, sie hätte versucht, es mir auszureden, wenn ich schwanger geworden wäre.«

»Aber das Rad war nicht schuld …« Liv stockte.

»Nein, es war nicht das Fahrrad. Ich habe das letzte Mal darauf gesessen, als die Nachricht kam und ich zur Reederei gerast bin. Danach konnte ich es lange Zeit nicht mal mehr anschauen.« Ich fühlte den alten Stich, das alte Weh in meinem Bauch, doch es verging schnell wieder. »Als ich mich von dem Verlust erholt hatte, stieg ich wieder auf und fuhr, denn es war eines der wenigen Dinge, die mir von meinem Mann geblieben waren. Und dass ich es gelernt habe, wird immer mit meinem Vater verknüpft sein.«

»Möchtest du nachher mitkommen und Himbeeren pflücken?«, fragte ich, als wir dem Rosenhag schon ganz nahe waren. »Es sind noch reichlich da, und ich bin sicher, dass wir noch ein paar Gläser einkochen können.«

»Habt ihr denn noch genug Gläser?«, fragte Liv.

»Wir haben auf dem Dachboden noch welche gefunden. Lucia hat vorgeschlagen, dass wir sie auf dem Markt verkaufen.«

Livs Miene spannte sich an. Ich wusste, dass sie wieder an das Ultimatum dachte, das wir ihr gesetzt hatten und das heute Abend ablief.

»Auch wenn sie uns belogen hat, ist es kein schlechter Vorschlag«, setzte ich hinzu. »Wir könnten tatsächlich auf den Fischmarkt damit gehen.«

»Ja, das könnten wir«, gab Liv nach einer Weile zu. »Allerdings wäre es wohl besser, wenn sie nicht mit dabei wäre.«

»Das sehe ich genauso«, sagte ich und fügte hinzu: »Lieber stelle ich mich hin, auch wenn wir dann Gefahr laufen, dass die Frauen einen Tumult anzetteln.«

»Das werden sie vielleicht gar nicht. Nicht nach dem, was über Sten herausgekommen ist.«

»O doch, das werden sie«, erwiderte ich. »Du kennst die Frauen nicht. Sie haben sich so schön in ihrem Groll eingerichtet, dass ihnen etwas fehlen würde, wenn sie ihn aufgäben.« Ich schwieg einen Moment lang, dann fragte ich: »Was meinst du, wie wird Lucia sich entscheiden?«

»Hoffentlich richtig«, sagte Liv. »Ich würde sie ungern auf die Straße setzen wollen.«

»Aber wird sie denn vor einem Gericht Gerechtigkeit bekommen?«

»Mit einem guten Anwalt …« Liv verzog das Gesicht. »Du siehst, wie sich diese Juristen selbst für Sten einsetzen. Obwohl seine Schuld weitaus größer ist.«

Ich stieß das Gartentor auf und hatte gerade die Rosen passiert, als ich ihn sah. Auch wenn sein Anblick keine Überraschung mehr für mich war, war ich doch erstaunt, dass er den Mut gefunden hatte herzukommen.

»Alexej!«, rief Liv hinter mir verwundert aus, dann flog sie ihm entgegen.

Seine Arme fingen sie auf, und er küsste sie, doch auf seinem Gesicht war keine Freude, als er sagte: »Ich muss mit dir reden. Dein Mann ist aus dem Gefängnis entlassen worden. Er ist schon wieder in Karlskrona.«

106

Liv

Alexejs Worte trafen mich wie ein Fausthieb. Auf einmal fühlte ich mich, als würde ich von einem hohen Berg hinunterfallen, ganz langsam, damit ich auch noch genug Zeit hatte, mir den todbringenden Grund anzuschauen, auf den ich gleich aufprallen würde.

Neben mir schlug sich Marlene erschrocken die Hand vor den Mund. Die ganze Zeit über hatte Stens mögliche Rückkehr wie ein Damoklesschwert über uns gehangen. Doch wir hatten gehofft, dass es uns nicht treffen würde. Ich hatte gehofft, dass die zweite Anhörung das gleiche Ergebnis haben würde wie die erste. Dass es so schnell gehen würde, hatte ich nicht einmal zu fürchten gewagt.

»Haben Sie ihn gesehen?«, fragte Marlene, während es mir noch immer unmöglich war, auch nur ein Wort herauszubringen.

»Der Geschäftsführer der Werft ist vor uns getreten und teilte es uns mit.« Sorgenvoll fügte er hinzu: »Du solltest besser nicht mehr nach Karlskrona kommen.«

Marlene schaute uns einen Moment lang an, dann sagte sie: »Wir sollten das drinnen besprechen.«

Sie öffnete die Tür, und wir folgten ihr ins Innere, wo wir auf Ingrid trafen, die gerade damit beschäftigt war, ein Kleidungsstück zu flicken.

Marlene erklärte ihr kurz, was geschehen war, und ich sah, dass

Ingrid Alexej anstarrte. Sie verbarg ihre Verwunderung nicht, doch wenn Marlene etwas gegen Alexejs Anwesenheit hier hatte, zeigte sie es nicht.

Ich ließ mich auf einen der Stühle sinken. Das Gefühl des Fallens hielt allerdings an. Sten war wieder in Karlskrona! Wie es wohl Ekström damit erging? War er überhaupt noch an seinem Platz, oder hatte Sten ihn bereits rausgeworfen? Und was erwartete mich?

»Er hat recht«, hörte ich Marlene sagen, wenig später hockte sie sich vor mich und ergriff meine Hand. »Bleib hier. Wenn eine von uns eine sichere Zuflucht benötigt, dann du.«

Ich schüttelte fassungslos den Kopf. »Ich muss zurück nach Karlskrona«, sagte ich. Meine Stimme klang merkwürdig fremd.

»Das kannst du nicht!«, hörte ich Alexej sagen. »Er wird dich umbringen.«

Das war möglich. Aber noch wahrscheinlicher war es, dass Sten mich wieder an seine Seite zwingen würde.

»Das sehe ich genauso!«, sagte Marlene. »Du darfst ihm nicht wieder über den Weg laufen.«

»Wenn ich mich ihm nicht stelle, dann wird er herkommen«, gab ich zurück und sah Marlene ins Gesicht. »Denkst du, er weiß nicht, wo ich bin?«

»Dies hier ist mein Haus«, sagte Marlene fest. »Wenn er dieses Gelände ohne meine Erlaubnis betritt, kann ich die Polizei rufen lassen.«

Mein Blick fiel auf Lucia. Sie schaute zu Boden, denn sie wusste genau, was es bedeuten würde, wenn Beamte herkamen. Entschlossenheit machte sich in mir breit. »Ich kann nicht für immer vor ihm weglaufen. Außerdem … Es hängt so viel daran.« Ich sah zu Alexej. Er hatte sich für die Zukunft entschieden, die ich ihm angeboten hatte. Wenn er nun seine Arbeit verlor, würde ich ihn womöglich an die See verlieren …

Bevor ich eine Erklärung zu meinen Worten abgeben konnte, klopfte es an der Tür.

Ich zuckte zusammen. War Sten so schnell hergekommen? Astrid wusste, dass ich hier war, und ich schloss nicht aus, dass er die Dreistigkeit besaß, mich von hier wegholen zu wollen. Ich blickte zu Alexej, der die Fäuste ballte.

Marlene straffte sich und ging mit forschem Schritt zur Haustür. Ich merkte ihr an, dass sie entschlossen war, Sten in die Schranken zu weisen. Noch einmal atmete sie tief durch, dann riss sie die Tür auf.

Wer dort stand, sah ich nicht, doch plötzlich rief sie aus: »Oskar!«

107

Marlene

Oskar wieder in der Haustür stehen zu sehen flutete meinen gesamten Körper mit den unterschiedlichsten Gefühlen. Ich war erleichtert, ja, aber ich hatte auch ein wenig Angst. Angst vor dem Grund, aus dem er gekommen war. Sicher war er nicht hier, um mich zu besuchen. Möglicherweise ging es um seine Frau oder seine Mutter.

»Was ist geschehen?«, fragte Oskar überrascht.

»Sten Boregard ist wieder in der Stadt«, antwortete ich und bat ihn herein. »Wie es aussieht, haben es die Anwälte geschafft, ihn vorübergehend auf freien Fuß setzen zu lassen.«

Ich sah, dass er einen Fluch unterdrückte, als er bemerkte, dass wir nicht allein waren. Alexej warf ihm einen verwunderten und gleichzeitig etwas vorsichtigen Blick zu. Oskar runzelte die Stirn. Wahrscheinlich fragte er sich, was der Bursche hier zu suchen hatte.

Als ich Liv ansah, bemerkte ich, dass sie wieder zitterte. Ich konnte nicht sagen, ob es vor Wut oder Angst war. Ich hockte mich neben sie und strich ihr über den Rücken. Plötzlich ging ein Ruck durch sie, und sie erhob sich.

»Ich muss mit Hammerstein reden«, sagte sie. »Möglicherweise hat er schon versucht, mich zu erreichen.«

In Alexejs Augen erkannte ich Sorge, aber auch etwas anderes. Etwas, das ein bittersüßes Gefühl in mir hervorrief. Auf diese Weise hatte mich Bjarne immer angesehen, wenn ich meine Eltern aufsuchte. Was genau er befürchtete, hatte er mir nie verraten. Vielleicht, dass meine Eltern mich wegschaffen ließen? Möglicherweise hatte er gefürchtet, dass sie mich überzeugen könnten, ihn zu verlassen. Dass er mich verlieren würde.

»Ich werde Sie begleiten«, bot sich Oskar an. »Für den Fall, dass er Ihnen über den Weg läuft.«

Liv bedachte ihn mit einem skeptischen Blick. Sie hatte die Sache mit dem Artikel und der Scheidung nicht vergessen. »Sie müssen das nicht tun …«

»Ich habe ohnehin in der Stadt noch ein Hühnchen zu rupfen.« Oskar schaute mich an, dann wieder Liv. »Es wäre kein Umstand für mich.«

»Ich werde dich ebenfalls begleiten«, sagte Alexej. »Und wenn es sein muss, stelle ich mich auch deinem Mann.«

Oskar sah fragend zu mir. Er wusste nichts von Liv und Alexej, doch sicher war er klug genug, eins und eins zusammenzuzählen. Spätestens als Liv nach Alexejs Hand griff und sie an ihre Wange zog.

»Das solltest du besser lassen«, sagte sie. »Er braucht nichts von dir zu wissen, nichts von uns. Ich muss ihm selbst gegenübertreten. Denn schlimmer könnte diese Situation nur werden, wenn dir etwas geschieht.«

108

Liv

Am liebsten hätte ich nichts mehr von Oskar Andersson angenommen, aber es gab keine bessere Möglichkeit, den Abendzug noch zu erreichen. So saß ich mit Alexej auf der Ladefläche des Fuhrwerks, das Oskar gemietet hatte.

Während ich beobachtete, wie die Sonne als roter Feuerball hinter den Bäumen versank, tastete ich nach Alexejs Hand. Sie war warm und kräftig wie immer und zögerte nicht, meine Berührung zu erwidern.

Die Rückkehr mit dem Abendzug würde es mir ermöglichen, nicht gleich die Villa aufzusuchen, sondern bis zum Anbruch des Morgens bei Alexej zu bleiben.

Es würde unsere letzte gemeinsame Nacht sein, jedenfalls bis auf Weiteres. Ich wollte ihn schützen und wusste nur zu gut, wie Sten auf ihn reagieren würde.

Nein, genau genommen wusste ich nicht, wie er reagieren würde. Die Zeit im Gefängnis konnte ihn noch tückischer gemacht haben, noch gemeiner. Wenn er schon Marlene und Andersson Schläger auf den Hals gehetzt hatte, was würde er dann mit ihm, einem Ausländer, tun, der keinen anderen Halt in Karlskrona hatte als mich?

Ich blickte auf das Profil meines Geliebten. Seine schönen Züge wurden vom Abendlicht sanft beleuchtet. Warum war er mir nicht schon eher begegnet? Für ihn hätte ich mich meinem Vater widersetzt, genauso, wie es Marlene getan hatte.

Aber natürlich wusste ich, dass Alexej damals noch ein anderes Leben geführt hatte, fern von mir. Manchmal brauchte es Zeit, um die Schicksalslinien zweier Menschen zusammenzuführen. Und manchmal … manchmal nahm einem das Schicksal auch das, was man liebte.

Ich schüttelte den Kopf. Nein, so sollte ich nicht denken. Es war eine Katastrophe, dass Sten wieder auf freiem Fuß war, doch das bedeutete nicht das Ende. Das durfte es einfach nicht!

»Ist etwas?«, fragte Alexej sanft und schaute mich an. In der Nacht wirkten seine Augen dunkler, wie geheimnisvolle Gletscher im Eismeer.

»Nein, ich habe nur nachgedacht.«

»Worüber?«

Mein Blick fiel auf Oskars Rücken. Auch wenn er es nicht bewusst tat, hörte er sicher zu. Aber was mir durch den Kopf ging, war nur für Alexej bestimmt.

»Später«, sagte ich und schmiegte mich an ihn. Seine Wärme durchdrang meine Kleider und gab mir die Illusion von Sicherheit.

Wir erreichten den Bahnhof ein gutes Stück vor der Zeit. Oskar wollte mit dem Wagen zurückkehren, den er in Karlskrona gemietet hatte. Als wir abgestiegen waren, kam er auf mich zu.

»Können wir kurz reden?«, fragte er und blickte zu Alexej. »Unter vier Augen?«

Ich spürte, dass es sich um den Artikel handelte. Vielleicht war es wirklich gut, wenn er mir persönlich erklärte, was ihn geritten hatte, meine Scheidung zu erwähnen. Auch wenn er es Marlene gegenüber geleugnet hatte …

Wir traten zur Seite, damit die anderen Reisenden, die in Richtung Gleis gingen, uns nicht hören konnten.

Auch ein Stück entfernt spürte ich Alexejs Blick auf mir, so als befürchte er, dass Oskar mir etwas antun könnte.

»Ich wollte Ihnen nur sagen, dass es mir furchtbar leidtut, dass über Ihre Scheidung geschrieben wurde«, begann er. »Ich versichere Ihnen, dass dies nicht in meinem Artikel enthalten war. Der Verleger muss das Notizbuch gefunden haben, das ich in der Redaktion vergessen hatte. Darin stand kein Wort von der Scheidung.«

Konnte ich ihm glauben?

»Aber wie sollte es der Verleger erfahren haben?«, fragte ich. »Und warum hat er Ihren Namen unter den Artikel gesetzt?«

»Ich weiß nicht, woher Lundström das hatte. Ich habe ihm lediglich erzählt, dass Sie Marlene beim Aufbau des Frauenhauses unterstützen. Wahrscheinlich hat er den Artikel aus Rache veröffentlicht, weil ich Ihre und Marlenes Anonymität wahren wollte.«

Ich blickte ihm in die Augen und versuchte daran zu denken, wie sehr er darum gekämpft hatte, Sten hinter Gitter zu bringen. Ihm hatte ich es zu verdanken, dass ich die Freiheit kosten konnte.

»Ich verspreche Ihnen, ich werde herausfinden, wer dahintersteckt«, fuhr er fort.

Ich erinnerte mich an das, was Marlene gesagt hatte. Wenn sie es geschafft hatte, ihm wieder zu vertrauen, konnte ich das vielleicht auch.

»Wie geht es Ihrer Mutter?«, fragte ich. Er wusste sicher, dass Marlene mir von der Sache mit dem Gift erzählt hatte.

»Besser«, antwortete er und wirkte auch nicht sonderlich überrascht. »Der Arzt meinte, dass sie noch einmal Glück gehabt habe. Hätte sie das Gift länger zu sich genommen, hätte sie nicht nur Haare, sondern auch ihren Verstand verlieren können. Oder Schlimmeres. Thallium verursacht Nervenschäden. Sie wird vermutlich taube Finger behalten und vielleicht noch andere neurologische Schäden. Aber ihre Nieren und ihr Herz sind unbeschädigt.«

Ich blickte auf meine Hände. Ich konnte mir gar nicht vorstellen, wie es sein würde, wenn ich meine Finger nicht spürte. Zu welchen Gräueln Menschen doch fähig waren …

»Auf alle Fälle werde ich tun, was ich kann, um Ihnen zur Seite zu stehen, was Ihren Mann angeht«, kehrte er wieder zu unserem ursprünglichen Gesprächsthema zurück. »Und ich werde es Ihnen mitteilen, sobald ich weiß, wer hinter diesem Verrat steckt.«

»Danke«, sagte ich, denn ich wusste, dass dies die kleinste meiner Sorgen war. Die größte hieß Sten, und ich war nicht sicher, wie ich die kommenden Tage überstehen sollte.

109

Oskar

Die Glocken der Fredrikskyrkan schlugen zehn, als ich Karlskrona erreichte. Ich brachte das Fuhrwerk wieder zurück, dann machte ich mich auf den Weg zur Zeitungsredaktion und fühlte ich mich, als wären die Uhren zurückgedreht worden. Kaum zu glauben, wie viele Tage mittlerweile vergangen waren!

Ich kannte es durchaus, wenn sich das Leben auf den Kopf stellte. Wenn man das Gefühl hatte, von einem Sturm erst in die eine, dann in die andere Richtung geworfen zu werden. Das hatte ich mittlerweile gründlich satt. Ich sehnte mich nach Ruhe. Nach Ordnung. Ich wollte bei Marlene sein und alles, was geschehen war, vergessen.

Nach unserer Unterredung hatte ich dem Verleger nur eine kurze Nachricht geschickt, dass ich ab sofort nicht mehr für ihn arbeiten würde. Es war ein großer Fehler gewesen, nicht noch einmal ins Büro zu gehen und die Schubladen meines Schreibtisches in der Redaktion zu entleeren. Das konnte ich nicht mehr rückgängig machen. Aber ich konnte jenen zur Rechenschaft ziehen, dem ich es zu verdanken hatte, die Frau enttäuscht zu haben, die ich liebte.

Die Druckmaschinen liefen jetzt auf vollen Touren, und in der Redaktion war kaum noch etwas los. Lediglich der Abendredakteur war noch da, für den Fall, dass sich in der Stadt etwas von höchster Wichtigkeit ereignete.

Ich sah das Licht hinter den Fenstern seines Büros – und ich sah das Licht in Lundströms Refugium.

Ich wusste, dass mein Verleger oft sehr lange in seinem Büro blieb. Manchmal aß er zu Hause zu Abend und kehrte zurück, um noch bis Mitternacht zu arbeiten.

Als wäre es die natürlichste Sache der Welt, öffnete ich die Eingangstür, von der ich wusste, dass sie so lange unverschlossen blieb, wie sich jemand im Haus aufhielt. Dann erklomm ich leise die Treppe zum Verlegerbüro.

Ich hatte bislang nicht darüber nachgedacht, wie mein neuerliches Zusammentreffen mit Lundström aussehen würde, und vielleicht war es gut so.

Vor seiner Tür atmete ich tief durch, klopfte und trat ohne eine Antwort abzuwarten ein.

Lundströms Kopf schnellte in die Höhe. »Was …« Weitere Worte blieben ihm in der Kehle stecken, als er mich sah. Dann sagte er: »Andersson! Was machen Sie denn hier? Wollen Sie doch wieder anfangen?« Ein unsicheres Lachen folgte seinen Worten.

Doch ich verzog keine Miene.

»Zwei Fragen, Lundström«, begann ich, während ich betont langsam die Tür hinter mir schloss. »Wo ist mein Notizbuch? Und wer zum Teufel hat Ihnen gesagt, dass sich Liv Boregard von ihrem Mann scheiden lassen will?«

110

Marlene

Die Aufregung um Sten Boregards Rückkehr hatte alles andere erst einmal unwichtig erscheinen lassen. Doch nun, da Liv fort war, rückte eine weitere wichtige Frage in den Vordergrund: Wie hatte Lucia sich entschieden?

Beim Abendessen waren wir wie Katzen umeinander herumgeschlichen, und ich hatte deutlich gespürt, dass sie hoffte, wir hätten das Gespräch von vorgestern vergessen. Eigentlich war mir ebenfalls nicht danach, darüber zu reden. Die Trauer um meinen Vater fühlte sich seltsam an. Jetzt, da er tot war, war er mehr in meinen Gedanken als früher. Warum nur hatte er bei unserem letzten Treffen so auf seinem Starrsinn beharrt?

Als die Nacht kam, wollte ich ein Weilchen für mich sein. Es war schön, Gesellschaft im Haus zu haben, aber manchmal vermisste ich auch die Momente des Alleinseins, in denen ich meine Gedanken ordnen konnte.

Mit einer Laterne in der Hand verließ ich das Rosenhag und ging in den Wald.

Manche Städter glaubten, dass in der Nacht dort nur die Blätter raunten, doch ich wusste, dass der nächtliche Wald voller Leben war. Einem anderen Leben als bei Tage, aber dennoch. Die Nachtjäger kamen heraus und machten sich auf die Suche nach Futter.

Eulenrufe ertönten hier und da, auf dem Boden knackte und raschelte es.

Ich versuchte so lautlos wie möglich zu gehen, um kein Tier zu verscheuchen. Aber natürlich witterten und hörten sie mich, wie ich an den Augen sehen konnte, die kurz aufleuchteten und dann plötzlich verschwanden. Ich legte meinen Kopf in den Nacken und betrachtete die Sterne, die sich hinter den Baumkronen abzeichneten. Angst vor Gefahr hatte ich nicht. Nirgendwo war man in der Nacht sicherer als im Wald. Die schwarzen Männer, vor denen die Mütter warnten, fürchteten die Dunkelheit selbst. Wahrscheinlich wussten sie, dass es schlimmere Dinge gab.

In unserem Fall war es Sten Boregard. So groß mein Triumph damals gewesen war, als ich ihm gegenüberstand und ihm all die Dinge sagte, die sich schon lange in mir aufgestaut hatten, so groß war jetzt auch meine Angst vor seiner Rache.

Worauf mussten wir uns einstellen? Dass er Liv wirklich in eine Irrenanstalt stecken wollte? Sie im Haus einsperrte? Oder würde es etwas noch Niederträchtigeres sein? Und würde er versuchen, uns die Lebensgrundlage zu entziehen?

Livs Gespräch mit ihrem Onkel fiel mir ein. Was, wenn Boregard von der Stromtrasse erfuhr? Wenn er die beteiligten Geschäftsleute dazu aufstachelte, uns enteignen zu lassen?

Ein Eulenruf holte mich aus meinem Gedankenkarussell. Warum konnte das Zusammenleben der Menschen nicht so einfach sein wie die Natur selbst? Auch hier gab es Regeln, aber noch nie hatte ich beobachtet, dass ein Tier aus Niedertracht gehandelt hätte …

Kalte Nachtluft kroch über meinen Nacken und ließ mich frösteln. Eine Weile noch lauschte ich den Geräuschen des Waldes, dann beschloss ich, wieder nach Hause zu gehen.

Oskar kam mir in den Sinn. Er hatte so abgespannt ausgesehen, und über die Aufregung mit Liv waren wir nicht dazu gekommen, miteinander zu reden. Ich hätte so gern gewusst, wie die Sache mit seiner Mutter ausgegangen war. Und mit seiner Frau …

Ich hatte die Gartenpforte des Rosenhag gerade durchschritten, als ich einen Schatten bemerkte, der vom Stall kam.

Im nächsten Augenblick wandte sich die Gestalt um und sah mich an. »Oh, Marlene.«

Lucias Stimme klang überrascht. Es war das erste Mal seit meiner Rückkehr aus Ronneby, dass sie direkt das Wort an mich richtete. Sie stand im Mondschein da wie eine Elfe, die plötzlich aus dem Boden gewachsen war. Hatte sie sich aus dem Staub machen wollten?

»Was suchst du denn hier draußen?«, fragte ich und spürte, wie sich etwas schwer auf meine Brust legte. Wenn sie nun wirklich ging … Dass sie uns ihre wahre Herkunft verheimlicht hatte, wog schwer, doch ich wusste, dass es mir ungemein leidtun würde, wenn sie unter die Räder kam.

»Ich … ich habe in dein Zimmer geschaut, aber Ingrid hat geschlafen, und du warst fort …«, sagte sie ein wenig verlegen.

»Ich habe nur einen kleinen Spaziergang gemacht«, gab ich zurück, während die Kühle, die zuvor nur meinen Nacken gestreift hatte, jetzt auch über meine Arme kroch. »Wolltest du mir etwas mitteilen?«

Sie zögerte einen Moment lang, dann straffte sie sich und sagte: »Es hat mich vorhin sehr beeindruckt, wie sich deine Freundin entschieden hat«, sagte sie und straffte sich. »Ich glaube, auch ich möchte nicht mehr weglaufen.«

III

Alexej

Ich wusste gar nicht, wann ich das letzte Mal so viel Angst hatte wie in dem Augenblick, als ich mit Liv durch die Hintertür des Gasthauses schlüpfte. Dies war der Weg, den sie in den vergangenen Tagen schon öfter gegangen war, und ihre Hand, mit der sie mich in die Dunkelheit zog, wirkte entschlossen. Dennoch spürte ich ihre Furcht – und meine. Furcht vor dem neuen Morgen, vor dem, was kommen würde.

Nicht einmal damals, als uns der Kapitän bei einem schweren Sturm in den Bug unseres Schiffes schickte, um die Ladung zu sichern, hatte ich mich so sehr gefürchtet. Schwere Kisten waren von dem Schaukeln des Schiffes herumgeworfen wie nichts, eine hätte mich beinahe erschlagen. Damals hatte ich geglaubt, dass nichts schlimmer sein konnte als das Toben der See, der wir ausgeliefert waren. Aber jetzt bekam ich eine Idee davon, dass es immer noch eine Steigerung gab.

Wir hatten noch kein einziges Wort gewechselt, aber ich wusste, dass dies unsere letzte Nacht sein würde. Sein musste, wenn wir nicht in ungeheure Gefahr geraten wollten.

Mein eigenes Wohl war dabei unwichtig. Ich hätte mich ihrem Ehemann jederzeit zum Kampf gestellt. Aber es war möglich, dass ich sie verlor. Nicht, weil sie mich nicht mehr liebte, sondern weil sie mich schützen wollte. Doch lieber würde ich in einem Ozean untergehen, als sie aufzugeben.

Wir schlichen die Treppe hinauf, denn unten im Gastraum herrschte noch immer Betrieb. Oben auf dem Gang war es still, und so gelangten wir in mein Zimmer. Kaum hatten wir die Zimmertür hinter uns zugeschlagen, fielen wir uns in die Arme und küssten uns so gierig, als hätte ein ganzes Jahr zwischen dem letzten Mal und diesem gelegen. Während meine Hände an der Schnürung ihres Kleides nestelten, zerrte sie mir die Jacke und das Hemd vom Leib.

Sie half mir schließlich, sie von ihrem Kleid zu befreien, und wenig später hatte ich ihre Brüste in den Händen, die ich mittlerweile schon so oft gestreichelt und geküsst hatte. Ich saugte eine von ihnen in den Mund und spürte, wie sich mein Glied hart gegen meine Hose drängte. Liv erschauerte, während ich ihre Unterhose herunterstreifte. Sie liebte es, von hinten genommen zu werden, doch diesmal sagte sie: »Ich will dich sehen«, und legte sich rücklings aufs Bett.

Ich entledigte mich meiner Hose und ging zu ihr, lud mir ihre wunderschönen schlanken Beine auf die Schultern und drang in sie ein.

Normalerweise achteten wir darauf, keinen Lärm zu machen, aber diesmal war es anders. Wir stöhnten und schrien unsere Lust heraus, und es war uns egal, ob das gesamte Gasthaus es hörte. Niemand sah uns, und gehörte es in einem Gasthaus nicht dazu? In Riga hatte ich die Huren oft hinter den Türen stöhnen hören, einige gespielt, andere ehrlich. Ich wusste nicht, was sie bei mir gemacht hatten, aber ich wusste, dass das, was ich mit Liv erlebte, echt war.

Als ich kam, krallten sich ihre Hände an mir fest, so sehr, dass ich meinte, ihre Nägel drangen durch meine Haut. Doch ich würde mein Blut nur zu gern für sie geben, wie auch mein gesamtes Leben.

Später lagen wir beieinander, und ich wusste nicht genau, ob es die Erschöpfung war, die uns die Worte raubte, oder die Furcht. Die Nacht umfing uns dunkel, aber der Morgen war im Anmarsch. Nicht mehr lange, und ich würde sie gehen lassen müssen.

»Meine Mutter hat sich für mich eine Frau gewünscht, für die ich das Meer aufgeben könnte«, sagte ich, denn ich wollte, dass sie es wusste. Ich wandte mich ihr zu, streichelte ihre Wange und schaute ihr in die Augen. »Du bist diese Frau, Liv. Für dich würde ich jedes Schiff ziehen lassen und den gesamten Ozean aufgeben.« Ich machte eine Pause, dann sagte ich: »Ich liebe dich.«

Livs Augen begannen, verräterisch zu glitzern. »Und ich liebe dich!«, antwortete sie. »Ich liebe dich, wie ich noch nie zuvor jemanden geliebt habe. Für dich würde ich auf alles hier verzichten, auf der Stelle.«

Wir küssten uns so lange und so innig, dass die Realität von uns zurückwich. Es gab auf einmal keinen Ehemann mehr, der Liv von mir fortzerren konnte. Es gab keine Scheidung mehr, die vielleicht nicht zustande kam. Es gab nur noch uns.

Doch die Wirklichkeit holte uns ein, ob wir es wollten oder nicht.

Ich schlang meine Arme um sie und bemerkte, dass sie leicht zitterte. »Ist dir kalt?«, fragte ich und zog die Bettdecke über uns.

Sie schüttelte den Kopf, schmiegte sich aber noch fester an mich. »Ich frage mich nur, was werden soll.« Sie blickte mich an. »Vielleicht dauert es nicht mehr lange, bis er ins Gefängnis kommt.«

»Aber es wäre auch möglich, dass mehr Zeit vergeht, bis du ihn los bist, nicht wahr?«

»Ja, das wäre es.« Sie schwieg eine Weile, dann schaute sie mich an. In ihren Augen glitzerten Tränen. Ach, was hasste ich doch diesen Kerl! Hasste ihn mit der ganzen Inbrunst, zu der ich fähig war!

»Du sollst wissen, dass ich ihn nicht mehr an mich heranlassen werde«, fügte sie hinzu. »Und wenn ich ihn erschlagen muss.«

»Du solltest nicht von so etwas reden.« Ich küsste ihre Stirn.

»Doch, das muss ich«, gab sie zurück. »Es wäre nicht das erste Mal, dass er mich nähme, ohne dass ich es wollte. Aber diesmal wird er es nicht tun.«

»Dann schließ dich besser in deinem Zimmer ein oder flüchte«, sagte ich. »Ich möchte nicht, dass du dein Leben ruinierst.«

»Sten ist es, der mein Leben ruiniert.« Sie presste die Lippen zusammen, dann beugte sie sich vor und küsste mich. »Ich gehöre dir. Für immer.«

»Und ich gehöre dir«, sagte ich. »Ich werde hierbleiben, so lange es nötig ist. Du musst mir nur eines versprechen.«

»Und das wäre?«, fragte sie mit matter Stimme.

»Dass du zu mir kommst, wenn du Hilfe brauchst. Du musst nichts von alldem allein tragen.«

Liv sah mich traurig an, so als wüsste ich nicht, wovon ich sprach. Doch dann nickte sie. »Ich werde es versuchen.«

112

Marlene

Ich wunderte mich ein wenig darüber, dass ich trotz allem, was gestern vorgefallen war, tief und traumlos geschlafen hatte. Als ich morgens die Augen aufschlug, glaubte ich sogar für einen Moment, dass alles wie immer sei. Aber das war es natürlich nicht.

Ich wälzte mich im Bett herum, sah, dass die Seite neben mir leer war. Ingrid war sicher schon im Stall. Wie würde sie Lucias Entscheidung aufnehmen?

Nach der Morgentoilette verließ ich das Schlafzimmer und ging in die Küche. Das Sonnenlicht fiel auf die Marmeladengläser. Ich war immer noch unschlüssig: Sollten wir sie für den Winter aufbewahren oder mindestens die Hälfte zu Geld machen?

»Guten Morgen«, grüßte ich Ingrid, die den Ofen gerade mit Holzscheiten fütterte. Der Geruch des glimmenden Kienspans, mit dem sie das Feuer entfachte, stieg mir in die Nase. Es erinnerte mich an die Tage, an denen ich mit meinem Vater ein Lagerfeuer entzündet hatte. Wenig später züngelten die Flammen auf, und ein gemütliches Knacken ertönte.

»Guten Morgen, Marlene«, sagte sie. »Du hast ja geschlafen wie ein Stein.«

»Es war ein anstrengender Tag, nicht wahr?«, erwiderte ich und begann, den Tisch zu decken. »Ich habe in der Nacht noch einen kleinen Spaziergang gemacht, um über dieses und jenes ins Reine zu kommen.«

»Dass dieser Mistkerl es geschafft hat, freigelassen zu werden!«, sagte Ingrid kopfschüttelnd. »Nach allem, was er getan hat.«

»Er hat genug Geld, um sich diese kurze Freiheit zu erkaufen. Ich hoffe nur, dass er nicht auch genug Einfluss hat, um sich für unschuldig erklären zu lassen.«

»Das wäre eine Katastrophe!«, platzte Ingrid heraus. »Aber das werden sie nicht zulassen, nicht wahr? Dein Oskar ist doch nicht irgendwer.«

Als sie bemerkte, dass mein Körper sich versteifte, verstummte sie kurz und sagte dann: »Tut mir leid, ich wollte nicht …«

»Schon gut«, gab ich zurück. »Leider ist Oskar, was diesen Fall angeht, machtlos. Letztlich ist auch er nur ein Angestellter der Versicherung.«

Einen Moment schwiegen wir, dann fragte sie: »Wie geht es dir damit? Ich meine, dass er wieder aufgetaucht ist.«

»Ich weiß nicht«, sagte ich. »Ich mache mir Sorgen um ihn. Gestern hatten wir keine Zeit zum Reden.«

»Du meinst, wegen seiner Mutter.«

»Ja, und ich frage mich, was bei der Hausdurchsuchung herausgekommen ist. Und wie es ihr geht. Dass er hier war …«

»Er wird zurückkehren und dir alles erzählen.« Ingrid betrachtete mich prüfend. »Du liebst ihn noch, nicht wahr?«

»Ich habe nie aufgehört«, sagte ich. »So sehr ich es mir auch eingeredet habe. Letztlich … Ich frage mich, warum ich ihm nicht geglaubt habe. Er hat nie etwas getan, das mir geschadet hat, ganz im Gegenteil. Er hat mir nicht gesagt, dass er noch verheiratet ist, ja, aber bedeutet das eigentlich etwas?«

»Man sollte einander immer sagen, was für den anderen wichtig sein könnte. Aber das ist etwas, das zu verzeihen wäre, nicht wahr?«

»Und der Artikel. Er hat von ganz allein gesagt, dass er unsere Namen nicht nennen will. Mir wäre es egal gewesen, aber bei Liv wäre es sinnvoll gewesen, ihre Beteiligung zu verschweigen. Erst recht, da Sten Boregard schon damals versucht hat, aus der Untersuchungshaft entlassen zu werden.« Ich schüttelte den Kopf. »Wie hatte das nur passieren können?«

»Er wird es herausfinden, da bin ich sicher.«

Ich nickte und ließ zu, dass Ingrid mich in die Arme schloss.

Als die Tür ging, schauten wir beide auf.

»Guten Morgen«, grüßte Lucia mit einem kleinen Lächeln. Sie wirkte, als sei sie mit ihrer Entscheidung im Reinen.

Ingrid sah zwischen ihr und mir hin und her, dann fragte sie: »Ist das Ultimatum denn nicht schon verstrichen?«

»Ja«, gab ich zurück und nickte Lucia zu.

»Ich werde mit Livs Bekannter sprechen«, sagte sie daraufhin, »und mich der Polizei stellen.«

113

Liv

Ich betrachtete die Villa aus sicherem Abstand, als wäre sie eine Kiste voller Schlangen. Noch wäre es Zeit für mich umzukehren. Ich konnte zurück in Alexejs Zimmer gehen oder zum Rosenhag fahren. Ich konnte ein Schiff besteigen und auf Nimmerwiedersehen verschwinden. Ich wusste nun, dass Alexej mich ebenso liebte wie ich ihn. Was hielt uns auf?

Gleichzeitig war mir aber klar, dass es keinen Weg in eine andere Richtung gab. In diesem Augenblick verstand ich, was Sigrun dazu gebracht hatte, zu diesem Scheusal von Ehemann zurückzukehren.

Wenn Sten mich durch die Polizei suchen ließ, würde er die Beamten unweigerlich nach Nättraby, zum Rosenhag schicken. Und was sollte dann aus Lucia werden? Was aus Marlene, die sie beherbergte und es den Polizisten verschwiegen hatte?

Nein, ich konnte mich nicht einfach verkriechen. Selbst wenn es bedeutete, dass Sten mich wieder einsperrte – ich würde ihm gegenübertreten müssen.

Dieser Meinung war auch Herr Hammerstein gewesen.

Er hatte recht unglücklich gewirkt, als er mir vorhin mitteilte, dass mein Mann bis zum Verfahrensbeginn wieder auf freiem Fuß war. Wann das sein würde, stand noch immer in den Sternen.

»Informieren Sie mich bitte sofort, sollte er Sie anrühren«, hatte Hammerstein mir mit auf den Weg gegeben. »Wenn er Ihnen Verletzungen zufügt, wäre das, verzeihen Sie mir, wenn ich das so sage, noch die günstigste Variante. Dann könnte ich gerichtlich anordnen lassen, dass er Ihnen fernbleiben muss.«

Auf dem Weg zwischen der Kanzlei und dem Haus, das nicht mehr mein Zuhause war, hatte ich mir überlegt, ob ich Sten nicht vielleicht reizen konnte. Wenn er mich schlug, wenn er mir irgendwas antat, würde ich mich wegen Grausamkeit scheiden lassen können. Doch würde ich den Mut aufbringen, ihn derart zu provozieren?

Ich atmete tief durch und spürte, dass ich zitterte. Ich durfte mir keine Angst anmerken lassen, und doch wirbelte sie wie ein Sturm in mir. Sten kannte mich gut, er würde genau spüren, was in mir vorging.

Vielleicht sollte ich doch umkehren? Mich verstecken?

Noch einen Moment rang ich mit mir, dann schritt ich auf die Villa zu. Sten hatte sicher bemerkt, dass ich fort war. Möglicherweise hatte Astrid ihm gesagt, dass ich mich oft in Nättraby aufhielt. Dennoch war es möglich, dass er am Fenster stand und mich genau in diesem Augenblick sah.

Ich straffte mich also, erklomm die Treppe zur Haustür und trat wenig später ein.

Das Foyer war still und leer. Nichts schien sich verändert zu haben. Weder Astrid noch Ruth waren zu hören, aber das hatte nichts zu bedeuten. Das Dienstmädchen konnte irgendwo zu tun haben, die Köchin wegen einer Besorgung unterwegs sein. Trotzdem war es, als würde mich ein Schatten umfangen, als ich die Haustür ins Schloss zog. Vielleicht ist er ja gar nicht hier, sagte ich mir.

Beklommen huschte ich zur Treppe. Bevor ich einen Fuß auf die untere Stufe setzen konnte, öffnete sich die Esszimmertür, und Sten trat heraus.

Ich schnappte nach Luft.

Die zurückliegenden Wochen hatten ihn einen guten Teil seines Gewichts gekostet. Sein Gesicht war schmaler, sein Körper hagerer. Dunkle Schatten lagen unter seinen Augen.

Kurz trafen sich unsere Blicke, dann breitete Sten die Arme aus. Diese Geste erschreckte mich mehr, als es ein Wutausbruch getan hätte.

»Warum schaust du so erschrocken?«, fragte er. »Willst du denn deinen Ehemann nicht begrüßen?«

Das wollte ich nicht. Ich hätte am liebsten auf dem Absatz kehrt gemacht und wäre davongelaufen. Aber das war unmöglich. Ich fühlte mich nicht nur wie eine Maus vor der Schlange, auch hing Marlenes Sicherheit davon ab, wie ich mich jetzt verhielt.

Sten musterte mich kalt. »Wie schön, dass du zurück bist«, sagte er spöttisch. »Ich dachte, du wärst bei dieser Schlampe eingezogen.«

»Marlene ist keine Schlampe«, entgegnete ich, etwas, das ich früher sicher nicht gewagt hätte. »Und ja, ich bin hier. Eine musste die Geschäfte ja weiterführen.«

Was ihn sonst zu einem wütenden Ausbruch gebracht hätte, entlockte ihm ein finsteres Lachen. »Du und Ekström, ich weiß. Und was für eine Arbeit ihr geleistet habt!«

Ich rang um meine Fassung. Nun erkannte ich, dass ich mich nach Stens Verhaftung so sicher gefühlt hatte, dass ich gar keinen Gedanken an Herrn Ekström verschwendet hatte. Hatte Sten erfahren, wer der Informant war, der ihn ans Messer lieferte?

»Ekström ist ein loyaler Mann, wesentlich loyaler, als du selbst es bist«, platzte es aus mit heraus. »Du warst derjenige, der das Erbe deines Vaters in Misskredit gebracht hat. Du hast diese Seeleute auf dem Gewissen.«

Stens Augen wurden schmal. »Nun, er hat seinen Lohn für seine *Loyalität* schon bekommen.«

»Was hat das zu bedeuten?« Plötzlich schien ein riesiger Stein in meinem Magen zu liegen. Ein Zittern rann durch meinen Körper.

Nach allem, was Marlene mir von diesem Detektiv erzählt hatte, der sie und Oskar verfolgte …

»Frag ihn, wenn du ihn siehst«, gab er zurück, und sein Lächeln jagte mir erneut einen Schauer durch den Leib. Hatte er ihn entlassen? Oder ihm jemanden geschickt, der ihm eine Abreibung verpasst hatte? Bei Sten war alles möglich.

Eine Weile betrachtete er mich, dann sagte er: »Ich nehme an, du willst dich weiterhin von mir scheiden lassen.«

»Das will ich!«, erwiderte ich und hob den Kopf, obwohl meine Knie weich wie Butter waren.

Er machte einen Schritt auf mich zu, und ich verfluchte mich dafür, dass ich zurückwich.

Sten lachte auf. »Keine Sorge, ich werde dich nicht anrühren. Ich weiß nur zu gut, dass dein Anwalt das gegen mich verwenden könnte.« Sein Blick wurde kalt. »Ich werde dir keinen Grund geben, mich loszuwerden. Du wirst meine Frau bleiben auf immer und ewig. Und wenn das alles vorüber ist und das Gericht eingesehen hat, dass ich unschuldig bin, werden du und diese Walsted dafür bezahlen.«

114

Alexej

Am liebsten hätte ich Liv zu dem Anwalt begleitet. Ich hätte es in Kauf genommen, zu spät zur Werft zu kommen, vielleicht gar nicht erst hinzugehen, auch wenn ich dafür rausgeworfen werden konnte. Aber das wollte sie nicht. Ich musste zugeben, dass mich das frustrierte. War ich nicht der Mann, dem sie ihr Herz geschenkt hatte? Und der seines auf ewig ihr schenken würde? Wenn ich an unser gegenseitiges Geständnis dachte, fühlte ich mich, als würde ich in den Himmel aufsteigen.

Doch sie meinte, dass es mich in Gefahr bringen könnte. Dass ihr Mann Bekannte in der gesamten Stadt hatte.

»Ich will dich nur schützen«, sagte sie leise. »Mein Mann … Er hat Dinge getan, die ich nie von ihm erwartet hätte. Und jetzt ist er zurück, und ich …«

Ich hatte meine Hände sanft auf ihre Schultern gelegt. »Ich habe keine Angst vor deinem Mann. Und wenn es sein muss, gehen wir einfach von hier weg.«

Ich sah in ihren Augen, dass das für sie nicht infrage kam. Mir wurde klar, dass ich zwar ihren Körper in allen Einzelheiten kannte und wusste, wie sie aussah, wenn die Lust sie übermannte. Doch wie es in ihrem Innern aussah und wie sehr sie mit der Stadt und auch mit der Ehefrau meines Vaters verbunden war, war mir bisher unbekannt.

»Ich will dich nicht in Gefahr bringen«, sagte sie und küsste meine Hand. »Wenn ich kann, werde ich wieder zu dir kommen, und dann können wir über alles reden. Aber jetzt muss ich diese Sache tun.«

Auch wenn es mir nicht gefiel, musste ich nachgeben.

Mit einem unguten Gefühl im Magen machte ich mich auf den Weg zur Werft. Beim Anblick der Schauerleute, die gerade dabei waren, eine Ladung von einem der Dampfschiffe zu löschen, erwachte in mir der Wunsch, Liv einfach auf ein Schiff zu entführen. Das Warten darauf, was sich in der folgenden Zeit ereignen würde, erschien mir unerträglich.

Ich wusste nur, dass ich diese Stadt nicht verlassen konnte – nicht ohne Liv.

Vor lauter Grübeln nahm ich den Mann, der mir entgegenkam, kaum wahr. Erst im letzten Moment erkannte ich, dass es sich um Rudolph Ekström handelte.

Er wirkte, als sei er in Gedanken. Es war nicht meine Art, mich jemandem aufzudrängen, doch es war sicher nicht verkehrt, ihn zu grüßen. Das tat ich, worauf er aufblickte und stehen blieb.

»Ah, mein Junge«, sagte er ein wenig zerstreut, dann fasste er sich wieder. »Sie haben die Neuigkeit sicher schon gehört.«

Ich nickte.

Ekström sah mich beinahe traurig an. »Wie es scheint, ist meine Zeit bei der Reederei vorbei. Sten Boregard hat mich all meiner Pflichten enthoben.«

Ich schaute ihn erschrocken an. »Aus welchem Grund?«

»Weil ich ihn ans Messer geliefert habe. Wegen meines Sohnes. Wegen Ihres Vaters.« Ein trauriges Lächeln huschte über sein Gesicht, und auf einmal wirkten seine Augen unendlich müde. »Aber ich würde es wieder tun, hören Sie? Ich würde wieder dafür sorgen, dass er vor Gericht kommt.«

»Kommt er das denn jetzt nicht mehr?«

»Das kann niemand sagen. Er ist momentan ein freier Mann, und möglicherweise ist er es auch nach Ende des Prozesses.«

Ich spürte, wie Wut in mir aufloderte. Dieser Mann, der so schlecht zu seiner Frau gewesen war, der meiner Mutter die Chance genommen hatte, eine letzte Nachricht an meinen Vater zu senden, sollte ungestraft davonkommen?

»Tun Sie sich einen Gefallen«, sagte Ekström und legte mir die Hand auf die Schulter. »Bleiben Sie in der Werft und lassen Sie sich nicht in der Reederei blicken. Wenn Ihnen die Arbeit nicht mehr gefällt, gehen Sie einfach. Verlassen Sie die Stadt, heuern Sie auf einem Schiff an. Aber laufen Sie Sten Boregard unter keinen Umständen über den Weg.«

»Ich habe keine Angst vor ihm«, sagte ich. »Außerdem bin ich nicht mein Vater.«

»Nun, Sten Boregards Zorn haben auch schon Menschen abbekommen, die ihm nichts angetan haben. Wenn er Sie sieht, wird ihm alles wieder einfallen, all der Ärger, den er über Ihren Vater empfunden hat. Er kann Ihnen das Leben schwer machen oder es Ihnen sogar nehmen. Die Konsequenzen werden ihm egal sein. Wenn Sie also in Karlskrona bleiben wollen, seien Sie auf der Hut. Weichen Sie ihm und vielleicht auch seiner Frau besser aus.«

115

Marlene

Die Ungewissheit brachte mich dazu, an diesem Abend länger aufzubleiben. Während ich im Schein meiner Lampe am Küchentisch saß und eines meiner Kleider flickte, das ich beim Himbeerpflücken eingerissen hatte, sinnierte ich über alles Mögliche nach: Wie war es Liv ergangen? War sie tatsächlich zu ihrem Mann zurückgekehrt? Wie hatte er dies aufgenommen?

Er war sicher schlau genug, sie nicht zu verprügeln, aber ich wusste, dass er andere Mittel hatte, ihr das Leben zur Hölle zu machen.

Durch ihre Rückkehr nach Karlskrona war noch eine weitere Schwierigkeit entstanden. Lucia mochte bereit sein, sich der Polizei zu stellen, aber wie kamen wir nun an die Suffragette heran, die Kontakte zu entsprechenden Anwälten hatte?

Ich wünschte, Lucia hätte sich eher entschieden …

Nun musste ich versuchen, irgendwie Kontakt zu Liv aufzunehmen, doch wie sollte ich das anstellen? Die List mit dem falschen Absender auf den Briefen hatte ihr Mann mittlerweile sicher durchschaut. Und ganz sicher konnte ich nicht Nanna Skantze fragen.

Ein Schatten huschte am Küchenfenster vorbei und zog meine Aufmerksamkeit auf sich. Zunächst hatte ich es für einen Vogel gehalten, doch dann bemerkte ich den Umriss eines Menschen. Versuchte jemand, sich Zutritt zu unserem Haus zu verschaffen?

Sofort begann mein Herz zu rasen. Sten Boregard wusste sehr genau, wo wir zu finden waren. Und es war auch nicht unter seiner Würde, einen Handlanger zu schicken.

Panisch blickte ich mich nach einem Gegenstand um, den ich als Waffe gebrauchen konnte. Im Mondschein erspähte ich den Besen. Ich griff danach und umschloss fest den Stiel. Dann schlich ich auf Zehenspitzen zur Tür und lauschte, während ich die Anwesenheit des Eindringlings fast schon körperlich spüren konnte.

Was würde er tun? Versuchen, das Schloss zu öffnen? Ich schaute auf das Schlüsselloch. Hatte Ingrid überhaupt abgeschlossen?

Als sich die Türklinke bewegte, spannte ich meine Muskeln an, bereit, jeden Augenblick zuzuschlagen.

Ich riss die Tür auf – und sah ihn das Gesicht von Oskar.

»Hast du mich erschreckt!« Ich stieß die Luft, die sich in meiner Lunge gesammelt hatte, mit einem kleinen Stöhnen aus und stellte den Besen ab.

»Tut mir leid«, sagte er. »Ich wollte nicht bis morgen warten.« Er wirkte aufgewühlt, als hätte er etwas Furchtbares erfahren. Ging es um Liv?

Um Lucia und Ingrid, die vielleicht schon schliefen, nicht zu stören, verließ ich das Haus und bedeutete Oskar, mit zum Tor zu kommen.

»Was gibt es?«, fragte ich, und als ich ihm so gegenüberstand, reagierte mein Körper sofort auf ihn. Ich sehnte mich nach seinen Küssen, seinen Armen, dem Gefühl, ihn dicht bei mir zu spüren.

»Ich habe gestern Abend Lundström aufgesucht«, begann er.

»Den Zeitungsverleger?«

Oskar nickte. »Du kannst dir vorstellen, dass er erschrocken ist.«

Wenn er wirklich hinter der Sache mit dem Artikel steckte, konnte ich mir das sogar sehr gut vorstellen.

»Ich habe ihn sogleich konfrontiert. Zunächst hat er versucht, mich einzuschüchtern und mich aus dem Haus zu weisen. Aber ich habe nicht lockergelassen.«

Die Art, wie er auf seine Hand blickte, beunruhigte mich ein wenig. »Du hast ihn doch wohl nicht …«

»Sagen wir mal, ich habe meine Methoden, wenn es darum geht, etwas aus jemandem herauszubekommen.« Ein schiefes Lächeln trat auf sein Gesicht. »Wahrscheinlich darf ich mich in der nächsten Zeit nicht in Karlskrona blicken lassen.«

Ich sog erschrocken die Luft ein. »Hast du ihm etwas angetan?«

»Nein, jedenfalls nicht direkt. Ich habe ihn nur am Kragen gepackt.«

»Du meine Güte«, seufzte ich. Nun war es möglich, dass auch noch der Zeitungsmann uns Schwierigkeiten machte.

»Er hat zugegeben, eigenmächtig gehandelt zu haben, was die Nennung eurer Namen angeht. Aber es kommt noch besser.«

»Du hättest das wirklich nicht tun sollen«, gab ich zurück. »Lundström hat sicher mächtige Freude! Wir werden uns hier nicht mehr halten können, wenn …«

Oskar legte mir sanft die Hände auf die Arme. »Du musst dich nicht sorgen. Was er mit mir auszumachen hat, macht er mit mir aus. Ich habe keine Angst.«

»Die solltest du aber haben …« Es war noch gar nicht lange her, dass Schläger uns durch die Stadt verfolgt hatten.

Oskar schüttelte den Kopf, dann sagte er: »Das Schlimmste kommt noch. Du wirst niemals glauben, wer Livs Geheimnis ausgeplaudert hat.«

116

Liv

Ich lag auf der Seite in meinem Bett und starrte hinaus zum Vorhang, den ich geöffnet gelassen hatte, um zu sehen, wann die Sonne aufging. Es war mir schwergefallen, in den Schlaf zu kommen. Wieder und wieder musste ich an Alexej denken, daran, dass mein Mann ihn sehen und sofort wissen könnte, wer er war. Er hatte keine Ahnung, was er mit mir zu tun hatte, doch allein sein Aussehen könnte ihn dazu bringen, ihn rauszuwerfen – oder Schlimmeres.

Nach unserer Konfrontation war Sten in seinem Arbeitszimmer verschwunden. Ich hätte erwartet, dass er mich nach oben zerren und die Tür hinter mir verriegeln würde. Doch darauf hatte er verzichtet. Vorerst. Mir war klar, dass sich das jederzeit ändern konnte.

Nicht zu wissen, was er mit Rudolph Ekström angestellt hatte, lähmte mich derart, dass ich kaum wagte, mein Zimmer zu verlassen. Zu Abend aß Sten in seinem Arbeitszimmer, wofür ich dankbar war. Beinahe fühlte es sich so an wie früher. Aber ich wusste, dass nichts mehr so war wie vor einigen Monaten, als all der Ärger begann.

Wenn ich die Gelegenheit hatte, wollte ich herausfinden, was mit Ekström geschehen war, doch erst einmal musste ich diesen Morgen überstehen. Ich erhob mich mit bleiernen Gliedern aus dem Bett und begann mit meiner Morgentoilette. Astrids Hilfe nahm ich schon seit einer Weile nicht mehr in Anspruch, genauso, wie ich auf das Korsett verzichtete. Meine Kleider saßen etwas enger als sonst, doch Sten konnte das egal sein. Wenn sich seine Aufmerksamkeit auf mich richtete, würde es um andere Dinge gehen als meine Aufmachung.

Als ich fertig war, trat ich an meine Zimmertür. Auch wenn ich nicht viel geschlafen hatte, konnte Sten währenddessen den Schlüssel im Schloss umgedreht haben. Mein Herz begann zu klopfen, als ich die Klinke herunterdrückte – und ein kleiner Laut der Erleichterung entwich mir, als ich spürte, dass die Tür unter meiner Hand nachgab.

Doch nun begann die eigentliche Prüfung.

Der Duft nach frisch gebrühtem Kaffee wehte bis in die erste Etage hinauf. Ich fragte mich, was Astrid und Ruth von der Rückkehr ihres Hausherrn dachten. Waren sie erleichtert und fühlten sich ein wenig sicherer, da sie mehr zu tun hatten? Wussten sie, dass Sten nur vorübergehend zurückgekehrt war?

Unten im Foyer hielt ich inne. Schon lange hatte ich in diesem Haus nicht mehr ein derartiges Unbehagen gefühlt. Beinahe wünschte ich mir, dass Astrid auftauchen würde, aber niemand war zu sehen. War Sten bereits im Esszimmer? Zögernd legte ich die Hand auf die Türklinke und versuchte mich zu wappnen. Doch konnte ich das überhaupt?

Ich gab mir einen Ruck und öffnete die Tür.

Das Esszimmer war leer.

Ungläubig schaute ich in den Raum. Ich hätte schwören können, dass Sten hier wie ein Strafgericht auf mich warten würde. Doch ich sah nur die Sonne, die durch die geöffneten Fenster hereinströmte und auf den hübsch gedeckten Tisch fiel. Meine Hoffnung, dass er Astrid die Anweisung gegeben haben könnte, ihm sein Frühstück im Arbeitszimmer zu servieren, zerschlug sich jedoch, als ich die beiden Gedecke sah.

Der Impuls zu fliehen erwachte in mir. Sten tat nichts ohne Bedacht. Sein Ausbleiben war eine Botschaft für mich, da war ich sicher. Doch ich wusste, dass ich nicht weglaufen konnte. Nicht, wenn ich es für Marlene und die anderen nicht noch schlimmer machen wollte.

Steif nahm ich an der Tafel Platz. Möglicherweise würde Sten mich eine ganze Weile warten lassen. Vielleicht war er nicht einmal mehr im Haus.

Als sich die Tür des Esszimmers öffnete, zuckte ich unwillkürlich zusammen. Angesichts von Astrid, die den Kaffee brachte, konnte ich ein erleichtertes Aufatmen kaum unterdrücken.

»Guten Morgen, gnädige Frau«, grüßte sie und schenkte mir ein. Täuschte ich mich oder klang sie anders als sonst?

»Guten Morgen, Astrid«, gab ich zurück und stellte fest, dass auch ich anders klang. Nur wenige Stunden und die Rückkehr meines Mannes hatten ausgereicht, um mich von der Hausherrin wieder in die Rolle der Ehefrau fallen zu lassen. Ärger stieg in mir auf, doch im nächsten Augenblick erfüllte Kaffeeduft den Raum und meine Sinne. Ich schloss die Augen. Als ich sie wieder öffnete, trat Sten durch die Tür. Augenblicklich versteifte sich mein Körper.

»Guten Morgen.« Die merkwürdige Sanftheit in seiner Stimme passte nicht zu der Kälte, die in seinen Augen lag. Ich ahnte nun, warum er mir den Vortritt gelassen hatte. Er wollte meine Reaktion beobachten.

»Guten Morgen«, erwiderte ich seinen Gruß, weder süßlich noch mürrisch, sondern einfach, wie man einen Fremden grüßen würde.

Sten ließ sich einen Moment Zeit, um mich zu betrachten. Ich wusste, dass ich seinem Blick nicht ausweichen durfte. Er trug einen seiner besten Anzüge und wirkte, als wollte er zu einem wichtigen Termin.

»Du hast sicher gut geschlafen, nicht wahr?«, fragte er, als er Platz nahm.

Was sollte das? Ich war überzeugt, dass es ihn nicht wirklich interessierte. »Danke, es ging so.«

Er beobachtete mich erneut eine Weile, lächelte dann in sich hinein, als wüsste er ganz genau, dass ich keine gute Nacht gehabt hatte.

Eine innere Stimme sagte mir, dass es unklug wäre, dennoch fragte ich aus Höflichkeit: »Und du?«

»Bestens«, gab er zurück, mit einer Ruhe, die beinahe verdächtig schien. »Es ist doch schon etwas anderes, nicht auf einer harten Pritsche in einer Zelle zu liegen, als wäre man ein Verbrecher.«

Dies brachte mich davon ab, weitere Fragen zu stellen. Genau das war er: ein Verbrecher.

Stille legte sich drückend auf uns.

Das war nichts Neues, seit Monaten hatten wir beim Frühstück kaum gesprochen – es sei denn, Sten wollte mich strafen oder wieder unter Kontrolle bekommen.

Aber jetzt war es anders. Beklommen griff ich nach einer Scheibe Brot und belegte sie mit Käse. Appetit hatte ich keinen, aber ich musste etwas essen. Ich brauchte meine Kraft für das, was vor mir lag. Schon jetzt spürte ich eine bleierne Schwäche in meinen Gliedern.

»Und, was hast du vor an diesem Tag?«, fragte er schließlich. »Ich kann mir kaum vorstellen, dass du noch andere Freundinnen hast als diese Landstreicherinnen. Wo doch mittlerweile jeder von deiner angestrebten Scheidung weiß.«

Mein Magen krampfte sich schmerzhaft zusammen. Plötzlich spürte ich eine Veränderung in der Luft. Weder hatte sich Sten am anderen Ende des Tisches bewegt noch hatte er einen Laut von sich gegeben. Doch die Wut, die in ihm tobte, war beinahe greifbar.

»Du weißt hoffentlich, dass du ohne mich nichts bist!«, zischte er. »Du magst hier vielleicht die Reederin spielen, aber sobald die Bande zwischen uns gelöst sind, wirst du was sein? Die uneheliche Tochter eines Gutsherrn und seiner Hure?«

Sein Lächeln wurde abschätzig, als er bemerkte, dass seine Worte mich härter als Schläge trafen. »Vielleicht sollte ich es sein, der dich hinauswirft! Dich wieder in die Gosse schickt, in die du gehörst. Es gibt sicher bessere Frauen, schönere Frauen, die ich heiraten könnte.«

Er machte eine Pause, und noch immer lag sein eiskalter Blick auf mir. Ich wusste nicht, was er in meinem Gesicht sah, denn ich fühlte allmählich, dass ich die Kontrolle über meine Mimik, meinen gesamten Körper verlor.

Er kniff die Augen zu schmalen Schlitzen zusammen. »Aber nein«, sagte er dann, wieder in diesem trügerisch ruhigen Ton. »Das würde dir ja nur zupass kommen, nicht wahr? Du willst die Scheidung doch noch, nehme ich an. Ist es nicht so?«

Ich zitterte innerlich. Egal, was ich sagte, es würde darauf hinauslaufen, dass mir mein größter Wunsch nicht erfüllt wurde – solange er nicht hinter Gittern saß.

»Ja«, gab ich zurück, bemüht, meine Stimme fest klingen zu lassen.

»Gut.« Sein Lächeln wurde breiter. »Dann wirst du meine Frau bleiben. Und zwar solange ich es will. Und bilde dir nicht ein, dass du mich wegen dieses lächerlichen Verfahrens loswirst. Meine Anwälte sind sehr gut. Sie werden mir die Freiheit geben. Doch du wirst mich nie loswerden, solange du lebst.«

117

Marlene

Ich saß mit Oskar im Zug nach Karlskrona und ließ die Landschaft an mir vorüberziehen. Was Oskar mir in der vergangenen Nacht erzählt hatte, lag mir immer noch schwer im Magen. Ich hatte es anfänglich nicht glauben wollen, doch welchen Grund hätte er gehabt, eine Lüge zu erfinden?

Es hatte sich seltsam angefühlt, ihn wieder in unserem Haus zu haben. Ich hatte Oskar auf dem Dachboden einquartiert und mir eingebildet, dass ich einfach in mein Bett zurückkehren könnte.

Doch dem war nicht so. Gegen Morgen war ich aus dem Bett gestiegen und hatte mich nach oben geschlichen. Dort legte ich mich neben ihn, und als wäre es selbstverständlich, hatte er seinen Arm um mich geschlungen.

»Es tut mir wirklich leid. Ich hätte dir von Lisbeth erzählen sollen«, hatte er mir ins Ohr geflüstert.

Ich hatte den Kopf geschüttelt. Was geschehen war, war geschehen.

»Sie ist verhaftet worden«, hatte er hinzugesetzt.

»Wirklich?«, fragte ich.

Oskar nickte. »Ja. Und nicht wegen meiner Mutter. Jedenfalls nicht ursprünglich.«

Meine Augen weiteten sich.

»Wie es aussah, wurde sie wegen Brandstiftung und Mordversuchs bereits in Uppsala gesucht. Dort hat sie mit einem Mann zusammengewohnt, von dem sie offenbar die Nase voll hatte.«

Seine Worte ließen einen Schauer über meinen Rücken kriechen.

»Sie war nie gewalttätig, aber immer schon untreu. In den Jahren, in denen wir getrennt waren, muss sie sich sehr zum Schlechten entwickelt haben. Ich bin froh, dass ich nicht noch einmal auf sie hereingefallen bin.«

Das war ich auch. Nicht auszudenken, was sie ihm hätte antun können …

»Das ist furchtbar«, sagte ich. »Und deine Mutter?«

»Sie ist nicht mehr in Lebensgefahr. Lisbeth könnte aber immer noch behaupten, dass ich ihr Komplize war.«

Er streckte die Hand aus und berührte sacht meine Wange. Die Berührung elektrisierte mich und ließ in mir das alte Verlangen aufsteigen, das ich immer in seiner Gegenwart gefühlt hatte.

Doch wir beide wussten, dass es unklug gewesen wäre, dem nachzugeben. So schliefen wir nebeneinander, aber mehr geschah nicht. Und es fühlte sich richtig an.

»Und was willst du nun tun?«, fragte ich Oskar, als der Zug langsam auf den Bahnhof von Karlskrona zurollte. Er hatte angeboten, mich zu Livs Freundin zu begleiten, doch das war ein Gang, den ich allein machen wollte. Mit ihm wäre ich zu sehr aufgefallen – und ich wusste, dass in Malmö noch einiges an Arbeit auf ihn wartete.

»Ich werde den Auftrag abgeben«, antwortete er zu meiner großen Überraschung: Ich war davon ausgegangen, dass er in Karlskrona in den Zug nach Malmö umsteigen würde. »Die Unterlagen werde ich nach Stockholm schicken.« Er deutete auf die Tasche, die neben ihm stand.

»Du willst den Fall nicht beenden?«

Er schüttelte den Kopf. »Nein. Es gibt zu vieles, um das ich mich jetzt kümmern muss. Meine Mutter. Die Wohnung.« Er blickte mich an. »Dich.«

»Du bist immer noch ein verheirateter Mann«, sagte ich und schmiegte meine Schulter an seine. Seine Wärme hatte mir heute Morgen gutgetan, und das tat sie auch jetzt.

»Bedeutet das, dass ich mir nicht Sorgen machen darf um die Frau, der mein Herz gehört?« Er schaute mir tief in die Augen, und am liebsten hätte ich ihn geküsst. Doch da rollte der Zug in den Bahnhof ein und kam schnaufend zum Stillstand.

Den Kuss bekam ich noch, und zwar auf dem Bahnhof, mitten zwischen Menschen, die anderes zu tun hatten, als sich um uns zu kümmern. An und für sich war das ein Skandal, aber es fühlte sich so wunderbar an – so, als wäre Oskar nie fort gewesen.

»Gib auf dich acht«, sagte er und streichelte meine Wange. »Boregard kann seine alten Handlanger wieder angeheuert haben.«

»Ich kenne Karlskrona wie meine Rocktasche«, erwiderte ich. »Ich werde meine Augen aufhalten.« Ich lächelte ihn an, dann fügte ich hinzu: »Außerdem gehe ich zu einer Suffragette. Ich glaube, vor Frauen wie diesen hat sogar Sten Boregard Angst.«

»Du hättest das Mädchen mitnehmen sollen«, sagte Oskar. Er hatte angeboten, sich nach einem Anwalt umzuschauen, doch er musste zugeben, dass unter seinen Bekannten und Kontakten niemand war, der sich mit Frauenrechten auskannte.

»Das wäre zu gefährlich«, sagte ich. »Ich will diese Frieda erst einmal sprechen, und dann sehen wir weiter.«

»Trotz allem werde ich mich in Stockholm umhören. Vielleicht kommt mir etwas zu Ohren, das nützlich für sie sein könnte.«

»Danke.« Noch einmal umarmte ich ihn und trennte mich dann schweren Herzens von ihm.

Die Stadt kam mir vor wie immer – und doch ein wenig fremd. Überraschenderweise fühlte ich keine Angst, auch wenn Oskar mit seiner Vermutung, dass Boregard seine alten Handlanger wieder beauftragt hatte, recht haben konnte. Ich wusste mich zu wehren – und sicher war ich nicht Boregards erste Sorge.

Ich eilte durch die bekannten Straßen und erreichte schließlich die Straße, in der Siri und Ove ihren Krämerladen und die Pension hatten. Bestimmt war es ihnen nicht schwergefallen, einen Nachmieter für Oskar zu finden.

Vor dem Laden herrschte die übliche Betriebsamkeit. Einige der Kunden kannte ich noch vom Sehen. Ich grüßte und trat ein. Wie immer stand Ove hinter dem Tresen und hatte kaum einen Blick für neu Hereinkommende. Siri machte sich im Hintergrund zu schaffen. Eigentlich hatte ich im Lager nichts mehr zu suchen, doch ich kannte den Weg.

Sie erschrak kurz, als ich sie ansprach, dann hellten sich ihre Züge auf. »Du meine Güte, Marlene! Wie schön, dich wiederzusehen!«

Wir fielen uns in die Arme wie alte Freundinnen. »Brauchst du ein Zimmer?«, fragte sie. »Der Buchhalter ist gestern wieder ausgezogen.«

»So schnell?«, gab ich zurück und lachte. »Herr Andersson ist doch gar nicht mehr da, wen sollte ich dann wegen des Klapperns seiner Schreibmaschine vertreiben?«

Siri schaute mich ein wenig verwundert an, doch bevor sie fragen konnte, was ich meinte, sagte ich: »Ich bin nicht wegen eines Zimmers hier, Siri. Du musst mir einen Gefallen tun.«

118

Liv

Es kam einem Wunder gleich, dass Sten das Haus verlassen hatte, ohne mir Anweisungen zu geben oder mich in meinem Zimmer einzusperren. Dennoch hatte er es geschafft, dass ich mich unsicher fühlte, als ich meine Tasche ergriff, um in die Stadt zu gehen.

Ein beunruhigender Gedanke kam mir. Wenn er nun jemanden bezahlte, um mich zu beobachten? Alles in mir schrie danach, Alexej zu besuchen, doch das konnte ich nicht tun. Untreue wäre ein Grund für eine Scheidung, das wusste Sten sicher auch. Aber selbst das würde er wahrscheinlich tolerieren, um mir meine Freiheit nicht geben zu müssen. Und was er mit Alexej anstellen würde, wollte ich mir lieber nicht ausmalen. Nein, es war besser, wenn ich bei meinem ursprünglichen Vorhaben blieb.

Ich gab Astrid Bescheid, dass ich unterwegs sein würde. Wieder fiel mir auf, dass sie sich anders verhielt. Hatte sie mich noch vor einigen Tagen als Hausherrin akzeptiert, gab sie mir nun das Gefühl, eine Bittstellerin zu sein. Oder bildete ich mir das nur ein?

Ich brauchte dringend frische Luft!

Als ich das Haus verließ, entdeckte ich zu meinem großen Schrecken Nanna Skantze auf mich zukommen. Mittlerweile war ihre Schwangerschaft sichtbar, und sie tat alles, um den Bauch größer wirken zu lassen, als er war.

Ich wünschte mir, dass es nur ein Traum wäre, dass sie an mir vorbeigehen und mich links liegenlassen würde. Doch sie blieb stehen und grüßte mich sogar: »Guten Morgen, Liv, wie schön, dich wieder einmal zu sehen!«

Verwirrt blieb ich stehen. »Guten Morgen, Nanna.«

»Mir ist zu Ohren gekommen, dass dein Mann heimgekehrt ist«, sagte sie weiter. Es war eine Feststellung, keine Frage. War Sten bereits bei den Skantzes gewesen?

»Ja, das ist wahr«, gab ich zurück.

»Es wäre doch schön, wenn alles wieder zu seiner Ordnung zurückfinden würde.«

Ordnung. Natürlich, sie ging ihr über alles. Und zu dieser Ordnung gehörte es auch, dass Ehepaare zusammenblieben, bis der Tod sie schied.

»Ich bin gerade auf dem Weg zur Fabrik«, sagte sie so süßlich, dass mir übel wurde. »Wie wäre es, wenn du mich begleitest?«

Das konnte nicht ihr Ernst sein! Eine Ablehnung lag mir bereits auf der Zunge, doch ich wusste, dass alles, was ich jetzt tat und sagte, geradewegs bei Hugo landen würde – und damit auch bei Sten. War es möglich, dass er sie erneut gebeten hatte, auf mich aufzupassen?

Mein Magen begann zu schmerzen, doch dann sagte ich mir, dass es sich vielleicht lohnen würde mitzuspielen. Was, wenn ich sie mit falschen Informationen fütterte? Wenn ich ihr erzählte, dass ich es mir mit der Scheidung anders überlegt hätte?

»In Ordnung«, sagte ich also und trat neben sie.

Schweigend entfernten wir uns von der Villa. Offenbar fiel es Nanna schwer, ein Thema zu finden, über das wir reden konnten.

Ich hätte von Stens Verfahren anfangen können. Davon, dass seine Rückkehr nicht für immer war, sondern die Haft nur durch Zahlung einer hohen Summe bis zum Verfahrensbeginn ausgesetzt wurde. Aber es war nicht klug, sie zu provozieren.

»Man hat dich letztens in Begleitung eines jungen Mannes gesehen«, sagte sie schließlich, als wir die Ronnebygatan hinter uns gelassen hatten.

Mein Körper versteifte sich. Die Frage nach dem Wer erübrigte sich. Hier in Karlskrona gab es viele Menschen, die mich kannten. Viele, die gerade jetzt, da sie von meinem Scheidungsvorhaben wussten, noch mehr auf mich achten würden, wenn sie mich sahen.

Ein heißer Schauer überlief mich. Hätten wir vorsichtiger sein müssen?

»Er ist der Sohn einer Bekannten«, schwindelte ich. »Er war zu Besuch in der Stadt.« Ich hielt den Blick weiterhin auf die Straße gerichtet.

»Nun, das ist gut zu hören. Es wäre nicht gerade hilfreich für eure Ehe, wenn du einen Fehltritt begehen würdest.«

»Keine Sorge«, erwiderte ich etwas steif. »Es ist nichts, was Sten beunruhigen müsste.«

Denn es ging ihn nichts an. Und wenn er erst einmal hinter Gittern saß ... Ein leises Sehnen erfüllte meine Brust. Wie gern hätte ich eine Kristallkugel gehabt, um unser weiteres Schicksal zu sehen.

»Bist du denn immer noch mit dieser Frau befreundet?«, setzte Nanna ihre Fragestunde fort. Wahrscheinlich hakte sie innerlich eine Liste all dessen ab, was Sten gern gewusst hätte, aber mich nicht selbst fragen wollte. »Und stimmt es, dass ihr ein Haus für ... für gefallene Frauen eröffnen wollt?«

»Es ist kein Haus für gefallene Frauen«, gab ich zurück. »Es ist ein Haus für Frauen in Notlagen. Frauen, die ihre Männer verloren haben oder von Gewalt betroffen sind.«

Nanna zog die Nase kraus, als hätte ich ihr etwas Abscheuliches erzählt.

»Ich hätte nie gedacht, dass du dich mit Landstreicherinnen abgeben würdest ... Allein schon, wie diese Person an das Haus gekommen ist ...«

Hatte Sten das also auch erzählt. Ich fragte mich, was es denn ausmachen würde, wenn ich das jetzt einfach abbrach. Wenn ich ihr einen guten Tag wünschte und meiner Wege ging.

»Das war ihre Sache und die meines Mannes, nicht meine«, gab ich zurück. »Und es sind auch keine Landstreicherinnen, die zu uns kommen. Es sind Frauen wie du und ich. Es kann schnell gehen, dass man ohne Ehemann dasteht, weißt du?«

Nanna wirkte nicht überzeugt. Aber ebenso schien sie die Lust an diesem Thema verloren zu haben, denn sie sagte: »Nun, wenn du dich wirklich für die Allgemeinheit einsetzen möchtest, solltest du dich meiner Suppenküche anschließen.«

»Deiner …« Ich musste mich zwingen, nicht aufzulachen.

»Meiner Suppenküche, ja«, sagte sie. »Ich habe beschlossen, eine zu eröffnen, um alten Menschen eine warme Mahlzeit am Tag zu verschaffen.«

Ich starrte sie an. Nanna war nicht der Typ Frau, den ich mir hinter einem großen Suppentopf vorstellen konnte. Wenn sie es ernst meinte, was hatte sie dazu getrieben? Der Artikel in der Zeitung? Die Angst, dass ich, eine Frau in Scheidung, vielleicht noch mildtätiger wirken könnte als sie?

»Das ist ein lobenswertes Vorhaben«, erwiderte ich stockend. »Aber ich glaube, es ist nichts für mich.«

Nanna betrachtete mich eine Weile kühl, dann fügte sie hinzu: »Überlege es dir gut, mit wem du dich in der kommenden Zeit abgibst. Es könnte deinem Ruf mehr schaden als deinem Ansinnen, dich von deinem Mann zu trennen.«

119

Marlene

Noch immer wusste Siri über die Vorgänge in Karlskrona bestens Bescheid, und so konnte sie mir, ohne lange zu überlegen, auch sagen, wo ich die stadtbekannte Suffragette Frieda Sundalöw finden konnte.

Sie wohnte in Västerudd, einer Gegend, die mittlerweile kaum noch von Arbeiterfamilien bevölkert wurde. Die Häuser hier waren alt, teilweise stammten sie aus der Zeit der Gründung der Stadt. Von den großen Stadtbränden waren sie verschont geblieben, was angesichts der prachtvoll verzierten, meist aus Holz errichteten Villen ein großes Glück war.

Frieda Sundalöw wohnte in einem etwas kleineren, aber dennoch wunderschönen Haus mit einem Ziertürmchen zur Straße hin und zwei Etagen, von denen die obere mit einem Balkon versehen war. In dem weitläufigen Garten vor dem Haus ragten einige kunstvoll geschnittene Büsche auf, der Rasen war kurz und dicht. Über den Blumenrabatten flatterten die Schmetterlinge.

Ich fühlte mich ein wenig beklommen, als ich die eiserne Gartenpforte aufstieß. Alles erinnerte mich an die Villa, in der Liv lebte. Einen Springbrunnen gab es zwar nicht, aber man merkte dem Anwesen die Noblesse und das Geld an.

Hier sollte ich also die Frau finden, die Lucia helfen konnte.

Meine Schritte knirschten über den mit Kies bestreuten Weg. Irgendwo im Schatten bemerkte ich eine Bewegung, offenbar war es der Gärtner, der für das gepflegte Aussehen der Anlage sorgte.

»Der Dienstboteneingang ist auf der anderen Seite!«, rief er mir zu, als er bemerkte, dass ich der Haustür zustrebte. »Sie kommen doch wegen der Stelle als Dienstmädchen?«

Anscheinend achtete auch die Suffragette Frieda Sundalöw darauf, dass die Klassenunterschiede gewahrt blieben.

»Nein, ich möchte die Hausherrin besuchen!«, gab ich zurück.

Der Gärtner ließ mich gewähren, und ich erklomm die Steintreppe, die zur Haustür führte. Oben angekommen, klingelte ich. Das laute Schrillen hallte durch das gesamte Gebäude.

Während ich die Bleiglasfenster bewunderte, mit denen die Türflügel verziert waren, erschien das Dienstmädchen und öffnete mir. Die junge Frau mochte nicht einmal zwanzig sein, ihr Gesicht war rund wie ein Sommerapfel und ihre weiße Schürze frisch gestärkt. Mir fiel auf, dass Livs Angestellten nicht so hübsch waren.

»Was kann ich für Sie tun?« Sie musterte mich, und an ihrem Blick erkannte ich, dass auch sie mich für ein Dienstmädchen hielt.

»Ich würde gern die Hausherrin sprechen«, sagte ich. »Mein Name ist Marlene Walsted, ich bin eine Freundin von Liv Boregard.«

Mein Name mochte ihr nichts sagen, aber Livs Name war ihr bekannt, das konnte ich ihr ansehen.

»Einen Moment bitte«, sagte sie, schloss die Tür vor meiner Nase und verschwand dann im Haus. Hätte sie mich nicht ins Foyer bitten sollen? Mir fiel ein, dass jedermann in Karlskrona wusste, dass sich Liv scheiden lassen wollte. Vielleicht war ihr Name doch keine so gute Empfehlung.

Offenbar musste das Mädchen die Hausherrin suchen, denn es dauerte einige Augenblicke, bis es wieder an der Tür erschien. »Frau Sundalöw empfängt Sie jetzt.«

Ich folgte der jungen Frau durch das Foyer des Hauses, dessen

Schmuckstück ein riesiger Kronleuchter war, der von der hohen Decke herabhing. Licht fiel durch die Fenster auf ein glänzend gebohnertes Parkett.

Das Mädchen führte mich in die Tiefen des Hauses bis zu einer Glastür, die mich ebenfalls an die in Livs Haus erinnerte.

Frieda Sundalöw stand mitten in ihrem Salon, der überraschenderweise recht schlicht gehalten war. Es gab eine hübsche Vitrine und ein vollgestopftes Bücherregal, daneben zwei bequeme kleine Sofas und mehrere Stühle, die an einer der Wände aufgereiht waren wie im Wartezimmer eines Arztes.

Die Hausherrin selbst wirkte auf den ersten Blick wie eine Arbeiterin, nur dass der Rock und die einfach scheinende Bluse bei näherem Hinsehen aus sehr feinen Stoffen gefertigt worden waren. Sie trug ihr braunes Haar zu einem lockeren Knoten geschlungen, der auf der Mitte ihres Kopfes thronte. Wie hatte Oskar Frauen mit einer Frisur wie dieser noch genannt? Gibson Girl?

»Sie sind also eine Freundin von Liv«, begann sie und kam mir mit ausgestreckter Hand entgegen. Ihre Stimme klang energisch und befehlsgewohnt. Ich fragte mich, ob man sie auch verhaften würde, wenn sie an einer Kundgebung teilnahm. »Sie hat ja für ziemlichen Wirbel in der Stadt gesorgt.«

Nicht sie, sagte ich mir. Sondern die Person, die der Zeitung verraten hatte, dass sie sich scheiden lassen wollte.

»Ich komme nicht ihretwegen«, stellte ich klar. »Wie Sie vielleicht wissen, betreibe ich ein Haus, in dem Frauen in Not eine Unterkunft finden können.«

»Oh ja«, gab sie zurück. »Davon habe ich ebenfalls gelesen. Und glauben Sie mir, auch das hat für Wirbel gesorgt.«

Sie deutete auf eines der Sofas, und wir ließen uns darauf nieder.

»Ich habe mich gefragt, wann ich Sie einmal kennenlerne«, fuhr sie fort. »Wie es aussieht, ziehen wir an einem Strang.«

Ich war mir nicht sicher, ob dem so war, doch ich nickte. »Ich hatte bislang keine Gelegenheit, mich in der Stadt zu zeigen. Es gibt vieles, das wir in unserem Haus noch richten müssen, bevor wir es wirklich in Betrieb nehmen können.«

Frau Sundalöw nickte. »Das kann ich mir vorstellen. Ich wünschte, Liv hätte mir von Ihrem Projekt erzählt. Aber sie war ja immer schon ein wenig zurückhaltend.«

Vielleicht, weil sie nicht weiß, wem sie trauen kann, lag es mir auf der Zunge, doch ich schluckte es herunter.

»Nun, was führt Sie zu mir?«, fragte sie schließlich geradeheraus. »Brauchen Sie Hilfe, jetzt, da Liv wahrscheinlich … indisponiert ist?«

Das Wort erschreckte mich. Wusste Frau Sundalöw mehr als ich?

Sie schien meine Verwirrung zu bemerken, denn sie fügte hinzu: »Mir ist zu Ohren gekommen, dass ihr Mann wieder da ist.«

»Das stimmt«, sagte ich. »Aber das beeinträchtigt unsere Arbeit nicht.«

Ich wollte nicht zugeben, dass es uns Schwierigkeiten bereiten könnte, wenn Sten Boregard seine Frau wieder im Haus einsperrte oder gar Schlimmeres tat. Ich erinnerte mich düster daran, dass Liv davon berichtet hatte, dass Frieda Sundalöw auch mit Nanna Skantze befreundet war.

Auf einmal fragte ich mich, ob sie wirklich die Richtige für Lucia war. Frauenrechte zu vertreten bedeutete möglicherweise nur, dass sie ihre eigenen Rechte vertreten sehen wollte, die Rechte der reichen Frauen Karlskronas. Sie würde sicher nicht wissen, wie es auf der anderen Seite ihres schönen Zaunes war.

Doch eine andere Möglichkeit hatte ich nicht. Wenn Lucia der Polizei in die Hände geriet, war sie verloren ohne rechtlichen Beistand.

»Ich habe eine Frage an Sie«, sagte ich, bevor Frieda weiter über Liv redete. »Eine Bekannte von uns ist in Not. Sie ist bei einer Demonstration für die Frauenrechte mit dem Gesetz in Konflikt geraten.«

Die sorgsam gezupften Augenbrauen meiner Gesprächspartnerin zuckten nach oben. Interesse leuchtete in ihren Augen auf. »Sie kennen eine meiner Schwestern?«, fragte sie. »Wer ist es?«

»Das möchte ich vorerst für mich behalten«, gab ich zurück.

»Oh, dann ist es etwas Gravierendes?«

»Sie hat Widerstand gegen ihre Verhaftung geleistet und einen Polizisten verletzt. Jetzt wird sie gesucht.«

Frieda klatschte in die Hände, was mir ziemlich unpassend erschien. »Ich sage es doch immer, bei den Demonstrationen in Stockholm geht es anders zu als bei uns!«

Ich schaute sie verwundert an. »Woher wissen Sie, dass die Demonstration in Stockholm stattfand?«

Frieda Sundalöw beugte sich vor. »Weil die Polizei wegen Lucia Bergström auch bei mir war.«

120

Liv

Das Gespräch mit Nanna saß mir immer noch in den Knochen, als ich die Treppe zur Anwaltskanzlei erklomm. Dass sie von Alexej und einem Fehltritt gesprochen hatte, beunruhigte mich. Hätten wir vorsichtiger sein sollen? Was wusste sie? Auf einmal wurde mir furchtbar elend zumute.

Das Fräulein an der Anmeldung kannte mich bereits.

»Herr Hammerstein ist nicht da«, sagte sie, kaum dass sie meiner ansichtig wurde.

»Aber es gibt eine Sache, die ich dringend mit ihm besprechen muss!« Ich hätte mich mit ihrer Aussage zufriedengeben können, doch ich hatte das Gefühl, dass er mich abwimmeln ließ. Mit den Fragen nach der Enteignung und meinem gestrigen unangekündigten Besuch war ich wohl etwas zu weit gegangen. Doch wen sollte ich sonst um Rat fragen?

»Bitte«, flehte ich. »Gern warte ich auch, bis er wieder zurück ist …«

Da öffnete sich die Tür zu Hammersteins Büro. Das Gesicht der Empfangsdame schwoll puterrot an.

Hammerstein jedoch zeigte keine Regung. »Kommen Sie«, sagte er nur und winkte mich hinein. »Gibt es etwas Wichtiges? Ist Ihr Mann Ihnen gegenüber gewalttätig geworden?«

Sein Blick streifte an mir auf und ab. Als ob Sten sichtbare Verletzungen hinterlassen würde!

»Nein, das ist er nicht. Jedenfalls nicht auf eine Weise, die vor Gericht gültig wäre.«

»Hat er sie bedroht?«

Ich nickte. »Ja, das hat er. Aber auch nur indirekt.« Ich holte tief Luft. »Ich bin wegen etwas anderem hier.«

Der Anwalt zog die Augenbrauen hoch. Dachte er vielleicht, ich hätte es mir mit der Scheidung anders überlegt? Nichts lag mir ferner. Aber es war besser, er hörte es von mir als von Hugo Skantze oder sonst jemandem.

»Ich fürchte, ich muss Ihnen etwas beichten.«

Hammerstein schien angesichts dieser Worte um Jahre zu altern. Er atmete tief durch, lehnte sich dann zurück. »Sprechen Sie.«

»Ich habe eine Affäre«, sagte ich geradeheraus. »Und ich bin nicht sicher, ob es offenbar geworden ist.«

Eine ganze Weile schwieg Hammerstein. Seine Augen lagen auf mir, und es war, als würden Wolken über einen blauen Himmel ziehen. Sein Mund bildete eine gerade, geschlossene Linie. Die Minuten zogen sich derart, dass ich mich fragte, ob er überhaupt noch einmal etwas sagen würde.

Schließlich hob er eine Hand und wischte sich übers Gesicht. Dabei wirkte er, als wünschte er sich, mich niemals als Mandantin angenommen zu haben.

»Ich verstehe ja, dass die Sache schwer für Sie ist«, begann er schließlich. »Dass Ihr Mann momentan auf freiem Fuß ist, ist keine gute Sache, aber das ist nur vorübergehend. Warum in aller Welt haben Sie das jetzt getan?«

Mich verlieben?, hätte ich beinahe gefragt, doch ich schwieg.

»Wer ist dieser Mann? Jemand aus der Stadt?«

»Tut das denn etwas zur Sache?«, fragte ich.

»Wenn es eine Person des öffentlichen Lebens ist, schon! Ich möchte mir gar nicht den Skandal …«

»Er ist keine Person des öffentlichen Lebens«, unterbrach ich ihn. »Er ist ein einfacher Mann.«

»Weiß Ihr Gatte davon?«

Ich war versucht, nein zu sagen, aber ich konnte mir nicht sicher sein. Ich blieb also bei der Wahrheit. »Möglicherweise.«

Hammerstein schloss die Augen, und ich spürte, dass ihm ein Fluch auf den Lippen lag.

»Ich muss Ihnen wahrscheinlich nicht sagen, dass Sie auf diese Weise Ihre Position erheblich verschlechtert haben«, brachte er schließlich hervor. Seine Stimme zitterte ein wenig. Vor Ärger oder Wut? »Sie könnten von der Klagenden zur Beklagten werden. Wenn Ihr Mann …«

»Mein Mann wird sich nicht von mir scheiden lassen«, sagte ich. »Unter keinen Umständen, das hat er mir deutlich gemacht. Ich glaube nicht, dass eine Affäre etwas daran ändern wird. Ich wollte nur, dass Sie es wissen, damit wir gegebenenfalls unsere Strategie anpassen können.«

»Strategie?«, platzte es aus Hammerstein heraus. Er sprang von seinem Platz auf und wirkte jetzt richtig böse. »Es gibt keine Strategie für uns, denn unter diesen Umständen lege ich mein Mandat nieder. Ich werde Ihren Fall auf diese Weise nicht gewinnen können, nicht so, dass es zu Ihrem Vorteil endet. Sehen Sie zu, wie Sie Ihren Ehemann loswerden, ich werde mich nicht mehr für Sie einsetzen!«

121

Marlene

Lucias Name ließ mich erstarren. Für einen Moment fragte ich mich, ob Frieda Sundalöw Gedanken lesen konnte.

»Ich habe schon überlegt, wo sie sich wohl versteckt hat«, fuhr die Suffragette fort. »An Ihr Haus habe ich dabei nicht gedacht.« Sie legte den Kopf in den Nacken und wirkte auf einmal wie jemand, dem ein wunderbares Geschenk gemacht worden war.

Sie wird uns verraten!, ging es mir plötzlich durch den Sinn. Sie wird die Polizei benachrichtigen, und dann sind wir geliefert.

»Da kann man mal sehen, wozu Geheimniskrämerei gut sein kann«, sagte sie vergnügt.

Warum redete sie so fröhlich? Allmählich begann ich mich zu fragen, was ich hier tat. Eine Hilfe war sie ganz sicher nicht. Was hatte Liv nur geglaubt?

Vielleicht hatte ich noch genug Zeit, um Lucia zu warnen und ihr zu raten, in den Wald zu gehen, bevor die Polizei eintraf … Ich sprang auf und wollte mich verabschieden, da griff ihre Hand hart nach mir und zog mich wieder auf das Sofa.

»Keine Sorge, ich werde Sie nicht verraten«, sagte sie nun, und der spielerische Ton, den sie zuvor noch an sich gehabt hatte, war komplett aus ihrer Stimme verschwunden. »Ich amüsiere mich nur darüber, was für Holzköpfe diese Polizisten sind.«

Was sollte ich dazu sagen? Nach allem, was ich in den vergangenen Tagen erlebt hatte, waren Polizisten nicht gerade dumm. Nur meine Lüge hatte sie davon abgehalten, das Rosenhag zu betreten.

»Was braucht das Mädchen denn? Ich habe gelesen, dass sie gerade erst einundzwanzig ist.«

»Einen Anwalt«, gab ich geradeheraus zu. »Sie braucht Unterstützung, damit man sie nicht ins Gefängnis steckt.« Ich hielt einen Moment inne und fragte mich, ob ich auch die Schwangerschaft erwähnen sollte. Den Umstand, dass man ihr das Kind wegnehmen würde, wenn sie es hinter Gittern gebar. »Außerdem gibt es da auch noch einen Konflikt mit dem Vater. Er hat gedroht, sie in eine Besserungsanstalt zu stecken.«

Frieda schnalzte missbilligend mit der Zunge. »So machen sie es immer. Wenn ihnen eine Frau unbequem wird, stecken sie sie entweder in eine Besserungsanstalt oder gleich in ein Irrenhaus. Auch das muss sich dringend ändern, denn unsere Unzufriedenheit ist keine geistige Krankheit.«

Ich starrte sie erstaunt an. Liv ging mir durch den Sinn und die Drohung ihres Mannes, sie in einem Sanatorium unterzubringen.

»Gucken Sie nicht so. Das ist meine ehrliche Meinung!«, platzte es aus Frieda heraus. »Aus welchem Grund sollte man sich sonst für die Rechte der Frauen einsetzen? Das Wahlrecht ist eine Sache, und ich bin sicher, das bekommen wir bald. Aber es liegt noch viel mehr im Argen.«

Sie machte eine kurze Pause, dann fügte sie hinzu: »Ich habe mich gefragt, warum sich Liv nicht an mich und meine Freundinnen gewandt hat. Warum sie nicht zu uns gestoßen ist. Erst vor Kurzem hatte ich sie getroffen und eingeladen, aber sie war davon nicht gerade begeistert. Ich dachte tatsächlich, dass sie diesem Mistkerl noch immer hörig ist.«

Hörig? So hatte ich Liv nicht erlebt. Sie hatte Angst, sich von ihrem Mann zu lösen, das stimmte, aber hörig? Ich war gespannt, was sie dazu sagen würde, wenn ich es ihr erzählte …

»Und dann lese ich, dass sie sich scheiden lassen will und in diesem Haus mitwirkt …« Sie stieß ein kurzes Lachen aus und schüttelte den Kopf. »Ich hätte vielleicht zu ihr gehen sollen.« Sie sah mich an. »Oder besser gleich Ihr schönes Haus besuchen.«

»Bei uns ist jede Frau willkommen«, sagte ich und erwiderte ihren Blick nun fest.

Für einen Moment schauten wir uns nur an, dann sagte sie: »Um der jungen Frau zu helfen, muss ich mit ihr sprechen. Seien Sie morgen wieder hier, dann sehen wir weiter.«

»Also haben Sie einen Anwalt für Sie?«

»Es gibt einige Anwälte, die unsere Sache unterstützen. Allerdings muss ich die Art des Vergehens und die Umstände kennen. Nur so kann ich ihr den geeigneten Beistand vermitteln.«

Ich fragte mich, ob das nicht zu gefährlich war. Wenn wir Pech hatten, wurde Lucia im Zug oder in der Stadt gesehen.

»Könnten wir nicht in der Nacht kommen?«, fragte ich und erklärte meine Beweggründe.

»In der Nacht?«, wiederholte Frau Sundalöw, und der spielerische Ton kehrte in ihre Stimme zurück. »Sie sind mir ja eine! Was soll mein Mann dazu sagen, wenn mitten in der Nacht Frauen vor der Tür stehen?«

Ich hatte den Mund schon für eine Erwiderung geöffnet, als sie hinzufügte: »Also gut, kommen Sie morgen gegen elf Uhr abends. Mein Mann geht recht früh zu Bett, es wird ihn nicht kümmern. Und mein Mädchen ist da schon zu Hause. Wir können alles unter uns besprechen.«

»Das ist Ihr Ernst?«, fragte ich. »Das wäre ja … wunderbar!«

»Das ist mein Ernst«, echote sie. »Lassen Sie mich nicht warten.«

»Das werden wir nicht. Danke.«

Auf einmal hatte ich es eilig. Ich wollte nur raus aus diesem Haus, so schön es auch war. Ich wollte zu Lucia und ihr sagen, dass es möglicherweise einen Weg gäbe.

Die Hausherrin begleitete mich ins Foyer und verabschiedete

mich mit einem Händedruck. Ich wandte mich um und öffnete die Tür, als es im Haus läutete. Im nächsten Moment blickte ich in das Gesicht von Liv.

122

Oskar

»Sie wollen den Auftrag also wirklich abgeben?« Norrlands Blick lag enttäuscht und beinahe vorwurfsvoll auf mir, doch mein Entschluss stand fest.

Ich nickte und setzte hinzu: »Sie werden verstehen, dass ich unter diesen Umständen keinen freien Geist habe, um mich dieser Aufgabe zu widmen. Meine Mutter ist schwer krank, und meine Frau …« Ich hatte ihm kurz umrissen, was geschehen war. Norrland war sichtlich schockiert gewesen.

»Ja, das verstehe ich«, sagte er. »Dennoch … Sie sind einer unserer besten Männer.«

»Der Fall in Malmö ist simpel und der Kontaktmann kooperativ. Die Akten sprechen für sich. Ich erwarte keine Schwierigkeiten. Sogar ein unerfahrener Kollege könnte ihn abschließen.«

Und selbst wenn das nicht der Fall war, was kümmerte es mich? Ich hätte viel früher ablehnen sollen. Ich hätte meine Mutter im Blick haben und vor allem Marlene einweihen sollen. Was Lisbeth getan hatte, hätte ich vielleicht nicht verhindern können. Aber möglicherweise wäre mir eher aufgefallen, dass etwas nicht stimmte.

»Also gut«, sagte Norrland nun. »Ich entbinde Sie von diesem Auftrag. Sobald sich ein neuer Fall auftut, werde ich Sie kontaktieren.«

Ich zögerte, dann sagte ich: »Danke. Damit komme ich zu meinem anderen Anliegen.«

Zehn Minuten später trat ich auf die Straße und fühlte mich ungemein befreit. Ich reckte den Kopf zum Himmel, sah einen Schwarm Tauben, der über den blauen Himmel zog. Hatte ich das Richtige getan? Die Zeit würde es zeigen.

Der nächste Weg führte mich zur Staatsanwaltschaft. Allerdings nicht wegen Lisbeth. Bislang wusste ich nicht viel mehr wie an dem Tag ihrer Verhaftung. Auch wenn ich ihr Ehemann war, würde man mich erst dann informieren, wenn etwas Wichtiges geschah. Darüber war ich froh. Noch immer befürchtete ich, dass Lisbeth mich belasten könnte. Es würde zu ihr passen, mich mit ins Elend ziehen zu wollen. Doch bevor die Polizei nicht auf meiner Türschwelle stand, wollte ich nicht darüber nachdenken.

Die Staatsanwaltschaft war in einem wuchtigen klassizistischen Bau am Mynttorget untergebracht. Der Ort, an dem sich früher die Münzprägestätte des Landes befand, war heute umgeben von zahlreichen Verwaltungsgebäuden. In den hohen Fenstern spiegelte sich die Nachmittagssonne, als ich die Stufen zur Eingangstür hinaufging.

Dem Pförtner am Empfang sagte ich, dass ich Staatsanwalt Neström sprechen wollte. Wenig später erklomm ich die mächtige Steintreppe in den ersten Stock, wo Neström sein Büro hatte. Ich war nicht das erste Mal hier. Als Ermittler der Seehaftpflichtversicherung wurde ich hin und wieder in das Büro des Staatsanwalts gebeten, zuletzt wegen Boregard. Dieser war auch heute der Grund meines Erscheinens.

»Ah, Andersson!«, rief er aus, als ich auf seinen Ruf hin eintrat. Der Staatsanwalt erhob sich hinter seinem Schreibtisch, knöpfte sein Jackett zu und kam mir entgegen. »Was führt Sie zu mir? Schickt die Firma Sie? Man hat mich gar nicht benachrichtigt.«

»Ich komme diesmal in eigener Sache«, erwiderte ich und schüttelte seine Hand. »Ich würde gern wissen, wie der aktuelle Stand des Verfahrens gegen Sten Boregard ist.«

Ich hatte erwartet, dass Neström verwundert sein würde. Mit dem Abschluss des Falles zog sich der Ermittler zurück.

Neström rang mit sich. Ich wusste, was ich da von ihm verlangte. Ich war kein Anwalt einer der Parteien und somit nicht in der Lage, eine Information einzufordern. »Sie wissen, dass ich Sie als Ermittler sehr schätze«, sagte er zögernd. »Sie haben uns sehr gute Dienste in diesem Fall geleistet.«

»Er ist auf Kaution freigelassen worden«, sagte ich. »Ich bin nicht sicher, ob sich das Gericht im Klaren darüber ist, welche Gefahr dies für seine Ehefrau darstellt.«

Ein überraschter Ausdruck trat auf das Gesicht des Staatsanwalts. »Woher …«

»Ich bin durch die Ermittlungen mit Liv Boregard bekannt«, erklärte ich. »Man könnte sogar sagen, dass wir uns ein wenig angefreundet haben.«

»Nun, ich fürchte, ich kann Ihnen keine Auskunft geben.«

Das hatte ich erwartet. »Herr Neström«, begann ich. »Ich habe Sie als hervorragenden Staatsanwalt kennengelernt und habe nichts anderes erwartet, als dass Sie sich an Ihre Prinzipien halten.«

»Es sind keine Prinzipien, sondern Vorschriften.«

»Ich bin auch nicht hier, um Ihnen Schwierigkeiten zu bereiten. Alles, was ich wissen will, ist: Wann wird das Verfahren gegen Boregard eröffnet, und wie stehen die Chancen, dass es zu einer Verurteilung kommt?«

Neström betrachtete mich lange, dann kehrte er hinter seinen Schreibtisch zurück. Ich hatte ihn nichts Unmögliches gefragt. Aber seine Reaktion zeigte deutlich, dass die Sicherheit, die er noch einige Wochen zuvor zur Schau gestellt hatte, Risse bekommen hatte. Ich wusste nur zu gut, dass es einflussreichen Straftätern mit gewieften Anwälten durchaus gelingen konnte, das Recht zu ihren Gunsten zu beugen. Zu entkommen, obwohl ihnen eine hohe Strafe gebührte.

Das beinhaltete meist, dass Zeugen beeinflusst oder kaltgestellt wurden.

»Menschenleben hängen daran«, fuhr ich fort. »Das Leben von Liv Boregard und auch von Marlene Walsted. Sie erinnern sich sicher an die Witwe des Kapitäns.«

»Natürlich, wie sollte ich es nicht, nach all der Dramatik.«

»Niemand weiß, wozu Boregard fähig ist, jetzt, da er wieder auf freiem Fuß ist. Er wird nicht so dumm sein, öffentlich Drohungen auszusprechen. Aber ich weiß, was für Kontakte er pflegt. Er wird sich natürlich nicht selbst die Hände schmutzig machen, aber es könnte durchaus geschehen, dass einer der Frauen etwas zustößt. Seine Ehefrau hat angekündigt, sich von ihm scheiden zu lassen, und Frau Walsted wird als Zeugin aussagen müssen, nicht wahr?«

Schweißperlen traten auf Neströms Stirn. »Natürlich wird sie das. Um die Echtheit des Schriftstückes zu bestätigen.«

»Und wenn sie dies nicht mehr kann? Wenn diese Freilassung auf Kaution das gesamte Verfahren gefährdet?«

Meine Worte blieben eine Weile in der Luft hängen, dann beugte sich der Staatsanwalt mit einem tiefen Seufzen vor und faltete die Hände auf der Tischplatte.

»Ich hätte es gern verhindert, dass er aus der Untersuchungshaft entlassen wird. Seine Anwälte haben dem zuständigen Richter glaubwürdig versichert, dass keine Fluchtgefahr besteht.«

»Aber die Gefahr, dass er der Zeugin und vielleicht auch anderen Beteiligten schadet, besteht!« Ich spürte, wie der Zorn in meiner Brust überzukochen drohte. »Und man würde es ihm nicht einmal nachweisen können!«

Neström rang sichtlich mit sich.

»Hören Sie, was ich jetzt sage, werden Sie niemandem erzählen, ist das klar?«, sagte er dann mit Nachdruck in der Stimme.

»Sie haben mein Wort«, gab ich zurück und kam gar nicht dazu, erleichtert zu sein, denn Neström fuhr fort: »Die Anwälte verfolgen offenbar die Strategie darzulegen, dass das Schiff wahrscheinlich auch gesunken wäre, wenn es ordnungsgemäß gewartet worden wäre. Sie wollen nahelegen, dass die Mannschaft schwerwiegende Fehler begangen hätte.«

»Aber … das ist doch absurd!«, entfuhr es mir.

»Das ist es, und ich habe vor, mich davon nicht beirren zu lassen. Aber unser Richter lässt sich von höher gestellten Leuten gern beeindrucken.«

»Boregard ist wohl kaum ein …«

»Er nicht, aber sein Vater war ein Freund des Handelsministers. Und wie es aussieht, hat er nicht übertrieben, als er meinte, er hätte noch andere einflussreiche Bekannte.« Neström machte eine Pause, dann sah er mich eindringlich an. »Sie haben recht damit, dass die Kapitänswitwe in Gefahr ist. Vielleicht können Sie auf sie achtgeben, aber das werden Sie nicht im Namen Ihrer Versicherungsgesellschaft tun können.«

»Keine Sorge«, erwiderte ich. »Ich habe heute Morgen gekündigt.«

123

Liv

Marlene neben Frieda stehen zu sehen überraschte mich derart, dass ich kein Wort hervorbrachte. Doch dann stieß ich einen erleichterten Seufzer aus und fiel ihr um den Hals. »Marlene! Wie schön, dich zu sehen!«

»Ebenfalls«, gab diese verdattert zurück.

»Na, das ist ja eine Begrüßung«, kommentierte Frieda hinter uns. »Und eine Überraschung! Was machst du denn hier, Liv?«

»Ich wollte mit dir sprechen«, sagte ich und wandte mich nun auch ihr zu, um ihr guten Tag zu sagen.

»Über das Mädchen, das von der Polizei gesucht wird? Ich fürchte, da ist dir deine Freundin zuvorgekommen.«

Sie blickte zu Marlene. Diese wirkte ein wenig erhitzt. Dass sie hierhergekommen war … Wahrscheinlich hatte sie befürchtet, dass ich nicht die Gelegenheit haben würde, wegen Lucia bei Frieda vorzusprechen. Das bedeutete dann wohl auch, dass Lucia die richtige Entscheidung getroffen hatte.

»Frieda, entschuldigst du uns bitte einen Moment lang?«, fragte ich, worauf sie nickte.

»Natürlich. Ich werde dem Mädchen sagen, dass sie dich hereinlassen soll, wenn du wieder klingelst.«

Damit verschwand sie im Haus, und wir stiegen die Treppe hinunter. Es war das erste Mal, dass ich Frieda zu Hause besuchte. Bislang war sie für mich immer nur Nannas Freundin gewesen, und ich hatte sie bei den Fikas getroffen. Möglicherweise hätte ich mir schon eher die Mühe machen sollen. Aber dazu hatte es keinen Grund gegeben – bis jetzt.

»Wie war das Zusammentreffen mit deinem Mann?«, fragte Marlene, während sie meine Hände ergriff. »Wir haben uns Sorgen um dich gemacht.«

»Es war unangenehm, da gibt es nichts zu beschönigen. Mit ihm in einem Haus zu sein ist wie in einem löchrigen Boot zu sitzen, das sich allmählich mit Wasser füllt.« Ich senkte den Kopf. »Er hat Ekström entlassen, fürchte ich.«

Marlene wurde blass. »Aber das kann er doch nicht tun!«

»Natürlich kann er das. Er ist ein freier Mann, und die Reederei gehört ihm. Solange das Urteil noch aussteht, kann er tun und lassen, was er will.« Ich seufzte frustriert. »Vorhin habe ich Nanna getroffen. Sie hat mich eingeladen, in ihrer Suppenküche mitzuarbeiten, kannst du dir das vorstellen?«

Marlene schüttelte den Kopf. »Seit wann hat sie eine Suppenküche?«

»Was weiß ich. Sie möchte offenbar ab sofort wohltätig sein. Ich habe versucht, so taktvoll wie möglich abzulehnen. Wahrscheinlich hat Sten sie auf mich angesetzt, damit sie mich unter Kontrolle behält. Ich bin ihr nur mit großer Mühe entkommen.« Ich machte eine Pause und spürte, wie die Freude, Marlene wiederzusehen, langsam wieder von meiner allgegenwärtigen Angst verdrängt wurde. »Sie hat eine seltsame Andeutung gemacht. Offenbar hat mich jemand mit Alexej gesehen.«

»Du meine Güte!«, entfuhr es Marlene. »Und was hast du gesagt?«

»Dass er der Sohn einer Bekannten ist.«

Marlene zog die Augenbrauen hoch.

»Na, genau genommen ist er ja dein Stiefsohn, oder nicht?« Ich wusste, wie wenig Begeisterung dieser Umstand bei Marlene hervorrief. »Ich hoffe, sie hat es mir abgenommen.«

»Und wenn nicht?«

Ich blickte sie an, und plötzlich kam mir wieder Hammersteins Wutausbruch in den Sinn. Ich hatte nun keinen Anwalt mehr und mein Ehemann war nicht willens, mich gehen zu lassen. So richtig hatte ich noch nicht realisiert, was das alles für mich bedeutete.

Meine Hoffnung lag nun bei Frieda.

Doch konnte ich Marlene mit all diesen Informationen belasten, wo sie ohnehin schon so viel um die Ohren hatte?

»Kannst du vielleicht zu ihm gehen und ihm eine Nachricht von mir bringen?«, fragte ich stattdessen. Später würden wir über alles reden können.

Marlene seufzte tief, doch dann nickte sie. Ich zog den kleinen Umschlag hervor, der einen Brief an ihn enthielt. Einen Brief, in dem ich ihm noch einmal ans Herz legte, vorsichtig zu sein. Ich hatte ihn geschrieben, nachdem ich von Hammerstein zurückgekehrt war. Danach hatte ich Astrid gesagt, dass ich zu Frieda gehen würde. Da sie eine Freundin von Nanna war, würde Sten wohl nichts dagegen haben.

Marlene nahm das Schreiben an sich. »Wohnt er noch in dem Gasthaus?«

Ich nickte. »Danke. Ich weiß, dass es dir nicht leichtfällt …«

»Wir werden es beide überleben«, winkte sie ab, dann fragte sie: »Wie gut kennst du Frieda Sundalöw eigentlich?« Sie blickte sich aufmerksam um, doch der Gärtner war nicht mehr zu sehen. »Sie hat mich gebeten, mit Lucia herzukommen. Aber ich bin mir nicht sicher, ob ich ihr trauen kann. Immerhin ist sie eine Freundin von Frau Skantze.«

»Frieda scheint mir in Ordnung zu sein«, erwiderte ich. »Vor drei Wochen habe ich sie getroffen, und sie hat mich zu einer ihrer Zusammenkünfte eingeladen. Vorher haben wir uns immer freundlich unterhalten, aber ich konnte nicht viel mit ihr anfangen.«

»Sie mit dir vielleicht auch nicht«, sagte Marlene. »Aber durch die geplante Scheidung bist du für sie interessant geworden.«

»Ja, und sicher auch wegen Sten und seiner Missetaten.« Wie wünschte ich mir, dass die Richter ihn nicht aus seiner Zelle gelassen hätten!

»Also wird sie nicht die Polizei benachrichtigen?«

»Das wird sie ganz sicher nicht. Sie setzt sich sehr für Frauen ein. Ich wusste das nicht zu schätzen, doch heute … Ich wünschte, ich hätte mich früher mehr für sie interessiert und mich mit ihr angefreundet.«

»Das könnt ihr nachholen. Außerdem könnte sie dem Rosenhag nützlich sein.«

»Ich weiß nicht, ob ich überhaupt noch mit ihr sprechen sollte. Schließlich hast du Lucia bereits erwähnt …«

Marlene überlegte kurz, dann sagte sie: »Aber sie könnte auch dir helfen. Dir einen Ausweg bieten, wenn es sonst keinen gibt.«

»Wie meinst du das?«

»Ich meine deinen Mann. Wenn er es schafft, nicht verurteilt zu werden.«

Ihre Worte bohrten sich mir wie eine Faust in den Magen. »Ich hoffe, dass er es wird.«

»Aber wenn nicht? Wenn seine Anwälte es irgendwie fertigbringen, dass er freigesprochen wird?«

»Alexej meint, dass wir weglaufen sollten.« Ich spürte, wie ein Zittern in meine Glieder kroch. In meiner jetzigen Situation war das vielleicht das Beste. »Aber das können wir nicht, ich weiß.«

»Möglicherweise könnte Frieda dir helfen. Du kannst diese Sache nicht allein mit deinem Anwalt durchfechten. Du brauchst Verbündete hier in der Stadt. Besonders weil …«

Sie stockte, und ich sah, dass die Sorgenfalte zwischen ihren Augenbrauen tiefer wurde.

»Was?«, fragte ich beunruhigt.

Marlene zögerte einen Moment, dann sagte sie: »Weil dein Ehemann den Zeitungsverleger über deine Scheidungspläne informiert hat, um dich in der Stadt zu diskreditieren.«

124

Marlene

Die Worte hingen zwischen uns wie eine Gewitterwolke. Livs Augen weiteten sich zunächst ungläubig, dann wurde ihr Blick fassungslos. Genau so hatte ich auch geschaut, als Oskar mir davon erzählt hatte.

»Woher weißt du das?«, presste sie hervor.

»Oskar war bei mir. Er hatte doch gesagt, dass er in Karlskrona noch ein Hühnchen zu rupfen habe. Wie es aussieht, hat er dieses gerupft, und zwar mit dem Verleger der Zeitung.«

Ich war mir nicht sicher, welche Konsequenzen das für uns und für ihn haben würde. Aber immerhin war mein Vertrauen in Oskar wiederhergestellt.

»Anscheinend«, fuhr ich fort, »haben die Anwälte deines Mannes diese Information der Zeitung zukommen lassen. Für den Fall, dass du etwas Negatives über ihn schreiben lässt.«

»Das hätte ich nie getan«, gab Liv erschüttert zurück. »Ich will nur, dass er bestraft wird. Und dass ich meine Ruhe vor ihm habe.«

»Offenbar vermutete er etwas anderes. Lundström hat allerdings nicht warten wollen. Da ihm Oskars Artikel bereits vorlag, ließ er diese Information mit hineinschreiben. Möglicherweise hat er es sogar selbst getan. Damit hat er gegen das verstoßen, was Oskar von ihm verlangt hatte: unsere Namen nicht zu nennen.«

»Dieser verdammte …« Liv stockte und schüttelte den Kopf. Ich wusste nicht genau, wen sie damit meinte, aber es passte sowohl zu Lundström als auch zu Boregard.

»Hat sich schon etwas wegen seiner Frau ergeben?«, fragte sie dann.

»Sie ist verhaftet worden.« Ich lächelte schief. »Somit wird die Scheidung kein Problem mehr darstellen. Vorausgesetzt, sie belastet Oskar nicht ebenfalls.« Diese Furcht lag beständig auf meiner Seele, seit ich die Wohnungstür von Oskars Mutter hinter den Polizisten abgeschlossen hatte.

Liv presste die Lippen zusammen, dann nahm sie meine Hand. »Lass uns auf ein gutes Ende hoffen. In jeder Hinsicht.«

Ich schaute Liv nach, als sie zu Frieda Sundalöws Haustür schritt. Sie hielt den Kopf hoch erhoben, und ihre gesamte Erscheinung war so elegant, wie ich nie sein würde. Seit der Rückkehr ihres Mannes ähnelte sie wieder mehr der Liv, wie ich sie im Mai kennengelernt hatte. Ich wusste nicht, ob mir das gefiel.

Liv hatte mir noch anvertraut, dass sie nicht allein wegen Lucia hier war. Es gab noch etwas, das sie mit Frieda allein besprechen wollte: »Ich erzähle dir davon, wenn wir uns wiedersehen.«

Damit musste ich mich erst einmal zufriedengeben. Mir blieb nur, sie zu bitten, auf sich achtzugeben.

Mit dem Brief für ihren Geliebten machte ich mich auf den Weg in die Innenstadt. Es würde noch eine Weile dauern, bis es Abend wurde. Von Bjarne wusste ich, dass auf der Werft manchmal bis tief in die Nacht gearbeitet wurde. In Schichten natürlich, denn die Arbeiter brauchten ihre Konzentration und all ihre Kraft, damit die Schiffe, die ausliefen, nicht schon im Hafenbecken sanken.

Bjarne hatte mir von einem schwedischen Kriegsschiff erzählt, das vor beinahe dreihundert Jahren in Stockholm gebaut worden war. Die *Vasa* sank bei ihrem ersten Auslaufen. Viele Männer an Bord ertranken.

Wohl war mir bei dem Gedanken, dem jungen Mann allein gegenüberzustehen, nicht so wirklich, auch wenn mir klar war, dass wir uns eines Tages über Bjarne unterhalten mussten. Er würde mir gewiss nichts antun, jedenfalls nicht körperlich. Doch vor seinen Worten und der Geschichte seiner Mutter hatte ich Angst. Angst, dass dies alles dem Bild, das ich von Bjarne hatte, weitere Risse hinzufügen würde.

Ich schlenderte eine Weile am Hafen entlang, beobachtete die Männer, die gerade dabei waren, die Ladung eines der Schiffe zu löschen. Die Werft lag ein ganzes Stück entfernt. Wenn ich dorthin ginge und …

Den Gedanken verwarf ich gleich wieder. Wäre Sten Boregard nicht in der Stadt, hätte ich es vielleicht gewagt. Aber dann wäre es auch nicht nötig gewesen, diesen Brief zu überbringen.

Unwohlsein überkam mich plötzlich. Vielleicht war auch die Nähe zum Hafen nicht gut. Ich dachte wieder an die Männer, die uns verfolgt hatten. Sie waren nie gefasst worden. Vielleicht trieben sie sich hier herum und erkannten mich wieder. Es würde ihnen leichtfallen, mir einen Stoß oder Schlag zu versetzen.

Im Rosenhag hatte ich seltsamerweise keine Angst vor Boregard, doch nun steigerte sie sich mit jedem Moment, den ich hier verweilte.

Ich beeilte mich, den Hafen hinter mir zu lassen. Erst als der Hoglands-Park vor mir erschien, wurde ich wieder ruhiger. Dennoch klopfte mein Herz noch immer heftig, als ich mich auf einer der Bänke niederließ. Ich sehnte mich nach dem Rosenhag. Auch wenn Sten Boregard wusste, dass er mich dort finden konnte: Seit ich dort eingezogen war, hatte ich ein nie gekanntes Gefühl von Sicherheit erlebt.

Ich zog den Brief aus meiner Rocktasche. Mein Vorsatz, mich dem jungen Mann zu stellen, mit ihm über Bjarne zu reden, kam mir wieder in den Sinn, doch ich spürte ihn plötzlich schrumpfen. Ich hatte Liv versprochen, die Nachricht zu überbringen, nichts weiter.

Ein Lachen zog meine Aufmerksamkeit auf sich. Seit die Seemannswitwen immer wieder ihre Wut an mir ausgelassen hatten, hatte ich ein Ohr für weibliche Stimmen entwickelt. Dass sie über mich lachten, war einer der harmloseren Affronts, meist beschimpften oder bespuckten sie mich gar, wenn sie mich sahen. Dennoch drehte sich mein Kopf beinahe automatisch herum, wenn ich eine Frau lachen hörte. So auch diesmal.

Es war keine Seemannsfrau, die ich da erblickte. Mit ihrem hellblauen Kleid und der kleinen grauen Strickjacke sah sie aus wie eine Arbeiterin. Sie wirkte eigentlich recht nett – doch dann erkannte ich, an wessen Arm sie hing.

Es war niemand Geringeres als Torben Bergsma.

125

Alexej

Müde streckte ich mich auf meinem Bett aus. Den ganzen Tag über hatte ich Schwierigkeiten gehabt, mich auf meine Arbeit zu konzentrieren. Wieder und wieder wanderten meine Gedanken zu Liv, zu dem Haus, in dem sie mit ihrem Ehemann leben musste.

War es wirklich ein Muss? Wenn sie nun einfach nicht mehr zu ihm nach Hause käme, würde er sie dann holen?

Ich wusste, dass sie sich Sorgen um mich machte. Dass sie fürchtete, mir könnte etwas zustoßen, wenn ihr Mann herausfände, was zwischen uns war.

Doch ich fürchtete mich nicht. Ich hatte schwere Stürme erlebt, mich an Schlägereien am Hafen beteiligt und war einigen sehr bösen Männern begegnet. Sten Boregard schien einer von diesen zu sein, jedenfalls, wenn es nach dem Reden der Werftarbeiter ging. Ich hatte in den vergangenen Tagen besonders die Ohren gespitzt, ohne mich allerdings an ihren Gesprächen zu beteiligen. Ich musste in Karlskrona bleiben, so lange, bis Liv bereit war, mit mir fortzugehen.

Ein Klopfen holte mich aus meinem beginnenden Schlummer fort. Ich richtete mich träge auf. Wollte der Wirt irgendwas von mir? Ich ging zur Tür und bereitete mich auf das mürrische Gesicht des Mannes vor.

Doch es war eine Frau, die mich ansah. Blaue Augen, blondes Haar. Auch wenn ich es nicht zugeben wollte, ähnelte sie ein wenig meiner Mutter.

»Guten Abend«, sagte Marlene Walsted. »Ich hoffe, ich störe Sie nicht.«

Die Frau meines Vaters. Was suchte sie hier?

Mein alter Zorn kitzelte in meinem Magen, doch ich drängte ihn zurück. Ich hatte Liv versprochen, mich das nächste Mal, wenn wir aufeinandertrafen, zivilisiert zu benehmen. Ich hatte das hinbekommen, als ich zu ihr gegangen war, um Liv zu warnen. Jetzt würde es mir auch gelingen.

»Ich bringe eine Nachricht«, sagte sie, als ich ihr nicht antwortete. Ihre Hand streckte mir einen Brief entgegen. »Von Liv.«

Sie blickte mich prüfend an. Liv! Furcht schoss durch meinen Körper. Warum war sie nicht selbst gekommen? Hatte ihr Mann sie eingesperrt?

»Was ist geschehen?«, fragte ich.

»Ich nehme an, das hat sie Ihnen in dem Brief geschrieben. Ich kann nur sagen, dass sie wohl aussah, als ich sie getroffen habe.«

Sie hatte sie getroffen! Erleichterung durchzog mich. Dann war sie immerhin nicht verletzt. In den vergangenen Tagen hatte ich genug Zeit, mir alle möglichen Schrecken auszumalen.

Ich erwartete, dass sie sich verabschieden würde, doch Marlene Walsted blieb stehen und wirkte ein wenig unschlüssig. Schließlich fragte sie: »Können wir reden?«

In diesem Augenblick wollte ich nur Livs Brief lesen. Ich wollte wissen, ob sie in Sicherheit war, ob es ihr gut ging. Doch ich konnte die Frau, die mir die Nachricht überbracht hatte, nicht einfach auf dem Flur stehen lassen.

Ich nickte also und trat beiseite. In der Raummitte wandte sie sich um. Der Ausdruck in ihren Augen war ein ganz anderer als beim ersten Mal, als sie mir hier gegenübergestanden hatte. Sie wirkte jetzt nicht mehr ängstlich oder zurückhaltend, sondern beinahe wie meine Mutter, wenn sie etwas Ernstes mit mir besprechen wollte. Und das, obwohl sie halb so alt sein musste.

»Wie Sie wissen, ist Liv meine Freundin«, begann sie. »Und ich weiß, dass Sie ihr sehr am Herzen liegen. Sie sind wahrscheinlich der erste Mann, den sie ehrlich liebt.«

Diese Worte aus ihrem Mund zu hören war mir ein wenig unangenehm. Ich wusste immer noch nicht, wie ich zu dieser Frau stand. Dass sie Liv besser und auch länger kannte als ich, machte mich eifersüchtig.

»Wahrscheinlich fragen Sie sich, was ich jetzt von Ihnen will«, fuhr sie fort.

»Ja, das tue ich«, gab ich zurück.

Sie blickte mich an, gleich darauf huschte ein kaum merkliches Lächeln über ihr Gesicht. Sie stemmte die Hände in die Hüften, senkte kurz den Kopf. »Dass Sie Livs Herz erobert haben«, sagte sie dann, »bedeutet, dass Sie ab sofort auch Teil meines Lebens sind. Ich will Ihnen nicht sagen, was Ihnen blüht, sollten Sie sie schlecht behandeln. Wahrscheinlich könnte ich in dem Fall auch nicht viel ausrichten, wenngleich ich alles Mögliche versuchen würde.«

»Ich liebe sie. Ich werde sie niemals behandeln wie dieser Mistkerl!«

Die Frau nickte, dann bohrte sich ihr Blick mit einer Intensität in meine Augen, wie ich sie an ihr nicht vermutet hätte. »Ich möchte Ihnen die Möglichkeit geben, etwas über Ihren Vater zu erfahren.«

Diese Worte trafen mich überraschend, denn ich glaubte, dass es ihr nur um Liv gehen würde.

»Gleichzeitig würde ich mir wünschen, dass Sie mir etwas über Ihre Mutter erzählen. Ich will die Frau kennenlernen, die mein Mann genug geliebt hat, um mit ihr ein Kind zu haben.«

»Um ein Kind zu zeugen braucht es nicht viel«, erwiderte ich, während der alte Groll und auch die Trauer an mir nagten. »Eine Nacht, nicht mehr.«

»Für Ihre Mutter scheint es nicht nur eine Nacht gewesen zu sein.«

»Nein, das war es nicht«, gab ich zu. »Sie hat ihn ihr Leben lang nicht vergessen und gehofft, dass er zu ihr zurückkehren würde. Aber das hat er nie getan.«

Ich sah, dass dieser Gedanke ihr nicht gefiel, dennoch floh sie diesmal nicht.

»Woran ich keine Schuld trage«, sagte sie. »Ich habe ihn im Jahr 1899 kennengelernt. Bei einem Midsommar-Fest. Als ich ihn sah, wusste ich sofort, dass dies der Mann ist, mit dem ich mein Leben verbringen wollte. Ich habe mich mit meiner Familie überworfen, um seine Frau zu werden. Zu dem Zeitpunkt waren Sie schon längst auf der Welt, nicht wahr?«

Ich nickte. »Ich war damals ein junger Bursche, der gern ein Mann gewesen wäre, um meiner Mutter ein gutes Zuhause zu bieten. Ein Zuhause, das ihr der Kerl, in den sie sich verliebt hatte, nicht bieten wollte.«

»Ich kenne die Beweggründe nicht, warum Bjarne Ihre Mutter nie wieder aufgesucht hat«, sagte sie. »Ich war mir immer dessen bewusst, dass es vor mir andere Frauen in seinem Leben gegeben hat. Er hat nie darüber gesprochen. Ich weiß auch nicht, ob er auf Reisen mit anderen Frauen zusammen war. Doch er hat mir immer versichert, dass ich die Einzige sei.«

Ich konnte nicht anders, als zu schnauben. Ich wusste selbst zu gut, was Seemänner Frauen alles erzählten.

»Und vielleicht war es dumm von mir, aber ich habe ihm geglaubt«, sagte sie, ungerührt von meiner Skepsis. »Er hat mir nie einen Anlass gegeben, an ihm zu zweifeln.«

Sie machte eine kurze Pause, studierte meine Züge. Sah sie ihn in mir? Wahrscheinlich.

»Er war ein guter Mann, ein guter Kapitän. Seine Leute haben ihn gemocht, teilweise sogar verehrt. Sie wären ihm überallhin gefolgt. Genauso wie ich. Er hat nie die Hand gegen mich erhoben, und er sagte mir stets, dass er mich liebte. Der Tag, an dem ich erfuhr, dass er auf See geblieben war, war der schlimmste meines Lebens. Ich hatte das Gefühl, dass damit auch mein Leben vorbei sei.«

Sie musterte mich, als ob sie sich fragte, was ich von ihren Worten dachte. »Er mochte gern kräftiges Essen. Er hat es sogar mit Gammelrochen aufgenommen, wenn Sie wissen, was das ist.«

»Ich weiß es«, gab ich zurück, doch so sehr ich versuchte, ein Bild von ihm vor meinem geistigen Auge entstehen zu lassen – es gelang mir nicht. Ich hatte nur die Zeichnung meiner Mutter vor mir.

»Es war letztlich auch für ihn zu stark, aber dennoch ... Er hat gern neue Dinge ausprobiert. Mit ihm zusammen zu sein war wie ein großes Abenteuer. Er hat sich für so vieles interessiert und so viele Geschichten von seinen Reisen mitgebracht ...«

In ihren Augen begann es verräterisch zu glitzern. Ich hatte es mir bei unserem ersten Zusammentreffen nicht eingestehen wollen, aber auf ihrem Gesicht lag die gleiche Traurigkeit wie auf dem meiner Mutter, wenn sie von ihm sprach.

»Nun«, sagte sie, als meine Antwort ausblieb. »Vielleicht sollte ich besser gehen. Ich wollte nur, dass Sie das wissen und nicht schlecht von Ihrem Vater denken. Er hatte seine Geheimnisse, und ich hätte mir gewünscht, dass er mir von Ihnen erzählt hätte. Wenn es einen Fehler an ihm gab, dann diesen, aber der überschattet nicht, was er gewesen ist.«

Sie wandte sich um und ging zur Tür. Ich fühlte mich starr und überrumpelt, dennoch rief ich: »Warten Sie!« Sie wandte sich um, und ich sah, dass ihr Tränen in den Augen standen.

»Meine Mutter war eine gute Frau«, hörte ich mich sagen, bevor die kleine zynische innere Stimme, die ich immer im Ohr hatte, wenn es um meinen Vater ging, etwas dagegen einwenden konnte. »Ihr Name war Katerina. Sie war freundlich, liebevoll und klug. Und hübsch. Sie hatte dunkelblondes Haar und blaue Augen, war schlank, aber gleichzeitig auch kräftig.« Die Erinnerung an ihr Bild aus meiner Kindheit traf mich wie ein Schlag vor die Brust, doch ich konnte meine Trauer zurückhalten.

»Nie habe ich sie ein schlechtes Wort über meinen Vater verlieren hören. Es war als hätte sie … Verständnis für sein Ausbleiben gehabt. Sie hat viel entbehrt, um mich aufzuziehen. Manchmal habe ich sie nachts weinen hören und gewusst, dass die Leute ihr wieder einmal das Leben schwer gemacht hatten. Wegen mir. Wegen ihrer Entscheidung, keinen anderen Mann zu heiraten. Hin und wieder warb einer von ihnen um sie, Männer, die nichts dagegen hatten, dass sie einen Sohn mit in die Ehe brachte. Sie blieb standhaft.«

Ein Lächeln erschien auf ihrem Gesicht. »Danke«, sagte sie dann. »So habe ich eine kleine Vorstellung von ihr.«

»Als sie jung war, hat sie Ihnen wohl ein wenig ähnlichgesehen. Mein Bild von ihr verwischt jeden Tag etwas mehr, aber an so vieles erinnere ich mich noch.«

Während ich sprach, spürte ich, wie die harte Mauer, mit der ich sie und meinen Vater umgeben hatte, bröckelte.

»Hier«, sagte ich und eilte zu der Kommode, in der ich meine wenigen Sachen aufbewahrte. »Nehmen Sie das.«

Ich reichte ihr die Zeichnung.

Als sie sein Gesicht sah, presste sie die Hand auf den Mund, doch das Schluchzen konnte sie nicht zurückhalten.

»Haben Sie das gezeichnet?«, fragte sie, und die Tränen quollen jetzt über und benetzten ihre Wangen.

»Meine Mutter«, antwortete ich. »Sie konnte viel besser zeichnen als ich.«

Die Hände der Frau zitterten leicht, während sie das Bild betrachtete. Ich spürte deutlich, welchen Sog es auf sie ausübte.

»Behalten Sie es«, sagte ich. »Ich habe keine Verwendung dafür.«

»Aber er …«

»Ich habe noch eine Zeichnung. Aber selbst, wenn diese eines Tages verloren geht: Ich sehe ihn in meinem Gesicht. Das reicht.«

126

Marlene

Während der Zug über die Schiene flog, versank ich in der Zeichnung, die auf meinem Schoß lag. Ich bekam nicht mit, wo wir uns gerade befanden, nahm auch meine Mitpassagiere nicht wahr. Ich konnte nur dieses Gesicht sehen, das Gesicht meines Bjarne, wesentlich jünger, als ich es gekannt hatte, aber dennoch unverkennbar.

Trauer und Freude tanzten wie ein ungleiches Paar durch meine Brust. Es war seltsam, Bjarne so jung zu sehen. Es war ein Bild, das ich von ihm nicht kannte. Die Zeit hatte ihm Narben und Falten zugefügt, die See hatte seine Haut gegerbt. Doch hinter dem Bart, den er manchmal abrasiert hatte, war immer dieses Gesicht gewesen. Diese Lippen, die mich so leidenschaftlich und doch so zart geküsst hatten.

Das war das Gesicht, in das sich Alexejs Mutter verliebt hatte. In das ich mich verliebt hätte, wenn ich ihn damals schon gekannt hätte. Aber als Alexej entstand, war ich ein kleines Kind, das von der Welt noch nichts wusste.

Das Gespräch mit Alexej war gut gewesen. Ich konnte zwar weder herausfinden, wie sich Bjarne und Alexejs Mutter kennengelernt hatten, noch konnte ich die Frage abschließend beantworten, ob er von ihm gewusst haben könnte. Alexej selbst war von seiner Mutter im Unklaren gelassen worden. Aber es war schön, über ihn zu sprechen.

Seinem Sohn etwas mitzugeben, das nur ich wusste. Ich konnte die Dinge, wie sie waren, jetzt akzeptieren.

Gleichzeitig hatte es mir erneut das Herz entzweigerissen. Nicht wegen des Umstandes, dass Bjarne einen Sohn hatte, sondern, weil an ihm so vieles war, das zu Bjarne gehörte. Er war sanftmütig, aber gleichzeitig energisch, in seinen Worten lag ein feiner Humor, gleichzeitig hatte ich ihn aber auch schon aufbrausend erlebt. Bjarne hatte mir gegenüber nie das Wort oder die Hand erhoben, aber ich hatte ihn gegen andere zornig gesehen, so zornig, dass ich ihn fortzerren musste, damit er nichts Schlimmeres anstellte.

Die Kunstfertigkeit mit dem Zeichenstift und diese besondere Sanftheit, die er unter seiner Männlichkeit versteckte, hatte Alexej wohl von seiner Mutter geerbt. Während ich ihm gelauscht hatte, war ich zu dem Schluss gekommen, dass ich sie wahrscheinlich gut hätte leiden können. Doch wenn ich von ihr gewusst hätte, hätte ich vor Eifersucht nicht in den Schlaf gefunden.

Aber das war alles vorbei. Alexejs Mutter war tot, sein Vater war tot. Möglicherweise sahen sie einander im Himmel wieder. Das versetzte mir einen kleinen Stich, aber wenn ich näher darüber nachdachte, gönnte ich es ihr. Ich hatte ihn für meine Zeit gehabt, und wenn die Ewigkeit für mich kam, wer weiß …

Als wir Nättraby erreichten, machte ich mich so rasch wie möglich auf den Weg zum Rosenhag. Ich war gespannt, wie Lucia auf den Vorschlag reagieren würde, Frieda Sundalöw zu besuchen. Außerdem würden wir Vorkehrungen für die Fahrt nach Karlskrona treffen müssen.

Und dann war da noch Torben. Ihn mit der anderen Frau zu sehen, hatte mich bis ins Mark getroffen. Sigrun, die krank geworden war, hatte er abgeschoben, nur um sich gleich die Nächste zu angeln. Was hatte er dieser Frau erzählt? Dass er sie heiraten würde, sobald Sigrun tot war?

Ich war außer mir gewesen vor Zorn, und doch hatte ich mich

nicht von meiner Bank rühren können. Ich hätte die Unbekannte warnen sollen. Ihr sagen, was auf sie zukam, sobald sie im Haus dieses Mannes war. Aber hätte sie mir geglaubt? Wo auch Sigrun so schwer von ihm abzubringen war …

Wie sollte ich es ihr nur mitteilen?

»Frau Walsted!«, hörte ich da eine Stimme hinter mir, begleitet vom Quietschen einer Fahrradbremse.

Dr. Hellström hielt neben mir an. Sein Gesicht wirkte gerötet, Schweißperlen standen auf seiner Stirn. Was hatte er hier zu suchen?

»Guten Abend, Herr Doktor«, sagte ich. »So spät noch unterwegs?«

»Ich war bei einer Geburt. Eine der Bauersfrauen hat Zwillinge bekommen.«

»Das war sicher ein gutes Stück Arbeit.«

»Da sagen Sie was!« Er wischte sich über die Stirn. »Wie geht es der jungen Dame in Ihrem Haus?«

»Sie meinen Lu…« Ich stockte. Es war besser, wenn der Arzt Lucias richtigen Namen nicht kannte. So brauchte er die Polizei nicht belügen. »Cäcilia«, vervollständigte ich den Satz und verfluchte mich für mein unsicheres Lachen. Doch Hellström schien nichts zu bemerken.

»Es geht ihr besser«, sagte ich. »Bislang ist ihr nicht mehr übel geworden.«

»Das freut mich. Die ersten Monate einer Schwangerschaft sind manchmal nicht einfach. Aber danach gibt es sich meist.«

Er schaute mich abwartend an. Ein beunruhigender Gedanke kam mir. Hatten die Polizisten auch bei ihm nachgefragt? Da er Lucia gesehen hatte, konnte er sie wahrscheinlich auch auf den Fotos identifizieren.

»Wir haben noch eine weitere Frau im Haus aufgenommen«, sagte ich, um von Lucia abzulenken. »Ich kenne sie schon eine ganze Weile und wusste, dass sie sich unwohl fühlt. Ihr Arzt meinte, dass sie schwer krank sei. Er vermutet, dass es Krebs ist. Als der Ehemann davon erfuhr, hat er sie aus dem Haus geworfen.«

»Was für ein Mistkerl!«, entfuhr es dem Mediziner. »Pardon, so rede ich normalerweise nicht, aber ...«

»Sie haben vollkommen recht«, gab ich zurück. »Er ist ein Mistkerl. Er hat sie regelmäßig verprügelt, doch sie konnte sich nicht von ihm lösen. Und jetzt ...« Ich presste die Lippen zusammen. Hätte Sigrun etwas dagegen, dass ich mit ihm über sie sprach? Doch es war zu spät zurückzurudern.

»Soll ich mir die Dame mal anschauen?«, fragte Hellström. »Es wird nicht von Schaden sein, wenn es eine zweite Meinung gibt.«

Ich wusste, dass ich nicht in der Position war, über Sigruns Gesundheit zu befinden, solange sie nicht vor mir zusammenbrach oder mich bat. Aber was würde es ausmachen, wenn ich ihn zum Essen einlud? Wir hatten nicht viel, aber daran würde er möglicherweise keinen Anstoß nehmen. Doch da war Lucia ...

Hellström erkannte mein Zögern und erriet auch den Grund. »Sie wollen nicht für sie entscheiden, nicht wahr?«

»Ganz richtig.«

»Und wenn ich einfach mal vorbeikomme, wegen Fräulein Cäcilia?«

Dagegen konnte Sigrun nichts einwenden. Wir brauchten den Arzt, wenn wir hier überleben wollten. Der Wald konnte viel für einen tun, er schenkte uns Kräuter und gute Luft. Aber manchmal reichte das nicht, um zu gesunden.

»Das ist eine wunderbare Idee!«, sagte ich und versuchte, nicht zu gepresst zu klingen. »Kommen Sie am Wochenende. Sonntag vielleicht, wenn es Ihnen nichts ausmacht.«

Dr. Hellström lächelte. »Es macht mir nichts aus.«

»Also, dann bis Sonntag«, sagte ich, worauf er sich wieder auf sein Rad schwang. Ich wollte schon weitergehen, da blieb er stehen und wandte sich noch einmal nach mir um.

»Und sagen Sie der jungen Frau, dass Sie von mir nichts zu befürchten hat«, sagte er, und ich wusste, dass er damit Lucia meinte. »Als Arzt unterliege ich der Schweigepflicht.«

Mit diesen Worten radelte er davon.

127

Liv

Der Besuch bei Frieda hatte meine Zuversicht ein wenig gestärkt. Zwar wusste auch sie keinen Rat, wie die Scheidung beschleunigt werden konnte, aber sie hatte mir zugesichert, dass sie einen neuen Anwalt für mich finden würde.

»Ich könnte dich vorübergehend auch bei mir aufnehmen«, hatte sie angeboten, doch ich hatte abgelehnt. Ich hatte meinen Zufluchtsort im Rosenhag. Aber es war gut zu wissen, dass ich in Karlskrona jemanden auf meiner Seite hatte.

Zwar war Frieda mit Nanna bekannt, aber sie hatte mir versichert, dass sie ihr gegenüber Stillschweigen bewahren würde. Wie viel von ihrem Versprechen zu halten war, würde ich sehen.

Nun lag der Abend vor mir und damit ein neuerliches Zusammentreffen mit Sten. Lieber wäre ich zu Alexej gegangen. Aber in den vergangenen Stunden war etwas in mir erwacht. Wegzulaufen würde mich in Stens Augen schwach erscheinen lassen. Das wollte ich nicht. Trotz stieg in mir auf, der Wille, nicht zu weichen. Er wollte mir nicht die Freiheit schenken, also würde ich ihm nicht mehr meine Schwäche schenken.

Tatsächlich war Sten bereits zu Hause. Er lehnte über dem Treppengeländer und rief nach Astrid, die ihm einen Tee bringen sollte.

Als er mich sah, richtete er sich auf.

»Hattest du einen guten Tag?«, fragte er mit scheinheiliger Freundlichkeit.

»Ja, danke«, sagte ich. »Ich habe Frieda einen Besuch abgestattet. Und Nanna getroffen.«

»Wie schön!«, gab er zurück, und mir entging nicht das böse Blitzen in seinen Augen, während sein Mund lächelte wie eine Fratze, die auf einem Jahrmarktskarussell aufgemalt war. »Dann ist dir diese Gesellschaft also doch nicht egal, wie?«

Wie Eis durchzogen mich seine Worte. Ich wusste, dass ich an ihm vorbeimusste, wenn ich nach oben wollte.

»Ich habe heute mit Hugo gesprochen«, fuhr er fort. »Es gibt eine interessante Entwicklung. Aber wahrscheinlich weißt du schon davon.«

Er blickte mich abwartend an. Ich schüttelte leicht den Kopf. Was meinte er?

»Ah, ich vergaß, dass Nanna ja zunächst nicht mehr mit dir reden wollte. Nur Hugos gutem Zureden hast du es zu verdanken, dass sie sich wieder mit dir abgibt.«

Darauf hätte ich auch verzichten können. »Wollen wir das nicht lieber unter vier Augen besprechen?«, fragte ich, denn aus dem Augenwinkel hatte ich Astrid ausgemacht, die mit dem Tablett in der Hand im Durchgang stehen geblieben war.

»Warum denn? Unsere Dienstboten lauschen ja ohnehin an unserer Tür und wissen alles.«

Ich blickte zur Seite, wo Astrid sich weiter in den Schatten zurückzog und dann wieder in der Küche verschwand.

Da er keine Anstalten machte herunterzukommen, stieg ich die Treppe hinauf. Dabei konnte ich mich einer gewissen Furcht nicht erwehren. Was, wenn er mir einen Stoß versetzte? Wenn die Richter ihm gegenüber schon wohlwollend waren, wenn er zwanzig Leute auf dem Gewissen hatte, konnte er meinen Tod auch als bedauerlichen Unfall erscheinen lassen.

Ein paar Stufen unter ihm verharrte ich.

»Also, sagst du mir, was es gibt?«, fragte ich. »Oder sollen wir stundenlang im Treppenhaus stehen und so tun, als würde es uns kümmern, wie der Tag des jeweils anderen ausgesehen hat?«

Stens Augenbrauen zuckten leicht. Worte wie diese war er nicht von mir gewohnt. Aber was hatte ich zu verlieren?

»Hugo erzählte mir von einem Projekt, an dem er sich beteiligt.«

Mein Körper spannte sich an.

»Es geht um eine Stromtrasse, die nach Nättraby führen soll. Er fragte mich, ob ich bereit wäre, das Haus, das du von deinem Vater geerbt hast, zu verkaufen, um der Gesellschaft den Weg zu ebnen, aber ich musste leider zugeben, dass ich das Grundstück an eine Gaunerin verloren hatte.«

Der Reflex, Marlene zu verteidigen, lag mir auf den Lippen, doch Sten ließ mir nicht einmal Zeit, um Luft zu holen.

»Es ist unter seiner Würde, mit dieser Frau zu reden, aber sie ist ja dank dir nun die Besitzerin. Deshalb hat er deinen Onkel kontaktiert. Der wiederum sagte, du hättest abgelehnt. Also bleibt der Gesellschaft wohl nichts anderes übrig, als sie enteignen zu lassen.«

»Das kann sie nicht einfach so«, gab ich zurück. »Marlene wird einen Anwalt einschalten.«

»Diese Hungerleiderin?« Sten schnalzte mit der Zunge. Er genoss es sichtlich, die Frau, die ihn hinter Gitter gebracht hatte, kleinzumachen. »Sie wird damit nicht durchkommen, egal wie viel Geld sie aufwendet. Es wäre besser, wenn sie an deinen Onkel verkaufen würde und verschwindet. Sonst könnte es möglicherweise wirklich schlimm für sie werden.«

Er machte eine Pause und prüfte die Wirkung, die seine Worte auf mich hatten. Doch es gelang mir, meine Angst zu verbergen. Ich wusste von der möglichen Enteignung. Aber ich glaubte nicht daran, dass sie so leicht durchzusetzen war.

»Wieso interessierst du dich eigentlich so sehr für Marlene?«, fragte ich. »Du könntest sie doch einfach vergessen.«

»Vergessen?«, fragte er spöttisch, dann verfinsterte sich sein Blick.

Sein Körper schnellte vor, und ehe ich ausweichen konnte, packte er mich. »Ich werde nie vergessen, was sie mir angetan hat! Und wenn ich die Gelegenheit habe, sie von hier vertreiben zu lassen, werde ich sie ergreifen!«

128

Marlene

»Ist sie wirklich in Ordnung?«, fragte Lucia, während wir durch die abendlichen Straßen Karlskronas huschten. Sie trug eines meiner schwarzen Arbeitskleider, die Haare unter einem Tuch verborgen. Wenn man ihr nicht allzu genau ins Gesicht schaute, würde man sie nicht als die Gesuchte erkennen, sondern eher für eine gramgebeugte Witwe halten.

»Ich hoffe es«, sagte ich, obwohl ich wusste, dass das nicht die Antwort war, die sie jetzt brauchte. Doch ich konnte ihr keine Garantie geben, dass alles gut gehen würde. »Sie war zwar ein wenig seltsam, machte aber einen ehrlichen Eindruck.«

Lucia nickte und senkte den Kopf. Ich hatte ihr geraten, nicht zu sehr darauf bedacht zu sein, ihr Gesicht zu verstecken. Das würde nur Misstrauen hervorrufen, und wer konnte schon sagen, wo dieser Kommissar überall vorgesprochen hatte?

Västerudd wirkte am Abend noch verschlafener als bei Tage. Viele der eleganten Villen waren mittlerweile hell erleuchtet, hin und wieder sahen wir jemanden, der seinen Hund spazieren führte. Hinter den Fenstern huschten Dienstboten vorbei, hier und da erblickte man einen Hausherrn, der von der Arbeit kam.

In Stockholm hatte ich bereits Automobile gesehen, doch es erstaunte mich, hier einige dieser Fahrzeuge am Straßenrand oder auf den Auffahrten zu sehen. In der Innenstadt herrschten immer noch die Droschken vor.

Ein paar Häuser vor unserem Ziel blieben wir stehen. Ich wollte sicher sein, dass sich keine Polizei dort herumtrieb. Es war natürlich auch möglich, dass sie im Salon der Hausherrin warteten. Für diesen Fall hatte ich Lucia geraten, die Beine in die Hand zu nehmen.

»Weißt du, es ist merkwürdig«, sagte Lucia leise neben mir, während sie ihr Tuch richtete. »Eigentlich komme ich aus einer Gegend wie dieser. Aber nirgendwo könnte ich mich fremder fühlen als hier.«

»Wir werden hoffentlich nicht lange bleiben«, sagte ich.

»Tust du mir einen Gefallen, Marlene?«, fragte sie.

Ich blickte sie an. Sie war noch blasser als vorhin, als wir aus dem Zug gestiegen waren, und ich spürte, dass sie zitterte.

»Welchen denn?«, fragte ich.

»Egal, was gleich geschieht ... Sollte ich verhaftet werden, gibst du dann bitte dem Vater meines Kindes Bescheid?«

Ich zog überrascht die Augenbrauen hoch. »Du sagtest doch, dass es kompliziert ist.«

»Das ist es wirklich«, erwiderte sie. »Allerdings nicht so, wie du vielleicht denkst. Ich bin diejenige, die ihre Freiheit nicht aufgeben wollte. Er würde zu mir stehen, das weiß ich.«

Sie schaute mich bittend an.

»Also gut«, sagte ich, worauf sie einen Zettel aus ihrer Rocktasche zog.

»Hier. Sein Name ist Sander. Sander Holmsby. Wenn sie mich ins Gefängnis stecken, muss er für unser Kind sorgen.«

»In Ordnung«, sagte ich. »Aber meintest du nicht, dass er von dem Kind gar nichts weiß?«

»Dann muss er es eben auf diese Weise erfahren.«

Sie drückte mir den Papierstreifen in die Hand. Eine Stockholmer Adresse stand darauf.

Ich blickte auf. »Und wenn du davonkommst?«, fragte ich. »Wenn du freigesprochen wirst oder es einen anderen Weg gibt …« Ich wusste nicht, welchen, aber ich konnte mir vorstellen, dass Frieda vielleicht eine Lösung fand. »Wirst du ihm dann auch Bescheid geben? Ihm sagen, dass er Vater wird?«

Lucia rang einen Moment lang mit sich, schließlich nickte sie. »Ja. Ich werde es ihn wissen lassen. Aber egal, wie er darauf reagiert, ich werde es notfalls auch allein schaffen.«

Mir gefiel ihre Entschlossenheit, doch was würde sie tun, wenn sie ins Gefängnis musste und er das Kind nicht haben wollte?

Sie schien mir diese Frage anzusehen, denn sie sagte: »Darf ich dich noch um einen weiteren Gefallen bitten?«

Ich ahnte, worauf sie hinauswollte, und sagte: »Ja.«

»Wenn Sander nicht … ich meine, wenn er nicht zu dem Kind stehen will, würdest dann du …?«

Es war immer schon mein Wunsch gewesen, ein Kind zu haben. Ein Kind mit Bjarne. Vielleicht auch eines mit Oskar, obwohl ich daran lieber noch nicht denken wollte.

»Ich werde dafür sorgen, dass es deinem Kleinen gut geht«, versprach ich ihr. »Aber bevor wir solche Pläne schmieden, sollten wir erst einmal mit Frieda Sundalöw sprechen.«

Ich drückte ihr die Hand, dann zog ich sie mit mir über die Straße. Mittlerweile war es beinahe Nacht, die letzten Passanten waren verschwunden. Unter leisem Quietschen öffnete ich das Gartentor, was uns das Bellen eines Hundes in der Nachbarschaft einhandelte. Bemüht, keinen weiteren Lärm zu machen, huschten wir den Weg entlang. Was hatte der Gärtner gesagt? Der Dienstboteneingang sei hinten herum?

Wir umkreisten das Haus, wobei ich auf Stimmen oder andere Geräusche lauschte. Doch alles war still. Auch der Hund beruhigte sich rasch wieder.

Vor der Hintertür blieben wir stehen. Jetzt wäre noch Zeit gewesen, um es sich anders zu überlegen und zu verschwinden. Ich blickte zu Lucia. Wenn sie nun das Weite suchte, würde ich sie wohl kaum halten können. Doch sie reckte sich und atmet tief durch.

»Wollen wir?«, fragte sie, und ich zog die Glocke.

129

Liv

Während ich am Fenster stand und auf den Garten hinausschaute, waren meine Gedanken bei Marlene und Lucia. Ein Blick auf die Uhr hatte mir gezeigt, dass sie jetzt bei Frieda sein mussten.

Es war vernünftig, dass die junge Frau eine Lösung ihres Problems suchte, aber ich wusste nicht, inwiefern Frieda ihr helfen konnte. Ja, sie hatte Anwälte unter ihren Bekannten, aber letztlich würden diese das Gesetz nicht beugen können.

Seufzend wandte ich mich um und ließ mich aufs Bett sinken.

Der gestrige Abend mit Sten hatte mich mehr Energie gekostet, als ich erwartet hatte. Wieder und wieder war er darauf zurückgekommen, dass dem Rosenhag die Enteignung bevorstand. Er hatte sich heiß geredet in seinen Fantasien, was dann mit Marlene und den anderen passieren würde. Er hatte Ingrid gesehen, er wusste, dass Sigrun dort Schutz gesucht hatte. Lucia kannte er nicht, worüber ich sehr froh war. Er hätte sie wahrscheinlich sofort der Polizei übergeben, nur um zu zeigen, wie rechtschaffen er doch war. Gerade er …

Ab einem bestimmten Punkt hatte ich ihm nicht mehr zugehört und festgestellt, dass ich das schon viel eher hätte tun sollen. Vieles von dem, was er gesagt hatte, hatte über Jahre meine Gedanken vergiftet, dafür gesorgt, dass ich mich ungenügend gefühlt hatte.

Allein das war in meinen Augen schon Grausamkeit gewesen, die eine Scheidung rechtfertigte.

Mein Blick streifte die Schreibtischunterlage, auf der noch immer Tintenflecke von dem Brief klebten, den ich eigentlich an meinen Onkel schreiben wollte. Ich hatte ihn bitten wollen, die Herren von der Elektrizitätsgesellschaft zum Rosenhag zu schicken, wenn sie sich mit dem Kaufansinnen wieder an ihn wandten. Ich verstand ohnehin nicht, warum die Gesellschaft uns noch nicht direkt kontaktiert hatte. Aber vielleicht war es so, wie Sten gesagt hatte: dass Hugo und seine Freunde sich zu fein waren, mit einer Frau zu sprechen, die den Ruin eines ihrer Kumpane in Gang gesetzt hatte.

Schließlich hatte ich die Versuche eines Briefes allesamt zerrissen und in den Kamin befördert. Carl von Wik würde es egal sein, was ich wünschte.

Ich starrte in die Dunkelheit vor dem Fenster. Unruhe wütete in mir, aber auch etwas anderes. Ich sehnte mich so sehr nach Alexej! Ich war sicher, dass Marlene den Brief übergeben hatte. Doch würde er der Bitte, die ich an ihn gestellt hatte, auch nachkommen?

Ich schritt zur Tür, öffnete und lauschte auf den Gang hinaus. Da Sten wieder zu Hause war, brannte, wenn auch gedimmt, im Treppenhaus ständig das Licht. Auf diese Weise brauchte Sten nur aus der Tür zu schauen, wenn er ein Geräusch hörte, das zu der abendlichen Ruhe nicht passte.

Ich zog mich wieder in mein Zimmer zurück. Sollte ich es wagen?

Alexej wusste, dass es viele Hindernisse bei unserem Vorhaben gab. Aber alles zog mich zu ihm. Ich brauchte ihn, damit er mich hielt, damit er mich tröstete. Damit ich spürte, dass jemand mich liebte. Das alles brauchte ich nach diesen beiden Tagen so sehr!

Einen Moment noch blieb ich zögernd an der Tür stehen. Wenn Sten von meiner Affäre wusste, wenn Nanna ihm erzählt hatte, dass ich mit einem jungen Mann gesehen worden war, was wollte er tun? Er hatte mir doch deutlich gemacht, dass er sich nicht scheiden lassen wollte! Warum ging ich also nicht zu ihm, wenn sich die

Gelegenheit bot? Wer konnte schon sagen, wann ich ihn sonst wiedersehen würde?

Ich holte tief Luft, dann schlich ich auf Zehenspitzen zu meinem Kleiderschrank. Für diesen Gang brauchte ich Kleidung, in der ich nicht auffiel.

130

Marlene

Die Augenblicke dehnten sich endlos. Da die Tür nicht sofort geöffnet wurde, waren die Dienstboten entweder fort oder gerade noch mit den abendlichen Tätigkeiten im Haus beschäftigt.

Ich überlegte, ob ich ein zweites Mal läuten sollte. Frieda Sundalöw hatte gesagt, dass ihr Mann zu dieser Zeit schon schlafen würde. Aber stimmte das? Drang das Läuten an der Dienstbotentür vielleicht auch bis in die herrschaftlichen Räume?

Die Verzögerung gefiel auch Lucia nicht. Unruhig trat sie von einem Bein aufs andere.

»Und wenn sie gar nicht da ist?«, fragte sie und blickte nach oben zu den erleuchteten Fenstern.

»Dann hätte sie sicher nicht das Licht angelassen.« Brauchten die Polizisten so lange, um durch das Haus zu kommen? Ich blickte über die Schulter zu dem Gebüsch. Wenn wir querfeldein rannten und über den Zaun kletterten …

Im nächsten Augenblick wurde die Tür aufgerissen. Ein Mann im dunklen Anzug erschien. Erschrocken machte ich einen Satz zurück.

Es war nicht der Kommissar, der mir die Fotografie gezeigt hatte. Der Mann hatte blondes Haar, war glatt rasiert, und seine blauen Augen wurden von der Brille, die er trug, leicht vergrößert. Doch er wirkte mindestens ebenso streng wie der Polizist.

»Aha, das sind also die beiden«, sagte er mit einem harten Akzent in der Stimme.

Lucias Körper spannte sich. Als sie schon im Begriff war loszulaufen rief der Mann: »Tun Sie das besser nicht. Kommen Sie herein!« Er trat beiseite.

Ich wechselte mit Lucia einen kurzen Blick. War das das Ende? Ihres und auch meines, wenn sich herausstellte, dass ich für sie gelogen hatte …

»Lassen Sie sich von Gernot nicht einschüchtern«, ertönte Frieda Sundalöws Stimme hinter ihm. »Er ist Deutscher und wirkt gefährlicher, als er ist.«

Im nächsten Augenblick tauchte sie vor uns auf. Sie trug eine weiße Bluse und einen grauen Rock und sah aus, als wollte sie einen Spaziergang machen. Handelte es sich bei dem Mann um ihren Gatten?

Als ich sie fragend ansah, erklärte sie: »Gernot ist ein Freund der Familie und Anwalt. Ich wollte eigentlich erst einmal mit Ihnen sprechen, doch als ich ihm von Ihnen erzählte, wollte er Sie sehen.«

Ich blickte zu dem Mann. Seine Miene wirkte keinen Deut freundlicher. Gab er sich nur einen strengen Anschein, oder konnte er nicht anders? Zögerlich traten wir ein. Mit was für merkwürdigen Leuten umgab sich Frieda Sundalöw?

Wir folgten ihr in die Küche, in der noch immer der Duft des Abendessens hing. Die Köchin hatte Speisen, die übrig geblieben waren, mit Wachstüchern abgedeckt und beiseitegestellt. Der lange Küchentisch, an dem wahrscheinlich die Bediensteten aßen, war sauber geschrubbt, ebenso der Fußboden. Der große eiserne Herd strahlte nur noch wenig Wärme ab.

»Sie sind also die Tochter von Geheimrat Bergström«, stellte der Mann fest, als wir uns gesetzt hatten.

Geheimrat? Ich blickte zu Lucia und sah, dass sie rot wurde. Das hatte sie uns also auch verschwiegen.

»Ha, ein feines Fressen für die Presse wäre das!«, fuhr Gernot, dessen Nachnamen wir immer noch nicht kannten, fort. »Wissen Sie eigentlich, was Sie Ihrem Vater gerade antun?«

Trotz stieg in Lucias Blick. »Und weiß er, was er mir antun will?«, gab sie zurück.

Damit hatte der Anwalt nicht gerechnet. Er blickte zu Frieda Sundalöw und sagte: »Und da dachte ich, nur ihr seid so schlimm. Aber je jünger ihr werdet, desto unbändiger seid ihr.«

»So ist es eben, wenn man ein jahrtausendealtes Joch abwerfen will«, gab Frieda Sundalöw beinahe geschmeichelt zurück.

»Mein Vater will mich in eine Anstalt stecken«, sagte Lucia. »Und das nur, weil ich …« Sie stockte. Offenbar fiel es ihr gegenüber einem Mann, der kein Arzt war, nicht so leicht, von ihrem Zustand zu sprechen.

»Ihr Vater wird vor allem wollen, dass der Skandal ihn nicht seinen Posten kostet«, erwiderte der Anwalt. »Sich gegen einen Polizisten zur Wehr zu setzen war sehr dumm.«

»Aber was hätte ich tun sollen? Sie wollten uns in einen Pferdewagen verfrachten. Und Sie haben keine Ahnung, wo der Kerl seine Hände hatte! Meinem Vater würde es auch nicht gefallen, dass er mir an die Brust gegriffen hat.«

Frieda sog scharf die Luft ein. Ich fand, dass Lucia durchaus im Recht gewesen war, diesem Mann eins überzuziehen.

Der Anwalt schwieg darauf erst einmal.

»Eigentlich weiß jede Frau, die sich auf dieses Terrain begibt, was ihr blühen kann«, sagte er dann. »Es ist ein gefährliches Unterfangen, eine Struktur einzureißen, die seit Menschengedenken Bestand hat.«

»Die Unterdrückung der Frauen?«, sagte Lucia zornig.

»Ja, genau das. Schauen Sie in die Geschichte zurück! Nehmen Sie etwa die Zwangsehen im Mittelalter oder Hexenprozesse in der frühen Neuzeit: Männer sind es gewohnt, zu herrschen und zu bestimmen. Deshalb werden sie es nicht zulassen, dass Frauen ihnen den Platz streitig machen.«

»Wir wollen ihnen nichts streitig machen«, sagte Lucia. »Wir wollen nur auf demselben Boden stehen wie sie. Wir sind nicht dümmer oder schwächer. Die meisten Frauen sind nur weniger gebildet und mögen vielleicht keinen Balken auf den Schultern tragen können, aber sie gebären Kinder. Jeder sollte wissen, dass das eine der anstrengendsten Tätigkeiten ist, die es gibt.«

Unbewusst berührte Lucia ihren Bauch, eine Geste, die Frieda Sundalöw bemerkte und möglicherweise auch der Mann vor uns.

Was er und Lucia gesagt hatten, elektrisierte mich. Ja, das Unrecht gegenüber Frauen schien sehr tief zu sitzen. Umso wichtiger war es, dass wir zusammenhielten. Dass wir etwas dagegen taten. Und wenn es auch noch so wenig war.

»Nun könnte ich mit der Bibel anfangen«, erwiderte Gernot, »und der Geschichte, dass die Frauen die Kinder durch die Erbsünde Evas mühsam gebären müssen. Aber so ein Mensch bin ich nicht. Ich bin pragmatisch und mir der Kraft und der Intelligenz der Frauen bewusst. Sonst wäre ich wohl kaum mit dieser Person hier befreundet.«

Frieda versetzte ihm einen spielerischen Schlag auf den Arm.

»In Ihrem Fall ist es nicht ganz einfach, eine Lösung anzubieten«, sagte er dann, und ich staunte darüber, welche Wandlung sich bei ihm vollzog. Zuerst hatte er bedrohlich, dann merkwürdig gewirkt, doch allmählich begann ich, Vertrauen zu ihm zu fassen. War das seine Strategie, mit der er Gegner im Gerichtssaal verwirrte?

»Sie müssen sich darüber im Klaren sein, dass eine Tat wie Ihre, auch wenn sich der Polizist nur blaue Flecken oder eine Platzwunde zugezogen hat, als Angriff auf den Staat gewertet werden kann. Eigentlich ist es ein Kavaliersdelikt, aber Suffragetten werden zunehmend als Bedrohung der gesellschaftlichen Ordnung angesehen. Von daher könnte eine Strafe von mehreren Monaten bis zu einigen Jahren Haft verhängt werden. Dazu kommt noch, dass Ihr Vater darüber entscheiden könnte, was danach mit Ihnen geschieht.«

Also hatte Lucia ihre Lage richtig eingeschätzt.

»Doch ich denke, dass es eine Möglichkeit gäbe, Sie so lange aus der Sache herauszuhalten, bis Gras darüber gewachsen ist«, fuhr der Anwalt fort. »Allerdings müssen Sie sich auf einen langen Aufenthalt von bis zu zehn Jahren einstellen. Es sei denn, es kommt zu einer Generalamnestie.«

Ich blickte zu Lucia. Zehn Jahre! Und das alles nur, weil sie für Frauenrechte gekämpft hatte!

»Und was für eine Möglichkeit wäre das?«, fragte ich.

Der Anwalt schaute mich an, als wäre er darüber verwundert, dass ich auch noch da war. Tatsächlich hatte er sich bislang nur auf Lucia konzentriert.

»Eine, die Ihrem Vorhaben ganz ähnlich ist, wenn mich meine Freundin hier richtig informiert hat. Wenn auch mit besseren finanziellen Mitteln ausgestattet.«

Ich blickte ein wenig verstimmt zu Frieda Sundalöw. Hatte sie ihm erzählt, dass wir Hungerleider waren?

»In der Schweiz gibt es eine Gemeinschaft, die sich einem reformistischen Lebensstil verschrieben hat«, fuhr er fort. »Mein Bekannter Karl Gräser hat sie mit einem Freund aus Belgien auf die Beine gestellt. *Monte Verità* ist ihr Name. Die Mitglieder praktizieren ein sehr einfaches Leben, wenden sich neuen Ernährungsformen zu und pflegen eine freidenkerische Kultur. Das könnte für Sie von Vorteil sein. Da es dort Adepten aus verschiedenen Ländern gibt, würden Sie nicht einmal auffallen. Sie wären eine von vielen.«

»In der Schweiz«, sagte Lucia mit leichtem Unwohlsein in der Stimme. Dachte sie daran, wie weit entfernt sie dann von ihrem Liebsten sein würde?

»Ganz richtig.«

»Und die Leute dort würden mich aufnehmen?«

»Nun, wenn es Sie beruhigt, es sind viele Nonkonformistinnen dort. Auch eine Schwangerschaft würde kein Problem darstellen, ganz im Gegenteil.« Ein wissender Ausdruck huschte über sein Gesicht. »Sie dürfen nur kein Problem damit haben, Gemüse zu essen,

Körperertüchtigung zu betreiben und hin und wieder ein paar nackte Leute zu sehen.«

Ich konnte mir ein Lachen nicht verkneifen. Es erschien mir sehr ulkig, dass es eine Gemeinschaft gab, in der man nackt herumlief.

»Natürlich sind Sie nicht gezwungen, ebenfalls nackt zu baden. Aber wenn Sie wollen?«

Der Anwalt nahm seine Brille von der Nase und putzte sie. Ich weiß nicht, ob das unbedingt nötig war, oder ob er die Pause, die er einlegte, noch ein wenig dramatischer gestalten wollte. »Also, was sagen Sie?«

131

Liv

Ein ängstliches, aber gleichzeitig erregtes Kribbeln zog durch meinen Körper. Ich konnte nicht glauben, dass ich das Haus hinter mir gelassen hatte – mit Sten darinnen!

An der Gartenpforte angekommen, schaute ich mich noch einmal um. Es war wie damals, als ich zu Oskar Andersson gegangen war, um mit ihm über Marlene zu sprechen. Auch damals hatte Sten nichts bemerkt. Und jetzt … Möglicherweise war er an seinem Schreibtisch eingeschlafen. Oder er lag schon in den Federn. Ich hatte mir nicht die Mühe gemacht nachzusehen.

An diesem Abend erschien mir der Geruch, der vom Meer in die Stadt drang, noch präsenter als sonst. Überhaupt fühlten sich meine Sinne schärfer an.

Lag das daran, dass ich im Haus wachsamer war?

Bislang hatte Sten mich nicht ein einziges Mal berührt oder war mir anderweitig nahe gekommen. Doch seine Anwesenheit allein war drohend, möglicherweise noch schlimmer als früher. Ich hatte noch immer keine Ahnung, wie seine Absichten aussahen. Außer Drohungen gegen mich und Marlene war nicht viel passiert.

Dennoch fühlte ich mich bis aufs Äußerste angespannt und sehnte mich nach einem Ort, an dem ich wieder ich selbst sein konnte. An dem ich wenigstens für eine oder zwei Stunden ein wenig Sorglosigkeit erleben konnte. Und das Gefühl, gehalten und geliebt zu werden.

Deshalb hatte ich Alexej gebeten, mich an der Hintertür des Gasthauses zu erwarten. Was dann noch möglich war, würden wir sehen müssen. Vorerst sehnte ich mich nur danach, ihn endlich wieder zu spüren, ihn zu küssen und ihm zu berichten, was bislang geschehen war.

Sicher, ich brachte uns damit in Gefahr, aber ich wusste, dass Alexej ebenso gehandelt hätte, um mich zu sehen.

Der Betrieb im Wirtshaus war in vollem Gange, wie ich schon von Weitem hören konnte. Offenbar hatte der Wirt eine Festgesellschaft zu Gast, möglicherweise feierte dort jemand Hochzeit.

Aber das würde mir die Möglichkeit geben, ungesehen zu bleiben. Ich ging den vertrauten Weg, erreichte dann die Pforte des Hinterhofes, die normalerweise immer verschlossen war. Wenn Alexej mich dort erwartete, würde ich sie einfach aufstoßen können, wenn nicht …

Meine Hände legten sich zitternd an das Holz. Ohne große Mühe aufzuwenden, konnte ich den Türflügel nach innen drücken. Mein Herz machte einen Satz.

Zunächst erblickte ich ihn nicht, doch kaum hatte ich die Pforte hinter mir geschlossen, trat er aus dem Schatten.

Obwohl ich ihn erst vor wenigen Tagen gesehen hatte, kam es mir vor, als wäre seitdem eine Ewigkeit vergangen. Ich spürte, wie mein Herz sogleich seinen Rhythmus änderte. Und während ein wildes Sehnen durch meinen Bauch tobte, stürmte ich auf ihn zu.

Unsere Lippen fanden sich beinahe verzweifelt. Er presste mich an sich, so fest, dass ich seinen Herzschlag spüren konnte.

Worte gab es zunächst nicht für uns, denn ich war sprachlos von der Liebe, die ich für ihn fühlte. Vielleicht sollte ich doch mit ihm fortlaufen. Gleich mit dem ersten Schiff, das sich bot.

Doch was sollte dann aus Marlene werden?

Schließlich ergriff Alexej meine Hand und zog mich mit sich. Wir verschwanden in der Dunkelheit, tauchten wenig später in sein Zimmer ein.

Und noch etwas später verschmolzen wir, als hätte es die kurze Zeit der Trennung nie gegeben.

132

Marlene

Natürlich hatte sie sich für Monte Verità entschieden, den Ort, der ihr für zehn Jahre Freiheit versprach. Ich hätte wahrscheinlich genauso gehandelt.

»Wirst du es denn aushalten in den Bergen?«, fragte ich, als wir vor dem Dienstboteneingang standen. Ich spürte, dass Tränen in mir aufstiegen. Tränen der Freude, aber auch ein überraschender Abschiedsschmerz. »Und was ist mit Sander? Soll ich ihm Bescheid geben?«

Lucia schüttelte den Kopf. »Ich werde es tun.«

»Wirklich?«, fragte ich. Da sie bald in Sicherheit war, welchen Grund sollte sie haben, sich noch um den Vater des Kindes zu kümmern, wenn sie ohnehin der Meinung war, es allein schaffen zu können?

»Ja, ich werde es tun. Allerdings weiß ich noch nicht, wann.«

Ich blickte sie an. Sie war so jung und sehr schön. Der Mann, den sie für würdig erachtete, an ihrer Seite zu gehen, konnte sich glücklich schätzen! Doch ich wusste von Alexej, dass es auch wichtig war, seinen Vater zu kennen.

»Ich habe dir doch von meinem Mann erzählt«, begann ich. »Dem Kapitän.«

Lucia sah mich ein wenig verwirrt an.

»Es ist erst wenige Wochen her, dass sein Sohn vor unserem Gartentor stand. Ich hatte nichts von ihm gewusst, und ich nehme an, mein Gatte auch nicht. Sein Sohn war so voller Wut und Unverständnis. Tu das deinem Kind nicht an. Auch, wenn aus euch beiden nichts wird, sag ihm irgendwann die Wahrheit, ja? Und lass auch den Vater davon wissen. Damit nicht irgendwann seine Frau die falschen Schlüsse zieht.«

Lucia senkte den Kopf, dann blickte sie mir in die Augen. »In Ordnung.«

Ich ergriff ihre Hand. »Schreib mir, wenn du angekommen bist. Sofern es dir möglich ist.«

»Das werde ich«, gab Lucia zurück und lächelte. »Danke für alles. Ich bin sicher, dass das Rosenhag ein wunderbarer Ort für Frauen wie mich wird.«

»Wir tun, was wir können«, winkte ich ab.

Sie schloss mich in ihre Arme. »Sag Ingrid bitte, dass ich sie nie vergessen und mich auch bei ihr melden werde, wenn ich kann. Und grüß mir Sigrun. Ich hoffe, dass es ihr gelingt, wieder zu Kräften zu kommen.«

Ich wollte nicht daran denken, was ich Lucia schreiben sollte, wenn dem nicht so sein würde. Aber jetzt musste sie erst einmal fort aus Karlskrona.

»Hör zu, wenn dieser Gernot doch nicht so ist, wie er vorgibt, dann versetz ihm einen ordentlichen Tritt und verschwinde. Außer Landes oder zu uns. Unsere Tür wird dir immer offen stehen.«

»Danke, das ist gut zu wissen. Aber ich glaube, diesem Mann kann man vertrauen. Auch wenn er ein wenig seltsam ist.« Sie küsste mich auf die Wange, dann ging sie ins Haus.

133

Marlene

»Du musst wirklich keine Angst vor Doktor Hellström haben.« Ich griff nach Sigruns Hand. Die Ankündigung, dass der Arzt uns heute besuchen würde, hatte sie in höchste Unruhe versetzt. Sigrun war nicht dumm, natürlich wusste sie, dass er ihretwegen kommen sollte. Jetzt war sie das reinste Nervenbündel. »Er ist sehr freundlich«, fuhr ich fort. »Er hat Lucia untersucht und auch mich.«

»Aber was will er denn bei mir tun?«, fragte sie, und ich sah, dass sie die Schultern einzog, als erwartete sie einen Schlag.

»Er ist jung und hat vielleicht neue Erkenntnisse«, gab ich zurück. »Möglicherweise fällt ihm etwas auf, das der andere Arzt übersehen hat.« Ich machte eine kurze Pause, dann fügte ich hinzu: »Vielleicht ist dein Leiden gar nicht so schlimm, wie es aussieht. Ich finde, du hast dich in den letzten Tagen wirklich gut gehalten.«

»Ja, weil ich Ruhe habe. Und weil ihr darauf achtet, dass ich nichts essen muss, was mir nicht bekommt. Aber das könnte alles nur Schein sein.«

»Es könnte auch ein Zeichen dafür sein, dass das Rosenhag deiner Gesundheit zuträglich ist. Und du vielleicht noch viele Jahre vor dir hast.«

Sigrun ließ sich diese Worte durch den Kopf gehen, dann sagte sie:

»Wenn ich wieder gesund wäre, würde mich Torben bestimmt zurücknehmen.«

Ich presste die Lippen zusammen. Bislang hatte ich niemandem von meiner Beobachtung erzählt, auch Ingrid nicht. Ihr traute ich zu, dass es ihr aus Versehen herausrutschte. Aber ich wollte den richtigen Moment abpassen. Also sagte ich nur: »Möglicherweise ist er der Grund, weshalb du überhaupt krank geworden bist, hast du darüber schon mal nachgedacht?«

Wir verbrachten den Vormittag damit, uns auf den Besuch vorzubereiten. Ingrid hatte eines unserer Marmeladengläser angebrochen, um Himbeertaler zu backen. Solch einen Luxus gönnten wir uns nur selten, aber es war wichtig, dass Dr. Hellström uns gewogen blieb.

Während ich mich im Schlafzimmer umzog, dachte ich an Lucia und hoffte, dass es ihr auf dem Weg in die Schweiz gut ging. Zehn Jahre waren eine verdammt lange Zeit. Wenn sie irgendwann nach Schweden zurückkehrte, würde ihr Kind schon groß sein. Würden wir uns jemals wiedersehen?

Von Liv hatte sie sich nicht mehr verabschieden können, aber ich würde ihr ihre Grüße und ihren Dank ausrichten. Ich war gespannt, was sie zu dieser Lösung sagen würde.

Der Anwalt hatte versprochen, dass sie mir schreiben konnte – über einen Mittelsmann, denn ihre Spuren durften nicht nachvollziehbar sein. So war ich auch von meinem Versprechen entbunden worden, ihren Liebsten zu benachrichtigen. Wie würde er ihr Verschwinden aufnehmen? Würde sie eine Möglichkeit finden, sich bei ihm zu melden?

Das alles lag nicht mehr in meiner Hand. Aber daran würde ich mich wohl gewöhnen müssen. Frauen, die hier Hilfe suchten, würden irgendwann auch wieder gehen. Zurück in ihr altes Leben oder in ein neues.

Als ich mit meinem Anblick im Spiegel zufrieden war, verließ ich das Schlafzimmer und erklomm die Treppe zum Dachboden, die wir ausgeklappt ließen, damit Oskar sein Lager erreichen konnte.

Er war bereits gestern Abend hier angekommen und hatte von dem Gespräch mit Herrn Neström berichtet.

Was der Staatsanwalt über die Strategie von Sten Boregards Anwälten gesagt hatte, war beunruhigend, aber es überraschte mich nicht nach allem, was ich erlebt hatte. Niemand konnte Sten Boregard davon abhalten, Pläne gegen uns zu schmieden. Doch solange er nicht hier auftauchte, sollte mir das gleich sein.

Im Gegenzug hatte ich Oskar von Alexej berichtet und ihm die Zeichnung gezeigt, die er mir geschenkt hatte. Das würde vorerst das letzte Mal sein, dass ich sie hervorholte. Es war Oskar gegenüber nicht fair, ständig alten Erinnerungen nachzuhängen. Bjarne würde für immer ein Teil meines Lebens sein, doch mein Herz sollte Oskar gehören.

»Ist es schon so weit?«, fragte er, als ich in der Treppenluke erschien. »Ich fühle mich, als würde mein Lehrer zu Besuch kommen.«

»Du kennst doch Doktor Hellström«, erwiderte ich. »Und es ist vorrangig wegen Sigrun. Die Arme vergeht beinahe schon vor Angst.«

»Ich hoffe nur, dass er ihr helfen kann. Nach allem, was sie durchgemacht hat, wäre es zu deprimierend …« Er stockte, denn er war sich bewusst, dass Sigrun, wenn sie zufällig durch den Gang lief, ihn hören konnte. Auch das war ein Grund, warum wir noch nicht wieder miteinander geschlafen hatten.

»Er scheint ein sehr fortschrittlicher Arzt zu sein«, sagte ich. »Möglicherweise weiß er mehr als ein alter Kollege, der seit Jahrzehnten nicht mehr aus Karlskrona herausgekommen ist. Die Wissenschaft steht niemals still, nicht wahr?«

Mittlerweile wusste ich, zu welchem Arzt Sigrun gegangen war. Es war nicht Dr. Bronlundt, der uns damals behandelt hatte, sondern ein Dr. Jansen, der als Armenarzt in der Stadt bekannt war. Er war so betagt, dass man sich wunderte, warum er überhaupt noch praktizierte.

Oskar lachte. »Da hast du vollkommen recht.« Er blickte mir in die Augen, und wieder spürte ich das Feuer und die Lust.

»Gut, dass du wieder da bist«, sagte ich und schmiegte mich gegen ihn. »Ich habe dich sehr vermisst.«

»Und ich dich.« Er küsste mich und strich mir eine Haarsträhne aus dem Gesicht. »Ich muss dir etwas sagen. Ich hätte es vielleicht gleich zu meiner Ankunft hier erzählen sollen, aber …«

»Jetzt ist auch ein guter Zeitpunkt«, erwiderte ich. »Was ist es?«

»Ich war vor meiner Ankunft hier nicht nur bei Herrn Neström. Ich habe auch mit Herrn Norrland von der Versicherung gesprochen.«

»Wegen Boregard?«

Oskar schüttelte den Kopf. »Ich habe meinen aktuellen Fall abgegeben. Malmö ist jetzt die Sache eines anderen.«

»Da war er sicher traurig«, sagte ich, doch ich war froh, dass er nicht mehr dorthin zurückmusste.

»Das war er. Mehr noch, als ich ihm sagte, dass ich kündige.«

Ich blickte ihn mit großen Augen an. »Du hast was?«

»Gekündigt!«

»Aber du …« Ich suchte nach Worten. »Du bist gut darin, Geheimnisse aufzudecken. Was willst du denn jetzt machen?«

»Nun, vielleicht beschäftige ich mich weiterhin mit Geheimnissen und werde Privatdetektiv. Ich habe mir sagen lassen, dass die Polizei manchmal die Augen nicht so offen hat, wie sie sie haben sollte.« Er strich mir über die Wange. »Auf alle Fälle werde ich nicht mehr von dir fortmüssen. Wenn die Sache mit Lisbeth geregelt ist und ich weiß, wie ich meine Mutter nach dem Krankenhausaufenthalt unterstützen kann, werde ich nicht mehr von hier weggehen. Es sei denn, du willst mich nicht mehr.«

»Ich will dich!«, sagte ich und küsste ihn. »Aber ich will nicht, dass du etwas, das du liebst, für mich aufgibst.«

»Die Arbeit bei der Versicherung ist nichts, was ich liebe. Dich liebe ich, und nichts und niemanden sonst!«

Er zog mich an sich, und ich spürte, wie mein Körper nach ihm verlangte. Zu gern hätte ich diese Begierde gleich mit ihm gestillt, doch abgesehen davon, dass die anderen uns gehört hätten, ertönte ein Klopfen an der Tür.

»Das ist wohl unser guter Doktor«, sagte er und drückte mir einen Kuss auf die Stirn. »Dann wollen wir mal schauen, welche Weisheiten er für uns hat.«

Ich kletterte die Stiege hinunter und lief zur Tür, um Dr. Hellström in Empfang zu nehmen. Doch als ich öffnete, standen mir zwei Unbekannte gegenüber.

134

Liv

An diesem Morgen fühlte ich mich so lebendig und beschwingt wie schon lange nicht mehr. Das machte mir beinahe ein wenig Angst, denn wie sollte ich meine gute Laune verbergen?

Als ich gestern bei Sonnenaufgang heimkehrte, war ich auf alles gefasst. Möglicherweise hatte Sten bemerkt, dass ich fort gewesen war. Dazu hatte er nicht einmal meine Schritte hören müssen. Es hätte gereicht, wenn er in mein Schlafzimmer geschaut hätte. Niemand konnte wissen, was ihm wann in den Sinn kam.

Doch als ich die Treppen hinaufschlich, war alles still. Das Licht im Foyer brannte noch und wies mir den Weg zu meinem Zimmer. Ich schlüpfte aus meinen Kleidern und legte mich ins Bett. Noch immer meinte ich Alexejs Küsse und Berührungen zu spüren. Es bereitete mir hämische Freude zu wissen, dass ich hier lag, in dem Bett, das Sten angeschafft hatte, und dabei den Samen eines anderen in mir trug. Wie dankbar war ich ihm jetzt, dass er nicht mehr darauf bestanden hatte, in einem Ehebett mit mir zu schlafen!

Auch heute hielt das Wohlgefühl noch an. Es würde mir Kraft für den Tag geben, einen Tag, an dem Sten nicht unbedingt aus dem Haus gehen würde.

Natürlich war es möglich, dass er sich auch am Sonntag ins Büro begab, aber wahrscheinlicher war, dass er blieb. Und mich beobachtete. Aber egal, was er sagen oder tun würde, all das würde an mir abperlen, denn ich konnte mich in Gedanken zu Alexej flüchten und von einem Leben ohne Sten träumen.

Ich machte mich fertig und betrat, auf alles gefasst, das Esszimmer. Sten war schon anwesend und verschlang gerade ein Ei. Das überraschte mich nicht, denn schon früher hatte er nicht immer auf mich gewartet. Bedeutete das, dass er ins Kontor gehen würde? Dass ich Zeit haben würde, Alexej zu überraschen?

»Nanna und Hugo werden uns heute besuchen«, verkündete Sten, kaum, dass er meiner ansichtig wurde.

Eine Ankündigung wie diese hätte mich noch vor einigen Wochen in Panik versetzt, aber seltsamerweise blieb ich ruhig. Egal, was sie sagten, ich brauchte nur an Alexej und unsere gestrige Nacht zu denken, und schon würde ich alles ertragen.

Dennoch erregten seine Worte Misstrauen in mir. Für gewöhnlich hatte der Besuch von Nanna und Hugo in letzter Zeit dazu gedient, mich zu disziplinieren. Weshalb kamen sie heute? Um mich öffentlich damit zu konfrontieren, dass ich mit Alexej gesehen worden war? Um mir ins Gewissen zu reden, dass ich meine Scheidungsabsicht aufgeben sollte?

Offenbar glaubten sie, Sten wäre jetzt wieder ein freier Mann. Doch das stimmte nicht. Bald würde er vor Gericht treten müssen. Möglicherweise erreichten seine Anwälte einen Freispruch, aber dessen konnte er nicht sicher sein.

»In Ordnung«, antwortete ich also leichthin, als wäre es nur ein gewöhnliches Gespräch zwischen zwei Ehepartnern. »Ich werde Ruth Bescheid geben.«

Ich setzte mich an den Tisch. Astrid erschien und schenkte mir Kaffee ein, dann beeilte sie sich, aus der Tür zu kommen. Was war los? Hatte Sten sie gescholten? Oder wusste sie etwas, das ich noch nicht einmal ahnte?

Ich nahm einen Schluck und spürte, wie sich das bittere Aroma in meinem Mund ausbreitete. Mehr Unterhaltung erwartete ich eigentlich nicht, aber Sten wäre nicht Sten gewesen, wenn er sich mit der Stille zwischen uns begnügt hätte.

»Hugo hat mir von den neuesten Plänen der Elektrizitätsgesellschaft erzählt«, fuhr er nach einer Weile fort. »Es ist beschlossene Sache. Ein Segen für Nättraby, nicht wahr?«

Wie immer war es, als wüsste er ganz genau, was mich beschäftigte. Ich spürte, wie sich mein Magen zusammenzog.

»In der Tat«, antwortete ich allerdings, denn Sten sollte keinen Punkt finden, an dem er mich angreifen konnte.

»Hast du eigentlich noch einmal mit deinem Onkel gesprochen?«, fragte Sten weiter. Und ich fragte mich, ob ich morgen nicht auf meinem Zimmer frühstücken sollte.

»Das habe ich nicht«, gab ich zurück.

»Dann hat er dir also nicht mitgeteilt, dass es unerlässlich ist, dieses Haus dem Erdboden gleichzumachen.«

»So hat er es damals nicht ausgedrückt«, erwiderte ich, ärgerlich über die Wendung, die Sten benutzte. Das würde ihm gefallen, wenn das Rosenhag vernichtet würde.

»Nun, diese Person täte gut daran, sich seinen Vorschlag anzuhören. Er ist milder als die Gesellschaft. Milder als ich.« Wie er in sich hineinlächelte, gefiel mir ganz und gar nicht.

»Du hast nichts mehr mit dem Haus zu schaffen«, sagte ich.

»Aber mit der Elektrizitätsgesellschaft«, gab Sten zurück. »Hugo hat mich in die Planung eingeweiht. Und ich kann dir sagen, dass es viele Wege gibt, um an dieses Haus zu gelangen, sollte sich das Miststück weigern.«

Die Lust, ihm den heißen Kaffee ins Gesicht zu schütten, überkam mich. Doch ich zwang mich zur Ruhe. Seine Drohungen sind nur heißer Wind, sagte ich mir. Er will sehen, wie ich reagiere.

Also tat ich so, als hätte er sie nie ausgesprochen. Es gab Wichtigeres zu tun. Ich musste mich gegen das Gespräch mit den Skantzes wappnen.

135
Marlene

»Sind Sie Marlene Walsted?«, fragte einer der Unbekannten.

Ich nickte, und gleichzeitig war ich froh, dass Lucia nicht mehr hier war. Ich war sicher, dass die beiden Männer in den dunklen Anzügen von der Polizei waren.

»Ich bin Birger Hanulf, und das ist mein Kollege Rolf Warström. Entschuldigen Sie die sonntägliche Störung. Wir kommen von der Elektrizitätsgesellschaft Karlskrona.«

Ich blickte die beiden verdattert an. Elektrizitätsgesellschaft? Da fiel mir wieder ein, was Liv erzählt hatte. Das seltsame Angebot ihres Onkels, die Gedanken darüber, ob wir wirklich enteignet werden konnten. Durch die Wirren der vergangenen Zeit hatten wir keine Gelegenheit gehabt, noch einmal darüber zu sprechen. Und nun war Liv in Karlskrona.

»Dürfen wir eintreten?«, fragte einer der Männer.

»Tut mir leid«, gab ich zurück, wich aber kein Stück zurück. »Wir erwarten Besuch.«

»Es wird nicht lange dauern«, sagte Hanulf. Der Blick seines Begleiters war mir irgendwie unangenehm.

»Was gibt es denn?«, fragte Oskar hinter mir. Er hatte bemerkt, dass es nicht unser guter Doktor war.

»Diese Herren sind von der Elektrizitätsgesellschaft aus Karlskrona.«

Oskars Auftauchen bewirkte eine merkwürdige Veränderung bei den beiden Männern.

»Aha«, sagte er. »Dann kommen Sie also wegen der Stromtrasse?«

Die beiden schauten sich ein wenig überrascht an. Hanulf sagte: »Ganz recht. Gehe ich richtig in der Annahme, dass Herr von Wik bereits mit Ihnen gesprochen hat?«

»Mit seiner Nichte«, gab ich zurück und spürte, wie sich mein Magen zusammenzog.

»Dann wissen Sie vielleicht auch schon, dass wir planen, eine Stromleitung über dieses Gebiet zu verlegen.«

»Darüber sind wir im Bilde«, sagte Oskar, und ich spürte seine Anspannung.

»Wir könnten wirklich besser reden, wenn wir eintreten dürften«, meldete sich jetzt Warström zu Wort. »Wir haben Pläne dabei, die wir Ihnen zeigen könnten.«

»Nein!«, platzte es aus mir heraus. »Ich werde Ihnen dieses Grundstück nicht verkaufen.«

Die Ablehnung schien die Männer zu überraschen. Hatte ihnen der Herr von Wik nicht erzählt, was seine Nichte geantwortet hatte?

»Warum kommen Sie erst jetzt?«, schaltete sich Oskar erneut ein.

»Weil die Angelegenheit noch nicht ganz spruchreif war«, sagte Hanulf. »Doch jetzt hat der Stadtrat dem Vorhaben zugestimmt.«

»Herr von Wik wusste allerdings schon früher Bescheid«, erwiderte Oskar.

»Herr von Wik ist einer unserer Investoren«, sagte Hanulf. »Es ist das Recht derer, die in diese Strecke investieren, über alle Schritte informiert zu sein.«

»Aha.« Oskar verschränkte die Arme vor der Brust. »Aber sollten Sie, bevor Sie solch ein Vorhaben beim Stadtrat vorbringen, nicht sicher sein, dass Ihnen die Ländereien an der Strecke zur Verfügung stehen werden? Allesamt?«

»Bislang hat noch niemand unser Angebot abgelehnt.«

»Nun, dann ist es eben das erste Mal«, sagte ich nun wieder. »Ich werde Ihnen dieses Haus und dieses Grundstück nicht verkaufen.«

»Wir würden Ihnen einen angemessenen Preis dafür bezahlen.«

»Kein Geld der Welt würde aufwiegen, dass wir unser Zuhause aufgeben«, sagte ich. »Es tut mir leid, aber Sie werden diese Stromleitung anderswo verlegen müssen.«

Die Männer nahmen meine Worte mit ungerührter Miene hin, aber ich sah, dass es in ihnen brodelte.

»Die Trasse ist beschlossene Sache«, sagte Hanulf. »Wir sind hier, um Ihnen eine friedliche Lösung anzubieten. Die Alternative wäre …« Er stockte und blickte zu Oskar, der ihn um einen guten Kopf überragte.

»Die Alternative wäre Enteignung«, fuhr sein Kollege für ihn fort. »Die Stromleitung ist von allgemeinem Interesse, und da sie dem Wohl der Bevölkerung dient …«

»Ich bleibe dabei, ich werde das Haus nicht verkaufen«, sagte ich. »Und wenn es sein muss, werde ich das mit einem Anwalt durchsetzen.«

136

Liv

Ich hatte geglaubt, den Besuch von Nanna und Hugo leichtnehmen zu können. Doch nun ertappte ich mich dabei, wie ich Minute um Minute unruhiger wurde.

Erst zwei Monate zuvor war ich in einer vergleichbaren Situation gewesen. Nachdem mich Marlene aus dem Sommerhaus der Skantzes abgeholt hatte, dachte ich, es würde nie wieder solche Nachmittage geben. Dass ich Nanna früher oder später über den Weg laufen würde, war mir klar gewesen. Aber nicht, dass ich mit ihr an einer Kaffeetafel gezwungene Konversation machen würde.

Als Astrid an meine Tür klopfte, erhob ich mich und versuchte meine Kraft zusammenzunehmen.

»Gnädige Frau, Herr und Frau Skantze sind eingetroffen«, teilte sie mir mit, wie ich es nicht anders erwartet hätte.

»Danke«, gab ich zurück und folgte ihr nach unten.

In den vergangenen Wochen schien Nannas Bauch um einiges gewachsen zu sein. Ich rechnete nach. In welchem Monat konnte sie sein? Im sechsten? Im siebten? Es schien mir eine Ewigkeit vergangen zu sein, seit sie mir von ihrer Schwangerschaft erzählt hatte. Auf jeden Fall schien sie ein Kleid gewählt zu haben, das ihren Bauch noch betonte, anstatt ihn zu verstecken.

Nach dem üblichen Austausch von Höflichkeiten, bei dem mir

auffiel, dass Nanna Mühe hatte, mich anzulächeln, begaben wir uns in den Garten.

Auch dabei fühlte ich mich um Monate zurückversetzt. Während sich Hugo und Nanna mit Sten unterhielten, saß ich einfach da und versuchte mich auf die Rosen zu konzentrieren, deren Blätter die Wege bedeckten.

»Liv?«

Der Klang meines Namens riss mich aus meiner Betrachtung. Irgendwer musste mich angesprochen haben.

»Du bist dir doch dessen bewusst, welche Auswirkungen eine Scheidung zu diesem Zeitpunkt haben könnte.«

Ich blickte Nanna unverständig an. Hatte sie das jetzt wirklich gesagt? Sogleich schoss mir das Blut in die Wangen. Meine Hände krallten sich um die Lehnen des Korbstuhls.

»Dessen bin ich mir bewusst«, gab ich zurück.

»Und du hast keine Befürchtungen deswegen?«

Ich war überrascht, dass Hugo sich aus dieser Sache heraushielt. Ebenso wie Sten beobachtete er mich nur.

Welche Befürchtungen sollte ich denn haben? Dass Sten mich aus dem Haus warf? Wenn sie nur wüsste, wie sehr ich mich danach sehnte …

»Du würdest alles verlieren. Das Haus, den schönen Garten … Außerdem wäre dein gesellschaftlicher Ruf in der gesamten Stadt beschädigt. Deine Freundinnen werden sich von dir abwenden.«

Sie wusste ja nicht, dass Frieda sich alles andere als abgewendet hatte von mir. Dass sie, die eigentlich nur eine Fika-Bekanntschaft gewesen war, allmählich zu meiner Hoffnung wurde.

»Bedenke doch, was das für dich bedeutet«, redete Nanna immer weiter, während die Männer mich wie Habichte anschauten. »Du würdest hier nie wieder einen Fuß auf den Boden bekommen. All deine Unternehmungen würden keine Unterstützer finden.«

Drohte sie mir etwa? Ich hatte wieder im Sinn, dass Lucia vorgeschlagen hatte, Produkte auf dem hiesigen Markt zu verkaufen. Man konnte es uns nicht verbieten, aber wer wusste schon, ob man uns nicht jemanden schicken würde, um uns anzugreifen.

Das hätte mir normalerweise die Angst unter die Rippen getrieben, doch jetzt spürte ich nur Zorn.

»Tut mir leid, aber ich glaube, ich fühle mich nicht so gut«, sagte ich steif und erhob mich, während ich mir nicht die Mühe machte zu verstecken, dass es in mir brodelte. Gegen drei Gegner konnte ich nicht mit Freundlichkeit oder Argumenten bestehen. Es wären drastische Worte nötig, und solange ich in diesem Haus war, wusste ich, dass ich es nicht übertreiben durfte. Andere Leben als meines hingen davon ab. Marlene, Ingrid, Sigrun. Oskar. Alexej.

Ich würde durchhalten, solange ich musste. »Ich bin sicher, dass ihr den Nachmittag auch ohne mich genießen könnt.«

137

Alexej

Liv hatte mir gesagt, dass ich ihrem Wohnhaus fernbleiben sollte, doch an diesem Nachmittag war ich so unruhig, dass es mich nicht in meinem Zimmer in der Gastwirtschaft hielt. Auch wenn sie gestern erst bei mir war, wollte ich sie sehen. Ich wollte sicherstellen, dass ihr nichts passiert war.

Natürlich war es gefährlich, mich in ihrer Nähe herumzutreiben. Ich besaß große Ähnlichkeit mit meinem Vater. Doch ich musste nach Liv sehen. Und vielleicht würde ich dabei auch einen Blick auf ihn erhaschen. Den Mann, der meinen Vater auf dem Gewissen hatte. Den Mann, der meine Liebste nicht aus seinen Fängen lassen wollte.

Wenn ich meine Schirmmütze tief ins Gesicht zog, würde er es jedoch kaum sehen können. Außerdem hat mir Marlene erzählt, dass mein Vater einen Bart getragen hatte, wenn er von See kam. Ich war glattrasiert. Gewiss würde nichts geschehen, wenn ich Vorsicht walten ließ, und wenn doch, konnte ich mich zur Wehr setzen.

Also machte ich mich auf den Weg. In der Stadt herrschte der übliche sonntägliche Betrieb. In vielerlei Hinsicht erinnerte mich Karlskrona an Riga. Auch hier waren alle auf der Straße, sobald der Gottesdienst vorbei war. Erst recht bei so einem schönen Spätsommerwetter wie diesem.

Ich beneidete die Paare, die Arm in Arm über die Gehwege und durch den Park flanierten. Würde ich mich mit Liv eines Tages so offen hier zeigen können? Gab es überhaupt eine Zukunft für uns?

Mein Herz wurde schwer, wenn ich daran dachte, wie lange so eine Scheidung dauern konnte. Möglicherweise kam sie nie von ihm los. Dann würde uns nur die Flucht bleiben. Doch wohin? Reeder hatten Agenten in jeder Hafenstadt. Und sicher gab es Fotografien von Liv …

Als ich in die Ronnebygatan einbog, verschlug es mir ein wenig den Atem. Das hier war wirklich eine andere Welt. Den Häusern sah man an, dass sie Leuten mit Geld gehörten. Umso mehr wunderte es mich, dass Liv bereit war, das alles für mich aufzugeben.

Das Gezänk von Kindern lenkte mich ab. Es klang, als würde ein kleiner Junge schreien, dann ein Mädchen. Reiche Kinder kriegten sich also auch in die Haare.

Ein Stück weiter wurde mir klar, dass die prachtvolle Villa, auf die ich zusteuerte, jene war, in der Liv wohnen musste. Sie hatte mir die Hausnummer genannt. Diese entdeckte ich tatsächlich an der Tür.

Als ich den Kopf hob, um zu den Fenstern zu schauen, in der Hoffnung, dass sie dort auftauchen würde, traten zwei Männer auf die Straße. Der eine steckte in einem feinen Anzug und hatte sein Haar mit Pomade an den Kopf geklatscht. Der andere passte in diese feine Gegend ebenso wenig wie ich.

Ich hatte keinen Zweifel, der Elegante war Boregard. Mein Herz begann zu klopfen. Einerseits wegen Ekströms Warnung, andererseits, weil Zorn in mir aufstieg. Das war er also, der Kerl, der Liv das Leben zur Hölle machte. Wie gern hätte ich ihm das heimgezahlt!

Ich drückte mich in den nächstbesten Hauseingang. Boregards Begleiter trug eine Schiebermütze, seine Gestalt war wuchtig, und sein Gesicht hatte einen verschlagenen Ausdruck.

Was hatten die beiden miteinander zu besprechen? War es möglich, dass ich ein wenig näher an sie herankam und ihre Worte hörte?

Ich rang einen Moment mit mir. War es nicht zu auffällig? Würden sie Verdacht schöpfen?

Doch wie sollten sie das?, fragte eine Stimme in meinem Kopf. Du bist unbedeutend. Ein einfacher Arbeiter. Hast du nicht das Recht, auf der Straße zu sein wie alle anderen?

Also gab ich mir einen Ruck, schälte mich aus dem Hauseingang und strebte direkt auf die Männer zu. Ich sah, wie Boregard einen Schlüssel aus der Tasche zog, und spürte, dass das Gespräch der beiden sich seinem Ende nahte. Am liebsten hätte ich meinen Schritt beschleunigt, doch ich wollte keinen Verdacht erregen. Als ich die Männer erreichte, hörte ich, wie der Grobschlächtige sagte: »Keine Sorge. Bis morgen ist die Sache erledigt.«

Er steckte den Schlüssel ein, tippte sich an die Krempe seiner Mütze und ging davon. Boregard sah ihm kurz nach, dann kehrte er in sein Haus zurück.

Dabei trafen sich für einen Moment unsere Blicke. Liv hatte nicht übertrieben, dieser Mann hatte die Augen eines Haifisches. Aber als Seemann kannte ich genug Geschichten darüber, wie man mit diesen Räubern umging.

138

Marlene

Der Besuch der beiden Männer von der Elektrizitätsgesellschaft geisterte mir auch dann noch im Verstand herum, als wir mit Dr. Hellström an der Kaffeetafel saßen.

Oskar war der Ansicht gewesen, dass man uns schon viel eher hätte benachrichtigen sollen. Doch mir war klar, warum das nicht geschehen war. Ich war nur eine einfache Frau, ohne mächtige Freunde und Verbündete. Einer wie mir konnten Männer wie diese ungestraft drohen.

Immerhin war der Besuch des Doktors sehr angenehm. Er wunderte sich ein wenig darüber, dass Lucia verschwunden war. Ich sagte ihm nur, dass sie das Haus verlassen hätte.

»Sehr schade«, erwiderte er, so als hätte es das Gespräch auf dem Weg nicht gegeben. »Sie schien mir eine gute Ergänzung Ihrer Gesellschaft zu sein.«

Nach ein paar Marmeladenkeksen, die Ingrid gebacken hatte, wandte er sich an Sigrun.

»Frau Walsted erzählte mir, dass Sie wegen eines schweren Leidens hierhergekommen seien«, begann er. »Dass Ihr Mann Sie deswegen aus dem Haus gewiesen habe.«

Sigrun wurde rot und senkte den Kopf. »Ich bin ihm zu nichts mehr nütze.«

»Nun, das sehe ich nicht so!«, gab Hellström zurück. »Würden Sie mir erlauben, Sie zu untersuchen? Frau Walsted sagte, dass eine zweite Meinung angebracht wäre, angesichts dessen, dass Sie sich hier doch ein wenig erholt haben.«

Sigrun blickte nervös zu mir. Ich lächelte und nickte ihr zu.

»Also gut«, sagte sie schließlich und verschwand mit Hellström im Wohnzimmer.

Ingrid wartete, bis sie die Tür hinter sich geschlossen hatten, dann fragte sie: »Wer waren denn die beiden Vögel vorhin?«

Ich wusste, dass sie die Männer von der Elektrizitätsgesellschaft meinte.

»Erinnerst du dich an das, was Liv erzählt hat? Das merkwürdige Gespräch mit ihrem Onkel?«

»Dass er das Rosenhag kaufen will?«

Ich nickte. »Die Männer wollten mir ebenfalls ein Angebot machen. Aber ich habe es abgelehnt.«

»Gut so!«

»Sie haben mir allerdings mit Enteignung gedroht. Genau so, wie Livs Onkel es gesagt hatte.«

»Geht das denn einfach so?«

Wir blickten zu Oskar.

»Schon, wenn das Haus dem Allgemeinwohl im Wege steht«, sagte er. »Aber eine Stromleitung ist kein Zaun. Sicher, auf der Trasse muss gearbeitet werden, um die Masten zu errichten. Aber bestimmt wäre das ebenso gut außerhalb dieses Grundstücks möglich. Wir müssten die Arbeiter für das Spannen der Leitung auf das Grundstück lassen, aber nicht mehr.«

»Dann stinkt die Sache also gewaltig«, sagte Ingrid. Besser hätte ich es nicht ausdrücken können.

»Ja, es wäre schon denkbar, dass Boregards mächtige Freunde ein wenig übers Ziel hinausschießen. Normalerweise fragt man die Grundstücksbesitzer vorher und nicht erst, wenn der Bau beschlossen ist. Und selbst dann gibt es Möglichkeiten, noch etwas zu ändern.

Die Gegend hier ist nur dünn besiedelt, und die Trasse könnte sicher auch um einige Kilometer versetzt werden.«

»Sie wollen uns von hier weghaben«, sagte ich und spürte ein wütendes Brennen in meinem Bauch. »Der Gutsherr glaubt, wir wären Landstreicherinnen. Niemand ist auf der Seite von einfachen Frauen. Sie halten es nicht einmal für nötig, mich zu fragen.«

Oskar legte seine Hand auf meinen Arm und drückte ihn mitfühlend.

Ich hob trotzig den Kopf. »Ich werde mich von ihnen nicht einschüchtern lassen. Das Rosenhag gehört mir, und wir werden weiterhin eine Zuflucht für Frauen sein. Sollen sie ihre Strommasten hinstellen, wo sie wollen.«

Kaum hatte ich das gesagt, öffnete sich die Tür der Stube, und der Arzt trat heraus. Sigrun folgte ihm mit hochrotem Gesicht. Sie wirkte ein wenig verstört, was aber nicht verwunderlich war. Wer fühlte sich nach einer ärztlichen Untersuchung schon vollkommen wohl?

»Frau Bergsma hat mir erlaubt, Sie ins Vertrauen zu ziehen«, sagte er zu mir und warf einen Blick auf seine Patientin. »Könnten wir uns kurz unterhalten?«

Mit klopfendem Herzen führte ich den Arzt in den Garten. »Also?«, fragte ich. »Bleibt ihr wenigstens noch ein bisschen Zeit?«

Dr. Hellström sah mich eine Weile an, dann antwortete er: »Die Erkrankung, die Ihre Freundin hat, ist kompliziert. Es gibt noch nicht einmal einen konkreten Fachbegriff dafür.«

Ich schlug die Hand vor den Mund. Also würde sie doch sterben müssen!

»Allerdings sind meinem Kollegen in Ronneby im Zuge seiner Tätigkeit in der Kurklinik schon ähnliche Fälle untergekommen. Personen, die bei normaler Kost immer dünner werden, starke Bauchbeschwerden haben und insgesamt in keinem guten Zustand sind.«

»Sigrun klagte darüber, dass sie Magenschmerzen bekäme, wenn sie Brot oder Haferschleim isst.«

»Ganz richtig. Und das ist auch das Problem. Offenbar haben diese Menschen Schwierigkeiten, Getreide zu verdauen. Und zwar dermaßen, dass sich ihr gesamter Körper gegen sich selbst richtet und mit Aufzehrung reagiert. Viele Kollegen könnten das für eine Krebserkrankung des Darms oder der Bauchspeicheldrüse halten. Aber das ist es nicht. Ich habe natürlich kein Röntgengerät bei der Hand, aber ich könnte Ihre Bekannte zu meinem Kollegen nach Ronneby schicken. Dann erhielten wir Klarheit.«

»Sie … sie hat also keinen Krebs?«, fragte ich vorsichtig.

»Meiner Ansicht nach nicht«, sagte Hellström.

Ich stieß erleichtert die Luft aus, doch der Arzt sprach weiter: »Das bedeutet nicht, dass die Krankheit nicht gefährlich ist. Bei der üblichen Kost könnte es leicht passieren, dass sie an einem voll gedeckten Tisch verhungert, wenn Sie verstehen, was ich meine.«

Ich verstand ihn kaum, und ich war mir auch nicht sicher, worauf er hinauswollte. »Sie meinen also, dass Getreide wie Gift auf sie wirkt?«

»Das könnte man so sagen.« Er machte eine Pause und fügte hinzu: »Sie sagte, dass es ihr besser gehe, seit sie nur Kartoffeln und Obst isst und Milch trinkt.«

»Ja, und ich hatte den Eindruck, dass sie auch wieder mehr Kraft hat. Sie konnte uns sogar beim Himbeerpflücken helfen.«

»Dasselbe ist es, was mein Kollege empfiehlt. Kein Getreide, nur Kartoffeln, Gemüse und Obst. Das bedeutet, sie darf auch keine Backwaren verzehren wie Kuchen oder Kekse.«

Sigrun hatte zwei der Kekse gegessen. Sorge stieg in mir auf. Was, wenn es ihr dadurch wieder schlechter ging?

»Sie hat von ganz allein auf Haferflocken und Brot verzichtet.«

»Bieten Sie ihr beispielsweise Kartoffelpuffer an, ohne Mehl natürlich. Kartoffeln selbst tun ihr nichts. Salate sind auch in Ordnung.«

»Da werden wir ein großes Kartoffelfeld anlegen müssen«, sagte ich lachend.

»Sieht so aus.« Hellström zog eine Visitenkarte aus seiner Tasche. »Das ist die Adresse meines Kollegen in Ronneby. Doktor Löwenhaupt ist spezialisiert auf Unverträglichkeiten in der Nahrung.«

»Wir werden solch einen Spezialisten kaum bezahlen können!«

»Ich werde ihm schreiben. Für mich macht er sicher eine Ausnahme und verlangt nicht so viel.«

139

Liv

Ich konnte es nicht abwarten, bis es im Haus still wurde und Sten hinter der Tür seines Arbeitszimmers verschwand. Hugos und Nannas Besuch hatte ihn belebt, ich jedoch hatte den ganzen Nachmittag mit Bauchkrämpfen in meinem Zimmer gesessen und gewartet. Darauf, dass die Skantzes wieder gingen. Darauf, dass das Abendessen fertig war. Diesmal hatte ich Astrid gebeten, es auf mein Zimmer zu bringen, denn ich wollte Sten heute nicht noch einmal begegnen.

Und dann hatte der härteste Teil des Tages begonnen: das Warten darauf, dass Sten zu Bett ging. Dass ich endlich der Enge dieses Hauses entkommen konnte.

Das Klappen einer Tür riss mich aus meinen Gedanken. Schritte ertönten. Auf Zehenspitzen huschte ich zur Tür. Wollte Sten zu mir? Um diese Uhrzeit war niemand außer uns beiden im Haus. Für einen Moment hielt ich den Atem an, während das Herz in meiner Brust hämmerte.

Schließlich wurde mir klar, dass sich die Schritte entfernten. Ich atmete leise aus. Offenbar ging er wirklich zu Bett!

Ich wartete eine halbe Stunde, dann kleidete ich mich in einfache Sachen, legte ein Tuch um meine Schultern und schlüpfte aus meinem Zimmer. Während ich die Treppe hinunterging, lauschte ich, doch von Sten war nichts zu hören. Es war beinahe lächerlich einfach, ihm zu entkommen!

Als ich die Hintertür öffnete und in den Garten hinausschlüpfte, fragte ich mich, ob er es überhaupt bemerken würde, wenn ich nicht zurückkehrte.

Doch ich wusste, dass ich nicht einfach verschwinden konnte. Marlene interessierte es sicher, dass die Elektrizitätsgesellschaft plante, sie zu enteignen.

Ich konnte sie momentan nicht schnell erreichen, aber vielleicht konnte Alexej sie informieren.

Wie von selbst fanden meine Füße den Weg zum Gasthof. Wahrscheinlich hätte ich ihn sogar in vollkommender Dunkelheit gefunden.

Alexej erwartete mich wieder am Tor. Wortlos öffnete er es und ließ mich ein. Wenig später schlichen wir die Hintertreppe hinauf und verschwanden in seinem Zimmer.

»Wie war der Tag für dich?«, fragte er.

»Furchtbar«, sagte ich. »Seine alten Freunde, die Skantzes, waren zu Gast. Sie lagen mir in den Ohren, dass ich mich nicht von Sten scheiden lassen sollte.«

»Ich war bei euch«, eröffnete er mir plötzlich.

Ich schaute ihn erschrocken an. »Aber …«

»Dein Mann kennt mich nicht. Aber ich glaube, dass ich ihn gesehen habe. Endlich weiß ich, wer er ist.«

Mein Herz zog sich zusammen. Das Letzte, was ich wollte, war, dass Sten Alexej zu Gesicht bekam.

»Das war sehr dumm von dir«, sagte ich. »Wenn er nun …«

Alexej lachte nur. »Er kennt mich nicht.«

»Aber du siehst aus wie dein Vater, und den kennt er nur zur Genüge!« Jetzt bekam ich doch ein wenig Panik. Wenn er ihn bemerkt hatte …

»Ich habe meine Mütze tief ins Gesicht gezogen und ihm keinen Anlass gegeben, argwöhnisch zu sein. Er hat mich auch nicht mal direkt angesehen. Dazu hatte er zu viel mit seinem Gesprächspartner zu tun.«

Gesprächspartner? Mit wem hatte Sten auf der Straße zu reden gehabt?

»Alles, worauf ich gehofft hatte, war, dich zu sehen.« Er zog mich an sich und küsste mich.

Mir gefiel nicht, dass er Sten so nahegekommen war, aber das war jetzt nicht mehr ungeschehen zu machen. »Du musst vorsichtig sein, hörst du? Wenn er dir etwas antut …«

»Warum sollte er? Ich bin ein einfacher Mann. Wahrscheinlich glaubt er nicht, dass jemand wie du sich in jemanden wie mich verlieben kann.«

Das stimmte, Sten würde das ganz gewiss nicht glauben. Aber was, wenn es ihm zugetragen wurde?

»Komm«, sagte er. »Lass uns die Nacht nutzen.«

Wieder küsste er mich, und ich spürte die begehrlichen Berührungen seiner Hände. Er hatte recht, wir sollten die Nacht nutzen. Um uns Sorgen zu machen, hatten wir morgen Zeit.

140

Marlene

Im Traum sah ich meinen Vater wieder. Nicht so, wie ich ihn beim letzten Mal in seinem Sarg liegend gesehen hatte, sondern wesentlich jünger. Sein Haar war dunkel, seine Statur kräftig, und wenn er ging, setzte er seine Schritte sicher und selbstbewusst.

Ich lief an seiner Hand durch den Wald, wie wir es an Sonntagen oft getan hatten.

Seltsam war nur, dass ich, obwohl ich im Körper eines Kindes steckte, beim Vorbeigehen in einem Wasserlauf mein erwachsenes Gesicht sah. Doch da es ein Traum war, dachte ich nicht weiter darüber nach. Wir gingen und gingen, und schließlich wurde es um uns herum dunkel.

Wie immer zu solchen Gelegenheiten bereiteten wir ein Biwak vor. Mein Vater hatte stets ein Seil und eine Zeltplane im Rucksack, unter die wir uns setzen konnten. So war es auch diesmal. Er spannte das Seil zwischen zwei Bäume und legte die Plane darüber. Dann entzündete er ein Feuer.

So saßen wir und starrten in die Flammen. Der Rauch biss in meine Nase, und ich musste niesen.

Mein Vater lachte und deutete dann auf etwas, das im ersten Moment wie Glühwürmchen aussah, die in der nächtlichen Schwärze tanzten. »Siehst du das Licht da?«

»Ja, ich sehe es.«

»Folge ihm nicht«, sagte er daraufhin. »Hörst du?«

»Wem soll ich nicht folgen?«, fragte ich ihn verwundert. Meinte er die leuchtenden Punkte? Oder etwas anderes?

»Dem Licht«, sagte er. »Du darfst nicht hinein.«

Ich schüttelte den Kopf und blickte ihn an. Auf einmal schien er vor meinen Augen zu altern. Die Augenringe wurden dunkler, seine Wangen schlaffer. Schließlich hing sein Mund herunter. »Geh nicht dort hinein«, sagte er wieder, und nun bemerkte ich, dass die Glühwürmchen keine waren. Es waren Feuerfunken, die bedrohlich auf mich zustürzten.

»Marlene!«

Etwas zerrte an mir. War es mein Vater? Erst redete er so merkwürdige Dinge, und jetzt versuchte er, mich mit sich zu ziehen?

»Marlene, wach auf!«

Plötzlich wurde mir klar, dass es nicht mein Vater war. Ich schnappte nach Luft und richtete mich auf, ohne zunächst die Bilder des Traumes abschütteln zu können. Dann stieg mir ein beißender Geruch in die Nase.

»Was ist los?«, fragte ich, doch im nächsten Augenblick riss mich Oskar schon in die Höhe.

»Es brennt!«, rief er panisch, und ich sah, dass sein Gesicht verzerrt war. »Wir müssen hier raus!«

141

Liv

»Ich muss los«, sagte ich, und auch wenn mein Körper das Gegenteil von mir verlangte, löste ich mich aus Alexejs Armen.

Es war noch immer unfassbar, dass wir diese köstlichen Momente hatten. Bereits das zweite Mal war es mir gelungen, aus der Villa zu entkommen. Es fühlte sich gut an, unter Stens Augen zu meinem Geliebten zu gehen. Besonders nach diesem unsäglichen Gespräch mit Nanna und Hugo. Als ob es ihnen gelingen konnte, unsere Ehe zu flicken!

Bei meiner letzten Rückkehr hatte ich das Haus ruhig und schlafend vorgefunden, und dasselbe erwartete ich heute. Die Haft hatte Sten doch ziemlich mitgenommen, auch wenn er mir gegenüber so tat, als wäre er unzerstörbar.

»Wann sehen wir uns wieder?«, fragte Alexej, während er mich noch einmal zu sich zog.

»Ich weiß es noch nicht. Wir dürfen die Sache nicht überstrapazieren.« Gern hätte ich ihm eine andere Antwort gegeben, aber so war es. Alles hing von der Stimmung ab, in der Sten war. Wie wachsam er war.

»Ich werde an jedem Abend auf dich warten.«

Wir küssten uns, und beinahe wäre mir entfallen, dass ich eine Bitte an ihn hatte. »Könntest du vielleicht zu Marlene fahren? Oder ihr eine Nachricht schicken?«

Nach dem Gespräch mit ihr war er weniger angespannt, wenn ihr Name fiel. »Was soll ich ihr sagen?«, fragte er.

»Dass Hugo Skantze und Sten versuchen wollen, sie enteignen zu lassen. Sten hat sich in regelrechten Vernichtungsfantasien ergangen.«

Ein besorgter Ausdruck erschien auf seinem Gesicht.

»Was ist?«, fragte ich. »Wenn es dir unangenehm ist …«

»Nein, nein, es ist schon in Ordnung, ich sage es ihr.« Er strich mir über die Wangen. »Vielleicht ist es besser, wenn du erst morgen wieder zu mir kommst. Heute Abend werde ich möglicherweise nicht da sein.«

»Gut«, sagte ich und küsste ihn. »Es werden lange achtundvierzig Stunden werden, aber es ist mir wichtig, dass sie es weiß.«

So sehr mein Herz auch blutete, ich schälte mich aus seiner Umarmung. Rasch schlüpfte ich in meine Kleider, und nachdem ich ihm einen sehnsuchtsvollen Blick zugeworfen hatte, verließ ich das Zimmer.

Kühle Nachtluft umfing mich, als ich den Hinterhof des Gasthauses verließ. Im Schein der Gaslaternen wirkte die Dunkelheit beinahe noch tiefer und bedrohlicher, also hielt ich mich in den Schatten.

Ich fragte mich, wie es jetzt wohl in der Reederei aussah. Rudolph Ekström war fort, Sten allein im Büro. Wie ging es den Angestellten mit einem Chef, der unberechenbar erschien? Was, wenn er andere beschuldigte, Ekström geholfen zu haben?

Seit meinem Besuch in der Reederei hatte ich Ekström nicht mehr gesehen. Würde er noch einmal Fuß fassen können? In einer Stadt, die von Stens Freunden beherrscht wurde?

Ohne Antworten zu finden, bog ich in die Ronnebygatan ein. Seltsamerweise wurde mir erst jetzt bewusst, dass die Straße nach Marlenes Geburtsort benannt war – der Stadt, in der ich jetzt Zuflucht gefunden hatte. War es Schicksal gewesen, dass ich sie traf? Sehnsucht nach dem Rosenhag flammte in meiner Brust auf. Würde Sten mich daran hindern, zu ihr zu fahren?

Ich schlüpfte in den Garten, lief lautlos über die Wege zum Dienstboteneingang. Dort zog ich den Haustürschlüssel aus der Tasche, schob ihn so leise ich konnte ins Schloss. Sten war im ersten Stockwerk, aber wenn das Haus so still war, hörte man sogar das Knacken der Kellerbalken.

Dunkelheit umfing mich und der vertraute Küchengeruch. Ich brauchte kein Licht, um zu wissen, wo der Tisch stand und wo Ruth die Körbe mit den Vorräten aufbewahrte. Ich huschte an ihnen vorbei, ohne ein unnötiges Geräusch zu machen.

Nun kam der schwierige Teil, das Foyer, in dem, wie ich sehen konnte, noch immer Licht brannte.

Ich öffnete leise die Küchentür, schlich den Gang entlang und erreichte das Foyer, als plötzlich eine Stimme donnerte: »Hast du gedacht, ich bemerke nicht, dass du dich nachts aus dem Haus schleichst?«

142

Marlene

Im ersten Moment realisierte ich gar nicht, was geschah. Mein müder Verstand glaubte sogar, dass ich erneut träumte, doch als ich von dem Qualm, der das Haus erfüllte, zu husten und zu würgen begann, wurde mir klar, dass das hier kein Traum war. Ich war wach. Hellwach sogar. Und alles um mich herum geschah wirklich.

Oskar hustete selbst, trug mich aber auf seinen starken Armen ins Freie.

Dort saß bereits Ingrid im Gras und hustete sich die Seele aus dem Leib. Ihr Gesicht und ihre Kleidung waren mit Ruß beschmiert. Vor ihr lagen zwei Taschen und mein Rucksack, in dem ich alles Wichtige aufbewahrte.

»Ich habe versucht zu retten, was zu retten ist«, sagte sie. »Ein paar deiner Sachen habe ich auch mitnehmen können.«

»Danke«, sagte ich und drückte sie an meine Brust.

»Wo ist Sigrun?«, fragte ich dann panisch.

»Ich dachte, sie sei schon rausgelaufen«, sagte Ingrid. »Ich habe laut gerufen, aber keine Antwort bekommen.«

Oskar warf mir einen besorgten Blick zu, dann sagte er: »Rühr dich nicht von der Stelle.«

»Aber …«, setzte ich an, doch da sah ich ihn schon rennen.

Ich sprang auf die Füße, versuchte zu erkennen, was er tat. Mein

Herz raste. Das Haus war nicht sonderlich groß, es gab keine Winkel, in denen sich Sigrun verstecken konnte. Das Feuer schien im unteren Bereich des Gebäudes ausgebrochen zu sein.

Ein beunruhigender Gedanke kam mir. Was, wenn sie auf den Dachboden gestiegen war? Oder wenn sie beim Rauslaufen gestürzt oder ohnmächtig war?

Ein Klirren ertönte, und zu meinem großen Schrecken sah ich, wie die Splitter eines der Fenster ins Gras herabregneten.

»Oskar!«, schrie ich. »Sigrun!«

Niemand antwortete, und niemand erschien.

Ich wollte schon selbst loslaufen, da packte Ingrid meine Hand. »Du kannst da nicht rein. Er wird sie schon finden!«

Aber was, wenn ihm etwas zustieß? Wenn ihn der Qualm bewusstlos machte?

»Da!«, rief Ingrid plötzlich. Umrahmt von Feuer und Rauch erschien Oskar, mit Sigrun auf den Armen. Sie wirkte leblos.

»Sigrun!«, rief ich und stürmte ihnen entgegen.

»Die Flammen haben mir den Weg durch die Tür versperrt, also bin ich durch ein Fenster gesprungen. Da habe ich sie hinter dem Haus gefunden. Weiß der Teufel, warum sie sich gerade dort versteckt hat.«

Er legte sie auf dem Boden ab, und ich begann ihr die Wangen zu tätscheln. »Hörst du mich? Sigrun!«, rief ich. Hinter mir knackte und ächzte das Holz.

Im nächsten Augenblick schlug sie die Augen auf. Kurz blickte sie mich an, dann schnellte sie in die Höhe. »Das Feuer!«

»Ich weiß, Sigrun«, sagte ich. »Wir sind alle draußen.«

»Mir war so seltsam zumute. Ich hatte Magenschmerzen und war auf dem Plumpsklo. Als ich rauskam, brannte es, und ich … mir ist plötzlich schwindelig geworden. Was dann passiert ist, weiß ich nicht mehr.«

Ich dachte an die Kekse, die sie gegessen hatte, und war froh, dass das Klohäuschen draußen neben dem Stall stand.

»Wir sollten versuchen zu löschen, was irgendwie möglich ist«, sagte Oskar hinter mir. »Oder zumindest das Dach des Schuppens nass machen, damit das Feuer nicht überspringt.«

»Ich komme mit!« Ingrid rappelte sich auf. Auch Sigrun wollte aufstehen, doch ich hielt sie zurück.

»Bleib hier sitzen und bewache unsere Sachen«, sagte ich zu ihr. »Und geh ja nicht mehr ins Haus!«

Zu dritt rannten wir in den Stall, um Eimer zu holen. Während einer von uns die Eimer in den Brunnen herabließ und gefüllt wieder hochzog, liefen die anderen los.

Schnell wurde mir klar, dass diese kleinen Mengen kaum etwas ausrichteten. Dicker Qualm strömte aus den Fenstern, und es war nur eine Frage der Zeit, bis die Flammen den Dachstuhl erreichten.

Noch nie hatte ich mir so sehnlich einen heftigen Regenguss gewünscht, doch der Himmel war klar, und die Sterne wurden nur von dem Rauch verschleiert, der vom Rosenhag aufstieg.

Als ich das Gefühl hatte, dass meine Beine mir nicht mehr gehorchen wollten, blickte ich zu Oskar. Auf dessen rußgeschwärztem Gesicht stand Verzweiflung. Wir wussten beide, dass das Haus nicht mehr zu retten war. Der Dachstuhl brannte lichterloh und drohte jeden Augenblick einzustürzen. Die Lehmwände hielten noch stand, aber aus den Fenstern loderten die Flammen.

»Lass uns das Wasser zum Schuppen tragen«, sagte er mit Grabesstimme. »Damit wenigstens die Ziegen nicht umkommen.«

143

Liv

Drohend baute Sten sich vor mir auf. »Wo warst du?« Seine Stimme klang ruhig, und auch seine Miene verriet keine Aufgebrachtheit. Doch seine Augen glichen zwei bodenlosen Löchern.

Woher wusste er …?

Während ich das Gefühl hatte, dass der Boden unter mir schwankte, musste ich mir eingestehen, dass ich ihn unterschätzt hatte. Ich griff hinter mich und berührte die Wand, um wenigstens ein bisschen Halt zu finden.

»Ich … brauchte frische Luft«, antwortete ich.

»Dann warst du also im Garten?«

Der Garten! Ja, natürlich. Ich konnte behaupten, dass ich im Garten war.

Ich nickte nur und versuchte mir eine Ausrede einfallen zu lassen. Es war noch immer sehr warm hier, mein Zimmer war stickig, ich hätte Kopfschmerzen haben können …

»Du bist also nicht zu diesem Dreckskerl gegangen?«, fragte er weiter.

Sofort versteifte ich mich. Meinte er Alexej?

»Diesem Schnüffler, der mich ans Messer liefern wollte?«, fuhr Sten fort.

Andersson? Glaubte er, dass Oskar noch in Karlskrona war?

Wusste er, dass er bei diesem Zeitungsmann gewesen war und die Wahrheit aus ihm herausgepresst hatte?

»Nein, natürlich nicht«, gab ich zurück.

Sten betrachtete mich misstrauisch. Wie gern hätte ich ihm an den Kopf geworfen, dass er mich ans Messer geliefert hatte, indem er meine Scheidungsabsichten veröffentlichen ließ …

Sten kam drohend auf mich zu.

»Ich dachte, es würde gehen, wenn ich dir Freiheiten ließe, aber wie es aussieht, geht es nicht. Also wirst du im Haus bleiben, bis ich dir erlaube, es wieder zu verlassen. Und vielleicht stecke ich dich doch in diese Irrenanstalt.«

»Du kannst mich nicht einsperren!«, fuhr ich ihn an. Ich wollte mich auf keinen Fall von ihm einschüchtern lassen.

»Oh, und ob ich das kann! Ich bin dein Mann, hast du das schon vergessen?«

Mit diesen Worten packte er mich und zerrte mich voran. Mein Herz raste wie verrückt. Ich konnte mich nicht wieder in dieses Zimmer stecken lassen und ihm ausgeliefert sein!

Stens Hand schloss sich wie ein Stahlring um meinen Arm, und ich wusste nicht, woher ich die Kraft dazu nahm, doch im nächsten Augenblick versetzte ich ihm einen Tritt gegen das Knie. Dies überraschte ihn dermaßen, dass sich seine Hand lockerte. Ich fuhr herum und wollte zur Tür stürmen, aber er packte mich an den Schultern und riss mich zurück.

»Du wirst dieses Haus nicht mehr verlassen!«, fauchte er, und im nächsten Augenblick versetzte er mir eine Ohrfeige.

Doch diese konnte meinen Willen nicht brechen. Ich wirbelte herum und schlug zurück. Möglicherweise machte ihm meine Ohrfeige nichts aus, möglicherweise würde ich es teuer bezahlen, aber ich wollte mich von ihm nicht schlagen lassen, wie Torben es mit Sigrun getan hatte.

Sten geriet ins Taumeln. Ich erkannte meine Gelegenheit, und mit aller Kraft, die ich besaß, versetzte ich ihm einen Stoß gegen die

Schulter. Er stürzte rückwärts zu Boden. Doch das kümmerte mich nicht. Ich wandte mich um und stürmte aus dem Haus.

Ich wusste nicht, ob Sten so weit gehen würde, mir nachzulaufen, aber ich wollte so viel Abstand zwischen uns bringen wie möglich.

Um diese Zeit war es in den Häusern ringsherum noch still, doch möglicherweise sahen mich ein paar Dienstboten durch die Straße rennen. Wenn ich mich nun in eines dieser Häuser flüchtete? Aber wie sollte das gehen, was sollte ich sagen?

Panisch suchte mein Verstand nach einem Ausweg. Alexej fiel mir ein. Bei ihm wäre ich sicher, jedenfalls für den Moment. Und dann? Vielleicht sollte ich wirklich mit ihm weglaufen. Fortgehen, in ein anderes Land?

Beklommen blickte ich über meine Schulter. Sten war nirgends zu sehen. Doch das bedeutete nicht, dass er mir nicht folgte.

Auf einmal fühlte ich mich furchtbar schutzlos. Sollte ich vielleicht doch besser zum Rosenhag fahren? Aber das erwartete Sten vielleicht. Möglicherweise saß er bereits in einer Droschke auf dem Weg dorthin!

Ich atmete tief und warf erneut einen Blick zurück. Diese kleine Bewegung reichte aus, um ein paar Tauben aufzuscheuchen, die sich hinter mir niedergelassen hatten. Oder war es nicht nur meine Bewegung? War Sten in der Nähe?

Meine Lunge brannte, meine Beine zitterten. Dann traf ich eine Entscheidung und lief los.

144

Marlene

Vor Schwäche zitternd, kauerte ich neben einem Rosenbusch und starrte auf die Überreste des Hauses, das unsere Zuflucht gewesen war. Unser Zuhause. Unsere Zukunft. Das Brunnenwasser hatte nicht ausgereicht, um das Feuer einzudämmen. Die Flammen mussten weithin sichtbar gewesen sein, doch niemand war uns zu Hilfe gekommen.

Jetzt, am Morgen, schwelten die Trümmer noch immer. Fassungslos hatten wir zusehen müssen, wie der Dachstuhl eingebrochen war. All unsere Arbeit war vergebens gewesen. Das Rosenhag war verloren. Unsere Träume waren verloren.

Eine dunkle Wolke der Trauer hing über mir, in meinen Ohren rauschte es wie damals, als Sten Boregard uns aus dem Haus vertrieben hatte. Ich war froh, dass dieses Feuer keine Menschenleben gekostet hatte, auch der Ziegenstall war unberührt geblieben. Doch was sollte jetzt aus uns werden?

Ich fragte mich, wie es so weit kommen konnte. War ein Funke aus dem Ofen gesprungen? Hatten wir eine Lampe vergessen? Ich war der Meinung gewesen, alles gelöscht zu haben. Und Ingrid achtete immer sehr genau auf den Herd.

Hatte vielleicht der Besuch des Arztes etwas in unseren Abläufen durcheinandergebracht?

Ingrid neben mir begann zu schluchzen. Auch wenn sich mein Arm bleischwer anfühlte, streckte ich ihn nach ihr aus. Ich bekam ihre Hand zu fassen, drückte sie. Schließlich rückte ich zu ihr und legte ihr meinen Arm um die Schultern.

»Das war er!«, presste sie zwischen den Schluchzern hervor. »Boregard hat uns das angetan!«

Ich hätte ihr gern widersprochen, aber wenn ich ehrlich war, glaubte auch ich nicht wirklich an eine Unachtsamkeit unsererseits. Wir hatten viele Wochen hier gelebt, ohne dass etwas passiert war. Und dann waren diese Männer von der Elektrizitätsgesellschaft aufgetaucht …

Ich blickte auf meine Hände. Sie waren schwarz vom Ruß, einige Fingernägel waren abgebrochen. Da, wo die Flammen über meine Haut geleckt hatten, waren die Härchen auf meinen Armen versengt worden. Die Brandblasen, die ich mir zugezogen hatte, schmerzten. Doch noch schlimmer war mein schlechtes Gewissen.

Hätte ich die Männer vielleicht nicht so harsch vor die Tür setzen sollen? Hätte ich sie hereinbitten, ihnen Kaffee anbieten und mir ihre Pläne anhören sollen?

Ich hätte sie vertrösten und behaupten können, dass ich es mir durch den Kopf gehen lassen würde … Eine Diplomatin war wirklich nicht an mir verloren gegangen.

»Auch davon werden wir uns nicht kleinkriegen lassen«, sagte ich und drückte ihre Schulter. Dann wandte ich mich Sigrun zu, die auf einer Decke lag. Sie hatte die Augen geschlossen und wirkte, als würde sie schlafen. Doch als sie meine Nähe spürte, hoben sich ihre Lider.

»Wie geht es dir?«, fragte ich und strich ihr sanft über das Haar.

»Ich bin müde«, gab sie zu. »Aber gleichzeitig habe ich das Gefühl, dass tausend Käfer über mich hinweglaufen.«

»Das sind nur die Reste der Angst«, sagte ich. »Die werden nach und nach vergehen.«

Sie nickte, und nachdem sie eine Weile nachgedacht hatte, sagte sie: »Möglicherweise sollte ich zu Torben zurückkehren. Wenn der Arzt recht hat und ich nicht so schwer krank bin, wie ich dachte …«

Meine Kehle wurde eng. Mir war klar, dass Sigrun nach dem Erlebten nach einem Strohhalm suchte, um sich festzuhalten. Ich weiß nicht, was ich dazu gesagt hätte, wenn ich Torben neulich nicht gesehen hätte. Doch so …

Ich wischte mir mit der Hand über das Gesicht. Ich war so furchtbar müde! »Sigrun, du weißt doch, dass ich immer dein Bestes will, nicht wahr?«

»Natürlich weiß ich das. Und ich weiß es auch zu schätzen.« Sie machte eine Pause, fügte dann hinzu: »Vielleicht nimmt er mich ja wieder auf … Bei ihm hätte ich wenigstens ein Dach über dem Kopf.«

»Sigrun, du kannst nicht zu ihm zurück«, antwortete ich und spürte sofort, wie sich Widerstand in ihr regte. »Und das sage ich diesmal nicht nur, weil ich ihn für einen brutalen Schläger halte, der eine Frau wie dich nicht verdient hat.«

Ich hätte es gern vor ihr verschwiegen, besonders nach dieser Nacht. Aber ich spürte, dass es nicht anders ging. »Ich sage das, weil ich ihn mit einer anderen Frau gesehen habe.«

145

Marlene

Kaum waren die Worte heraus, bereute ich sie auch schon. Nein, das war wirklich nicht der richtige Zeitpunkt, sie damit zu konfrontieren!

Sigruns Augen weiteten sich, als hätte ich ihr eine Ohrfeige versetzt. Ihr Gesicht wurde kreidebleich. »Das … das kann nicht sein …«, stammelte sie.

»Es ist die Wahrheit«, sagte ich und wollte sie berühren, doch sie schlug meine Hände weg.

Wütend funkelte sie mich an. »Das muss ein Irrtum sein … Er würde nie …«

»Er hat dich aus dem Haus geworfen, als du krank wurdest. Offenbar hat er sich jetzt eine neue Frau gesucht und wartet nur noch darauf, dass du …«

Sigrun presste die Hand vor den Mund. »Aber … ich werde doch wieder gesund! Er weiß es nur noch nicht.«

Am liebsten hätte ich sie geschüttelt und ihr zugeschrien: *Wach doch endlich auf!* Doch ich sagte ruhig, aber nachdrücklich: »Er hat dir in deiner Not nicht beigestanden, wie er es am Altar versprochen hat. Und all die anderen Dinge, die er dir angetan hat …«

Plötzlich rappelte Sigrun sich auf. Sie schwankte, drohte zu fallen, fing sich dann aber wieder. Ich erhob mich ebenfalls. Es tat mir leid, doch hätte ich die Wahrheit länger zurückhalten sollen?

»Sigrun?«, fragte ich, denn sie machte plötzlich den Anschein, als würde sie ihre Umgebung nicht mehr wahrnehmen. Ich ergriff ihre Schultern, drehte sie zu mir, damit sie mich ansehen musste. »Sigrun, komm bitte zur Vernunft! Dieser Mann will dich nicht mehr! Er hat dich geschlagen, dich rausgeworfen, und jetzt betrügt er dich! Was soll er noch machen, bis du einsiehst, dass in seinem Haus kein Platz für dich ist?«

Tränen begannen in ihren Augen zu glitzern. Sie zog die Stirn kraus, und mit einem Mal war ihr Gesicht voller Verzweiflung.

Ich zog sie in meine Arme, drückte sie fest an mich. Ihr anfänglicher Widerstand schwand, und sie begann heftig zu weinen.

Während ich sie hielt, kämpfte ich selbst mit den Tränen. All die Anspannung der vergangenen Stunden entlud sich nun. Was hatten wir getan, um das hier zu verdienen?

Ingrid gesellte sich zu uns, und wir drei weinten um unser Haus, unser Glück und unsere Zukunft.

Als wir uns ein wenig beruhigt hatten, sah ich Oskar, der respektvoll Abstand hielt, so als wollte er uns nicht stören. Ich löste mich von Ingrid und Sigrun und ging ihm entgegen. Dabei bemerkte ich, dass er in einer Hand, die er mit einem Tuch umwickelt hatte, den zersplitterten Hals einer Flasche hielt. In ihm steckte der verkohlte Rest eines Stofffetzens.

»Was ist das?«, fragte ich erschüttert.

»Eine Brandbombe«, sagte er, und sein Blick loderte vor Zorn. »Jemand ist für das Feuer verantwortlich.«

Ich brauchte eine Weile, um Oskars Worte zu verarbeiten. Jemand hatte eine Brandbombe auf das Rosenhag geworfen … Ingrid schien recht zu haben. Das konnte durchaus die Handschrift von Sten Boregard sein. Aber würde er so dumm sein, uns auf diese Weise anzugreifen? Andererseits, was hatte er zu verlieren? Er stand ohnehin schon vor Gericht … Und nachweisen konnten wir es ihm nicht.

»Ich schaue nach, ob es noch weitere davon gibt«, sagte Oskar und legte den Flaschenhals neben mir ins Gras. »Das Feuer hat sich so schnell ausgebreitet, es kann kaum durch einen einzigen Brandsatz ausgelöst worden sein.«

Ich sah die Erschöpfung in seinem Gesicht, aber auch wilde Entschlossenheit. »Wenn ich weitere Scherben finde, könnte es möglicherweise für uns von Vorteil sein.«

»Warum?«, fragte Ingrid.

»In Stockholm kenne ich jemanden, der Fingerabdrücke abnehmen kann. Anhand dieser könnte man ermitteln, wer hinter diesem Anschlag steckt.«

»Boregard«, platzte es aus Ingrid heraus.

»Vielleicht«, gab Oskar zurück. »Aber er wird es nicht selbst gewesen sein. Und da ist auch noch die Elektrizitätsgesellschaft mit diesen beiden Kerlen.« Er machte eine Pause, dann sagte er: »Egal wer es war, er wird nicht ungeschoren davonkommen. Ich habe lange genug als Ermittler gearbeitet, um solche Leute zu überführen.«

Während Oskar wieder zum Haus zurückkehrte, ließ ich mich ins Gras sinken. Für eine ganze Weile konnte ich nichts anderes tun, als auf die Trümmer zu starren. Die Taubheit in meiner Brust kehrte zurück.

Seltsamerweise fiel mir meine Lampe ein. Das letzte Andenken an Bjarne. Oskar hatte mir einen neuen Glaszylinder geschenkt, nachdem Boregard den alten zerstört hatte. Nun lag sie unter den Trümmern begraben.

Immer, wenn wir ein Problem gelöst hatten, war ein anderes aufgetaucht. Lastete möglicherweise ein Fluch auf dem Rosenhag?

Neben mir hatte Ingrid sich neben Sigrun gesetzt. Ich musste mich um die beiden kümmern. Ich musste dafür sorgen, dass sie eine Unterkunft hatten. Darauf sollte ich mich jetzt konzentrieren. Alles andere war nicht wichtig.

»Verzeih mir bitte, dass ich so harsche Worte gebraucht habe«, sagte ich, während ich mich vor Sigrun hockte. Sie wirkte nun wesentlich gefasster, wenngleich die Trauer in ihren Augen nicht zu übersehen war. »Natürlich kann ich dich nicht davon abhalten zu tun, was du willst. Aber was ich gesagt habe, war das, was ich gesehen habe. Und Freundinnen sollten einander doch die Wahrheit sagen, oder nicht?«

Sigrun nickte und zog die Nase hoch. »Es ist gut, dass du es mir gesagt hast. Ich … ich hatte in letzter Zeit schon so ein Gefühl … Aber ich wollte es mir nicht eingestehen, weil ich dumm bin.«

»Unsinn!«, sagte Ingrid. »Dumm bist du nicht. Aber es fällt schwer, Dinge loszulassen. Manchmal wartet man so lange, bis sie einem entrissen werden.«

»Wenn du möchtest, fahren wir gemeinsam in die Stadt und stellen ihn zur Rede«, schlug ich vor, doch sie schüttelte den Kopf.

»Nein. Wir haben andere Sorgen.« Sie deutete auf das Haus, und im nächsten Augenblick vernahm ich einen Schrei.

146

Liv

Nein! Nein, das konnte nicht sein! Das durfte nicht wahr sein!

Ich spürte ein Reißen in meinem Körper, hörte mich schreien und krümmte mich zusammen. Das Haus meines Vaters, Marlenes Haus, ausgelöscht vom Feuer. Wie hatte es nur so weit kommen können? War das Stens Rache, der Grund, warum er mich einsperren wollte?

Das Haus, das ich einst so dermaßen verabscheut hatte, hatte die letzten Spuren meiner Mutter in sich getragen. Es hatte unser Neuanfang werden sollen, unsere Hoffnung.

Nun war es nur noch ein Haufen Asche!

»Liv«, sagte eine Stimme neben mir. Wenig später spürte ich eine Hand auf meiner Schulter. Ich sank auf die Knie, und auch Marlene hockte sich hin. Sie zog mich in ihre Arme und hielt mich. Ich roch den Rauch an ihr, spürte, dass sie zitterte. Doch ihre Arme waren warm und stark. Ich wusste, sie würde mich nicht fallen lassen.

»Es ist alles gut«, sagte sie. »Wir sind alle rausgekommen.«

Das war die beste Nachricht, die sie mir in diesem Augenblick geben konnte. Aber mir war klar, dass alles verloren war. Das Haus der Frauen war Geschichte.

Nannas Worte gerieten mir in den Sinn. Sie hatten nichts vom Rosenhag gesagt, jedenfalls nicht offen. Aber sie meinte, dass meine

Unternehmungen zum Scheitern verurteilt sein würden, wenn ich die Scheidung nicht zurückzog …

Ich brach in Tränen aus, Marlene hielt mich fest. Erst nach einer ganzen Weile realisierte mein Körper, dass Tränen nichts ändern würden. Und dass wir jetzt eine Lösung finden mussten.

»Komm«, sagte Marlene und legte mir den Arm um die Schulter.

Während wir an den Rosenhecken vorbei zum Garten gingen, versuchte ich den Anblick zu verarbeiten. So viel war an diesem Morgen geschehen …

»Wieso bist du hier?«, fragte Marlene, nachdem wir uns ins Gras gesetzt hatten. »Ist etwas passiert?«

»Sehr viel sogar.« Ich zog ein Taschentuch hervor und schnäuzte mich. »Ich … ich war heute Nacht bei Alexej.«

»Du warst …« Marlene stockte und schaute mich erschrocken an. »Aber ich dachte, Sten …«

»Du hast keine Ahnung, was in den vergangenen Tagen geschehen ist.«

Hatte ich bei unserem letzten Zusammentreffen in Friedas Garten noch gezögert, so brach jetzt alles aus mir hervor. Dass Hammerstein mich nicht mehr als Klientin haben wollte. Dass ich bei Frieda war, um sie um Hilfe zu bitten. Und dann der Vorfall heute Morgen …

Während ich sprach, hatte ich wieder vor Augen, wie überrascht Alexej gewesen war, als ich plötzlich wieder unter seinem Fenster gestanden hatte. Ich hatte Glück gehabt, dass der Wirt das Tor offen gelassen hatte. So konnte ich hineinschlüpfen und Steinchen an sein Fenster werfen, und wenig später war er erschienen. Wortlos hatte er mir die Tür geöffnet, doch als wir in seinem Zimmer waren, wollte er wissen, was geschehen war.

Ich berichtete ihm alles. Wie Sten mich gestellt hatte. Wie er mich packte. Wie er mich schlug und ich mich zur Wehr setzte.

Alexejs Muskeln hatten sich angespannt. »Ich werde diesen Hurensohn in die Hölle schicken!«

Ich versperrte die Tür mit meinem Körper. »Nein, das darfst du nicht. Du musst mir helfen. Ich muss zu Marlene, aber wie soll ich dorthin kommen? Sten weiß, dass ich den Zug nehmen könnte. Aber ich habe ohnehin kein Geld bei mir.«

Alexej hatte eine Weile überlegt, dann zog er etwas aus seinem Seesack. »Ich werde uns ein Pferd besorgen«, sagte er.

»Du kannst reiten?«, fragte ich.

»Mein Großvater war Bauer, was denkst du?«

Die Zeit, in der er unterwegs war, war mir unendlich vorgekommen. Ich hoffte noch immer, dass Sten nichts von ihm wusste, dass er nicht jemanden beauftragt hatte, mir nachzuschleichen. Nach diesem Morgen hielt ich alles für möglich.

Doch dann war er zu mir zurückgekehrt. »Ich habe ein Pferd. Wir müssen aber gleich los, ehe dein Mann die Polizei in Bewegung setzt.«

»Hast du so etwas gehört?«

»Nein, aber ich weiß, wie das läuft.« Er hatte mir eine Jacke und eine Hose aus seinem Seesack gegeben, dann waren wir nach unten gegangen. Vielleicht wäre es besser gewesen, allein zu reiten, doch ich hatte noch nie in einem Pferdesattel gesessen. Auch bei einem Seemann hätte ich das nicht vermutet, doch Alexej schwang sich hinauf, als hätte er nie etwas anderes getan. Er reichte mir die Hand und zog mich hinter sich auf die Kruppe des Tiers. Ich klammerte mich an ihm fest, und wir ritten zum Tor hinaus wie ein Husar mit seiner Braut.

Das alles erzählte ich Marlene, die mit besorgt gerunzelter Stirn lauschte.

»Warum ist er nicht mitgekommen?«, fragte sie schließlich.

»Er meinte, dass er noch etwas zu erledigen hätte.«

Marlene schnappte erschrocken nach Luft. »Er wird doch nicht …«

»Er wird Sten in Ruhe lassen. Das hat er mir versprochen. Aber was er zu erledigen hat, wollte er mir auch nicht sagen.« Die Ungewissheit wütete in mir. Wenn er zur Arbeit gehen wollte, würde er viel zu spät erscheinen. Das konnte ihn seine Stelle kosten. Doch wenn Sten herausbekam, dass er mich hierhergebracht hatte, blühte ihm noch weitaus Übleres.

»Ich kann nicht glauben, dass du deinen Mann geohrfeigt hast«, sagte sie nach einer Weile. Als ich sie ansah, spielte ein kleines Lächeln auf ihren Lippen. »Du weißt sicher, dass du damit alles nur noch schlimmer gemacht hast, nicht wahr?«

»Ja, das weiß ich«, gab ich zurück. »Aber was hätte ich denn sonst tun sollen? Mich wieder von ihm einsperren lassen? Außerdem hat es sich erstaunlich gut angefühlt.« Jetzt lächelte auch ich. »Ich hätte es viel eher tun sollen.«

147

Marlene

Schweigend saßen wir an dem Waldweg, niemand schien so recht die Kraft oder den Willen zu haben, etwas zu sagen.

Oskar hatte drei weitere Flaschenreste gefunden, und ich fragte mich, warum wir es nicht gehört hatten. Das Klirren des Glases, das Tappen der Schritte auf dem Hof. Wenn wir einen Hund gehabt hätten …

Es erschien mir unvorstellbar, dass Fremde hier gewesen waren, Männer, die mit der Absicht gekommen waren, uns zu töten.

Steckte Livs Mann dahinter? Die Elektrizitätsgesellschaft Karlskronas? Der Gutsherr von Wik?

Oskar hatte davon gesprochen, dass es einen Weg gäbe, die Täter zu ermitteln. Doch würde das klappen? So oder so, ich hatte nicht die Mittel, das Haus wieder aufzubauen. Und die Tatsache, dass uns wirklich niemand zu Hilfe gekommen war, erschütterte mich bis ins Mark. Das Feuer musste doch bemerkt worden sein! Oder hatte die Dunkelheit den Feuerschein verschluckt?

»Was tun wir jetzt?«, hörte ich Ingrid fragen. Sie hatte nach den Ziegen geschaut, die die Nacht glücklicherweise gut überstanden hatten. Wenigstens hatten wir noch die Scheune, in der wir übernachten konnten – doch wer auch immer hinter dem Brand steckte, konnte wiederkommen.

»Wir brauchen eine Bleibe«, sagte ich. »Einen Ort, an dem wir sicher sind. Mehr denn je, wo Liv nicht mehr nach Karlskrona zurückgehen kann.«

Ich blickte zu meiner Freundin. Stolz erfüllte meine Brust, wenn ich daran dachte, dass sie sich ihrem Mann widersetzt hatte. Ich hätte zu gern gesehen, wie sie ihm die Ohrfeige verpasst hatte. Doch die Folgen konnten weitreichend sein.

Jetzt, da sie keinen Anwalt mehr hatte, der ihre Scheidungssache vertrat, war sie ein gutes Stück schutzloser, auch wenn Alexej versuchen würde, sie vor allem Schaden zu bewahren.

Mit einem Mal fiel mir etwas ein. »Möglicherweise«, begann ich, »ist es nicht die beste Lösung, aber wir könnten nach Ronneby gehen. Ins Haus meiner Mutter.«

»Würde sie uns denn aufnehmen?«, fragte Ingrid.

»Wenn ich ihr gut zurede …« Ich dachte daran, dass sie geäußert hatte, ohne meinen Vater einsam zu sein. »Liv wäre dort auch vor den Nachstellungen ihres Mannes sicher.«

Der Monte Verità kam mir in den Sinn. War Lucia mittlerweile dort angekommen? Vielleicht hatte sie es von uns allen am besten getroffen. Es machte mich froh, dass ich mich wenigstens nicht mehr um sie kümmern musste.

»Es ist unsere beste Möglichkeit«, bekräftigte ich.

»Vielleicht wäre es gut, nicht mit dem Zug zu fahren«, meldete sich Oskar zu Wort. »Sten Boregard könnte die Polizei benachrichtigt haben.«

»Dann müsste er aber auch zugeben, dass ihm die Frau weggelaufen ist!«, sagte Ingrid. Sie schien sich mittlerweile ein wenig gefasst zu haben.

»Ihr solltet dennoch ein Fuhrwerk mieten. Der Wirt wird mir wie immer eines geben. Darauf können wir alles laden, was ihr von hier mitnehmen wollt.«

Viel, was wir hätten mitnehmen können, war nicht geblieben. Da die Trümmer noch warm waren, konnte niemand in der Asche wühlen. Aber die Ziegen hatten wir noch. Und den Teil unseres Vorrats, den wir im Stall gelagert hatten.

Das war nicht viel, aber irgendwie würde es gehen. Es musste gehen, wenn wir den Brandstiftern den Triumph nicht lassen wollten.

Und immerhin war mein Fahrrad unversehrt geblieben. Ich konnte mich weiterhin unabhängig bewegen. Das bedeutete mir sehr viel in diesem Augenblick.

»Aber wie sollen wir den Wirt denn bezahlen?«, fragte Sigrun.

»Wir finden eine Möglichkeit«, sagte Oskar und nahm mich in seine Arme. Ein warmer Schauer durchrieselte mich.

»Ich werde diese Schweine zur Verantwortung ziehen«, sagte er leise in mein Haar. »Das verspreche ich dir. Und dann werden wir neu anfangen.«

Ich lehnte meinen Kopf an seine Brust und lauschte seinem Herzschlag. Er klang stark, und Oskar konnte gar nicht ermessen, wie viel es mir bedeutete, dass er bei mir war. Egal, was noch auf unserem Weg lag und geklärt werden musste.

»Um Himmels willen, was ist denn geschehen?«, fragte da eine Stimme. Ich drehte mich um und sah Magda Damme, die Bäuerin, die mir die Daunen verkauft hatte.

148

Marlene

Die Frau schwang sich vom Kutschbock ihres Gefährts und lief auf uns zu. »Was ist denn passiert? Hat sich das Herdfeuer verselbstständigt?«

»Nein, es …« Ich kämpfte mit den Tränen. »Irgendwer ist uns nicht gut gesinnt.«

»Jemand hat Ihnen das Haus angezündet?«, platzte sie heraus.

»Wir vermuten es. Männer von der Elektrizitätsgesellschaft waren hier. Ich habe sie nicht hereingelassen.«

»Diese Schweine!«, gab sie zurück und dachte einen Moment nach. »Wollen Sie eine Weile bei mir auf dem Hof bleiben?«

»Wir sind mittlerweile zu viert«, sagte ich. »Das kann ich Ihnen nicht zumuten.«

»Und wo wollen Sie dann hin? Sie wollen doch sicher nicht im Stall hausen …«

»Wir gehen zu meiner Mutter. Sie wohnt in Ronneby.«

Magda nickte und wirkte ein wenig enttäuscht. »Kommen Sie doch auf dem Weg bei mir vorbei«, sagte sie. »Ich gebe Ihnen ein paar Dinge mit, die Sie vielleicht gebrauchen können.«

»Aber ich kann es Ihnen nicht bezahlen!«

»Nun, in so einer Situation sollten Menschen sich untereinander helfen, oder etwa nicht?«

Gerührt von dieser unerwarteten Freundlichkeit, blickte ich Magda nach, wie sie zu ihrem Wagen ging, die Pferde antrieb und verschwand. Ihre Worte echoten durch meinen Verstand. Wenn nur alle so wären wie sie …

Das Fuhrwerk vom Wirt zu beschaffen dauerte einige Zeit. Wir nutzten diese, um uns mit Brunnenwasser zu waschen. Den Brandgeruch wurden wir dennoch nicht los.

Als Oskar mit dem Pferdewagen zurückkehrte, berichtete er davon, dass er auf der örtlichen Polizeistation vorgesprochen hatte wegen des Brandes. »Ich werde auch die Polizei in Karlskrona benachrichtigen«, ergänzte er. »Dort gibt es einen Kommissar, der mir gewogen ist. Möglicherweise will er die Fingerabdrücke selbst untersuchen.«

Ich nickte. Das war immerhin eine Hoffnung. An den Kommissar erinnerte ich mich, und dass er die Verhaftung von Sten Boregard geleitet hatte, hatte mich für ihn eingenommen.

Es dauerte nicht lange, den Wagen zu beladen. Die Ziegen gebärdeten sich allerdings ein wenig störrisch, sodass wir zumindest der Mutter die Beine zusammenbinden mussten. Die Kitze wichen nicht von ihrer Seite.

Am liebsten wäre ich hiergeblieben, aber ich musste mit meiner Mutter reden, sie davon überzeugen, Liv, Ingrid und Sigrun aufzunehmen.

»Ich warte noch auf den Polizisten, dann fahre ich nach Karlskrona und spreche mit dem Kommissar«, sagte Oskar, als wir bereit waren aufzubrechen.

Ich nickte und ließ mich von ihm in die Arme schließen.

»Es wird alles gut«, sagte er. »Wer auch immer das getan hat, ich werde dafür sorgen, dass er zur Rechenschaft gezogen wird.«

»Sei vorsichtig«, gab ich ihm mit auf den Weg. »Sten Boregard weiß, wie du aussiehst, und das gilt auch für seine Handlanger.«

»Boregard würde mich nicht offen angreifen.«

Da war ich mir nicht so sicher.

Ich nannte ihm noch die Adresse meines Elternhauses, dann erklomm ich den Kutschbock.

»Ich kann nicht fassen, dass mein Onkel niemanden geschickt hat, um nachzusehen und euch zu Hilfe zu kommen«, sagte Liv, als wir das Gutshaus passierten. Sie saß neben mir, während Sigrun und Ingrid auf der Ladefläche Platz gefunden hatten. »Der gesamte Wald hätte in Flammen aufgehen können!«

»Wer auch immer diesen Brandsatz geworfen hat, wusste, dass um diese Stunde alle schliefen«, erwiderte ich. »Und er wusste auch, was er tat. Die beiden Männer von der Elektrizitätsgesellschaft hatten genug Zeit, um das Haus auszukundschaften – und die Gegebenheiten ringsherum. Sie wussten, dass der Wald nicht in Mitleidenschaft gezogen werden würde. Dazu ist er zu weit entfernt.«

»Die Elektrizitätsgesellschaft war hier?«, fragte Liv, worauf ich nickte und ihr von dem Besuch und auch dem Dr. Hellströms berichtete.

»Wie es aussieht, habe ich eine Menge verpasst«, sagte Liv. »Übrigens hatte ich Besuch von Nanna und Hugo Skantze. Sten hatte sie eingeladen. Sie wollten mich dazu überreden, bei Sten zu bleiben, kannst du dir das vorstellen?«

»Ja, durchaus«, gab ich zurück. »Es erstaunt mich nur, dass sie noch mit ihm sprechen. Nach allem, was er getan hat.«

»Keine Bande halten besser als die geschäftlichen«, sagte Liv. »Außerdem glauben sie, dass du aus reiner Böswilligkeit gehandelt hast, indem du Sten beschuldigt hast.«

»Ich habe niemanden beschuldigt«, erwiderte ich. »Ich habe nur Bjarnes Handschrift identifiziert. Beschuldigt hat ihn die Versicherung.« Bjarne. Die Zeichnung von ihm, die Alexej mir gegeben hatte, hatte in der Truhe im Schlafzimmer gelegen. Möglicherweise war sie ebenfalls für immer verloren. Jetzt blieb mir nur noch das Bild, das ich in meinem Herzen trug.

»Ich fürchte, um die Details kümmern sie sich nicht«, sagte Liv grimmig. »In ihren Augen bist du die Schuldige und wirst es wahrscheinlich immer bleiben.«

»Damit kann ich leben«, sagte ich, als Magdas Bauernhaus vor uns auftauchte. Die erste Etappe hatten wir geschafft, die weitaus längere lag noch vor uns. »Wenn ich sie nur nicht wiedersehen muss …«

149

Alexej

Ich trieb das Pferd wie verrückt in Richtung Karlskrona. Schon auf dem Weg zum Rosenhag hatte ich es nicht geschont, und wahrscheinlich würde der Besitzer fluchen, wenn ich das Tier vollkommen abgehetzt übergab. Doch ich wollte keine Zeit verlieren.

Dass Liv aus ihrem Haus geflohen war, erschien mir wie ein Zeichen. Wir durften auf keinen Fall länger als nötig hierbleiben. Ihr Mann hatte sie geschlagen, und dass sie es ihm mit gleicher Münze zurückgezahlt hatte, würde er nicht ungesühnt lassen.

Am liebsten hätte ich sie gar nicht erst nach Nättraby gebracht, aber sie hatte es so gewollt. Jetzt war es an mir, so schnell wie möglich eine Schiffspassage zu buchen und sie dann mitzunehmen, weit weg von diesem Land. Vielleicht würde ich sie in meiner Heimat in Sicherheit bringen können.

Als ich nach mehr als einer Stunde den Hafen erreichte, fiel mir ein, dass ich jetzt eigentlich in der Werft sein sollte. Der Meister war sicher enttäuscht, dass ich einfach so wegblieb. Er war einer der Männer, mit denen ich mich ein wenig angefreundet hatte.

Doch unter diesen Umständen wollte und konnte ich nicht mehr für Sten Boregard arbeiten. Ja, er hatte Glück, dass ich Liv versprochen hatte, ihn in Ruhe zu lassen. Noch vor einigen Stunden hätte ich ihn am liebsten in Stücke gerissen.

»Petrow!«, hörte ich plötzlich eine Stimme.

Als ich mich umwandte, erblickte ich Rudolph Ekström. Erleichtert atmete ich auf und ließ mich aus dem Sattel gleiten.

»Was suchen Sie denn zu dieser Stunde am Hafen?«, fragte er.

Ich wusste zunächst nicht, was ich ihm antworten sollte.

»Ich … ich bin nicht mehr in der Werft«, brachte ich schließlich hervor.

»Hat Boregard Sie auch entlassen?«

»Nein, ich … «

Ekström nickte verständnisvoll. »Die See, nicht wahr? Ihrem Ruf kann sich niemand entziehen.«

Ich rang mit mir. War er nicht derjenige gewesen, der für Liv gearbeitet hatte? Dessen Kündigung sie bedauert hatte?

»Es ist etwas anderes …« Ich blickte ihn an. Jemand, der von dem Reeder so schlecht behandelt worden war, würde sicher Verständnis haben und sie nicht verraten. »Frau Boregard ist vor ihrem Mann geflohen.«

»Wie bitte?« Ekström reckte den Kopf vor wie eine Schildkröte, die nach einem Blatt fischte.

»Sie kam heute Morgen zu mir. Wir …« Ich wollte nicht näher ausführen, wie unsere Beziehung zueinander war. »Sie brauchte Hilfe, und ich habe sie fortgeschafft.«

»Wohin?«

»Nach Nättraby«, sagte ich.

»Zu diesem Haus von Marlene Walsted?«

Ich nickte. Vielleicht war es ein Fehler gewesen, das zuzugeben. Aber welche anderen Verbündeten hatte Liv noch?

»Ihr Mann weiß von dem Haus«, sagte Ekström.

»Aber dort sind noch andere. Er würde nicht wagen, dort aufzukreuzen.«

»Dessen können Sie nicht sicher sein.« Ekström stemmte die Hände in die Hüften und überlegte eine Weile. »Ich sollte sie aufsuchen.«

»Nein, tun Sie das nicht! Sie ist in Sicherheit, das verspreche ich Ihnen. Marlene und die anderen Frauen werden auf sie achtgeben.«

»Das schon, aber wer gibt auf diese acht?« Er schüttelte hilflos den Kopf.

»Ich werde mit ihr verschwinden, sobald es geht«, sagte ich. »Ich brauche nur ein Schiff, das uns mitnimmt.«

Ekström blickte nun fast erschrocken auf. »Das wäre das Dümmste, was Sie tun könnten. Selbst wenn es kein Schiff seiner Werft ist: Die Kapitäne reden. Wenn er es darauf anlegt, seine Frau zurückzuholen, werden Ihre Kameraden sie ihm ausliefern. Und Sie werden eine Tracht Prügel kassieren, die sich gewaschen hat. Ganz davon abgesehen, dass Sie damit ihr Ansehen erst recht beschädigen.«

Seine Worte ließen meine Selbstsicherheit schrumpfen. Ein heißer Schauer überzog mich.

»Was soll ich denn sonst tun?«, fragte ich. »Ich kann sie diesem Mann nicht überlassen.«

»Nein, das können Sie nicht. Trotzdem sollten Sie die Füße stillhalten und versuchen, sie aus der Ferne zu unterstützen.« Er machte eine Pause. »Suchen Sie eine Bleibe, in der Sie sicher sind. Und dann gehen Sie zu ihr und holen Sie sie. Sie darf ihrem Mann nicht mehr unter die Augen kommen. Unter keinen Umständen.«

150

Marlene

Es war schon spät am Vormittag, als ich das Fuhrwerk vor dem Haus meiner Mutter zum Stehen brachte. Sie war nicht im Garten, aber ich wusste, auch ohne meinen Vater würde sie ihren üblichen Tätigkeiten nachgehen.

Ich kletterte vom Kutschbock herunter, und während ich zur Haustür schritt, begann mein Herz heftig zu pochen. Was würde sie dazu sagen, dass ich wildfremde Frauen bei ihr einquartieren wollte?

Mein Elternhaus war nicht sehr groß, doch es hatte neben der Stube, der Küche und der Schlafkammer noch einen weiteren Raum, der je nach Anlass als Ess- oder Gästezimmer genutzt werden konnte. Außerdem gab es den Dachboden, der weitaus leichter zu erreichen war als im Rosenhag, denn hier gab es eine feste Treppe. Jene Treppe, auf der ich als Kind heimlich den Gesprächen meiner Eltern gelauscht hatte.

Es würde eng werden, aber es würde gehen.

Da auf mein Klopfen niemand antwortete, trat ich kurzerhand ein. Möglicherweise war sie im Hinterhof und fütterte die Hühner.

»Mutter?«, fragte ich in die Stille hinein.

Eine Antwort erhielt ich nicht, also durchquerte ich die Küche und lief zur Hintertür hinaus. »Mutter?«

Doch auch bei den Hühnern war sie nicht.

Die Sorge traf mich wie ein Hammerschlag. War ihr etwas zugestoßen? Ich kannte meine Mutter gut genug, um zu wissen, dass sie niemals ausging, ohne zuzuschließen.

»Mutter?«, fragte ich erneut, als ich ins Haus zurückkehrte. Machte sie vielleicht ein Nickerchen?

Da ertönte eine Stimme. »Marlene?« Sie klang schwach und kam aus der Schlafkammer. Sogleich lief ich hin und riss die Tür auf.

Meine Mutter saß vor dem leeren Ehebett.

»Mutter, geht es dir gut?«, fragte ich und stürmte zu ihr.

Bei der Beerdigung hatte sie nicht so müde und lethargisch gewirkt, und das, obwohl ihre Trauer da noch sehr frisch gewesen war.

»Ja, natürlich, mein Kind«, sagte sie leise.

Auch solch eine Bezeichnung hatte ich schon lange nicht mehr von ihr gehört. Überhaupt wirkte sie nicht wie sie selbst. Eher wie ein blasser Schatten.

»Mutter, ich muss mit dir reden.«

»Ja«, sagte sie, ohne sich von dem Bett abzuwenden.

Ich ergriff ihre Schultern und zwang sie, mich anzusehen. »Hör mir bitte zu, Mutter. Da draußen sind drei Frauen, für die ich eine Unterkunft benötige. Das Haus, in dem wir gewohnt haben, ist abgebrannt. Du erinnerst dich? Das Haus, von dem ich dir erzählt habe? Das Haus, das ich als Entschädigung für Bjarnes Tod bekommen habe?«

Der Blick meiner Mutter hatte verschleiert gewirkt, doch plötzlich wurde er klar, als wäre sie aus einem Traum zurückgekehrt. So kannte ich meine Mutter nicht, und das machte mir Angst.

»Es hat gebrannt?«

»Ja«, sagte ich, froh darüber, dass sie mir jetzt zuhörte. »Uns ist nichts passiert, aber wir haben keinen Ort, an dem wir bleiben können. Wärst du bereit, uns für eine Weile aufzunehmen?«

Durch meinen Kopf ratterte plötzlich, was mein Vater gesagt hätte. Er war kein Mann gewesen, der anderen Hilfe versagte – wenn es nicht die eigene Tochter war.

Aber er war nicht mehr hier.

»Ja«, kam es aus dem Mund meiner Mutter. »Wo sind sie denn?«

Ich stieß erleichtert die Luft aus. Immerhin stimmte sie zu. Was daraus werden würde, mussten wir sehen.

Ich führte sie nach draußen, wo die anderen bereits neben dem Wagen standen. Zerzaust und in unseren verdreckten Kleidern sahen wir genau nach dem aus, wofür uns der Gutsherr gehalten hatte: Landstreicherinnen.

Ich merkte meiner Mutter an, dass sie erschrak. Liv war die Erste, die auf sie zuging. In ihrem halbwegs sauberen Kleid wirkte sie noch am seriösesten.

»Frau Dahl«, sagte Liv und reichte ihr die Hand. »Wir sind Ihnen so dankbar, dass Sie uns anhören möchten.«

Es gefiel meiner Mutter sichtlich, dass sie nicht gleich davon ausging, bleiben zu können.

Ich nickte Liv zu, als Zeichen, dass sie bereits zugestimmt hatte.

»Ich bin Liv Boregard. Möglicherweise haben Sie in der Zeitung von Marlene und mir gelesen.«

Ich wusste nicht, ob das der Fall war, aber meine Mutter starrte Liv an, als hätte sie eine Erscheinung. Dann schaute sie zu Ingrid und Sigrun, die genauso schmutzig und müde wirkten wie ich selbst.

»Kommen Sie rein und lassen Sie uns bei einer Tasse Kaffee reden«, sagte sie schließlich.

151

Oskar

Auf der Wartebank des Bahnhofs rang ich mit dem Schlaf. Kein Auftrag hatte mir je so viel abverlangt wie die vergangene Nacht und der darauffolgende Morgen.

Die Sache stank zum Himmel, das musste auch der Polizist aus Nättraby zugeben, der tatsächlich erschienen war, um sich die Trümmer anzusehen. Ich hatte ihm von den Flaschen erzählt, ihm allerdings nur eine davon überlassen. Die weitaus aussichtreicheren Stücke behielt ich für mich, um sie Kommissar Dahlberg und meinen Kontakten in Stockholm zu überlassen.

Nachdem ich das Gelände einigermaßen gesichert hatte, machte ich mich auf den Weg zum Bahnhof. Die Hoffnung, dass Marlene und die anderen bei ihrer Mutter Unterschlupf finden würden, beruhigte mich ein wenig, dennoch tobten Zorn und Sorge in meiner Brust. Was sollte nun werden? Auf einen Schlag waren die drei Frauen, vier, wenn man Liv hinzurechnete, heimatlos geworden. Ich selbst wusste noch immer nicht, wie ich meine Mutter versorgen sollte, wenn sie aus dem Krankenhaus kam, und nun auch noch das …

Das Pfeifen des Zuges riss mich aus meinen Gedanken. Einen Schritt nach dem anderen, sagte ich mir. Eine andere Möglichkeit hatte ich nicht.

In Karlskrona machte ich mich auf den Weg zum Kommissariat. Ich konnte nicht glauben, dass seit dem letzten Mal erst einige Wochen vergangen waren. Seitdem hatte ich den Leiter der Polizeistation nicht mehr gesehen. Aber Boregard war danach auch nicht mehr mein Problem gewesen.

Die Stadt war belebt wie immer, und während ich durch die Straßen lief, fiel nicht nur die Müdigkeit von mir ab, mein Verstand klärte sich ebenfalls.

Ich war froh, dass immerhin Marlenes und mein Gepäck gerettet war. Soweit ich sehen konnte, hatte auch Ingrid ihre Tasche mitnehmen können.

Dennoch war der Schaden enorm. Die Möbel, der Großteil der Lebensmittel, alles, was sie erworben hatten, um das Haus schön einzurichten ... Für all das würde es Ersatz geben, ja, aber dennoch wusste ich, was das für die Frauen bedeutete. Fürs Erste hatten sie kein Heim, und Liv hatte noch viel mehr verloren.

Ich hatte die Polizeistation beinahe erreicht, als mein Blick auf eine Person fiel, die sich ein wenig ratlos umschaute. Im nächsten Augenblick erkannte ich den jungen Russen, Marlenes Stiefsohn.

»Alexej!«, rief ich, hob die Hand und winkte. Es hatte mich gewundert, dass er Liv am Waldrand abgesetzt, sie aber nicht begleitet hatte. Marlene hatte mir erklärt, was zwischen den beiden war.

Der junge Mann wirbelte herum. Als er mich erkannte, hob er die Hand und kam zu mir gelaufen.

»Liv ist in Sicherheit«, sagte ich.

Er sah mich verwundert an. »Ich weiß, sie ist im Rosenhag. Ich habe sie heute Morgen nach Nättraby gebracht.«

Ich verfluchte mich im Stillen. Natürlich! Er wusste noch nichts von dem Feuer. Woher auch?

»Im Rosenhag hat es gebrannt. Marlene ist mit Liv und den anderen Frauen auf dem Weg nach Ronneby zu ihrer Mutter.«

»Gebrannt? Aber ...« Er schüttelte verwirrt den Kopf, dann wurde er blass. »Ich wollte sie abholen, um mit ihr fortzugehen.«

Ich schaute mich um. Das hier war nicht gerade der beste Ort, um so etwas zu besprechen. Boregards Handlanger wussten, wie ich aussah. Und Alexej war das Abbild seines Vaters.

»Kommen Sie«, sagte ich und ergriff seinen Arm. Sogleich spürte ich Widerstand. »Wir müssen irgendwohin, wo wir ungestört reden können.«

Ich nahm ihn mit zu einem der Treffpunkte, an denen mir Rudolph Ekström die ersten Dokumente über Boregard geliefert hatte. Der Hinterhof gehörte zu einem verfallenen, herrenlosen Haus. Bestenfalls kamen Katzen hierher, auf der Suche nach Mäusen und Ratten.

Als wir sicher waren vor Ohren, die das Gesagte nichts anging, schilderte ich ihm, was in den vergangenen Stunden passiert war.

»Wird Liv in diesem Ronneby vor ihrem Mann sicher sein?«, fragte Alexej besorgt.

»Das wird sie«, gab ich zurück. »Das Haus gehört Marlenes Mutter. Sie werden dort für eine Weile bleiben können.«

Ob es wirklich so war, wusste ich natürlich nicht genau, aber ich ging davon aus, dass sie sie trotz aller Differenzen überreden würde. Notfalls würde ich Marlene zutrauen, die Frauen im Wald unterzubringen.

Der junge Mann runzelte die Stirn. »Ich weiß nicht, ob es eine Bedeutung hat«, begann er. »Aber gestern Abend habe ich gesehen, wie Boregard mit jemandem gesprochen hat. Er gab ihm einen Schlüssel, und der Kerl meinte, dass sich die Sache bis zum nächsten Tag erledigt habe.«

Mit klappte der Unterkiefer runter. Meinte er das Feuer?

»Ich kann Ihnen den Kerl zeichnen«, sagte Alexej, öffnete seine Tasche und zog einen Notizblock hervor. Dergleichen hätte ich bei einem Seemann nicht vermutet.

Er ging in die Hocke und begann mit einem Stück Kohle etwas zu Papier zu bringen. Unter meinen staunenden Augen wurde aus den Strichen ein Gesicht. Ein bekanntes Gesicht.

»Dieser Mistkerl«, entfuhr es mir.

Alexej blickte auf. »Sie kennen ihn?«

»Sein Name ist Arvid Hamme. Ein Schnüffler.«

Alexej reichte mir die Zeichnung. Sie war kein Beweis. Boregard hätte Hamme auch den Auftrag geben können, seine Frau zu beobachten. Oder Marlene. Oder etwas ganz anderes zu tun. Aber etwas sagte mir, dass dies wichtig war. Jetzt mussten wir Hamme nur noch der Brandstiftung überführen.

»Sie haben wirklich ein gutes Auge«, sagte ich, und plötzlich kam mir eine Idee. »Was halten Sie davon, wenn wir die Männer, die das getan haben, zur Rechenschaft ziehen? Gemeinsam.«

»Sie meinen, wir sollen Boregard eine Abreibung verpassen?«

»Nein.« Ich zeigte ihm die Scherben, die ich sorgfältig in meiner Tasche aufbewahrte. Ich hatte sie in Lappen eingewickelt, um möglichst viele Fingerabdrücke zu erhalten. Ich erklärte ihm, was es damit auf sich hatte.

»Ich kenne Flaschen wie diese«, sagte er daraufhin. »Dieser dicke Hals, die Wölbung. In solchen Flaschen haben wir Lasuren für das Holz aufbewahrt.«

»In der Werft?«

Alexej nickte.

»Nun, das wäre immerhin ein Anhaltspunkt.« Ich blickte ihn an. »Wären Sie bereit, mit mir zur Polizeistation zu gehen?«

»Warum?« Alexejs Blick wurde misstrauisch. »Ich kann nichts dazu sagen.«

Ich lächelte. »Doch, ich denke schon. Es wird den Kommissar sicher interessieren, woher diese Flaschen stammen könnten. Und erst recht einen Staatsanwalt in Stockholm.«

152

Marlene

Wie ich es erwartet hatte, wurde es sehr eng im Haus. Aber unsere Anwesenheit bewirkte eine seltsame Wandlung in meiner Mutter. Die Lethargie verschwand, und sie kehrte den ganzen Tag über nicht mehr ins Schlafzimmer zurück.

Mir wurde klar, dass sie sich ohne ihren Mann einsam fühlte.

Überraschend war für mich auch, dass sie kein Problem mit den anderen zu haben schien. Sie gab Sigrun und Ingrid saubere Kleidung, unterhielt sich mit Liv und wirkte dabei, als hätte ein Sonnenstrahl sie berührt.

Zu mir war sie freundlich reserviert, aber damit konnte ich leben. Ich konnte immer noch in den Wald gehen und den ganzen Tag über Nüsse und Früchte sammeln und erst spät am Abend zurückkehren.

Was mir allerdings Sorgen machte, war die Zukunft unseres Vorhabens. Wir hatten kein Geld, und da Liv von zu Hause fortgelaufen war, konnten wir von ihr keine Hilfe mehr erwarten.

Es gab nur einen einzigen Weg …

»Deine Mutter tauscht gerade Rezepte mit Ingrid aus«, sagte Liv, als sie sich neben mich auf die kleine Bank vor dem Haus setzte. Ich war nach draußen gegangen, um nachdenken zu können. »Die beiden scheinen ziemlich gut miteinander auszukommen.«

»Ja, darüber staune ich selbst«, sagte ich. »Sie hatte nie wirklich

Freundinnen, mein Vater war ihr Ein und Alles. Mit den anderen Frauen unterhielt sie sich, aber engere Bande gab es nicht.«

»Vielleicht kennst du deine Mutter gar nicht wirklich. Du kennst nur die Frau, zu der sie während ihrer Ehe und nach deiner Geburt geworden ist. Möglicherweise steckt dahinter eine ganz andere Person.« Liv betrachtete ihre Hände. »Ich sehe es an mir. Ich bin auch nicht mehr das Mädchen, das ich früher einmal war.«

»Aber du bist auch nicht mehr die Frau, die Sten Boregard geheiratet hat.«

Liv lachte freudlos auf. »Nein, das bin ich bei Weitem nicht. Damals hätte ich es nicht gewagt, eine Ohrfeige zu erwidern.«

Ich war immer noch voller Stolz und Bewunderung für sie. Sich gegen einen Mann zu wehren erforderte großen Mut. Ich hatte damals nichts gegen den Fausthieb von Torben ausrichten können. Dass Liv zurückgeschlagen hatte, hätte ich nur zu gern beobachtet.

»Was fangen wir nun mit dem Rosenhag an?«, fragte ich und spürte, wie sich Traurigkeit auf meine Brust legte. »Ich werde jetzt wohl nicht mehr umhinkommen, das Grundstück zu verkaufen, nicht wahr? Ich habe kein Geld, um das Haus neu aufzubauen. Und diese Kerle werden nicht lockerlassen, bis sie kriegen, was sie wollen.«

»Wir sollten ein paar Tage ins Land gehen lassen«, entgegnete Liv. »Wenn du bei der Elektrizitätsgesellschaft auftauchst und ihnen von dem Feuer erzählst, werden sie dir keinen guten Preis geben. Im Gegenteil, sie werden sich ins Fäustchen lachen. Diesen Triumph solltest du ihnen nicht gönnen.«

Nein, das wollte ich auf keinen Fall.

»Ich wünschte, es gäbe eine andere Möglichkeit«, seufzte ich. »Aber welche, wenn derart mächtige Leute wie die Skantzes dahinterstehen?«

»Wir finden eine Lösung«, sagte Liv und lächelte mir aufmunternd zu. »Du bist nicht allein, weißt du? Jede von uns wird sich Gedanken machen. Du brauchst die ganze Last nicht allein zu tragen. Jetzt nicht mehr.«

153

Alexej

Der Anblick des niedergebrannten Hauses erschütterte mich bis in mein Innerstes. Ich erinnerte mich noch gut daran, wie ich zum ersten Mal hier gestanden und mir gedacht hatte, dass dieses Haus meiner Mutter gut gefallen würde.

Dann waren meine Gedanken von meiner Frustration über meinen Vater und seine Ehefrau überlagert worden.

Doch selbst in meinem größten Zorn hätte ich ihr dieses Schicksal nicht gewünscht. Ein Seemann hatte kein wirkliches Zuhause, er blieb einfach dort, wo seine Hängematte hing oder wo ihn ein Bett erwartete. Doch bei allen anderen Menschen bedeutete der Verlust des Zuhauses den Verlust ihres Herzens.

Ich sah, wie Andersson mit dem Kommissar um den Trümmerhaufen schritt. Das Haus könnte man mit etwas Mühe wieder aufbauen, aber wie mir der Reporter gesagt hatte, sollte eine Stromleitung über das Grundstück verlegt werden. So oder so würden die Frauen hier nicht froh werden.

Und Liv … Ich hoffte immer noch, dass sie mit mir kommen würde. Dass wir diese Stadt verlassen und irgendwo anders neu anfangen konnten. Karlskrona mochte schön sein, aber wir würden dort niemals Ruhe haben. Wir würden niemals wir selbst sein können. In Riga wäre ich nur ein Seemann und sie eine einfache Frau. Mit ihrer freundlichen Art würde sie schnell Bekannte finden.

Schließlich kam Andersson auf mich zu.

»Haben Sie gefunden, was Sie suchen?«, fragte ich.

»Weitere Glasscherben«, antwortete er. »Der Kommissar hat sie an sich genommen.«

Es erschien mir unfassbar feige, dass jemand die Bewohner des Hauses bei Nacht angegriffen und damit in Kauf genommen hatte, dass sie vom Feuer im Schlaf überrascht und getötet wurden.

»Was werden Sie jetzt tun?«, fragte ich.

»Nach Stockholm fahren. Ich werde einen der Flaschenreste von meinem Freund untersuchen lassen.«

»Und was soll ich tun?«, fragte ich. Es würde mir nicht gefallen, tatenlos herumzusitzen.

»Das, was wir besprochen haben. Sie melden sich in der Werft zurück. Sofern man Sie nicht entlassen hat, schauen Sie nach, ob es in den Lagerhallen tatsächlich Flaschen wie diese gibt. Wir müssen ganz sicher sein. Möglicherweise können Sie fragen, ob jemand ein paar davon mitgenommen hat.«

»Es sind so viele Flaschen, da würde es nicht auffallen …«

»Aber wir haben nicht viele Verdächtige, die für solch einen Anschlag infrage kommen, nicht wahr?«, gab er zurück.

»Wir wollen also Boregard nachweisen, dass er dahintersteckt?«

»Nicht er selbst, sondern Hamme. Ich habe schon früher mit ihm zu tun bekommen und traue ihm alles zu.«

»Und warum gehen wir nicht einfach zu diesem Kerl, nehmen ihn in die Mangel und pressen die Wahrheit aus ihm heraus?«

Einen Moment lang wirkte Andersson so, als würde er das tatsächlich in Erwägung ziehen, doch dann sagte er: »Es steht sehr viel auf dem Spiel. Liv ist nicht geholfen, wenn wir die Kerle grün und blau schlagen. Sie braucht etwas, das sie vor Gericht verwenden kann. Boregard mag sich dank seiner Anwälte aus der ersten Klage herauswinden können, aber das hier ist etwas anderes. Er hat versucht, vier Menschen zu töten. Wenn wir ihm nachweisen können, dass er der Anstifter war, wird man ihn sofort in Arrest nehmen. Und Livs Scheidung ist dann nur noch eine Formsache.«

Das hörte sich beinahe zu gut an, um wahr zu sein. In meinen Augen gab es aber noch einen Haken.

»Und was ist mit den Kerlen von der Elektrizitätsgesellschaft?«, wandte ich ein. »Wenn es nun die waren?«

»Boregard hat Freunde unter den Männern, die an diesem Vorhaben beteiligt sind. Möglicherweise gehört er selbst zu den Unterstützern. Wir können es drehen und wenden, wie wir wollen: Mein Instinkt sagt mir, dass er in irgendeiner Weise mit diesem Anschlag zu tun hat.« Er machte eine Pause und fügte hinzu: »Wahrscheinlich hat er den Auftrag nur gegeben, weil er wusste, dass seine Frau zu dieser Zeit sicher ist.«

Das erstaunte mich. »Ich denke, er hasst Liv. Dann hätte er sie doch gerade zum Rosenhag schicken müssen.«

Andersson schüttelte den Kopf. »Nein, so einfach ist es nicht. Er hasst Liv, ja, aber seine Rache wird wesentlich heimtückischer ausfallen. Er will sie leiden sehen. Sie und Marlene. Er wollte möglicherweise, dass sie erst viel später davon erfährt. Wenn er sie im Haus eingesperrt hat. Glücklicherweise ist es ihr gelungen, von ihm wegzukommen.«

Ich würde nie vergessen, wie sie ausgesehen hatte, als sie heute Morgen vor mir stand. Und welchen Hass ich auf ihn empfunden hatte.

Eine Weile überlegte ich, dann kam mir etwas in den Sinn, wie ich mich in Ruhe bei den Flaschen umsehen konnte.

»Ich glaube, ich weiß jetzt, wie ich es mache«, sagte ich. »Wo kann ich Sie in Stockholm erreichen?«

154

Marlene

Zwölf Tage waren vergangen, seit das Rosenhag niedergebrannt war. Noch immer konnte ich nicht glauben, dass so etwas passieren konnte. Doch wenn ich auf die Rußspuren an meinem Rucksack blickte, wurde mir klar, dass unser Traum Vergangenheit war und wir immer noch keine rechte Idee hatten, was wir tun sollten.

In der Zwischenzeit war im Haus meiner Mutter so etwas wie Normalität eingekehrt, auch wenn es sich immer noch seltsam anfühlte, mit so vielen Leuten auf engstem Raum zu leben.

Ich hatte meine Mutter gefragt, ob es für sie auch wirklich in Ordnung sei. Sie hatte genickt. »Ja. Es ist schön, wieder Leute hier zu haben. Das leere Haus hat mich beinahe erdrückt.«

Dennoch wusste ich, dass es nicht auf Dauer so weitergehen konnte. Wir brauchten eine Bleibe, und wir brauchten eine Möglichkeit, Geld zu verdienen.

Ingrid hatte schon in Wäschereien in Ronneby nachgefragt, aber die hatten im Moment keinen Bedarf an zusätzlichen Kräften. Sigrun war zu diesem Arzt gegangen, den Dr. Hellström uns genannt hatte. Er war zu dem gleichen Schluss gekommen wie sein junger Kollege und hatte ihr einen strengen Diätplan verordnet.

Darüber, dass ihr Mann sie betrog, schien sie langsam hinwegzukommen. Noch einmal hatte ich ihr angeboten, sie zu begleiten und ihn zu konfrontieren, doch sie hatte abgelehnt.

»Ich glaube dir«, hatte sie gesagt. »Auch wenn es mir schwerfällt. Immerhin warst du immer für mich da. Im Gegensatz zu ihm.«

An diesem Morgen war ich in aller Frühe nach Karlskrona aufgebrochen. Ich hatte das Fahrrad genommen, während Liv mit dem Fuhrwerk nach Nättraby fahren wollte.

Es gab zwar eine Zugverbindung, aber niemand von uns hatte Geld für eine Fahrkarte. Meine Mutter wollte ich nicht bitten, denn sie tat ohnehin schon sehr viel für uns, indem sie mich und drei fremde Frauen ohne Bezahlung bei sich aufnahm und verköstigte. Außerdem war es besser, wenn Liv nicht mit dem Zug fuhr, weil dort die Polizei nach ihr suchen könnte.

Als ich Karlskrona nach zwei Stunden endlich erreichte, schlug ich einen Weg ein, den ich noch nie zuvor gegangen war. In den vergangenen Tagen war mir ein Gedanke gekommen, und es gab etwas, das ich tun musste. Das ich schon längst hätte tun sollen, nach allem, was er für mich getan hatte.

In der Wachtmeistergatan machte ich schließlich Halt. Björkholmen war ein Stadtteil Karlskronas, in dem zumeist Werft- und Hafenarbeiter lebten. Rudolph Ekström hatte vor Jahren sein Elternhaus übernommen und wohnte dort mit seiner Frau Dagmar. Ihr Sohn hatte zur Mannschaft meines Mannes gehört und war mit der *Solveig* verschollen. Dies war der Grund gewesen, warum Rudolph sich entschlossen hatte, Oskar bei seinen Ermittlungen zu unterstützen.

Ich sicherte mein Fahrrad, dann klopfte ich. Wenig später öffnete sich die Tür, und Ekström schaute heraus.

»Marlene«, sagte er verwundert. »Was machst du denn hier?«

»Ich würde gern mit dir sprechen«, gab ich zurück. »Darf ich für einen Moment reinkommen?«

Rudolph nickte und bat mich hinein. »Dagmar ist zum Krämerladen gegangen. Ich habe seit meiner Entlassung nicht viel zu tun und versuche mich an das Leben jenseits der Reederei zu gewöhnen.«

»Deshalb bin ich hier«, sagte ich. »Ich wollte dir sagen, dass es mir leidtut, dass du in diese Sache hineingezogen wurdest. Ich habe das Gefühl, dass ich dir nie richtig dafür gedankt habe …«

»Doch, das hast du, Marlene. Mehrfach.«

Ich blickte ihn an. Die Zeit seit Sten Boregards Rückkehr schien ihn sehr mitgenommen zu haben.

»Ich war mir darüber im Klaren, worauf ich mich einließ. Als Boregard verhaftet wurde, war das einer der besten Tage meines Lebens. Aber so ist es nun mal: Männer mit Geld können sich freikaufen. Jedenfalls vorübergehend. Er wusste ganz genau, wer euch geholfen hatte.« Er strich mit dem Finger über den Henkel seiner Tasse, dann zuckte er mit den Schultern. »Aber ich nehme an, ich hatte noch mal Glück. Er hätte auch ganz andere Dinge mit mir anstellen können.«

Zum Beispiel ihm das Haus über dem Kopf anstecken, dachte ich.

»Ich werde es überstehen, Marlene, mach dir keine Sorgen«, fuhr er fort. »Ich habe einige Reserven, und möglicherweise brauchen sie woanders jemanden, der sich mit Buchführung auskennt.«

Ich bewunderte seinen Optimismus. Wer würde ihn einstellen, der wusste, was mit Boregard geschehen war? Bestimmt keiner von dessen Freunden.

Einen Moment lang trat Schweigen zwischen uns, dann sagte er: »Möchtest du eine Tasse Kaffee? Meine Frau braucht sicher noch, und ich habe mich schon eine Weile nicht mehr mit jemandem von draußen unterhalten.«

Ich folgte ihm in die Küche, die klein, aber hübsch eingerichtet und sauber war. Die Schränke waren blau gestrichen und hier und da mit einer kleinen Malerei in Form eines Fisches oder einer Muschel verziert. Vor den Fenstern hingen hübsch bestickte Gardinen, ein Werk seiner Frau, wie ich annahm.

»Setz dich, Marlene. Es ist noch Kaffee vom Frühstück übrig.«

Mein Herz war schwer, als ich mich auf einem der Küchenstühle niederließ. Wenn Oskar nicht gegen Boregard ermittelt hätte, wäre er noch in der Reederei. Wir wären alle noch an unserem Platz. Das Rosenhag würde noch stehen. Aber …

»Ich nehme an, du weißt, dass dieser Junge in der Stadt ist«, sagte er, während er die Kaffeekanne vom Herd hob.

»Du meinst Bjarnes Sohn?«

Rudolph nickte. »Ich habe ihn im ersten Moment für einen Geist gehalten, als ich ihn sah.«

Er schenkte uns Kaffee ein, dann stellte er die Kanne zurück und setzte sich.

»Ich auch«, gab ich zurück. »Ich dachte für einen Augenblick, es sei Bjarne …«

»Es muss schwer für dich gewesen sein, das zu akzeptieren.«

»Ich hätte mir gewünscht, dass Bjarne mir von ihm erzählt hätte, aber wahrscheinlich konnte er das nicht. Oder er wusste nichts von ihm.«

Rudolph betrachtete mich einen Moment lang. Ich spürte, dass er viel mehr Worte dazu hatte, aber Rücksicht auf mich nehmen wollte. »Er war vor sechs Tagen bei mir«, sagte er schließlich.

»Alexej?«, fragte ich verwundert.

»Ja, Alexej. Er hat mir davon erzählt, dass man dir das Haus abgefackelt hat. Das tut mir sehr leid.«

»Danke«, gab ich zurück.

»Er wollte, dass ich ihm helfe, in die Werft einzubrechen. Weißt du davon?«

Ich zog erstaunt die Augenbrauen hoch. »Nein, ich …«

»Dieser Ermittler, dieser Andersson, und er hatten wohl etwas ausgeheckt. Auf jeden Fall fragte er, wie er es am besten anstellen könnte zu überprüfen, ob Flaschen mit Lasuren fehlen würden. Er hatte beobachtet, dass Boregard einem Mann namens Hamme vor dem Brand einen Schlüssel gegeben hat.«

Diese Informationen waren mir neu. »Ich habe weder ihn noch Herrn Andersson in letzter Zeit gesehen«, sagte ich, und sogleich machte sich Sorge in mir breit. Was hatten die beiden vor? Warum hatte Oskar mich nicht eingeweiht?

»Nun, ich glaube, einer von ihnen wird sich bald schon bei dir melden.« Er stieß ein kurzes, freudloses Lachen aus. »Ich hoffe, ich konnte dem Jungen helfen. In der Werft kenne ich mich nicht so gut aus wie in der Reederei, aber das eine oder andere bekommt man mit.« Er machte eine kurze Pause, dann fragte er: »Er hat etwas übrig für Frau Boregard, nicht? Ich muss zugeben, dass die beiden ein hübsches Paar wären, dieser Junge und sie. Sie passen besser zusammen als Sten und sie, findest du nicht? Ich habe nie verstanden, wie Boregards langweiliger Sohn solch eine Schönheit für sich gewinnen konnte.«

Ich hob die Kaffeetasse an die Lippen und nahm einen Schluck, um nicht gleich antworten zu müssen.

Rudolph lachte erneut auf, diesmal freundlicher. »Ich verstehe schon, ihr Frauen haltet zusammen und verratet die Geheimnisse der anderen nicht. Aber sollten die beiden wirklich zusammen sein wollen, sollten sie sich einen anderen Ort wählen. Karlskrona wird immer das Reich von Sten Boregard sein, auch wenn er wirklich hinter Gitter kommt.«

Er machte eine Pause, und eine Wolke schob sich vor seine Augen. »Nils war wieder im Traum bei mir. Am Tag, als Boregard ins Kontor zurückkehrte.« Er deutete auf das Portrait seines Sohnes, das auf der Anrichte stand. Man erkannte, dass sich der junge Mann angesichts des Fotografen um eine ernste Miene bemühte, doch in seinen Augenwinkeln spielte ein Lächeln. »Er fragte mich, warum ich Boregard habe entkommen lassen.«

»Es mag vielleicht so aussehen, dass er entkommen wird«, erwiderte ich und spürte meine Entschlossenheit stärker denn je. »Aber wenn es eine Gelegenheit gibt, das zu verhindern, werde ich sie ergreifen.«

Als ich am Nachmittag wieder in Ronneby eintraf, wunderte ich mich, dass Liv noch nicht zurück war.

»Sie ist erst am späten Vormittag von hier weggekommen«, sagte Ingrid. »Gib ihr noch etwas Zeit.«

Wir setzten uns in der Küche zur Fika zusammen. Meine Mutter hatte mit Ingrid gebacken, während Sigrun sich um die Ziegen gekümmert hatte.

Ich berichtete von dem Zusammentreffen mit Ekström und spürte, wie Ingrid und Sigrun jedes meiner Worte aufsogen. Dass sich im Hintergrund etwas bewegte, machte ihnen sichtlich Hoffnung.

»Wo ist eigentlich dein Freund abgeblieben?«, fragte Ingrid, und ich wusste, dass sie es ohne böse Absicht tat. Dennoch war es mir unangenehm, als meine Mutter mich anschaute und fragte: »Du hast einen Freund?«

»Ja«, antwortete ich. »Er ist Journalist.« Ich spürte, wie meine Wangen zu glühen begannen. »Er kommt aus Stockholm.«

Mutter nahm diese Worte mit einem Nicken hin und schaute eine Weile in ihre Tasse.

Ich dachte an Oskar. Seit einer Woche hatte er nichts mehr von sich hören lassen. Ich wusste, dass er sich auch um seine Mutter kümmern musste. Sicher würde sie bald aus dem Krankenhaus entlassen werden. Dann brauchte er eine Hilfe für sie – oder musste selbst bei ihr sein.

Ich fragte mich auch, ob sich irgendwas ergeben hätte in Sachen Fingerabdrücke. Wie ich gesehen hatte, war Oskar zu einigen Dingen fähig. Vielleicht auch dazu, uns zu helfen. Natürlich würde er uns das Haus nicht wieder zurückbringen. Aber vielleicht gab es einen Weg, uns in irgendeiner Weise die Freiheit zu schenken.

Ein Klopfen an der Tür hielt meine Mutter davon ab, noch weitere Fragen zu Oskar zu stellen.

»Erwartest du jemanden?«, fragte ich verwundert.

Sie schüttelte den Kopf. »Nein, eigentlich nicht. Die Nachbarinnen waren schon seit einer Weile nicht mehr hier.«

Und Liv würde nicht klopfen, wenn sie zurückkehrte.

War etwas geschehen? Vielleicht mit Oskar? Oder war es einfach nur der Pastor, der nach meiner Mutter sehen wollte?

Beklommen erhob ich mich und ging zur Tür. Ich öffnete und blickte wenig später in das Gesicht eines Polizisten.

155

Liv

Eine ganze Weile stand ich vor dem eisernen Tor des Gutes, ohne mich auch nur einen Zentimeter bewegen zu können. Ich war schon als Kind nicht gern hier gewesen. Die weißen Mauern mit den hohen Fenstern und den Efeuranken hatten bedrohlich auf mich gewirkt.

Nachdem das Geheimnis meiner Eltern offenbar geworden war, hatte ich dieses Tor nur noch ein einziges Mal durchquert: an dem Tag, als mein Vater mich angewiesen hatte, Sten Boregard für mich zu gewinnen.

Nicht einmal nach seinem Tod hatte ich mich getraut, dieses Grundstück zu betreten.

Doch jetzt hatte ich eine Mission. Fast zwei Wochen waren vergangen, seit das Rosenhag abgebrannt war. Es hatte keine Zeitungsmeldung darüber gegeben, es war vielmehr so, als hätte das Haus nicht existiert. Nicht einmal mein Onkel schien sich jetzt noch dafür zu interessieren. Wusste er vielleicht, was geschehen war, wollte er nicht in Verdacht geraten?

Marlene war anfänglich dagegen gewesen, dass ich ihn aufsuchte, doch ich konnte sie überzeugen. Carl von Wik arbeitete womöglich mit der Elektrizitätsgesellschaft zusammen, und ich gönnte es ihnen nicht, dass sie bekamen, was sie wollten. Allein schon wegen Hugo und Sten. Und wir brauchten Geld, um neu anzufangen. Geld, um unseren Traum neu zu beginnen.

Ich straffte mich und stieß das Tor auf.

Beinahe erwartete ich, dass einer der Jagdhunde des Gutes auf mich zugelaufen kam. Doch alles war ruhig, nicht mal Gebell ertönte.

Aus den Fenstern des Untergeschosses erklang das Klappern von Geschirr und Töpfen. Wahrscheinlich bereitete die Köchin gerade das Mittagessen vor.

Ich schritt an dem Brunnen in der Mitte der Auffahrt vorbei und stand wenig später vor der Tür. Ich strich mein Kleid glatt, straffte mich und betätigte dann den eisernen Türklopfer, der wahrscheinlich älter war als das Haus selbst.

Wenig später schaute ich in das Gesicht von Bente Nielsen.

»Liv!«, rief sie erschrocken. »Das ist ja mal eine …«

»Ist mein Onkel da?«, fragte ich. Ich hatte keine Lust darauf, mich mit ihr zu unterhalten.

»Ja, der Herr ist im Haus.« Sie wusste im ersten Moment nicht, was sie tun sollte.

»Würdest du mich bitte melden? Es ist wichtig.«

Bente nickte und ließ mich herein. Ich spürte förmlich, wie sie auf ihren Worten herumkaute.

»Stimmt es, dass es bei euch gebrannt hat?«, fragte sie. »Man hat sich so was im Ort erzählt.«

Es machte mich wütend, dass sie das ansprach, uns aber niemand zu Hilfe gekommen war, auch am Morgen nach dem Feuer nicht.

»Bente, bitte«, sagte ich energisch. »Es ist wichtig, dass ich den Gutsherrn spreche.«

Sie kniff die Lippen zusammen, doch ich erkannte, dass ich ihr zum ersten Mal in meinem Leben Respekt eingeflößt hatte. Steif wandte sie sich um und huschte die Treppen hinauf. Ich blickte ihr nach und fühlte eine seltsame Zufriedenheit. So hätte ich schon längst mit ihr reden sollen!

Doch nach einer Weile kehrte meine Nervosität zurück. Was, wenn mein Onkel mich nicht anhören würde? Wenn er mir mit Vorwürfen kam? Während meiner Ehe mit Sten hatte ich so wenig Widerstand gezeigt, dass ich kaum noch wusste, wie das ging. Und hier konnte ich den Gutsherrn von Wik umso weniger in die Schranken weisen. Es war sein Haus, in dem er tun und sagen konnte, was er wollte. Möglicherweise beauftragte er Bente, mich gleich wieder hinauszuwerfen.

»Komm hoch!«, tönte es da über mir.

Ich blickte auf und sah meinen Onkel auf der Treppe stehen. Kein Gruß, keine Verwunderung. Nur diese zwei Worte.

Ich folgte seiner Aufforderung und erklomm die Treppe, entschlossen, mich nicht einschüchtern zu lassen. Ich hatte ein Angebot für ihn, und er konnte es annehmen oder sein lassen. Dass das Rosenhag nicht mehr stand, bedeutete nicht, dass wir uns nicht immer noch gegen diese Stromtrasse sperren konnten.

Oben nickte ich meinem Onkel zu. Er betrachtete mich einen Augenblick, dann wandte er sich um. Ich fasste das als Aufforderung auf und folgte ihm.

Glücklicherweise wählte mein Onkel nicht die Bibliothek, stattdessen betraten wir das Arbeitszimmer. Ich hatte mit meinem Vater nur äußerst selten gesprochen, und er hatte mich nie in diesen Raum geführt. Er wirkte wie das Büro eines Advokaten, der zu alt war, um sich an eine neue Zeit zu gewöhnen. Die Möbel waren aus Eichenholz gefertigt und von der Zeit nachgedunkelt, die Sessel wirkten altertümlich. In den hohen Regalen steckten Bücher, die so abgegriffen waren, dass man ihre Titel nicht mehr lesen konnte.

Ich hätte ein Portrait meines Vaters an der Wand erwartet, sah jedoch nur ein Landschaftsbild.

»Was führt dich her?«, fragte Carl, als ich die Tür hinter mir ins Schloss gezogen hatte. Er nahm hinter dem Schreibtisch Platz, bot mir aber nicht an, mich hinzusetzen.

Doch ohnehin stand ich lieber.

»Du hast sicher schon von dem Feuer gehört, nicht wahr?«, begann ich und studierte seine Züge genau.

»Ja, davon hörte ich.«

Und du hast nichts dazu zu sagen?, fragte ich mich im Stillen. Aber ich war nicht hier, um ihn anzuklagen. Ohne Beweise stand mir das gar nicht zu.

Einen Moment lang schwiegen wir, denn ich wusste nicht, was ich jetzt sagen sollte.

»Wie es aussieht, war es Brandstiftung«, fügte ich schließlich hinzu. »Es wurden eindeutige Hinweise darauf gefunden. Sicher ist es nur eine Frage der Zeit, bis sich die Sache klärt.«

»Was willst du damit sagen?« Die Augen meines Onkels wurden zu Schlitzen. »Glaubst du etwa, dass ich etwas damit zu tun habe? Hältst du deine eigene Familie für so ehrlos?«

Meine Familie. Das war beinahe ein Witz aus seinem Mund, denn wann hatte ich je zu seiner Familie gehört?

»Ich sage nur, was ich weiß. Die Wahrheit musst du mit deinem eigenen Gewissen vereinbaren.«

Carl presste den Mund zusammen, als müsste er sich mühen, mir nicht an den Kopf zu werfen, was ihm gerade durch den Sinn ging.

»Ich bin wegen etwas anderem hier.«

Wieder ein Moment Schweigen. Es machte mich wütend, dass er sich so verhielt, als hätte es unsere Unterhaltung am Bahnhof nicht gegeben. Möglicherweise steckte er sogar hinter dem Brand. Aber es gab etwas, worüber er wahrscheinlich nicht Bescheid wusste.

»Mir ist klar, dass ich in eurer Familie das schwarze Schaf bin. Dass ich vielleicht gar nicht in diese Familie gehöre. Ich bin auf der Welt, weil dein Bruder ein Verhältnis mit meiner Mutter hatte.«

So, wie er das Gesicht verzog, hatte ich genau den wunden Punkt getroffen.

»Ich war damals ein Kind und kann nicht darüber urteilen, wie die Beziehung zwischen ihnen ausgesehen hat. Doch wundert es dich nicht, dass er nach dem Tod seiner Frau nie wieder geheiratet hat?

Dass er dieses Bauernmädchen immer wieder zu sich geholt hat? Dass er mit ihr ein Kind gezeugt und sie danach nicht einfach hat fallen lassen?«

»Deine Mutter war eine …«

»Meine Mutter ist tot!«, fuhr ich ihn an. »Und du weißt nicht das Geringste von ihr! Aber dein Bruder, ja, dein Bruder hat zu ihr gestanden, so gut es ihm möglich war. Wusstest du, dass er sie immer wieder im Sommer in diesem Wildhüterhaus einquartiert hat? Dem Haus, das jetzt niedergebrannt wurde.«

Ich machte eine Pause, weil ich ihm Zeit geben wollte, meine Worte zu verdauen. Wahrscheinlich kannte er die Geschichte, aber ich wollte, dass er meine Version hörte. Dass er merkte, welchen Wert dieses Haus hatte.

»Ich war diejenige, wegen der ihre Beziehung zerbrochen ist. Ich habe sie ertappt, wie sie miteinander geschlafen haben. Dein Bruder wollte vor mir geheim halten, dass ich sein Kind bin, aber er hätte wissen müssen, dass das unmöglich ist. Die Spatzen haben es von den Dächern gepfiffen! Die Wahrheit kommt immer heraus. So war es auch hier. Nach diesem Vorfall habe ich ihn erst wiedergesehen, als er von mir verlangte, Sten Boregard für mich zu gewinnen.«

Der Kopf meines Onkels schwoll rot an. Ich spürte, dass er mir widersprechen wollte, doch womit? Er hatte keinen Anhaltspunkt, dass es anders gewesen sein könnte.

»Ach, das hat er dir auch nicht erzählt? Dass seine uneheliche Tochter Mittel zum Zweck war, um sich die Dienste einer Reedersfamilie zu sichern für das neue Unternehmen in Karlskrona? Dass er mir gedroht hatte, mich zu ruinieren, wenn ich mich weigerte? Aber das ist mittlerweile egal, ich habe getan, was ich für richtig hielt. Als er starb, wollte ich nichts von ihm. Dass ich zu seiner Beerdigung gekommen bin, war nur dem Anstand geschuldet. Aber die Erbschaft …«

Ich spürte, wie mir Tränen in die Augen stiegen. Möglicherweise war die Erbschaft gar keine Strafe, wie ich es geglaubt hatte. Vielleicht war es ein Liebesbeweis. Für eine Tochter, die nie seine Tochter sein durfte.

»Ich hätte sie nicht gewollt und sicher auch abgelehnt, wenn ich nicht von dieser Frau gerettet worden wäre. Marlene Walsted, die du für eine Landstreicherin hältst, weil mein Mann dir das so gesagt hat, ist eine ehrbare Frau, eine Witwe! Sie hat ihren Mann durch die Schuld meines Mannes verloren. Es war angebracht, sie auf diese Weise zu entschädigen. Mein Ehemann hat sich herausgenommen, über mein Erbe zu befinden. Er hat ihr das Haus überlassen, und wir beide wollten damit Not lindern! Wir wollten Frauen helfen, die keine andere Bleibe haben. Was meinst du, würde unser Pastor das als etwas Schändliches ansehen? Einzustehen für Schwache und Arme?«

Meine Stimme hallte von den Wänden wider. Die Gesichtsfarbe meines Onkels hatte sich nun wieder etwas normalisiert, doch sein Blick war immer noch abweisend.

»Was ich damit sagen will, ist, dass dieses Haus, das dein Bruder mir überlassen hat, ein Ort der Liebe war. Er scheint meine Mutter geliebt zu haben, und ich weiß, dass sie ihn bis zum letzten Atemzug geliebt hat. Das ist vergangen, beide sind fort. Aber das Rosenhag war sicher kein Ort für Landstreicherinnen oder Verbrecherinnen, sondern ein Ort der Hoffnung!«

Ich atmete tief durch. Mein Körper zitterte, doch innerlich war es, als wäre ein Stein von meiner Seele gerollt. So, wie mein Onkel dreinschaute, würde er einen Teufel tun und uns helfen, aber ich hatte immerhin versucht, an seinen Menschenverstand und sein Gewissen zu appellieren.

»Bist du fertig?«, fragte er, so ruhig er in diesem Augenblick konnte.

»Noch nicht ganz«, gab ich zurück und fühlte mich plötzlich wesentlich größer, als ich in Wirklichkeit war. Das war gefährlich, aber mein Onkel sollte alles hören, was mir durch den Sinn ging. Er sollte wissen, mit wem er es bei der Tochter seines Bruders zu tun hatte.

»Möglicherweise ist dir das alles, was ich sage, egal, einfach weil du dich gar nicht darauf einlassen willst. Aber wenn du etwas Gutes tun willst, dann überlege, ob du Marlene dieses Grundstück nicht zu einem guten Preis abkaufen willst. Wenn es denn ohnehin nur dazu dienen soll, Strommasten darauf zu errichten … Frage dich, was dein Gewissen dazu sagt, dass sie, die keinerlei Schuld auf sich geladen hat, als meinem Mann in die Quere zu kommen, nun im Elend sitzen wird, dass sie sich um ihre Schützlinge nicht mehr kümmern kann. Frage dich all das, und wenn du damit im Reinen bist, die Sache der Elektrizitätsgesellschaft zu überlassen, dann bitte, tu das. Aber es wird nichts daran ändern, dass dein Bruder damals diese Entscheidung getroffen hat. Und dass seine Beziehung zu meiner Mutter nicht vergessen werden kann, solange ich lebe!«

156

Marlene

»Sind Sie Liv Boregard?«, fragte der Uniformierte in strengem Tonfall.

»Nein, mein Name ist Marlene Walsted«, gab ich zurück. »Was kann ich für Sie tun?«

»Ich würde gern mit Frau Boregard sprechen. Ist sie hier?«

Ich zog die Augenbrauen hoch. Woher wusste er, dass sie hier war? Außer Oskar hatten wir niemandem von unserem Aufenthaltsort erzählt.

»Sie ist unterwegs«, sagte ich, und das war nicht gelogen. Liv hatte sich auf den Weg zum Gutshaus gemacht, um mit ihrem Onkel zu sprechen. »Vor dem Abend wird sie nicht zurück sein.« Ich machte eine Pause und sah den Mann an. »Gibt es etwas, das ich ihr ausrichten kann?«

Während ich versuchte, ungerührt zu erscheinen, durchzog mich die Angst. War er von ihrem Mann geschickt worden? Wollte er sie zurückholen lassen? Konnte er das überhaupt?

»Ich denke, ich sollte besser selbst mit ihr sprechen«, sagte der Mann. »Ich schaue heute Abend noch einmal vorbei.« Er tippte sich an die Mütze und ging.

Ich nickte und sah ihm nach, bis er verschwunden war. Dann schlug ich die Tür zu und lehnte mich dagegen.

»Was war das?«, fragte meine Mutter, die hinter mich getreten war.

»Ein Polizist wollte Liv sprechen.«

»Ist etwas passiert?«

Ich hatte meiner Mutter nicht erzählt, dass Liv vor ihrem Ehemann weggelaufen war.

»Ich weiß nicht«, sagte ich. »Aber ich glaube, ich muss nach Nättraby fahren.«

»Weißt du denn, wo sie ist?«

Ich nickte, und meine Gedanken begannen zu rasen. Liv hatte das Fuhrwerk genommen, um ihren Onkel aufzusuchen. Nachdem sie bei ihm war, wollte sie den Wirt bitten, es uns noch eine Weile zu überlassen. Möglicherweise würde ich sie noch rechtzeitig abfangen können.

Ich verlor keine weitere Sekunde. »Ich fahre ihr entgegen und versuche sie zu warnen«, sagte ich, lief in die Küche und begann, ein paar Lebensmittel in meinen Rucksack zu packen. Wenn sie wirklich flüchten musste, sollte sie es nicht ohne etwas Geld und Proviant tun.

Eine Viertelstunde später saß ich auf dem Fahrradsattel. Ich war froh, dass mein treues Gefährt nichts abbekommen hatte außer etwas Ruß. Meine Lampe mochte verloren sein, aber das Fahrrad sorgte dafür, dass ich mich bewegen konnte. Es war ein Jammer, dass Liv nicht fahren konnte. Wir hatten darüber gesprochen, dass sie es lernen könnte, aber woher sollte sie ein Fahrrad nehmen? Jetzt, da sie keinen einzigen Öre mehr besaß? Mein Vater hatte ein Fahrrad gehabt, aber das nutzte nun meine Mutter.

Liv war bereit, wieder in eine Anstellung zu gehen, doch eine kleine Stadt wie Ronneby wartete nicht gerade auf Frauen, die sich als Personal verdingen wollten.

Mir war die Kurklinik eingefallen. Vielleicht brauchte man eine Küchenhilfe. Ich hatte mir vorgenommen, in den nächsten Tagen dort vorzusprechen. Möglicherweise benötigten sie ja sogar mehr als eine Kraft.

Aber jetzt musste ich erst einmal Liv finden.

Während ich in die Pedale trat, klärte sich mein Verstand, und für einen Moment fühlte ich mich frei von den Gedanken an den Rosenhag, das Geld, das wir nicht hatten, und die Zukunft, die so düster aussah.

Eine gute Stunde später kam Nättraby in Sicht. Da ich wusste, dass Liv zum Gut fahren wollte, schlug ich genau diese Richtung ein. Ich überquerte die Brücke und passierte die Kirche. Nach einer Weile tauchte das Gutshaus vor mir auf.

Das Gefährt war nirgends zu sehen. Das beunruhigte mich ein wenig, aber es konnte sein, dass Liv beim Gasthof war. Ich fuhr also an dem weißen Gebäude vorbei weiter in den Ort hinein.

Wehmut überkam mich. Wo würde ich in der nächsten Zeit bleiben? Bei meiner Mutter? Ich war sicher, wenn Ingrid und Sigrun wieder auf eigenen Füßen standen und das Haus verlassen hatten, würde ich mit meiner Mutter aneinandergeraten. Nein, auch ich brauchte mein eigenes Reich, ich brauchte etwas zu tun. Ich brauchte Oskar.

Als ich das Fuhrwerk auch vor dem Gasthaus nicht stehen sah, verstärkte sich meine Unruhe. Ich stieg von meinem Fahrrad und ging hinein.

Der Wirt sprach gerade mit einem Gast. Als er mich bemerkte, nickte er mir fast unmerklich zu.

Ich trat zur Seite und wartete geduldig, während ich einen Blick in den kleinen Verkaufsraum warf. Ich dachte daran, dass wir ihm die Marmelade hätten anbieten sollen, die wir gekocht hatten. Auf dem Markt hätten wir zwar einen höheren Preis erzielen können, aber jetzt standen wir mit völlig leeren Händen da.

»Was gibt es denn, Frau Walsted?«, riss mich der Wirt aus meinen Gedanken.

Ich blickte ihn ein wenig erschrocken an, doch dann fing ich mich wieder. »Ist Liv hier gewesen?«, fragte ich. »Liv Boregard?«

»Ja, die war hier. Schon vor einer Stunde. Sie hat darum gebeten, den Wagen noch etwas länger behalten zu dürfen.«

Das erleichterte mich ein wenig. Liv war hier gewesen. Doch wo war sie jetzt?

»Ich habe es ihr natürlich gestattet. Nach allem, was geschehen ist. Schlimme Sache, das mit dem Brand. Im Ort hat niemand etwas mitbekommen. Was aber auch kein Wunder ist, so weit draußen, wie Sie sind.«

»Danke«, sagte ich und wollte mich schon umwenden, doch der Wirt hielt mich zurück.

»Wenn Sie Hilfe benötigen, sagen Sie ruhig Bescheid«, sagte er. »Ich werde sehen, was ich tun kann.«

»Das ist sehr freundlich«, gab ich zurück und bemerkte, dass er gern mehr erfahren hätte. »Wir sind in Sicherheit, aber wenn ich etwas brauche, dann melde ich mich bei Ihnen.«

Wir konnten einiges gebrauchen, denn der Haushalt meiner Mutter geriet mit insgesamt fünf Personen an seine Grenzen. Doch ich wusste, dass der Wirt eine Krämerseele war, und wollte keine Verpflichtung eingehen.

Er wirkte ein wenig enttäuscht über meine Antwort.

»Das Fuhrwerk ist jedenfalls schon mal eine große Hilfe«, fügte ich hinzu. »Wenn wir die Möglichkeit haben, bezahlen wir es Ihnen.«

Damit schien er zufrieden zu sein, und ich verabschiedete mich.

Liv hatte das Fuhrwerk, war aber nicht mehr hier. Ich brauchte nicht lange zu überlegen, wohin sie sich gewandt hatte, denn nach Karlskrona war sie sicher nicht gefahren.

Also schlug ich den altbekannten Weg zum Rosenhag ein. Ein wenig fürchtete ich mich vor dem Anblick. Es hatte alles so schnell gehen müssen, dass ich mich kaum noch daran erinnern konnte, wie das Haus jetzt aussah.

Doch ich musste Liv finden!

Meine Beine zitterten vor Anstrengung, und allmählich drückte der Sattel unangenehm, aber ich raste über den Waldweg, bis schließlich die Rosen in Sicht kamen.

Ich wusste, dass das Haus nicht mehr stand, dass das Dach eingestürzt war, dennoch überraschte mich der Anblick und machte mich erneut sprachlos.

Doch dann entdeckte ich das Fuhrwerk. Das Pferd steckte den Kopf ins Gras und zupfte an den grünen Halmen.

Von Liv war zunächst nichts zu sehen, aber als ich die offene Gartenpforte durchquerte, sah ich sie. Sie stand vor den Trümmern, neben ihr lag ein Jutesack im Gras. Ihr Kleid war mit Rußflecken beschmutzt.

»Liv!«, sagte ich, worauf sie sich umwandte.

»Marlene«, rief sie erstaunt. »Was machst du denn hier?«

»Ich dachte, ich schaue nach dir.« Ich trat neben sie. Mein Herz krampfte sich zusammen. Die Überreste hatten aufgehört zu rauchen, und man erkannte nun den ganzen Umfang der Zerstörung. Die Seitenwände waren stehen geblieben, Lehm hielt den Flammen besser stand als Holz. Möglicherweise würde man das Haus wieder aufbauen können, aber zu welchen Kosten?

»Ein Polizist war bei uns«, sagte ich. »Er fragte nach dir, wollte mir aber nicht sagen, warum.«

Liv schaute mich erschrocken an. »Du meine Güte, woher kann Sten erfahren haben, wo ich …«

»Ich weiß es nicht«, sagte ich. »Aber du solltest heute Abend besser nicht im Hause meiner Mutter sein.« Ich überlegte kurz, dann sagte ich: »Vielleicht kannst du im Gasthaus übernachten.«

»Ich habe kein Geld bei mir.«

»Ich aber«, sagte ich und zog die Geldbörse aus meinem Rucksack. Innerlich dankte ich Oskar dafür, dass er die Geistesgegenwart besessen hatte, ihn aus dem Haus zu holen.

»Nein, ich … ich kann in der Scheune schlafen«, sagte sie dann und deutete auf das Gebäude. Es hatte eine Menge Ruß abbekommen, war sonst aber unversehrt. Es bot ein Dach über dem Kopf, und die Abende waren noch immer sehr mild.

»Das ist zu gefährlich«, sagte ich dennoch. »Wenn diese Kerle wiederkommen … Möglicherweise werden sie auch noch die Scheune anzünden.«

»Das glaube ich nicht«, erwiderte sie. »Es ging ihnen nur ums Haus. Darum, uns zu vertreiben.«

Ich legte den Kopf schräg. »Hast du mit deinem Onkel gesprochen?«

»Ja«, antwortete Liv. »Er wirkte nicht sonderlich überrascht. Allerdings …« Sie stockte. »Ich habe ihm ans Herz gelegt, dir einen anständigen Preis für das Haus anzubieten, wenn er sich noch mit dem Gedanken trägt, das Anwesen zu kaufen.«

Allein der Gedanke, das Rosenhag hergeben zu müssen, tat mir in der Seele weh, doch ich wusste, dass wir ohne Geld verloren waren. »Und was hat er gesagt?«

»Nichts. Und ich habe auch nicht erwartet, dass er mir zustimmt. Aber vielleicht bewirken meine Worte etwas in ihm.«

Sie wandte den Blick wieder auf das Haus. »Vielleicht sollte ich mich der Polizei stellen«, sagte Liv nach einem langen Seufzer. »Worum auch immer es sich handelt.«

»Nein!«, platzte es aus mir heraus. »Wenn dein Mann …«

Sie wandte sich um, ergriff meine Hände und sah mich entschlossen an. »Er kann mich nicht zwingen, zu ihm zurückzukehren. Ich könnte dem Polizisten erzählen, dass er mich geschlagen hat. Dass ich deshalb fortgelaufen bin. Das allein wären schon Gründe, mich dort zu lassen, wo ich bin.«

Ich war nicht sicher, ob das gut gehen würde. Sten Boregard konnte vieles, auch seine Frau abholen lassen, um sie in ein Sanatorium zu stecken.

»Und wenn er das nicht gelten lässt? Wenn er eine Verfügung hat …«

»Gibt es überhaupt eine Verfügung dafür, eine Ehefrau zurück in sein Haus zu holen?« Liv zog die Augenbrauen hoch. »Genau das haben wir bei Sigrun befürchtet, doch Torben hat die Polizei nicht geschickt. Es war Sigrun, die zu ihm zurückgekehrt ist. Wäre das nicht geschehen, wer weiß … Vielleicht wären wir immer noch dort.«

Sie deutete auf das Haus, dann schaute sie zu Boden. »Ich habe in den Trümmern nachgesehen, zumindest so weit ich mich vorgewagt habe.«

Ich blickte ebenfalls nach unten, wo der Jutesack lag.

»Ich habe einige Marmeladengläser gefunden und das hier …« Sie ging in die Hocke, griff in den Sack und holte etwas metallisch Glänzendes hervor.

»Meine Lampe!«, platzte es aus mir heraus. »Wie konnte sie …«

Ich streckte die Hände danach aus und berührte sie. Das Metall war größtenteils rußgeschwärzt, doch wie durch ein Wunder war der Glaskolben unversehrt geblieben.

»Sie ist aus Metall. Und sie lag an einer Stelle, die nicht vom Dach getroffen wurde. Wenn wir den Dachstuhl abtragen, bin ich sicher, dass du auch den Inhalt der Truhe neben dem Bett finden wirst.«

Das Bild von Bjarne. Ingrids und meine Kleider. Ich wusste nicht warum, doch auf einmal überkam mich so etwas wie … Hoffnung.

»Wir könnten es wieder aufbauen«, sprach Liv den Gedanken aus, den ich vorhin ebenfalls hatte.

»Mit welchem Geld? Wir können unmöglich so viel verdienen.«

»Willst du dein Fahrrad nicht auf das Fuhrwerk laden?«, sagte sie statt einer Antwort. »Wir können unterwegs beratschlagen, was zu tun ist, wenn der Polizist wirklich auf Geheiß meines Mannes kommt.«

157

Liv

Als wir Ronneby erreichten, war es schon später Nachmittag. Unterwegs hatte Marlene mir von dem Besuch bei Rudolph Ekström berichtet. Auch mir hatte er damals versichert, dass er Marlene nicht grollte. Er hatte sich aus freien Stücken für die Ermittlungen gegen Sten entschieden und trug nun die Konsequenzen.

Dass Alexej bei ihm gewesen war, war mir allerdings neu. Was Oskar und er wohl taten?

»Ekström hält dich und Alexej übrigens für ein schönes Paar«, setzte Marlene hinzu. »Und er meinte, dass ihr vielleicht fortgehen solltet.«

Ich senkte den Kopf. Mit diesem Gedanken trug ich mich seit Kurzem tatsächlich.

»Willst du das denn?«, fragte Marlene. »Von hier fortgehen, wenn alles erledigt ist?«

»Ich möchte nicht, dass du das Gefühl hast, ich würde euch im Stich lassen«, sagte ich. »Aber ja, ich könnte es mir schon vorstellen, mit Alexej anderswo ein neues Leben zu beginnen. Durch die Welt zu reisen.« Ich ertappte mich dabei, dass dieser Gedanke mich zum Lächeln brachte.

Marlene überlegte eine Weile, dann sagte sie, ebenfalls lächelnd:

»Du musst deinem Herzen folgen. Wir werden es schon schaffen. Wichtig ist, dass du glücklich bist.«

Die Müdigkeit saß mir bleiern in den Knochen, als wir Marlenes Elternhaus betraten. Ich hatte nicht einmal Angst vor dem, was mich in den kommenden Stunden erwartete.

Es hatte mir nicht gutgetan, das niedergebrannte Gebäude aufzusuchen. Aber ich hatte diesen Anblick gebraucht. Ich hatte ihn zu all den anderen Erinnerungen gelegt, die ich vom Rosenhag hatte. Möglicherweise würde ich auf diese Weise leichter damit abschließen können.

»Vielleicht solltest du dich ein wenig hinlegen«, schlug Marlene vor, nachdem sie das Fahrrad von dem Wagen heruntergehoben hatte. »Der Polizist hat nicht gesagt, wann genau er wiederkommen will.«

Ich sehnte mich danach, mich auf dem Sofa, das ihre Mutter mir überlassen hatte, langzumachen. Doch ich wusste, dass mein Verstand zu wach war, um zu schlafen.

Wenn der Polizist erschien, würde ich ihm sagen, dass ich nicht mehr zu Sten zurückkehren würde. Ich hatte kein Verbrechen begangen, hatte mich nur gegen seine Gewalt gewehrt. Was für die eine Seite galt, musste auch für die andere gelten.

»Nein«, sagte ich daher, »ich werde mich noch ein wenig nützlich machen. Außerdem wollen die anderen sicher auch hören, was ich mit meinem Onkel besprochen habe.«

Marlene spannte das Pferd aus und brachte es auf den Hinterhof, wo sie das Tier an einem Apfelbaum anleinte. Als sie zurückkehrte, reichte ich ihr eine Tasse Tee, die ihre Mutter mir in die Hand gedrückt hatte. Ich musste zugeben, dass ich diese Frau mochte. Auch wenn es Spannungen zwischen Marlene und ihr gab: Fremden gegenüber war sie äußerst gastfreundlich und nett. Ich war sicher, dass sie eine sehr gute Zimmerwirtin abgeben würde.

Wir setzten uns an den Küchentisch, dann begann ich mit meinem

Bericht. Alle Frauen hörten aufmerksam zu, und ich sah, dass Marlene ab und zu die Stirn runzelte.

Die Geschichte meiner Mutter und meines Vaters ließ ich jedoch außen vor. Marlene kannte sie, und ich wollte, dass sie ein Geheimnis zwischen uns beiden blieb.

»Meinst du wirklich, dass dein Onkel auf dich hören wird?«, fragte Ingrid schließlich.

»Ich weiß es nicht. Aber ich habe an seinen Anstand appelliert. Vielleicht reicht das.«

Marlene blickte mich an, als durchschaute sie, dass es mehr als Anstand war, den ich ihm gegenüber ins Feld geführt hatte. »Aber andererseits«, sagte sie, »denken wir auch daran, das Haus wieder aufzubauen.«

»Die Elektrizitätsgesellschaft wird uns nicht in Ruhe lassen«, sagte Ingrid. »Wenn sie das Grundstück so verzweifelt wollen …«

»Sie könnten uns dafür entschädigen. Dann würden wir das Rosenhag an andere Stelle errichten. Aber erst einmal sollten wir abwarten.« Ich blickte zu Marlene. »Oskar hat sich noch immer nicht bei uns gemeldet. Möglicherweise kommt doch noch alles zu einem guten Ende.«

Marlenes Mutter freute sich über die Himbeermarmelade, die wir mitgebracht hatten. »Hast du die gekocht?«, fragte sie ihre Tochter, doch Marlene schüttelte den Kopf.

»Ingrid war es. Und ich glaube, sie kann mit deiner sehr gut mithalten.«

»Ach, das ist zu viel der Ehre«, gab Ingrid zurück.

»Sie ist hervorragend«, fügte Sigrun hinzu. »Vielleicht solltest du keine Anstellung als Wäscherin suchen, sondern als Köchin.«

»Genau, wie es eigentlich dein Wunsch war«, sagte Marlene. »Ich bin sicher, wenn sie deine Marmelade kosten, werden sie dich vom Fleck weg einstellen.«

Ingrid lachte. »Wenn es doch so wäre!«

»Du solltest es wirklich versuchen«, ermutigte ich sie. »Diese Arbeit würde dir besser tun, als in der Wäscherei zu schuften. Womöglich braucht jemand in der Stadt gerade dich.«

»Wenn sie schon in der Wäscherei niemanden wollen …«

»Das sagt gar nichts«, meldete sich jetzt auch Marlenes Mutter zu Wort.

Nach dem Abendessen nahm Marlene mich beiseite. »Du hast deinem Onkel von deinen Eltern erzählt, nicht wahr?«

»Ja«, gab ich zu. »Ich wollte, dass er die Geschichte kennt. Ich wollte, dass er nicht glaubt, meine Mutter hätte sich irgendwas von seinem Bruder erschlichen.«

»Hat er es dir abgenommen?«

»Ich weiß nicht. Aber ich habe gespürt, dass ihm sein Bruder nicht egal war. Vielleicht sucht sein Geist ihn im Traum auf und redet ihm ins Gewissen.«

Marlene seufzte tief. Ich wusste, dass sie sich fragte, was werden sollte, wenn er uns kein gutes Angebot für das Grundstück machte.

»Letztlich habe ich immer noch die Elektrizitätsgesellschaft«, sagte sie. »Sie werden den Preis jetzt natürlich drücken. Und wie kann ich als Frau mich schon dagegen zur Wehr setzen?«

»Frieda könnte dir einen Anwalt vermitteln.«

»Sie hat schon so viel getan. Ich bin nur froh, dass Lucia eine Bleibe gefunden hat.« Ein trauriges Lächeln zog über ihr Gesicht. »Ich frage mich, ob sie es in der Schweiz besser hinkriegen als wir.«

»Soweit ich es verstanden habe, ist dieses Monte Verità von Künstlern gegründet worden. Es sind Leute, die über Geld und Verbindungen verfügen. Wir haben mit dem Rosenhag versucht, was wir konnten.«

»Und es hätte so schön werden können. Wenn Männer uns nicht wieder dazwischen gepfuscht hätten.«

»Es ist noch nicht erwiesen, wer hinter dem Feuer steckt«, gab ich zu bedenken.

»Glaubst du wirklich, dass eine Frau diese Brandflaschen geworfen hat?« Marlene schüttelte den Kopf. »Nein, ich bin ziemlich sicher, dass es Männer waren. Männer ohne Herz und Gewissen, die einen guten Preis für unseren Tod kassiert hätten.«

»Nun, wenn die Elektrizitätsgesellschaft dahintersteckt, haben wir einen Grund zum Klagen.«

Ein Klopfen unterbrach unser Gespräch. Ich schaute auf die Uhr. Viertel nach acht. Ein kleiner Teil von mir hoffte, dass es Oskar sein würde, der uns endlich Nachrichten brachte. Doch der andere Teil wusste, wer vor der Tür stand.

Ich lächelte Marlene tapfer an.

»Du musst nicht …«, begann sie, aber ich schüttelte den Kopf. Das hier war ein Gespräch, um das ich nicht herumkam. Zu welchem Ende es auch führte.

Ich strebte der Haustür zu, straffte mich und öffnete.

158

Oskar

Turbulente Tage lagen hinter mir, die allmählich ihren Tribut zu fordern begannen. Müde und kraftlos saß ich im Park des Stockholmer Krankenhauses und dachte an Marlene und die anderen Frauen. Welches Unrecht ihnen widerfahren war. Wie trüb ihre Zukunft jetzt aussah.

Gern hätte ich Marlene zwischendurch in Ronneby besucht, auch auf die Gefahr hin, dass ihre Mutter nicht gerade erfreut sein würde. Doch die Ereignisse hatten sich dermaßen überschlagen, dass ich kaum dazu gekommen war, Atem zu holen.

Alexej hatte zugestimmt, wieder in die Werft zurückzukehren. Ich brauchte ihn dort als meine Augen und meine Ohren, denn ich konnte dort unmöglich hineinspazieren, um einen Blick auf die Bestände der Lasurflaschen zu erhalten.

Kommissar Dahlberg war wie erwartet sehr zugänglich gewesen und hatte mir nicht nur zugehört, sondern auch die Ermittlungen aufgenommen.

Ich wiederum war nach Stockholm gefahren, denn ich wollte meinen Bekannten Nils Holm besuchen. Dank ihm verfügte die Stockholmer Polizei über die Möglichkeit, Fingerabdrücke zu erkennen und zu sichern. Vor ein paar Jahren hatte man begonnen, die Fingerabdrücke straffällig gewordener Verbrecher zu katalogisieren. Das zeigte eine erstaunliche Wirkung. In Stockholm konnten viele Verbrechen nun wesentlich schneller gelöst werden.

Nils hatte bereits gehört, dass ich die Versicherungsgesellschaft verlassen hatte. Und auch über die Ermittlungen gegen meine Frau war er vollends eingeweiht. Er hatte ihre Fingerabdrücke an der Puderdose meiner Mutter gefunden. Es erstaunte ihn ein wenig, dass ich ihn nun in einer anderen Sache um Hilfe bat, doch seit ich ihm das Leben gerettet hatte, waren wir freundschaftlich verbunden. Er nahm die Flaschenteile an sich und versprach, sie zu untersuchen.

»Ich kann dir nicht sagen, wie lange es dauern wird und ob es überhaupt zu einem Treffer führen wird«, sagte er. »Die Sammlung der Fingerabdrücke ist lang, und möglicherweise haben die Brandstifter bislang noch nichts auf dem Kerbholz.«

»Ich weiß, du wirst dein Bestes tun«, hatte ich geantwortet. »Gib mir bitte Bescheid, solltest du etwas herausfinden.«

Als die Besuchszeit heran war, begab ich mich in das Krankenzimmer meiner Mutter. Diese stand kurz vor ihrer Entlassung aus dem Hospital, was mich dazu veranlasst hatte, ein Inserat für eine Pflegerin aufzugeben. Ich wusste, dass sie nicht viel davon hielt, aber in der ersten Zeit war es besser, wenn jemand nach ihr schaute.

»Ich weiß nicht, wie ich je wieder einem Menschen vertrauen kann, der nicht von meinem Blut ist«, sagte sie, als ich ihr davon erzählte. Doch sie hatte eingesehen, dass es nicht allein gehen würde und ich nicht ständig bei ihr sein konnte.

An diesem Nachmittag saß meine Mutter in einem Rollstuhl, weil ihre Beine sich an manchen Tagen sehr schwach anfühlten. Es riss mir das Herz aus der Brust zu sehen, wie sie immer wieder die Finger ihrer linken Hand prüfte, ob schon wieder Gefühl darin war. Der Arzt hatte gesagt, dass sich die geschädigten Nerven regenerieren könnten. Aber gleichzeitig hatte er betont, dass die Chancen sehr gering seien.

»Guten Tag, Mutter«, sagte ich und schloss die Tür hinter mir. »Wie geht es dir?«

»Oskar!« Ihre Züge hellten sich auf. Immerhin sah man ihrem Gesicht nicht mehr allzu sehr die Schäden an, die das Gift angerichtet hatte. »Wie schön, dass du kommst.«

Ich ging zu ihr und schloss sie in meine Arme.

»Du hast dich in den vergangenen Tagen rar gemacht.«

»Ich hatte einiges zu erledigen«, erklärte ich. Sie wusste noch nichts davon, dass ich meine Arbeit aufgegeben hatte. Dafür benötigte ich noch den richtigen Zeitpunkt.

»Dass Lisbeth mir so etwas antun konnte ...«

»Ich bin auch fassungslos«, sagte ich, denn es brachte nichts, ihr zu sagen, dass es besser gewesen wäre, sie nicht aufzunehmen.

»Ich hätte Lisbeth nicht vertrauen dürfen. Aber ich dachte, dass du ...«

»Mir lag schon lange nichts mehr an ihr«, gab ich zurück. »Aber ich weiß, dass du ein gutes Herz hast.« Ich legte meine Hand auf ihre. »Wir werden uns die Frauen, die sich auf die Anzeige melden, genau anschauen. Solange du nicht zufrieden bist, werden wir sie nicht einstellen.«

Mutter nickte und versank eine Weile in Nachdenklichkeit.

»Was ist eigentlich mit dieser Marlene?«, fragte sie dann. »Wenn sie dir so viel bedeutet, wäre es doch an der Zeit, sie mal kennenzulernen.«

Ich hatte schon auf der Zunge, dass Marlene gerade ganz andere Probleme hatte. Dass sie mit dem Verlust ihres Zuhauses zurechtkommen musste. Dass nicht klar war, was aus ihrer Freundin wurde. Doch das alles konnte ich meiner Mutter in ihrem Zustand nicht auch noch aufbürden, also sagte ich nur: »Du wirst sie bald kennenlernen, versprochen.«

159

Liv

Wie betäubt blickte ich aus dem Zugfenster. Lag wirklich erst eine halbe Stunde zwischen dem Erscheinen des Polizisten und meiner Abreise?

Gleichzeitig war es das, was ich eigentlich schon erwartet hatte. Sten war eben Sten. Der einzige Weg, sich ihm zu entziehen, wäre gewesen, mich dem Wunsch meines Vaters, ihn zu heiraten, zu verweigern. Damals konnte ich diesen Mut nicht aufbringen, und jetzt war es zu spät.

Ich wandte den Blick von der Landschaft ab und schaute zu meinem Begleiter. Er hatte darauf bestanden, dass ich sofort mitkam. Ich konnte mich nur kurz verabschieden, bevor ich dem Mann folgen musste. Ich hatte keine andere Wahl.

Er war keine unangenehme Reisegesellschaft. An den dunklen Schatten, die seine Augen umgaben, sah ich, dass er entweder schon lange im Dienst war oder einfach nicht gut schlief. Ich hatte mir nie groß Gedanken darüber gemacht, wie die Arbeit eines Polizisten aussah. Ich wusste, dass sie für Ordnung sorgten, dass sie Diebe fanden und manchmal auch einen Mörder. Karlskrona war eigentlich eine ruhige Stadt, in der kaum Gravierendes passierte. Doch vielleicht war das auch nur die Sicht einer Frau, die schon lange nicht mehr mit dem Elend in Berührung gekommen war.

Als der Zug in Karlskrona einfuhr, fragte ich mich, was die Leute dazu sagen würden, dass ich mich in Begleitung eines Polizisten befand. Wenn man Nanna glauben konnte, war mein Ruf ohnehin verdorben, also würde es sie vielleicht gar nicht so sehr überraschen.

Umgeben von der mächtigen Dampfwolke, die der Zug unter dem Dach des Bahnsteigs hinterlassen hatte, stiegen wir aus. Ich folgte dem Uniformierten und bemerkte, dass die Leute instinktiv zur Seite auswichen. Ich spürte ihre Blicke und versuchte, sie nicht wahrzunehmen. Wenn Nanna mich so sah, würde sie vielleicht frohlocken: Siehst du, ich habe es dir ja gesagt!

Wir bestiegen eine Droschke und ließen uns zur Villa fahren. Allmählich begann ich die eiserne Schweigsamkeit meines Begleiters zu bewundern. Er sollte mich abliefern, mehr nicht. Ich fragte mich, was geschehen würde, wenn ich an der nächsten Kreuzung die Kutschentür einfach aufriss und dann nach draußen sprang. Würde er mich aufhalten? Mich laufen lassen?

Ehe ich einen Entschluss fassen konnte, machte die Droschke in der Ronnebygatan halt. Ich wollte gerade die Hand auf die Türklinke legen, doch man kam mir zuvor. Die Tür schwang auf, der Schatten eines Mannes erschien.

Sten?

Nein, es war das Gesicht eines Fremden, in das ich blickte.

»Guten Tag, Frau Boregard.« Der Mann machte eine kleine Verbeugung vor mir, dann bat er mich ins Haus. »Ich bin Enno Sudström von der Staatsanwaltschaft Karlskrona. Wir sollten über Ihren Mann reden.«

160

Marlene

Unruhig marschierte ich den Gartenweg auf und ab. Ich wusste, dass Liv heute nicht zurückkehren würde, doch es half mir, wenn ich mich bewegte. Am liebsten wäre ich ihr mit dem Fahrrad gefolgt, aber das war eine Sache, die sie erledigen musste. Wenn sie zurückkehrte, würde sie hoffentlich frei sein.

»Du weißt, dass es nichts bringt, wenn du den Sand aus dem Weg trittst«, hörte ich meine Mutter sagen. Wie lange mochte sie schon an der Tür stehen?

»Da magst du recht haben«, gab ich zurück. »Aber es hilft mir beim Denken.«

»Du machst dir Sorgen um deine Freundin.«

Ich nickte. »Der Polizist hätte ihr ruhig sagen können, worum es geht.«

»Vielleicht wusste er es selbst nicht.«

»Oder es war ein Vorwand, sie wieder nach Karlskrona zu locken.« Noch immer war mir nicht klar, wie die Polizei Liv gerade hier vermuten konnte. Wir hatten niemandem Bescheid gegeben, außer uns wussten es nur Alexej und Oskar. Keiner von ihnen hätte Sten Boregard informiert. Wurden wir vielleicht ausspioniert?

»Ich bin sicher, dass sich alles bald klären wird«, sagte Mutter und verfiel dann eine Weile in Schweigen.

»Dein Vater hätte niemals die Hand gegen mich erhoben«, sagte sie so unvermittelt, dass ich überrascht zusammenfuhr. »Es wäre undenkbar für ihn gewesen.«

Das stimmte. Mein Vater mochte mich mit seinen Vorwürfen überschüttet haben, doch er war nicht gewalttätig geworden. Es waren die Worte, mit denen er mir wehgetan hatte.

»Bjarne hat mich ebenfalls nie geschlagen«, sagte ich. »Er war eine Seele von Mann. Es ist bedauerlich, dass die Falschen früh gehen müssen, nicht wahr?«

Tränen stiegen in ihre Augen, dann kam sie zu mir und nahm mich in ihre Arme. Ich spürte, dass sie weinte, und ich musste zugeben, dass es seit meiner Kindheit keinen so innigen Moment zwischen uns gegeben hatte.

»Wer ist denn das?«, fragte sie plötzlich und wischte sich die Tränen vom Gesicht.

Ich wandte mich um und sah eine Gestalt die Straße hinaufkommen.

»Oskar!«, rief ich aus, lief los, öffnete die Gartenpforte und stürmte ihm entgegen. Seine starken Arme fingen mich mühelos auf. Auch wenn mir klar war, dass meine Mutter uns beobachtete, konnte ich nicht anders, ich musste ihn küssen.

Unsere Lippen trafen sich beinahe verzweifelt, und als er mich an sich drückte, fragte er: »Ist das deine Mutter?«

»Wer denn sonst?«, fragte ich.

»Wird sie mir den Kopf abreißen?«

»Ich denke nicht. Ich habe ihr von dir erzählt, und sie war erstaunlich sprachlos.«

Ich nahm ihn bei der Hand und zog ihn mit mir. Mutter stand noch immer vor der Tür, ihre Miene war unbeweglich.

»Mutter, das ist Oskar, von dem ich dir erzählt habe.«

Sie musterte ihn einen Augenblick lang, dann erwiderte sie: »Du sagtest, er sei Journalist.«

»Das bin ich, gnädige Frau«, sagte Oskar. »Aber ich war auch eine

Zeit lang bei einer Versicherung beschäftigt.« Er reichte ihr die Hand. »Oskar Andersson.«

»Clara Dahl«, erwiderte sie und ergriff seine Hand. Oskar verneigte sich und gab ihr einen galanten Handkuss. Ich biss mir auf die Lippe und unterdrückte ein Grinsen.

Von ihrem Gesicht war nicht abzulesen, was meine Mutter davon hielt. Eine ganze Weile schwieg sie, dann sagte sie: »Kommt rein, wenn ihr miteinander gesprochen habt. Ich werde Kaffee aufsetzen, und dann reden wir über alles andere.«

Mit diesen Worten wandte sie sich um und verschwand im Haus.

Oskar wirkte ein wenig ratlos. »War das nun gut oder schlecht?«, fragte er mich leise.

»Das werden wir sehen«, sagte ich. »Aber wenn man es genau nimmt ... Bjarne wollte sie keinen Kaffee anbieten, als er zum ersten Mal hier war. Insofern bist du ein ganzes Stück weiter als er damals.«

Ich fasste ihn bei der Hand, dann zog ich ihn um das Haus herum. Wir passierten das kleine Tor und befanden uns wenig später auf dem Weg in den Wald. Es gab so vieles, das ich von ihm wissen wollte, aber erst einmal sollte er erfahren, was hier vorgefallen war.

»Liv wurde heute Abend von einem Polizisten abgeholt. Sie konnte uns nicht sagen weshalb, der Beamte meinte nur, dass sie mitkommen solle. Ich befürchte, dass es etwas mit ihrem Mann zu tun hat.«

Oskar blieb stehen. »Das hoffe ich doch«, sagte er. »Ich weiß aus zuverlässiger Quelle, dass der Gerichtstermin feststeht.«

»Und wann ist es so weit?«, fragte ich beklommen.

»In etwas mehr als einer Woche.«

»So bald?« Ich dachte wieder an Liv. Musste sie deshalb nach Karlskrona zurück? Jetzt schon?

»Du wirst dann deine Aussage machen müssen.«

»Ist das denn noch immer nötig?« Eigentlich hatte ich schon alles dem Staatsanwalt erzählt.

»Ja, mehr denn je. Dass die Handschrift die deines Mannes ist, wird der Richter noch einmal von dir hören wollen. Und mehr noch. Vor allem, was dein Mann über Boregard erzählt hat. Und was du gesehen hast, als wir sein Archiv durchsucht haben.«

»Wird er zugegen sein?«, fragte ich, während ein mulmiges Gefühl durch meinen Bauch kroch.

»Natürlich. Wie auch viele andere Leute, die an dem Fall interessiert sind.« Oskars Hand legte sich auf meinen Arm. »Hör mal, du hast nichts zu befürchten. Du wirst sehen können, wie er darauf reagiert, wenn du dem Richter und der ganzen Welt die Wahrheit sagst. Das möchtest du doch, oder nicht?«

Noch mehr als das wünschte ich mir, ihm ins Gesicht spucken zu können. Das durfte ich nicht, aber allein die Vorstellung machte mich etwas mutiger.

»Also gut, ich werde mein Bestes tun, damit er hinter Gitter kommt.« Ich blickte ihn an. »Was ist mit dir?«

»Ich werde ebenfalls zugegen sein.« Er streichelte meine Wange, dann küsste er mich. »Du wirst nicht allein sein. Niemals mehr.«

161

Liv

Mein Kopf schwirrte, als ich das Esszimmer betrat. Ich erwartete, Sten hier zu sehen, doch außer dem Staatsanwalt waren nur noch zwei andere Männer da. Den einen erkannte ich als den Leiter der Polizeistation unserer Stadt. Ebenso wie der Staatsanwalt war Herr Dahlberg bei manchen Empfängen mit seiner Frau zugegen gewesen. Zuletzt hatte ich wegen Sten mit ihm gesprochen. Der andere Mann war mir unbekannt. Offenbar fungierte er als Schreiber.

»Nehmen Sie doch bitte Platz, Frau Boregard«, sagte Sudström jovial, während er sich selbst auf einem der Stühle niederließ.

Was gab ihm das Recht dazu mir einen Platz anzubieten, wo ich doch eigentlich die Hausherrin war? Das erschien mir reichlich seltsam, und ich vermutete, dass Sten hinter alldem steckte. Hatte er mich etwa angezeigt, weil ich mich gegen ihn gewehrt und ihn umgestoßen hatte?

Ich ließ mich am Kopf des Tisches nieder. Es war Stens Platz, doch auf diese Weise hatte ich viel Abstand zu den Männern.

Sie begannen damit, meinen Namen und meine Personalien aufzunehmen, dann fragte der Staatsanwalt: »Sie sind bekannt mit Marlene Walsted?«

»Ja«, antwortete ich zögerlich. Worauf wollte er hinaus?

»Uns wurde angezeigt, dass es einen Brand auf einem Anwesen in Nättraby gegeben hat, das vormals Ihnen gehörte, mittlerweile aber in den Besitz von Frau Walsted übergegangen war.«

»Das ist richtig.«

Sudström holte etwas aus seiner Mappe hervor. Wie ich erkennen konnte, war es eine Zeichnung. Sie zeigte das Gesicht eines etwa fünfzig Jahre alten Mannes mit Schiebermütze und einem verschlagenen Ausdruck in den Augen. Ich erkannte ihn nicht, doch die Art, wie es gezeichnet war.

»Haben Sie eine Ahnung, wer dieser Mann sein könnte?«, fragte Dahlberg.

Ich schüttelte den Kopf. »Nein, ich habe ihn noch nie zuvor gesehen.« Die Frage, woher sie dieses Bild hatten, brannte in meiner Brust.

»Er war also nie in Ihrem Haus?«

»Nicht, wenn ich zugegen war.« Unruhe überkam mich. Gleichzeitig fiel mir Alexejs Beobachtung ein. »Haben Sie diese Zeichnung von Alexej Petrow?«, fragte ich nun.

Die Männer schauten sich an. »Sind Sie mit ihm bekannt?«

»Ja«, sagte ich. »Er ist der Stiefsohn von Frau Walsted. Er erzählte mir, dass er meinen Mann im Gespräch mit einem Unbekannten beobachtet hätte. Er hätte ihm einen Schlüssel übergeben, und der Fremde hätte ihm versichert, dass er bis zum kommenden Tag eine Sache für ihn erledigt hätte.«

»Schreiben Sie das auf«, sagte der Staatsanwalt dem Polizisten, dessen Feder daraufhin über das Papier kratzte.

»Wissen Sie, was das ist?«, fragte er dann und gab dem mir unbekannten Begleiter einen Wink. Dieser zog eine Flasche hervor.

»Eine Flasche«, gab ich zurück.

»Haben Sie eine Ahnung, welche Verwendung sie haben könnte?«

Ich dachte nach. Sie war viel gröber als die Flaschen, die hier im Haushalt benutzt wurden. In keinem Krämerladen hatte ich je so eine Flasche gesehen.

Wieder schüttelte ich den Kopf, worauf der junge Mann meine Reaktion aufzeichnete.

»Sie fragen sich bestimmt, weshalb ich all das von ihnen wissen will«, sagte Sudström schließlich.

»Allerdings.«

Der Staatsanwalt nickte Kommissar Dahlberg zu, der daraufhin sagte: »Vor etwa zwei Wochen kam ein Oskar Andersson zu uns und zeigte den Brand auf dem Grundstück von Frau Walsted an. Er brachte uns auch die Scherben einiger Flaschen, in denen er einen Brennstoff vermutete. Dank der Fingerabdrücke, die sich auf dem Glas befanden, konnten wir eine Person ermitteln, einen gewissen Arvid Hamme, der vor einigen Jahren bereits in Stockholm straffällig geworden war.«

»Hamme!«, platzte es aus mir heraus.

»Sie haben von ihm gehört?«

»Und ob!«, gab ich zurück. »Er hat Marlene … ich meine, Frau Walsted, vor einigen Monaten aufgelauert und bedroht.« Ich betrachtete wieder die Zeichnung. Das war er also. Und Alexej hatte ihn auf Papier festgehalten. Abscheu und Wut stiegen in mir auf.

Dahlberg und Sudström warfen sich einen Blick zu, während der junge Mann schrieb.

»Erzählen Sie mir bitte mehr darüber.«

»Frau Walsted berichtete mir, dass dieser Arvid Hamme ein Detektiv sei, der sie im Auftrag meines Gatten beschatten sollte. Später kam es zu einem Zwischenfall zwischen Männern, die vermutlich in Hammes Diensten standen, und dem Ermittler im Falle des Untergangs der *Solveig*, einem der früheren Schiffe der Reederei Boregard.«

»Wäre es möglich, dass Ihr Mann Arvid Hamme angeheuert hat, um Frau Walsted, die als Zeugin im Verfahren gegen Ihren Mann aufgerufen wurde, zu schaden?«

Mein Herz begann heftig zu klopfen. Sollte es wahr sein? Würde Sten jetzt endlich seine Strafe bekommen? Nicht nur wegen des gesunkenen Schiffs, sondern auch wegen der Brandstiftung?

»Ich kann es nicht mit Gewissheit sagen, aber möglich wäre es. Wie ich bereits erwähnt habe, hat Herr Petrow mir diese Szene geschildert.«

Sudström nickte, dann blickte er wieder zu Dahlberg. »Die Aussagen decken sich«, sagte er.

»Wie bitte?«, fragte ich.

»Als wir Arvid Hamme in Gewahrsam nahmen, belastete er Ihren Ehemann«, erklärte der Staatsanwalt. »Er sagte aus, dass er den Schlüssel zur Werkstatt der Werft erhalten habe, um mehrere dieser Flaschen zu stehlen, sowie den Auftrag, dafür zu sorgen, dass, Zitat, *diese Walsted und das andere verkommene Pack in Flammen aufgehen.*«

Dann stimmte also tatsächlich, was Marlene und die anderen vermuteten. Nicht die Männer von der Elektrizitätsgesellschaft waren für den Brand verantwortlich, sondern Sten. Das war die Rache, die er für sie vorgesehen hatte und wegen der er mich nicht aus dem Haus lassen wollte. Nicht weil er mich vor dem Tod bewahren wollte, sondern weil er mich leiden sehen wollte. Und weil er eine wichtige Zeugin beseitigen lassen wollte.

»Das klingt ganz nach meinem Ehemann«, gab ich grimmig zurück. »Aber ich kann Ihnen versichern, dass ich weder von diesem Plan wusste noch daran mitgewirkt habe.«

»Das hat Hamme auch nicht behauptet. Wir wollten nur hören, was Sie wissen.« Sudström erhob sich nun wieder. »Ihr Ehemann hat gegen die Kautionsauflagen verstoßen und ist in Verdacht geraten, an einem weiteren Verbrechen beteiligt zu sein. Aufgrund von Arvid Hammes Aussage ist er heute Vormittag zurück ins Untersuchungsgefängnis Stockholm gebracht worden.«

162

Alexej

»Lass es gut sein für heute, mein Junge«, hörte ich die Stimme des Meisters, als er neben mich trat. »Morgen ist auch noch ein Tag.«

Die Sirene, die den Feierabend ankündigt hatte, war längst verklungen, aber ich konnte mich nicht losreißen. Ich hatte das Gefühl, dass meine Zeit hier schon bald vorbei war, doch ich wollte nicht gehen, ohne meinen Teil der Arbeit an diesem Schiff verrichtet zu haben.

Ich legte den Hobel nieder und richtete mich auf. Der Meister sah mich einen Moment lang an, dann sagte er: »Ich werde dich wirklich vermissen, wenn du die Werft wieder verlässt.«

»Wer sagt denn, dass ich sie verlassen will?«, schwindelte ich. Doch dem alten Mann konnte ich nichts vormachen.

»Ich sehe es in deinen Augen. Du willst fort von hier. Und ich kann es dir nicht verdenken.«

Konnte er es wirklich sehen? Dass ich fortwollte, dass ich Liv mitnehmen wollte?

Er trat näher an mich heran. »Ich weiß, dass du etwas gesucht hast«, sagte er im Flüsterton. »Ich beobachte dich schon ein paar Tage. Was ist es?«

Mir schoss das Blut ins Gesicht. Ich hatte mich nur hier und da umgehört, hier und da etwas nachgeschaut. Wie ich es richtig vermutet hatte, ähnelten die Scherben der Flaschen von Andersson denen im Lager. Man bewahrte Lack und Firnis darin auf. Ich konnte nicht herausfinden, ob Flaschen verschwunden waren. Aber ich konnte eine an Andersson übergeben. Was daraufhin geschehen war, entzog sich meiner Kenntnis. Ich hatte einfach weitergemacht, einen Fuß vor den anderen gesetzt, und gewartet. Darauf, dass ich von Andersson hörte. Darauf, dass ich eine Nachricht von Liv bekam.

»Ich schätze Sie sehr als Meister«, sagte ich und bemerkte, dass dies nicht die Antwort war, die er haben wollte. »Sie haben mir mehr beigebracht als alle Lehrer zuvor. Aber Sie haben recht, meine Zukunft wird nicht hier liegen. Nicht für immer. Eines Tages werde ich tatsächlich gehen. Aber Sie sollen wissen, dass ich alles, was Sie mir beigebracht haben, mitnehmen werde.«

Der Meister blickte mich verwirrt an. Ich konnte ihm beim besten Willen nicht sagen, was ich gesucht hatte. Und dass ich nur darauf wartete aufzubrechen.

»Bring dich bitte nicht in Schwierigkeiten, Junge«, sagte er schließlich. »Es gibt Menschen in dieser Stadt, die alles andere als gut sind.«

»Ich weiß«, erwiderte ich. »Und ich verspreche Ihnen, dass ich nichts tun werde, was gegen das Gesetz ist. Ganz im Gegenteil.«

Wie es der Meister gefordert hatte, beendete ich meine Arbeit und verließ die Werft. Aus irgendeinem Grund versuchte ich mir alles, was ich sah, einzuprägen: den Schiffsrumpf, auf dem ich gearbeitet hatte, das Holz und die Werkzeuge, die an den Seiten aufgestapelt waren. Das Segeltuch, das kaum noch jemand brauchte, aber immer noch verwendet wurde, um alte Schiffe zu reparieren.

Das Licht blendete mich, als ich auf den Werkhof trat. Andersson meinte, dass in den kommenden Tagen eine Entscheidung fallen würde. Als Seemann lernte man Geduld, denn Stürme dauerten, Regen dauerte, und manchmal verzögerte sich auch die Ankunft im Hafen. Ich war nicht ungeduldig, doch ich wünschte mir, dass diese

Spannung in mir verschwand. Dass ich endlich nicht mehr so tun musste, als würde ich gern für Sten Boregard arbeiten.

Die meisten meiner Kollegen waren bereits fort, ein paar von ihnen unterhielten sich in einer Ecke. Ich knöpfte meine Jacke zu, trat durch das Werkstor auf die Straße und erstarrte.

Träumte ich?

Als Antwort auf diese Frage stürmte mir Liv entgegen, und ehe ich noch darüber nachdenken konnte, wer uns beobachten würde, fiel sie mir weinend um den Hals.

163

Liv

Es tat so gut, ihn wieder zu spüren! Ich weinte und lachte vor Glück, während ich sein Gesicht in meinen Händen barg.

»Liv, was machst du denn hier?«, fragte er, während er meine Hände sanft in die seinen nahm und sie küsste.

»Ich wollte dich sehen!«, antwortete ich. »Ich musste es tun.«

»Aber …« Alexej schaute sich nach den Männern auf dem Werkhof um, doch es kümmerte mich nicht, ob sie mich sahen. Schon bald würde ich nicht mehr die Frau von Sten Boregard sein.

»Sten ist verhaftet worden. Der Mann, der unser Haus in Brand gesteckt hat, wurde festgenommen und hat ihn belastet.« Ich zitterte, während diese Worte aus meinem Mund sprudelten. »Es ist vorbei! Er wird mich nie wieder einsperren können. Wir können endlich zusammen sein!«

Alexej schaute mich verwirrt an, dann erschien ein vorsichtiges Lächeln auf seinem Gesicht. »Komm«, sagte er. »Lass uns an einem Ort reden, an dem wir ungestört sind.«

Hand in Hand gingen wir durch die Stadt. Dabei fühlte ich mich so stark, als könnte ich Bäume aus dem Boden reißen. Die Leute sahen mich an, und mir entging nicht, dass einige Blicke fassungslos waren. Doch ich blickte lächelnd durch sie hindurch. Ich war nicht länger ein Teil dieser Gesellschaft, dieser Stadt.

Egal, wohin mein Weg mich führte, ich würde nicht in Karlskrona bleiben.

Im Wirtshaus zogen wir einander die Kleider vom Leib und begannen uns zu lieben, als hätte es diese furchtbaren Wochen nie gegeben.

Ich lächelte unter seinen Bewegungen, juchzte auf, als er mich auf seine Hüften hob und mich reiten ließ. Beinahe verzweifelt klammerten wir uns im Höhepunkt aneinander und ließen uns dann wieder in die Kissen sinken.

»Und was nun?«, fragte er, während meine Hand mit seinem Haar spielte, das über die Zeit gewachsen war und ihm nun fast bis an die Schultern reichte. »Du wirst deine Freundin sicher nicht verlassen wollen, nicht wahr?«

»Das Rosenhag gibt es nicht mehr«, sagte ich. »Natürlich werde ich bleiben, bis ich weiß, dass Marlene einen guten Ort für sich und die anderen gefunden hat. Aber danach …«

Ich blickte ihn an. Er wirkte so schön im Lampenschein. Ich würde ihn nie mehr gehen lassen, wenn es denn möglich war.

»Erzähl mir mehr von deiner Heimatstadt«, bat ich. »Ich würde Riga liebend gern einmal sehen.«

»Das ist aber gefährlich«, sagte er. »Wenn du da bist, wirst du nie wieder wegwollen.«

Ich lächelte ihn an und küsste ihn. »Dieses Risiko gehe ich gern ein.«

164

Marlene

Oskars Anwesenheit beruhigte mich ein wenig, doch ganz wollten meine Sorgen nicht weichen. Liv war bereits seit einem Tag fort, und niemand wusste, was geschehen war. Ich wollte mich mit Arbeit ablenken, aber immer wieder wanderte mein Blick zum Fenster, nur um die Pforte geschlossen und die Straße davor leer zu sehen.

Nach dem Gespräch mit meiner Mutter, das überraschend freundlich gewesen war, waren wir ins Stadtzentrum von Ronneby spaziert, wo er ein Hotelzimmer genommen hatte.

Hier konnten wir endlich unserer Lust und unserer Sehnsucht nachgeben. Wir liebten uns bis zur Erschöpfung und ruhten dann ineinander gekuschelt auf den weißen Laken.

»Meine Mutter hat nach dir gefragt«, sagte er unvermittelt.

»Wirklich?«, fragte ich. »Wie geht es ihr denn?«

»Sie tut sich noch ein bisschen schwer mit dem Gedanken, eine Pflegerin zu bekommen. Aber die Krankheit lässt ihr keine Wahl.« Sein Finger fuhr über meine Wange. »Ich habe ihr am Krankenbett von dir erzählt. Sie wird sich freuen, mit dir zu sprechen. Du bist so ganz anders als …« Er stockte, und auf sein Gesicht trat ein Ausdruck, als hätte er einen Fehler gemacht.

Ich wusste, wen er meinte.

»Hast du wieder von ihr gehört?«, fragte ich, während sich etwas in meinem Innern zusammenzog. Diese Frau hätte beinahe seine Mutter getötet. Und wer konnte schon wissen, was sie noch angestellt hätte.

»Ihr wird im kommenden Monat der Prozess gemacht. Ich werde als Zeuge vor den Richter treten. Aber es ist nur eine Formsache. Die Indizien sind klar. Und welche Strafe Lisbeth erhalten wird, wage ich mir gar nicht auszumalen. Da sie ein niederes Motiv hatte, wird der Staatsanwalt auf versuchten Mord plädieren. Wahrscheinlich wird sie eine lange Haftstrafe erhalten. Möglicherweise wird man sie auch in eine Anstalt stecken, denn sie zeigte Anzeichen des Wahnsinns.«

Das schockierte mich so, dass ich nicht einmal erleichtert darüber war, dass sie mir nicht mehr gefährlich werden konnte. Oskars Mutter hatte einen hohen Preis für ihr Vertrauen bezahlt, und die Folgen würden sicher nie ganz verschwinden.

»Aber reden wir von etwas Erfreulichem«, sagte er. »Ich überlege, eine Detektei zu eröffnen.«

»Eine Detektei?« Ich stützte mich auf meinen Unterarm. »In Stockholm?«

»An dem Ort, an dem du sein wirst. Karlskrona oder Ronneby, ganz egal.«

»Aber wärst du nicht besser bei einer Zeitung aufgehoben?«

»Um dann dem Willen eines Verlegers ausgeliefert zu sein? Du weißt, wie meine letzte Anstellung bei einer Zeitung geendet hat.«

»Für eine Detektei wirst du Geld brauchen.«

»Ich habe einige Ersparnisse. Es würde für ein kleines Büro reichen, besonders hier in Ronneby. Und was brauche ich mehr als eine Aufgabe und dich?«

Er zog mich an sich und küsste mich. Und ich konnte in diesem Augenblick nichts anderes tun, als das Glück, das sich in meiner Brust ausbreitete, zu genießen.

Während Oskar nach Stockholm zurückkehrte, um seine Mutter in ihre Wohnung zu begleiten, ging ich zum Haus meiner Mutter.

Ingrid erwartete mich dort mit einer Schüssel Haferbrei und Himbeerkompott. Der Geschmack breitete sich wohlig in meinem Mund aus, und erst jetzt bemerkte ich, wie hungrig ich war. Allerdings vermisste ich Sigrun.

»Sie ist in die Stadt gegangen«, erklärte Mutter mir. »Sie meinte, dass sie ein Gespräch hätte.«

»Mit dem Scheidungsanwalt, hoffe ich«, brummte Ingrid.

»Ich denke, es geht eher um eine Anstellung«, gab Mutter zurück.

»Die Sache mit der Scheidung wird nur noch eine Frage der Zeit sein«, sagte ich. »Soweit ich weiß, ist sie fest entschlossen. Und da ihr Mann sie betrogen hat, wird der Richter dem stattgeben.«

Ein Geräusch unterbrach uns. Schritte hasteten den Gartenweg hinauf. Hatte Oskar etwas vergessen? Oder war es Alexej, der sich nach Liv erkundigen wollte? Ich ging zur Tür und öffnete.

Liv wirkte, als wäre sie den Weg vom Bahnhof hierhergelaufen. Ihr Gesicht war gerötet, ihr Haar wirkte ein wenig derangiert.

Ich war so froh, dass sie wieder da war! Ich öffnete meine Arme und fing sie auf.

»Marlene, wie schön, dich zu sehen!«, sagte sie und stieß einen Laut aus, von dem ich zunächst nicht wusste, ob es ein Lachen oder Weinen war.

»Sag, was ist geschehen?«, fragte ich und schaute ihr ins Gesicht. Tatsächlich glänzten Tränen in ihren Augen, aber auf ihren Lippen lag ein Lächeln.

»Ich bin frei«, sagte sie. »Ich bin endlich frei.«

Wie gebannt lauschten wir alle der Erzählung, wie der Staatsanwalt von Sten Boregards Verhaftung berichtet hatte. Ich fühlte Stolz, während ich an Oskar dachte. Wieder hatte er uns so sehr geholfen. Ohne seinen Freund in Stockholm hätten sich die Ermittlungen sicher lange hingezogen – wenn überhaupt ein Schuldiger gefunden worden wäre.

Ein Klopfen an die Tür unterbrach Liv.

Es war bereits dunkel, und wir erwarteten eigentlich keinen Besuch mehr. Mutter wollte sich gerade erheben, doch ich sagte: »Ich gehe schon« und stand auf.

Als ich öffnete, erlebte ich eine Überraschung. Vor mir stand ein Mann in dunklem Gehrock, den ich noch nie zuvor gesehen hatte.

»Sie wünschen?«, fragte ich, während sich meine Muskeln anspannten.

»Sind Sie Marlene Walsted?«, fragte er, worauf ich nickte.

»Mein Name ist Carl von Wik. Ich bin gekommen, um Ihnen ein Angebot für das Wildhüterhaus zu machen.«

165

Liv

Meinen Onkel in der Tür stehen zu sehen überraschte mich. Sollte ich ihn tatsächlich zum Umdenken bewogen haben? Oder war es die Nachricht, das Sten wieder ins Untersuchungsgefängnis gekommen war – mit einem weiteren Vorwurf?

Marlene bat ihn herein, und ich spürte, dass er mit solch einer Menge an Personen nicht gerechnet hatte. Auch meine Anwesenheit schien ihn zu erstaunen. Aber was hatte er denn gedacht? Dass ich in Karlskrona bleiben würde, jetzt, da Sten wieder hinter Gittern saß?

Wir nickten uns kurz zu, dann stellte Marlene ihre Mutter, Ingrid und Sigrun vor. Er schien nicht erwartet zu haben, dass sie so ordentlich aussahen. Mit jedem Augenblick, der verging, schien seine Beklommenheit größer zu werden.

»Vielleicht sollten wir euch allein lassen«, sagte ich, denn ich spürte, dass die anderen nicht so recht wussten, wie sie sich meinem Onkel gegenüber verhalten sollten.

Frau Dahl nickte, und die anderen erhoben sich. Da der Abend noch mild war, versammelten wir uns alle im Garten.

»Und?«, fragte Ingrid nach einer Weile. »Wirst du nun mit deinem Seemann fortgehen?«

Die Direktheit dieser Frage erschreckte mich ein wenig, dann wurde mir aber wieder klar, dass wir es in einem Haus der Frauen genau so halten sollten.

»Erst einmal muss ich die Scheidung abwarten«, sagte ich. »Ich habe eine Bekannte in Karlskrona gebeten, mir einen Anwalt zu vermitteln. Einen, der nicht zurückschreckt, wenn es schwierig wird. Aber dann …«

»Dann wirst du uns verlassen?«, fragte Sigrun zaghaft.

»Vielleicht«, gab ich zu. »Wir haben noch keine Pläne. Aber ich würde so gern Riga sehen. Ich würde so gern mit Alexej ein neues Leben beginnen. Und vor allem möchte ich so weit weg von Karlskrona sein wie möglich. Auch wenn Sten schuld an dem Schlechten ist, das uns widerfahren ist, wird er von vielen Leuten nicht als unehrenhaft angesehen werden. Aber mich werden sie verdammen, weil ich es gewagt habe auszubrechen.«

»Vielleicht wird es auch anders sein.«

Ich schüttelte den Kopf. »Nein, ich … ich muss das tun. Ich will sehen, wie es ist, frei zu sein.«

»Auch frei von uns?«, fragte Ingrid.

»Nein, wo denkst du hin!«, erwiderte ich. »Ich werde immer für euch da sein, auch wenn ich auf der anderen Seite des Meeres bin.«

Plötzlich sprang Marlenes Mutter von der Bank auf.

Ich folgte ihrem Blick. Marlene trat mit meinem Onkel aus dem Haus. Beide wirkten ernst, dann jedoch sah ich, wie sie sich die Hand reichten. Mein Onkel sagte etwas, das ich nicht verstand, Marlene nickte. Sie blieb stehen, während er seiner Wege schritt.

Es zerriss mich fast vor Ungeduld, doch ich wartete, bis sie zu uns kam.

»Dein Onkel hat mir für das Land neuntausend Kronen geboten«, sagte sie, und ein Leuchten trat in ihre Augen. Sie hatte lange genug für fünfhundert Kronen im Jahr in der Lampenfabrik gearbeitet, um zu wissen, dass die Summe, die ihr geboten worden war, mehr war, als sie jemals mit einer Anstellung erreichen konnte. »Damit können wir ein neues Rosenhag aufbauen!«

»Wie wäre es, wenn ihr das hier tätet?«, sagte ihre Mutter nun und deutete auf den Garten. »Ich habe Platz. Und ich muss zugeben, dass es sich in Gesellschaft besser lebt als allein.«

Marlene fiel ihr um den Hals, und mich durchströmte ein warmes Gefühl. Bevor ich sie kennenlernte, hatte ich nicht gewusst, wie Freundschaft zwischen Frauen aussehen konnte.

Doch jetzt wusste ich es.

Ronneby, Sommer 1920

Marlene

Wie jeden Morgen, wenn ich in die Küche ging, streifte mein Blick das Gemälde, das ich vor fünf Jahren an dieser Stelle aufgehängt hatte. Es zeigte ein Schiff auf stürmischer See. Kraftvoll legte es sich in die Wellen, seine mächtigen Segel leuchteten hell vor einem bedrohlich dunklen Himmel.

Liv hatte es mir geschickt, zwei Jahre, nachdem sie in Riga angekommen war. Alexej war nicht mehr auf das Meer zurückgekehrt. Mit dem Geld, das Liv von ihrem geschiedenen Mann erhalten hatte, konnten sie nicht nur die Hochzeit ausrichten, auch hatte sie es Alexej ermöglicht, die Kunstakademie zu besuchen.

Ein Maler hatte keine großen Aussichten darauf, reich zu werden, besonders jetzt, da die Fotoapparate immer besser wurden. Doch er hatte erkannt, dass seine Sehnsucht, das, was er sah, auf die Leinwand zu bringen, größer war als sein Wunsch, auf dem Meer zu sein. Ich vermutete, dass auch seine Liebe zu Liv daran schuld war. Und der Wunsch seiner Mutter.

Mit den Jahren wurde er seinem Vater immer ähnlicher, was mich zuweilen ein wenig erschreckte, wenn Liv und Alexej uns besuchten.

Ich dachte oft an Bjarne, doch seine Liebe war wie eine ferne Flamme, die in meinem Herzen brannte. Sie war immer da, aber nicht stark genug, um das Feuer zu übertönen, das Oskar in mir stets auf Neue entfachte.

Ich hob die Hand und strich über das kleine Namensschild am Bug des Schiffes: SOLVEIG. Obwohl Alexej dieses Schiff nie gesehen hatte und nur aus Erzählungen kannte, hatte er es gut getroffen. Es war beinahe so, als brauchte ich nur durch die Scheiben der Kapitänsunterkunft zu blicken, um ihn zu sehen. An seinem Schreibtisch, wo er eine Nachricht an mich verfasste. Oder wie er den Kurs seines Schiffes berechnete, dem nun kein Sturm mehr etwas antun konnte.

Ich hatte lange damit gehadert, dass es keinen Grabstein gab, zu dem ich gehen konnte. Alexej hatte mir einen Ort geschenkt, an den ich gehen konnte, wann immer ich Bjarne nahe sein wollte.

»Marlene.« Oskars Stimme ließ einen warmen Schauer durch meinen Körper laufen. Wenig später umfingen mich seine Arme, warm und stark. Wir standen oftmals zu zweit vor diesem Bild und versanken in seinen Tiefen. Das war heute nicht anders.

Es hatte eine Weile gedauert, bis ich bereit war, mit ihm vor den Altar zu treten. Nicht, weil ich ihn nicht liebte oder ihm nicht vertraute, aber ich wollte weder ihm noch mir die Freiheit nehmen, die wir beide uns so hart erkämpfen mussten.

Doch dann hatten wir es vor fünf Jahren gewagt. Ich wurde zu Marlene Andersson, ausgestattet mit einem Vertrag, der besagte, dass das, was ich schuf, auch im Falle der Heirat mir gehörte und nicht meinem Mann.

Ein neues Gesetz hatte es möglich gemacht: Frauen durften nun Heiratsverträge aufsetzen. Es war Oskar gewesen, der mich dazu ermutigt hatte.

»Aber das wird doch wohl nicht nötig sein«, hatte ich gesagt, doch er hatte meine Hände genommen und geantwortet: »Ich möchte, dass du dich sicher fühlst. Egal was passiert, egal wie wir uns verändern. Auch wenn deine Liebe für mich erlöschen sollte, möchte ich, dass du in Sicherheit bist.«

Es sah nicht danach aus, als würde unsere Liebe je erlöschen, aber wer konnte es schon wissen.

Aufgebaut hatten wir jedenfalls eine Menge.

Der Besuch des Gutsherrn von Wik war mir noch gut in Erinnerung. Sein Angebot war wirklich fair gewesen. Ich hatte das Geld genommen und in dem Moment bereits gewusst, dass das Rosenhag nicht Geschichte sein würde.

Wir hatten es wieder aufgebaut, am Stadtrand von Ronneby, auf dem Grund, der auch mein Elternhaus beherbergte.

In diesem lebte noch immer meine Mutter, auch wenn das Alter ihr mittlerweile immer mehr zusetzt. Mit Ingrid verband sie eine innige Freundschaft, genauso mit Sigrun, die in der Stadt eine Anstellung gefunden hatte und hin und wieder zu Besuch kam.

Ingrids Traum, Köchin zu werden, hätte sich erfüllen können, doch sie hatte es vorgezogen, im Rosenhag zu bleiben. Dass das Haus der Frauen nun hier war, hatte sich schnell herumgesprochen; zeitweise beherbergten wir fünf bis sieben Frauen. Sie alle brachten tragische Geschichten mit sich, aber auch ein Können, das anderen unbekannt war. So hatten wir die Wände des Rosenhag nach und nach mit Teppichen und Bildern geschmückt. Oftmals konnten wir die Frauen in eine bessere Zukunft gehen lassen. Manchmal gelang uns das nicht. Die Bande, die Frauen zu Männern hatten, die ihrer nicht würdig waren, waren manchmal stärker. Und zuweilen konnten wir nichts gegen die Spuren ausrichten, die die Not bei ihnen hinterlassen hatte. Doch wir taten, was wir konnten, und wurden immer besser darin.

»Mama! Papa«, tönte es von der Treppe her. Ich wandte mich von dem Bild ab. Auch das hatten wir erschaffen. Ein kleines Mädchen, das überquoll vor Leben. Ich hatte sie geboren, bevor wir verheiratet waren, und ihre Empfängnis war eine Überraschung gewesen, die ich mir immer noch nicht so recht erklären konnte.

Sie hatte überraschend viel von meinem toten Vater, nicht nur seine Augen und seinen Starrsinn, sondern auch seine tiefe Liebe zur

Natur. Ich war sicher, dass er stolz auf sie gewesen wäre, wenn sie jeden Stein umdrehte, jeden Käfer und jede Pflanze ins Haus brachte, den sie finden konnte. Vielleicht würde sie ja eines Tages studieren, wie so viele Frauen in dieser neuen Zeit.

»Kommen Tante Liv und Onkel Alexej heute?«, fragte Bernadette, während sie sich an mich und ihren Vater schmiegte.

»Ja, wenn alles klappt, wird ihr Schiff gegen halb eins im Hafen anlegen. Dann nehmen sie den Zug, und ich hole sie vom Bahnhof ab.«

Ich freute mich darauf, meine Freundin endlich wiederzusehen.

Ein Klopfen ertönte. Eine Frau stand im Türrahmen, neben ihr ein Junge, der vielleicht zehn Jahre alt sein musste.

Zehn Jahre.

Ich brauchte eine Weile, aber dann fiel es mir wie Schuppen von den Augen. »Lucia?«

Die Frau lächelte, und auf einmal war sie keine Fremde mehr.

Ich löste mich von Oskar und Bernadette und stürmte ihr entgegen. Wir hatten uns geschrieben, und so wusste ich, dass sie in der Schweiz einen Sohn geboren und sich in einen Bildhauer verliebt hatte, wegen dem sie auch dann in der Schweiz geblieben war, als sie hätte zurückkehren können. Der Vater des Kindes wusste von seinem Sohn und umgekehrt, das hatte mir Lucia versichert. Es blieb den beiden überlassen, das Verhältnis zueinander zu pflegen.

Seit dem Abend, als ich sie der Obhut von Frieda Sundalöw übergeben hatte, hatte ich sie nicht mehr gesehen, doch als ich sie nun anschaute, erblickte ich noch immer das Mädchen in ihr, das sie einmal gewesen war.

»Ich freue mich, dich wiederzusehen!«, sagte ich. »Du hast dir einen guten Zeitpunkt ausgesucht.«

»Hat Ingrid wieder gebacken?«

»Das auch. Aber Liv wird heute ebenfalls ankommen.« Mein Herz ging auf vor Freude. »Ich kann es kaum glauben, dass wir dann alle wieder beisammen sind.«

Liv

Ich stand an Bord des Dampfschiffes *Katarina* und schaute hinaus in den Morgen, der sich über dem schwedischen Festland erhob. In der Ferne konnte ich bereits die Kirchtürme von Karlskrona sehen, die Fabrikschlote, die schwarzen Rauch in den Himmel bliesen.

Die Stadt hatte sich in den vergangenen zehn Jahren stark verändert. Die Schornsteine waren mehr geworden, mittlerweile gab es ein großes Elektrizitätswerk. Ich verstand noch immer nicht ganz, warum unser erstes Rosenhag dafür weichen musste, aber der Strom brachte Segen und Licht in die Häuser. Und Marlene hatte einen Neubeginn geschafft.

Es fühlte sich immer noch seltsam an, nach Karlskrona zurückzukehren. Gäbe es die Möglichkeit, ich würde ein Schiff nehmen, das woanders anlegte und nicht hier. In Riga konnte ich vergessen, was geschehen war, aber hier drängten alle Bilder wieder auf mich ein. Und auch wenn ich wusste, dass Sten noch immer im Zuchthaus saß, fürchtete ich stets ein wenig, er könnte aus der nächsten Droschke steigen oder um die nächste Ecke biegen.

Alexej meinte, dass ich mich dem stellen musste. Dass ich nicht weglaufen sollte vor meiner Vergangenheit. Dennoch hätte ich es lieber, wenn ich all das vergessen könnte.

Zwanzig Jahre hatte das Gericht Sten gegeben, fünfzehn für den Tod der Seeleute und noch einmal fünf für die Beteiligung an dem Mordversuch an Marlene und den anderen Frauen.

Der Prozess hatte große Wellen geschlagen, wochenlang war darüber berichtet worden. Marlene hatte gegen Sten ausgesagt, und zuletzt hatte auch ich in den Zeugenstand treten müssen.

Es tat mir nicht im Geringsten leid, den Richtern zu erzählen, was für ein Mensch er war. Doch nicht meine Aussage war entscheidend gewesen, sondern die von Marlene. Und der Brief ihres ersten Mannes. Und der Verrat seines Handlangers.

Sogar Hugo Skantze hatte einsehen müssen, dass Sten ein Mann war, der seine Freundschaft nicht verdient hatte.

Hugo … Im vergangenen Jahr war er dahingeschieden, nachdem er seiner Frau über Monate seinen Lungenkrebs verheimlicht hatte.

Ich hatte Nanna seit meiner Flucht aus Karlskrona nicht mehr gesprochen, doch ich wusste natürlich, dass sie einen Sohn geboren hatte und nun, da ihr Mann nicht mehr da war, selbst der Lampenfirma vorstand. Möglicherweise würden ihre Ansichten jetzt andere sein, doch ich konnte mich nicht aufraffen, zu ihr zu gehen und mit ihr zu sprechen. Nicht nach allem, was geschehen war.

»Kommst du?«, fragte Alexej und reichte mir seine Hand. »Wir sollten uns bereit machen für die Ankunft.«

Während ich nicht nur seine Hand nahm, sondern mich an ihn schmiegte und ihn küsste, fragte ich mich, ob er die Sehnsucht nach dem Meer immer noch in seinem Herzen trug. Er sagte nie etwas davon, aber manchmal meinte ich sie in seinen Augen aufblitzen zu sehen. Oft saß er am Hafen und malte, die See war ein Thema vieler seiner Bilder. Doch wenn ich ihm in die Augen blickte, sah ich eine Liebe, die größer war als die zum Meer. Und es machte mich glücklich, dass ich diejenige war, die er liebte.

Glücklicherweise dauerte unser Aufenthalt in Karlskrona nicht lang. Vom Hafen aus nahmen wir eine Droschke zum Bahnhof und hatten Glück, dass der Mittagszug schon bald einfuhr. Als sich der Zug in Bewegung setzte, fiel die Anspannung von mir ab. Alexej saß neben mir und skizzierte etwas. Ich konnte zunächst nicht erkennen, was es war, doch allmählich wurde es deutlicher. Er zeichnete mich, wie ich an Deck des Schiffes gestanden hatte.

Das waren Bilder, die er nie ausstellte. Sie gehörten ihm allein für die Momente, in denen ich nicht bei ihm sein konnte. Das geschah nicht sehr oft, aber manchmal wurde er nach Deutschland oder Frankreich eingeladen, um seine Bilder zu zeigen. Meist begleitete ich ihn, wenn ich die Zeit dazu fand. Doch ich hatte auch mein eigenes Leben. Zwar konnte ich im Rosenhag nicht helfen, aber ich arbeitete als Sprechstundenhilfe in der Praxis einer Ärztin, die sich speziell um Frauen aus schwierigen Verhältnissen kümmerte.

Es brauchte eine Weile, bis ich meine Arbeit erlernt hatte, ebenso, bis ich die neue Sprache beherrschte, doch wenn ich dabei war aufzugeben, erinnerte ich mich an die Ärztin in Stockholm, die mir geraten hatte, meinen Mann zu verlassen. Die Schicksale unserer Patientinnen berührten mich sehr, und ich lernte viel aus ihnen. Das Leben als Ehefrau eines Reeders vermisste ich kein bisschen, auch wenn ich jetzt keine Köchin und kein Hausmädchen mehr hatte. Das konnte ich alles selbst erledigen.

Als wir den Bahnhof von Ronneby verließen, fiel mir sofort das Fuhrwerk ins Auge. Es wirkte wie ein Anachronismus zwischen den Automobilen, die zunehmend die Straßen der Städte bevölkerten.

Marlene saß auf dem Kutschbock und stieg herab, als sie mich sah. Ihre Hosenröcke trug sie nun ganz offen, denn auch die Mode hatte sich gewandelt. Der verheerende Krieg hatte die alte Zeit vom Gesicht der Welt gewischt, und nun waren wir dabei, zaghaft wieder neue Schönheit zu schaffen.

»Wie schön, dich zu sehen!«, rief sie aus und schloss mich und Alexej in die Arme. »Du glaubst ja nicht, wer heute bei uns aufgetaucht ist!«

»Ich hoffe niemand, bei dem du in Ohnmacht gefallen bist«, gab ich zurück, denn noch immer erinnerten wir uns daran, wie Alexej erschienen war.

»Nein«, sagte sie lachend. »Und du wirst dich freuen, ganz bestimmt.«

Alexej und ich stiegen auf den Wagen. Er begnügte sich mit einem Platz auf der Ladefläche, während ich mich auf den Kutschbock setzte. So hatte es mit uns angefangen. Zwei Frauen auf einem Kutschbock. Ich musste schmunzeln.

»Hast du denn schon gelernt, Fahrrad zu fahren?«, fragte sie mich.

Ich lachte auf. »Nein, dazu bin ich leider noch nicht gekommen.«

»Dann wird es aber Zeit! Wir haben vor Kurzem zwei neue Räder für die Frauen angeschafft. Wir werden üben, solange du hier bist.«

»Wenn du glaubst, dass ich es lernen kann.«

Ich betrachtete Marlene. Ihr Haar war immer noch so blond, ihre Augen immer noch so blau wie vor zehn Jahren. Neue Fältchen waren auf ihrem Gesicht erschienen, doch sie strahlte immer noch Jugendlichkeit aus. Vielleicht kamen wieder schwere Jahre, doch an diesem Sommertag waren sie fern.

Und als das neue Rosenhag vor uns auftauchte, das dank wild wuchernder Rosen den Namen mittlerweile verdient hatte, wusste ich, dass wir zu Hause waren.

Nachwort

Es war mir auch diesmal eine große Freude, Sie wieder mitzunehmen an den Ort, der mir in den Monaten des Schreibens ans Herz gewachsen ist: das Rosenhag. So konnte ich Geschichten, die noch nicht ganz beendet waren, fortführen und Sie mit einem Charakter bekannt machen, der im ersten Teil nur eine vage Idee war.

Zunächst war ich nicht sicher, ob ich Bjarne Walsted wiederkehren lassen sollte. Es gab Gespräche mit meiner Lektorin darüber, doch je weiter ich die Idee führte, desto klarer wurde mir, dass ich den armen Kapitän ruhen lassen sollte – und ihm stattdessen einen Sohn schenken, der viele Eigenschaften seines Vaters geerbt hat und Marlene einen anständigen Schrecken versetzt.

Auch in dieser Geschichte ist die Fiktion wieder mit einigen Fakten verwoben. Tatsächlich gab es in den frühen Jahren des 20. Jahrhunderts Bestrebungen, das Stromnetz rings um Karlskrona auszubauen, ein notwendiger Schritt, um Südschweden in die Moderne zu führen.

Hugo Skantze gehörte zu jenen, die die neue Technik sofort annahmen und förderten. Er erweiterte das Sortiment seiner Lampen um elektrische Modelle und schaffte es, seine *Lampfabrik* in einer Zeit überleben zu lassen, wo vieles dem Fortschritt weichen musste, weil es sich überholt hatte.

Was Nanna Skantze angeht, habe ich mir einige Freiheiten zugunsten der Dramaturgie erlaubt. Doch es ist eine Tatsache, dass sie nach dem Tod ihres Mannes im Jahr 1919 die Geschäftsführung der Fabrik übernahm. Unterstützt wurde sie von einem nahen Verwandten, denn ihr ältester Sohn Lars-Olof, Erbe und zukünftiger Geschäftsführer, war wie auch die anderen Kinder noch nicht volljährig.

Die Lampenfabrik der Skantzes gibt es noch immer – ein Exemplar ihrer Lampen steht auf meinem Schreibtisch. Die Familie ist sehr stolz auf ihre Firmengeschichte und hat den Stürmen der Zeit erfolgreich getrotzt.

Obwohl es in Karlskrona Werften und Reedereien gab, ist Sten Boregard ebenso fiktiv wie seine Frau Liv, Marlene und Bjarne Walsted, Oskar Andersson, Alexej Petrow und andere Charaktere in dieser Geschichte. Aber sicher gab es vergleichbare Schicksale – im Guten wie im Schlechten.

Die Jahre vor dem Ersten Weltkrieg waren auch in Schweden geprägt von Protesten der Frauenrechtlerinnen. Suffragetten wagten sich auf die Straße und kämpften nicht nur dafür, zur Wahl zugelassen zu werden, sondern auch um andere Rechte, wie etwa einen Ehevertrag aufsetzen und sich damit im Falle einer Scheidung absichern zu dürfen.

Dazu passte auch die schwedische Wohlfahrtsbewegung. Projekte für Ältere und Kranke sollten die Armut in der Bevölkerung lindern. Viele gut betuchte Menschen wie Nanna Skantze, die tatsächlich eine Suppenküche für Bedürftige in Karlskrona betrieb, riefen soziale Projekte ins Leben.

Sicher gab es auch Frauenhäuser, in denen Frauen aus armen oder schwierigen Verhältnissen aufgenommen wurden. Da viele Ärztinnen sich der Frauenmedizin verschrieben, ging Hilfe für uneheliche Schwangerschaften, Waisenkinder und andere Probleme des weiblichen Lebens von ihnen aus.

Es hat mir gefallen, ein ähnliches Engagement meinen Protagonistinnen Marlene und Liv zuzuschreiben. Sie stehen für alle Frauen, die Engagement für ihre Mitmenschen, besonders andere Frauen, zeigten, wo viele weggeschaut haben.

Ich hoffe, Ihnen hat der kleine Ausflug nach Schweden, in eine der schönsten Städte des Landes, gefallen.

Corina Bomann, 2025

Sie kämpfen für ihre Freiheit. Und für die Liebe ...

Der Beginn der mitreißenden Saga von Bestsellerautorin Corina Bomann: Eine Berliner Klinik im Aufbau. Eine junge Krankenschwester vor der Herausforderung ihres Lebens.